简明

台湾文学史

古继堂 ◎ 主编

古继堂 彭燕彬
樊洛平 王敏 著

九州出版社

图书在版编目（CIP）数据

简明台湾文学史／古继堂主编；古继堂等著. --

北京：九州出版社，2023.11

ISBN 978-7-5225-2439-9

Ⅰ. ①简… Ⅱ. ①古… Ⅲ. ①台湾文学–文学史研究

Ⅳ. ①I209.958

中国国家版本馆 CIP 数据核字（2023）第 210420 号

简明台湾文学史

作　　者	古继堂　主编　　古继堂　彭燕彬　樊洛平　王　敏　著	
责任编辑	邓金艳	
出版发行	九州出版社	
地　　址	北京市西城区阜外大街甲 35 号（100037）	
发行电话	（010）68992190/3/5/6	
网　　址	www.jiuzhoupress.com	
印　　刷	北京盛通印刷股份有限公司	
开　　本	710 毫米 × 1000 毫米　16 开	
印　　张	29	
字　　数	430 千字	
版　　次	2024 年 3 月第 1 版	
印　　次	2024 年 3 月第 1 次印刷	
书　　号	ISBN 978-7-5225-2439-9	
定　　价	128.00 元	

前　言

　　文学史，是文学中的航空母舰，是一项综合性、系统性的研究工程。它涵盖了史论、作家论、作品论乃至考证学。从文学体裁看，小说、诗歌、散文、戏剧、文学理论等无所不包。不过它的内涵虽然丰沛繁杂，纵横交错，但它的中心任务还是着眼于史。一切从史出发，一切为史服务。不管纵向和横向的任何一个部位，都是史的一个组成部分。它虽然有经有纬，但却是以经为轴，以纬显经。它的研究方法应是交错流动的，而不是单一静止的。总之，它是一个完整的互动流程。

　　文学史，是属于上层建筑部分，是人类文明史的一部分。由于涉及对史实、作家、作品、文学现象等的叙述、解读和评价，常常会因意识和利害的关系，不同的人对同样的事物会作出不同的评价和结论。所以撰写文学史和做其他事一样，需要有统一的游戏规则。那就是：客观事物第一，主观认识第二的原则；要说真话，而不说假话；客观呈现史实，而不篡改和涂抹历史。如果大家都严格地遵守了这样的游戏规则，只是观念和诠释上的分歧，即使争辩得再激烈，也不失学者风范。

　　在文学史的研究和撰写中，最忌讳的，是为了达到某种目的，歪曲前人的作品，涂抹和篡改史实，进行文学"绑架"活动。在这种情况下写出来的文学史，无疑是伪文学史。这种事情，是一切有良知、有道德、有科学头脑者所不为。我们这部《简明台湾文学史》，或许会存在这样那样的问题和不足，但绝不会有意歪曲前人的作品；由于历史和海峡阻隔，可能会有史料上的某种硬伤，但绝不会去涂抹和篡改史实；或许由于观察和误读出现某种集体无意识的偏差，但绝不会出现任何集体有意识的扭曲现象。

　　海峡两岸已经出版了多部台湾文学史性质的著作，各自也获得了不同影响。但是我们还是觉得，它们各自都存在着不足和缺陷。有的甚至存在着严重错误，可能误传历史，误导读者。我们这部《简明台湾文学史》，意图在继承前人、总结和提高自己的情况下，写出一些比较新的特点，亮出一些新的色彩，以弥补同类作品的疏漏和未达。不过，人们的主观和客观有时是不一致的，弄巧成拙、反优为劣的事，也常常令人无奈叹息。从主观上，我们想在这部书中体现出以下几点精神：

一、正本清源，理清脉络

台湾是中国的一部分，台湾文学是中国文学的一部分。这是事实，这是足迹，这是历史，而不是口号和判决。如是，我们就要让事实和历史说话，通过台湾文学的萌生、发育、成长、流变的事实，来回答这一命题。自 17 世纪浙江宁波人沈光文在台湾播下第一粒文学种子起，直到 18 世纪末期，经过移民文人们 100 年的精心孵化，刻苦经营培育，移民们的后代，台湾出生的文人，才开始出现于文坛，才有作品问世。即使是这些作家的出现，与大文化环境的培育，也有重要关系。郑成功 1662 年驱荷复台，将明朝的教育文化体制用于台湾，经过历代经营，将一个荒蛮偏僻的瘟疫之地，培育成了一个文明的摇篮，才可能出现作家。从 17 世纪到 18 世纪，100 年的台湾文学园地里开放的，全部是由大陆的移民文人们，从大陆移植过去的文学花朵。从文学体裁看，台湾的诗、小说、散文、文学批评的开创者，全都是大陆移民文人。台湾诗的开拓者是浙江宁波人沈光文；台湾散文的开拓者是浙江仁和人郁永河；台湾传记文学的开拓者是《台湾外记》的作者，大陆移民文人江日昇；台湾文学理论批评的开拓者是"红学"家，大陆移民文人张之新。从这个简单的正本清源的叙述中，便可一目了然地看到大陆的文学和台湾文学的母子关系。

二、减肥加钙，不漏主角

文学史像江河一样，是一个总体流程，因而要简化，只能从纬的部位减肥，不能从经的部位截流。也就是说，作家、作品和文学史实的叙述必须简明扼要，有一些对史无伤的作家，可一带而过。但是简也不能一概而论，在对有的作家、作品精简化的同时，对常常被文学史家忽略的作家、作品却应该补充和强化。那些在战争年代亦武亦文，一手握枪，一手拿笔；既为民族流血，也为人民歌唱；既是战士，又是作家的人就是应该重视的一群。由于台湾地处边陲，从 16 世纪初开始，日本、荷兰、西班牙等新老殖民主义者，便不断进行骚扰和侵犯，中国人也就不断和他们进行斗争，因而台湾的移民史、开垦史和反侵略史，是三位一体的。郑成功是反侵略的民族英雄，也被称为台湾的"开山王"。台湾文学史，既是台湾移民开拓过程的真实记录，也是台湾反侵略史的组成部分。许多移民文人既是诗人、散文家，又是英勇无畏的反侵略斗士。如：黄花岗战役的幸存者、同盟会成员、孙中山派往台湾领导抗日、被日本人处以绞刑的罗福星，抗法名将、黑旗军领袖、为台湾抗日立下汗马功劳的刘永福，弃官赴台抗日、血洒疆场的民族英雄吴彭年，宁死不剪发辫、与日本人对抗到底、被日本人害死的洪弃生，台湾抗日领袖丘逢甲等，都既是抗日民族英雄，又是才华横溢的诗人。他们用生命和鲜血写下了大量的铁骨铮铮、充满民族豪气的、感天地泣鬼神的诗篇。他们既是历史的创造者，也是历史的记录者；他们既是历史的主角，也是文学的主角。文学史既不能忽略他们，更不能删除他们。他们的作品是将人格和艺术融合到一起，是用民族的灵魂和国家的尊严塑造而成的形象，他们的作品是文学中的钢和钙。只有将他们和他们的作品写进文学史，并给以相应的地位，文学史才能厚重和深沉。任何将他们的作品视为政治加以排斥，都是错误的。既然谈到政治，我们认为政治并不可怕。在战争年代，在人民做奴隶的年代，人民吐出的心声就是政治，写出的作品绝对不可能是纯文艺的。如今站在他们用生命和骨血搭起的历史高台上，用政治来否定他们的作品，等于一方面在享受他们创造的革命成果，另一方面在对他们说风凉话。我们提请人们注意这样的规律：革命时期文学主要发挥它的战斗功能，和平时期文学更多地发挥它的教、娱作用。

三、摒除社会分期，建立时空架构

过去的文学史，基本上是以社会的发展阶段和性质，来规范和决定文学史的性质和分期。这是基于文学是上层建筑，是由经济基础决定的，是科学可行的，但是理论用于实践是灵活的，也是有例外和补充的。对台湾来说，就是一个例外。18 世纪以前，台湾基本上是个正在移民中的社会。1683 年清朝治理台湾始，全台湾只有六七万人。清朝统一台湾后，每年由大陆向台湾移民的人数达十万之众。从 1683 年到 1811 年，台湾人口增加到 1901883 人。移民社会的重要特征，是上层建筑和经济基础脱节。其上层建筑，如：军队、法庭、文化、文学、宗教和各种社会制度，都不是自身的经济基础所产生，而是由原乡移植而来，所以上层建筑的许多部分，一开始就是十分成熟的。就文学来说，移民文人们一踏上台湾的土地，就创作出了非常优秀的古诗、律诗、绝句。这些成熟的艺术品，是大陆经济基础上的产物，而不是台湾经济基础上的产物。到了日据时期，台湾完全变成了日本的殖民地，变成了殖民经济，而台湾的文学却是强烈地反对殖民主义的文学。20 世纪 50 年代以前，台湾的经济基础和上层建筑始终是错位的。因而我们摒弃台湾文学的社会定位法，用以时空定位法是有依据的。按照时空定位法，我们将台湾文学分为：第一编　早期台湾文学——从大陆到台湾；第二编　中期台湾文学——从阻隔到汇流；第三编　近期台湾文学——从主潮轮换到多元共存。这样以时空定位，更贴近台湾文学的实际发展过程，也更能体现出台湾文学与大陆文学的内在关系。

四、批驳"文学台独"，谨慎评价作家

"文学台独"，是文学方面的政治"台独"，目的是将台湾文学"台独化"，将台湾文学从中国文学中分裂出去。其实质是要篡夺我国的台湾文学主权。这是远远超越文学范畴的一种政治阴谋，我们必须严肃对待之。不过，从另一方面看，"文学台独"是一种反动的文学思潮，是一种意识形态。于是它就具有了一定的复杂性。比如，在这种反动的文学思潮中有潮头，也有潮尾；有骨干，也有随从；有主动者，也有被动者；有清醒者，也有被蒙蔽者等。因而我们也必须区别情况加以对待。对于这种反动思潮，要认清其对抗性矛盾的性质，进行无情批驳，坚决驱除。其中的首要人物和不

思悔改者，他们只能作该思潮的殉葬品。而那些愿意悔改者，即使是骨干人物，也要加以欢迎。其他人更不在话下。人和思潮是两码事。根据这样的认识，我们撰写《简明台湾文学史》的过程中，一般对事不对人。对"文学台独"人物过去的成就和作品，应该肯定的，给予充分肯定，不因他们思想的变化，而贬低其地位。不过为了向读者传递信息，对于他们当前的政治态度，也作简要说明，并寄以悔改之望。我们真诚地希望，一切迷途者能迅猛醒悟而知返。让我们如兄弟姊妹，温馨地生活在我们如母亲般的民族和祖国的怀抱中。

主　编

2002 年 1 月 15 日于北京

目　录

第三编 近期台湾文学
——从主潮轮换到多元共存

绪　论

一、台湾是中国人用血和汗写成的一部历史

据史学家考证，最早台湾并不是一个海岛，它和大陆本是一块陆地。由于海水涨进，大陆和台湾连接的低洼地带被海水淹没，台湾才变成一个海岛。

台湾岛上的居民，均是不同历史时期的大陆移民。台湾岛上的高山族，是大陆最早的移民。在人类幼年，靠打猎捕捞为生，台湾沿海又是亚热带地区，不仅海洋资源丰富，而且飞禽走兽出没山林，是古人类优良的生存之地。大陆上的居民为了改善生存条件，不断地向台湾移居。他们的后代就是今日的高山族。原来居住在大陆东南部的几支越人和濮人，经中南半岛到达南洋群岛与古印度奈西人结合，成为马来人。还有一些人与当地的尼格利佗人结合。这些人后来由南洋群岛进入台湾。高山族，人口总数约20多万人，占台湾总人口的2%左右。台湾除了2%的高山族居民，其余98%基本上都是汉人。[1]

大陆大规模地向台湾移民，有文字记载的是汉朝。大陆向台湾移民的种类大约有这样几种：

1. 军事移民；2. 灾荒移民；3. 宦、商移民；4. 其他移民。

这几类移民中数量最多的是军事移民。比如，三国时期，东吴盟主孙权就派将军温卫和诸葛直率军万人至夷洲（今台湾）。17 世纪，1661 年郑成功率两万五千大军从台南登陆，次年赶走荷兰人，收复台湾，并驻军各

---

[1]这是该书 2002 年初版时的数据。据台"内政部"统计，2022 年底高山族人口总数为 58.4 万人，占台湾人口总数的 2.51%。——编者注

地进行屯垦，设立各级学校，建立教育体制，依照明朝方式，建立各种军、政、经、文等制度。汉族文化覆盖台湾。1949 年，国民党政权覆灭，有 250 多万军政人员随国民党残余政权去了台湾。上述几次大规模的移民，不仅使台湾的居民人数大增，足以改变原有居民的成分，而且每一次大规模的移民，都将大陆先进的生产方式和文化带到台湾，都使台湾的荒漠得到开发，使台湾的物质生产和精神文明向前推进。

中国最早在台湾地区（澎湖）设置行政区划是 1225 年，即南宋宝庆元年。那时，台湾划归福建省泉州管辖，隶属晋江县。1620 年，明朝政府在公文上正式使用"台湾"之名称。1661 年，郑成功驱荷兰复台，设一府（承天府，今台南市）、两县，即天兴、万年（今之嘉义、凤山）。另设安抚司于澎湖。郑成功以其家乡泉州安平镇之名，将荷兰人用的热兰遮堡易名为安平镇。1885 年，台湾省建立。1888 年，即光绪十四年，重划台湾行政区，设三府一州三厅十一县。改前台湾府为台南府，移台湾府至今日的台中市。1894 年，即光绪二十年，台湾省会移至台北市。1895 年，甲午战败，清朝政府将台湾、澎湖割让给日本。1945 年 8 月，日本无条件投降，台湾重新回到祖国的怀抱。

从上面的简单叙述中可看到，台湾自古就是中国固有领土不可分割的一部分；台湾居民自古就是中国居民不可缺少的一部分。这是无数代中国人用血和汗写成的历史；用锄和锹刻在泥土上的历史；用一个接一个的脚印盖在史册上的历史。它既不能涂抹，也不能改变。

二、台湾少数民族文化和中原文化一脉相承

台湾少数民族共分为九个支系：泰雅人、雅美人、卑南人、排湾人、赛夏人、布农人、邹人、阿美人、鲁凯人。[1] 这九个支系从大陆移居台湾

---

[1]　目前台湾少数民族包括 16 个支族。1997 年，台湾当局认定阿美、排湾、泰雅、布农、鲁凯、卑南、邹、赛夏、雅美等 9 个族群（传统"九族"）。后于 2001 年认定"邵族"，2002 年认定"噶玛兰族"，2004 年认定"太鲁阁族"，2007 年认定"撒奇莱雅族"，2008 年认定"赛德克族"，2014 年认定"拉阿鲁哇族"和"卡那卡那富族"。——编者注

的时间有很大区别，据考古学家考证，泰雅人是绳纹陶文化人的后裔，是距今四千五百年前由大陆迁居台湾的。赛夏人比泰雅人迁居台湾的时间较晚。布农人是制造黑陶文化的能手，是龙山形成期文化人的后裔。邹人是含砂红灰陶文化人的子孙，他们大都是中原地区移民的后裔。由大陆东南地区的越人和濮人移居南洋群岛，再移居台湾的少数民族，即是今日的鲁凯人、排湾人、雅美人等。这些少数民族过去大都居住在台湾偏僻的高山地区，交通极为不便，经济文化非常落后。这种情况使他们成了活的文化的博物馆，保存了大量的原始古文化。这些古文化和大陆的古文化一脉相承。比如图腾崇拜，穿耳、文身等。最为令人叹服的是口耳相传留在神话传说和民间故事中的文化，与大陆古文化惊人的一致。泰雅人广泛地流传着《射日的故事》，与大陆《淮南子》中《后羿射日》和《山海经》中的《夸父逐日》非常相似。泰雅人的《射日故事》是将《后羿射日》和《夸父逐日》两个故事融合在一起，并将《夸父逐日》中的"弃其杖，化为邓林"，演变成了在道旁栽蜜橘。改得更适合南方的果树。有许多神话传说，就是直接表现大陆和台湾是一个不可分割的整体的主题。比如，关于"孔雀溪"的传说。相传福建省东部的大森林中有只老孔雀，生下了五个蛋，五个蛋就成了五只小孔雀。其中一只小孔雀名叫翎翎，飞过海峡到了台湾，翎翎发现岛上有中国人，也有蓝眼珠、黄头发、高鼻梁的荷兰人。荷兰人很坏，翎翎正要转身回家，荷兰人"啪"的一枪将翎翎打了下来，关进铁笼，拔光了她美丽的羽毛。翎翎痛苦地流下了泪水，她的泪水就变成了台湾的孔雀溪。后来郑成功消灭了荷兰人，为翎翎报了仇，这个故事在阿里山广为传播。福建孔雀的泪水变成阿里山的孔雀溪，表现了两地一体的主题。又如赛夏人流传着高山人与汉族同一祖先的神话传说。远古时，一天狂风大作，暴雨倾盆，洪水吞没并冲走了一切，大地变成一片废墟。只有一个手拿经线筒的男子活了下来。他被洪水冲到了西士比亚山上。突然山上雷鸣电闪，出现一个巨神，决心重造人类。他一把抓起那个男子，把他的皮肉投入大海，很快就成了一个活人。那活人泅渡上岸繁衍子孙，他就是赛夏人的祖先。接着巨神又把那男子的内脏投入大海，又变成了汉人。

他们在台湾定居下来。赛夏人和汉人由一个男人的身躯变来，说明他们是同一祖先，同一血统。

此外，还有捍卫台湾不被分裂、不受侵犯的神话传说。台湾广泛流传着这样的神话传说。很早以前，台湾和大陆本来是连在一起的。后来海上来了一条凶恶的鳄鱼，要把台湾与大陆分开，妄图将台湾拖向大海，沉没海底。这时，天上飘来了一朵祥云，一位老妇人走下祥云到了船上。老妇人金光闪闪，霞光万道，显得格外慈祥。她手里提着一个竹筐，筐里装满了杨梅。老妇人对渔民们说："原来台湾是连着大陆的，是大陆的一个半岛。后来西风刮，大鳄鱼拉，刮刮拉拉，便把台湾拉到了海里。幸亏岛下长有大石脚，钩住了海底，台湾才没有拖得太远。若有几十颗大铁钉，把石脚牢牢钉在海底，大鳄鱼就再也没有办法将台湾拖走了。"有个叫彭胡的青年问道："从哪里弄来大铁钉呢？"老妇人答："我带来一筐杨梅，人吃了杨梅就能变成大铁钉，就能将台湾牢牢钉在海底。不过成铁钉后就再也变不成人了。日久就会变成高大的柱石。你们愿意吞下这杨梅吗？"为了不让鳄鱼分裂中国的阴谋得逞，为了保卫神圣的领土台湾，彭胡、白沙、渔翁等小伙子们毅然吞下了老妇人的杨梅。顿时他们变成了一颗颗大铁钉。为了将台湾钉牢，加大铁钉的深度，只见他们像雄鹰般矫健地向上跃起，然后又重重地落入了水中，将台湾牢牢地钉在了海底。鳄鱼和西风共谋台湾的阴谋被彻底粉碎。后来那些吞杨梅的青年，就变成了澎湖岛、白沙岛、渔翁岛、吉贝岛、西吉岛、东吉岛，鹭鸶鸟吞下杨梅变成了鸟岛，百花溅上了杨梅汁变成了花屿。这就是澎湖列岛形成的传说。这个神话既非常美丽悲壮，又十分深刻动人。这里"西风"指的就是侵略成性的帝国主义，"鳄鱼"指的就是心怀不轨的"台独"分子。如今有14亿愿意吞下杨梅的中国人，鳄鱼就枉费心机了。

台湾的高山族是台湾最早的主人，他们是最有权代表台湾发言的。他们的文化是最能表现台湾历史状况的。仔细研究他们的文化，研究他们的文化与大陆文化的关系和对大陆的亲和力，便可清楚地看到两种文化一脉相承，共生于一个母体的历史沿革。文化上的一脉相承和母体共生，也是

"台独"分子一道难以逾越的障碍。

三、台湾社会分期和两岸文学的历史沿革

经济基础决定上层建筑。社会的性质有时也影响和决定文学的性质。在研究台湾文学的历史时，对台湾的社会经济进行大体上的概括和认识，是非常必要的。1895年割让以前，台湾的社会经济基本上是封建形态的移民社会，是一个不断地移民开发、开发移民的过程。自1895年割让以后，台湾变成了一个战乱频仍，占领和反占领不断较量的殖民地社会。1945年日本帝国主义投降后，台湾回归祖国，台湾的社会性质和祖国的社会性质融为一体。1949年以后，祖国大陆进入了社会主义社会，而台湾则逐步开始了向资本主义工商社会的过渡。以1960年为例，台湾农业产值比重与工商产值比重发生质的变化；工业品出口大大超过农产品出口，标志着台湾社会由农业社会进入了资本主义社会。随之而来的便是台湾社会的西化和反西化斗争，即维护民族资本与民族文化的斗争。1987年，台湾"戒严法"的解除，是一种还权利于民，还自由于民的胜利，它与台湾社会性质的演变没有什么关系。社会性质与文学的性质虽然有很密切的联系，但却不是等同的。有时文学有着相对的独立性，比如日据时期，台湾是殖民地社会，但台湾文学却是以反殖民文学为主流的。分析文学与社会的关系，必须具体情况作具体分析。

台湾是个移民岛，移民岛的文学从移民文学中孕育和诞生。因而台湾文学是从大陆的移民文学中孕育和诞生的。台湾岛已经有数千年的历史，但台湾文学仅有300年的历史。因为文学的诞生和出现是有条件的，尤其是书面文学、文人文学的出现，必须具有相当的文化积累和相应的社会生产与生活支撑。明朝末年郑成功率大军驱荷复台，将明朝的各种制度引入台湾，并大力创办各级学校，开创教育事业礼遇文人雅士，鼓励他们招徒授诗、授文进行文学创作。郑氏政权的建立和稳定，大力发展农耕，推行军人屯垦，使台湾的生产大发展，生活大进步，为文学的诞生和发展创造了极为有利的条件。加之大陆一大批主张反清复明的明朝遗老会聚台湾，成

了一支很强的文学创作队伍。所以台湾文学在郑氏政权诞生后很快诞生，就成了一种必然现象。

台湾文学的出现，是大陆文学的原样移植。它没有幼年期，没有初生态，一出现，便是成熟的古诗。那是因为：那些移民作家在大陆时，便是成熟的诗人。他们将创作经验、艺术技巧，甚至包括生活素材，都从大陆移植到了台湾。

1651 年，沈光文在广东肇庆，扶助明朝最后一个小皇帝朱由榔执政，被授予太仆寺卿。清兵打到广东灭了朱由榔，沈光文逃到金门，次年乘一叶扁舟回家途中遇上台风，小舟随波逐流，漂到了台湾。1661 年，郑成功赶走了荷兰人，沈光文受到礼遇，招徒授诗，并创作了许多诗文，成了台湾文学的开创人。与沈光文差不多同时，或者稍晚去台的文人还有：王忠孝、辜朝荐、李正青、沈光明、卢若腾、徐孚远、沈佺期、许吉燝、王愧两、陈永华、朱术桂、纪石青、高拱乾、孙元衡、阮蔡之、陈梦林、蓝鼎元、张湄、朱仕玠、六居鲁、范咸、钱琦、杨廷理、杨桂森、周凯等。他们中每一个人，在台湾都创作了许多古诗、游记、散文、报告文学等。他们是台湾文学开创者的群体，是台湾的第一代文人，是台湾文学之河源头的第一批涌泉。

台湾文学进入抗日时期，大陆的许多爱国知识分子，怀抱一腔热血，离开大陆，离开家乡，奔赴台湾抗日前线，与台湾同胞一起英勇地抗击日本入侵者。有的为台湾的抗日献出重大决策，有的战死在沙场，为保卫台湾献出了宝贵的生命。这些先烈，这些民族英雄，在战场、在敌人的监狱中，留下了大批血凝的爱国诗篇，成为台湾文学史上光照千古之作。这些人中有梁启超、罗福星、刘永福、吴彭年、张景祁等。

20 世纪 20 年代，在新旧社会和新旧文学交替之际，台湾青年张我军在北京受到五四运动的洗礼和鲁迅的教诲，将五四文学新军引进台湾，进行了新旧文学大论战。新文学战胜了旧文学，打开了台湾新文学前进的航程。同一时期台湾知识青年黄呈聪和黄朝琴，到大陆学习考察，将大陆白话文运动的经验引进台湾，发起了台湾的白话文运动，使白话文很快取代了文言文，成了台湾新文学的表达工具。台湾新文学的一些重要作家、理论家，如：赖和、吴浊流、钟理和、洪炎秋、林海音、苏薌雨等，全都到过大陆学习取经。钟理和、林海音的创作就是从大陆起步的。五四新文学不仅为台湾新文学准备了蓝图，培养了队伍，而且直接将五四新文学的理论和作品拿到台湾发表进行示范。

1945 年，日本无条件投降，台湾重回祖国的怀抱，为了重建台湾新文学，大陆的一批文人离乡背井去了台湾。他们中有许寿裳、黄荣灿、李何林、台静农、姚一苇、田野、孙达人、方生、李霁野、黎烈文、袁珂、雷石榆等。这些文人与以杨逵为代表的台湾作家结合在一起，清扫战后废墟，消除日本余毒，重新确立台湾文学的五四新文学的方向。1947 年，两岸作家在杨逵的主导下，开展了关于"新现实主义"的讨论。两岸作家、学者一致肯定：台湾是中国的一部分，台湾文学是中国文学的一部分。并确定了台湾文学深入大众，为大众发言，为大众服务的现实主义路线。他们特别注意鲁迅精神的贯彻和传播。

1949 年，随着国情的巨大变化，一大批文人随着国民党残余政权去了台湾。不仅实现两个文学球根和文学精神的结合，而且改变了台湾文坛原有结构和创作队伍。台湾文学进入了一个与过去不同的方向和轨道。从此台湾文学的创作队伍大大地增强了。女性文学开始崛起，散文创作开始繁荣，虽然"反共八股"开始笼罩台湾文坛，但它只是台湾文学一个短暂的插曲，很快正面收获便取代了"反共八股"的负面影响。

从这个简略的叙述来看，我们可以毫无疑问地肯定：台湾文学是从大陆的移民文学开始；是由大陆的移民文学中诞生；是亦步亦趋地在大陆文学的扶助下成长；是随时随地由大陆文学支持和供养的。台湾文学和其他省份的文学完全一样，是中国文学固有的，不可缺少的一部分。

四、撰写《简明台湾文学史》的动机和原则

2001 年 5 月，本著的部分作者访问台湾期间，从《联合文学》上读到了陈芳明的《台湾新文学史》的部分章节。虽然该著还只连载了一部分，

但已露出冰山一角。就像一条破壳而出的蛇，钻出了蛇头，蛇身和蛇尾也就大体明白了。陈芳明完全站在"文学台独"的立场上，观察审视、判断台湾文学的历史。他对台湾社会性质的分析，所谓"三段论"：日据时期为殖民期；"戒严法"时期为再殖民期；1987年解除"戒严法"后为后殖民期的论断，完全违背了社会学的理论，违背了决定社会性质的经济基础的分析，违背了科学的人类社会发展的分期，混淆了民族矛盾和阶级矛盾的性质，近似对社会学理论的一种亵渎和胡说，将自己置于社会学白痴的地位。陈芳明将台湾文学史建构在这样荒唐的社会性质分析的基础上，只能是在空气上建大厦，在烟尘上建乐园。

一个学者不顾及基本事实和理论，愿意以谎言换取堕落，那也是没有办法的事。有些错误的理论是可以通过讨论改进纠正的，有些故意制造的谎言是不值得一驳的，不过事实是它的天敌，是它越不过的高山。由于他们不顾事实，信口开河而又思想混乱，他们的话语是自相矛盾的。他们今天可以这样说，明天又可以那样说，有时在同一篇文章中就自打嘴巴。1987年7月28日，陈芳明与彭瑞金在美国圣荷西陈芳明的住宅中，有一次很长的关于撰写台湾文学史的对话，标题是《从台湾文学的局限与延长——与彭瑞金对谈台湾文学史的撰写》。在这次对话中，谈到关于语言问题时，陈芳明说："我们的祖先来自中国，是不可否认的事。我们的祖先使用汉语，也是事实，所以，我们不可能为了反对统治者，不用统治者的语言、文字，而创出一套自己的语言来，我们还是要使用祖先的语言，否则，拼音也好，创字也好，一定带来大混乱。"[1] 而在同一篇谈话中，陈芳明又这样说："有许多人在谈到台湾新文学的时候，总要刻意强调它和中国的关系，例如陈少廷的《台湾新文学运动简史》便是，他们认为台湾文学是从中国文学来。我觉得看文学不能这样，从自己感官上的乐趣来解释历史。我把这样看历史的人称作——'官能民族主义'，看历史只在满足自己的快感而已。"[2] 请注意，陈芳明这里说的是"我觉得看文学不能这样"。陈芳明才

---

[1]原载《文学界》第24期，1987年11月。
[2]原载《文学界》第24期，1987年11月。

是真正地凭感觉，而不顾事实。陈芳明一会儿把台湾当局说成是"再殖民""后殖民"政权，一会儿说自己祖先"来自中国"，一会儿又给主张"台湾文学来自中国"的陈少廷扣上"官能民族主义""看历史只在满足自己的快感而已"的帽子。客观的明眼人从陈芳明变色龙般的嘴脸中，不难看出他想干什么。把"官能民族主义"的帽子给陈芳明戴上，比给陈少廷戴上适合一千倍。

　　历史不容歪曲，祖先不容亵渎。歪曲历史，亵渎祖先者自有报应。我们无意与陈芳明的谎言纠缠，让他们的谎言扰乱我们的思路。我们只在捍卫历史的真相，捍卫祖宗开创的不朽业绩。我们的目的是让历史事实发言，让历史的强大威力去震慑和埋葬谎言。这就是撰写本著的动机、目的和原则。

第一编

早期台湾文学
——从大陆到台湾

第一章
台湾文学的开山人沈光文和开创台湾文学的第一批大陆移民文人

第一节　台湾文学诞生的历史社会背景

宋朝时期，台湾属福建省晋江县管辖。赵汝适著《诸蕃志》一书中有："泉有海岛曰澎湖，隶属晋江县。"赵汝适系宋朝宗室，曾任宋朝"提举泉州市舶使"，相当于海关关长之职。元朝顺帝时设立巡检司，隶属泉州。明朝人陈第，于1603年与明军将领都司沈有容同赴台湾，先击破倭寇，后又击退荷兰殖民者。赶走入侵者之后，他在台湾广泛考察，返回大陆后，著述了《东番记》一书，对台湾的民情、物产、商贸情况作了细致描述。关于沈有容击退荷兰入侵者的战绩，至今澎湖的马公镇仍矗立着纪念碑，上刻："沈有容谕退红毛番韦麻郎等"。明朝万历年间诗人陈建勋有《谕退红夷》歌颂此事。诗曰："艨艟百丈势如山，矫汛扬帆泊海湾。黑齿红毛惊异类，轻裘缓带破愁颜。一尊立解他年衅，寸舌能教即日还。犹恋将军真感泣，无劳飞雁落弓弯。"

关于"台湾"之名的来历，大约经历了这样一个过程。最早称"夷洲""流求"，明朝时称"东番"。台南有个小地方叫"大员""大湾"，用闽南语去读，语音正好是普通话中的"台湾"之音，这就是"台湾"的来历。郑成功消灭荷兰人之后，改热兰遮堡为安平镇，这里就变成了台湾政治、经济、文化的中心，于是以部分指代全体，"台湾"就成了整个"台湾"岛的称谓了。[1] 明朝末年正式起用"台湾"之名。《明史·鸡笼传》写道："崇祯八年，给事中何楷陈靖海之策云：'今欲靖寇氛，非墟其窟不可，其窟维何？台湾是也。台湾在澎湖岛外，距漳、泉止两日夜程，地广而腴……其他，北自鸡笼（基隆），南至浪峤（恒春），可一千余里；东自多罗满，西至王城，可九百余里。水送顺风，自鸡笼、淡水至福州港口，五更可达。"这是官方文书正式叙述台湾的地理区划。明朝末年，大陆发生大旱灾，许多地方赤地千里，饿殍遍野。福建粮荒十分严重，巡抚熊文灿为减轻灾害压力，决定迁移数万人去台湾。明朝天启元年（1621年）郑芝龙（郑成功之父）去台湾投靠颜思齐。五年后颜思齐病亡，郑芝龙被推为首领。他将台湾建成自己的根据地，设立佐谋、督造、主饷、监守、先锋等官职，对当地军民实行有组织的管理。在海峡两岸进行大规模的走私活动，趁福建饥荒之年，大力扩展队伍，于是"求食者，争往投之"。他采取"劫富济贫"，来才不拒，去者不追的政策，很快扩展到三万余人的队伍。崇祯元年（1628年），郑芝龙归顺明朝，授海上游击，实际上归而不顺，自行其是。在官方的支持下，郑芝龙组织数万移民到台湾进行开发垦殖，使台湾人口大增。

明朝末年，台湾处于大批大陆移民开发垦殖的初级阶段，生产力低下，经济落后，生活贫困。加之明朝政府腐败无能，农民起义不断，在自顾不暇的情况下，没有能力去保卫和管理台湾。于是，日本、荷兰、西班牙几股殖民势力垂涎台湾的鹿皮等贸易，不断对台湾进行侵扰。台湾少数民族和大陆新移民对几股外国势力进行了反复的坚决抗击，但弱不敌强，致使荷兰人和西班牙人在台湾获得短时期盘踞。荷兰人从1624年至1662年，对台湾统治38年。西班牙人从1626年至1642年，对台湾统治16年。不管是荷兰，还是西班牙，他们的势力均未能控制台湾全境，只是海盗分赃式地同时各控制一些商贸较为发达的城市和村镇。

朝廷虽然腐败无能，对外国势力的入侵掠夺自顾不暇，视而不见，但是爱国的民族英雄却不能容忍殖民主义对国土的任意掠夺。从1646年起，

---

[1]史式、黄大受：《台湾先住民史》，北京：九州出版社，1999年9月版，第148页。

台湾就不断传出郑成功要攻打台湾的消息，荷兰殖民者闻讯惶惶不可终日。1661 年 4 月 21 日，郑成功率 2.5 万大军乘坐 400 余艘舰船，从金门岛的料罗湾出发，直取澎湖。22 日占领澎湖，人不解甲，兵不歇刃，29 日直指台湾。30 日黎明通过鹿耳门进入大员湾，势如破竹直逼赤崁城。郑成功送信给荷兰长官揆一让其投降。在兵临城下，水断粮绝的困境中，荷兰殖民主义者签署了投降书。1662 年 2 月 9 日，荷兰人退出热兰遮城。郑成功收复台湾之后，将热兰遮堡改名为安平镇，将赤崁地方（今台南市）改名为东都明京，在台湾设立一府两县。其子郑经设立南路安抚司、北路安抚司和澎湖安抚司，规划基层社区组织，基层设里，将明朝的规章典籍、行政区划制度运用于台湾。

郑成功特别重视文教事业，将一大批反清复明的文人学士延揽重用。郑成功的参军陈永华是个饱学之士，在文教建设上起了重要作用。他建议设孔庙，建立各级学校，起用科举取士制度。于是，一套自上而下的较为完整的文化教育体制便创立起来，中华文化很快覆盖全岛。经济上组织军人拓荒屯垦，对外开展贸易，郑氏政权很快将台湾治理得井井有条。文学方面，以沈光文为代表的一批大陆来的文人，积极投入创作，使台湾由无文人到有文人，由无文学到有文学，开启了台湾文学的发展里程。郑成功实现了他的"开国立家"，建立"万世不拔基业"之目的。

第二节　大陆的移民文学开启了台湾文学之路

1662 年，郑成功刚刚收复台湾，便开始狠抓文化教育事业。一批在大陆就较为显赫的明朝遗老，因对清朝不满便跟随郑成功去了台湾。比如：王忠孝、辜朝荐、沈佺期、沈光明、卢若腾、徐孚远、李正青、许吉燝、王愧两、陈永华、朱术桂、纪石青、陈梦林、阮蔡之、孙元衡、张湄、朱仕玠、六居鲁、范咸、钱琦、杨廷理、杨桂森、周凯等。这些人中，有的在大陆时期就是诗坛名家。这些文人与先期去台的沈光文等，便成了台湾文坛的拓荒者和开山人。作为台湾文学的奠基者，他们有三大有利条件：（1）他们反清复明的政治主张相同，共同期望将台湾建成一个反清复明的军事、政治、经济、文化基地，以便有一天能从清廷手里夺回"祖先创造的基业"。他们是一批过河卒子，除了前进没有退路。因而那种创业复基的心气很高，人人有一股作为的冲劲，他们的这种士气虽然不一定适应历史潮流，但却对开创台湾文学的基业十分有用；（2）郑成功的事业刚刚开始，郑氏政权刚刚建立，急需大批的文人辅佐，因而求贤若渴，礼遇和善待知识分子的政策，使这批文人有了一个良好的创作环境；（3）在此以前，台湾没有文人、没有文学，是一张白纸，正期待着文人们来经营和拓荒，这就为他们准备了很好的用武之地。台湾文学开创初期，体裁上只限于古诗和纪实文学两种，基本上沿袭大陆时期的创作。这里列举几位文人的创作情况，便可一叶知秋，窥见全貌。

徐孚远（1599—1665），江苏华亭人。1642年明朝举人，明亡后曾举兵抗清，1661年随郑成功去台湾。郑成功去世后他定居于彰化县，一面招徒授诗，传播祖国文化，一面从事农耕和文学创作。他著有《钓黄堂诗集》20卷，收诗2700多首，其中《台湾诗抄》是他在台湾创作的诗篇。他的诗除写移民的心态和情感际遇外，还描写郑成功复台和思念家乡故土等题材，表现对祖国的忠贞之情。连雅堂在《台湾诗乘》中曾对他的诗评价道："暗公之诗大都眷怀君国，独抱忠诚，虽在流离颠沛之时，仍寓温柔敦厚之意。人格之高，诗品之正，足立典型，固非藻绘之士所比也。余读《钓黄堂诗集》，既录其诗，复采其关系郑氏军事者而载之，亦可以为诗史也。"

高拱乾，陕西榆林人，1692年任分巡台厦兵备道，兼理学政，后升浙江按察使，他在台湾任职四年，编纂《台湾府志》10卷，称"高志"。他在台期间创作的作品有：《东宁杂咏》《台湾八景》和《澄台记》《台湾赋》等。高拱乾的诗，是对台湾生活的描绘，有描写台湾风光和自然环境的，有表现郑成功驱荷复台战斗的，也有对日本入侵者睥睨的。诗人在描写台湾战略地位重要时写道："天险悠悠海上山，东南半壁倚台湾。"（《东宁杂咏》一）描写郑成功驱荷复台战斗时写道："晓来吹角彻苍茫，鹿儿门边几战场。"（《东宁杂咏》二）在诗人笔下，台湾的自然风光也是豪迈壮美的："海门雄鹿耳，春色共潮来。"（《鹿耳春潮》）此诗的深意在于表面写自然，深层歌颂郑成功。鹿耳门位于南海上，十分险要，郑成功驱荷复台从这里攻入台南。春潮既是春天的海潮，也是郑成功给台湾带来的春汛。《续修台湾县志》中写道："岛上谈诗，名宦则以高观察孙司马为贵。"[1]

卢若腾（1598—1664），金门县人，明崇祯十三年（1640年）进士。连雅堂在《台湾通史·诸老列传》中写道："洁己爱民，兴利除弊，势豪屏迹，莫敢呈。荡平剧寇胡乘龙等，闾里晏然，浙人祠祀之。"1664年，他与沈佺期等人同舟来台，船到澎湖，卢若腾突然生病，遂留居太武山下，不久病逝。享年66岁。他自题墓碑："有明自许先生卢公之墓。"1959年金门发掘鲁王冢，从中发现卢若腾的著作有：《留庵文集》《留庵诗集》《制义》《岛噫诗》等。他在明朝遗老中，是郑成功最为敬仰的文人之一。卢若腾擅长写长诗，他的《金陵城》是歌颂郑成功的。他的《东都行》等诗，是描写郑成功驱荷复台和中国艰苦卓绝开发台湾的诗篇。他的《老乞翁》《甘蔗谣》《番薯谣》《哀渔父》《田妇泣》《抱儿行》等都是描写台湾人民生活疾苦的，为民喊冤，为民请命的诗作。他是最能体贴下层百姓的知识分子。他的诗题材广阔，挖掘深刻，成为现实主义写实作品的代表之作。

孙元衡，安徽桐城人。曾任四川知州，1705年调去台湾任海防同知，1708年任东昌府知州。他在台湾任期三年，著有诗集《赤嵌集》，收诗360首。《台湾省通志稿》评价他的诗时写道："《赤嵌集》内之《飓风歌》《海吼》《日入行》等诗作，健笔凌空，蜚声海上，为我台湾生色不少。"孙元衡的诗如惊涛拍岸，似台风过境，大气凌云，横空出世。如他描写台湾玉山气势的《玉山歌》中的句子："须臾云起碧纱笼，依旧虚无缥缈中。山下蚂蟥如蚁丛，蝮蛇如斗捷如风。婆娑大树老飞虫，攒肌吮血断人踪，自古未有登其峰。于戏！虽欲从之将焉从？"孙元衡的诗颇有李白诗的遗风。孙元衡极擅描绘山川大海的浑宏壮丽与捕鱼农耕之苦寒和清贫。有人评价他的诗"可与韩、苏两公较短挈长"。

张湄，字鹭州，浙江钱塘江人。1733年进士，1741年（乾隆六年）任巡台御史兼学政。在台湾任职期间著有《瀛壖百咏》，即绝句百首等诗作。

---

[1]《台湾省通志稿》，台湾省文献委员会，1960年版，第14130页。

这些诗是张湄在台湾所见所感，亲身体验之作。作品的题材较广，涉猎自然、农耕、物产、气候等。张湄的诗朴实自然，鲜活生动，相比较少书卷气。如他写柑橘："枝头俨若挂繁星，此地何堪比洞庭？除是土番寻得到，满筐携出小金铃。"

郑成功驱荷复台前后，跟随郑成功去台，或独自去台的文人很多。这里我们仅简述数位诗人的创作概况，让人们一叶知秋地了解到台湾文学萌生初期的状况。从上述情况可以得出这样几点结论：（1）郑成功驱荷复台之前，台湾没有文人，没有文学。郑成功收复台湾，为台湾文学的诞生创造了良好的社会环境和人文环境，使台湾文学的诞生有了良好的土壤、水分、气候和阳光。即为台湾文学的孕育和萌发准备了母腹；（2）郑成功驱荷复台，将大批文人从大陆带到了台湾，并将明朝的教育、文化、管理体制等体现中华文化的事物运用于台湾。不仅为台湾文学的诞生创造了社会文化氛围，而且为台湾文学播下了优良的种子，使台湾文学的萌芽、扎根、开花、结果、成长成了必然；（3）上述大批文人，去台湾之前就是成熟的诗人、散文家，有着十分丰富的创作经验和艺术积累。他们将那些创作经验和艺术积累带到了台湾，养护了台湾文学。所以使台湾文学一起步便是一种成熟的文学，它无须经历文学幼年的初生态；（4）台湾是个移民岛，几乎所有居民都是不同历史时期的大陆移民。移民社会文化的特点，就是原样地从原乡移植过来。尤其是一个国家内部的移民，由于移民不断，新老移民和原乡联系紧密，原乡的文化、文学源源不断输入，不断交流，其性质上永远是母体文化文学的一部分。所以台湾文学完全由移民文学而来，并由移民文学不断补充和输入，伴随其成长，它永远保存着原乡文学的基本性质和特色。

第三节　沈光文是台湾文学的开山人

沈光文，字文开，号斯庵，浙江鄞县（今宁波鄞州区）人，明朝故相文恭之后。少受家学，明经贡太学。明亡后，福王朱由崧在南京称帝，沈光文投靠南明，与史可法一起抗清。不久福王被灭，他隐居普陀山为僧。

1647 年（顺治四年）桂王朱由榔在广东肇庆称帝，改年号永历，沈光文复明心切前往投效，被授予太仆寺卿。其时，郑成功据守粤、闽两省，沈光文奉鲁王监国入闽参与郑成功的琅江之战役，受到郑成功的礼遇。不久，清兵攻克福建省，降清的福建总督李率泰派人持亲笔信和银子，邀沈光文共事。沈光文当场将信撕得粉碎，将银子退回，表明其反清复明的坚定立场。沈光文在福建失去依托之后，于 1652 年从金门搭船去泉州，打算返回故乡，不料船至海口围头洋遇台风，被漂流到了台湾宜兰县，后定居台南。1662 年郑成功收复台湾，知其健在，大喜。以礼相待，并赐以宅田。沈光文遇到老友，又受到优待，创作激情高涨，写了一些歌颂郑成功驱荷复台的诗。可惜郑成功收复台湾不久便病故，其子郑经即位后，沈光文因批评郑经，险遭杀身之祸。于是便隐居于目加溜湾、罗汉门、大冈山等高山族同胞聚居地，教书，创作，过着清苦的生活，直到 1683 年郑氏政权灭亡，沈光文才又活跃于文坛。沈光文在台湾生活了 36 年，于 1688 年病卒台湾，享年 77 岁。

沈光文之所以能成为台湾文学的开山人，被称为"海东文献初祖"，是由主客观条件决定的。他是最早移居台湾的大陆文人，台湾文学的白纸理应由他第一个写上诗文；他是个中华文化的饱学之士，带着中华文化的种子去台湾，又是最早的文学拓荒者，台湾文学的处女地上理应由他第一个播种。从主观条件看，沈光文为宰相之后，家学深厚，文化底蕴甚足，在大陆时期，他就是一个诗人，台湾的颠沛生活又为之提供了创作素材。再则，他反清复明的意志十分坚定，心怀渴望。这种意志和渴望，需要文学作品来表达。他成为台湾文学开山人的主客观条件是无人取代的。沈光文不仅是台湾文学界的开山人，而且是台湾文学史上第一个发起组织诗社——"东吟社"的诗人。1685 年（康熙二十四年）沈光文与季麒光、华衮、韩又琦、陈元图、赵龙旋、林起元、陈鸿猷、屠士彦、郑廷桂、何士凤、韦渡、陈雄略、翁德昌等 14 人以"爱结同心，联为诗社"的主旨，宣告成立了台湾第一个诗社"东吟社"。（先为"福台闲咏"，后更名。）这是开台湾文坛社团组织和文人有组织活动的先河。

沈光文的著作有《文开诗集》《台湾赋》《台湾舆图考》《流寓考》《草木杂志》等。这些作品中有诗、有散文、有考证，他对台湾文学的开创意义主要体现在其古诗创作方面。他诗歌的内涵和主题有这样几个方面：（1）表现其反清复明思想的。如《慨赋》《威胁》《山间》。这些作品多以古代伯夷、叔齐为榜样，体现宁可活活饿死于深山，也绝不降清的意志；（2）表现思念故乡的乡愁诗。如《思归》《望归》《赠友人归武林》《望月》等。沈光文也是台湾乡愁诗的开创人；（3）表现其艰难处境和穷愁生活的。如《夕飧不给，戏成》《柬曾则通借米》等。不过这些诗常包含励志内涵；（4）描绘高山族的诗。如《番妇》。沈光文的诗的艺术特色是明朗通达，情感饱满，情景交融，浑然一体，擅于捕捉自然物和情感活动的交会点，不着痕迹地以物传情。如"钱塘江上水，直与海潮通""故国霜华浑不见，海秋已过十年淹"等。沈光文的作品固然是祖国文学宝库中的宝贵财富，但他对台湾文学的开创意义，却远远大于其作品自身的意义。有了沈光文和他的作品，才有了台湾文学。他的诗友，台湾诸罗县令季麒光说得好："从来台湾无人也，斯庵来始有人也；台湾无文矣，斯庵来始有文矣。"[1] 季麒光这段话是对沈光文在台湾文学史上的地位和作品的历史价值与意义最准确、最客观、最公正的评价。

第四节　台湾文学开创期作品的成就和意义

整个明郑时期，即从 1662 年到 1683 年施琅率领清朝水师攻克澎湖，迫使郑成功的孙子郑克塽具表投降，郑氏政权存在了 22 年的时间。再延至 1750 年左右，大陆移民的第二代、台湾本岛出生的陈辉、卓肇昌、章甫、黄清泰等第一批文人登上文坛，大约一百年的时间，为台湾文学的开创期。其主要标志是从纯粹的移民文学发展到移民文学和移民后代的文学共生期和转换期。近一百年的移民文学取得了显著的成就。

---

[1] 季麒光：《题沈斯庵杂记诗》，龚显宗编：《沈光文全集及其研究资料汇编》，台南：台南县立文化中心，1998 年版，第 219 页。

1. 移民文学最突出最重要的内涵是炽热的爱民族、爱祖国的思想主题。这种爱民族、爱祖国的思想，常常与反对外来入侵占领的斗争连在一起，与坚决捍卫祖国的领土和尊严连在一起。而这一时期这种思想内涵又是集中表现在最重大、最重要的郑成功驱荷复台历史事件的歌颂上。这类作品应首推台湾的"开山王"郑成功的《复台·即东都》一诗：

> 开辟荆榛逐荷夷，十年始克复先基。
> 田横尚有三千客，茹苦间关不忍离。

这是郑成功病故的那一年，即 1662 年创作的诗。这首诗以恢宏的气势和畅达的语言，既写出驱荷复台的艰苦，也表达了捍卫祖国领土和尊严的决心；既表现了统帅的豪迈，也表现了战士们的忠贞。诗虽短，内容却十分丰富。此外，移民诗人中卢若腾是最突出的爱国诗人，他的爱国诗篇《南洋贼》《东都行》等，都主题突出，旗帜鲜明。《南洋贼》开篇就写道："可恨南洋贼，尔在南我在北，何事年年相侵逼，戕我商渔不休息！"诗虽直白，但情感激愤。诗人用质问的口气理直气壮地把敌人逼进墙角。卢若腾公开向世人宣告他的爱国之志。在《岛噫诗》中他写道："未忘报国栖海岛。"诗人时时准备报效祖国。在移民诗人中高拱乾等也写了不少爱国诗篇。

2. 表现中国人筚路蓝缕开发台湾的诗。移民诗人中，几乎人人都写了开发台湾的诗，因为那时移民们的主要任务是生存和立足，是将台湾的荒僻之岛开发成适合人群居住的宝岛。因此，每个去台湾的人，不管是仕途、经商或逃荒者，人人都有一段不平凡的经历，人人都有惊心动魄的遭遇和见闻。在这一类题材的作品中，卢若腾的《东都行》中有这样的描绘："毒虫回寝处，瘴泉俱饪烹。病者十四五，聒耳呻吟声。况且苦枵腹，锹插孰能擎？自夏而徂秋，尺寸垦未成。"他的《岛噫诗》中的《海东屯卒歌》更是声声泪字字血。如："海东野牛未驯习，三人驱之两人牵；驱之不前牵不直，偾辕破犁跳如织。使我一锄翻一土，一尺两尺已乏力；那知草根数尺深，挥锄终日不得息。除草一年草不荒，教牛一年牛不狂；今年成田明年种，明年自不费官粮。如今官粮不充腹，严令刻期食新谷；新谷何曾种一茎，饥死海东无人哭。"诗人以屯卒的口吻叙述亲历的屯垦生活，历历在目，活灵活现。诗中既表现了拓荒者无比的艰苦状况，也表达了受到当官的威逼对当官的不满。这些作品告诉我们台湾自古并非美丽的宝岛。那如画的风景，那丰富的物产，那秀美的山河是中华民族一代一代开发的结果，是用血滴和汗珠换来的。诗人徐孚远的《东宁咏》《锄菜》《陪饮赋怀》诸诗，对亲身开发台湾的情景，也有真切的描绘。如《锄菜》："久居此岛何为乎？恶溪之恶愚公愚。半亩稻田不可治，畦中种菜三百株。晨夕桔槔那得濡？沾块之雨昨宵下，叶里抽茎生意殊。烹菜沽酒聊自慰，西邻我友亦可呼。"这种自耕自食，有苦有乐，耕作时倍感艰苦，收获时满心喜欢的生活，是知识分子与垦卒的垦殖生活不同之处。这些同是开拓垦殖的诗篇中，却表现出了开拓者不同的身份。这种表现拓荒的诗篇，不管是在开拓史还是在文学史上都具有极大的意义。首先从历史上它是无可辩驳地证实了这块土地是中国人开拓的，中国人是它不可变更的主人。从文学上，它确定无疑地证实了这些作品是这块土地上最早的文学作品，作品的作者就是这块文学处女地的开垦者。中国人是这里历史和文学的最早的开创者，任何企图否定这块土地历史和文学开创者地位和作用的谎言，都必定在这些拓荒诗篇面前被粉碎。

3. 乡愁诗。乡愁诗是游子和移民诗人特定情感的表现，也是他们爱原乡，爱祖国，爱民族情感的一部分。有许多游子和移民虽然决心在新的土地上扎根，创造新的家园，甚至埋骨于新土，但是他们心中仍然思念着、向往着原乡。这是人类恋祖现象的反映。沈光文虽然骨埋台湾，但直到生命的尽头，他仍然刻骨地思念着家乡。他开拓了台湾乡愁诗的先河。他的许多乡愁诗都是诗中佳品。有许多诗句出自肺腑，刻骨铭心。如"去去程何远，悠悠思不穷。钱塘江上水，直与海潮通"。"旅况不如意，衡门一早关。每逢北来客，借问何时还。"乡愁诗不仅占有诗人们作品数量上的优势，而且也占有移民诗人作品质量上的优势。请看徐孚远的《怀章东生》："愁云淡淡水融融，拟挂征帆到海东。乡愁迷离春树杳，天涯一别几时逢。"

再看看他的《望春》："春光一去不重来，日日登山望九垓。岸龙水虎俱寂寞，高皇弓剑几时还？"诗人们的这些乡愁作品，情感真挚，渴望急切，象征和比喻自然贴切，和唐诗中同类作品比较，也毫不逊色。

4. 歌颂清王朝统一国家的诗篇。清王朝取代明朝是历史的发展和进步，但明朝的一些遗老却死抱着反清复明的观点不放，这是一种倒退的历史观。清王朝剿除明郑政权，将全国的政权统一，是符合历史发展潮流的，应该歌颂。不过对历史上出现的反清复明的观念和事件，也应实事求是地进行客观分析。反清复明虽然有历史倒退的一面，但它也含有热爱祖国、保卫祖国的内涵。郑成功是反清复明的统帅，但康熙皇帝不仅批准郑成功归葬家乡祖茔，而且赐他挽联："四镇多二心两岛屯师敢向东南争关壁；诸王无寸土一隅抗志方知海外有孤忠"。康熙不仅不仇视郑成功十年反清复明活动，反而称他为海外"孤忠"，其原因就在于郑成功"东南争关壁"捍卫了祖国领土的完整。康熙将郑成功反清复明收复台湾看成热爱祖国之举。郑成功忠于的是祖国，而不是某个王朝。那时被清朝政权派往台湾的一大批官员，他们同时也是文人。虽然他们比随郑成功去台湾的那批明朝遗老时间上晚了半个世纪，但他们也是移民文人。他们创作的文学，也是移民文学。他们大体上也应归于台湾文学拓荒者的范畴。清朝统一台湾后，过去追随郑氏政权的最早的那批移民文人，包括沈光文、季麒光，也都归顺清朝，放弃了他们过去反清复明的政治主张，成了清朝政权下台湾文坛的活跃文人。明郑时期的文人和随清朝政权去台的文人相结合，台湾文坛的实力更加雄厚。随清朝政权去台湾的文人主要有：施世纶（施琅之子）、洪斌、宋永清、吴廷华、夏芝芳、杨二酉、陈梦林等。这批文人创作的作品最重要的主题是歌颂清王朝统一中国。如施琅之子，靖海将军施世纶在施琅攻克澎湖，郑氏降清的战役中，他随军出征。他的《克澎湖》，是歌颂其父施琅攻克澎湖战役的。该诗写道：

> 烟消烽火千帆月，浪卷旌旗万里风。
> 生夺湖山三十六，将军仍是旧英雄。

另一个参与攻占澎湖战役的漳浦都督、福建漳州人洪斌，也有《战澎湖》一诗。该诗如下：

> 黄龙十万卷长风，蜃结氤氲沧海东。
>
> 雷发火车连帜赤，雨飘战血入江红。
>
> 雄威破胆横天表，新鬼惊魂泣夜中。
>
> 自是扶桑观晓日，捷书驰上未央宫。

清朝统一台湾之后，强化治台方略，官民移台数量大增，对台湾开拓力度加大，台湾政治经济文化进步加快。宋永清《赤崁城》一诗写道："戍卒戈船蟠地利，桑麻鸡犬附天都。闾阎近已敷文教，不是殊方旧楷模。"

5. 表现高山族同胞生活的诗。台湾开发初期，汉族去台湾开发，许多方面都得到高山族同胞的支持。如郁永河去台湾采硫黄，就靠高山族同胞采矿土。沈光文隐居高山族同胞聚居地，教高山族儿童学汉字，生活上得到高山族同胞帮助。清初文人描写高山族的诗，如吴廷华的《社寮杂诗》："五十年来渤海滨，生番渐作熟番人。裸形跣足鬅鬠发，传是童男童女身。"曾任噶玛兰通判的山东人柯培元有《生番歌》一首："或言嬴秦遣徐福，童男童女求神仙。神仙不见见荒岛，海岛已荒荒人烟。五百男女自配合，三万甲子相回环。"高山族同胞在这些人的眼里，还带着神秘感。他们把高山族同胞同秦朝派五百童男童女海上求仙药的事相联系。还有诗把高山族同胞说成金人、女真人。"金人窜伏来海滨，五世十世为天民。""信有仙源可避秦，土番半是女真人。"这些诗告诉人们，高山族同胞原是大陆迁去的炎黄子孙的一部分。福建漳浦人阮蔡文的诗《后垄港》："得鱼胜得獐与鹿，遭遭送去头家屋。"陈梦林的《丁酉正月初五夜，罗山署中大风，次早风歇，饮酒纪之以诗》："双犊乱流车苦迟，番儿强挽肤破裂。"是表现高山族生活的。

第五节　郁永河开台湾散文先河的《裨海纪游》及其他开创期的散文

郁永河，字沧浪，浙江省仁和县人，著作有：《渡海舆记》《番境补遗》《海上纪略》《郑氏逸事》《台湾竹枝词》《土番竹枝词》等。他是一个极喜欢探险克难的旅游家。他认为："探奇揽胜者，毋畏恶趣。游不险不奇，趣不恶不快。"他早有赴台湾旅游的愿望。他说："常谓台湾已入版图，乃不得一览其概，以为未慊。"（《裨海纪游》）1696 年，福建榕城的火药库爆炸，硫黄尽毁，需去台湾采硫，他终于有了去台机会，便自告奋勇去采硫黄。经历了一个多月的海上航行，于 2 月 25 日抵达台南。为了能遍游台湾，他采取陆路北进，在近一月时间内，他穿越了许多高山族聚居地，于 4 月 7 日到达淡水。旅途中他随行随记，行走路线、地形、地貌、物产人情全部详录。他不仅成了穿越台湾南北的第一人，而且留下了 17 世纪台湾南北通道的路线图。郁永河于当年 5 月在甘门答（今关渡）开炉炼硫。用土布向高山族同胞们换取矿土。"凡布七尺，易土一筐。"由于公平，山胞欢欣踊跃。郁永河对于炼硫的方法和流程，及踩穴探矿的细节都详加记录。他记录的语言文字十分生动、活泼、真切，是精彩的散文之作。现举例如下：

> 草下一径，逶迤仅容蛇伏，顾君济胜有具，与导人行，辄前，余与从者后，五步之内，已各不相见，虑或相失，各听呼应声为近远。约行二三里，渡两小溪，皆履而涉。复入深林中，林木蓊翳，大小不可辨名……复越峻坂五六，值大溪。溪广四五丈，水潺潺峭石间，与石皆作蓝靛色。导人谓此水源出硫穴下，是沸泉也。余以一指试之，犹热甚。

这段十分生动细腻的描绘，令人读之如临其境。这是古散文中的佳品，不仅具有很高的文学价值，而且具有非凡的史料价值和地质价值。郁永河此次台湾采硫历时半年，九死一生，创下人间奇迹。他谈到此次行动时说："在在危机，刻刻死亡"和"久处死亡之地"。据史册记载，历史上番汉矛盾相当尖锐，汉人常常遭到突然袭击。一次他睡到深夜，被惊醒后，发现枕头上被射入 28 支箭头。他在箭雨之中竟完好无损。他们身处瘟疫之地，他所带去的人全部病倒，病死。有时遇到强风，房倒屋塌，器具毁坏，要另起炉灶。这是一次无畏的果敢行动。郁永河终于克难炼成五十万斤硫黄运回交差，并且创作了《裨海纪游》（亦名《采硫日记》）这一台湾文学史上辉煌的散文奠基之作。叶石涛曾给予崇高评价："仁和郁永河所写的《裨海纪游》是一部台湾乡土文学史上永不能磨灭的伟大写实作品，可以比美安德烈·纪德的《刚果纪行》吧！"[1] 郁永河的古诗《竹枝词》写得相当精彩，不少作品脍炙人口，真实地记录了台湾的风土人情。如："台湾西向俯汪洋，东望层峦千里长。一片平沙皆沃土，谁为长虑教耕桑。"

台湾的散文和诗几乎是同时诞生，也是由同一批文人开创。明末清初由大陆去台的文人们，几乎每个人都是左右开弓，既写诗又经营散文。沈光文、卢若腾、徐孚远、陈永华、高拱乾、孙元衡、蓝鼎元、朱仕玠、杨廷理、侯施琅、陈宾、陈梦林等，都既是诗人，同时也是写散文的好手。当时的散文，主要品种是游记、传记、序、跋、赋等。除郁永河的《裨海纪游》外，其他重要的散文作品如：陈永华的《梦蝶园记》、高拱乾的《澄台记》、刘良璧的《红毛城记》等。所有的散文作品中，传记和游记散文成就最高。传记散文中的佼佼者是江日昇的《台湾外记》。《台湾外记》介于散文和小说之间，故事情节描写生动、鲜活、细腻。叙事抒情，自然流畅，栩栩如生。刻画人物，音容笑貌跃然纸上。从另一种意义讲，江日昇的《台湾外记》开创了台湾传记文学的先河。叶石涛认为："《台湾外记》为一本历史小说兼有报道文学之体裁，其文学精神和写作风格，应该说为台湾文学树立了一个风范。"[2]

---

[1] 尉天骢主编：《乡土文学讨论集》，台北：远景出版事业公司，1978 年版，第 79 页。
[2] 叶石涛：《台湾文学史纲》，高雄：文学界出版社，1987 年 2 月版，第 5 页。

第二章
移民文学和移民后代文学共生共存

第一节 移民文学和移民后代文学的共生期

1683 年 7 月 8 日（康熙二十二年六月十四日），施琅率水陆大军两万多人，战舰 200 余艘，从福建铜山（今东山）向澎湖、台湾进发。经历澎湖大战，郑军大败，9 月 17 日郑克塽向清军递交投降书。10 月 3 日施琅进入台湾接受投降。1683 年清军克取台湾。这是清朝时期中国历史上的重要事件。清军入台时，台湾人口下降至六七万人。[1] 清朝统一台湾后，每年从大陆向台湾移民达 10 多万人，到 1763 年，台湾人口达 666040 人。又经过48 年，即 1811 年，台湾人口便增至 1901833 人。从 1683 至 1811 年，台湾人口增加了 180 万。大陆的大批移民，为台湾带去了先进文化，增加了大批劳动力，为台湾的开发和垦殖提供了生产力。台湾普遍的、大规模的开发还是清朝时期。这种经济、文化的进步带动了文学的发展。大陆往台湾派遣了大批文武官员。文官系有：道员、知府、知县。最高文官为正四品。知县下设县丞、主簿、典史。武官方面有镇总兵、副将、参将、游击、都司、守备、千总、把总等。台湾最高武官是总兵，正二品。雍正年间，台湾的驻军已达 1.4 万人，文官 36 名。各级官员三年或五年一任。那时，文武官员中有许多人是文墨之士。

如：姚莹，安徽桐城人，1808 年进士，历任台湾知县、噶兰玛通判、台湾道 18 年。大兴教化，振兴文风受到称颂。后因抗英被英人报复，英人勾结清朝，将姚莹逮捕入狱，引起台湾人民激愤。后革职他任。姚莹著有

---

[1] 参见陈孔立：《台湾历史纲要》，北京：九州出版社，1996 年版。

《东溟文集》《东槎纪略》等。姚莹的《台湾行》是描写台湾自然风貌和风土人情的。诗中有"长年暄暖无霜雪""男女赤足垂双环"的句子。他的《留别台中人士》一诗，既描写台湾物产丰富"独运天南数君粮"，又表现出"户口日增民利尽"，为台湾的未来担忧。表明姚莹是一个爱祖国、体民情的好官。

周凯，江西富阳人，1811 年（嘉庆十六年）进士，1833 年（道光十三年）任台湾道。因为清廉"甚获民心"。他关心人民疾苦和遭遇，诗中对灾情民怨有真切的反映。如"坐定问民疾，父老双泪流，谓遭去年旱，颗粒不得收""一字一珠泪""归来不成餐"。他著有《澎湖行记》《内自讼斋文集·诗集》。

徐宗幹，江苏通州人，1820 年（嘉庆二十五年）进士，1848 年（道光二十八年）任分巡台湾道。徐宗幹任台期间，正值鸦片战争。他领导台湾人民建立《台湾绅民公约》，进行抗英活动，反对"习教成众"，反对"占地盖房"，反对"霸揽货税"，政绩卓越。徐宗幹著作甚丰，有《红玉楼诗选》1 卷，《斯未信斋文集》21 卷。

刘家谋，福建侯官人，1835 年（道光十五年）举人，1846 年任台湾学府教谕。他的作品有：《外丁卯桥居士初稿》8 卷，《东洋小草》4 卷，《研剑词》1 卷，《开元宫词》2 卷，《揽环集》10 卷。其中最著名的是收录台湾掌故的《海音诗》2 卷。刘家谋的《海音诗》是绝句一百首，描写台湾地理、历史、风土、人情、时事等内容。如写澎湖物产贫乏的诗："一碗糊涂粥共尝，地瓜土豆且充肠。萍飘幸到神仙府，始识人间有稻粱。"该诗说明文字写道："澎湖不生五谷，惟高粱、小米、地瓜、土豆而已"，是郑成功推广水稻，人们才吃上大米。

杨廷理，广西柳州人，曾任台湾海防同知、知县。1812 年（嘉庆十七年）任噶玛兰通判。著有《东瀛纪事》《噶玛兰纪略》《东游诗草》等。

范咸，浙江仁和人，1723 年进士，1745 年（乾隆十年）任巡台御史。任职两年期间与六居鲁合编《重修台湾府志》，并著有《婆娑洋集》和《浣浦诗抄》等。范咸的诗有咏史、有写人物、有反映当时社会现实的。比较有意义的是反映当时台湾生产生活状况的作品，如《台江杂咏》《再叠台江杂咏》《三叠台江杂咏》等。诗中有这样的句子："人非土著翻成庶，食有余粮到处盈。""地瓜生处成滋蔓，土豆收时祝满盈。"这都是贴近下层劳动者的作品。此外，那时的移民诗人还有六居鲁、钱琦、朱仕玠、张之新、熊一本、何竟山、沈葆桢、周华仲、黄逢昶、杨桂森、杨二酉、夏之芳、李宜青、周钟瑄、庄年、赵冀、张际亮、张景祁、刘铭传等。这些诗人中张景祁的文学成就最大。他是浙江杭州人，1874 年（同治十三年）进士，1883 年（光绪九年）调台湾淡水知县。时值中法战争，他力主抗法。著有：《新蘅词》《掔雅堂诗集》《掔雅堂文集》等。其描写抗法战争的诗词"纪实抒愤、慷慨苍凉"，被近代词人谭献称之为"江东独秀，其在斯人"。

　　清朝时期，大陆漳、泉、粤三地大批移民对台岛进行全面开拓垦殖，自郑成功起狠抓教育文化传播，使台湾的政治、经济、文化有了很大的发展和繁荣。文学方面，明郑时期老移民文人逐渐衰老，清朝新的移民文人又大量涌入。不过接替老移民文人事业的，不仅是新一代移民文人，除了他们之外，还有一批生力军，就是第一批移民们的后代，即本省文人。经过郑成功政权教育培养，他们中的精英分子进入了仕途。1895 年甲午战败，清朝政府将台湾割让给日本，台湾人民奋而反抗，他们中稍后崛起的伙伴在抗日战争中大都亦文亦武，成了捍卫祖国尊严、保卫领土完整的反侵略爱国将士。在整个清朝政权时期，台湾文坛便是处于移民文人和移民后代文人共生共存的合作期，也是由移民社会向本省人社会、由移民文坛向本省人文坛的过渡时期。这个时期涌现的本省文人中较著名的有：

　　陈辉，字旭初，台南人，1738 年（乾隆三年）举人。曾参与重修《福建台湾府志》和《台湾县志》工作，著有《陈旭初诗集》1 卷。陈辉的诗，内容上真实地反映了下层百姓的疾苦。如《买米》一诗中写道："一闻米价高，叹息谋菜妇。高堂有老亲，幼子尚黄口。"陈辉的诗乡土写实性很强，表现了诗人与下层人民的密切关系和对他们的深厚同情。

　　卓昌肇，台湾凤山人，1750 年（乾隆十五年）举人。长期担任书院主讲，著有《栖碧堂全集》。卓昌肇创作了许多风景诗，如《凤山八景》《鼓山八景》《龟山八景》等。大量风景的塑造和描绘，是诗人热爱乡土心情的投射。

章甫，台南人，1799 年（嘉庆四年）贡生，著有《半崧集》6 卷。章甫有学问，有才情，诗作常有独创与超人之处。有人评价其诗曰："上祖风骚追汉魏，集成直欲纲三唐。"

黄清泰，台湾凤山人，武官六品，最高职务参将，戎马生活 30 多年。他的诗气势雄浑，语言豪放。他的作品既有五言，也有七言，以七言见长。如《九日偕友人登八卦山》："海色天容一镜描，仙风拂拂袂飘飘。千秋艳把龙山酒，七字吟成鹿港潮。地势长蛇宜据险，民情哀雁怕闻谣。太平须悟边防重，半壁东南翼圣朝。"因为诗人是武官，他的诗作便以国防和军事价值评价山水。

陈肇兴，彰化县人。1858 年（咸丰八年）举人。他是武官出身，参加过 1862 年至 1866 年的"戴春潮事件"平叛战争，诗中常写到此事。他的著作有《陶村诗稿》8 卷，诗作中《由港口放洋，望海上诸屿，寻台山来脉处，放歌》一诗，写得十分精彩，表现了大陆和台湾的母子关系。该诗写道：

> 鼓山如龙忽昂首，兜之不住复东走。
>
> 走到沧海路已穷，翻身跳入冯夷官。
>
> 之而鳞爪藏不得，散作海上青芙蓉。

该诗是描写台湾与大陆关系的诗中佳品。诗人将福建的鼓山比龙头，龙身向东，深入台湾之后，龙爪散开变成了台湾澎湖等海上的岛屿。诗的气派之大，想象之奇，形象之美，比喻之贴切，均不多见。

曾曰唯，台南人，著有《半石居诗草》1 卷。蔡廷兰，澎湖人，当过知县，著有《惕园诗文集》等。陈斗南，台南人，著有《东宁自娱集》1 卷。陈维英，淡水人，著有《太古巢联集》《偷闲录》《乡党质疑》等。陈震曜，台南人，著有《小沧桑外史》4 卷，《风鹤余录》2 卷，《海内义门集》8 卷。郑用锡，新竹人，著有《北郭园集》。林占梅，新竹人，著有《潜园琴余草》。郑用鉴，新竹人，著有《静远堂诗文集》等。施士洁，台南人，著有《后苏龛合集》。汪春源，台南人，著有《柳堂诗文集》。吴德功，彰化人，甲午战争期间任台中县甲正局管带，为抗日先驱，著有《戴案略记》《施案略记》《让台记》《瑞桃斋诗稿》和《瑞桃斋诗文稿》等。王竹友，新竹人，著有《台阳诗话》《如此江山楼诗存》等。《台阳诗话》不仅是王竹友的力作，也是重要的古体诗词的评论集，上下两卷，论诗150余家。论述平实，评判中肯，并能探索各重要诗人的流派和师承，具有较好的学术价值。胡南溟（殿鹏），台南人，著有《南溟诗抄》《大冶一炉诗话》，胡氏有"狂士"之称和"胡天地"之誉。他的长诗《黄河曲》《长江曲》《湘江曲》《曲江曲》浩瀚汪洋，自由驰骋，将祖国河山的壮阔形貌显于笔端。如《黄河曲》中写道：

> 万迭山泉动地鸣，化为无数小列星。
>
> 列星夺涌成海水，海水撼山山欲崩。
>
> 车马连岗卓驰骤，波光摩荡走春霆。
>
> 群岩积石擎天立，势如奔涛万里经长鲸。

胡南溟的诗，为台湾古诗中一奇。谢颂臣，台中人，为丘逢甲部下抗日将领，著有《小东山诗集》，诗中充满忧愤之气。

由上述简单列举的诗人和作品，可以清楚地看出，清朝时期台湾文坛的特点是：（1）大陆去台的移民文人和台湾出生的文人，大体上是各一半，创作成就也旗鼓相当。此时的台湾文坛是由移民文人和台湾出生的文人两根梁柱支撑，缺一不可。这表明台湾文学处于一种由移民文学向台湾文学的过渡和转型期；（2）此一时期台湾文学创作题材有了很大的变化。由于1895年甲午战败，日本入侵台湾，两岸人民并肩抗日，诗的题材由一般地表现民生疾苦和自然风光，转向了抗日爱国题材。诗的风格气度由柔美转向激愤悲壮；（3）此一时期两岸文人开始了互动交流。虽然从数量上大陆来台文人仍占着绝对优势，不过，台湾生长起来的文人往大陆做官、访游的越来越多。如：

李望洋，宜兰县诗人，于1872年至1885年间赴甘肃省任知县、知府等职。他的《西行吟草》就是描写甘肃和表现内地生活的。

施士洁，1895 年内渡，游晋江、泉州、厦门，任同安县马巷厅长，并入厦门"菽庄吟诗社"为同仁。他在台湾诗坛享有盛名，连雅堂在《台湾诗乘》中写道："光绪以来，台湾诗界首推施沄舫，丘仙根二公。"

许南英，台南人，著有《窥园留草》《窥园词》。1895 年内渡福建龙溪，并在广东任职，曾入厦门"菽庄吟诗社"为同仁。这个时期内渡的台湾文人还有：安平举人汪春源、嘉义举人罗秀惠、淡水举人黄宗鼎、彰化县进士李清奇、台湾县进士叶贵雁、台中文人林痴仙、台中文人谢颂臣。以及台湾文人：丘逢甲、陈浚芝、黄颜鸿、郑鹏云、林鹤年、林尔嘉、林景仁和林景商等先后到过大陆。这些人或为官，或游览，或定居，在大陆期间均创作了不少作品；（4）那个时期两岸文学、文人的互动交流和如今的互动交流内涵有所区别。那时台湾刚刚开发，移民和原乡联系极为密切，亲戚故旧的关系、辈分清晰可数。移往台湾省并未将自己看作是台湾居民，在他们心目中，返回大陆就是回老家，如在异地生活得不好，可随时返回原乡。如丘逢甲、许南英在台湾抗日失败，无法立足，便返回原乡定居。那时台湾人和大陆人的界定并不明显，人们心目中唯有我是中国人的概念，台湾人的概念在人们心目中非常淡漠；（5）这个时期两岸文学交流互动中，大陆的许多文学大家、名家来到台湾，尤其是一些革新派失败后，在大陆无法立足，而来台湾逃难或省亲讲学者大有人在。他们中如：章太炎，在台湾任报社记者。梁启超，1911 年 2 月 28 日至 3 月 13 日游台。谭嗣同，两次去台湾，第一次是 1889 年 5 月。康有为将其孙子康葆延交托台湾学生张汉文处避难定居，后从台湾文化大学退休。林琴南也先后两次赴台，首次为 1867 年，第二次为 1878 年 10 月，他曾在淡水居住三年。这些大家、名家，到台湾居住和创作，对台湾文学的发展有所推动。

第二节　中华民族的反抗精神是台湾古典文学的灵魂

　　台湾的古典文学，即大陆的移民文学一出现，便伴随着反对异民族入侵的历史，开始了文学的反侵略斗争，其中有与西班牙、荷兰、法国、英国等新老殖民主义的斗争。如明朝诗人陈建勋于 1604 年左右便创作了反荷诗《谕退红夷》。明朝诗人李楷于 1606 年前后便创作了反日诗《征倭诗》。1662 年郑成功创作了抗荷诗《复台》。在反抗诸帝国主义的斗争中，与日本帝国主义的斗争持续时间最长，战斗最为激烈尖锐，中国人付出的代价最为惨重。虽然在清朝以前，日本人就不断骚扰我国领土台湾，但大规模的、持续的抗日战争是自 1895 年反台湾割让开始，与日本人的战争进行了 50 余年，直至 1945 年 8 月，日本无条件投降。在这场持续了半个世纪的残酷斗争中，中国人始终是在两条战线上作战，即武装斗争和非武装斗争。20 世纪 20 年代以前，是以武装斗争为主，非武装斗争为辅；20 世纪 20 年代以后，以非武装斗争为主，武装斗争为辅。即使在以武装斗争为主，非武装斗争为辅的日子里，抗日的勇士们也是一手持枪，一手握笔，写下了大量的感天地、泣鬼神的爱国主义诗篇。抗法名将、黑旗军统帅、"台湾民主国"大将军、著名的民族英雄刘永福文武双全。他的诗大气磅礴，表现了挥兵百万、驭将千员的统帅胸襟和与敌人势不两立的英雄气概。他的《别台诗》写道：

> 哀生无限托笙箫，泪落清霜化为潮。
>
> 饮胆枕戈期异日，磨刀励志属今朝。
>
> 生存道义何迟死，身是金刚不怕销。
>
> 再奏悲歌惊四座，满江一曲赋魂消。

　　虽然因为朝廷破坏和寡不敌众，抗战失败了，但刘永福写的不是哀歌，而是断帛裂锦，血溅红日，悲壮赴难，再立天地的英雄颂。诗人们也用自己的心血和真情歌颂刘永福。杨文萃诗中写道："欲为危时撑大局"，"几回击楫泪滂沱"。林鹤年在《寄刘渊亭》诗中写道:"兵销甲洗天河夜,只手澜回力障东。"刘永福是海峡两岸中国人心中永不倒的大山。

浙江人吴彭年,为支持刘永福黑旗军抗日保台,不把官职放在眼里,自愿去台充作刘的幕僚。他率700黑旗军士兵转战新竹、苗栗、彰化之间,誓与台湾共存亡。在八卦山激战中,血战数日,崩倒于战场,为保卫台湾献出了宝贵的生命。他文武全才,留下不少壮美的诗篇。请看《和易实甫寓台咏怀》(一):

> 九重何忍弃斯民,斗柄寅回又是春。
>
> 反侧夷情终割宋,回思遗泽岂忘郇。
>
> 乌江差渡八千旅,孤岛坚存五百身。
>
> 太息唐衢徒自负,赢将佳话说逃人。

诗的开头便向清朝的最高统治者进行质问,谴责清王朝割让台湾,但台湾的老百姓并没有忘记祖国。该诗歌颂了抗战精神,批判了逃跑主义。

台湾诗人蔡惠如,是台湾新旧文学过渡期中,台湾新文学的先驱之一。因抗日,被日本人抓进牢里,但他坚贞不屈,对祖国充满希冀和渴望之情。他在狱中作《狱中感赋》36首,其中有这样的句子:"中原大地如春归,绿水青山待我还。"他在最黑暗的日本人监牢中眺望着祖国的春天。

孙中山"同盟会"派往台湾抗日的成员罗福星,曾参加过黄花岗起义,曾到新加坡、印尼、缅甸为"同盟会"工作。他到台湾后,在不长的时间里发展了数万名党员,在发起"苗栗起义"时不幸被捕,被处绞刑,年仅29岁。他在狱中写下了大量诗作,题名为《绝命诗》,刊于《台湾省通志稿·革命志·抗日篇》。现举两首:

> 背乡离井赴瀛山,扫穴犁庭指顾间。
>
> 世界腥膻应涤尽,男儿不误大刀环。
>
> 青年尚武奋精神,睥睨东夷肯让人。
>
> 三岛区区原弱小,莫怕日本大和魂。

诗人在敌人的监狱中，时时面临死神的召唤，但他英勇无畏，对革命充满信心。他公开号召人们"莫怕日本大和魂"，真是钢筋铁骨，大气凛然，视死如归，在野兽面前比野兽更强悍。

在谈台湾的爱国诗篇时，不能不提及梁启超。1911 年，梁启超受林献堂的邀请访台，他看到台湾的武装抗日牺牲惨重，成效甚微，便建议由以武装抗日为主，改由非武装抗日为主。在他的帮助下，台湾抗日活动很快变化。于是"台湾文化协会"等非武装抗日团体很快诞生。梁启超在台湾写了许多诗，题名曰《台湾杂诗》。他的一首长标题诗：《三月三日，遗老百余辈设欢迎会于台北故城之荟芳楼，敬赋长句奉谢》一诗：

> 劫灰经眼尘尘改，华发侵颠日日新。
> 破碎山河谁料得，艰难兄弟自相亲。
> 余生饮泪尝杯酒，对面长歌哭古人。
> 留取他年搜野史，高楼风雨纪残春。

诗中表现了梁启超站在被敌人占领的国土上的痛苦和无奈，透露出对敌人的仇恨和对同胞的同情与挚爱。

台湾这些反抗异族入侵和占领的爱国诗篇，是先烈们用鲜血写成，用生命浇铸，辉煌灿烂，壮美无比。它既是血写的历史，也是中国的国魂。台湾的历史因它而获得延续和再生，台湾的土地因它肥沃而美丽。它既是台湾文学之骨，也是中国文学之魂。它是台湾文学大山的巍峨高峰，它是台湾文学长河中最灿烂的灯塔。患有软骨病和夜盲症者读读它，腰就会变得挺直，眼睛就会变得明亮。

第三节 台湾早期抗日文学三杰：丘逢甲、 洪弃生、连雅堂

丘逢甲（1864—1912），字仙根，号沧海，台湾彰化县人。13 岁中秀才，1899 年在福建乡试中举人，同年进京考取进士，与布政使唐景崧交往

甚密，既是师徒，又是朋友。丘逢甲毕生以郑成功的爱国主义精神自勉："我生延平同甲子，坠地心妄怀愚忠。"1894年甲午战争爆发，丘逢甲就预见到日本人对台湾的野心。于是便投笔从戎，用私家资产招兵买马组织团练，共有10万余人，成为捍卫台湾安全的一支重要力量。1895年2月，甲午战败，唐景崧正式征调丘逢甲负责台北市的防务。丘逢甲与哥哥丘逢先、三弟丘树甲并称为"丘门三杰"，均是丘家抗日义军的领袖。1895年4月18日，《马关条约》签订当天，丘逢甲血书"拒倭守土"四个大字，联络唐景崧、刘永福共同抗日。同日又写血书："桑梓之地，义与存亡"，上呈清廷。他们倡议成立"民主国"，丘逢甲任各军统领和"副总统"。他们宣告："愿人人战死而失台，决不愿拱手而让台。"终因寡不敌众而失败。丘逢甲回到原籍——广东嘉应州。离台时，丘逢甲写下《别台作》诗六首。诗前小序："将行矣，草此数章聊写积愤。妹倩张君清珍藏之。十年后，有心重若拱璧矣。海东遗民草。"其中第一首写道："宰相有权能割地，孤臣无力可回天。扁舟去作鸱夷子，回首河山意黯然。卷土重来未可知，江山亦要伟人持。成名竖子知多少，海上谁来建义旗？"这首诗表明丘逢甲不甘心失败，时时心系国土，并抱着聚积力量再与敌人一拼的愿望。在《往事》一诗中写道："不知成异域，夜夜梦台湾。"在《送颂臣之台湾》一诗中写道："十年如未死，卷土定重来。"不光复台湾，丘逢甲死不瞑目。丘逢甲返乡后被推为广东教育总会会长，广东资议局副议长。辛亥革命后，出任南京临时政府参议员，广东军政府教育部长等职。丘逢甲去世时年仅48岁，临终遗言："葬须向南"，"吾不忘台湾也！"丘逢甲是我国晚清时期的重要爱国诗人。他9岁就写出《学堂即景》《万寿菊》等诗，享有"古诗手"之誉。著有《柏庄诗草》《岭云海日楼诗抄》。丘逢甲被誉为"丘才子"，唐景崧赠他"海上百年生此奇士，胸中万卷佐我不能"对联一副。丘逢甲诗作最突出的内容和主题，是强烈的爱祖国、爱民族精神。一方面他对清廷的腐败无能割让台湾的卖国行径极为愤慨，心中无一日不怀复台渴望，"重完破碎山河影，与结光明世界缘"。另一方面对祖国的未来怀着希望："郁郁钟山紫气腾，中华民族此重兴。江山一统都新定，大纛鸣笳谒孝陵。"（《谒明孝陵》）丘逢甲是新派诗人，主张诗界革命。丘逢甲在《台湾竹枝词》诗中对新派主张有突出表现："唱罢迎神又送神，港南港北草如茵。谁家马上佳公子，不看神仙只看人。"诗中的平民化和口语化气息相当浓郁。梁启超说："若以诗人之诗论，丘沧海其亦天下健者矣！"并称他为"诗界革命一钜子"。柳亚子论诗六绝句云："时流竟说黄公度，英气终输沧海君。血战台彭心未死，寒笳残角海东云。"柳亚子认为丘逢甲的诗气势上超过黄遵宪。

洪弃生（1867—1929），彰化鹿港人，原名攀桂，又名一枝，字月樵。1895年割台之后，痛愤时局，改名繻，字弃生。他既是诗人，又是台湾第一位戏剧理论批评家。著有《寄鹤斋诗集》《寄鹤斋古文集》《寄鹤斋骈文集》《寄鹤斋诗话》《话诗体裁示及门》《八州游记》《中东战记》《瀛海偕亡记》共百余卷。戏剧理论批评方面的著作有《阅〈钧天乐〉小柬》《借〈长生殿〉小简》《还〈长生殿〉传奇又借他本》《付〈钧天乐〉与陈墨君书》《论〈钧天乐〉与陈墨君书》等。他的《寄鹤斋诗话》是一部中国诗的总评集，上自诗经下至明清，有关诗以总述和分述的方法进行梳理、批评、论证。《话诗体裁示及门》从乐府到古诗、近体诗的总体流变及流派风格进行评述，并对重要的诗人进行论评，是一部中国诗歌发展史。他的戏剧理论，几乎对中国的一些古典名剧一一加以评判论述，从剧本结构、语言技巧、人物塑造到舞台效果皆加论评。洪弃生是台湾文学史上的大家，他的诗集有：《谑蹻集》《披晞集》《枯烂集》等。洪弃生仇日爱国，民族意识极强。李渔叔在《三台诗传》中写道："闻月樵于乙未割台后，不肯剪发，自比殷之顽民，日人屡招不出，旋假他事诬之，被系经年，郁郁卒。"其中愤惋之词随处可见。如《自叙》前五首有句云："抱有殷周器，饿与沟壑填。薇蕨甘如饴，夫岂饮盗泉。"又"出门无高会，日月常西倾。托身栖远屿，室有巨鲸鸣。"[1] 洪弃生诗中的反日爱国主题异常强烈，他忠于祖国，忠于中华民族的意志，让日本人的软硬阴谋均碰得粉碎。宁死不辱志，宁死不背叛，让敌人胆寒心惊，而又无可奈何。他的《披晞集》《枯烂集》中的爱国诗可圈可点。他在《洋兵行》中写道："笼鹅又牵牛，路上掠牺

---

[1]陈昭英：《台湾诗选注》，台北：正中书局，1996年版，第237页。

牲。入市索民居，占房拆门闾。"诗中将帝国主义抢劫杀掠的罪行揭露得如临眼前。他在《代友答日儒问清官日官利害》一文中对清朝官员和日本占领者进行对比写道："清官去日官来，事之大变，民之大害也……今有台湾新破，攻城略地，尸横遍野，所杀皆路途平民，民为寒心……今乃得地经年而兵悍愈甚。占民居，掠民财，淫民妇，戮民命，辱民望，民之含忍而不敢言者多矣……"洪弃生以他亲眼所见，亲身所历，对日本人的滔天罪行进行了愤怒的揭露和控诉。洪弃生是台湾文学史上的多面手，在文学的许多领域都有不凡建树。他的台湾游记也独树一帜，这方面的作品如：《游珠潭记》《游关岭记》《游淡水记》《纪游沪尾》《纪游鸡笼》等，对台湾的山水风光作了很好描绘。

连雅堂（1878—1936），名横，字天纵、武公，号慕陶、剑花。台南人，早年在上海读圣约翰大学。21岁任《台湾日报》记者。1905年（光绪三十一年）携眷抵厦门任福建《日日新报》主编，后返台湾与赵云石等共创"南社"，又加入"栎社"。民国之后，他又到大陆工作、旅游。他游历了上海、南京、苏州、杭州、扬州、武汉、九江、沈阳、长春、吉林等十余个城市，足迹印满祖国各地，先后在吉林报社、边声报社、清使馆工作，收集了大量文史资料带回台湾。返台后创作了《大陆游记》《大陆诗草》。1916年完成《台湾赘谈》，1918年完成《台湾通史》，并著有《台湾诗乘》和《台湾语典》《雅言》和《剑花室诗集》。连雅堂于1927年为"爱国保种"创办雅堂书局，推广中文图书。连雅堂既是台湾著名的历史学家，也是爱国诗人。他在旧文学中是主张文学改革的，曾提出"台湾诗界革命新论"和"文学革命"、"乡土文学"等口号。在日本占领台湾，妄图割断台湾与中国脐带的情况下，连雅堂出于爱国的考虑，提出"反对同化"，抵制日本的文化占领；提出"整理乡土语言"，与日本话相对抗。建议从民间文化中吸取营养，提出"文学革命"要"注重精神，不在形式"等爱国主张。连雅堂的《台湾诗乘》是一部台湾旧文学史性质的著作。连雅堂谈到此著动机时说："台湾三百年间，能诗之士先后蔚起，而稿多失传，由以僻处重洋，剞劂来便，采诗者复多遗失，故余不得不急为搜罗，以存文献。"该书

共收 200 余家诗作，按年代编排，间有释议。此外，他的《台湾诗社记》
和《台湾通史》的"艺文"部分，为台湾的旧文学积累了大量的资料，供
后学者借鉴。连雅堂的诗作《大陆诗草》《宁南诗草》《剑花室外集》，共
收诗近千首。这些诗作充分表现了作者反抗日本帝国主义和热爱祖国、热
爱中华民族的思想。诗中的国仇家恨跃然纸上。如《宁南望春》写道："宁
南春色梦中横，劫后登临气未平。春草白沙乌龟渡，绿天红雨赤崁城。豹
纹暂隐何曾变，龙性难驯一时鸣。凄绝钓游旧时地，夕阳空下兵马营。"诗
中对日本人占领家乡、逼得全家迁居，弄得国土破碎，心中愤怒不平。不
过豹隐一时，龙性难驯，笑得最好在最后。打败日本入侵者，诗人充满信
心。《八卦山行》一诗以饱满激情，将颂歌献给抗日英雄："万雷澎湃撼孤
城，八卦山头云漠漠。蓦然一骑突围来，左甄右甄相刺斫。鼻头出火耳生
风，五百健儿齐踊跃。"诗人写英雄们在战场与敌人拼杀如火如荼，舍生忘
死的情景壮烈无比。"城存与存亡与亡，万民空巷吞声哭。"万众一心，众
志成城，诗人将全部激情和豪气都献给了抗日事业。

第四节　台湾的旧诗社概况及其意义

台湾的诗社出现，标志着诗人的团队意识和互助意识的增强；表明以
有组织形式为核心文坛的出现；也表明文坛竞争意识的萌动。台湾文坛出
现诗社，可追溯到 17 世纪，即 1685 年（康熙二十四年）台湾文学的开创
者沈光文与其诗友季麒光、华衮、韩又琦、陈元图、赵龙旋、林起元、陈
鸿猷、屠士彦、郑廷桂、何士凤、韦渡、陈雄略和翁德昌 14 人，以"爱结
同心，联为诗社"的主张，组成"福台闲吟"，后易名"东吟社"。这是台
湾历史上第一个诗歌社团。沈光文在《东吟社序》中写道："社友当前，诗
篇盈筐"。表明当时诗人之间非常团结，创作相当繁荣。到了 18 世纪，台
湾诗社开始多了起来。1847 年"斯盛社"成立，发起人为郑用锡，社友有
7 人。1878 年"崇正社"在台南成立，发起人为许南英，社友有陈卜吾、
王泳翔、施士洁、丘逢甲、汪春源，陈梧风等。许南英之子许地山在《窥

园先生诗传》中写道："以崇尚正义为宗旨，时时会集于竹溪寺。"1886 年，"斐亭诗社"在台南成立，成员有唐景崧、施士洁、倪耘劬、杨樨香、张漪绿、熊瑞卿、施幼笙、丘逢甲、许南英、汪春源、郑鹏云、林启东、黄宗鼎、谭嗣襄、罗大右等。1886 年，"竹梅吟社"在新竹县成立，发起人为陈浚芝，主要成员有郑家珍、郑兆璜、李祖训等。另一些成员如：郑云鹏等同时也是"斐亭诗社"成员。1890 年，"荔谱吟社"在彰化县成立，组织发起者有蔡醒甫、吴德功、黄如许等。1891 年"浪吟诗社"在台南成立，发起人为许南英。1893 年，"牡丹诗社"在台北成立，发起人为唐景崧，成员几乎囊括了台湾的主要诗人，有 100 余人，是台湾最大的诗社。它的成员遍布各地，囊括了各界人士。1893 年，"海东吟社"在台北成立，为"牡丹社"派生的诗社。1898 年，"栎社"于台中成立，成员有林痴仙、赖悔之、林南强 3 人。不久停止活动，1902 年恢复活动，到 1906 年成员发展到 20 人以上。1909 年，"瀛社"在台中成立，社长为洪以南。1919 年，"台湾文社"在台中成立，陈基六、陈沧玉、郑少舲、庄伊若、林大智、林望洋为理事。到了 20 世纪初期，台湾旧诗社的联吟之风又开始盛行，旧诗社和书院相当繁盛。据统计，割台后书院数量曾达到 2 万余个，诗社也有 200 多个。当时文人的心情，消极而言，不外借诗以寻求解脱。如林朝崧创"栎社"时所言："吾学非世用，是为弃材；心若死灰，是为朽木。今夫栎，不材之木也，吾以为帜焉。其有乐从吾游者，志吾职。"[1] 台湾的旧诗社，始于明郑，成长于清中期，繁荣于清末，滥于 20 世纪初。它在文学史上有过积极的贡献，初期它在推动诗人互相交流探讨诗艺方面起过积极作用，发挥了诗人之间的团队精神。到了 18 世纪，除了上述功能，鼓动抗击异民族入侵，发扬诗人们的爱国精神方面也不无作用。但是旧诗社到晚清，尤其日本殖民统治时期，它的消极作用越来越暴露。诗社间盛行的唱和之风，形式主义之风渐渐麻木人们的斗志，有一些旧诗人被日本人所利用，为入侵者歌功颂德，走向了堕落和毁灭。

---

[1] 陈昭英：《台湾诗社》，台北："中央"图书馆，1996 年版，第 5 页。

第二编

中期台湾文学

——从阻隔到汇流

第三章
五四运动影响下的台湾新文学运动

第一节　台湾人民斗争方式的转换与文化抗日
　　　　运动的出现

　　20 世纪 20 年代初期，在台湾的社会进程和新文学史上具有不同寻常的意义。一方面，台湾抗日运动从武力反抗到非武力反抗的转换，标志着台湾人民的斗争方式发生了变化；与此同时，日本殖民当局由"武治"到"文治"的对台统治策略的重点转移，构成了日本殖民统治台湾史的分水岭。另一方面，面对台湾社会形势的发展变化，特别是受到第一次世界大战之后世界性民族自决潮流的冲击，受到祖国大陆五四新文化运动的影响，在东京留学的台湾进步知识分子，发起了文化思想性的政治社会运动，由此凸显出文化抗日的意义。

　　台湾自 1895 年被甲午战争中失利的清政府以《马关条约》一纸割让，从此沦为日本殖民地长达半个世纪之久。日本占据台湾的主要目的，一是要通过残酷的经济剥削，掠夺台湾资源，把台湾变成本国生产的原料市场与消费市场，以图工商权利的垄断；二是将台湾作为日本进一步南侵的前哨据点。[1] 围绕这种侵略目标，日本殖民者强力推行割断台湾与祖国大陆血缘联系的高压统治，企图把台湾人民变成没有祖国的、对异族侵略者俯

---

　　[1] 日本政要外务大臣陆奥宗光在《关于台湾岛屿镇抚策》一文中说："我们占领台湾之要旨，不外乎在于二端，即：一则以本岛作为将来展弘我版图于对岸之中国大陆及南洋群岛之根据地；二则在开拓本岛之富源，移植我工业制造，垄断工商权利。"转引自刘振鲁：《对日据时期灭种政策的剖析》，见《台湾文献》33 卷 1 期。

首帖耳的臣民。1895年6月，日本在台湾设立总督府，从此"总督的独裁权力，特殊的警察统治和保甲制度，构成了日本殖民统治的三大支柱。"[1]总督由即任陆海军大将或中将担任，必要时有权公布命令或律令，以代替法律；有权统率驻台军队，指导军政及其他军事行动；有权处理关于关税、铁道、通信、专卖、监狱及财政等特殊行政事务；这使得总督在台拥有一切独裁的权力。而凶狠、严密的特殊警察制度的建立，则成为推行日本殖民权力的保障。按照当时编制，从州、厅、市、郡到街庄，全岛共有警察机构1500多处，警员1.8万余人，平均每160名居民配备一名警察。这些警察以统治者自居，集军、警、政、教大权于一身，对台湾人民实行残酷压迫，被称为"草地皇帝"。从1898年起，日本殖民者还把中国古代封建社会的保甲制度移植到台湾，并加以强化。所有台湾居民以十户为一甲，置甲长一人；十甲为一保，置保正一人。其主要任务是协助警察检查来往人员，监视居民行动和缉捕罪犯。如有犯罪行为，保甲内的居民负有连坐责任。这实际上是强迫台湾人民自出经费，自相监视，来达到其"以台制台"的恶毒目的。从残暴苛虐的政治统治，到敲骨吸髓的经济掠夺，再至愚民政策支配下的差别教育制度和强迫同化策略，日本殖民当局对台湾的侵略达到了系统而彻底的程度。在被异族侵略者占领的日子里，台湾人民反对日本殖民统治的斗争从来没有停止过，回归祖国怀抱始终是他们的最高奋斗目标。大体言之，以1915年为界限，台湾人民的抗日运动经历了从武力反抗到非武力反抗两个时期。就前者看来，从1895年唐景崧建立的昙花一现的"台湾民主国"，到1915年余清芳领导的"噍吧哖起义"，台湾人民不断以武力抵抗日本殖民者的斗争持续20年之久。日寇强行登陆初期，台湾同胞抱定"桑梓之地，义与存亡"的决心，在全岛范围内展开了大规模的武装反割让斗争，5个月的时间里，毙伤日寇总人数达32315人。即使到了1895年11月，日本首任总督桦山资纪宣布了"全岛平定"之后，抗日血战仍时有发生。从1895年11月至1902年，台湾义军仍旧坚持了7年

---

[1]陈碧笙：《台湾地方史》（增订本），北京：中国社会科学出版社，1990年7月版，第201页。

分散的游击性抗日武装活动。北部的简大狮、中部的柯铁和南部的林少猫，就是当时人称抗日"三猛"的义军代表。1905 年以后，台湾人民的抗日斗争与祖国的革命运动发生密切联系，岛内先后爆发的 12 次抗日起义，多是在辛亥革命的胜利和鼓舞下发动起来的。其中反抗规模和影响最大的 4 次起义，例如 1907 年 11 月，新竹蔡清琳等秘密组织"复中兴会"，并率众发动北埔起义；1912 年 3 月，南投人刘乾悉闻祖国辛亥革命胜利，秘密组织台湾革命党，领导了林圮埔起义；1913 年 3 月，自大陆渡台的同盟会会员罗福星在苗栗设革命党机关，发表宣言，策动起义；1915 年，台南人余清芳以"斋教"为掩护，发动"西来庵起义"，有力地打击了日寇统治。这是台湾武装抗日运动中斗争最激烈和最广泛的一次起义，虽然义军皆遭日寇血腥镇压，反抗殖民统治的精神却在岛内广泛传播。

随着日本殖民统治在台湾的逐步确立，统治当局大力推行剿抚并用的殖民策略，各种同化政策纷纷出笼。在敌我军事力量悬殊、武力抗争惨遭失败的形势下，台湾人民开始转变斗争方式，进入了非武力抗争时期。这种非武装抗日多是以文化和文学作为斗争的基本武器与手段，通过合法斗争形式的争取，来启蒙民众，揭露日本殖民统治。台湾的青年知识分子，特别是在日本的台湾留学生，成为非武装抗日运动的先导和主力军。一方面，深受梁启超改良主义思想的感化，林献堂、林幼春、蔡惠如等，"他们已觉得没有现代化武器的台湾人等如笼中之鸡，每次以武力斗争都被虐杀，所以林献堂主倡文化运动，团结群众之力，虽经历很多斗争但不致流血。"[1] 另一方面，当时风起云涌的时代新思潮，促使了台湾留日学生的民族意识觉醒与文化反省。这期间，1916 年，日本政治学者吉野作造开始提倡"民本主义"运动；1917 年，苏联社会主义十月革命成功；1918 年，第一次世界大战已决，殖民地民族自决呼声高涨；1919 年，朝鲜发生独立运动，祖国大陆更有"外争主权、内惩国贼"的五四运动爆发等。凡此时代风潮，唤起了台湾知识分子革新殖民地文化的使命感，他们期望通过文化

---

[1] 吴浊流：《回顾日据时代的台湾文学》，《台湾文艺》第 49 期，1975 年 10 月。

启蒙，"争取省民的政治的自由，而脱离异族的支配。"[1] 在这种背景下，1920 年前后萌生的台湾新文化运动，作为台湾抗日民族运动的重要环节，一开始便以文化运动与民族解放的政治运动密切结合的特点，成为台湾文化抗日的先声。

殖民地的解放运动，大抵是由海外首先发动。台湾留学生在东京的崛起，促使新文化运动团体应运而生。1919 年秋，蔡惠如、彭华英、林呈禄、蔡培火等人，与祖国大陆在东京的中华青年会干部马伯援、吴有容、刘木琳等，发乎血浓于水的民族意识，取"同声相应"之义，成立了台湾留日学生的第一个民族运动团体"声应会"。但因为"会员不多而流动性亦大，组织未久不知不觉销声息影"。[2] 同年岁末，为了启发民智、推动台湾政治社会改革，台籍青年又成立"启发会"，却终因组织不健全，内部意见分歧，而归于似有似无。

1920 年 1 月 11 日，有感于台湾民族运动之迫切需要，蔡惠如等有识之士决意改变留日学生的涣散现状，出面重新组织了台湾文化政治团体"新民会"，推举林献堂为会长，蔡惠如为副会长，会员达 100 多人。"新民会"虽有取大学篇中"作新民"之义，[3] 但更多迹象表明它与祖国新文化运动的密切联系。梁启超有"新民说"，台胞成立了"新民会"；陈独秀创《新青年》，"新民会"办《台湾青年》；陈独秀发表《敬告青年》，林呈禄亦有《敬告吾乡青年》问世。从"新民会"到《台湾青年》，它不仅象征着台湾知识分子从梁启超的一代跨越到陈独秀一代，更以革命文化团体阵容的确立，标志着台湾新文化运动的开端。与此同时，它也表明东京留学生为主的民族自决运动，走到了文化抵抗的路子上来，并与岛内的反殖民主义斗争合流。"新民会"作为台湾新文化运动的一面旗帜，对台湾的民族解放运动有着举足轻重的意义。发生在台湾的诸多重大政治运动，以及台湾多个

---

[1]廖毓文：《台湾文字改革运动史略》，《台北文物》2 卷 3 期，第 107 页。

[2]叶荣钟：《日据下台湾政治社会运动》（上），台中：晨星出版有限公司，2000 年 8 月版，第 104 页。

[3]林呈禄回忆"新民会"成立，见《台湾民报》1929 年 5 月 26 日，第 3 页。

政治文化团体的成立，皆与"新民会"发生直接或间接的联系，至少有"新民会"成员参加其中活动。

"新民会"的行动纲领，"第一，为增进台湾同胞之幸福开始政治改革运动"，[1] 它具体表现在"六三法撤废运动"和"台湾议会之设置运动"。所谓"六三法"，是指日本总督府于 1896 年发布的第 63 号法律——"关于在台湾实施法令之法律"，这是日本殖民者统治台湾人民的依据。根据此法律，台湾总督能够集行政、司法、立法的大权于一身，对台湾人民实行生杀予夺的大权。台湾人民要获取政治自由，必须首先废除"六三法"。早在"启发会"时期，留日爱国学生中就有了"六三法撤废期成同盟"的组织。1920 年冬，"六三法案"面临法令的时限，需要再交日本帝国议会讨论其存废问题。撤废问题重新提到议事日程上来。林献堂以"新民会"为中心，集合了 200 多人的台湾留学生，于同年 11 月在东京举行"撤废六三法"示威集会，但并无成效。在世界新思潮的深入影响下，台湾留日学生对台湾政治改革问题的想法日趋积极，"民族自决""完全自治"一时成为响亮的口号。蔡惠如与林献堂、林呈禄等人在讨论今后行动方向的问题时，经过激烈争论终于认识到：即使"六三法"撤废了，台湾人民仍旧无法摆脱"内（内：内地，指日本）台一体""内地延长主义"的政治框架。"新民会"创会干部林呈禄提议由台湾民众选举民意代表，组成议会，牵制总督，以"台湾议会设置请愿运动"取代"撤废六三法运动"。"台湾议会设置请愿运动"的出现，标志着当时带有资产阶级改良主义面貌的运动"开始摆脱了殖民同化主义思想的束缚，而以要求民族平等、民族自决为目标。"[2] 1921 年 1 月，林献堂、蔡惠如、林呈禄等在东京征集了 177 个台胞签名，联名向日本贵族院、众议院上书请愿，要求设置由台湾居民选举产生的台

---

[1]叶荣钟：《日据下台湾政治社会运动》（上），台中：晨星出版有限公司，2000年 8 月版，第 105 页。

[2]陈碧笙：《台湾地方史》（增订本），北京：中国社会科学出版社，1990 年 7 月版，第 252 页。

湾议会，这个议会对在台湾实施的特别法律和预算具有"取决权"。设置这样的议会，无异于限制日本总督府的权力，日本殖民当局很快予以否决。为了扼杀台湾议会设置运动，日本政府一面向林献堂、蔡惠如等人施加压力，一面出笼所谓"台湾总督府评议会官制"，企图敷衍搪塞，愚弄民意。1922 年 2 月，林、蔡等人继续征得 512 个台胞签名，再次提出设置台湾议会请愿书。日本众议院仍以"不采择"而予以否决。这种被喻为"非武装抗日运动的外交攻势"的"台湾议会设置请愿运动"，每逢日本议会年度开会，便提出请愿，前后共 12 次，直到 1934 年 9 月才自动宣告停止。[1] "台湾议会设置请愿运动"虽未达到预期目的，但还是在一定程度上反映了广大台胞反对日本殖民统治、向往民族解放的情绪和要求。它对于促进台胞团结，提高民族意识，打破日本总督府的白色铁幕，起到了重要作用。

"新民会"的第二个行动纲领，是"扩大宣传主张，联络台湾同胞之声气，发刊机关杂志。"[2] 仿照祖国大陆的《新青年》，"新民会"于 1920 年 7 月 16 日创办了《台湾青年》，并使其成为推动台湾新文化运动的核心。《台湾青年》有着广泛的社会关怀，涉及政治、经济、教育、法律、文化思潮以及文学艺术创作等诸多层面，它以谋求文化向上、促进民族解放的姿态，对台湾民众进行了广泛的思想启蒙。

有感于台湾民众在世界文化大潮流中的落伍现象，《台湾青年》创刊号的卷头辞，以"自新自强"的精神启蒙民众：

> 瞧！国际联盟的成立，民族自决的尊重、男女同权的实现、劳资协调的运动等，无一不是这个大觉醒的赏赐。台湾的青年！高砂的健儿！我人还可尽默着不奋起吗？不解决这种大运动的意义，或不能与

---

[1]高日文：《台湾议会设置请愿运动始末》，《台湾文献》第 16 卷第 2 期。

[2]叶荣钟：《日据下台湾政治社会运动》（上），台中：晨星出版有限公司，2000 年 8 月版，第 105 页。

此共鸣的人，那种人已失其为人之价值了，何况是要做一个国民呢？[1]

总编辑林呈禄也以"慈舟"为笔名，发表《敬告吾乡青年》一文，号召台湾青年"当此世界革新之运，人权发达之秋，凡我岛之有心青年，亟宜抖擞精神，奋然猛省，专心毅力，考究文明之学识；急起直追，造就社会之良材！"[2]

《台湾青年》一共出版 18 期，它的诞生，"恰似由台湾上空，投下了一个炸弹，把还在沉迷的民众叫醒起来。"[3] 1922 年 4 月以后，《台湾青年》改名为《台湾》，并发行增刊《台湾民报》。上述刊物作为台湾新文化、新文学动员期的基本舆论阵地，为唤起民众反对殖民文化，追求民族文化革新，发挥了冲锋陷阵的作用。

"新民会"的第三个行动纲领，是"图谋与中国同志多多接触之途径。"[4] 蔡惠如、彭华英先后潜往上海，与当时的中国国民党秘密接触，及时地吸取孙中山领导的国民党改革社会的经验。特别是蔡惠如，他经常来住于台湾、东京以及祖国大陆之间，多方传递和沟通海峡两岸的革命信息。1921 年后，从台湾回到大陆求学的青年日益增加，他们纷纷成立爱国进步组织，创办刊物，为促进两岸同胞的团结，联合东方被压迫民族做了大量工作。

在祖国五四运动的影响和推动下，岛内知识文化界竞相奋起，台湾新文化运动的中心逐渐向台湾本土转移。在"新民会"林献堂的大力支持下，"台

---

[1]原载于《台湾青年》创刊号，1920 年 7 月 16 日。见李南衡：《日据下台湾新文学·文献资料选集》，台北：明潭出版社，1979 年 3 月版，第 1 页。

[2]林慈舟：《敬告吾乡青年》，《台湾青年》第 1 卷第 1 号，1920 年 7 月 16 日，第 37 页。

[3]赖和语，见李南衡：《日据下台湾新文学·赖和先生全集》，台北：明潭出版社，1979 年 3 月版，第 238 页。

[4]叶荣钟：《日据下台湾政治社会运动》（上），台中：晨星出版有限公司，2000 年 8 月版，第 105 页。

湾文化协会"于 1921 年 10 月在台北正式成立。开业医师蒋渭水任专务理事，林献堂任总理，蔡惠如等 62 人为理事，会员后来发展到 1032 人，几乎罗致了当时台湾的青年才俊，造就了一大批台湾政治社会运动的骨干。"谋台湾文化向上"的"台湾文化协会"，以"揭橥启发民智、灌输民族思想、提倡破除迷信、建立新道德观念、改造社会为其目的"，[1] 最终的任务是要"唤醒台胞的民族意识，摆脱日本统治"。[2] "台湾文化协会"的活动方式，或发行会报、文化丛书和《台湾民报》，广泛设置读报社；或举办各种讲习会，内容涉及台湾历史、法律、卫生、经济以及学术等方面；或以遍及全岛的文化演讲会唤起民众，从 1923 年 5 月至 1926 年，"文协"就举办演讲会 788 次，听众达 23.5 万人；或组织剧团巡回演出，剧本除胡适的《终身大事》常被采用外，大部分是由各地的青年临时编排的。"台湾文化协会"作为台湾岛上第一个大型政治文化团体，同时也是资产阶级领导的抗日民族统一战线。尽管其代表人物的思想状况和政治倾向不尽相同，并且多以温和、迂回、渐进的方式展开各种启蒙性活动，但它通过强力而广泛的文化启蒙运动，唤起了武力抗日失败后的台湾民众的民族意识和反抗情绪，提升了社会的精神文化水准，并成为台岛推动新文化运动的中心。这不能不说是那个时代台湾新文化运动的一种奇迹。

由此看来，台湾新文化运动所孕育的，"台湾议会设置运动、台湾文化协会与《台湾青年》杂志是台湾非武力抗日运动的三大主力。若用战争的形式来譬喻，台湾议会设置运动是外交攻势，《台湾青年》杂志（包括以后的《台湾》杂志、《台湾民报》，以及改为日刊的《台湾新民报》）是宣传战，而文化协会则是短兵相接的阵地战。"[3] 台湾的民族运动，是以日本殖

---

[1] 钟肇政、叶石涛：《光复前台湾新文学全集·总序》，台北：远景出版事业公司，1979 年版，第 22 页。

[2] 江炳成：《古往今来论台湾》，台北：幼狮文化事业公司，1978 年版，第 275 页。

[3] 叶荣钟：《日据下台湾政治社会运动史》（下），台中：晨星出版有限公司，2000 年 8 月版，第 327 页。

民统治的压迫歧视所激发的民族意识与近代民主主义思想为中心，而增强对祖国的向心力所凝结而成的。台湾的新文化运动，则始终是和民族解放的政治运动结合在一起，担负起文化启蒙、唤醒民众的责任，成为文化抗日之先声。不仅如此，"台湾新文学运动，便是在这个新文化启蒙运动和抗日民族运动中产生出来的生力军。这支生力军的成长，反过来在新文化运动和抗日民族运动史上扮演了重要的角色。"[1]

第二节　台湾新文学运动的发展过程

作为中国新文学运动的一翼，台湾新文学运动不仅在本质上始终追求着五四新文学的方向，而且在文化阵地、运动步骤乃至创作实绩方面，都与祖国大陆的新文学运动息息相关。正如台湾老作家廖汉臣所指出的那样："'中国新文学运动'始于'文字的改革'而终于'文学的改革'，'台湾新文学运动'亦步其后尘，由黄呈聪、黄朝琴提倡白话文于先，张我军提倡诗学的改革于后，而渐发展的。"[2] 1920 年至 1930 年，在台湾新文学萌芽与成长的初创期，其运动步骤与发展过程如下所述。

一、白话文运动的发轫

台湾白话文运动始于 20 世纪 20 年代初期，它以《台湾青年》《台湾》《台湾民报》等早期新文化刊物为前沿阵地，以反对文言文、提倡白话文为中心内容，由此构成台湾新文学运动的先导。

针对台湾旧文学界的弊端，早在 1920 年至 1922 年的《台湾青年》时期，就有三篇呼吁白话文的文章发表，它们分别就文学的内容和形式反省

[1]陈少廷：《台湾新文学运动简史》，台北：联经出版事业有限公司，1976 年 11 月版，第 5 页。

[2]廖汉臣：《新旧文学之争》，原载于《台北文物》3 卷 2 期、3 期，1954 年 8 月 20 日、12 月 10 日。见李南衡：《日据下台湾新文学·文献资料选集》，台北：明潭出版社，1979 年 3 月版，第 413 页。

了台湾文学的问题。

陈炘的《文学与职务》,[1] 可谓台湾新文学运动的首篇文献。文章指出,自实行科举制度以来,"言文学者,矫揉造作,不求学理,抱残守缺、只务其末";"论文学者,皆以文字为准,辞贵古奥,文贵艰涩",造就了一种只有漂亮外观而无灵魂思想的"死文学"。作者呼吁"而就今日之文明思想,以为百般革新之先导",率先主张使用"言文一致体"的白话文,从而呼应了陈独秀《文学革命论》之内在精神。

甘文芳的《实社会与文学》,[2] 从文学与社会的关系入手,着重讨论台湾文学应有的走向。面对战后中国新文学运动蓬勃开展的事实,他认为:"在这迫切的时代要求和现实生活的重压下,已不需要那样有闲的文学——风流韵事、茶前酒后的玩物了。"

1922 年 1 月陈端明发表《日用文鼓吹论》[3] 一文,则正式揭开了台湾白话文运动之序幕。作者指摘文言文之三大弊害,一是不能充分表达思想,二是造成文化停滞,三是形成国民元气沮丧之源。而白话文则既可从速普及文化,启发民智;又以简易省时的特点,稚童亦能道信,自幼可养国民团结之观念。故改革文学当从改革文体首先开始,"即废累代积弊,新用一种白文,使得表露真情,谅可除此弊","以期言文一致"。

以上三篇文章虽说是最早倡导了白话文革命,但因是意向式与劝导式写作,并未构成系统的观点与理论体系,加之零散发表,《台湾青年》的阅读范围又多在日本,故冲击力还很有限。

1922 年 4 月,《台湾青年》更名为《台湾》,翌年在台湾特设分社。是年 6 月,就读于日本早稻田大学的台湾留学生黄呈聪与黄朝琴,利用暑假返回祖国大陆旅行考察,被蓬勃开展的新文学运动所深深触动,于是同时在

---

[1]陈炘:《文学与职务》,《台湾青年》第 1 卷第 1 号,1920 年 7 月,第 41—43 页。

[2]甘文芳:《实社会与文学》,《台湾青年》第 3 卷第 3 号,1921 年 9 月,第 33—35 页。

[3]陈端明:《日用文鼓吹论》,《台湾青年》第 3 卷第 6 号,1922 年 1 月,第 31—34 页。

1923 年 1 月的《台湾》杂志撰文呼吁普及白话文，由此成为台湾白话文运动的先声。

黄呈聪的《论普及白话文的新使命》，首先言明大陆之行的考察结果，祖国五四白话文运动的成效，遂正式介绍到台湾。作者根据胡适的理论，考察了白话文运动的历史，比较了白话文与文言文的优劣，探讨了白话文与台湾文化和日常生活的关系，以及白话文在普及文化中的作用。作者清醒地认识到，台湾文化不能进步的原因，"是在我们的社会上没有一种普遍的文，使民众容易看书、看报、写信、著书，所以世界的事情不晓得，社会的里面暗黑，民众变成愚昧，故社会不能活动，这就是不进步的原因了"[1]。正因为"白话文是文化普及运动的急先锋"，"我们普及这个民众的白话文是最要紧的"。文章还进一步指出，台湾与中国情同母子、血肉相连的关系，使得民族文化白话文运动的普及，又有着联络大陆文化，抵抗日语和改革文言文的特殊意义。

黄朝琴的《汉文改革论》，在长达 1 万多字的文章中，分 18 节详细论述了汉文改革的必要性和迫切性。从各节的题目，可见文章的大致面貌：

1. 我最悲观的就是汉字；2. 怎么样消灭我们的罪过；3. 教育不普及人类不能幸福；4. 学问非少数人的专有物；5. 中国为什么不振兴；6. 汉民族的文化运动；7. 流行新体的白话文；8. 社会兴亡匹夫有责；9. 学问要平民主义；10. 睡眠猪公亦觉醒；11. 中国的文化前途实在有望；12. 台湾的文化实在悲观；13. 请看台湾现时的流行文；14. 台湾非由社会改革不可；15. 未受教育的人应该教他；16. 各学校的汉文科要改良；17. 提倡台湾白话文讲习所；18. 我的实行方法。

黄朝琴的改革动机，缘起于汉文是世界上最难学的文字，追溯中国不

---

[1]黄呈聪：《论普及白话文的新使命》，原载于《台湾》第 4 年第 1 号，1923 年 1 月 1 日。见李南衡：《日据下台湾新文学·文献资料选集》，台北：明潭出版社，1979 年 3 月版，第 7 页。

振兴的原因，即在言文不一致的弊害。作者从自己做起，提出改革方法：第一，对同胞不写日文信；第二，以后写信全部用白话文；第三，用白话文发表议论；第四，呼吁建立白话文讲习会，自愿担任教师。黄朝琴后来回忆当时写作此文的用意说：

> 我的用意是希望台湾同胞相互间，均能使用中国文字，使白话文逐渐普及，这样不仅中华文化在台湾得以继续保存，而且因简单易学的白话文的推广而能发扬光大，藉以加强民族意识。间接的，使日本对台湾的日文同化教育，无法发挥他预期的效果。[1]

黄呈聪、黄朝琴两篇文章的同时发表，真正揭开了台湾白话文运动的篇章。把白话文运动的推广，与文化启蒙、改革台湾社会的急务结合起来，与联络祖国文化，抵抗日本同化政策联系起来，这使二黄的汉文改革理论意义深远而重大。《台湾》杂志的专栏中，曾这样评价他们的文章：

> 他们俩的文章，虽尚未言及文学本身的问题，但已经对文学的工具——语文——的改革，有积极性的提倡。他们提倡改革的动机，虽系迫于台湾实际上的需要，也是受祖国五四运动文学革命的影响。他们两人的文章，字里行间流露一种民族爱、同胞爱的亲切情感，尤为难能可贵。黄朝琴的态度更有恨不能对每一个同胞耳提面命，促使幡然觉醒的迫不及待的情味。[2]

黄呈聪、黄朝琴文章的发表，引发了台湾学习白话文的热潮。是年4月，《台湾民报》半月刊创刊，并全部使用白话文，如发刊词所言："专用平易的汉文，满载民众的知识，宗旨不外欲启发我岛的文化，振起同胞的民气，以谋台湾的幸福。"[3] 与此同时，台湾白话文研究会在林呈禄的主持

---

[1]黄朝琴：《我的回忆》，台北：龙文出版社，1989年6月版，第17页。
[2]黄朝琴：《我的回忆》，台北：龙文出版社，1989年6月版，第16—17页。
[3]《台湾民报》创刊词，1923年4月15日。引自李南衡：《日据下台湾新文学·文献资料选集》，台北：明潭出版社，1979年3月版，第37页。

下，于 1923 年 4 月 15 日正式设立。林呈禄作为台湾留日学生，是《台湾青年》《台湾》《台湾民报》的重要创办人之一。"提倡白话文，要做社会教育的中心"，"普及三百六十万同胞的知识，使他们平平享受人生本来的生活"，是白话文研究会的创会宣言。该会成立后，即向全岛募集会员，并拟定三条普及白话文的措施：1. 凡会员 20 人以上之地方者，由本会派专员到该处开讲习会；2. 由本会随时指导会员，或答应会员之通信诸事；3. 本会得随时悬赏课题，以奖励会员之研究，佳作者并为发表在《台湾民报》。

从黄呈聪、黄朝琴的理论倡导，到《台湾民报》的带头实践，加以白话文研究会的悉心推广，白话文在报纸上很快取代了文言文，有关白话文的论争也随之而起。反对者或认为提倡白话文是"画蛇添足"，或认为白话文观之不能成文，读之不能成声；更多的人则因为语言变革的不适应，而对白话文持怀疑态度，认为文言文"雅"，白话文"俗"。针对上述情形，易前非的《台湾民报怎样不用文言文呢？》，施文杞的《对于台湾人做的白话文的我见》和林耕余的《对于台湾研究白话文的我见》等文章陆续发表，他们或继续呼吁普及白话文，或对台湾白话文运动中存在的问题提出善意批评和改进意见，从不同角度维护和促进了白话文运动的开展。

白话文运动是台湾新文化运动的第一个胜利。从 1920 年开始，在不到 4 年的时间里，白话文就彻底打败了文言文，完成了文学语言的革新，为台湾新文学运动的开展扫清了语言障碍。不仅如此，白话文运动的功绩，还在于它把台湾新文学纳入整个中国新文学的格局之中，使其成为中国新文学的一支流脉而向前发展。

二、新旧文学之争

以白话文的呐喊为先导，张我军提倡的"诗界革命"紧跟其后，台湾由白话文运动导入新文学运动。1924 年至 1925 年发生的有关新旧文学的激烈论战，则标志着台湾新文学运动的正式登场。

1923 年《台湾民报》诞生之时，正值祖国的新文化运动达到高潮，胡适等人倡导的文学革命已颇有成效。这时，就读于上海的许乃昌以"秀湖"

为笔名，在《台湾民报》1卷4期发表《中国新文学运动的过去现在将来》，成为第一篇将中国新文学运动的整个情形介绍给台湾的文章。1924年，在北京学习的苏维霖（芗雨）于该刊2卷10号发表《二十年来的中国古文学及文学革命的略述》，对胡适《文学改良刍议》和陈独秀《文学革命论》的要点，以及中国文学革命的梗概，做了详细介绍。旅居东京的张梗随后亦撰《讨论旧小说的改革问题》，力陈旧小说必须改革的迫切性，并分：1. 独创；2. 创作须含意；3. 含意须深藏；4. 排春秋笔法；5. 倡科学的态度；6. 历史和小说须分工等6章，说明他对旧小说的改革主张。

上述3篇文章，可谓台湾新文学运动的先声。而真正拉开台湾新文学运动的序幕，对旧文学首先进行猛烈抨击的，是在北京直接受到五四新文学运动洗礼的台湾的文学青年张我军。当时的台湾文坛，以古体诗为代表，吟风弄月、无病呻吟的击钵体与应酬诗风行天下，并成为台湾新文学运动的主要障碍。针对这种情形，张我军以《台湾民报》为阵地，向旧文学发动进攻。1924年4月21日，他在《致台湾青年的一封信》中阐扬了两个基本主张，即改造社会和改革文学。他认为，台湾青年"要坐而待毙，不若死于改造运动的战场"；[1] 他不赞成用请愿议会设置这种办法来改良社会，而希望通过"团结""毅力""牺牲"这三样武器达到改造社会之目的。他还以大无畏的气概，对台湾旧文学营垒首先发难：

> 诸君怎的不读些有用的书，来实际应用于社会，而每日只知道做些似是而非的诗，来做诗韵合解的奴隶，或讲什么八股文章，替先人保存臭味（台湾的诗文等，从不见过真正有文学的价值的，且又不思改革，只在粪堆里滚来滚去，滚到百年千年，也只是滚得一身臭粪。）想出风头的，竟然自称诗翁、诗伯，闹个不休。[2]

---

[1]张我军：《致台湾青年的一封信》，《台湾民报》2卷7号，1924年4月21日，第10页。

[2]张我军：《致台湾青年的一封信》，《台湾民报》2卷7号，1924年4月21日，第10页。

不久，他又发表《糟糕的台湾文学界》，向陈腐保守的旧文学发动更猛烈的攻势：

> 创诗会的尽管创，做诗的尽管做，一般人之于文学尽管有兴味，而不但没有产出差强人意的作品，甚至造出一种臭不可闻的恶空气来，把一班文士的脸丢尽无遗，甚至埋没了许多有为的天才，陷害了不少活泼泼的青年，我们于是禁不住要出来叫嚷一声了。[1]

张我军的批判锋芒，直指旧诗人创作的三种弊端：1. 不知道什么是诗，拿文学来做游戏；2. 把神圣的艺术，视作沽名钓誉的工具；3. 荼毒青年，使他们养成偷懒好名的恶习。

张我军在描述世界文学新潮流的演变背景之后，一针见血地指出："还在打鼾酣睡的台湾的文学，却要永被弃于世界的文坛之外了。台湾的一班文士都恋着墓中的骷髅，情愿做个守墓之犬，在那里守着几百年前的古典主义之墓。"[2]

张我军的文章，已经超越语言文字的范围，深入到对整个旧文学内容及其弊害的揭露与批判，因而极大地动摇了旧文学的殿堂，也势必引起旧文学营垒的反扑。于是，台湾文界名儒连雅堂遂于是年 11 月 15 日发行的《台湾诗荟》第 10 号上，利用为林小眉的《台湾咏史》作跋之机，乘机讥议说：

> 今之学子，口未读六艺之书，目未接百家之论，耳又未聆离骚乐府之音，而嚣嚣然曰：汉文可废，汉文可废，甚而提倡新文学，鼓吹新体诗，秕糠故籍，自命时髦，吾不知其所谓新者何在？其所谓新者，特西人小说戏剧之余，丐其一滴沾沾自喜，诚陷阱之蛙，不足以语汪洋之海也。[3]

---

[1]张我军：《糟糕的台湾文学界》，《台湾民报》2 卷 24 号，1924 年 11 月 21 日。
[2]张我军：《糟糕的台湾文学界》，《台湾民报》2 卷 24 号，1924 年 11 月 21 日。
[3]连雅堂：《台湾诗荟》，台北：台湾省文献委员会，1992 年 3 月，第 627 页。

　　面对连雅堂判断乏据的谬误之说，张我军在 12 月 11 日的《台湾民报》发表《为台湾文学界一哭》，批评连雅堂对新文学完全是个"门外汉"，而叹说："我想不到博学如此公，还会说出这样没道理，没常识的话，真叫我欲替他辩解也无可辩解了，我能不为我们的文学界一哭吗？"[1]

　　继连雅堂之后，第一次针对张我军进行还击的，是化名"闷葫芦生"的《新文学之商榷》。文中抨击台湾新文学，"不过就普通汉文加添了几个字"，"夫画蛇添足，康衢大道不行，而欲多用了字及几个不通文字，又于汉学，无甚素养，怪底写得头昏目花，手足都麻，呼吸困难也。"[2]

　　针对闷葫芦生的批评，张我军立刻作《揭破闷葫芦》予以反驳，于是开启了一场激烈的新旧文学论战。旧文人以《台湾日日新报》《台湾新闻》和《台南新报》的汉文栏为堡垒，向以《台湾民报》为代表的新文学阵地进行反扑。旧文学的阵容，有署名郑我军、蕉麓、赤嵌王生、黄衫客、一吟友、讲新话、坏东西等人，对新文学大肆攻击。他们谩骂张我军是"极端偏见长，白话作新诗，荒唐。张我军，信口便雌黄，香臭也无分，着狂。"更有甚者，有化名咄咄生的在 1925 年 1 月 27 日的《台湾日日新报》上发表《胡适之之奴隶》，对张我军进行人身攻击。对于旧文人的围攻与谩骂，张我军自 1925 年 2 月 11 日至 1926 年 2 月 16 日，在《台湾民报》发表九篇《随感录》，同旧文学阵营展开针锋相对的斗争。

　　在新旧文学的激烈交战中，张我军并非孤军奋战，他的行动得到当时先进文化战士的大力支援。1925 年 2 月，蔡孝乾发表《为台湾文学界续哭》，公开响应张我军的主张；4 月，又发表《中国新文学概观》，详细介绍了新文学运动后的祖国文坛。之后，支持新文学运动的文章纷纷出现，如赖和的《谨复某老先生》，刘梦苇的《中国新诗的今昨明》，张维贤的《一个诗人的演讲》，自我生的《诗颠诗狂》，杨云萍的《无题录》，前非的

　　[1]张我军：《为台湾文学界一哭》，《台湾民报》第 2 卷第 26 号，1924 年 12 月 11 日，第 10—11 页。
　　[2]闷葫芦生：《新文学之商榷》，《台湾日日新报》，第 8854 号，1925 年 1 月 5 日，汉文栏，第 4 页。

《随感录》，半新旧的《新文学之商榷的商榷》，陈虚谷的《驳北极无腔笛》，叶荣钟的《一个堕落的诗人》，廖汉臣的《驳堕落诗人》，陈逢源的《对于台湾旧诗坛投下一巨大的炸弹》等。新文学力量的聚合，是以《台湾民报》为阵地，对旧文人营垒进行斗争的。

　　台湾的新旧文学论争受到祖国大陆新旧文学论争的直接影响，它是台湾文学发展的内部规律所驱使的结果。新旧文学阵营的较量，在 1924 年至 1925 年达到高潮，之后持续近十年之久，经历了多次交锋。由于阻碍台湾新文学发展的力量主要以旧体诗为代表，加之台湾新文学诞生初期也以新诗为主，这就决定了新旧文学论战的主战场是在诗歌阵地上。论战伊始，新文学阵营就处在主动进攻的优势地位。论战的结果，是以新文学阵营的胜利和旧文学阵营的覆灭而告终。"由此趋向观之，足证台湾新文学运动源于中国新文学运动：其关系恰如支流与主流，乃是息息相关，不可切割的。"[1]

三、台湾新文学运动的成长

　　20 世纪 20 年代是台湾新文学的初创期。1925 年以前，台湾新文学处于萌芽阶段；1925 年至 1930 年，台湾新文学则从理论的推进到创作的发展，进入成长期，也可谓之推进期。

　　1925 年之后，台湾的民族革命运动进入空前高涨时期，新文化运动也发生深刻的变化。台湾文化协会作为民族运动中最有影响力的一支队伍，随着运动形势的发展，"文协"内部的各种力量发生变化，导致"文协"组织的分化与重新组合。1927 年 10 月，右翼代表林献堂等宣布退出"文协"，蒋渭水退出"文协"另组"民众党"。左翼代表王敏川、郑明禄等组成"新文协"，并发行机关报《大众时报》。"新文协"批判了改良主义思想，确立了以推翻殖民制度为目标，推行联合工农大众的路线。在台湾文化协会影响下，工农运动蓬勃开展起来。1925 年 6 月，彰化北斗郡下二林等四庄的

---

　　[1]陈少廷：《台湾新文学运动简史》，台北：联经出版事业公司，1977 年 5 月版，第 21 页。

蔗农，成立了台湾第一个农民团体"二林蔗农组合"，同林本源制糖会社展开针锋相对的斗争。1926年，在简吉、赵港领导下，台湾成立了全岛性统一农民组织"台湾农民组合"，会员发展到2.4万人。著名作家杨逵，当时被选为中央常委。与此同时，台湾工人在先后成立了多种工会的基础上，于1927年组成统一的台湾工友总同盟。特别是1928年4月15日，在中国共产党的帮助下，翁泽生等人于上海成立了台湾共产党。其政治纲领是：1. 推翻日本帝国主义统治，实现台湾解放；2. 没收日本帝国主义在台湾的一切财产；3. 实行土地革命，消灭封建土地剥削制度；4. 建立台湾地方的民主政府。这一时期民族革命运动的高涨，使台湾各界思想空前活跃，它为推动台湾新文学的成长与建设，提供了强有力的思想文化背景。

成长期的台湾新文学运动，已经不再限于对祖国大陆新文学运动的介绍，也不再停留于对台湾旧文学的批判，而是开始转向研究自身的文学建设，并由理论主张的宣扬转向创作实践，由尝试性写作转入文学实绩的显示。

文化园地的新开拓，是成长期新文学运动的重要变化之一。

首先，《台湾民报》迁台发行，开辟了台湾新文学运动的主要阵地。从1920年至1926年，《台湾青年》《台湾》《台湾民报》都是在日本东京出版，再运回台湾发行。为让《台湾民报》迁到台湾印行，林呈禄、黄朝琴、黄呈聪、蔡培火等人进行了不懈的努力，终于在1926年8月1日，出版了《台湾民报》迁台第1号。为了扩大影响，从1929年1月13日起，他们成立了"株式会社台湾新民报"，由林献堂任董事长。1930年3月29日，该报改称《台湾新民报》仍为周刊。《台湾民报》迁台发行后，总督府的干涉迫害更严，直接检阅审查杂志，政治与社会问题的言论尺度日益紧缩。而《台湾新民报》却适时地扩充了文艺版面，从1930年8月起，增设"学艺"栏，专门介绍各种文艺问题，如："民众文艺的歌谣""做文学的几个条件""论散文与自由诗"等，促进了文学的研究与创作。不仅如此，它使当时的社会改革者或直接投入文艺创作的行列，或担任文艺理论的旗手，促使台湾新文学运动与民族反抗运动在新形势下的紧密结合。

其次，多种文化阵地开始出现，改变了萌芽期《台湾民报》独据文坛的局面。1925 年 3 月，杨云萍和江梦笔创办《人人》，可谓受新旧文学论战刺激创办的第一本白话文纯文艺杂志；1925 年 10 月，张绍贤创办《七音联弹》；1927 年，台湾人士林徐富主编《榕树》杂志；在北京学习的苏维霖、张我军等人，也创办了《少年先锋》；1928 年，"新文协"刊行《大众时报》；1930 年 6 月，由王万得主倡，邀同陈两家、周合源、江林钰、张朝基等 5 人，出资创办激进的综合性文化周刊《伍人报》；同年 8 月，台湾共产党领导的"台湾战线社"创办《台湾战线》；廖汉臣、谢春木等亦创办《洪水报》；林斐芳与黄天海办《明日》；同年 10 月，许乃昌、黄呈聪、林笃勋、赖和等 8 人创办《现代生活》；林梧秋、赵枥马等 7 人创办《赤道》等。上述报刊，多设有文艺专栏，大力刊载文艺作品，对于台湾新文学的成长，起到了积极的促进作用。

作家群落开始聚集，是成长期新文学运动的重要变化之二。从 1926 年开始，随着民族运动的高涨和文化运动的深入，一批新文学运动的作家迅速成长起来，先后登上文坛。赖和、张我军、杨云萍、杨守愚、陈虚谷、郭秋生、叶荣钟等人可谓代表。萌芽期的文学创作，多是社会活动家过问文学，作品多以政治主张和社会改革为主题；到了推进期，则是文学家来干预政治生活，新文学逐渐从文化运动中彰显出来。上述种种，显示了台湾新文学的迅速成长。

第三节　台湾新文学初期的小说创作概况

台湾新文学创作的萌发，首先以白话小说的出现，标志了一种新的文学品种的诞生，这也是台湾文学史上的重要突破。

1922 年至 1925 年，在《台湾》和《台湾民报》上相继问世的，是几篇带有萌芽性质的新小说。例如：追风的《她要往何处去》，无知的《神秘的自制岛》，柳裳君的《犬羊祸》，赵经世的《贤内助》，施文杞的《台娘悲史》，云萍生的《月下》《罪与罪》，鹭江 TS 的《家庭怨》等 8 篇。

　　《她要往何处去》，是台湾新文学史上的第一篇小说，发表于 1922 年 4 月的《台湾》杂志。作者追风，原名谢春木，1902 年生，台湾省彰化县二林人，日本东京高等师范学校毕业，曾任《台湾民报》主笔，是台湾早期的资产阶级民族主义启蒙运动的骨干人物之一。他的小说处女作，通过描写一对青年男女从订婚到毁约的爱情故事，借以破除封建礼教下婚姻制度的弊害，提出反封建与妇女解放的问题。台湾姑娘阿莲与台湾留日学生清风相爱，清风的家长却通过媒妁之言为清风和桂花订下婚约。桂花单方面爱上了清风，收到的却是清风要求解除婚约的请求信。后来在表哥草池的启发下，经历了痛苦婚变的桂花萌发了自救救人的思想，东渡日本求学。她意识到，这次婚变"不是阿母的罪，也不是清风的，都是社会制度不好，都是专制家庭的罪。我只是牺牲者之一。正如表哥所说，整个台湾不知有多少人为这制度而哭着。如今我却明白过来了。我要为这些人而奋斗，勇敢地奋斗下去"。这篇小说主题思想鲜明，注重人物性格刻画，笔下有情有景。不足之处，在于作者借主人公之口表现自己的政治主张，显得过于生硬。另外，小说采用日文写作，未能与当时倡导的白话文运动相协调。

　　其他几篇作品，《神秘的自制岛》是以台湾为观照对象，带有强烈讽刺性的寓言小说。它描写日本殖民统治下，背负枷具的台湾人民的痛苦、愚昧与奴性。小说在揭露日本殖民统治的同时，也暗讽岛人的迷信与不觉悟，揭示造成民族悲剧的症结所在。《犬羊祸》是篇政治小说，通过描写当时台湾社会运动家的内幕，对林献堂和杨吉臣退出台湾议会设置运动的妥协行为进行批判。小说在《台湾》杂志登出后，只刊载一半就停止了。《台娘悲史》是以寓言方式表现恶男霸女为妾的不幸婚姻，小说中的"台娘""华大""日猛"三个人物均有所指，婚姻故事的背后，暗含着台湾的沦陷史。《贤内助》一篇，用的虽是白话文，内容似翻译日人作品，没有更多价值可言。而杨云萍对自己早期小说的看法，用的是"虽有一二，但不成问题"的评价。这一切，应该说是符合萌芽期小说的发展规律的。

　　总之，萌芽期的台湾小说，一开始就显示了反殖民压迫、反封建制度的主题指向，并且带有强烈的政治讽喻性和现实针对性。在题材选择上，无论是写社会问题，还是表现家庭生活、妇女命运，都与现实政治发生千丝万缕的联系。寓言形式和讽刺手法的较多运用，显示了台湾作家反抗日本殖民统治的特殊方式。这些小说虽然在艺术上还比较稚嫩和粗糙，有的表现形式和语言还残存某些旧小说的痕迹，但其呈现的小说主题与内容是全新的，它无疑代表了台湾小说的发展方向。

从 1926 年开始，台湾新文学运动由理论的发动进入创作的过程，赖和、杨云萍、杨守愚、陈虚谷、郭秋生、张我军、叶荣钟等作家的群体聚合，带来了真正显示台湾新文学运动实绩的作品，而小说创作又居于领先地位。据不完全统计，1926 年至 1930 年五年间发表于报刊的小说为 47 篇，[1] 相当于萌芽期创作数量的 6 倍。仅 1926 年这一年，《台湾民报》就推出了 10 篇小说，其中赖和的《斗闹热》《一杆"秤仔"》，杨云萍的《光临》《黄昏的蔗园》《弟兄》，张我军的《买彩票》等，标志着新文学运动由理论到实践的转变，被认为是现代文学奠基性的作品。在此之后，涵虚的《郑秀才的客厅》，陈虚谷（笔名一村）的《他发财了》《无处申冤》，太平洋的《夜声》，杨守愚的《凶年不免于死亡》，郑登山的《恭喜》，铁涛的《阿凸舍》等，以及赖和、杨云萍、张我军不断问世的其他作品，则显示台湾现代小说从不同角度，揭开了台湾新文学历史的崭新一页。

成长期的台湾小说创作，主要采用现实主义方法和中文写作方式，对日帝统治下的台湾封建社会进行抨击，进一步凸显出反对殖民统治、反对封建主义的总体倾向。纵观上述作品，大多表现了如下内容和主题：

1. 揭露日本警察的凶暴和压迫民众的情形。日本警察作为维护殖民统治的鹰犬，无所不管，无恶不作，是台湾人民最为痛恨和直接抨击的对象。赖和的《一杆"秤仔"》《不如意的过年》，郑登山的《恭喜》，一村的《无处申冤》等，都从不同角度表现了民间百姓在警察制度下所遭受的欺凌、重压以及无处申冤的悲惨现实。

2. 表现殖民者、地主和资本家对工农群众的经济剥削的现实。以杨云

---

[1] 许俊雅：《日据时期台湾小说刊行表》，载《日据时期台湾小说研究》，台北：文史哲出版社，1999 年 9 月第 2 版，第 717—721 页。

萍的《黄昏的蔗园》，太平洋的《夜声》，杨守愚的《凶年不免于死亡》为代表。日据时期，全台耕地的30%由殖民垄断阶级掌管，48%为地主阶级保留。而占农村70%人口的贫苦农民，仅占17%的耕地。残酷的经济压榨，多如牛毛的苛捐杂税，加速了底层百姓生活贫困化。杨守愚《凶年不免于死亡》中的农民，在地租、税收与灾年的多重压迫下，无论怎样挣扎，最终不能逃脱家破人亡的厄运。

3. 旧礼教束缚下的家庭生活与妇女悲剧。张我军的《白太太的哀史》，讲述嫁给大陆官僚被折磨而死的日本女子的不幸身世；杨云萍的《秋菊的半生》，塑造了家贫被卖、又遭富人欺凌玩弄的台湾少女秋菊的形象；赖和的《可怜她死了》，则借少妇阿金的遭遇，控诉了落后愚昧的养女制度。封建专制制度下的妇女命运，成为当时作家关注的严重社会问题。

4. 揭露封建地方势力和御用绅士的妥协。以杨云萍的《光临》，涵虚的《郑秀才的客厅》为代表。日本殖民者对台湾推行的愚化、奴化和同化政策，促使封建地方势力臣服殖民当局，成为反对社会改革的力量。《郑秀才的客厅》里所上演的，就是三个封建遗老接受殖民当局旨意，加入御用文化团体的丑剧。

这时期作家创作的局限，一是由于他们多以文学为武器来推动政治、文化运动，还缺乏对创作数量与艺术质量的潜心关注；二是因为当时作家往往兼营多种文体，艺术的磨砺与积累还不够深厚。

第四节　台湾新文学初期的诗歌概况

台湾新诗是在五四运动的直接孕育和影响下诞生的。五四运动不仅为台湾新诗孕育了反帝反封建的健硕诗胎，而且为台湾新诗培育了发难之人。台湾新文学之初，张我军、黄朝琴、黄呈聪等新文学的开创者，均到大陆学习、考察、旅游。张我军创作了台湾新诗史上第一部诗集《乱都之恋》，并将五四文学新军引进了台湾，发起了台湾的新旧文学论战，打败了旧文学，新文学在旧文学的废墟上诞生。黄呈聪、黄朝琴在大陆调查后，在台湾发动了白话文运动，确定了白话文为台湾新文学的表达工具。《台湾民报》发表了许多介绍大陆新文学运动的文章，第 101 号和 102 号发表了刘梦华的《中国诗的昨今明》一文，介绍大陆新诗的来龙去脉。《台湾民报》于 1925 年 3 月发表了张我军的《诗集的解放》一文。理论的指导和推动，对台湾新诗的诞生和发展，起到重要作用。

台湾新诗诞生的一个更主要原因是，抗日民族解放斗争的呼唤。台湾自 1895 年被割让，反对日本占领的武装斗争此起彼伏，三日一小战，五日一大战。旷日持久而无后援的抗日战争终因寡不敌众，牺牲惨痛，不得不在梁启超的建议下，由武装抗日转为非武装抗日。非武装抗日中文学成了主力军。台湾新诗就是在这样的历史背景下诞生的。台湾最早出现的新诗，是追风（谢春木）1923 年 5 月创作的《诗的模仿》四首（《赞美番王》《煤炭颂》《恋爱将茁壮》《开花之前》），发表于 1924 年 4 月 10 日出版的《台湾》杂志上。这虽是用日文写成，但并不影响它成为台湾泥土中长出的第一丛诗苗。虽然这是第一丛诗苗，但它并不孤单，它刚刚拱出土层，其他诗苗也如雨后春笋钻出地面，和追风的《诗的模仿》一起成为第一批拓荒的勇士，装点了台湾诗坛春天的诗人和作品，主要有：施文杞的《送林耕余尹随江校长渡南洋》（《台湾民报》1 卷 12 号 1923 年 12 月）、《假面具》（《台湾民报》2 卷 4 号 1924 年 3 月），杨云萍的《桔子开花》（《台湾民报》2 卷 7 号）、《这是什么声音》（《台湾民报》2 卷 15 号），张我军的《对月狂歌》《无情的雨》分载《台湾民报》2 卷 8 号 1924 年 5 月和 2 卷 13 号 1924 年 7 月。由杨云萍和江梦华创办的中文刊物《人人》杂志，于 1925 年 3 月举行了台湾文学史上首次新诗征文比赛，选出十余家诗 20 首，在该刊第二期发表。张我军的诗集《乱都之恋》于 1925 年 12 月在台北出版。《台湾民报》于 1926 年 11 月征集新诗，获诗 50 余首，经评选，崇五、器人、黄石辉、黄得时、沈玉光、谢万安等人的 10 首入选。这是台湾第一次评选诗的活动。新诗诞生初期，在《台湾民报》上发表诗作的诗人还有赖和、杨华、虚谷、泽生、纵横、杨守愚等。这些诗人中张我军、赖和、杨华的诗歌创作成就最高。张我军的《乱都之恋》是描写他早年在北平读书时，与同班同学罗心乡的爱情故事。乱都,是指 1923 年前后正值奉直军阀混战,人心惶惶的北平。该诗在描写作者恋爱受阻,双双私奔,抗击封建婚姻,争取婚姻自由过程中,表现出的不屈斗争精神,和作为一代五四新青年的新思想、新行为。诗的情感真挚,行文明白流畅,但有直白和直露之弊,这是新诗幼年期的通病。赖和是个风暴型诗人,他的诗是号角和呐喊,充满战斗激情。他的代表作《觉悟下的牺牲》《南国哀歌》《低气压的山顶》充溢着时代精神和革命气概。他大气磅礴地号召人们起来变成革命狂飙,去毁灭那旧世界,为革命欢呼,为人类祝福。赖和的诗是典型的革命者之歌。杨华是台湾新诗奠基初期最卓越的诗人之一。他的诗是与贫病和民族敌人交战中的产儿。如果说赖和的诗是高亢的战歌,杨华的诗则是凄怆的控诉;赖和的诗是掷向敌人的利剑,杨华的诗是抽向敌人的鞭子。他的《黑潮集》五十三首,是他人格的体现。诗人以大海之黑潮暗示日本人入侵的黑潮,黑潮虽然凶险,但中国人不会向黑潮屈服。中国人的反抗是新生之火:"只要是新生的火/她便能燃起已死的灰烬"。杨华曾因参加抗日活动被日本人逮捕入狱,并在日本人的迫害下活活饿死,但他的中国人的志气永立天地。

第五节 台湾新文学初期的文学理论和它的奠基人 张我军

台湾新文学理论批评,是直接发源于五四新文学理论的。台湾新文学运动初期,要解决的主要矛盾是文学的语言革命,即由文言文变为白话文。让文学亲近大众,回归大众,服务大众。1922 年 4 月,黄呈聪《论普及白话文的新使命》和黄朝琴的《汉文改革论》在《台湾》杂志上发表,掀起了台湾的文学语言革命。前者提出"白话文是文化普及运动的急先锋",后者力论"汉文改革乃刻不容缓之急务"。《台湾民报》1 卷 4 期发表秀湖(许乃昌)的文章《中国新文学的过去现在将来》,着重介绍了五四运动两篇指导性的文章,胡适的《文学改良刍议》和陈独秀的《文学革命论》等。

这些文章直接将五四新文学理论输入到台湾，成了台湾新旧文学论争中新文学的利器。受到五四运动洗礼的张我军，从北京将文学革命军引进台湾，对旧文学发起了猛烈的攻击。经过几个回合的战斗，以连雅堂为代表的旧文学全军覆没，以张我军为代表的文学新军取而代之，成了台湾文坛的盟主。台湾进入了新文学时期。

张我军（1902—1955），本名张清荣。幼时当学徒，后进银行当雇员，1921 年到厦门支行工作，1922 年到北京，1923 年就读北京高等师范学校升学补习班，与罗心乡女士产生爱情，因爱情受阻，1924 年双双私奔台湾，任《台湾民报》编辑。1925 年重返北京，入中国大学、北师大读书。1926 年 8 月 11 日在鲁迅寓所受到鲁迅的教诲，后任中国大学、北京工业大学教授。1945 年，台湾光复后返台，写诗、写小说。1975 年林海音的纯文学出版社出版《张我军全集》，1985 年北京时事出版社出版《张我军选集》，2000 年 8 月台海出版社出版《张我军全集》。张我军是台湾新文学运动的急先锋，在与旧文学交战中，他连续地向旧文学营垒，发射了一颗颗理论核弹。如：《致台湾青年的一封信》，这实际上是一篇社会改革的政治论文。作者提出了台湾社会"要爆碎"，作为文学改革的前提，并分析了社会改革的可能性。他说"社会生活是文艺之母，不改革社会，文艺的改革无从进行"。张我军提出了这样一个根本性的问题。表现了他文艺家兼政治家的眼光。张我军发表的重要文章还有《糟糕的台湾文学界》《请合力拆下这座败草丛中的破旧殿堂》《揭破闷葫芦》《诗体的解放》《绝无仅有的击钵吟的意义》《随感录》系列和《中国作文法》等。张我军的文学理论是唯物的和辩证的，他一方面强调要革命要破坏旧文学、一方面又强调建设新文学；他一方面强调文学的内容，一方面也注意文学的表达形式。文学语言是他始终重视的问题之一，他将胡适的"文学的国语，国语的文学"具体化为台湾新文学的两项使命，即推行普通话和进行台湾话的改造。他一方面进行理论创造，一方面进行实践创作。因而他既是一个有丰富理论的创作实践家，又是一个具有丰富创作经验的作家。张我军不仅是台湾新文学运动的急先锋，他还是台湾新文学的理论之父和奠基人。归纳起来，张我军的文学理论有以下几个方面的内涵：

1. 内容第一，形式第二。他在《诗体的解放》中说："诗是以感情为性命的。感情差不多是诗的全部。"[1] 在《请合力拆下这座败草丛中的破旧殿堂》中写道："情感是文学的生命，思想是文学的血液，文学没有情感、没有思想，则如人之没有性命，没有血液。"[2]

2. 文学要真诚、说真话。在《请合力拆下这座败草丛中的破旧殿堂》中，他说："夫艺术最重要的是诚实，……有什么话说什么话，切不可满口胡说，无病而呻吟。"[3]

3. 文学要有独创，不能满纸套语滥调。"我们做诗做文，要紧是能将自己的耳目所亲闻亲见，所亲自阅历之事物，个个自己铸词来形容描写，以求不失真，而求能达状物写意的目的。"[4]

4. 文学要厚今薄古。五四运动的基本精神，是一种空前的文化革命，是创造新文化、新文学。张我军是新文化、新文学最坚定、最彻底、最勇敢的代表人物。他说："历史告诉我们说，我们今日的文明是自古变迁进化而成的，倘没有变迁进化，如何有今日之文明？"[5]

5. 确立了白话文，即普通话为台湾新文学语言。张我军文学理论最重要的内容之一，是要进行文学语言革命，他要将胡适的"文学的国语，国语的文学"具体化为台湾新文学的两项使命，即："一白话文的建设，二台湾话语的改造"。他说："我这二条是从胡适的'建设新文学'的'国语的文学，文学的国语'出来的。""我们所提倡的文学革命，只是要替中国创造一种国语的文学。有了国语的文学，方才可有文学的国语……我们主张以后全用白话文做文学的器具，我所说的白话文就是中国的国语文。"[6] 在谈到改造台湾话时他说："我们欲把台湾人的话统一于中国语，再换句话

————————

[1]《张我军全集》，北京：台海出版社，2000年版，第40页。
[2]《张我军全集》，北京：台海出版社，2000年版，第17页。
[3]《张我军全集》，北京：台海出版社，2000年版，第18页。
[4]《张我军全集》，北京：台海出版社，2000年版，第19页。
[5]《张我军选集》，北京：台海出版社，2000年版，第64页。
[6]《张我军选集》，北京：台海出版社，2000年版，第53页。

说，是用我们现在所用的话改成与中国语合致的。"[1]

张我军在台湾新文学诞生初期，就从文学的各个方面，为它提出了明确的理论和施行方法。成为台湾首位有作为、有创建的文学理论批评家，成为台湾新文学理论的奠基人，为台湾新文学的发展指明了道路和方向。但是在张我军之后，直至四五十年代，台湾新文学理论因种种原因，落后于创作实践的发展。

---

[1]《张我军全集》，北京：台海出版社，2000 年版，第 56 页。

第四章
台湾新文学的奠基人赖和

第一节　赖和的生平

台湾的新文学运动，继张我军的理论倡导之后，赖和正是以他对台湾白话文学和现实主义创作的确立，以他对年轻一代作家的培养，而被誉为"台湾新文学之父"以及"台湾的鲁迅"。

赖和（1894—1943），本名赖河，字懒云，台湾彰化市人，常用笔名有懒云、甫三、安都生、灰、走街先等。幼年习汉文，并接受日文教育。1909年入台北医学校，毕业后在彰化建立赖和医院。1917年到厦门博爱医院工作，1919年下半年返台。这期间接受五四新文学影响，成为一个热心的社会活动者。1921年加入台湾文化协会，开始其毕生悬壶济世及抗日文化活动的生涯。1923年因治警事件入狱，翌年出狱之后，从此留须明志，以示与日本官宪抗争。1941年又因思想问题再度入狱，后病重出狱，1943年1月即以心脏病与世长辞，年仅49岁。

赖和的一生，是令人敬仰的一生。其一，作为铁骨铮铮的爱国知识分子，为了证明自己是中国人，不臣服日寇，他曾经不剪辫子，始终穿着民族服装，充满了"不忍衣冠沦异族"的高贵情感。其二，赖和医德高尚，扶危济困，一生为劳苦群众所仰望，有"彰化妈祖"和"医圣"之称。不仅如此，"凡台湾文化运动与社会运动，先生无不公开参与或是秘密援助"。[1] 他免费医治穷苦百姓，"每天所看的病人，都在百人以上，然而，

---

[1]杨逵语，见于《台湾新文学的开拓者》，《文化交流》第1辑，第19页。

先生的身后，却留下万余元的债务"。[1] 赖和去世的时候，乡人沿街痛哭，送葬者络绎不绝。其三，作为充满反抗精神的新文学作家，赖和一生坚持用中文写作，绝不用日文写作。这在日据时代的文坛上，实属难能可贵。其四，作为台湾新文学的"奶母"，赖和在担任《台湾民报》文艺栏主编和《南音》杂志编委的时候，为台湾文坛培养了一批作家，守愚、虚谷、杨逵、王诗琅以及稍晚的钟理和、叶石涛、钟肇政等，都曾深受他的影响。

身处日本殖民统治下的赖和，终其一生未曾见过鲁迅，但深深受到鲁迅影响。依其友人杨守愚的说法："先生生平很崇拜鲁迅先生，不单是创作的态度如此，即在解放运动一面，先生的见解，也完全和他'……所以我们的第一要者，是在改造他们（国民）的精神，而善于改变精神的，当然要推文艺……'合致"。[2] 鲁迅弃医从文，成为勇敢的文化斗士和时代旗手；赖和以鲁迅为楷模，一边行医，一边创作，去做台湾新文学运动的先驱；他们都在寻求通过文学改造社会，启蒙民众，疗救国民精神。尽管赖和在创作成就和思想影响力诸方面还不能完全比照鲁迅，但他在台湾新文学运动中的奠基作用，使他获得了台湾文坛最高的敬仰和评价。黄得时将赖和比喻为"台湾的鲁迅"，吴新荣对其大加推崇，认为"赖和在台湾，正如鲁迅在中国，高尔基在苏联，任何权威都不能漠视其存在。"[3] 陈虚谷也断言："赖和生于唐朝中国则可留名唐诗选；生于现代中国则可媲美鲁迅。"[4]

赖和是文坛多面手，从 1925 年发表台湾新文学史上第一篇白话散文《无题》，到 1941 年在狱中完成的《狱中日记》，他共创作了小说 14 篇，新诗 11 首，随笔杂感 13 篇，狱中日记 39 篇，这些作品由李南衡编为《赖和先生全集》，1979 年 3 月由明潭出版社出版。

---

[1] 杨云萍：《追忆赖和》，转引自古继堂：《台湾小说发展史》，沈阳：春风文艺出版社，1989 年 11 月版，第 33 页。

[2] 黄得时：《晚近の台湾文学运动史》，《台湾文学》2 卷 4 号，第 9 页。

[3] 吴新荣以笔名"史民"在《文艺通讯》中，强调赖和在台湾是革命传统。杨逵主编：《台湾文学》第 2 辑，第 12 页。

[4] 见陈逸雄：《我对父亲的回忆——陈虚谷的为人与行谊》，收于《陈虚谷选集》，台北：鸿蒙出版社，1985 年 10 月版，第 496 页。

第二节　赖和的文学创作成就

生在一个身不由己的殖民统治社会，又经历着旧文学和新文学交替变更的风云时代，加之悬壶济世、体察民生的悲悯情怀，赖和走上文坛伊始便确定了自己创作的原点，那就是以拥抱民间疾苦的人道主义关怀，借由文艺的力量去启迪民众精神，改造黑暗社会。1937 年，赖和在回答应聘《台湾民报》副刊主编黄得时的请教时，曾当场明确提出四点希望："1. 现在虽然在日本统治下，我们绝对不要忘记我们是中国人。2. 对于中国优美的传统文化，不但要保存，还要发扬光大。3. 对于日人的暴政，尽量发表，尤其是日警压迫欺负老百姓的实例，极力暴露出来。4. 对于同胞在封建下所残留的陋习、迷信，应予彻底地打破，提高文化素质和水平。"[1] 这既是赖和的政治理想，也蕴含着他的文学追求。赖和终其一生所努力的，就是要让文学成为"民众的先锋，社会改造运动的喇叭手"，"忠忠实实地替被压迫民众去叫喊"。[2]

在这种文学理念的指导下，赖和的创作始终坚持了反帝反封建的精神取向，从而成为日据时代最富有抗议精神的文学。以其成就最为显著的小说而言，赖和的创作有以下鲜明特色：

1. 以尖锐的抗议精神，揭露日本殖民统治的罪恶，唤醒台湾人民的反抗意识。日据时代，反对殖民压迫，争取民族独立和自由，成为广大台湾同胞最根本的问题。赖和的小说，或抨击横行霸道、为虎作伥的警察制度，如《一杆"秤仔"》《不如意的过年》《蛇先生》《惹事》等；或揭露日本殖民者对台湾蔗农残酷的经济压榨，如《丰作》；或斥责日本同化政策对中国传统文化风俗的消泯，它们表现的全是与异族统治者势不两立的主题立意。《一杆"秤仔"》写贫苦农民秦得参被日本巡警逼上绝路的故事。秦得参借来

---

[1]黄得时：《台湾新文学的播种者——赖和》，原载《联合报》1984 年 4 月 5 日。引自《赖和研究资料汇编》（上），彰化县立文化中心，1994 年 6 月版，第 243—244 页。

[2]赖和：《希望我们的喇叭手吹奏激励民众的进行曲》，原载于《台湾民报》第345 号，1931 年 1 月 1 日。

三元钱做卖青菜的小生意，因为无钱购置"秤仔"，只得向邻居借来一杆"尚觉新新的秤仔"。当时的度量衡是官厅的专利，敲诈勒索的巡警不由分说，折断秤杆，罚款拘人。秦得参被妻子借债赎出狱来，禁不住满腔悲愤，终于在新年之夜与巡警同归于尽。这里，原本象征老百姓谋生工具的"秤仔"，现在却被破坏；原本象征了法律应有公正的"秤仔"，现在却遭践踏；官逼民反的背后，是日本殖民者对民众生存权利的残酷剥夺，是走投无路的百姓对于强权专制的抵死抗议。值得指出的是，赖和小说不仅表现深沉的控诉力量，而且凸显了强烈的抗争精神。《一杆"秤仔"》中，秦得参的拼死抗争，《浪漫外记》里，民间好汉对日寇爪牙"补大人"[1]的诱杀，《惹事》中勇于揭露日本殖民统治者"劣迹与残暴"的青年学生，以及《善讼人的故事》里为民请命、反抗强权的林先生，都是这种不屈意志的集中体现。

2. 以悲天悯人的人道主义情怀，描写了苦难深重的百姓生活，传达出反帝反封建、改造不合理社会制度的强烈要求。《可怜她死了》是一篇哀怜贫苦女性命运的经典之作。小说中命运多舛的阿金，自幼被卖做童养媳，未婚夫又在一次罢工风潮中被警察打伤死亡。遭受重创的公公含恨死去，阿金婆媳挣扎在贫困线上。为了摆脱困境，阿金再次被已经妻妾成群的富绅阿力哥包养，受尽蹂躏后却遭遗弃，最终带着身孕投河自尽。赖和在作品中揭示了造成阿金悲剧的三个原因：一是养女制度。作为封建制度的残余和变形，它在日本统治下的合法化，是造成无数女子悲苦命运的渊薮。二是纳妾制度。封建主义传统与男权中心话语的强势作用，使被物化的妇女变成男性需要的工具或可以任意买卖、遗弃的物品。三是殖民主义统治。作为一切黑暗势力的总根子，它与实行专制、压抑人性的封建主义制度的联盟，是维持自身统治的需要。阿金的悲剧，正是殖民统治和封建制度一手导演的。赖和对封建礼教和落后习俗的鞭挞中，无不凝聚着对殖民主义的憎恶。

---

[1]补大人：日本警察中，由依附日寇的台湾人充当的称"巡查补"，台湾人自喻为"补大人"。

3. 对旧社会习俗的败坏，对苟且偷生者的形象批判，表现了赖和文化革新的要求，以及疗救国民精神的忧患情怀。他于 1926 年写的第一篇小说《斗闹热》，是最先批评封建社会迎神赛会的铺张浪费，表达期盼文化革新与社会进步的作品。故事借着镇上人们的闲谈，表达出两庄村民在妈祖生日的祭典中为了争面子而"斗闹热"，导致富者愈富，贫者愈贫，幕后操纵者却从中渔利。对于为发起"斗闹热"而奔走的学士、委员、中学毕业生和保正等"有学问有地位的人士"，赖和也给予了特别的讽刺。事实上，赖和对那种在殖民政府统治下苟且偷生，甚至巴结奉承的旧知识分子的描写，笔锋一贯犀利无情。在《棋盘边》里，作者用一副对联，概括出此类人物萎靡颓丧的生活习俗："第一等人乌龟老鸨，惟两件事打雀烧鸦"（指打麻将、吸鸦片）。《一个同志的批信》《赴了春宴回来》等作品，从不同侧面表现了民族危难时期一些知识分子的空虚与妥协心理，前者揭穿了有钱有闲者施灰献媚殖民当局的行径，后者则活画出一群寻花问柳的"圣人之徒"的卑污灵魂。

4. 在艺术表现上，赖和着力观照乡土的文化背景和艺术趣味，注重故事性与戏剧性，显示出乡土的特色。而对于邪恶与堕落的一面，他又特别运用讽刺手法加以抨击。从赖和的诗歌、散文创作来看，《无题》是台湾新文学史上的第一篇白话散文，它把日寇统治下一个失恋者孤寂痛苦的心情，描写得栩栩如生。清新的形式，优美的文字，加之个人情感与黑暗时代的碰撞扭结，使全文有一种悲哀而倔强的美感。

赖和的新诗创作，比之其他文体，情感基调更为高昂激奋，用他自己的话来说，是要"吹奏激励民众的进行曲"。坚持社会写实的文学路线，带来其作品强烈的现实针对性。1925 年 10 月 23 日，彰化二林的农民起义被日警血腥镇压的当天，赖和就以满腔悲愤写下了他的第一首新诗《觉悟下的牺牲》，副题是"寄二林事件的战友"。有感于农民这种不怕牺牲、奋起反抗的"觉悟"，赖和反复吟诵："我的弱者的斗士们，/这是多么难能，/这是多么可贵！"但他最成功的新诗则是《流离曲》《南国哀歌》和《低气压的山顶》。

《流离曲》写于 1930 年，长一百余行，被人称为日据下台湾新文学中最长、最动人的一首诗。它是以殖民当局用极廉价将 3886 甲土地批售给 370 名退职官员，迫使大批农民流离失所的事件为背景所作的长诗。《南国哀歌》写于 1931 年，是为纪念反殖抗日的"雾社事件"而创作。《低气压的山顶》则以象征的手法，在日寇制造的政治低气压时代，大声呼唤推翻殖民统治的狂风骤雨："这冷酷的世界，／留它还有何用！／这毁灭一切的狂飙，／是何等伟大凄壮！／我独立在狂飙中，／张开喉咙竭尽力量，／大着呼声为这毁灭颂扬，／并且为那未来不可知的，／人类世界祝福。"

第三节　赖和在台湾文学史上的意义

在日据时代的台湾新文学运动中，赖和是以反帝反封建的主题，人道主义的情怀和社会写实的方法路线，率先倡导了具有地方色彩的乡土文学，富于反抗精神的抗议文学，以及充满新时代意义的白话文学。

赖和的功绩在于他第一个用白话文写作，从而揭开了台湾新文学运动的序幕。台湾新文学兴起后，遇到了一个历史性的难题。新文学运动要求言文统一，台湾居民却多用台湾方言。赖和经过艰苦的努力和实践，率先摸索出以白话文为基础，尽量吸收台湾方言的途径，使其作品言文一致，呈现出明白易懂的乡土特色。在语言文字的运用上，他还大力实践"舌头和笔尖的合一"的主张，使其文学语言口语化。正是在此意义上，"第一个把白话文的真正价值具体地揭示到大众之前的，便是懒云的白话文文学作品"[1]。

作为台湾新文学之父，赖和的创作影响了整个日据时代的台湾文坛。正如文评家张恒豪所称：

　　他的写实精神引导了不少的继起者，尤其是杨守愚、陈虚谷、王诗琅；他的反讽技法影响了蔡愁洞、吴浊流、叶石涛；而他那不屈不

---

[1] 守愚：《小说与懒云》，《台湾文学》3 卷 2 期。

挠的抗议勇气更鼓舞了杨华、杨逵、吕赫若。可以说,台湾新文学的扎根从赖和开始着手,而赖和的崛起才奠定了现代台湾文学的基础。[1]

赖和被称为"台湾的鲁迅"和"台湾新文学之父",他对台湾新文学的巨大贡献,与这两个崇高的称谓是相称的。赖和的创作跨越小说和新诗两种题材,这两个领域他是两面旗帜。他的闪耀着强烈战斗光芒的现实主义作品,成为整个台湾新文学的样板。尤其是他作品中反对异族占领和对祖国的向往与亲和的民族主义精神,以及大声疾呼革命风暴的到来、摧毁旧世界的呐喊,无不体现出无畏而彻底的革命性,教育和唤醒了几代台湾青年。这种革命战斗精神成了整个台湾新文学的灵魂,并且将永照台湾文坛。赖和的文学主张和他的爱祖国、爱民族的精神,也是今天反"台独"的锐利武器。

---

[1] 张恒豪:《觉悟下的牺牲——赖和集序》,《台湾作家全集·赖和集》,台北:前卫出版社,1992年7月版,第46页。

第五章
台湾新文学的发展

第一节　台湾新文学发展期的历史、文学背景

1931 年到 1937 年，台湾新文学运动进入以推行文艺大众化为主体的发展期。这一时期台湾的社会政治形势与文学背景复杂动荡，充满矛盾：一方面，台湾的抗日民族运动遭受重大挫折，由高潮走向低谷；另一方面，在日本殖民当局的高压政策和政治运动陷入低潮的双重逆境中，台湾的新文学运动却迅速发展走向成熟和繁荣，迎来它的"黄金时代"。

一、政治运动的低落与文学运动的高涨

1931 年，是台湾民族运动史上的一个分界点。在此之前，随着台湾文化协会的分化重组，台湾民众党的成立，特别是台湾共产党的诞生，台湾的政治运动、文化运动和工农运动于 20 年代后期空前高涨。当时，几乎所有的作家都参加了台湾文化协会，他们视文学创作为社会启蒙和抵抗日本殖民统治的利器，对政治运动的参与比文学创作更为投入。

随着时局的变动，台湾的政治形势出现重要转折。一方面，1930 年 10 月 27 日，台湾发生了震惊全岛的"雾社起义"，惊恐万状的日本殖民当局立即出动武力血腥镇压。作为日据后期最伟大的抗日事件，"雾社起义"给予日本殖民者以沉重打击。但是，日寇也随之加强了对台湾的全面控制，台湾再次陷入了全岛性的白色恐怖之中。尤其从荻洲接任台湾军参谋长之后，军部的权势骤增，对台湾人民的迫害更是变本加厉。另一方面，1931 年，日本发动"九一八"事变，侵占我东北三省以后，为发动世界大战而

进入加紧控制的备战时期。他们在经济上搞所谓"经济再编成",拼命扩充军事工业,在政治上则加强对殖民地实行"临战统制"。当时的台湾,被当作日本帝国主义南进的基地,各种民族抗日力量受到的打击也更加残酷,台湾共产党更是首当其冲。继 1929 年殖民当局制造"二·一二"事件、拘捕文协工会、农民组合和反日团体人士 1000 余人之后;1931 年 2 月,日本总督府宣布取缔"台湾民众党",一生从事抗日政治活动的该党领袖蒋渭水复于是年病逝;1931 年 3 月至 6 月,殖民当局举行全岛性的大检举,逮捕被疑为与台湾共产党有关联的人士 107 人。9 月至 11 月,再次进行大检查,逮捕革命者和积极分子 310 人。在这种白色恐怖下,台湾文化协会、台湾共产党、台湾农民组合、台湾工友联盟或遭取缔,或自行解体,左翼力量受到重大打击,历经 10 多年发动与组织而形成的文化政治运动陡然转向低潮。

公开的群众性文化政治运动已被查禁,严酷的事实要求台湾进步知识文化界必须更换斗争策略,避免更为惨重的后果。由于台湾的新文学运动已经获得发展基础,并处于合法地位,借重文学运动开展文化政治斗争,就成了当时的唯一出路。于是,许多爱国知识分子开始将他们的主要力量转移汇聚到文学创作上来,新文学运动的地位也更为凸显。这是造成 1931 年至 1937 年文学运动高涨的客观情势。

文学运动与社会运动的逆向发展情境,与文艺自身发展的不平衡性有关,艺术的繁盛期,并非与社会的一般发展成正比。30 年代以后台湾新文学的勃兴,其外部原因,是受到来自祖国大陆和日本无产阶级文艺运动的重要影响。30 年代,是左翼文学运动最为高涨的时期。祖国大陆,有中国左翼作家联盟、中国左翼文化界总同盟、中国诗歌会相继成立,并大力发行《小说月报》《大众文艺》《萌芽》等左翼文学杂志,无产阶级革命文学队伍迅速形成。日本亦然。从日本无产者艺术联盟(简称"纳普"),到日本无产阶级文化联盟(简称"克普"),从《无产阶级文化》杂志的创办,到小林多喜二、德永直等革命作家的出现,对台湾文艺团体的成立及作家的创作,都不无影响。就内部原因来说,首先,台湾新文学运动经过 11 年的思想理论准备、文学队伍的聚集以及创作实践的积累,已经逐渐走向成熟。其次，在日本殖民者心目中，当时的台湾文学，毕竟分量没有政治、经济、军事那么重，因而对文艺团体的控制也不像对政治团体那么严酷，文学运动的存在具有一定的合法性。日本殖民者在台湾的主要精力，对内是镇压台湾共产党和工农运动，对外是疯狂扩军备战，准备发动新的世界大战。这就给台湾作家造成了活动的空隙。再则，本时期较早成立的文艺团体，或者有日本作家参加，如台湾文艺作家协会；或者诞生地就在日本东京，如台湾艺术研究会，这就转移了日本殖民当局的视线。正是这多种因素的共同影响，特别是文学发展自身规律的作用，促使台湾文学运动走向繁荣。

二、文学路线的确立与文学理论的再突破

随着台湾新文学运动地位的凸显，其任务也相应扩大和加重，特别是在文学思想与理论建设方面，急剧变化的时代要求它突破自身局限、加快建设进程。1931 年至 1937 年的文坛上，叶荣钟、张深切、黄得时、王锦江、黄石辉、郭秋生、林克夫、廖毓文、朱点人、赖明弘等人纷纷发表理论文章，就台湾新文学的路线、台湾乡土文学与话文运动以及文艺大众化问题，进行了深入的理论探讨。

1. 文学路线的确立。在台湾新文学的萌芽期和推进期，虽然有人不断提出重要的文学主张，但还未涉及文学路线问题。1935 年 2 月，当时身为台湾文艺联盟委员长的张深切，在《台湾文艺》发表《对台湾新文学路线的一提案》一文。在对"过去的文学路线""中国的文学路线""日本（与欧美）的文学路线"进行梳理之后，张深切提出了发展台湾文学的新路线。他还推崇吴希圣的《豚》、杨逵的《送报夫》和吕赫若的《牛车》，是表现关怀贫苦大众的文学路线。在他看来：

> 台湾固自有台湾特殊的气候、风土、生产、经济、政治、民情、风俗、历史等，我们要把这些情况，深切地以科学的方法研究分析出来——察其所生，审其所成，识其所形，知其所能——正确地把握于思想，灵活底表现于文学，不为先入为主的思想所束缚，不为什么不纯的目的而偏袒，只为了贯彻"真、实"而努力尽心，只为审判"善、

恶"而研究工作。这样做去，台湾文学自然在于没有路线之间，而会筑出一条正确的路线。[1]

从中可知，张深切所强调的文学路线：（1）必须从台湾的实际生活出发；（2）必须建筑在"真、实"的路线之上；（3）必须以"善"与"恶"作为文学评判的标准；（4）必须跟台湾的社会情势进展而进展，跟历史的演进而演进；（5）必须正确地把握思想，灵活地表现文字。

张深切的主张是从台湾文坛的实际出发，对台湾新文学运动有一种反省与总结。但这条文学路线也存在着重思想轻艺术的不足之处，因而还难以对作家创作与文学活动产生直接的指导作用。

2. "台湾话文与乡土文学"论战发生。1930 年至 1931 年，由黄石辉、郭秋生发起，在新文学阵营内部，展开了一场关于"台湾话文与乡土文学"的论战。1930 年 8 月 16 日，黄石辉在《伍人报》上发表《怎样不提倡乡土文学》一文，提出台湾新文学应该是一种乡土文学，力倡作家用台湾话来描写台湾的事物。1931 年 7 月 24 日，黄石辉又在《台湾新闻》发表《再谈乡土文学》，详细阐述自己关于乡土文学的"台湾语"建设问题。同年 7 月 7 日，郭秋生积极呼应黄石辉，在《台湾新闻》连载发表了《建设台湾白话文一提案》，将"台湾话文"定义为"台湾语的文字化"，进一步提出以汉字为工具建设台湾话文的主张。

黄石辉、郭秋生的主张，引发了文坛不同意见的论战。支持的一方，有庄遂性、黄纯青、李献璋、黄春成、赖和、郑坤五等；持反对态度的，主要有廖毓文、林克夫、朱点人、赖明弘、林越峰等。其反对理由为三点：（1）台湾话粗糙幼稚，不足为文学的利器；（2）台湾话分歧不一，令人无所适从；（3）台湾话文为大陆读者看不懂。所以，他们主张普及全国通行的白话文。另外，他们以欧洲历史上乡土文学的过时性和台湾现实中乡土文学的局限性为由，对此提出不同见解。

---

[1]张深切：《对台湾新文学路线的一提案》，原载于《台湾文艺》2 卷 2 号，1935 年 2 月 1 日。见李南衡：《日据下台湾新文学·文献资料集》，台北：明潭出版社，1979 年 3 月版，第 184—185 页。

在日据时期，提倡台湾话文与乡土文学，本身包含了抵制日本殖民当局同化政策和外来奴役的意义，它更多的是站在现实立场上强调台湾的某种特殊性。而反对者的观点，则是站在理想的立场上，认为台湾是中国不可分离的一部分，所以反对另立台湾特有的地方性的文化。在具体的观点阐述上，两者各有其不无偏颇的意见。在当时的历史条件下，这场持续了两年多的讨论虽然没有什么结果，但在展开文艺理论争鸣、推动民族文学的发展上，还是有其重要的进步意义的。

3. 关于文艺大众化问题的提出。早在台湾新文学运动初期，先驱者就已经开始关注文学的普及化与平民化问题。1923 年，黄呈聪在《论普及白话文的新使命》一文中，提出"普及文化"的观点；赖和也在新旧文学论战中，提出"要倡导平民文学、普及民众文化的这一种艺术运动。"[1] 进入 30 年代，受到祖国大陆和日本左翼文学运动影响，出于台湾新文学运动的自身发展和迫切需要，文艺大众化问题遂成为文学界共同关注的焦点，许多文学团体和文学期刊都确定了文艺大众化的指导方针。1931 年成立的"台湾文艺作家协会"，提出要实现"文艺大众化"。1932 年成立的南音社及其创办的《南音》杂志，也发表了专门提倡大众文艺的文章。1934 年 5 月 6 日召开的第一次台湾全岛大会，通过了"文艺大众化"案，提案的具体要求有三点：（1）描写与大众生活有密切关系的作品；（2）文体与文字宜用一般读者容易理解程度；（3）对一般大众要能唤醒他们的艺术趣味。而"台湾文艺联盟"成立的时候，会场墙上的标语即是："推翻腐败文学，实现文艺大众化"。

这期间，关于"文艺大众化"的探讨文章也纷纷出现。1932 年叶荣钟以"奇"的笔名，在《南音发刊词》《"大众文艺"待望》《知识分配》等文章中，多方面阐述了文艺大众化的主张，响亮地提出了"到民间去""到农村去"的口号。《知识分配》一文中这样写道：

---

[1] 赖和：《开头我们要明了地声明着》，见李南衡：《日据下台湾新文学·赖和先生全集》，台北：明潭出版社，1929 年 3 月版，第 355 页。

我们台湾的知识水准若以个人而论，则不但无多逊色，尚且有很优秀的未来可以期待的。所以若能够把这些知识分子挽至民众的里头，使他们与民众结成密接的关系。使他们能够把自己的知识分配给一般民众，则民众的文化自然就有蒸蒸日上的希望了。这样议论一见似乎很迂远，但其实却是极切实的提案，假使我们的知识阶级若能大悟一番，不以装饰品底地位自足，向前到民间去，到农村去，到乡里去，由家庭，由邻里，由村落切实地去指导，勿泥于高远的理想，毋惑于玄虚的批评，由日常茶饭屑事做起，以身作范去指导民众，庶几这台湾的文化才能够脱离这畸形的现状，而上正常的、健康的发达途上去，然后大多数的同胞才能够享受所谓文化的恩泽呢！知识阶级哟！到民间去！去！去!!! 去分配你们的知识给你的邻人！给你的乡里!! 这是新台湾建设的捷径!!![1]

叶荣钟的主张，反映了文学界对实行文艺大众化的重视及其思想的发展。随着文艺大众化思想的传播，新文学运动日益深入人民大众，面向劳动大众的创作、民歌民谣和民间文学的整理和创作，在这一时期得到了长足的发展。

总之，文学路线的确立与文学观念的再突破，是这一时期台湾新文学运动走向成熟的理论标志。它对 30 年代前期文艺团体的成立，文艺杂志的创刊，以及文学创作的繁荣，产生了不无重要的影响作用。

三、文学社团的成立和文艺杂志的创办

30 年代以前建立的社团，几乎都是政治、文化团体，有影响有成就的纯文学社团尚未出现。30 年代以后，情形为之大变。构成台湾新文学运动繁荣的标志之一，就是纯文学社团与文艺刊物纷纷出现，文艺阵地从报纸转移到文艺杂志，作家由分散的个体活动走向联合的集体行动。

---

[1] 叶荣钟：《知识阶级》，原载于《南音》1 卷 7 号，1932 年 5 月 25 日。见李南衡：《日据下台湾新文学·文献资料选集》，台北：明潭出版社，1979 年 3 月版，第 136 页。

本时期最重要的文学社团与文艺刊物如下：

1. 台湾文艺作家协会与《台湾文学》。1931 年 6 月成立，台湾作家有王诗琅、张维贤、周合源等 10 人，日本作家有别所孝二、平山勋等 29 人。同年 9 月，创办《台湾文学》杂志，以"确立新文艺"和"文艺大众化"为宗旨，发行了三期即被迫停止。这是台日作家的初次合作，它以反抗殖民者为共同思想基础，具有统一阵线的色彩。

2. 南音社与《南音》。1931 年秋，台北与台南的文学界人士庄垂胜、叶荣钟、郭秋生、黄春成、赖和等 12 人，组成南音社。翌年 1 月，创办文艺杂志《南音》半月刊。1932 年 11 月被禁停刊，共出版 12 期。《南音》的创刊动机，除了让歌以当哭的文士们，在百不可为、混沌惨淡的时代，借文字来消愁解闷之外，还希望作为"思想知识的交换机关"，致力于台湾文艺的启蒙运动；在迷茫苦闷的人们心灵上，添上文艺的润泽。在杂志内容与运作方式上，《南音》采取两项原则：一是凡属文艺作品，不论反对与主张，尽量登载；二是鉴于岛内过去各种杂志寿命多不长，在表现反日情绪时，最好采用含蓄笔法，避免杂志动辄遭禁停刊。它所担负的文艺使命，第一，提倡文艺大众化。《南音》不仅大声疾呼台湾大众文艺的出现，还开辟了"台湾话文讨论栏"，引发了赖明弘、黄石辉、郭秋生等人的笔战。郭秋生不仅在理论上主张"屈文就话"，并且特辟"台湾话文尝试栏"，将其理论付诸实践。第二，提供作品发表园地，创刊伊始即以重金公开征募小说、戏曲、诗歌、对联等，这种兼容并蓄的艺术态度，使《南音》拥有当时最出色的作家群，如周定山、赖和、李献璋、黄纯青、郭秋生、洪炎秋、黄得时、黄春成、林幼春、黄石辉、毓文、虚谷等人。总之，《南音》的诞生，"标示着台湾新文学运动已经由政治性、综合性报纸上的一隅转移到专业性、独立性而园地辽阔的文艺刊物"，[1] "可谓当时中文台湾文

---

[1]梁明雄：《日据时期台湾新文学运动研究》，台北：文史哲出版社，1991 年 5 月版，第 187 页。

艺集大成的豪华版"。[1]

3. 台湾艺术研究会与《福尔摩沙》。早在 1931 年 3 月 29 日，在日本东京学习的台湾青年王白渊、林兑、吴坤煌、叶秋木、张丽旭、林新丰等人，深受"日本普罗列塔利亚文化联盟"（哥普）成立后的文化运动风潮的影响，怀着强烈的民族意识，主张"以文化形体，使民族理解民族革命"，组织了"台湾人文化圈"，并于 8 月 13 日创刊《台湾文艺》。因叶秋木参加 9 月 1 日的"反帝游行"被捕，林兑等 5 位成员连带被检举入狱，其社团被迫解散，《台湾文艺》只出一期即停刊。

1933 年 3 月 20 日，由在东京的苏维熊、魏上春、张文环、吴鸿秋、巫永福、王白渊、施学习、吴坤煌、黄坡堂、刘捷等人发起，"以图台湾文学及艺术的向上为目的"，成立了台湾青年在日本的第一个纯文艺团体"台湾艺术研究会"。1933 年 7 月 15 日，正式出版日文文艺杂志《福尔摩沙》。

为了团结更多的台湾留日青年，《福尔摩沙》虽然是在左翼团体影响下产生的，但它选择了中间路线，是一份政治宣传淡薄的合法刊物。它以"整理传统文艺，研究乡土艺术、歌谣、传说，创造台湾新文艺"为职责，以稳健的态度带动台湾文学的发展。在强调建立"台湾人的文艺"背后，是对日本殖民统治强烈不满的反抗情绪。《创刊号》只发行五百本，1934 年 6 月 15 日发行第 3 号后，终因经济困难而停刊。围绕《福尔摩沙》的作家，如王白渊、张文环、吴天赏、苏维熊、巫永福、吴坤煌、刘捷等人，都成为日后台湾文坛的健将。《福尔摩沙》虽然只出了三期，对台湾新文学运动的贡献却相当突出。正如老作家黄得时所说：

一、《ワオルモサ》（《福尔摩沙》）的创办人，皆是在日本各大学正在专攻文学、哲学或美术的学生，所以他们能运用西洋近代文学的方法来创作文学和推进文学运动。二、他们推进文学运动的意欲特别坚强而炽烈，大有非创出一种新文学绝对不愿罢手的气概。三、他们特别

---

[1] 施学习：《台湾艺术研究会成立与福尔摩沙创刊》，《台北文物》3 卷 2 期，第 67 页。

着重小说和诗的创作，同时对于整理过去的文化遗产，如搜集歌谣和对现阶段的文学批评等也相当重视。[1]

4. 台湾文艺协会与《先发部队》。1933 年 10 月，受到《福尔摩沙》发刊影响，郭秋生、廖毓文、黄得时、林克夫、朱点人、蔡德音、陈君玉、徐琼二、吴逸生、黄青萍、林月珠等人，在台北成立了岛内的第一个文学社团。该会的成立动机，是基于"从来的新文学运动，都缺乏一个健全而有力的组织主体，以纠合全岛的同志，采取集体的行动，来争取民众，以巩固新文学运动的社会地盘"[2]。台湾文艺协会"以自由主义为会的存在精神"，"谋台湾文艺的健全的发达为目的"，[3] 于 1934 年 7 月 15 日创办文艺杂志《先发部队》。1935 年 1 月 6 日出版第 2 期时，因殖民当局干涉，改名为《第一线》。《先发部队》除了发表该杂志的宣言、卷头言外，还刊发了"台湾新文学出路的探究"特辑，收录黄石辉、周定山、赖庆、守愚、点人、君玉、毓文、秋生等人的 8 篇文章。上述文章屡言的"建设的、创造的文学主张，一改过去一味暴露、破坏而未能提供新理念、新希望的文学风貌"，[4] 力倡"创造当来的新生活样式"，[5] 这里所凸显的，正是台湾文艺协会独特的精神与意义。

时隔半年之后出版的《第一线》，为"台湾民间故事特辑"。台湾文艺协会在探讨新文学出路的同时，也注意到民间文学的发掘与保存。该号卷

---

[1]黄得时：《台湾新文学运动概观》，原载于《台北文物》3 卷 2 期—3 期，4 卷 2 期。见李南衡：《日据下台湾新文学·文献资料选集》，台北：明潭出版社，1979 年 3 月版，第 306 页。

[2]廖毓文：《台湾文艺协会的回忆》，《台北文物》3 卷 2 期，第 72 页。见李南衡：《日据下台湾新文学·文献资料选集》，台北：明潭出版社，1989 年 3 月版，第 364 页。

[3]廖毓文：《台湾文艺协会的回忆》，《台北文物》3 卷 2 期，第 72 页。见李南衡：《日据下台湾新文学·文献资料选集》，台北：明潭出版社，1989 年 3 月版，第 364 页。

[4]许俊雅：《日据时期台湾小说研究》，台北：文史哲出版社，1999 年 9 月版，第 95 页。

[5]芥舟（郭秋生）：《台湾新文学的出路》卷头言，原载于《先发部队》创刊号，1934 年 7 月 15 日。

头言《民间文学的认识》，出自黄得时手笔，毓文、李献璋等人收集的 25 篇民间文学故事被收录在内。这一特辑的设立，不但显示了该刊对民族文化遗产的关心，也体现了对文艺大众化的重视。李献璋在此基础上汇集的《台湾民间文学集》，于 1936 年 6 月出版，成为流传至今的民间文学巨构。

除了刊发上述两个特辑，《先发部队》和《第一线》还发表 8 篇小说，十几首新诗，以及随笔若干。该杂志虽然只办两期即告停刊，但是该协会之精神与作为却鼓舞着青年一代关怀文学，并为创立台湾文艺联盟，扮演了重要角色。

5. 台湾文艺联盟和《台湾文艺》。1934 年 5 月 6 日，由台中作家张深切、张星建、何集璧、赖明弘等人发起，82 名作家出席，在台中召开了第一次台湾全岛文艺大会，并促成台湾文艺联盟的诞生。这是台湾新文学运动史上文艺大团结的空前壮举，其队伍遍及台岛及旅日台胞。从会场上张贴的标语即可看出当时的激昂气氛与台湾文艺联盟的倡导方向。

> 万丈光芒喜为斯文吐气，一堂裙屐欣看大雅扶轮。
> 宁作潮流冲锋队，莫为时代落伍军。
> 推翻腐败文学，实现文艺大众化。
> 拥护言论自由，拥护文艺大会。
> 破坏偶像，创造新生。
> 精诚团结起来，为文学奋斗到底。
> 文艺大会万岁。

台湾文艺联盟的成立，是带有政治性的文艺运动，其成立宗旨为"联络台湾同志，互相图谋亲睦，以振兴台湾文艺"[1]。文联成立当日最重要的提案有："文联团体组织案""机关杂志案"。席间经过讨论，拟定了台湾文艺联盟章程和大会宣言，同时选出委员。"台湾文艺联盟乃是一个有意识的行动集团，它超越一切的派别，把全岛的文艺家打成一片，来一次空前的

---

[1]《台湾文艺联盟章程》第 1 章宗旨，见《台湾文艺》2 卷 1 号，1934 年 12 月 18 日，第 70 页。

大团结，促进台湾文学长足的进步"；[1] "并确保了台湾精神文化的基础而对异民族表示了坚毅不移的抵抗"[2]。

1934 年 11 月 5 日，该联盟刊行了机关刊物《台湾文艺》。该刊遵循"不偏不党"的方针，提倡深入到大众中去，是一份为人生而艺术，为社会而艺术的富有创造意识的杂志；也是日据时代寿命最长、作家最多、对于文化影响最大的一本文艺杂志，共出版 15 期。它内容丰富而充实，涉及评论、小说、戏曲、诗歌、随笔、学术研究等六个部门。其中，关于台湾新文学路线及其他文学问题的探讨，张深切的《鸭母》、赖和的《善讼人的故事》、杨华的《薄命》等中文小说力作的发表，吴希圣的《乞食夫妻》、张文环的《哭泣的女人》等一大批日文小说的问世，以及杨华、梦湘、陈逊仁等为数众多的诗人创作，和守愚、德音、张深切等人的戏剧作品，都显示了《台湾文艺》时期新文学运动的全盛景象。但在《台湾文艺》的后半期，日文已成强势语言，用日文写作的作品反较中文更多，编辑风格也随之变化。黄得时对此曾有说明：

> 前期的作品是作家站在政治或社会的基盘上，为抗议日人的压迫和榨取而写的为多，同时对于台湾的封建社会也很不客气地暴露其腐败和堕落的情形；可是这时期的作品，却是作家站在文学独自的立场，深入台湾的旧社会去发现台湾人的优点，再把这优点用写实的方法表现出来，对于日人的歧视政策，作一种无言的抵抗，因此前者带着一种很强烈的政治色彩而后者却含有很浓厚的艺术气味。换言之，台湾文学运动到这时期，已渐渐脱去政治上的联系，而走向文学独自的境地了。[3]

---

[1]黄得时：《台湾新文学运动概观》，见李南衡：《日据下台湾新文学·文献资料选集》，台北：明潭出版社，1979 年 3 月版，第 316 页。

[2]赖明弘：《台湾文艺联盟创立的断片回忆》，《台北文物》3 卷 3 期，第 63 页。

[3]黄得时：《台湾新文学运动概观》，《台北文物》4 卷 2 期，1955 年 8 月，第 109 页。见李南衡：《日据下台湾新文学·文献资料选集》，台北：明潭出版社，1979 年 3 月版，第 320—321 页。

6.《台湾新文学》杂志。1935 年 12 月 28 日，由《台湾文艺》编辑委员脱退的杨逵及其夫人叶陶独资创办了中日文并行的《台湾新文学》，后来加盟者有赖和、杨守愚、郭水潭、吴新荣、赖明弘、赖庆、叶荣钟、林越峰等，其中多数人为台湾文艺联盟和《台湾文艺》的重要成员。杨逵再创刊物，是因为与文艺联盟的创始人之一张星建在选稿的作风、方针上大异其趣、自觉无法发挥作用而退出。但杨逵说得很明白：

> 我创办《台湾新文学》月刊，并不是为了对抗《台湾文艺》。《台湾新文学》与《台湾文艺》目标相同，但《台湾新文学》在选稿上较为客观，中文由赖和、杨守愚，日本诗由"盐分地带"（台湾佳里）的吴新荣、郭水潭负责，所以在一年内刊出不少新作家的新作品。当时真是创业维艰！[1]

杨逵一向主张新文学是写实的、现实主义的文学运动，他创办的《台湾新文学》，以反映台湾贫苦大众的生活现实为依据，比起《台湾文艺》，更富有写实精神和社会主义倾向，更注重中文作品。在 1936 年 12 月号有《汉文创作专辑》，发表了赖贤颖的《稻热病》、尚未央的《老鸡母》等 8 篇小说。本期作品表现出高度的民族意识和抗议精神，因此被殖民当局以"内容不妥当，全体空气不好"的理由查禁。该刊还致力于作家的介绍。廖汉臣以"同好者的面影"为题，依次介绍朱点人、赖明弘、刘捷、王诗琅、吴逸生、林克夫、徐琼二、黄得时等台湾作家。2 卷 2 号发表尚未央（庄松林）的《会郁达夫记》；1936 年第 8 期出有"高尔基特辑号"，同年 11 月还发表王诗琅的《悼鲁迅》和黄得时的《大文豪鲁迅去世》。上述情形，表明《台湾新文学》宽广的思想境界与编辑视野。

《台湾新文学》于 1937 年 6 月 15 日停刊，共发行 14 期。自创刊号至第 9 期，它与《台湾文艺》是并驾齐驱的；从第 10 期后，《台湾新文学》独

---

[1]杨逵：《坎坷与灿烂的回顾》，见陈连顺、丘为君主编：《中国现代文学的回顾》，台湾：龙田出版社，1978 年版，第 116 页。

自承担起台湾新文学的使命。黄得时曾高度评价了这一时期的新文学杂志：

> 《台湾文艺》和《台湾新文学》的寿命不过是三年而已，可是在这短短的三年之中，所获得的效果，比过去十几年的效果都来得大。堪称在台湾文学史上划下一段光辉灿烂的时期。[1]

总之，1931年至1937年的台湾新文学运动，已经形成它走向成熟的鲜明标志：其一，台湾新文学运动开始摆脱政治运动的牵制，走向文学独自的境界；其二，随着文学阵地的创立和开拓，新文学运动的舞台，已经由报纸（《台湾新民报》）发展到独立的文学杂志的创办；其三，随着全岛性文艺团体"台湾文艺联盟"的成立，新文学作家已由分散而趋向统一；其四，登坛作家和所发表的作品，超过过去任何一个时期。正是在这种意义上，台湾新文学运动进入了它的"黄金时代"。

第二节　台湾新文学发展期的小说创作

在1931年至1937年的台湾文坛，小说创作是以它整体风貌的变化和新颖气象的出现，为台湾新文学的"黄金时代"增添了特别的光彩。

作家与作品的成批涌现，是本时期小说繁荣的标志之一。

由于众多文学社团与文学刊物的创办，30年代的作家队伍由分散走向聚合，以文学同仁的群体形象登上文坛，知名作家达到上百人之多。他们或以文学社团为中心，集结在台湾文艺作家协会、南音社、台湾艺术研究会等社团的旗帜下；或以地域为阵营，形成作家群体，如彰化的赖和、陈虚谷、杨守愚、黄朝东、赖通亮、赖沧洧、周定山、叶荣钟等，以及万华的廖汉臣、林克夫、朱点人、王诗琅、郭秋生、徐琼二、杨朝枝等；或以语言表达工具的不同，形成不同类型的作家队伍，中文作家如赖和、杨守

---

[1]黄得时：《台湾新文学运动概观》，《台北文物》4卷2期，1955年8月，第120页。见李南衡：《日据下台湾新文学·文献资料选集》，台北：明潭出版社，1979年3月版，第323页。

愚、郭秋生、张深切、朱点人、林越峰、廖毓文、蔡愁洞、周定山、赵栎马、徐玉书、林克夫、张庆堂、杨华、王锦江、黄得时、李献璋、黄石辉、庄遂性等，日文作家有杨逵、赖明弘、张文环、吕赫若、翁闹、吴希圣、赖庆、巫永福、郭水潭、吴新荣、龙瑛宗、吴浊流、王白渊、吴坤煌、刘捷、苏维熊、徐琼二等人。如此庞大的文学队伍聚合，为属于文学重镇的小说创作的繁荣，提供了强有力的基础。

这一时期的优秀小说多发表于《南音》《台湾文学》《福尔摩沙》《先发部队》《台湾文艺》《台湾新文学》《台湾新民报》等报刊，引人瞩目的作品达到 100 多篇，有些已成为日据时代具有经典意义的文学写照。中文小说中，懒云的《善讼人的故事》《惹事》，守愚的《一群失业的人》，杨华的《薄命》，点人的《蝉》《秋信》，毓文的《玉儿的悲哀》，玄影（赖贤颖）的《稻热病》，一吼的《旋风》，匡人（蔡秋桐）的《王猪爷》，王锦江的《没落》，芥舟的《死么?》，张深切的《鸭母》等作品；日文小说中，杨逵的《送报夫》，吴希圣的《豚》，吕赫若的《牛车》，翁闹的《赣仔伯》，张文环的《父亲的脸》，龙瑛宗的《植有木瓜树的小镇》，赖明弘的《夏》等，都在当时产生了较大的影响。赖和的《丰作》被译为日文，刊于日本出刊的《文学案内》，并入选《朝鲜台湾中国新锐作家集》。杨逵的《送报夫》获日本刊物《文学评论》1934 年征文二等奖（缺一等奖），后被胡风译成中文，发表在上海的《世界知识》1936 年 1 月号上，并与吕赫若的《牛车》、杨华的《薄命》一起入选《朝鲜台湾小说集》。

文学主题的深化与表现题材的多样化，是本时期小说繁荣的标志之二。

对日本殖民统治的抗议，是贯穿日据时代台湾新文学创作的突出主题。进入 30 年代，不管是中文作家，还是日文作家，都表现出这种尖锐的抗议精神。比之 20 年代，这一时期对日本殖民者的揭露和批判更大胆、更公开，它不仅鞭挞了警察、保正、巡查这类小官吏，而且把矛头指向民族差别待遇、日本警察政治、殖民经济掠夺、法律不公现象等方面，已经触及日本殖民制度。著名作家赖和的《丰作》《惹事》《善讼人的故事》《辱》等皆发表于 30 年代。《丰作》写农民添福，向日本制糖会社租地种蔗，勤劳的汗水换来了甘蔗的丰收，但会社收蔗时在磅秤上捣鬼，本来估计约 50 万斤的甘蔗只剩下 30 万斤。加之田租和其他生产开支，添福劳动一年仍旧希望落空，只好私下叫骂："伊娘的，会社抢人！"小说对制糖会社强行征收与购买土地的垄断性格，对日本殖民者经济掠夺的狰狞面目，给予了大胆揭露。杨逵的《送报夫》，龙瑛宗的《植有木瓜树的小镇》，蔡秋桐的《王猪爷》，赤子的《擦鞋匠》，以及杨守愚以揭露日警为题材的《十字街头》《颠倒死》《嫌疑》《罚》等作品，也从不同角度表现了揭露与抗议的主题。在 1936 年 12 月号的《台湾新文学》杂志上，辟有"汉文创作特辑"，共发表赖贤颖的《稻热病》、尚未央的《老鸡母》、马木枥的《西北雨》、朱点人的《脱颖》、洋的《鸳鸯》、废人的《三更半暝》、王诗琅的《十字路》、周定山的《旋风》等 8 篇小说。因为作品所表现的强烈的民族意识和抗议精神，殖民当局以"内容不妥当，全体空气不好"为由，禁止这期刊物发行。然而，民众的抗议精神是殖民当局查禁不了的。白滔在揭露日本警察取缔凌逼台湾摊贩的小说《失败》中，借人物之口发出了时代的最强音：

> 在帝国主义下的台湾殖民地，被掠夺着的我们，是何等地痛苦着的事情呀，试看，产业的短缩，失业者的增多，工资的急减，农村的贫困，以致大批的贫寒阶级，彷徨于饥饿线上。现在为了谋生的问题，有的不得不走向小贩们的途上来。借以度着这受剥夺未尽的躯体，然而现在又是怎样呢？身受的诸位，是早已知悉了。呵！我们已不能忍耐下去了！大家须抬起头，用我们不屈不挠的果敢毅力与之拼命。以期达最后的胜利！

对社会改革运动的复杂面貌与走向的描写，在本时期小说创作中具有重要位置。20 年代中后期，以工农运动为基础的台湾的社会政治运动风起云涌，许多作家都是其中的积极参与者。在政治运动走向低潮的 30 年代，对刚刚终结的历史一幕的记忆与反思，就成为当时作家关注的内容。林克夫的《阿枝的故事》，侧重表现工人参加斗争行列的觉醒过程；陈赐文的《其山哥》和尚未央的《失业》，反映参加社会运动者遭到沉重打击后的景况；林越峰的《红萝卜》，揭露叛徒在社会运动中的险恶行径；王锦江的《夜雨》，深入发掘工人运动失败的原因；朱点人的《岛都》，表现了社会改革者不屈不挠的斗争精神。特别是杨逵的《送报夫》，通过留学东京的台湾青年杨君的飘零身世和反抗行动，把台湾人民反对日本殖民主义的民族抵抗运动，融汇于世界性被压迫的农工和弱小民族的抗议运动之中，表现出朴素鲜明的阶级意识和深刻高远的思想境界。

婚姻爱情生活和女性命运，在封建意识浓厚、社会风气落后的日据时代，显得格外压抑和黯淡。本时期作家关注这一社会问题的时候，随着现代进步思潮的影响，出现了多种角度的发掘，突出了反封建的精神指向。面对着养女制度、纳妾恶习、索聘卖女、媒妁婚姻这些强大而顽固的封建习俗，女性的命运苦不堪言。克夫的《秋菊的告白》，杨守愚的《女丐》，特别是杨华的《薄命》，极言女子的悲哀身世，一语道破她们在男权中心社会被任意凌辱的边缘生存真相。吴天赏的《龙》，表现没有爱情基础的媒妁悲剧；毓文的《玉儿的悲哀》，描写农村少女因差别教育制度与封建习俗的贻害而失去情人的悲剧；陈华培的《王万之妻》，赖庆的《纳妾风波》，矛头直指纳妾恶俗，多方面发掘女性悲剧的成因。值得注意的是，这一时期小说中的女性形象，已经开始了觉醒和抗争，而不再一味地逆来顺受，甘作命运的奴隶。龙瑛宗《不知道的幸福》中的媳妇仔奋斗不懈，终于通过离婚摆脱了痛苦的婚姻，寻求到自己的爱情幸福。杨守愚以"瘦鹃"为笔名发表的《出走的前一夜》，描述一个有自己思想的新女性，为反抗媒妁之言的传统婚姻，决心出走，赴日留学去实现人生的理想。作者借曾经徘徊在服从与抗争两难境地中的女主角之口，这样鼓励女性的人生奋争："咻，卑怯的女子，你愿意当奴隶，当玩物吗？不，走吧，打断旧制度的桎梏，跑向光明的前途去吧。"其他的作品，如吴浊流的《泥沼中的金鲤鱼》、徐琼二的《婚事》、马木枥的《私奔》、张碧华的《上弦月》、翁闹的《残雪》等，都体现了女性敢于对抗封建礼教挑战自己婚姻命运的时代进步。

对农村经济剥削和农民贫苦境遇的揭写，在本时期得到了重视和发展。

20 世纪 30 年代开始，日本殖民者加强它对台湾的农业掠夺，以便把台湾变成扩军备战的南进基地。正视农民问题，表现农民在殖民主义与封建主义双重压迫下的悲惨遭遇，成为有使命感作家的关怀与呈现焦点。此类作品有：吴希圣的《豚》，张深切的《鸭母》，杨守愚的《决裂》《升租》《赤土与鲜血》，林越峰的《到城里去》《好年光》，一吼的《旋风》，赖贤颖的《稻热病》，剑涛的《阿牛的苦难》，张庆堂的《鲜血》《年关》《老与死》，马木枥的《西北雨》，徐玉书的《谋生》，李泰国的《细雨霏霏的一天》《可怜的朋友》，黄有才的《凄惨谱》，刘梦华的《斗》，愁洞的《夺锦标》《新兴的悲哀》《理想乡》《四两土仔》等。从耕者无其田，必须忍受租田种地的"铁租"剥削的悲惨现实，到灾年走投无路、丰年仍然两手空空的农民境遇，造成这种悲剧性结果的原因，是不合理的土地制度，垄断与掠夺的殖民经济政策，以及地主、资本家和日警的残酷压榨所为。

体裁的多样化，是本时期小说走向繁荣的标志之三。

短篇小说的创作有叙事体、抒情体、散文体、戏剧体、寓言体、传奇体等多种形式出现；中篇小说和长篇小说的问世，则是 30 年代体裁方面的最大突破。1932 年《台湾民报》改为日报后，促成了长篇小说的连载。据不完全统计，本时期在《台湾新民报》或《台湾文艺》上连载、出版的长篇小说有林辉焜的《不可抗拒的命运》《女之一生》，赖庆的《女性悲曲》，陈春玉的《工场进行曲》，徐坤泉的《灵肉之道》《可爱的仇人》，陈镜波的《台湾的十日谈》，陈垂映的《寒流暖流》，林於水的《王子新》，山竹的《突出水平线的恋爱》等；中篇小说方面，则有陈镜波的《落城哀艳录》，吕赫若的《牛车》，龙瑛宗的《植有木瓜树的小镇》等。从上述作品，可以看出小说艺术手法逐渐成熟，作家驾驭中长篇的能力日见彰显。

艺术表现的多样化与作品文学价值的提高，是本时期小说繁荣的标志之四。

高潮期作品的艺术成就明显得以提高，这与作家更多地站在文学立场上，潜心艺术探索有关，也是经历了台湾新文学的初创期，艺术经验有了更多积累的结果。出于文学为人生的价值取向，30年代的作家多认同文艺的群众化，故普遍采取现实主义创作方法，其中又有不同的侧重。倾向于批判现实主义的创作、多反映黑暗的悲剧性的社会现实，代表作家有愁洞、秋生、吴希圣、一吼、林越峰、李泰国、马木枥、张庆堂、赖贤颖、柳塘等；主张革命现实主义的创作，注重在揭露黑暗的同时，反映出人生的抗争与生活的亮点，更具有前瞻性与激励性，代表作家有杨逵、朱点人、王锦江、林克夫、绘声、王白渊等。与此同时，在东京诞生的一些文艺社团与刊物，受到欧美文学思潮影响，在写实主义的大潮中，也出现了现代小说的萌芽。交错于现实主义与现代主义之中的探索，这种情形更多地见诸台湾艺术研究会的作家，其他作家也有所尝试。代表作家有翁闹、巫永福、吴天赏、尚未央、陈华培等。总的来看，小说结构较前复杂、完整，故事表现更真实生动；人物性格刻画，克服了先前那种单一、平面的缺点，开始趋向于复杂、丰满；表现技巧更注重艺术性和多样性，这些无疑标志着小说艺术水平的明显变化与提升。

第三节　台湾新文学发展期的诗歌创作

从30年代初到日本人无条件投降，大约15年的时间，为台湾新诗在日本法西斯残酷的高压和迫害下顽强地发展时期。这个时期中国主流文学与日本的"皇民化文学"逆流，进行了生死搏斗。尤其是1937年6月15日，日本政府下令在台湾废止中文，宣布一切中文报刊全都停废，改用日文。对中国文学进行了致命摧残。但是具有反侵略传统的台湾人民，台湾文学是不可能被击垮的。1930年前后，台湾无产者开始觉醒，以台共为核心的左翼文艺运动蓬勃兴起。

《台湾民报》1927年8月由日本东京迁到台北发行，1932年改为日报并改名为《台湾新民报》，1930年8月2日新辟《曙光》新诗专栏，团结了大批诗人。30年代初，以台南一带含有盐分较多的海滨地区，诞生了一批诗人，如：郭水潭、吴新荣、徐清吉、王登山、庄培初、林精镠等，被称为"盐分地带诗人群"。1935 年 9 月 2 日，邱淳光、丘炳南创办了《月来香》诗刊。1942 年张彦勋等发起组织了"银铃会"诗社，创办了《缘草诗刊》（1947 年易名《潮流》）。这个时期台湾出现了一大批较有影响的诗人，如：巫永福、苏维熊、杨基振、叶融其、吴坤煌、朱培仁、朱实、翁闹、杨炽昌、赖明弘、嵩林、李张瑞、王白渊、陈奇云、林修二、丘英二、杨少民、垂映生、刘杰、杨启东、龙瑛宗、邱淳光、丘炳南、吴瀛涛、张彦勋、陈千武、吴天尝、杨云萍、吴新荣、郭水潭、曾石火、林清文、周伯阳等。这个时期出版的诗集有：杨炽昌的《热带鱼》《树兰》和《燃烧的面颊》，邱淳光的《化石的恋》和《悲哀的邂逅》，杨云萍的日文诗集《山河》，王白渊的日文诗集《荆棘之道》等。

一、盐分地带诗人群

盐分地带，即指台南北门一带的佳里，北门、七股、将军、西港等海滨盐分较多的乡镇。这里沿海常遭外国人入侵，中国人具有悠久的反抗历史。这里环境特殊，具有盐乡的风土情调，因而这里便在传统文学的基础上形成了具有反抗异族入侵的民族精神和盐乡风情为特色的"盐分地带派"的文学和新诗。这个诗歌流派的灵魂诗人为郭水潭、吴新荣。核心诗人有徐清吉、王登山、庄培初、林精镠、吴兆行、林芳年等。30 年代初，这里由吴新荣发起，与郭水潭、徐清吉组成"佳里青风会"，被日本人强行解散。1934 年，台湾文艺联盟在台中成立，郭水潭、吴新荣为南部代表。会后他们就宣布成立"台湾文艺联盟"佳里支部，并发表成立宣言。其基本内容是反对异族入侵，保卫台湾文化；响应台湾文艺联盟号召，开展新文艺运动；联络团结文艺作家开展创作活动。他们出版了《佳里支部作品集》。他们的作品主要是表现中国人反抗异民族入侵的民族气节，描写盐乡风土人情，反映下层劳动者的疾苦，为穷苦大众鸣不平，体现出较强的现实主义文学精神。这些诗人中，创作成就较高者有：郭水潭、吴新荣、王登山。

郭水潭（1907—1995），台湾台南人，笔名郭千尺，开始写日本短歌，后认为日本短歌为"伪文学",而改写新诗。他的诗充满民族正气和对下层劳动者的同情。在《世纪之歌》中他写道:"在民族严肃的试练/战旗一直在进行的时候/我们已不是虚无主义者/我们已不是浪漫主义者。"诗人对日本人发起"七七"卢沟桥事变,进行了强烈的谴责,表现出极大的民族愤慨。郭水潭共有新诗 60 余首,代表性作品如《世纪之歌》《向棺木恸哭》《故乡之歌》《广阔的海》等。

吴新荣(1906—1967),台南将军乡人,为"盐分地带诗人群"灵魂诗人。早年留学日本,曾创办《苍海》《东医南瀛会志》《里门会志》等刊物。他崇拜孙中山,"誓为国父信徒"。作品有《道路》《故乡的春际》《思想》《旅愁》等。著有《震瀛诗集》。他的创作分为前后两个时期,前期是在日本的创作,思想比较迷茫,缺乏明显的方向。后期为回台湾后的创作。这个时候亲眼看到日本人的罪行受到震撼,趋于成熟。诗中强化了爱国反日的色彩。吴新荣性格豪放,有"放胆文章拼命酒"的豪气。

王登山(1913—1982),被称为"盐村诗人"。他的诗中"盐分最高",表现出日本人压榨下台湾盐村老百姓生活的苦状。

二、"风车诗社"诗人群

"风车诗社"是台湾第一个现代派诗社。这个诗社的发起人是台湾诗人杨炽昌(水阴萍)。主要同仁有:张良典(丘英二)、李张瑞(利野仓)、林永修(林修二)等。另有日本诗人户田房子、岸丽子、岛元铁平等,也是该诗社成员。该诗社发行《风车诗刊》,以法语为刊头标题。每期印 75 本、约持续了一年多停刊。他们的主张是抛弃传统,表达诗人的内在精神,挖掘潜意识,脱离政治色彩,不作政治工具,追求纯正艺术。"风车诗社"从日本引进的现代派和大陆李金发、戴望舒从法国舶来的现代派,是同一个来源,不同渠道,一个是从产地进口,一个是转手引进。现代派于 30 年代中期进入台湾,除了文学背景之外,主要是政治原因驱使。日本入侵者正在策划大规模的侵略战争,妄图吞并中国和亚洲,进而与希特勒瓜分世界。出于这一战略阴谋,对台湾的统治更加严厉,尤其是搞文字狱,控制言论。于是，用现实主义方法创作，就会招致麻烦，受到迫害。而现代派的创作方法比较隐蔽和曲折。尤其标榜脱离政治，既能迷惑敌人，对文人又充满诱惑。杨炽昌曾谈到他从日本引进现代派的动机说："由于在殖民地写文章的困难，提笔小心，如能换一个角度来描写，来透视现实的病态，分析人的行为、思维所在，则能稍避日人的凶焰。"[1]

杨炽昌（1908—1994），台南市人，1932年台南二中毕业，赴日本留学，常在日本诗志《椎木》《神户诗人》《诗学》发表作品。1934年，因父亲病故回国，任《台南新报》编辑，于次年发起成立"风车诗社"。他著有诗集《热带鱼》《树兰》和《燃烧的面颊》。杨炽昌的诗充分地体现了他的超现实主义诗观。用象征、拟人化、暗示等手法创作。如《黎明》一诗："苍白的惊愕/血红的嘴唇吐出恐怖声/风装死着，安宁下来的早晨/我的肉体受伤满是血而发烧了。"对这样隐晦和暗示的诗，人们可以作多方面、多角度的解读。黎明日出是非常壮烈辉煌的，但诗人眼里的日出却恐怖无比，鲜血淋淋。这"日出"分明可以理解为日本人的入侵，具有强烈的反日爱国内涵。日出，即日本侵略者的出现。

李张瑞（1911—1952），笔名利野仓，曾留学日本，是"风车诗社"的重要诗人。他的诗作有《挽歌》《黄昏》《女王的梦》《肉体丧失》《虎头埤》《这个家》《天空的婚礼》等。他的诗也是典型的现代派象征、潜意识、意象重叠和快速转换的手法的产品。不过，他的诗描写下层劳动者的不幸，从而揭露日本人给台湾人民带来的灾难。

林永修（1914—1944），籍贯台湾省台南，笔名林修二，早年留学日本，常在日本发表作品。1980年，其家属将其遗作结集出版，书名《苍的星》。林永修的诗，多描写壮阔的大海和诗人的理想。描写大海题材的诗如《海边》《航行》《出航》等。这些描写大海的诗，常常将人生的感慨和际遇寓入诗中，形成情景互动和交融的境界。

---

[1]《台湾文艺》，第102期，第113—114页。

三、"台湾艺术研究会"诗人群

1931 年 3 月 25 日，台湾在日本的留学生王白渊、林新丰、林兑、叶秋木、吴坤煌、巫永福、张丽旭等在东京决心"以文化形体，使民众理解民族革命"，发起成立了"台湾艺术研究会"。同年 8 月创办会刊《福尔摩沙》。1932 年 3 月 20 日，由苏维熊、巫永福、魏上春、张文环、陈奇云、黄坡堂、王白渊、刘捷、吴坤煌等重组"台湾艺术研究会"。他们认为："现实的台湾，不过是表面上的美观，其实十室九空，好比是埋藏着朽骨烂肉的白冢，所以我们必须以文艺来创造真正的华丽之岛。"这个团体中的多数成员都是两栖作家，既写小说，也写诗。其中诗歌方面创作成就比较高的有巫永福、王白渊、陈奇云、苏维熊、吴坤煌、刘捷等。

巫永福（1913—2008），南投县埔里人，早年留学日本。曾加入"台湾文艺联盟""台湾文学社"，是笠诗社成员。曾任《台湾文艺》发行人，并设"巫永福文学评论奖"。他是穿越台湾新文学全程的诗人。出版诗集有《爱，永州诗集》《时光》《雾社绯樱》《木像》《稻草的哨》《不老的大树》《爬在大地上的人》等。1941 年在盐分地带访问时，写下了"苦节"二字。他解释说："因为苦节这两个字，在当时我的生活及所有记忆中回荡不散。就是说在异民族日本人的统治之下，我们这些台湾知识分子，都要有共同的意志及愿望。……透过艺术文化的运动，使大家更能坚持我们汉家儿女的传统精神，不被日本同化为日本皇民，乃是不可否认的原则，这原则犹如大汉苏武被放逐到冰天雪地的北海，孤零零的牧羊，仍不屈于淫威而变节一样。我们台湾在日本人的淫威之下，总能像苏武在北海，一定能克服多种艰难而勇敢地苦守中华儿女的气节。这样终究也会有回大汉的一天的。"[1] 巫永福有着深厚的爱祖国、爱民族的情感，对日本入侵者充满仇恨。他将这种宝贵的情感，凝聚于创作中，写下了《祖国》《孤儿之恋》等不朽的爱国主义诗篇。他的这两首诗，感人至深，将台湾日据时期新诗的爱国

[1] 巫永福：《冲淡不了的记忆》，收入《震瀛追思录》，佳里：琅琅山房，1977 年版，第 81 页。

主义思想推向了高峰。他在这两首诗中，将台湾象征为一个被妈妈遗弃的孤儿，声嘶力竭地呼叫着远方的母亲，急切地要回到母亲的怀抱。《祖国》一诗中，诗人写道："还给我们祖国呀／向着海叫喊，还我们祖国呀。"《孤儿之恋》中诗人写道："日夜想着难能获得的祖国／爱着难能获得的祖国。"巫永福的诗不求字句华丽，单求思想情感真挚；不求一字一句之奇，但求整篇通达连贯。诗中对祖国、对民族的大爱，发自肺腑，出自心底，如瀑布、似闪电，如风暴、似春雷，不可逆转，不可阻挡。这是日据下处于水深火热之中的台湾同胞共同的情感，共同的呼声。可惜到了晚年，在"台独"分子们挟持和围困下，他也接受了"台独"分子的一些邪说，是令人惋惜的。

王白渊（1902—1965），台湾彰化人，早年留学日本，是"台湾艺术研究会"的发起人之一。30 年代曾在上海美术专科学校任教，后被日本人迫害坐牢 8 年之久，1942 年返台。1931 年在东京出版日文诗集《荆棘之道》。著有《台湾美术运动史》。王白渊是左翼文艺运动的骨干人物之一。王白渊的诗歌颂民主进步，表达理想追求，赞美光明，谴责黑暗。在《莲花》一诗中，歌颂莲花出淤泥而不染的精神；在《风》一诗中，诗人通过描写风的各种形态变化，表达出对自由的追求和渴慕，"自由之子，勇敢的儿子／风啊，我也希望像你飞翔。"《零》一诗中表达出哲理的思考："虚无而非虚无""为数而非数目"。王白渊许多诗情景交融，诗画相映，表现了诗人对事物细致的观察和深入的思考。

陈奇云（1905—1938），原籍澎湖，后移居台湾。1930 年出版诗集《热流》，产生一定影响。他的诗以揭露社会的黑暗和不公，同情被压迫者，歌颂反抗者为主色调，但也常流露出困惑和无奈。例如《秋天去了》就是一种无奈之作，"明知无从反抗／暴君的寒风／山丘的荒草／依然缠着苟延残喘的根。"这种无奈是渴望光明到来的反映。

四、"银铃会"及日据末期的诗人

"银铃会"是 1942 年日本统治最黑暗，"皇民化"运动最疯狂时期，由诗人张彦勋发起成立的。参加该诗社的同仁有詹冰、林亨泰、朱实、萧金堆和锦连等。发行《缘草》诗刊，1947 年更名为《潮流》诗刊。直到 1964 年笠诗社的成立和《笠》诗刊的创办，《潮流》才汇入了笠诗社更大的潮流。"银铃会"虽然是抗日民族运动处于低潮时冒出的一眼清泉，但它却成了一条潺潺不息的小溪，成了一道飞架两个历史时空的诗的小桥，连接了台湾新诗的现代时期和当代时期。此一时期，还有一些比较重要的诗人，他们虽然没有参加"银铃会"，但他们的歌喉却与"银铃会"一起歌唱，如：邱淳光，他是此一时期唯一出版了两部诗集《化石的恋》《悲哀的邂逅》的诗人。此一时期，邱炳南、张冬芳、王昶雄、龙瑛宗、张文环等均有诗作发表，他们中多数人是以写小说为主，但诗也是他们重要的文学活动方式。

张彦勋（1925—1995），台中市人，长期任小学教师。1942 年发起组织了"银铃会"，1964 年成为笠诗社成员，他是"跨越语言"一代的诗人，诗的创作生命从 20 世纪 30 年代延续至今。他出版的日文诗集有《幻》《桐叶飘落》，中文诗集有《朔风的日子》。此外他还出版有三部小说集。张彦勋的诗细腻质朴，反映台湾普通人的生活，具有浓郁的乡土气息。

吴瀛涛（1916—1971），台北市人，为"银铃会"的重要诗人之一。出版的诗集有《生活诗集》《瀛涛诗集》《瞑想诗集》《吴瀛涛诗集》等。他热爱生活、歌唱生活，是个生活诗人。他在《荒地》一诗中写道："离开生活诗是无聊的/没有诗的生活也多荒凉。"他不随波逐流，不吟风弄月，坚持以批评救赎苦难，诗中表现了台湾和中国一体的观念，对祖国深怀眷恋之情。

第四节　台湾新文学发展期的散文、戏剧萌芽

一、散文创作

日据时期，小说与诗歌是台湾新文学的创作重镇，散文则多以它们的副产品面貌出现，还缺乏独立的创作力量。但随着新文学高潮的到来，散文创作现状也逐步地得以改变，开始显示出自己的风采。

从散文的发展踪迹来看，初创期的台湾白话散文，当以赖和的《无题》

（《台湾民报》第 67 号，1925 年 8 月 26 日）作为"台湾新文学运动以来头一篇可纪念的散文"。[1] 作品写一个失恋青年在面对昔日女友盛大的出嫁行列时，心中爱恨交加、怅然失落的复杂情感，以及对现实世态的诅咒。流畅的抒情笔调，情景交融的画面描写，把读者带进台湾现代散文的大门。文中写道，当青年走入旧日幽会的园子，心中却是另一番情感：

> 一样往年的园子，一样漾绿的夏天，才经过一番的风雨，遂这么暗没啊！依旧这亭子，依旧这池塘，荷叶依旧的青，荷花依旧的白，可是嗅不到往年的芳香！找不出往年的心境！唉！我的心落到什么地方去啊！

同时期的散文创作数量尤少，除了赖和的《无题》，张我军的系列散文《随感录》吸收了鲁迅杂文的风格，在台湾散文开创期占有重要地位。除张我军的《南游印象记》具有代表性外，便是发表于 1925 年 12 月的《人人》杂志上的两篇作品，即杨云萍的散文《广东游记片片》和赖莫庵（赖贵富）的随笔《莫庵偶言》。

1925 年至 1930 年，散文创作开始出现转机，从作家构成到作品的数量，都有了新的起色。

赖和仍为本时期主要散文作者。《忘不了的过年》《无聊的回忆》《前进》《希望我们的喇叭手吹奏激励民众的进行曲》，代表他这一时期的散文创作。林献堂的《环球游记》，从《台湾民报》第 171 期开始连载，长达 152 回。作者叙述自己 1926 年 8 月至 1931 年 10 月周游欧美十国的见闻，虽用文言写成，但文字浅白，描写生动。又因林献堂在台湾社会政治运动中的地位，其文章深受当时知识分子重视。蒋渭水也是此一时期最有成就的散文家，他的长篇散文《入狱日记》在《台湾民报》3 卷 61 期连

---

[1]杨云萍：《台湾新文学运动的回顾》，《台湾文化》第 1 卷第 1 号，1946 年 9 月，第 12 页。

载。后来他发表的《北署游记》《旧友重逢》和《两个可怜的少女》，也颇有影响。特别是《北署游记》，记叙自己因为治警事件被捕入狱的经历，充分流露出一个政治运动领袖的胸襟和心怀。其他的创作，例如一吼（周定山）的《一吼居谭屑》，从《台湾民报》第 359 号起断续刊载，所写的多是身边杂事、生活感想、读书心得等。芥舟生（郭秋生）的"社会写真"专栏，从《台湾民报》374 号断读刊载，有《富翁的末路》《诱惑》《深夜的怪剧》等 8 篇散文，均以轻松而隽永的笔致，描摹台北大稻埕街头巷尾的所见所闻，世俗人生。此一时期台湾的散文充满战斗精神，张深切的《铁窗感想录》、赖庆的《斗争意识》、江锡金的《狱中通信》等，都是代表性的作品。

1931 年至 1937 年，散文的创作多以当时蓬勃发展的文学刊物为阵地，作品的题材范围有所扩大。但终因作家的主要关注点在于小说和诗歌，散文创作不过是兼而为之，故优秀的作品乏善可陈。可以列举的创作如：1935 年 1 月 6 日的《第一线》上，刊登了青萍、文澜、林克夫、湘苹、德音、乡夫等作家的 6 篇随笔，另有徐琼二用日文写作的《岛都的近代风景》。1935 年 12 月以后，廖汉臣以"同好者的面影"为题，在《台湾新文学》第 1 卷第 2、4、5、8、9 号上连载，介绍朱点人、赖明弘、刘捷、王诗琅、吴逸生、林克夫、徐琼二、黄得时等活跃于文坛的台湾作家，对增加台湾文坛的亲和力，推动文艺风气，发挥了作用。这种观照视野还扩到祖国大陆的文坛。尚未央（庄松林）发表于该刊 2 卷 2 号的《会郁达夫记》，生动地介绍了郁达夫应《台湾新民报》之邀于 1936 年 12 月 22 日访台的情形。郁达夫访台期间，黄得时连续撰写介绍郁达夫的长篇散文《达夫片片》在《台湾新民报》上连载 20 天，甚有影响。而王诗琅的《悼鲁迅》、黄得时的《大文豪鲁迅去世》，则表达了台湾文坛对鲁迅先生的敬仰与哀悼之情。

总之，作为台湾新文学领域里的弱项，散文创作还有待于新的突破。

二、戏剧创作

台湾的戏剧运动，从 20 年代初期开始出现。作为新文学形式之一的新剧，与处于过渡时期的文明戏，以及新旧混杂的歌仔戏、鲈鳗戏[1]等多种形式，始终此起彼伏地发展着。但占据主导地位的则是新剧。

台湾新剧运动的开展与台湾文化协会有密切联系。1921 年成立的文化协会，在 1923 年 10 月 17 日第 3 届定期总会议决事项第 6 项中，特别增列了"为改弊习涵养高尚趣味起见特开活动写真（即电影）会音乐会及文化演剧会"[2]，欲将戏剧作为改革社会之利器。及至 1925 年，文化演剧已成为文化协会的主要活动之一。台湾文化协会与海外留学生关系密切，当年热心剧运的留学生后来都成为文化协会会员，而文化协会成员的演剧运动无疑受到祖国五四运动后勃兴的话剧的影响。如热心剧运的张维贤所说："我对于新剧发生兴趣是因为看过了中国新文学运动后胡适的剧本。"[3] 这种情形，使台湾的新剧运动一开始就带有社会革新意识与文化运动性格。

20 年代前期，台湾新剧运动进入萌芽期。1923 年 12 月，在厦门读书的彰化学生陈崁、潘炉、谢树元于寒假归台时，集合同志周天启、杨松茂、郭炳荣、吴沧洲等人成立了鼎新社，后演出厦门通俗教育剧本《社会阶级》和《良心的恋爱》。[4] 鼎新社是台湾最早出现的带着政治运动色彩的文明戏剧团，具有抗日意识和改革新剧、改革社会运动之旨趣。

1924 年，张维贤与陈奇珍、陈凸（陈明栋）等人成立星光演剧研究社。这是继鼎新社之后的第二个重要新剧社团，它的成立受到田汉、欧阳予倩等人的话剧影响，以及厦门通俗教育社的文明戏启发。是年冬天演出田汉改编的三幕剧《终身大事》，颇获好评。次年演出剧目更为丰富，新增独幕

---

[1]鲈鳗戏：台湾"新剧"运动草创时期，曾出现过一种"改良剧"，因当时的改良戏剧团应募来的台湾人演员，多数为无固定职业的社会闲散人员，故称之为鲈鳗戏。

[2]叶荣钟：《日据下台湾政治社会运动》（下），台中：晨星出版有限公司，2000年 8 月版，第 339 页。

[3]张维贤：《〈北部新文学·新剧运动座谈会〉上的发言》，转引自《台湾新文学辞典》，成都：四川人民出版社，1989 年 10 月版，第 821 页。

[4]见耐霜（张维贤）：《台湾新剧运动史略》，《台北文物》，第 3 卷第 2 期。

笑剧《母女皆拙》《你先死》，八幕话剧《芙蓉劫》《火里莲花》等。

1925 年至 1930 年，新剧运动开始了长足的发展，其中又以剧团的孕育和"文化剧"的频繁演出为标志。

1925 年 7 月，草屯炎峰青年会演剧团成立，团员共 28 名。主要成员有张深切、洪元煌、李春哮、洪锦水、林金钗等人。经过半年训练，1926 年 3 月 2 日在台中首度演出，剧本有《改良书房》《鬼神末路》《爱强于死》，第二夜有《旧家庭》《浪子末路》《小过年》《哑旅行》。这些剧目其他剧团并未演出，多是张深切自编自导。

1925 年 4 月，鼎新社内部因对戏剧见解不一致，发生分裂，周天启自组"台湾学生同志盟会"，成员有吴沧洲、林生传、庄加恩、赖湘洲、潘炉等。演出剧目有《良心的恋爱》《三怕妻》《新女子的末路》《虚荣女子的反省》《家庭黑幕》等。学生演剧团因思想宣传色彩明显，成为日警禁演、取缔的对象。

1926 年 3 月，自北京回彰化的陈崁，将鼎新社与"学生同志联盟"联合起来，建立彰化新剧社。该社以"改善风俗、打破迷信、讽刺劳资关系"为宗旨，巡回各地演出《父归》《社会阶级》《终身大事》《我的心肝儿肉》等剧目。

1927 年，配合台湾文艺协会政治运动的"文化剧"达到演出高潮。据张深切回忆："反对专制，攻击警察，介绍世界民主政治，打倒封建思想，消除陋习和迷信等等，这些都是当时演讲与文化剧的中心题材，当时为使运动更通俗普遍化，所谓文化剧团也在各地方如雨后春笋地成立起来，获得了相当大的效果。"[1] 据叶荣钟《台湾社会运动史》统计，1927 年的文化剧公演计五十回之多，且不包括那些小剧团或文协附属剧团的演出。如此频繁的演出活动，首先是以文化剧团的创设为基础的。这一年成立的剧团，计有：3 月，林延年自厦门返台，在台南成立安平演剧团；8 月 25 日，北港读书会成立民声社；10 月，由台北博爱协会班底，重组黎明演剧研究

---

[1] 见张深切：《里程碑》书中"苦行"一节，台中：圣工出版社，1961 年 12 月版，第 185—186 页。

所；11 月 10 日，新竹创设新光社，由文化协会林冬桂主持，聘周天启指导；12 月 3 日，黄天海在宜兰成立民烽剧社；凌水龙于基隆组建运新剧团。是年，还有台南文化剧团成立。新老剧团携手演出，以"革故鼎新、化昧就明"的文化剧运动被推向高潮，它在文化启蒙、唤起民众方面发挥的广泛影响，引起了日本殖民当局的警惕，遂实行剧本检查、设障禁演等弹压行动，有意刁难文化剧演出。1928 年以后，文化剧运动逐步走向衰微。

进入 30 年代，相对沉寂的新剧运动界，张维贤和张深切继续发挥重要作用。1930 年夏，从日本东京筑地小剧场学习返台的张维贤，成立了民烽演剧研究所。他举办演剧讲座，讲授演剧理论，训练演员，排练剧目，成为新剧运动的热心倡导者和推动者。同年 8 月 10 日，张深切等人成立台湾演剧研究所，11 月起在台中乐舞台演出，计有张深切编剧的剧本：《论语博士》《暗地》，以及《汉乐》《方便》《为谁牺牲》《中秋夜半》《洋乐合奏》等。二度公演时，描写社会黑暗面的《暗地》和带有浓厚民族色彩的《接花木》，遭到日警当局查禁。

早在 1928 年文化剧走向衰微之际，台南地方文士黄欣主持的台南共励会演艺部成立，参加人士皆为"文士"。为区别于文化剧，免遭日警弹压，乃自称"文士剧"。是年即演出《复活的玫瑰》《一串珍珠》。其后虽有台中蝴蝶演剧研究会（1932 年 5 月）、钟鸣演剧社（1934 年 2 月）等少数剧团成立，但 30 年代演剧界的情况，皆以"文士剧"为主。计有演出剧目：《火之踏舞》《父归》《泼妇》《破灭的危机》《复活的玫瑰》《大正六年》《飞马招英》《暗夜明灯》《人格问题》《人生百态取中庸》等。新剧运动发展到此时，1927 年出现的文化剧高峰在殖民当局弹压下走向衰微；1937 年接踵而来的中日战争，又把台湾推向扩军备战、取缔中文报刊的战时状态，戏剧运动承受着巨大的时代重压，陷入最困难的处境之中。

在日本殖民统治时代的戏剧领域，新剧演出剧目多来自改编或移植祖国大陆、日本以及西洋的剧目，属于台湾作家的自创剧目还为数有限。独立的戏剧创作队伍也未能完全形成。从目前所能掌握的资料来看，创作现代新剧，最早见于张梗的独幕历史剧《屈原》。它发表于《台湾民报》1924

年 8 月 21 日第 2 卷第 14 号，是台湾现代戏剧史上创作的第一个剧本。此剧取材于《史记》的屈原传记，屈原和渔父的对话贯穿剧本始终。这个剧本的表现手法虽然比较粗糙，但它对日据下知识分子感时忧国情怀的坦露，对于台湾剧本创作的开拓意义，仍不失其独特的价值。同年 9 月 1 日，《台湾民报》第 2 卷第 18 号发表了逃尧的独幕剧《绝裙》。剧本描写一位台湾青年不顾父老劝阻，毅然参加文化运动的经过。主人公的形象，实际上成为一部分早期文协知识分子精神面貌的写照。这部篇幅不过千字的短剧，还缺乏戏剧的酝酿与铺排，人物失之平面化，明显地带着戏剧创作起步时的稚嫩，作者也很自觉地把它称为抛砖引玉之作。

1928 年前后，《台湾民报》上开始陆续发表戏剧作品，如青剑的《巾帼英雄》《蕙兰残了》，吴江冷的《平民的天使》，逢秋的《反动》，江肖梅的《病魔》等一批独幕剧。特别是《病魔》的发表，引出了关于戏剧创作的争论。

1929 年 5 月，叶荣钟发表《为剧申冤》一文，对独幕剧《病魔》提出批评。叶氏认为：戏剧作为最具综合性、最具体、最难工妙的一种艺术，它的创作必须考虑到舞台演出的种种要件，不仅要考虑到叙事的文字效力，还要涉及动作的雕刻美、舞蹈美，念白的音乐美，演员与舞台背景的绘画美。否则，是不能写出真正的"剧"的世界。基于这样一种戏剧观，叶氏"不但不敢说他那篇独幕剧是合理的，有价值的，就是叫承认那篇是'剧'已经是不可能了"。[1] 江肖梅立即写了《答叶荣钟氏的为剧申冤》，进行申辩："这篇拙作的幼稚，我自己也是承认的，然而说它不是剧，好像因为幼稚而把孩子说成不是人一样。"[2] 接着叶荣钟又发表《戏剧成立的诸条件》，仍坚持《病魔》"绝对不是剧"，因为它不能预期"剧的美"的效果。这场争论虽未充分展开，但它涉及戏剧美这一重要问题。

---

[1] 见李南衡：《日据下台湾新文学·文献资料选集》，台北：明潭出版社，1979 年 3 月版，第 292 页。

[2] 见李南衡：《日据下台湾新文学·文献资料选集》，台北：明潭出版社，1979 年 3 月版，第 293 页。

此外，少岩也发表《台湾演剧的管见》，除介绍演剧的基本原理之外，还对颇为流行的文化剧和歌仔戏的弊病，提出严厉的批评。

进入 30 年代，随着文艺大众化运动的倡导，新剧运动再次受到社会重视。1934 年召开的第一届台湾全岛文艺大会上，曾开展台湾新剧运动的讨论，大会提案中有"提倡演剧案"，要求"组织演剧股份公司""聘请演剧家及音乐教师""招生训练""广募剧本"等办法。张深切还在会上为新剧运动大声疾呼，指出"惟有演剧才能达到大众化，如果闲却了演剧，则台湾的文化是难能进展的"。[1]

然而，这一时期的戏剧文学创作，并没有受到文艺界的充分重视。当时虽有文艺刊物公开征募戏剧作品，但收效甚微；戏剧作家的队伍，也未形成；公开发表的剧作，数量、质量和社会效果，都没有得到明显提升。事实上，戏剧创作一直是台湾新文学的薄弱环节，无论是在台湾新剧运动的全盛期，即 1926 年至 1927 年文化剧的演出高潮中；还是在 1931 年至 1937 年新文学运动的黄金时代，由于各种条件的制约，它都没有得到充分的施展。

本时期发表在《台湾文艺》上的戏剧，歌剧方面有守愚的《两对摩登夫妇》，曙人的《虚荣谈》；话剧有张荣宗的《外交部事务官》《貂蝉》，德音的《天鹅肉》，张深切的《落阴》；发表在《福尔摩沙》的，是巫永福具有独一无二风格的戏曲《红绿贼》；见诸《第一线》的，是毓文的独幕剧《逃亡》；另有月珠、德音共译的戏剧《慈母溺婴儿》刊载于《先发部队》。

这里值得一提的是张深切（1904—1965）。他生于南投草屯，1913 年留学日本，是台湾文艺联盟的创始人。他的青年时代，主要是求学和参加抗日民族运动，中年才从事创作。作品以戏剧和评论为多，光复前的小说《鸭母》颇具影响。张深切一生献身于台湾文化运动与戏剧事业，希望通过

---

[1] 见徐逥翔主编：《台湾新文学辞典》，成都：四川人民出版社，1989 年 10 月版，第 822 页。

文学启蒙民众，改造社会。他不仅为新剧运动摇旗呐喊，还积极于戏剧创作实践。早在 1919 年，张深切就和台湾留日学生张暮年、张芳洲、吴三连、黄周组织了一个演剧团到中华青年会馆去义演，演出剧目有尾崎红叶的《金色夜叉》和《盗瓜贼》。这种大胆的戏剧尝试，也可说是台湾文化剧的发轫。1925 年 7 月，张深切在故乡发起组织"草屯炎峰青年演剧团"，配合文化运动巡回公演。该团 1926 年 3 月在台中首度演出的剧目，多为张深切自编自导，如《改良书房》《鬼神末路》《爱强于死》《旧家庭》《浪子末路》《哑旅行》《小过年》《人》等，只是这些剧本首先见诸舞台演出，而未通过刊物发表得以文字流传。11 月在台中上演的七个剧目中，不仅有他创作的两个剧本《论语博士》和《暗地》，张深切还在《方便》《惊叹》《为谁牺牲》《中秋夜半》《洋乐合奏》等戏中担任角色。1934 年以后，又有剧本《落阴》问世。1937 年抗日战争爆发后，张深切只身到大陆沦陷区任教、办刊物；1945 年台湾光复后返台，创作剧本《遍地红》《邱罔舍》《生死门》《人间与地狱》《婚变》《荔镜传》等。张深切对于台湾新剧运动的推动和贡献，历史不会忘记。

日据末期，最具战斗力和影响力的戏剧家是伟大的现实主义文学家杨逵。他的剧本《父与子》《猪哥仔伯》《扑灭天狗热》《怒吼吧！中国》等，均是时代的号角，和掷向敌人的炸弹。处在日本殖民当局大力推行"皇民化运动"的高压年代里，杨逵的戏剧创作仍旧坚持了尖锐的抗议精神。1944 年，杨逵与朋友们利用"台中艺能奉公会"，上演了四幕话剧《怒吼吧！中国》。当台上痛斥英美列强侵略中国时，台下民众则暗咒日本军国主义，高声叫好。在 1943 年创作的二幕话剧《扑灭天狗热》中，杨逵以"天狗热"（即登革热，恶性疟疾）来影射专放高利贷的李天狗，表层故事讲述的是消除当时猖獗于农村的流行病，实际上谈的是打倒吸血鬼李天狗，而此人正是"皇民化运动"的积极拥护者。杨逵剧作所具有的独特意义，正如日本学者尾崎秀树推崇的那样：

　　杨逵在表面上遵循国策的同时，也在积极深入到农民中间。他带领着巡回剧团，以报国演出队的名义活动在农村。其演出内容，实际上强烈地贯穿着台湾人的、具有阶级性的尖锐视角。在当时的台湾，有因为"皇民化"而苦恼的作家，但与之相反，也有像杨逵这样的作家。他把批判的矛头指向高利贷者的同时，也即指向了日本的统治。杨逵以写"岛民剧"的手来反击，这就是他深邃、迂回的抵抗方式。[1]

---

[1][日] 尾崎秀树：《决战下的台湾文学》，尾崎秀树：《旧殖民地文学的研究》，陆平舟、[日] 间扶桑子译，台北：人间出版社，2004 年 11 月版，第 195 页。

第六章
台湾新文学的话文论争

第一节　台湾话文论争的历史背景

　　从白话文革命到新文学运动，语文问题在台湾文坛上一直是复杂棘手而又争执不休的敏感话题。在不愿意采用日本语文作为台湾文学的工具，文言文又被时代所摒弃的背景下，用什么方式，才能使在异族统治下的台湾人民获得识字的利器，以吸收新知识和新思想，这便成为台湾进步知识文化界亟待解决的任务。

　　处在日本殖民统治的社会背景下，台湾新文学运动在接受祖国大陆新文学运动巨大影响的同时，因其环境特殊，又有发展情形不尽相同的地方。祖国大陆以"我手写我口"为纲领的白话文革命运动，在向陈腐保守的文言文大力开火的时候，也面临着各地方言未能统一的现实。如果大家都来个"我手写我口"，"原来统一于文言文的中国文学，就必然分崩离析，届时中国有了白话文学，就可能没了中国文学。"[1]针对这种情形，胡适并未成为方言的俘虏，他在1918年4月的《建设的革命文学论》（《新青年》4卷4号）一文中，坚决主张"国语的文学，文学的国语"。得力于社会力量的支持，1920年以后，教育部就令国民学校低年级的国文，改用国语教学；"不久白话文就被公认为国语，白话文学就被公认为'国语的文学'，而一

---

　　[1]王晓波：《从白话文运动到台湾话文》，《台湾史论集》，北京：中国友谊出版公司，1992年6月版，第216页。

路走上建设的发展的康庄大路。"[1]

但台湾的殖民地半封建社会情况与祖国大陆不同。在台湾白话文革命的潮流中，已经变质的旧文学在理论上虽然不堪一击，却得到日本殖民当局实际上的支持，新文学运动反而不断受到殖民政府的压迫或旧文人的阻挠而踟蹰于建设途中。1923 年 1 月，黄朝琴发表《汉文改革论》，强烈要求殖民当局将台湾公学校所授汉文课程改用白话文，但没有成功。又，黄呈聪、张我军虽然力倡使用中国国语的白话文，但当时祖国的白话书刊不能在台湾普遍发行，台胞中也没有更多的人到北京实地听过国语；祖国国语对于日据下的台胞而言，有实际的困难，还不能马上变成"言文一致"的民众语文。在这种情形下，台湾文坛上有了"台湾话文"的倡议，并且实践于台湾新文学的创作之中。所谓台湾话文，是指相对于北京为主的白话文，而为台湾大多数民众日常使用的闽南语而言。是使用中国国语的白话文，还是台湾话文，台湾文坛一直存在着不同看法，直到 1930 年，在主导文艺大众化的左翼文学的勃兴之时，终于引发了台湾话文论争。

要如实描述台湾话文论争，还需要从 20 年代初期的新旧文学论争谈起。当时愈演愈烈的论争，已经开始触及"台湾话文"与"乡土文学"的问题；只是面对白话文代替文言文的紧迫历史任务，上述问题还来不及解决。

早在 1923 年，黄呈聪发表《论普及白话文的使命》，就涉及"台湾话文"的问题了。在对中国白话文和台湾白话文进行比较之后，考虑到台湾白话文使用区域小，使用人数少；也考虑到中国白话文所代表的文化势力和前途，黄呈聪最后还是确认"不如再加多少的功夫"，普及大陆通用的白话文。

作为台湾新文学运动的急先锋，张我军对如何普及白话文的问题，一开始就站在文化之归属与统一的立场，提出"新文学运动有带着改造台湾言语的使命"。他不仅从理论上把胡适的"国语的文学，文学的国语"具体

---

[1]廖汉臣：《新旧文学之争——台湾文坛的一笔流水账》，原载于《台北文物》，3卷 2 期、3 期，见李南衡：《日据下台湾新文学·文献资料选集》，台北：明潭出版社，1979 年 3 月版，第 413 页。

化了，积极倡导"依傍中国的国语来改造台湾的土语"，"把台湾人的话统一于中国语"；更致力于推广白话文的实践，他的语言学专著《中国国语语文做法》及其导言，成了台湾同胞学习和运用白话文的指南和应用手册，打通了中国白话文通往台湾民众的桥梁。

在普及白话文的运动中，有人担心台湾的方言土语会被抛弃，于是出现了"台湾话保存运动"。1924 年，连温卿在《台湾民报》先后发表《言语之社会性质》与《将来的台湾话》两篇文章，从语言与民族和国家的关系来讨论"台语"。在他看来，语言问题关系到民族的生死存亡，为了不使民族被异族统治者所同化，应当强调使用、保存和整理"台湾语"，以光大台湾民众文化。连温卿对语言的分析受到唯物史观的影响，并含有以语言改造作为社会改造的企图，但其文章要旨更在于反对日本殖民当局愚民化的语言政策。

1929 年，台湾史学家连雅堂在《台湾民报》发表《台语整理之责任》与《台语整理之头绪》两篇文章，来阐明他的主要观点。1. "台湾语"源自漳泉，而漳泉之语传自中国，源远流长。2. "台湾语"高尚优雅，非庸俗者所能知。3. 提倡乡土文学，必先整理乡土语言。在那时候，谈乡土文学，是结合"台湾语"一起谈的，故连雅堂有此主张。因痛感保存"台语"之必要，遂撰写《台湾语典》《台湾考释》等著作，借此保存"台湾语"于湮灭，并裨益于乡土文学的提倡。在当时的情形下，连雅堂主要是基于保存民族文化的立场和民族情感的驱使，来强调"台语"的。"据此也可以明了他仅在于保存台湾语言，而无积极的意图，要把台湾语言文字化，以供一般的人作为吸收知识的工具。"[1]

"台湾话文运动"是比"台湾话保存运动"更进一步的"言文一致运动"。其根本特点是将"台湾语"文字化，用以代替文言文、日语及白话文。首先提出了"乡土文学"口号，主张用"台湾语"写作的是郑坤五。

---

[1]廖毓文：《台湾文字改革运动史略》，原载于《台湾文物》3 卷 5 期、4 卷 1 期。见李南衡：《日据下台湾新文学·文献资料选集》，台北：明潭出版社，1979 年 3 月版，第 487 页。

1927 年 6 月，他在《台湾艺苑》上，辑录台湾山歌，题为"台湾国风"，并在若干小品文中强调用"台语"写作。前引连雅堂的"雅言"，有谓："比年以来，我台人士，辄唱乡土文学"，实即指此。因此黄石辉称：

> 台湾乡土文学的提倡，算是郑坤五氏最先开端的。郑坤五编"台湾国风"的意思，只是认识了台湾的"褒歌"是和《诗经》三百篇有同样的价值罢了。……"台湾国风"发表之后，虽然引起了古董学究的着急，其实影响不大，没有一人因此演出乡土文学的提倡。[1]

作为旧文人的郑坤五看不到乡土文学的时代意义，又缺乏整套理论，其主张与实践并未引起社会的普遍关注。直到 1930 年黄石辉和郭秋生的大力提倡，台湾话文运动才正式开展，并引发乡土文学论争。

第二节　台湾话文论争的经过及其特点

30 年代的台湾话文与乡土文学论争，发生在新文学阵营内部，它是由黄石辉的文章首先发端的。从 1930 年 8 月 16 日起，黄石辉在《伍人报》第 9 至 11 号连载《怎样不提倡乡土文学》一文，明确提出"乡土文学"这一崭新的概念。1931 年 7 月 24 日，他又在《台湾新闻》报上，陆续发表《再谈乡土文学》一文，重申乡土文学的旨趣。文章分为：一、乡土文学的功用，二、描写的问题，三、文字的问题，四、言语的整理，五、读音的问题，六、基础问题，七、结论。综合这两篇文章的内容，黄石辉对乡土文学的理解主要包括以下观点：

第一，从作家与文学的关系出发，提出发展乡土文学的必然性。他认为，台湾文学是描写台湾事物的文学，对于台湾作家而言：

> 你是台湾人，你头载台湾天，脚踏台湾地，眼睛所看的是台湾的

---

[1]转引自吴守礼：《近五十年来台语研究之总成绩》，台北：大立出版社，1983 年版，第 53 页。

状况，耳孔所听见的是台湾的消息，时间所历的亦是台湾的经验，嘴里所说的亦是台湾的语言，所以你的那支如椽的健笔，生花的彩笔，亦应该去写台湾的文学了。

第二，从当时建设台湾新文学的现实任务出发，提出了乡土文学内容大众化的主张。文言文是"贵族式"的，白话文"完全以有学识的人们为对象"，也是"贵族式"的；广大的没有高深学问的劳苦大众事实上都和它绝缘。而要以劳苦大众为对象去做文艺，就必须提出乡土文学。这里所触及的正是当时建设台湾新文学所要解决的问题，黄石辉如是说：

> 你是要写会感动激发广大群众的文艺吗？你是要广大群众心里发生和你同样的感觉吗？不要呢，那就没有话说了。如果要的，那末，不管你是支配阶级的代辩者，还是劳苦群众的领导者，你总须以劳动群众为对象去做文艺，便应该起来提倡乡土文学，应该起来建设乡土文学。

第三，从乡土文学的表现形式入手，提出用台湾民众所熟谙的台湾方言去描写事物，由此倡导"台湾话文"建设。具体言之，就是：

> 用台湾话做文，用台湾话做诗，用台湾话做小说，用台湾话做歌谣，描写台湾的事物。[1]

黄石辉不仅对如何建设"台湾话文"提供了具体的语言建议，还强调从基础做起，编辑《常识课本》《尺牍课本》《作文课本》《白话字典》《白话辞典》，以推动台湾话文的普及工作；并主张纠合同志，组织"乡土文学研究会"，加强文艺界对它的研究和指导。

黄石辉首倡乡土文学的文章，限于《伍人报》发行数量极少，杂志不

---

[1]以上三段文字均出自黄石辉：《怎样不提倡乡土文学》，《伍人报》第9—11号。转引自廖毓文：《台湾文字改革运动史略》，见李南衡：《日据下台湾新文学·文献资料选集》，台北：明潭出版社，1979年3月版，第488页。

久被禁，文章并未刊完，影响也有局限。但即便这样，"却亦曾引起许多人的注意"，不少有心人给他写信询问，还有几个人找他当面讨论。[1]

不久，郭秋生站出来呼应黄石辉。从 1931 年 7 月 7 日起，他在《台湾新闻》发表 27000 多字的《建设台湾白话文—提案》的长文，连载 33 回始告完结。全文分为 5 节：（1）文字成立的过程；（2）言语和文字的关系；（3）言文乖离的史的现象；（4）特殊环境下的台湾人、教育状态、文盲世界、"台湾语"记号问题；（5）台湾话文。

郭秋生主要从三个角度来阐述自己的观点：

第一，为什么要学习台湾话文？

郭秋生先从日本侵略台湾后的社会环境变化谈起。日本殖民者推行的同化政策，在台湾人和日本人之间造成极大的差别教育。其结局，"台湾人不外是现代的知识的绝缘者。不止！连保障自己最低生活的字墨算都配不得了。"[2] 为医治台湾的文盲症，必须使用言文一致的台湾话文，而其他的文体不是言文一致，学习上要花双重功夫都不足以解决台湾的文盲症。

第二，台湾话文的优势在哪里？

郭秋生明确提出，台湾话文就是"台湾语"的文字化。其优点有：（1）容易学；（2）学的字可以随学随写；（3）间接表现言语的文句越多，读书越多越固执文句，越难发挥独创性，若直接记号"台湾语"的文字，便无难解放这种病根；（4）一个时代有一个时代的特色，若没有直接记号言语的文字，是不会满足的。

第三，采用哪种文字记录"台湾语"？

郭秋生对于蔡培火等人提倡的"罗马字运动"持批评态度，他主张以现行的汉字为工具来创造台湾话文。在他看来：

---

[1] 黄石辉：《再谈乡土文学》，见吴守礼：《近五十年来台语研究之总成绩》，台北：大立出版社，1955 年版，第 54 页。

[2] 郭秋生：《建设"台湾白话文"一提案》，转引自廖毓文：《台湾文字改革运动史略》，见李南衡：《日据下台湾新文学·文献资料选集》，台北：明潭出版社，1979 年 3 月版，第 490 页。

> 台湾既然有固有的汉字，……任是怎样没有气息，也依旧是汉民族性的定型，也依旧是汉民族言语的记号，……所以我要主张台湾人使不得放弃固有文字的汉字。[1]

在怎样用汉字来表现台湾话的问题上，郭秋生制定了五条原则：（1）考据该言语有无完全一致的既可汉字；（2）如义同音稍异，应屈语音而就字音；（3）如义同而音大异，除既定成语呼字音，其他应呼语音；（4）如音同而义不同，或音同义相近，但惯性上易招误解者均不适用；（5）要补救上述缺陷，应创造新字以就话。

郭秋生希望通过上述方式建设台湾的话文，实现言文一致的理想。这样，

> 台湾语尽可有直接记号的文字。而且这记号的文字，又纯然不出汉字一步，虽然超出文言文体系的方言的地位，但却不失为汉字体系的较鲜明一点方言的地方色而已的文字。[2]

郭秋生这种主张的深刻意义在于，如果采用汉字表现台湾话文，台湾话文最终将和祖国通行的白话文融为一体。

同年 8 月 29 日，郭秋生又在《台湾新民报》第 379 至 380 号上，发表《建设台湾话文》的文章，讨论建设台湾话文的具体事宜。他认为歌谣的整理，较之黄石辉的"研究会的组织""话文字典的编辑"来得迅捷有效，于是到了 1932 年 1 月，《南音》杂志创刊，郭秋生便开辟"台湾白话文尝识栏"，发表整理后的歌谣、谜语、民间故事等，以推动台湾话文的实践。

黄石辉、郭秋生的文章发表后，很快引起全岛人士的重视与思考，也由此引发了继"新旧文学论争"之后的"乡土文学论争"的大论战。《台湾新闻》《台湾新民报》《南瀛新报》《昭和新报》等报纸上都发表了论争的

---

[1]郭秋生语，转引自廖毓文：《台湾文字改革运动史略》，见李南衡：《日据下台湾新文学·文献资料选集》，台北：明潭出版社，第491页。
[2]郭秋生语，转引自廖毓文：《台湾文字改革运动史略》，见李南衡：《日据下台湾新文学·文献资料选集》，台北：明潭出版社，第491页。

文章。赞同黄石辉、郭秋生观点，支持台湾话文建设的，有郑坤五、庄遂性、黄纯青、李献璋、黄春成、擎云、赖和、叶荣钟、张聘三、周定山、杨守愚、陈虚谷等，持反对意见的有廖毓文、朱点人、林克夫、赖明弘、林越峰、王诗琅、张我军、杨云萍等人。

最先对黄石辉提出反驳论辩的，是廖毓文 1931 年 8 月 1 日发表在《昭和新报》上的《给黄石辉先生——乡土文学的吟味》。在他看来，首创于 19 世纪末叶德国的乡土文学"因为它的内容过于泛渺，没有时代性，又没有阶级性"，"到今日完全的声销绝迹了"。而黄石辉、郭秋生所倡导的乡土文学内涵模糊，有田园文学的倾向。他批评黄石辉，"一地方要一地方的文学，台湾五洲，中国十八省别，也要如数的乡土文学吗？"[1] 廖毓文认为，乡土文学既不是欧美历史上过于泛渺的田园文学，也不是以地理位置形成的地方文学，今日提倡的乡土文学，应该是"以历史必然性的社会价值为目的的文学——即所谓布尔什维克的普罗文学"。廖毓文实际上是从左翼文学的文艺大众化立场出发，给予乡土文学更加明确的诠释。

1931 年 8 月 15 日，林克夫在《台湾新民报》第 377 号上发表《乡土文学的检讨——读黄石辉君的高论》一文，他从台湾血缘、文化的归属出发，反对另立台湾特有的地方性的文化。针对黄石辉的观点，他的反驳有五：第一，文学不是单纯的代表说话而已，还包括喜怒哀乐的思想、感情成分在内。第二，台湾方言复杂，又多俚语，若用它来写乡土文学，难以使全台湾的民众都看得懂。第三，承认黄氏所谓"中国的白话文不能充分代表台湾话"的事实，难道中国各地也要另外创造一种文学去表现乡土文学不成。第四，虽然乡土文学"所写是要给亲近的人看，不是要给远方的人看的"，但若能用中国白话文，让更多人都能看懂，岂不更好？第五，台湾话粗涩而不清雅，不如采用中国的白话文较为经济方便。林克夫最后表示：

　　我的意见不外是反对再建设一种台湾的白话来创造台湾文学，若

[1]松永正义：《关于乡土文学论争》，《台湾学术研究会志》第 4 期，1989 年 12 月，第 79 页。

能够把中国白话文来普及台湾社会，使大众也能懂得中国话，中国人也能理解台湾文学，岂不是两全其美![1]

接着，朱点人在同年 8 月 29 日的《昭和新报》上发表《检一检乡土文学》，质疑黄石辉的文章。他们三人所列理由一致认为：就文化、血缘层面观之，台湾、中国本不可分，故创文学，不必乞灵于台湾话文。再则，台湾话粗糙幼稚，不足为文学的利器；台湾话分歧不一，无所适从；台湾话中国人看不懂，故主张用中国白话文来创作台湾文学。

双方论争展开后，引起巨大的反响。黄石辉和毓文、克夫、点人的论争发生于前，赖明弘和黄石辉、黄春成、庄遂性的争论继其后，一直持续了两年多时间。论争的主要舞台，是在《台湾新闻》《台湾新民报》《昭和新报》《台湾日日新闻》《三六九小报》《伍人报》《南瀛日报》《南音》等报刊上展开，涉及议题深入，参与者广泛，其中又以台湾话文派居多。

以黄石辉、郭秋生为代表的台湾话文派与廖毓文等人代表的中国话文派，其意见分歧的最大原因在于，前者是站在现实的立场上，基于殖民地台湾的特殊性与复杂性，来主张台湾白话文的；特别是在日据时期，"台湾话文""乡土文学"的强调，本身就含有抵制异族奴役和外来侵略的意义。后者则是站在理想立场上，认为台湾是中国的一环，台湾和中国是永久不能脱离关系的，所以反对另立台湾特有的地方性文化。这些意见都是值得重视的。但两者的偏颇之处在于，前者过分强调台湾话文，把白话文也看成是一种"贵族式"的语言工具，这与白话文革命的初衷和现实是不符合的；后者在反对"乡土文学"和"乡土语言"的时候，对乡土文学采取全盘否定的态度，这也是片面的。论争过程中，台湾话文派的理论虽略占上风，且参战人数也居多，但因对有音无字的台湾话文表音工具问题，客家话能否融入闽南话的问题未能解决，又没有一个统一的组织来统

---

[1] 林克夫：《乡土文学的检讨——读黄石辉君的高论》，《台湾新民报》第 377 号，1931 年 8 月 15 日（东方文化书局影印本）。

筹规定、指导台湾话文的实际建设工作，因此终没有得到一个结论而止息了。

第三节　台湾话文论争的意义和影响

台湾话文论争，在当时的新文学阵营内部虽然没有达成共识，也未得到明确的结果，但它对台湾新文学的进一步建设，还是有着不可忽视的探索意义和推动作用的。

第一，这次论争是台湾新文学运动的继续，它对于在当时台湾的特定语境中进一步解决"言文一致"的汉语改革，有着积极的探索价值。

五四文学运动在祖国大陆的推动，首先是以白话文代替文言文的语言革命为先导的。当白话文取得胜利，通行于文坛的时候，又产生了新的矛盾。这就是白话文作为知识阶层通晓的一种书面语言，与人民大众的口语以及中国众多地区的方言、土语之间，存在着相当大的距离。怎样才能实现真正的"言文一致"，胡适在新文学运动初期，是以倡导"文学的国语，国语的文学"来规范白话文运动；30 年代以上海文坛为中心展开的，则是通过"大众文、大众语"的讨论，来推动这个问题的解决。

台湾新文学运动的发展过程中，也遇到了同样的矛盾，白话文虽然主宰了文坛，但"言文一致"的问题并未得到真正解决。处于日本殖民统治下的特殊环境，面对日本语、中国话、"台湾话"交织的复杂语境，加之与祖国大陆的隔离状态，这种矛盾便更加凸显出来。郭秋生一再表白自己在这种语境中的矛盾心情：

> 我极爱中国的白话文，其实我们何尝一日离却中国的白话文？但是我不能满足中国的白话文，也其实是时代不许满足的中国白话文使我用啦！即言文一致为白话文的理想，自然是不拒绝地方文学的方言的特色。那么台湾文学在中国白话文体系的位置，在理论上应是和中国一个地方的位置相等，然而实质上现在的台湾，想要同中国一个地

方，做同样白话文体系的方言位置，做得成吗？[1]

这段话再清楚不过地表明了，"在日本人的统治下，台湾人不得不选择'台湾话文'的用心"。[2] 台湾话文论争本身所显示的，正是"这些异族统治下的台湾知识分子对自己的话文处理的困惑和苦闷"。[3]

事实上，30 年代的台湾话文论争与 20 年代的新旧文学之争，它们都是台湾新文学运动中不可避免的文学现象，它们的发生表明了台湾新文学在不同阶段的发展。正如古继堂指出的那样：

> 台湾文学的工具革命，分为前后两个时期。前期革命的内容，是解决白话文与文言文的关系，改革的目的是要达到语文一致，是要文学语言适应新的文学内容。而后期的内容是要处理白话文与台湾土语的关系。即，台湾新文学究竟应该用白话文作文学语言，还是用台湾的土语作表达工具。[4]

第二，这次论争作为 30 年代世界性"普罗"文学思潮的一种必然反映，它对于台湾的文艺大众化思想传播，有着重要的现实推动作用。

30 年代的文坛，左翼文学及其文艺大众化的思潮，从苏联开始，席卷至日本和祖国大陆，也影响到台湾文学界。20 年代后期走向高潮的台湾社会政治运动，接受无产阶级政党的领导，在发动工农运动、唤起劳苦民众方面发挥了巨大的作用；30 年代以来，在日本殖民者实行高压政策，政治运动受挫的背景下，唤起民众的责任更多地落在了文学身上。在这种背景下，文艺大众化的路子不失为一种积极有效的时代选择。作为分裂后的台

---

[1]郭秋生：《建设"台湾话文"一提案》，《台湾新民报》第 380 号，1931 年 9 月 7 日（东方文化书局影印本）。

[2]郭秋生：《建设"台湾话文"一提案》，《台湾新民报》第 380 号，1931 年 9 月 7 日（东方文化书局影印本）。

[3]陈少廷：《台湾新文学运动简史》，台北：联经出版事业公司，1977 年 5 月版，第 76 页。

[4]古继堂：《台湾新文学理论批评史》，沈阳：春风文艺出版社，1993 年 6 月版，第 40 页。

湾新文化协会会员，并积极从事无产阶级社会运动的黄石辉，在台湾文坛曾有"普罗文学之巨星"的称誉。他最先站出来主张"台湾话文建设"，首倡乡土文学，无疑是从文艺大众化的立场出发，旨在为推动《伍人报》所倡之"无产阶级文化运动"张目。所以说，乡土文学的本质，就是文艺大众化的思想，这与新文学建设的中心问题又是一致的，有着时代取向的同构性。

第三，这次论争，表明台湾新文学运动已经从语文改革的形式，推进到内容的探索。

30 年代以前，关于台湾话文问题的争议，以及"台湾话保存运动"，主要着眼于语言本身的整理与保存，还未涉及文学的内容问题；黄石辉的台湾话文运动，经由"乡土文学"口号的提倡，在台湾文学表现形式与内容的结合上，向前跨进了一大步。《南音》杂志上开辟的《台湾话文讨论》和《台湾话文尝试栏》中，作家不仅从理论上探讨新文学如何"言文一致"的问题，而且以创作实践进行尝试。例如赖和的《一个同志的批信》、赖堂郎的《女鬼》、匿人的《王猪爷》，以及杨守愚的歌剧《两对摩登夫妇》中的歌词，都是用台湾话写成的。

第四，这次论争，主要影响了民间文学的整理和台湾话文的研究，并取得了丰硕的成果。1930 年 9 月创刊的《三六九小报》，开辟了"黛山樵唱"等专栏登载民歌。1932 年 1 月创刊的乡土风格浓郁的《南音》杂志上，郭秋生专设"台湾话文尝识栏"，不仅辑录台湾歌谣、谜语、故事，还发表自己创作的台湾诗、散文《粪屑船》以及童话、童谣。1933 年 5 月创刊的《福尔摩沙》杂志，是以整理传统文艺，研究乡土艺术、歌谣、传说，创造台湾新文艺为使命的。1935 年 1 月 6 日，《第一线》推出《台湾民间故事》特辑，收录毓文的《顶下效拼》、黄琼华的《莺歌庄的传说》等 15 篇传说故事。在此前后，受台湾话文运动影响的李献璋，在 1934 年 5 月独力收集200 个谜语，并以"台湾谜语纂录"为题，在《台湾新民报》上连载；1936 年 6 月，他将收集到的民间歌谣、故事结集成 500 多页的《台湾民间文学集》出版，成为传诵一时的民间文学巨构。上述种种成就，得力于台湾话文论争的影响和推动。

第七章
伟大的现实主义作家杨逵

第一节　杨逵的生平和抗日活动

　　作为日据时代最伟大的作家之一，杨逵经历了台湾现代史上最为混乱的动荡岁月。期间的历史脉动与他的生命历程息息相关，台湾的文学风尚与其文学创作互为见证，这使杨逵成为解读台湾抗日民族运动和台湾新文学历史的一面借镜。而杨逵对台湾新文学运动中尖锐的抗议精神和现实主义传统的继承发扬，他对日本殖民主义和社会黑暗势力的不屈斗争，又使他以"不朽的老兵"形象和"压不扁的玫瑰花"气节，成为民族脊梁精神的写照。

　　杨逵（1905—1985），原名杨贵、杨建文等，台南县新化镇人。杨逵9岁入公学校读书，幼年喜欢听卖艺人说书，《三国志》《水浒传》都是他耳熟能详的故事。10岁那年，噍吧哖抗日事件发生，因为杨逵的家正处于台南通往噍吧哖（玉井）的必经之路，他目睹日军隆隆而过的炮队，又耳闻台湾义民被镇压的种种惨象，心中开始埋下仇恨与叛逆的种子。及至后来读到日人秋泽岛川将起义者贬为土匪的《台湾匪志》，杨逵"这才明白了统治者所写的'历史'是如何的把历史扭曲，也看出了暴政与义民的对照"。[1] 从此，杨逵的生活和创作同台湾同胞的抗日民族运动紧紧地结合在一起。他说："我决心走上文学道路，就是想以小说的形式来纠正被编造的'历史'，历来的抗日事件自然对于我的文学发生了很大的影响。"[2]

---

[1]杨逵：《日本殖民地统治下的孩子》，《联合报》1982 年 8 月 10 日。
[2]杨逵：《日本殖民地统治下的孩子》，《联合报》1982 年 8 月 10 日。

1924 年，中学毕业的杨逵为了探求新思想和寻找出路，东渡日本勤工俭学。期间，他不仅大量阅读俄国现实主义作家和法国大革命时期进步作家作品，还研究过《资本论》，深受历史唯物主义的熏陶，并参加了"打倒田中内阁"的示威游行，由此揭开他一生社会运动的序幕。

1927 年，杨逵应台湾文化协会的召唤返台，时值台湾文化运动和工农运动蓬勃发展之际。杨逵被选为"台湾农民组合"中央常委委员，负责政治、组织、教育三部的工作，并组织特别行动队，专为贫穷的农民向日本政府争取权益。因此，曾先后被捕十次之多。这期间，他与志同道合的女中豪杰——"台湾农民组合"的妇女部部长叶陶结为终身伴侣。

1931 年以后，日本殖民政府对台湾共产党实行全岛性的大检举，社会运动遭受毁灭性的重挫。杨逵在为生活奔波的同时，开始了文学创作。1932 年，他首次以"杨逵"笔名，尝试用汉文写作小说《送报夫》，经赖和之手刊载于《台湾新民报》，但后半部被查禁。杨逵再将全文以日文书写，1934 年 10 月发表于东京左翼刊物《文学评论》，并获其征文第二奖（第一奖缺）。杨逵与日本左翼文坛开始往来，左翼思想从战前至战后，贯穿了他的一生。1934 年，杨逵参加"台湾文艺联盟"，担任《台湾文艺》日文编辑，从此活跃于文坛。1935 年 12 月创办《台湾新文学》，至 1937 年 4 月遭当局禁止。

1937 年抗战爆发后，身患肺病的杨逵遭遇一生最为艰苦的岁月。在日本友人入田春彦的帮助下，得以归农的杨逵租地种花，借用伯夷、叔齐的典故，创办"首阳农园"。并在报上发表《首阳园杂记》，公开表明自己的立场。

1941 年太平洋战争开打后，台湾总督府官方杂志《台湾时报》编辑植田向杨逵邀稿，《泥娃娃》《鹅妈妈出嫁》相继发表，引起总督府内开明人士和迷信武力的军警间的摩擦。而当杨逵这些小说要出单行本时，终遭查禁。

1945 年台湾光复后，杨逵满腔热情地投入台湾新文学的重建工作。他把自家花园改名为"一阳农园"，创刊《一阳周报》，并担任台中《和平时报》"新文学"版编辑。"二二八事件"之后，杨逵参加了台湾新生报《桥》副刊关于台湾文学问题的讨论；1948 年主编《力行报》"新文艺"栏；1949 年起草《和平宣言》，被判刑 12 年。杨逵一生坐牢 12 次，虽历经坎坷，但矢志不移。1961 年刑满出狱后，杨逵在台中经营"东海花园"，再度以养花种菜为生。1982 年应邀参加美国艾奥瓦（又译为爱荷华）大学"国际写作中心计划"的活动，1983 年获台湾"吴三连文艺奖"，1984 年又获"台湾新文学特别推崇奖"。

杨逵写小说、散文、戏剧、诗歌，也写文学评论。主要小说有《送报夫》《泥娃娃》《鹅妈妈出嫁》等多篇；另有剧本《父与子》《猪哥伯仔》《扑灭天狗热》《牛犁分家》等多种。

第二节 杨逵的小说成就

小说无疑是杨逵创作的重镇，其文学理念与艺术追求在这里得到集中的体现。杨逵主要的小说计有：《送报夫》（1935）、《蕃仔鹅》（1936）、《顽童伐鬼记》（1936）、《模范村》（1937）、《父与子》（1942）、《无医村》（1942）、《泥娃娃》（1942）、《鹅妈妈出嫁》（1942）等。

杨逵的创作一向以反压迫、反殖民的精神而著称。与同时代作家相比，同样是表现对日本殖民者的强烈抗议，杨逵有其独特的侧重点。如果说，赖和是以深沉的控诉力量，揭露日本殖民统治给台湾同胞带来的灾难；那么，杨逵在揭露与控诉的基础上，更着力描写了台湾人民觉醒与斗争的社会前景，启示人们去探求光明的出路。正是在这种意义上，台湾作家龙瑛宗认为，杨逵的小说"是指示历史进路的文学，是为生活在黑暗中的人们心上点燃一盏灯的文学"。[1]

赶走日本殖民者，还我国土，这是杨逵创作最为关心的主题。他的批判锋芒，直逼日本殖民体制和殖民政策，有一种怒目金刚式的抗议和直捣黄龙的勇气。他所有的小说创作，都在揭露台湾于日本殖民帝国经济和文化双重侵略下丑陋的现实，都在传达台湾人民反抗异族压迫的民族心声。《模范村》通过日本殖民统治下的台湾"模范村"的描写，揭露了"共存共荣"样板背

---

[1]龙瑛宗：《血与泪的历史》，台湾《中华日报》，1996 年 8 月 29 日。

后上演的台湾农村惨剧，并特别凸显了抗日志士阮新民民族意识和阶级意识的双重觉醒。在小说中，泰平乡大地主阮固爷与日警互相勾结，为了追求"模范村"，不仅强迫各家建造铁窗与水沟，而且每年要向佃农收回垦熟的荒地而转租给（日本人的）糖业公司，以至于民不聊生，走投无路，造成憨金福的自杀。富有正义感和抗日精神的阮新民东京留学归来后，很快与其父亲阮固形成势不两立的阵营。阮新民鼓动农民群众说："日本人奴役我们几十年，但他们的野心越来越大，手段越来越辣，近年来满洲又被它占领了，整个大陆也许都免不了同样命运。这不是个人问题，是整个民族的问题。……我们应该协力把日本人赶出去，这样才能开拓我们的命运！"最终他前往大陆，投身全国同胞抗日救亡斗争的潮流之中。

《无医村》通过一个农村孩子因为得不到及时治疗而死亡的遭遇，对日本殖民统治下不合理的农村医疗制度进行大胆谴责："这政府虽有卫生结构，但到底是在替谁做事呢?"《泥娃娃》写几个孩子用烂泥塑造了一堆日本的飞机、军舰和士兵。但是，"当天夜晚，一场雷电交加的倾盆大雨把孩子们的泥娃娃打成一堆烂泥……"作者所要传达的，正是对殖民者的藐视和对战争的厌恶情绪，一如作品所直言的那样："如果以奴役别的民族，掠夺别国物质为目的的战争不消灭；如果富岗一类厚颜无耻的鹰犬，不从人类中扫光，人类怎么可能会有光明和幸福的一天！"在《鹅妈妈出嫁》中，学经济的林文钦呕心沥血撰写《共荣经济的理论》一书，到头来却落了个家破人亡的悲剧，所谓"共存共荣"的真相，恰恰是"不存不荣"。林文钦的结局造成了小说中另一位知识分子"我"的觉醒：只有消灭侵略、压迫和剥削，才可能有真正的万民共荣。《泥娃娃》《鹅妈妈出嫁》这些作品写于1942年，时值太平洋战争爆发、台湾被日本殖民当局推向"决战体制"之际，这是应《台湾时报》编辑植田约稿而写的。杨逵说："我给他写了《泥娃娃》和《鹅妈妈出嫁》，我的意图是剥掉它的羊皮，表现这只狼的真面目。"[1]

杨逵小说诉诸反帝反殖主题，其难能可贵之处在于，他往往超越狭隘的地域观念与民族意识，站在被压迫人民联合起来的立场，去谋求超乎种族的

---

[1]杨逵：《鹅妈妈出嫁·后记》，台北：香草山出版公司，1976年版，第216页。

阶级团结。其代表作《送报夫》，分别以日本本土的资本家对劳工的欺诈剥削，与殖民当局对台湾农民的残酷掠夺为两条主线，透过留学东京的台湾青年杨君的命运遭遇，将两条线索交织在一起，体现出联合各界的被压迫者共同奋斗的思想理念。杨君的父亲因为抗拒日本制糖会社征用土地，而被日警折磨致死；杨君东渡日本勤工俭学，历尽艰辛才找到一个送报夫的工作，却遭到报馆老板的残酷剥削。他忍饥挨饿干了20天，不仅工资未能兑现，连当初的保证金也被老板侵吞，自己还遭解雇。这时收到家信，得知的竟是家破人亡的噩耗。正当杨君陷于绝境之时，是日本进步工人伸出援手，动员他参加反剥削反压迫的劳工运动。杨君逐渐明白了，无论台湾岛上还是日本国内，都有压迫者与被压迫者之分；为了谋求被压迫群众的解放，全世界的劳动者只有携手联合，才能对抗凶恶的压迫者与剥削者。后来他决定返回台湾，去完成自己的使命。小说超越了当时台湾文学的水准，不仅启示人们探求积极向上的历史进路，还以高度的民族主义和朴素的国际主义的结合，开拓出一种高远深刻的思想意境和阶级胸怀。杨逵所坚持的那种社会人道主义理念和革命民主主义的思想，在其作品中得到充分的展示。

第三节　杨逵小说的现实主义风格及其意义

作为一个立足于台湾抗日民族运动和现实生活的作家，杨逵始终坚持了台湾新文学的现实主义创作传统，"以反映现实的社会为目标"，并通过现实主义艺术功力的锤炼，成就了自己独特的小说面貌。

杨逵的小说，具有浓郁的写实主义特质。从取材的方向上，"每一篇都是日据时代到处经常可以听见看见的事，除了《种地瓜》和《模范村》以外，其余大多是我亲自经历过的。"[1] 可以说，杨逵的小说，篇篇都有自己的生活影子。《送报夫》中的杨君，凝结着杨逵漂泊东京的生活经验；《归农之日》让人看到的，是社会运动挫败时带着妻小四处流浪的杨逵；《萌

---

[1] 杨逵语，转引自基聪：《硕果仅存的抗日作家——杨逵》，见杨素绢编：《杨逵的人与作品》，台北：民众日报出版社，1979年10月版，第182页。

芽》所表现的抗日信念与夫妻深情，则明显地带有杨逵与叶陶的生命痕迹。植根于现实生活的写作，加之经常采用的第一人称叙事视角的观照，杨逵写实小说所映现的，正是台湾的历史脉动和现实面影。

在小说的技巧上，杨逵注重以多种手法来丰富现实主义创作。一是对比的手法。安排两种反差极大的人物或是现象，来衬托美丑善恶之间的不同特质，用以传达作者褒贬好恶的情感态度与价值取向，是杨逵小说所擅长的方法。《模范村》里，阮固与阮新民父子，一个是勾结殖民当局的汉奸地主，一个是坚决抗日的热血青年，在尖锐的对立中自然又呈现出不同的评价。二是象征的运用。透过种种意象曲折地表现作品的深层内涵，不仅带来艺术上的含蓄，也可避开日据时代的环境制约。诸如以《泥娃娃》象征不可一世的日本军国主义，透过《春光关不住》里"压不扁的玫瑰花"，来象征日本殖民统治下台湾人民不屈不挠的意志，来寄托人民对和平与爱的追求与珍视。三是幽默讽刺的笔触。杨逵的小说，往往从日本殖民当局的愚民政策与台湾丑陋现实的极度错位中，展现出颇具政治讽刺意味的图画。诸如在日本侵略者鼓吹的所谓"大东亚共荣圈"下，《鹅妈妈出嫁》里研究"共荣经济理论"的林文钦，却是家破人亡，不荣不存；《模范村》所谓"共荣共存"的样板背后，竟是村民的民不聊生，走投无路。小说还写到为了执行严厉的"皇民化"规定，争取所谓"模范村"的荣誉，村民们被迫供奉日本式的神牌，而把妈祖和观音的佛像藏在肮脏的破家具堆里。"但是，不拜菩萨他们是无法安心过日子的，因而常常把佛像从肮脏的监牢里解放出来，悄悄地流着泪，提心吊胆地焚香礼拜。在这严肃的礼拜中，偶尔听见皮鞋声一响，便又慌忙地一手抓着佛像的脖子，一手捏熄线香，匆忙把它藏到床下草堆里去，可怜观音妈祖竟毫不叫屈。"辛辣的嘲讽，含泪的幽默，由此可见一斑。

当然，杨逵小说也有不足之处。如《剁柴团仔》节奏缓慢，张力不足；《鹅妈妈出嫁》中，林文钦苦着"共荣经济的理念"，与医院院长买花索鹅这两件事，还缺乏内在的必然联系；《萌芽》《长脚蚊》这类书信体小说，失之于流水账式的写法，人物的性格难以凸显。

总之，强烈的反帝反封建的民族精神力量和现实主义艺术成就，使杨逵当之无愧地代表了台湾新文学的主流与方向。正如钟肇政、叶石涛在《光复前台湾文学全集》中对杨逵所作的评价那样：

> 杨逵承担了日据下台胞共同的苦难命运，并继承了赖和的尖锐的抗议精神，以诚实的风格、朴实的结构、平实的笔触，发扬了被压迫者不屈不挠的民族魂；其次，他的小说意识充满了希望，弥漫着一股坚毅的行动力量，既不是杨华的悲厌绝望，也不是龙瑛宗的自怜忧伤，可说是个理想的民族主义者和写实主义者。他的道德勇气与指出的方向，形成了一块不可毁灭的里程碑，是台湾新文学"成熟期"与"战争期"的最重要的作家之一。[1]

---

[1]钟肇政、叶石涛主编：《光复前台湾文学全集》，台北：远景出版事业公司，1981年9月版。转引自刘登翰、庄明萱主编：《台湾文学史》（上卷），福州：海峡文艺出版社，1991年6月版，第493页。

第八章
异族高压统治下台湾文学的艰难之旅

第一节 日本帝国主义妄图斩断台湾与中国的脐带

1937 年至 1945 年期间，随着日本帝国主义相继发动侵华战争和太平洋战争，台湾进入了日本殖民统治最黑暗的时期。日本侵略者为了实现其霸占亚洲，建立所谓"大东亚共荣圈"的野心，更加厉行暴政，疯狂推行"皇民化运动"，企图把台湾的政治、经济、文化全部纳入所谓"战时体制"，以此作为南进的基地和跳板。遭遇如此严酷背景下的重大压力，刚刚走向成熟的台湾新文学运动很快从高潮落入低潮，开始了最为艰难曲折的战争期文学。

一、"战时体制"与"皇民化运动"

1936 年 2 月 26 日，日本军人发动政变，要求军人执政。这一事件虽被平息，但日本帝国主义法西斯进程由此加快。1936 年 9 月 2 日，日本政府派出海军大将小林跻造取代台湾文官总督，恢复了军人兼任总督的体制。1937 年 6 月 4 日，近卫文麿内阁上台，完成了全面发动侵华战争的准备。1937 年 7 月 7 日，卢沟桥事变爆发。当天，台湾日军司令部就发表强硬声明，并对台湾人民发出警告，禁止"非国民之言动"。1937 年 8 月 15 日，台湾日军司令部宣布进入"战时体制"，实施渔火管制，解散"台湾地方自治联盟"，强化对台湾的法西斯统治。1937 年 9 月，根据日本帝国近卫内阁提出的"国民精神总动员计划"，日本殖民当局随即成立"国代精神总动员本部"，开始强招台湾青年充任大陆战地军伕。接着公布《军需工业动员法》《移出米管理要纲》等一系列律令，实施国家总动员令，并收购民间黄金，统制石油类消费，开展"米谷供献报国运动"，以期动员一切人力、物力资源，作为"战时体制"的支柱。与此同时，殖民当局制定了台湾"皇民化"的方针，强迫推行"皇民化运动"，企图通过对台湾政治和文化的强化统治，把所谓"日本国民精神""渗透到岛民（按，指台湾人民）生活的每一细节中去，以确实达到'内台一如'的境地"。[1]

"皇民化运动"的罪恶目的，是要把台湾"本土化"，彻底消灭台湾所有的中国文化和民族意识，培养为日本帝国主义效死尽忠的"日本国民精神"。为此，台湾总督府强力推行"风俗改良""易服改历""日语普及"等文化统制手段，企图用"大和文化"取代中国文化。

日本殖民当局首先从禁止使用"台语"汉文和强迫使用日语着手。他们明令日语是为唯一合法的语言，强行取缔汉语"书房"或私塾，各级学校所有的汉语课程一律停开。早在 1937 年 4 月 1 日，日本殖民当局就逼迫《台湾日日新报》《台湾新闻》《台南新报》三报停止汉文版；《台湾新民报》拖延至 6 月 1 日，被迫废止汉文栏；杨逵主编的《台湾新文学》也被迫停刊。殖民当局强迫台湾人民使用日语，他们声嘶力竭地叫嚷："不懂日语者滚回支那去！""不学日语者要罚金"，"执行公务时不讲日语者要撤职"，"在火车站不讲日语就不卖给车票"等等，对台湾人民使用汉文的悠久历史和语言习惯进行了野蛮蹂躏。

1939 年 5 月，台湾总督小林跻造提出"皇民化""工业化""南进基地化"（即南侵以台湾为据地）的所谓"治台三策"，加速了"皇民化运动"的疯狂推行。他们"任意封闭中国式寺庙，毁除各种神像，勒令更改祖先的神主和墓牌；他们强迫台胞前往日本神社'参拜'，家家户户都要奉祀日本天照大神的神符；他们禁止台胞穿中国式服装，禁止在阴历新年举行庆祝活动"，[2] 妄想把一切带有中国文化色彩的东西都斩尽杀绝。更有甚者，

---

[1] 转引自陈碧笙：《台湾地方史》，北京：中国社会科学出版社，1982 年 1 月版，第 277 页。

[2] 陈碧笙：《台湾地方史》，北京：中国社会科学出版社，1982 年 8 月版，第 278 页。

到了 1940 年，台湾精神总动员本部公布"台籍民改日本姓名促进纲要"，要求台胞将祖先留传的姓氏和父母定下的名字一律改为日本式姓名，对坚持使用汉人姓氏的，则不给战时"配给品"，不许登记户口，公教人员还要受到撤职处分。

1941 年 4 月 19 日，由第 18 任台湾总督长川谷和台湾日军司令本间雅晴主持，"皇民奉公会"成立。在"临战体制""热汗奉公""为圣战而劳动"等反动口号下，"皇民奉公会"大力推行所谓"皇民奉公运动""储蓄报国运动"和"增产挺身青年运动"，拼命榨取台湾的人力和物力，以供侵略战争的消耗。从 1942 年起，日本殖民当局开始在台湾实行陆海军的"志愿兵制度"；另有台湾少数民族被秘密编成"高砂义勇队"，派往最险峻的地区去作战。1944 年，日本在战局中损失惨重，兵源日益枯竭。殖民当局进一步实施"征兵制度"，强令 30 万台湾青年到中国和东南亚战场当炮灰。为了驱使台湾人民在大陆进行残酷的同族厮杀，日本殖民者借"皇民化运动"宣布，只要经过艰苦的"皇民炼成"，涵养日本国民精神，就能够从原来卑污的"支那人""本岛人"蜕变成"高洁"的日本人。1944 年 1 月，日本下令成立"皇民炼成所"，台湾各州厅共设 3522 所，以短期集训班来训练未经正规"皇民化教育"的台湾民众。日本官方记录显示，在短短的一年半时间里，共召集 86751 名成年男性、90775 名女性，接受"皇民化"教育。[1] 很显然，所谓"皇民化运动"，是日本殖民当局一贯施行于台湾的种族同化政策在"战时体制"下的疯狂发展。它不仅残酷地压榨和掠夺台湾人民的经济资源，而且极其野蛮地侵犯和践踏了台湾同胞十分珍视的民族文化传统和民族独立精神，破坏了台湾同胞世代相传的宗教信仰和生活习惯。不仅如此，"皇民化"作为一种复杂而残忍的"洗脑"机制，它对于台湾人民的精神荼毒与戕害，更是遗患于后世。有关"皇民化"的真正含义和罪恶内幕，日本知识分子尾崎秀树的发现，则一语道破其实质：

---

[1] 参见杨建成：《台湾士绅皇民化个案研究》，台北：龙文出版社，1995 年 10 月版，第 2 页。

若同化政策是意指成为日本人，则"皇民化"的意思是"成为忠良的日本人"。但日本统治者所企望之"皇民化"的实态，不是台湾作为日本人活，而是作为日本人死。因此，"作为忠良的日本人"的意思是指发现"作为日本人死"之道理，并为它奋进。[1]

而矢内原忠雄的见解更是一针见血，入木三分：

日本统治台湾五十一年，一切的政策无非是处心积虑地要割断台湾与中国血浓于水的脐带，使台湾与大陆完全隔离起来。[2]

二、战时文艺体制与御用文学团体

战争期的台湾文坛，"一个最显著的现象就是文学活动完全被日本政府控制：从台湾文学奉公会，到大东亚文学者大会，到台湾决战文学会议，无一不暴露出日本帝国主义为遂行其侵略战争的目的而控制文艺之手腕。"[3] 为了推动"皇民化运动"，日本殖民当局采取的文化统制手段，一是废弃报刊的中文栏，禁止中文创作，从根本上铲除中文作家赖以文学生存的民族语言以及创作园地。二是成立御用文学团体，把持文学重镇，实行话语霸权，充当宣传"皇民文化"的工具。三是开展具有"皇民文学"色彩的文艺活动，处心积虑地把台湾文学纳入"皇民化运动"的轨道上来。

早在"七七事变"前夕，日本殖民当局就于1937年4月1日下令全面禁止使用中文，废弃报纸的汉文栏。《台湾新民报》结束了25年来作为台湾人民主要言论机关的历史使命，杨逵主编的、已经坚持三年之久的《台湾新文学》也被迫停刊。在这种严酷的背景下，这一时期，除了1935年5月9日，由风月报俱乐部所发行的中日文并刊的《风月报》还在运行，其

---

[1][日]尾崎秀树：《战时的台湾文学》，萧拱译，收入王晓波编：《台湾的殖民地伤痕》，台北：帕米尔书店，1985年版，第212页。

[2][日]矢内原忠雄：《日本帝国主义下之台湾》，帕米尔出版社，转引自许俊雅：《日据时期台湾小说研究》，台北：文史哲出版社，1999年9月初版，第109页。

[3]陈少廷：《台湾新文学运动简史》，台北：联经出版事业公司，1977年5月版，第149页。

他的中文报刊一律不见踪影。而《风月报》是一份不谈政治，吟风咏月的刊物，该刊每一期题头都特别表明"是茶余饭后的消遣品，是文人墨客的游戏场"。及至 1941 年 7 月 1 日，易名为《南方》，已经变成顺应"国策"文化及台湾现状，服膺于"南方共荣圈建设"的宣传工具了。台湾作家创作的语言权利和发表园地被野蛮剥夺，作家也无法按照新文学的观念从事创作，因而相率离开台湾，潜渡大陆；继续留下来的人们在艰苦挣扎，有的甚至自行封笔，以沉默表示抗议。"七七事变"后的两三年时间里，台湾新文学基本上处于停顿状态。

趁着战争初期台湾文学阵地几乎一片空白之际，日本殖民当局纷纷组织御用团体，来控制台湾社会舆论，实现"皇民化"的殖民话语霸权。属于此类性质的组织与刊物如下所述：

1. "台湾诗人协会"与《华丽岛》。1939 年 9 月 9 日，在台湾的日本作家，以西川满为首，集合了滨田隼雄、北原政吉、池田敏雄、中山侑等人，筹组了"台湾诗人协会"。同年 12 月，协会的机关刊物《华丽岛》出刊，由西川满、北原政吉任主编。《华丽岛》只发行了一期，收有 63 人的作品，日本右翼作家火野苇平撰写卷头言。该会发起者西川满，1908 年出生于日本上流社会家庭，是豪门秋山家之后。其父西川纯是台湾"昭和炭矿"的社长兼台北市会议员，自然是"法西斯型人物"（张文环语）。西川满 3 岁随父母来台湾，1929 年回早稻田读法国文学，此时已表现出右翼思想倾向；1933 年学成返台，任职于《台湾日日新报》，兼任主编《爱书》刊物，创办文艺杂志《妈祖》和"日孝山房"出版社。1939 年筹组"台湾诗人协会"时，西川满已自居于协力日本"皇民文学"的文化榜首。作为一个御用文艺家，他同样是一个带有浓厚的殖民者统治意识的人物。由他出面组织文艺社团，其社团的御用性格不言而喻。

2. "台湾文艺家协会"与《文艺台湾》。1940 年 1 月，由日本作家西川满、矢野峰人、滨田隼雄出面，打出纯文艺旗号，采取拉拢和利诱手段，先后邀请一批台湾作家参加，在"台湾诗人协会"的基础上，改组成立了有 62 名会员的"台湾文艺家协会"，并发行《文艺台湾》杂志。其中有 16

位台湾作家参加。

　　"台湾文艺家协会"和《文艺台湾》均标榜艺术至上主义，以所谓谋求其成员间艺术之"互相的向上发展为惟一目标"。事实上，它们不过是西川满之流服务于日本殖民当局政治需要而创办的御用团体与杂志。《文艺台湾》虽名为同仁刊物，其实是由西川满个人出资、编辑、发行，并以日本作家为主，充任日本统治阶级宣传工具的刊物。"名义上它是台湾文艺家协会的机关杂志，实际上为西川满氏个人色彩强烈的杂志。"[1] 1941 年 2 月 11 日，"台湾文艺协会"重新改组为直接配合和响应"皇民化运动"之机构，由象征派诗人的台北帝国大学教授矢野峰人担任会长，西川满担任事务组长。其中，包括总督府情报部副部长、文教局长、文书课长、《台湾日日新报》社长、台北帝大、台北高校教授等 26 人"在台官民有志一同"，其殖民统治的官方色彩极浓。改组后的《文艺台湾》，已由高唱"艺术至上"的刊物，直接转变为"皇民化"的宣传喉舌。1941 年 9 月的 2 卷 6 号上，即推出"战争诗特辑"，并刊载周金波的《志愿兵》及川合三良的《出生》两篇以志愿兵制度为题材的小说。1942 年 1 月，也就是太平洋战争爆发的次月，西川满在《文艺台湾》扉页上，用黑体大字这样表明他用文学向日本军国主义国家交心的决意：

　　　　为了建设大东亚的国家的心

　　　　我们文学创作的心，只有呼应这"国家的心"才能跃动。新的国家文学的理想，并非达到抽象的美的理想；而是应具体实现现实上的"国家的理想"，以作为国民生活的指标。[2]

　　接踵而来的是：1942 年 3 卷 5 号的《文艺台湾》，即推出以"大东亚战争"为主题的诗歌及"岛民剧特辑"，以配合时局；5 卷 2 号又刊出"大东

---

　　[1]池田敏雄：《关于张文环的〈台湾文学的诞生〉》，转引自白少帆等主编：《现代台湾文学史》，沈阳：辽宁大学出版社，1987 年 12 月版，第 197 页。
　　[2]见《文艺台湾》1942 年 1 月号。转引自曾健民：《台湾"皇民文学"的总清算》，《清理与批判》，台北：人间出版社，1998 年 12 月版，第 25 页。

亚战争诗特辑""国民诗特辑"；5卷3号为"大东亚文学者大会特辑"；6卷5号刊出"国民诗特辑"；7卷1号仍有"大东亚战争诗集"；至1944年1月7卷2号的终刊号，则为"台湾决战文学会议特辑号"。从以上内容可知，宣扬文章报国的"皇民文学"，才是《文艺台湾》的办刊主旨和本来面目。

3."台湾文学奉公会"与"皇民文学"。为了配合侵略战争，1941年4月19日，"皇民奉公会"成立，并创办《新建设》杂志作为言论机关，强力推行"皇民化运动"。另一方面，以宣扬国策为宗旨的"日本文学报国会"于1942年5月26日成立后，随即派出作家久米正雄、菊池宽、中野实、吉川英治、火野苇平等人来台，巡回举行"战时文艺演讲会"。1943年2月，该会事业部部长川贞雄偕同丹羽文雄、庄司总一来台策划斡旋，成立了"财团法人日本文学报国会台湾支部"。1943年4月，为了配合日本帝国主义的思想统制，"台湾文艺家协会"自动解散，原班人马随即成立了隶属于"皇民奉公会"的"台湾文学奉公会"。上述团体均以消灭台湾人的民族意识为职志，从事"皇民文学"活动。1943年11月13日，由"皇民文学奉公会"主办，以"建立决战文学体制，配合日本武力侵略战争"为宗旨，在台北公会堂召开所谓"台湾决战文学会议"。会上，西川满三次发言，要把《文艺台湾》"奉献"给殖民当局，将其纳入"战时配置"，并强迫台湾作家张文环创办的《台湾文学》废刊。当时，黄得时、杨逵等人就此问题与滨田隼雄、神川清等人展开了针锋相对的斗争[1]。但在殖民当局的强势压力下，最终的结果，表面上是《文艺台湾》和《台湾文学》同样停刊，合并成"台湾文学奉公会"的机关杂志《台湾文艺》，实际上则是以《文艺台湾》为主，只不过在形式上吸收张文环为编辑委员之一而已。台湾新文学运动至此，彻底走向衰落。

战争期的台湾文坛，在日本殖民当局的控制和御用团体的把持下，还充斥着各种各样的"皇民文学"活动。1941年以后，台湾的各种民间文化

---

[1]有关"台湾决战文学会议"的记录资料，见曾健民：《台湾"皇民文学"的总清算》，《清理与批判》，台北：人间出版社，1998年12月版，第29页。

团体渐次被收编成一元化的组织，成为动员"国民精神"的宣传机构。所有的演剧团都被编入"台湾演剧协会"并组织"演剧挺身队""音乐挺身队"，到处公演"皇民化戏剧"。1941 年和 1943 年，日本人在战争期间召开了两次"大东亚文学者大会"；会后，还派代表到台北、高雄、台南、嘉义、台中、彰化、新竹等地举行所谓"大东亚文艺演讲会"。1942 年 2 月，"皇民奉公会"又举行第一回"台湾文学赏"，受奖作品有滨田隼雄的长篇小说《南方移民村》，西川满的短篇小说集《赤崁记》，张文环的短篇小说《夜猿》。同年 11 月 13 日，由"台湾文学奉公会"主办，召开了"台湾决战文学会议"，中心议题为"确立本岛文学决战态势，文学者的战争协力"。会后，"台湾文学奉公会"派出 12 位日籍和台籍作家下农场、兵团、矿山、港口，撰写报告文学，为"战时体制"服务。1945 年 1 月，台湾总督府情报课编纂出《决战台湾小说集》，共两册，书中大部分为日本作家的作品，其中也收入了台湾作家的五篇小说。总之，日本殖民当局通过御用团体和文人，已经控制了战争期的台湾文坛，很少有台湾新文学作家的公开活动场域了。

第二节　倒行逆施的"皇民文学"

1937 年至 1945 年出现的"皇民文学"，是直接为"皇民化运动"服务的御用文学。这一时期在台湾的日本作家，为着执行他们的"天皇使命"，大多数利用文学作品作为歌颂战争的工具，效劳于日本军国主义的侵略政策。在日本殖民者的文化统制与唆使利诱下，极少数失掉了民族气节，在理念上认同了殖民地政府的台湾媚日作家，拼命想加入日本人的行列，写出了带有明显"皇民化"意味的作品。他们假文学作品鼓励台湾人效忠日本政府，在民族上改变自己的中华根性，思想上、行动上疯狂地要求同化于日本；并极力号召台湾人应征为"志愿兵"，去执行"圣战"，通过所谓"皇民炼成"之路，学习变成日本人。这种台湾作家所创作的直接配合殖民统治者政策的作品，即是"皇民文学"。需要特别指出的是，"皇民文学"

不过是殖民统治高压下出现的一股逆流，从任何意义上它都不能代表日据下的台湾新文学。

"皇民文学"的产生，离不开战争期的社会背景。1937 年以后，随着日本侵华战争的全面爆发和不断升级，台湾总督府对文艺作家的文化统制越来越强硬，"皇民化运动"的呼声甚嚣尘上。在这前后，西川满领导的"台湾文艺家协会"以及"日本文学报国会"，共同扮演了以文学推动日本大东亚战争的角色。他们积极培养台湾御用作家，开辟《文艺台湾》作为发表园地，为"皇民文学"的登台亮相鸣锣开道。1943 年 4 月，由"台湾文艺家协会"改组的"台湾文学奉公会"，更是与"日本文学报国会"台湾支部、在台御用文臣的报纸杂志，以及背后的总督府的保安、情报、警察、宪兵队等在台军国殖民主义势力，共同构成了推动"皇民文学"的主体。在这种背景下产生的、按照殖民者统治意志打造的"皇民文学"，其战争文宣性格和日本法西斯思想性格，不言而喻。1943 年 11 月举行的"台湾决战文学会议"上，"台湾文学奉公会"会长山本真平再清楚不过地道出了"皇民文学"的真实面目：

> 文学家既蒙皇国庇佑而生活，当然应当与国家的意志结成一体……今天的文学不能像过去一样，只在反刍个人感情，而应是呼应国家至上命令的创作活动，当然，文学也一定要贯彻强韧有力、纯然无杂的日本精神来创作皇民文学。以文学的力量，激励本岛青年朝向士兵之道迈进，以文学为武器，激昂大东亚战争必胜的信念。[1]

具体到"皇民文学"的写作，陈火泉的《道》，周金波的《水癌》和《志愿兵》，可谓最不光彩的代表。

陈火泉，1908 年生，彰化鹿港人，笔名耿沛、安岵林。台北工专学校毕业后，历任台湾制脑株式会社技术员、台湾总督府专卖局技手、脑务主任。在决战时期的"皇民化运动"高潮中，陈火泉的中篇小说《道》，1943

---

[1]转引自曾健民：《台湾"皇民文学"的总清算》，《清理与批判》，台北：人间出版社，1998 年 12 月版，第 33 页。

年7月1日发表于《文艺台湾》6卷3号。作品问世即得西川满和滨田隼雄的赏识,被标榜为"皇民文学"的代表作。西川满称赞《道》为惊人之作,并希望让每一个人都读到。[1]滨田隼雄则三度读《道》,并有如此议论:

> 有谁能把衷心想成"皇民"的热忱,描写得如此强烈,如此直率?有谁能把想做"皇民"的苦恼,述说得如此迫切?而又有谁能如此勇敢地呈现面对这种苦恼时的充满人性的战斗?这条路就是通向日本的道路。(中略)这的确是台湾文学中前所未有的作品,是现在的台湾独有的"皇民文学"。[2]

陈火泉以此创作崛起于文坛,紧接又在《文艺台湾》6卷5号上发表《张先生》,并不断参加日本殖民者举行的座谈会。他还以"高山凡石"的日本名字,在《文艺台湾》7卷2号上发表《关于皇民文学》;在《台湾文艺》1卷2号发表《台湾开眼》,1卷6号上发表《峰太郎的战果》;上述文章皆为歌颂附和"皇民化运动"的内容。为了达到宣传"皇民文学"的效果,1943年底由大泽贞吉为之撰写序文,并以"高山凡石"之名出版《道》的单行本,还被列为"皇民丛书"之一,同时进入日本"芥川赏"最后决选的五篇候选作品。

《道》带有陈火泉的鲜明的自传色彩,也体现着作者的创作动机:"现在,本岛的六百万岛民正处于皇民炼成的道路上;我认为,描写这皇民炼成过程中的本岛人的心理乃至言行,进而促进皇民炼成的脚步,也是文学者的使命。"[3]

《道》写一个倾心于日本精神的台湾人在"皇民炼成"的道路上安顿自己心灵的过程。出身台北工专的陈君,俳号青楠,是台湾总督府专卖局直

---

[1]《关于小说〈道〉》,西川满之记述,《文艺台湾》,6卷3号,1943年7月,第142页。

[2]《关于小说〈道〉》,滨田隼雄之记述,《文艺台湾》6卷3号,1943年7月,第142页。

[3]转引自曾健民:《台湾"皇民文学"的总清算》,《清理与批判》,台北:人间出版社,1998年12月版,第35页。

辖的"制脑试验所"的雇员，他一直努力改造灶脑提高产能，渴望升为正
式职员，以改善贫寒清苦的家庭境遇，但提职的机会怎么也轮不到台湾人。
作为一个倾心于日本精神、深受日本文化熏陶的人物，陈君相信自己是一
个卓越的日本人；而在现实生活中，他不仅受到日本同事武田的欺侮，还
常常感到在日本人眼里"本岛人不是人"的民族歧视。他狂热地学习做日
本人，却苦恼于"为什么本岛人不是人"？且看陈君获知落败之后的狂乱
日记：

> 菊是菊。
>
> 花是樱。
>
> 牡丹终究不是花！
>
> 能大呼天皇陛下万岁而死的只有皇军，
>
> 贡献一身殉国的只有皇国臣民，
>
> 我等岛人毕竟不是皇民吗？啊，终究不是人吗？

于是，仿佛明白了的陈君决定写一篇《步向皇民之道》的文章，来阐
述自己希望得到"皇民化"的信念。不料，广田股长一句"不要忘了血缘
的问题"，又使他陷入做不成日本人的苦闷。太平洋战争爆发后，陈君终于
悟出，只有经过"皇民炼成"之道，才能真正成为"皇民"。陈君遂自告奋
勇参加志愿兵，去创造"血的历史"。他不仅赋诗明志："此身虽谓日本民，
自叹连系血缘贫。愿作大君御前盾，奋勇赴死报皇恩"；还交代红粉知己月
稚女，如果自己战死了，请她刻下这样的墓志铭：

> "青楠居士生于台湾，长于台湾，以一个日本国民而殁"；或者
> "青楠居士为日本臣民；居士为辅弼天业而活，居士为辅弼天业而死"。

陈火泉对通往"皇民"之道的演绎和推崇，对自己民族属性的忘却与
厌弃，达到了无以复加的地步。如此丧失民族气节的媚日样板，自然深得
殖民统治者和御用文人的赞赏，难怪陈火泉在总督府专卖局的工作，第二
年也如愿以偿地升为"技手"了。

另一位"皇民文学"作家周金波，生于 1920 年，曾到日本读书，学齿科。1940 年在东京时，周金波于《文艺台湾》2 卷 1 号发表处女作《水癌》；1941 年春返台后，又在 2 卷 6 号发表《志愿兵》。作者因此获得第一届台湾文学赏，1943 年还以台湾代表的身份，出席"大东亚文学学者大会"。周金波发表的作品还有：《尺子的诞生》（1942 年）、《狂慕者的信》（1942 年）、《气候和信仰和宿疾》（1943 年）、《乡愁》（1943 年）、《助教》（1944 年）等。

《水癌》描写一个东京留学返台的牙科医生，一心向往并且十分认同日本式的生活，于是积极参加当时殖民当局正在推动的"皇民炼成"工作。有一天，一个充满铜臭而没有受过教育的妇女，带着她患了水癌（口腔坏疽病）的八岁女儿来看病，由于病情严重，医生转介她们要赶快到台北大医院就诊。谁知母亲不但吝于花钱坐视女儿病死，而且还贪赌享乐，面无愧色地再来牙科诊所要给自己镶金牙。气闷中的牙医赶走了这个妇女，从此更加坚定了他改造台湾人心灵的决心。

《水癌》作为周金波的现身说法，他把那个没有教养、自私吝啬的妇女当作台湾人民的代表，以"水癌"来象征台湾社会愚昧、迷信、陋俗的病态，而主人公要做同胞心理医生的寓意，就是要用"皇民化"的理想来教化民众，实现"皇民炼成"的目标。小说表现主题与日本殖民当局"国策"的倾心呼应，使它成为不折不扣的"皇民文学"。

《志愿兵》是在西川满的指示下写出来的，它直接配合了"志愿兵制度"，成为"战时体制"下的"皇民文学"。小说中的张明贵和高进六是小学同学，在推行"皇民化运动"的风潮中，他们都想做日本人，可是在"皇民炼成"的道路与方法上却有不同见解。留学东京的张明贵利用暑假回到阔别三年的台湾，想亲眼看看实施"皇民炼成""生活改善运动""改姓名"和"志愿兵制度"之后的台湾是什么面貌。但他发现台湾变化并不大，遂产生怀疑情绪。他以接受日本教育的知识分子的理性眼光，认为台湾人只有经过"皇民炼成"的教育，才能变成"有教养""有训练"的日本人。而在一家日本人店里工作的高进六，早就以一口流利的日语，让别人视他为日本人；还在殖民当局强令台湾人改姓名之前，他就自称"高峰进六"
了。虽然只有小学文化程度，高进六对"皇民化"的理解，却比一般的台
湾知识分子更直接，更"深刻"。他积极参加日台青年一体的"皇民"炼成
团体"报国青年队"，深信"祭政合一"论（即神道信仰与皇国政治的一体
化）。在他看来，"我们队员们藉着拍掌膜拜，努力接触大和的心、体验大
和的心。这是从前本岛青年求之不得的宝贵体验。""我们在拍掌膜拜中得
到一种生存的信念。……能完全成为日本人的信念。"张明贵对此表示疑
义，批评高进六是"神灵附身"。不料十天之后，高进六以血书明志，应征
为"特别志愿兵"。得知这个消息，张明贵马上去找高进六道歉，检讨自己
"终究无能为力，不能对台湾有所贡献"。

　　周金波创作《志愿兵》的目的，是要在那些为日本军国主义实际效力
的台湾青年和"志愿兵制度"之间，寻找一条所谓的"皇民炼成"道路，
改变那些所谓想做日本人却不能完全成为日本人的台湾人境遇，从而歪曲
历史事实地制造"志愿兵制度是台湾人的愿望"[1] 谬论。在 1942 年举办的
"谈征兵制"的座谈会上，周金波这样认定《志愿兵》的创作主题：

　　　　在我的作品《志愿兵》中，描写同一时代的人的两种不同想法；
　　一种是"精打细算型"，另一种则是"赖皮型"——不管你同意不同
　　意，我已经是日本人了。代表这个时代的两位本岛青年，究竟谁能顺
　　应这个时代而生存下去呢？这就是《志愿兵》的主题。而且，我相信，
　　视"不管你同意不同意，我已经是日本人"的后者才能背负起台湾的
　　未来。[2]

　　从作品的实际面貌和作者自述可知，周金波《志愿兵》所表现出来的，
正是汉奸性的"皇民文学"品格。对于这类"皇民文学"作品，从反省的
日本知识分子立场，尾崎秀树在评论陈火泉小说《道》的时候，有着沉痛
的愤慨：

---

[1]周金波：《我走过的路——文学·戏剧·电影》，《野草》，1994 年 8 月。
[2]见"谈征兵制"座谈会记录，《文艺台湾》，1943 年 12 月 1 日。

然则，陈火泉那切切的呐喊，毕竟是对着什么发出的啊。所谓"皇民化"，作为一个日本臣民而生、充当圣战的尖兵云云，不就是把枪口对准中国人民，不也就是对亚洲人民的背叛吗？[1]

总之上述"皇民文学"创作的主题，大都在表现殖民地台湾的知识分子如何积极通过"皇民炼成"的道路，来实现其做日本人的愿望；而日本军国主义在战争期所要求的标准的日本人"样板"，正是那种有着狂热的为皇国殉身为大东亚圣战奉公决心的日本人。而鼓励台湾青年"作为日本人而生"的真实目的，则是把他们驱赶到战场，"去为日本人而死"。因而究其实质，所谓"皇民文学，是日本军国殖民者对台湾文学的压迫与支配的产物"，"也是日本军国殖民体制在台湾施行的战争总动员体制的一环"。[2]它对台湾文学的扼杀，它与台湾人民乃至全世界反法西斯人民的对立，使"皇民文学"永远被钉在了历史的耻辱柱上。

第三节　台湾作家对"皇民文学"的反抗

战争期的台湾天空尽管布满了"皇民化"的阴云，然而"我们也要看到，在日本军国殖民体制高压下，虽然有些台湾人作家积极地向日本战争体制靠拢，站在皇民文学的阵营为体制效劳；但绝大部分的台湾前辈作家，有人拒绝写作，有人凭良知抵抗，有人阳奉阴违虚与委蛇，总之，都以各种方式表现了维系台湾文学气脉的可贵精神"。[3] 其中，台湾作家对"皇民文学"的抵制与反抗，留下了日据时代最黑暗岁月里台湾抵抗文学艰难曲折

[1]转引自陈映真：《精神的荒废——张良泽"皇民文学"理论的批评》，《清理与批判》，台北：人间出版社，1998年12月版，第13—14页。

[2]曾健民：《台湾"皇民文学"的总清算》，《清理与批判》，台北：人间出版社，1998年12月版，第36页。

[3]曾健民：《台湾"皇民文学"的总清算》，《清理与批判》，台北：人间出版社，1998年12月版，第36页。

而又不无悲壮的一页。

1927 年以后，日本帝国主义对台湾人民实行的政治高压和文化统制，打破了台湾作家正常的文学存在方式，组织文艺社团和创办刊物受到限制，言论、出版、中文写作与作品发表的自由被完全剥夺，整个文坛一片萧条，台湾新文学运动遭遇政治强权压迫下的巨大顿挫。在这种严酷的背景下，具有强烈民族意识与爱国心的台湾作家，利用一切可以利用的条件和方式对抗"皇民文学"，想方设法延续台湾新文学运动的薪火。

其一，开辟文化阵地，创办启文社与《台湾文学》。1940 年，西川满打着唯美的艺术至上的旗号，在文学社团与刊物几乎空白的情形下，拉拢诱惑一些台湾作家参加"台湾文艺家协会"。而曾经参与创办《文艺台湾》的黄得时和张文环，后因反感于西川满的独裁作风与《文艺台湾》的"皇民文学"色彩，毅然退出"台湾文艺家协会"，于 1941 年 5 月成立了启文社，并创办日文季刊《台湾文学》。其成员以台湾作家为主，有张文环、黄得时、陈逸松、吴新荣、吴天赏、王井泉、王碧蕉、林博秋、简国贤、吕泉生、张冬芳等，日本作家则有中山侑、名和荣一、坂口䙥子等。围绕《台湾文学》，重新凝聚了杨逵、吕赫若、巫永福、龙瑛宗、杨云萍等文艺界人士，这实际上是承接台湾文艺联盟时期又一次的作家大集结。

《台湾文学》以台湾文化运动之传承者自命，其充满写实主义色彩的作品多在反映战争体制下台湾经历的苦难岁月，表现"皇民化运动"中台湾民众的苦闷与抵抗，暗含批判日本侵略战争的意味。作为战争期能够曲折传达台湾同胞心声的文学园地，《台湾文学》虽然只刊出 11 期，但它带来了一批别开生面的作品。张文环的《艺旦之家》《论语与鸡》《夜猿》《顿悟》《阉鸡》《迷儿》，吕赫若的《财子寿》《风水》《月夜》《合家平安》《柘榴》《玉兰花》，杨逵的《无医村》，巫永福的《欲》，龙瑛宗的《莲雾的庭院》，吴新荣的《亡妻记》以及女作家杨千鹤的《花开时节》，皆为一时之选。

冒着被打成"敌性杂志"危险而创办的《台湾文学》，刚一诞生就受到台湾读者的热烈拥戴。创刊号即发行一千册。1943 年 3 月，台湾新文学的奠基人赖和逝世之后，《台湾文学》不顾"皇民化运动"的肃杀氛围，在1943年4月的3卷2号推出《赖和先生追悼特辑》，刊登杨逵、朱石峰、杨守愚的悼念文章。这在当时台湾文坛仅此一家。1943年，针对兴南新闻社创办"艺能文化研究会"筹演"皇民化"话剧，《台湾文学》的同仁们便组织了"厚生演剧研究会"，于1943年9月2日至6日在台北永乐座戏院公演了张文环原著，林博秋改编的话剧《阉鸡》，从舞台设计到服装都颇具台湾乡土色彩，当即引起轰动。

在反日文学作品不能公开发表的严酷环境中，《台湾文学》虽然尽量刊登民间风俗习惯与民俗典故的文章，但仍被日本殖民当局以无裨战局为由，查禁了3卷4号。1943年"台湾文学奉公会"成立后，文艺活动皆被编进为战争服务的统制机构，创作必须符合政治要求。《台湾文学》为保元气，乃不得稍事妥协。1943年11月13日，在所谓"台湾决战文学会议"上，面对西川满之流"献上文艺杂志""服从战时配置"的废刊建议，黄得时、杨逵等人曾正面反弹，全力抗争，会场氛围一时紧张肃杀。但在巨大的政治压力下，《台湾文学》最终还是被强令废刊。

启文社创办的《台湾文学》，与西川满把持下的《文艺台湾》，形成战争期台湾文艺界的两个对立阵营，它们在创刊立场、编辑方针、刊物风格等方面都有着鲜明的互异性。黄得时早就一针见血地道出了二者之间的巨大分野：

> 这两个杂志虽然均是台湾的代表性文艺杂志，但双方都具有不同的特色。《文艺台湾》同仁中约有七成是日本人，以促进同仁互相之向上发展为惟一目标，但相反的《台湾文学》之同仁多数是本岛人，为本岛全盘的文化向上及培养新人不惜提供篇幅，有意使它成为真正的文学道场。前者因为在编辑方面过分追求完美，以致变成趣味性，虽然看起来很美，但因为与现实生活脱节，因而不被一部分人重视。刚好相反，《台湾文学》因为从头到尾竭力坚持写实主义，显得非常野

性、充满了"霸气"与"坚强"。[1]

其二，坚持台湾新文学立场，以各种方式进行文学抵抗。面对"皇民化运动"与"皇民文学"的打压，杨逵以充满抗日意识的《鹅妈妈出嫁》、巫永福以血泪凝成的《祖国》、吴浊流冒着生命危险秘密创作的《亚细亚的孤儿》，以及张冬芳的《美丽新世界》，都表现了台湾人民的不屈意志，成为台湾新文学抗议精神的一脉相传。公开的反日写作难以生存，不少作家遂以变相反抗的方式，曲折地表达台湾的民族心声。这一时期，黄得时从事改写《水浒传》，杨逵翻译《三国志》，在比较安全的译述工作的掩护下，仍有民族意识的彰显。黄得时改编的《水浒传》在《台湾新民报》连载五年，颇有唤起民族意识的作用，因此期间曾被查禁两次。后来出单行本，只印到第3卷，便被禁止出版。

1944年12月，杨逵为"台中艺能奉公会"改编自俄国人的剧本《怒吼吧！中国》出版。剧中假借鸦片战争时期英国侵华的史实，影射日本人欺负中国的真相。在台北、台中、彰化以日语演出时，颇受欢迎。

其三，抵制"皇民文学"，批判"狗屎现实主义"论。日据末期，台湾新文学界与御用文人曾经展开过一场针锋相对的文艺斗争，它是由西川满的所谓"狗屎现实主义"论所引发的。

1943年4月，在"台湾皇民奉公会"的机关杂志《台湾时报》上，滨田隼雄首先发表了《非文学的感想》一文，指责台湾文学有所谓"艺术至上主义"和"自然主义的末流"两大弊病，并影射张文环与吕赫若的创作。一场"狗屎现实主义"的争论序幕由此拉开。

1943年5月，"皇民文学"的总代理西川满在"台湾文学奉公会"成立之际，于《文艺台湾》发表一篇《文艺时评》，[2]攻击辱骂台湾文学的主流是"狗屎现实主义"，讥笑本岛人只关注"虐待继子""说他们是'饭

---

[1]黄得时：《晚近の台湾文学运动史》，《台湾文学》2卷4号，1942年10月，第8页。

[2]西川满：《文艺时评》，原载《文艺台湾》6卷1号，1943年5月1日。见《噤哑的论争》，台北：人间出版社，1999年9月版，第124—126页。

桶'！'粗糙'！那还算是客气话；看看他们所写的'文章'吧！简直比原始丛林还混乱"。接着，他又用少数变节分子所写的"皇民文学"来打压台湾新文学作家。西川满蛮横无理的殖民主义态度，引起了台湾作家的强烈愤怒，世外民（邱永汉）、吴新荣、台南云岭、伊东亮（杨逵），以及吕赫若，皆以各自的方式，同西川满、滨田隼雄，以及迎合日人谬论的叶石涛展开了斗争，从 4 月持续到 7 月，涉及论争文章共七篇。

同年 5 月 10 日，《兴南新闻》学艺栏上，刊登了邱永汉化名"世外民"的《狗屎现实主义与假浪漫主义》一文，与西川满的《文艺时评》展开针锋相对的较量。文章开篇即表达了自己的强烈愤慨：

> 读了五月号《文艺台湾》上刊载的西川满的《文艺时评》，它胡说八道的内容真使我惊讶，与其说它率真直言，倒不如说全篇都是丑陋的谩骂；实在让人感受强烈。[1]

针对西川满用日本传统精神来指责台湾文学的观点，世外民对日本文学创作的症结，与所谓传统的真正内涵，给予了清理或正名，义正词严地驳斥了西川满的谬论。在"浪漫主义者"和"唯美主义者"的西川满面前，世外民大力推崇"现实主义作为现代社会最有力的批判武器"，勇敢地捍卫了台湾文学的尊严：

> 我承认西川氏的审美式的作品的底流是对纯粹的美的追求；同时，我也不得不说本岛人作家的现实主义也绝对不是可以任意冠之以"狗屎"之名的；因为它是从对自己的生活的反省的以及对将来怀抱希望这一点出发的，这些作品描写了台湾人家族的葛藤，是因为这些现象都是处于过渡期的当今台湾社会的最根本问题。西川对这样的台湾社会的实情怠于省察，只陷于酬应辞令的表象，专指责别人的不是，这种作为，除了

---

[1]世外民：《狗屎现实主义与假浪漫主义》，原载于《兴南新闻》，学艺栏，1943 年 5 月 10 日。见《喑哑的论争》，台北：人间出版社，1999 年 9 月版，第 128 页。

暴露他的小人作风外，别无他。[1]

5月17日，叶石涛在《兴南新闻》学艺栏抛出《给世外民的公开书》，为西川满多方辩护，认为"西川（满）所追求的纯粹的美，是立脚于日本文学传统的"，"他的诗作热烈地歌颂了作为一个日本人的自觉"。[2]

面对这种论争阵势，在5月24日《兴南新闻》的学艺栏上，吴新荣发表的《好文章·坏文章》[3]，以嬉笑怒骂皆成文章的口吻，曲笔嘲讽了西川满与叶石涛的谬论；署名"台南云岭"的短文《寄语批评家》，则是投枪匕首，直逼西川满："把现实主义冠以'狗屎'，暗示自己的作品才是真文学，真不愧是一个度量狭小的人。"[4]

这场争论的最后，杨逵署名"伊东亮"发表了《拥护"狗屎现实主义"》[5]一文。全文共分三个部分：一、关于"粪便的效用"；二、关于浪漫主义；三、关于现实主义。杨逵高屋建瓴地阐述了现实主义与浪漫主义的辩证关系，深刻地揭露了西川满压制、践踏台湾文学的本来面目，从根本上维护了台湾新文学的品格和尊严。杨逵的这篇文章，在台湾新文学发展史上，是当时唯一见到的具有如此深度和力度的关于台湾现实主义文学内涵的理论阐释文章。

日据末期出现的这场关于"狗屎现实主义"的论争，是台湾新文学作家抵抗"皇民文学"势力、拒绝文学"皇民化"的历史见证。其不同寻常

---

[1]世外民：《狗屎现实主义与假浪漫主义》，原载于《兴南新闻》，学艺栏，1943年5月10日。见《噤哑的论争》，台北：人间出版社，1999年9月版，第129页。

[2]叶石涛：《给世外民的公开书》，原载于《兴南新闻》，学艺栏，1943年5月17日。见《噤哑的论争》，台北：人间出版社，1999年9月版，第132页。

[3]吴新荣：《好文章·坏文章》原载于《兴南新闻》，学艺栏，1943年5月24日，台北：人间出版社，1999年9月版，第134—135页。

[4]台南云岭：《寄语批评家》，原载于《兴南新闻》，学艺栏，1943年5月24日。转引自曾健民：《评介"狗屎现实主义"争论》，《噤哑的论争》，台北：人间出版社，1999年9月版，第117页。

[5]伊东亮（杨逵）：《拥护"狗屎现实主义"》，原载于《台湾文学》3卷3号，1943年7月13日。见《噤哑的论争》，台北：人间出版社，1999年9月版，第136—142页。

的价值意义，正如曾健民所指出的那样：

> 这场论争不是一般意义的文学流派之间的论争，而是作为日本军国主义的战争体制的一部分的"皇民文学"势力对不妥协于体制的台湾文学的现实主义传统的攻击；而大部分的台湾作家也并未妥协，奋起驳斥，高声喊出拥护台湾文学的现实主义，予以反击。[1]

第四节 台湾的日语文学

日本殖民者在台湾长期推行日语教育，构成其同化政策的组成部分，也在客观上造成台湾新文学史上少数作家采用日语写作的现象。及至战争期的台湾文坛，"皇民化运动"的强力推行带来中文的禁用，这时期的文学作品几乎都是用日文写作。这是台湾文学史上一个特殊的文学现象。但是，日文的写作并没有使作家变成日本帝国的奴才，相反，他们在迫不得已的高压的社会背景下借用日语作表述工具，仍旧担当起台湾新文学反帝反封建的使命，曲折地传达出台湾民众的心声。当然，由于殖民当局严格的审查防范，一些台湾作家只好隐晦韬光，转向日常生活取材，反映家庭生活、人情世态、民俗风情，以此来表达自己对台湾同胞苦难命运的悲悯情怀，对殖民主义作一种间接的鞭挞和批判。所以在这类创作中，反殖的思想和主题大为削弱，反封建的主题却上升到主要地位。思想的批判锋芒有所退缩，而艺术却达到前所未有的新水平。上述用日文写作的、带有"隐忍"色彩的文学创作，主要以吕赫若、龙瑛宗、张文环为代表。这种"隐忍文学"，与杨逵、吴浊流代表的"抵抗文学"，还有以周金波、陈火泉为代表的极少数人参与的"皇民文学"，成为战争期台湾文坛并存的文学创作现象。

以吕赫若、龙瑛宗、张文环为例，我们来看战争期的台湾日语文学写作。

---

[1] 曾健民：《评介"狗屎现实主义"》，《噤哑的论争》，台北：人间出版社，1999年9月版，第120页。

　　吕赫若（1914—1951），本名吕石堆，台湾省台中县丰原镇人。1934年毕业于台中师范，1939年赴东京攻读声乐，在东宝剧团度过一年多的舞台生涯。1942年返台，在《台湾日日新报》《台南新闻》当记者。决战末期，他与张文环、林博秋等人组成"厚生演剧研究会"，在台北永乐座公演《阉鸡》。战后担任《人民导报》记者，"二二八事件"爆发后，他积极投身于左翼的人民解放运动与武力抗争。1951年，他在从事台共工作时，不幸被毒蛇咬伤而身亡。

　　吕赫若是跨越日帝统治和回归祖国两个时代的台湾第一才子。吕赫若的作品控诉了日据时代的社会经济结构与家庭病态组织，是台湾殖民地人民苦闷情绪的抒发，它特别体现了反封建的批判指向。1935年1月，他的处女作《牛车》发表于东京《文学评论》，翌年由胡风译成中文，收入《山灵》一书在上海出版。1943年，短篇小说《财子寿》获首届"台湾文学奖"。1944年出版小说集《清秋》，另有长篇小说《台湾的女性》。日据时代他以日文创作，战后则改以中文。

　　从吕赫若的主要创作路线来看，他1936年至1939年的创作，重在描述农村经济破产造成的农民悲剧，具有尖锐的批判性和左翼色彩，《牛车》可谓代表。小说中的主人公杨添丁无田无地，靠赶牛车挣钱糊口。但在日据时期的运货汽车与脚踏车的排挤下，他走投无路，只好让妻子卖身，聊以生存；自己又屡遭日警欺凌，厄运连绵。吕赫若在描写农民悲惨命运的同时，也写到了他们的抗争。1942年至1944年，在"皇民化运动"的巨大压力下，吕赫若的文学关怀仍是封建家族下的道德危机和人性纠葛，以及农村妇女的命运悲剧，同时也反映了战争末期台湾民众在太平洋战争阴影下的彷徨与苦闷。《合家平安》写农村家庭的分崩离析，《风水》表现封建迷信对人性的戕害，《庙庭》和《月夜》反映封建婚姻制度造成的女性悲剧，《财子寿》则对封建大家庭的复杂关系和必然灭亡的命运，给予了深刻的揭示。

　　吕赫若的艺术手法和文学风貌有着成熟的表现。其小说描写生动细腻，结构合理巧妙，人物鲜活生动，语言富有个性特征。吕赫若创作的旺盛期正处于日本殖民者对台湾实行高压政治的阶段，这使他的作品又带有感伤情调。

龙瑛宗（1911—1999），台湾新竹北埔人。1930 年毕业于台湾商工学校，后入银行界服务。1940 年加盟日本作家为主的"台湾文艺家协会"，任该会《文艺台湾》杂志编辑委员。1942 年，参加第一回"大东亚文学者大会"。1946 年担任《中华日报》社日文版主任，翌年进入民政厅，在《山光旬报》任职，1949 年又返银行界，进入合作金库服务。1976 年退休后仍坚持写作，可以说是光复后一直没有停笔的日文作家。龙瑛宗说道："我所以不停地写，只是不愿让这一段历史成为空白，想借着文字给子孙留下记录，让他们了解在异族统治下所受到的羞辱和无言以对的痛苦。我实在有责任记下这段坎坷的经验。"[1]

龙瑛宗是战争期出现的一位多产日文作家。1937 年 4 月，处女作《植有木瓜树的小镇》入选日本《改造》杂志举办的征文佳作奖。台湾光复前发表小说 24 篇，计有：《夕影》《黑少女》《白鬼》《赵夫人的戏画》《村姑》《朝霞》《黄昏月》《黄家》《邂逅》《午前的悬崖》《白色的山脉》《獏》《死在南方》《一个女人的记录》《不知道的幸福》《青云》《龙舌兰与月亮》《造烟草》《莲雾的庭院》《年轻的海洋》《歌》《哄笑的清风馆》《结婚奇谈》等。另有文学评论集《孤独的蠹鱼》（1944），随笔集《女性素描》（1947）。台湾光复后，又发表《从汕头来的人》《燃烧的女人》等作品。还出版有《午前的悬崖》（1985）、《杜甫在西安》（1987）、《龙瑛宗集》（1991）等。

龙瑛宗小说的关怀面，集中于知识分子层面。他往往以日式教育的知识分子观点，反映出日据末期在殖民统治与封建习俗的双重压迫下，知识分子理想无法实现的挫败与悲哀，沉沦与孤独。龙瑛宗笔下的人物，往往潜思多于行动，性格脆弱沉沦，带有浓重的自怜忧伤和颓废情绪。《植有木瓜树的小镇》中的陈有三，《黄昏月》中的彭英坤，即属于此类知识分子的类型。

---

[1]龙瑛宗语，转引自黄武忠：《历史的见证人——龙瑛宗》，见《日据时代台湾新文学作家小传》，台北：时报文化出版公司，1980 年 8 月版，第 186 页。

《植有木瓜树的小镇》生动地描绘了日本殖民统治最黑暗年代里知识分子阶层精神荒废的景象。小说的主人公陈有三，原来是一位富有热情和理想的青年，高中毕业后考进镇公所当助理会计。周围环境的龌龊令他沮丧，他特别瞧不起本岛人的"吝啬、无教养，低俗而肮脏"。他决计通过苦读报考文官和律师，但理想在严酷的现实面前遂成泡影。他深爱林场退役前辈林杏南的女儿翠娥，提亲时却遭女方家长反对。陈有三在绝望中，"抛弃所有的矜持、知识向上与内省，抓住露骨的本能，徐徐下沉颓废之身，恍见一片黄昏的荒野"。陈有三这类知识分子，对现实社会的失望和对明天的绝望，使他们陷入一种虚无与颓废；而民族意识的淡漠乃至丧失，又使他们处于扭曲的心态与病态。正是在这幅沉痛的世纪末画面里，蕴含了作者沉痛的殖民地生存经验和现实批判指向。

透过《一个女人的记录》《不知道的幸福》这类作品，龙瑛宗还传达了他对妇女不幸命运的一份特别关怀。

在殖民政策的巨大阴影下，龙瑛宗的创作意识受到扭曲，而倾向于浪漫的、唯美的创作路线。对欧美现代小说手法的广泛运用，又使其作品所产生的文学风格，成为内省与质疑的现代主义、自然主义及现实主义的综合体。

张文环（1909—1978），台湾省嘉义乡人。1921 年公学校毕业，1927年到日本岗山中学读书，毕业后考入东京东洋大学文学部，1931 年曾与吴坤煌、王白渊等人组织"台湾艺术研究会"。1932 年在《福尔摩沙》发表处女作《父亲的颜面》；1937 年回台后，担任《风月报》日文编辑；1940年 1 月，参加西川满等人组织的"台湾文艺家协会"，创办《文艺台湾》；同年 5 月，与黄得时等人另组"启文社"，以《台湾文学》杂志与西川满把持的《文艺台湾》相抗衡。1942 年 2 月，殖民当局改组御用文艺团体"台湾文艺家协会"，张文环被推为该会的四个理事之一。同年 12 月，与西川满等人被派往日本参加"第一回大东亚文学者大会"。1943 年 2 月，其小说《夜猿》获日本"皇民奉公会"设立的第一届"台湾文学赏"。在"皇民化"政治高压下，竭力维持文学生存的张文环，是处在时代夹缝中的一种复杂的存在。

张文环一直用日文写作，其重要作品多发表于 40 年代，主要有中短篇小说《父亲的颜面》《辣韭罐》《艺旦之家》《夜猿》《论语与鸡》以及长篇小说《山茶花》。1972 年又完成长篇小说《在地上爬的人》。

张文环小说中表现出来的重要特质，是对小人物，特别是对底层农民的人道主义关怀。他以现实主义的创作真实地呈现了台湾人民苦难的生存原貌，在血渍斑斑的描述中深藏了一种隐忍反抗的精神。《艺旦之家》作为张文环的代表作，他对于被欺凌、被损害的弱女子采云命运的刻画，既表现出养女制度的黑暗，也展示出封建传统力量和现实偏见的顽固，深刻地揭示了妇女命运的悲苦。采云因家贫被卖给有钱人当养女，养母因贪财而出卖了采云的贞操，廖清泉因为采云受污辱的"前科"而断绝了恋情，无情的摧残使她痛不欲生。为改变冷酷的现实，采云开始拜师学艺，遂成为著名艺旦。后来与杂货店少东杨秋成相爱，却被养母百般阻挠。悲戚的采云深感无路可走，只有自杀才是唯一解决的办法。作者通过主人公的命运悲剧，深刻地反映了日据时代为金钱所捆绑的人际关系，以及妇女的哀苦无告的生存真相。而《阉鸡》《论语与鸡》这些小说，重在展现人性的弱点给人的生存造成的困境。作者并未触动敏感的社会政治问题，只是以中国传统的伦理道德观念探讨人性的冲突，展露自己悲天悯人的情怀。

张文环的小说非常接近自然主义的写实，在对台湾农民四季家庭生活及人情风俗的细腻描绘中，平添了一种浓郁的乡土色彩。

第九章
爱国主义作家吴浊流

第一节　吴浊流的生平与创作

吴浊流是继赖和与杨逵之后台湾最重要的作家之一，他的生命岁月和文学创作跨越日据时期和战后台湾两个时代，具有承前启后的文学里程碑意义。吴浊流对于台湾新文学的独特贡献，使他被誉为"默默耕耘的铁血男儿"。

吴浊流（1900—1976），本名吴建田，字浊流，号饶畊，祖籍广东省蕉岭县。1900年出生于台湾新竹县新埔镇一个富于民族气节的书香之家。整个日据时期，新竹县抗日活动此起彼伏，童年的吴浊流，耳闻目睹了很多父老乡亲的抗日斗争事迹，从而在幼小的心灵种下了反抗的种子。

吴浊流11岁入新埔公学校，1916年升入台湾总督府国语学校师范部，1920年毕业后任小学教师，历时20年之久。因不断反抗殖民教育政策，被迫多次移校执教。1940年因抗议督学凌辱教材，愤然辞职；随后转赴南京，任《大陆新报》记者，后在日本商工所做翻译。因不满于汪伪政权的腐败，不堪日本人的轻慢侮辱，辞职而去。1942年3月返台，先任米谷纳入协会苗栗出张所主任，有机会了解到日本殖民政权机构内的腐败专横。两年后弃职重操旧业。从1944年到1946年，先后任《台湾日日新报》《台湾新闻》《新生报》《民报》的记者。1948年担任大同职业学校训导主任，次年改当机器工业同业公会专员，直到退休。

吴浊流是一位大器晚成的作家，以小说为主，兼营诗歌与散文。1928年参加苗栗诗社，写作歌吟中华民族传统和反抗异族统治的旧体诗。吴浊流登上文坛之前，已经不乏生活积累和艺术积累，而且对日本殖民者的仇恨情绪郁积颇深。30 年代,他在五湖公学校教书时,因为受到一位日籍女教师的奚落,于是"苦心三日",写出小说处女作《水月》,1936 年 3 月发表于《台湾新文学》,由此正式步入文坛。吴浊流内心郁积的情感找到了文学的突破口,从此一发而不可收地创作了长篇小说《亚细亚的孤儿》、自传体长篇小说《无花果》《台湾连翘》,中短篇小说《泥沼中的金鲤鱼》《功狗》《先生妈》《陈大人》《波茨坦科长》《铜臭》《幕后的支配者》《狡猿》《三八泪》《老姜更辣》等,另有游记、旧体诗和文学评论多篇。1964 年,有感于台湾社会世风日下和文坛日渐西化,吴浊流以全部积蓄办《台湾文艺》杂志。虽几经曲折,仍坚持出版 52 期,为台湾文坛培养了许多文学新秀。1969 年,已届 70 高龄的吴浊流为奖掖文学新进,变卖田产和利用退休金创设"吴浊流文学奖"。吴浊流在生命的最后十年,多次出外旅游,1967 年最后一次出国旅游途经澳门时,深情翘首远望祖国大陆,写下了怀念故国、渴望祖国统一的诗篇。1976 年 10 月 7 日,吴浊流病逝于台湾。

第二节　吴浊流小说的思想艺术风貌

吴浊流的生命历程,跨越了两个时代,他经历了日本殖民统治的黑暗岁月,目睹过"皇民化运动"中"御用绅士"的嘴脸;也遭遇了国民党的专制统治,感受到台湾光复的酸甜苦辣的滋味。无论是在台湾新文学走向衰落,公开抗日的文学作品被查禁、汉文写作被废弃的战争期,还是在社会发生急剧变化,文学语言面临由日文到中文艰难转换的光复初期,吴浊流都没有停下笔。他始终是以坚强的民族意识,清醒的科学精神和强烈的文学批判力量,把握住社会转变的过程,感应着台湾历史的脉动,在作品中留下各个不同时期的台湾社会生活的真实缩影。因而,吴浊流作品的存在,本身就是一种历史的见证。

以台湾光复为界,吴浊流的小说创作可以分为前后两个时期。1936 年至 1945 年的前期创作,主要是以日据时代为背景,反映日本殖民统治下台湾社会的各色人等和各种风貌,其中以对知识分子众生相的揭示最为突出,

代表作如《先生妈》《陈大人》和《亚细亚的孤儿》等；后期创作则重在
描写台湾光复初期的社会图景，揭露国民党统治的腐败内幕，《波茨坦科
长》可谓代表。

吴浊流描写日据时代知识分子的众生相，或表现民族歧视政策下永无
出头之日的知识分子形象，或鞭挞知识分子中的民族败类形象，作者褒贬
好恶的情感取向与价值判断鲜明可鉴。《水月》中的主人公仁吉，曾经是一
个志在青云的知识分子，但 15 年后，他还是制糖会社农场的小雇员，且家
境愈发贫穷。日本殖民统治下的差别待遇，使仁吉永无出头之日，少年时
代起就怀抱留学东京的梦像水中月，"圆了又缺，缺了又圆"。《功狗》中的
知识分子洪宏东，虽一生效力于殖民教育，有功于殖民者，可苦干 20 年不
仅没有加薪提职，到头来却落了个贫病交加，如同丧家狗一样无人理睬的
悲惨结局。上述作品描写的知识分子的辛酸命运，突出的是对殖民统治的
愤怒和抗争。到了《陈大人》《先生妈》《糖扦仔》这类作品，吴浊流则集
中刻画了御用文人、奴才走狗的形象，强烈地抨击了靠"皇民化运动"发
迹的民族败类。《先生妈》中医科大学毕业的钱新发，成为地方绅士后，以
改日本姓名、穿和服、说日语、住日式房子为荣耀，成为推行"皇民化运
动"的忠实走狗。而他的母亲则是一位穷苦出身、固守民族生活传统的人，
她以不妥协的态度一直抗拒"皇民化运动"。发生于母子之间的尖锐冲突，
反映的正是台湾人民的民族意识同殖民意识的严重斗争。

吴浊流的创作，贯穿着冷峻的社会批判力量，带有政治讽刺小说的色
彩。其艺术手法，一是在矛盾对立中塑造人物，凸显性格；二是以讽刺喜
剧的方式，活画出反面人物的嘴脸和灵魂。但他的某些作品，也存在着社
会性大于艺术性的现象。

第三节　长篇小说《亚细亚的孤儿》

在吴浊流反映日据时期台湾社会生活的所有作品中，最有分量的代表
作首推长篇小说《亚细亚的孤儿》，它堪称台湾新文学历史上的一座丰碑。

《亚细亚的孤儿》写于1943年至1945年，这是日本帝国主义对台湾统治最严酷最黑暗的时期，"皇民化运动"达到了登峰造极的地步。置身于战争危局所造成的死亡阴影的笼罩之下，吴浊流决心"冒日警逮捕之险，偷写一部谁都不敢写的小说"。[1] 当时作者寓所的对面就是台北警察署的官舍，为了防备日警的搜查，他每写好两三页就藏在厨房的炭笼下面，有了一些数目就转移到乡下老家，台湾光复后才见天日。1946年先用日文以《胡太明》在日本出版，后来以《亚细亚的孤儿》《被扭歪了的岛》等书名再版于日本，之后译成中文，又以《孤帆》《亚细亚的孤儿》等书名在台湾发行。

《亚细亚的孤儿》选取第二次世界大战期间日本殖民统治下的台湾为历史背景，它以一个台湾知识分子胡太明的痛苦思想历程和坎坷人生道路为主线，对日本殖民者蹂躏下的台湾人民的苦难、不幸和抗争，作了多层面的描写和反映。正如作者自己所说的：

> 这本小说，我透过胡太明的一生，把日本统治下的台湾，所有沉淀在清水下层的污泥渣滓，一一揭露出来。登场人物有教员、官吏、医师、商人、老百姓、保正、模范青年、走狗等，不问台日人、中国人各阶层都网罗在一起，无异是一篇日本殖民统治社会的反面史话。[2]

《亚细亚的孤儿》自始至终贯穿着强烈的民族意识，它既表现为对日本殖民统治的揭露与抗争，也表现为对祖国与民族的认同，这两者在主人公胡太明身上的结合与统一，就构成了人物的一部独特精神历史。

胡太明的活动场域是台湾、日本和祖国大陆组成的三度空间，他在其中经历了从幻想到苦闷彷徨，终至觉醒反抗的思想历程。在胡太明生活的年代，日本的文化同化政策与台湾人民坚持的汉民族文化传统尖锐对立，

---

[1]吴浊流：《黎明前的台湾·回顾日据时代的文学》，台北：远行出版社，1977年9月版。

[2]吴浊流语，见《黎明前的台湾·回顾日据时代的文学》一书，转引自汪景寿：《台湾小说作家论》，北京：北京大学出版社，1984年版，第33页。

而传统文化中保守的东西，又与新文化思潮形成冲突。胡太明从小接受汉文教育，但反感于祖父憧憬的"秀才""举人"；他转入国民学校和日语学校读书，又受到"二等国民"的屈辱。置身于多重文化思潮冲击下的特定社会环境，胡太明所经历的四个思想演变阶段，无疑成为那个时代知识分子人生境遇与精神面貌的缩影。

乡村执教时期的胡太明，是怀着实现"爱的教育"的理想，"负起时代所赋予的使命，到乡间的国民学校去执教"的。他全力以赴投入工作，教学成功的兴奋却无法驱赶内心的悲凉，因为，"整个学校笼罩在日本人那种有恃无恐的暴戾气氛中"。校长对台籍教员的训斥，日籍教师对学生的体罚，使他对殖民地教育产生了怀疑；加之日籍女教师内藤久子对他的初恋的拒绝，击碎了胡太明的青春热情与梦幻，使他开始走向觉醒。

日本留学时期的胡太明，是怀着"研究更高深的学问，及研究作为手段的教育方法"的理想，奔赴异乡他国的。但在日本，种族歧视更为严重。胡太明按照中庸哲学回避政治斗争，一心钻研学问；而民族的良心又使他受到学生爱国运动的吸引，产生自我谴责意识；但当他参加学生运动时，其台湾人身份又被大陆留日学生疑为日本人派去的"间谍"。台湾所处的特殊历史地位，使胡太明陷入两难选择的尴尬境遇，内在的精神冲突日益凸显。

大陆活动时期的胡太明，是带着去寻找"一个可以自由呼吸的新天地"的理想而出发的。但他在南京和上海看到的，却是汪伪政权和日本人统治的天下。过去那些吸引他回到大陆的政治色彩浓厚的朋友，现在表现出来的消极沉沦令他失望。想通过建立家庭摆脱人生苦恼，而以"新时代女性"为标榜的妻子淑春，骨子里却是一个庸俗、放浪、言行不一的女子。由于时局日趋紧张，胡太明同时受到中国政府和日租界当局的双重猜疑，并遭到一场被疑为间谍而被囚禁的无妄之灾。这时，参与营救他出狱的李先生才旁观者清地对他说道：

> 历史的动力会把所有的一切卷入它的旋涡中去的。……你一个人袖手旁观恐怕很无聊吧？我很同情你，对于历史的动向，任何一方面

你都无以为力，纵使你抱着某种信念，愿意为某方面尽点力量，但是别人却不一定会信任你，甚至还会怀疑你是间谍，这样看起来，你真是一个孤儿。

这是全书第一次也是唯一一次提到"孤儿"这个词的地方。从胡太明的实际状态来考察，这种"政治归属上无处认同的'孤儿意识'，只是胡太明精神痛苦中表层的、暂时性的东西，而作为一个意欲有所作为的知识分子在'山雨欲来风满楼'的大时代找不到真正出路和前途、被摒弃于历史之外的孤独感，才是他精神痛苦中深层的、恒常的东西"。[1]

再度回台时期的胡太明，原本是要抛弃"孤儿意识"，投入抗日斗争，但日本侵华战争的爆发，使他陷入了日趋叛逆的内心世界与身不由己的助逆处境的矛盾。在席卷台湾的"国民精神总动员"的声浪中，残酷的现实激起胡太明的反抗情绪，他第一次在内心对"圣战"发出质疑："圣战，圣战！……报纸上把中国人比作杂草，夸赞一支日本刀砍了七十多人的虐杀行为为英雄！这就是圣战吗？"但胡太明只是一个孤独无力的怀疑者和抗议者，周围环境中喧嚣的战争氛围使他走向历史感伤主义。哥哥当了"保正"，热心所谓"新体制"运动；自己被强征"参加海军作战队"，派往广州打仗；目睹了太多的日军侵华罪恶，胡太明几近精神崩溃，而再度被送回台湾。日本殖民当局在所谓"战时体制"下对台湾的疯狂掠夺，以及"皇民化运动"对台湾民众的精神荼毒，使胡太明终于从"明哲保身"和"委曲妥协"的屈辱中觉醒过来，他在大厅墙壁上愤然题诗："志为天下士，岂甘作贱民？击暴椎何在？英雄立梦频。汉魂终不灭，断然舍此身！"胡太明自己，则再度潜回大陆投身抗日斗争。

由《亚细亚的孤儿》引发出来的"孤儿意识"，自 20 世纪 80 年代以来，常被"台独"分子进行歪曲利用，他们将"孤儿意识"作为"台独"的一种依据。其实，这是一种彻头彻尾的歪曲和篡改。在特定的殖民地的

---

[1]曾镇南：《我所看到的〈亚细亚的孤儿〉》，见《亚细亚的孤儿》，北京：华夏出版社，1996 年 1 月版，第 10 页。

条件下产生的"孤儿意识"正好是对当权者的离弃和反抗，对祖国母亲的一种向往和依恋。这是种恋而不达产生的孤寂感。它的基础正是一种伟大而深沉的祖国和民族之恋。爱国诗人巫永福有《孤儿之恋》一诗，正好是创作于此一背景下。该诗表现了诗人对祖国和民族的刻骨思念。这正好证明"孤儿意识"是作者爱国情感的一种曲折流露。这种"孤儿意识"与"台独"没有任何瓜葛。随着台湾光复，这种"孤儿意识"汇入了爱国主义洪流。

第十章
台湾新文学的重建

第一节　光复初期台湾的社会背景

1945 年至 1949 年，是台湾历史一个非常独特的过渡阶段，人们一般称之为"光复初期"。短短的四年中，台湾结束了一个充满屈辱与血泪的日本殖民地时代，也遭逢着光复后风云诡谲、时局多变的现实境遇。历史变迁过程中的多重矛盾扭结，使台湾人民在光明与黑暗并存、进步与落后交织、希望与挫败共生的时代转换中，经历了社会风云急剧变幻的巨大震荡。

光复初期的社会面貌，有三个主要特征。

首先，第二次世界大战之后，随着世界格局重整下的台湾的回归，"中国化"的趋向成为它最显著的特征。1945 年 8 月 15 日，日本宣布接受《波茨坦公告》，无条件投降。台湾人民用浴血的奋战，终于摆脱了日本帝国主义长达 50 年之久的殖民统治。同年 10 月 25 日，盟国中国战区台湾省受降仪式于台北市公会堂举行，中国在台湾省的受降主官会后发表广播谈话宣告："自即日起，台湾及澎湖列岛已正式重入中国版图，所有一切土地、人民、政事皆已置于中国主权之下。"[1] 台北市学生及各界民众数万人举行环市大游行，欢庆祖国收复失土。全省家家户户张灯结彩，焚香祭祖，通宵欢饮，光复的狂喜波及社会的各个层面。张文环在《关于台湾文学》一文中，曾经这样描写台湾光复时的感人场面：

今天新生报台中分社主任吴天赏，光复当时，在众人面前指挥练

---

[1] 周俫、魏大业：《台湾大事纪要》，北京：时事出版社，1982 年 3 月版，第 55 页。

唱国歌时，禁不住流下了热泪。连做梦也没有想到，这么快就获得了自由，而且大家都还活着，真想一起跪在青天白日旗的面前痛哭一场……[1]

由于在日本殖民时期受尽了各种压迫与剥削，台湾人民对祖国大陆充满了文化传统与民族情感的认同。战后，"台湾祖国化"的口号风行各地，如同民间创办的《民报》社论所表示的那样："光复了的台湾必须中国化，这个题目是明明白白没有讨论的余地。"[2] 在这种回归祖国的时代潮流中，台湾人民开始投身家园的重建与振兴工作，表现出强烈的责任感与凝聚力。

其次，消除日本殖民统治后的文化贻害，以及对语言障碍的跨越，是光复初期台湾社会亟待解决的问题。1945 年以后，台湾在政治上虽然摆脱了日本的殖民统治，但日本殖民时代的贻害仍然深刻存在。不仅社会结构的殖民化问题在台湾尤为严重，日本统治当局长期推行的同化政策，特别是 1937 年以后的"皇民化运动"，给台湾的民族文化与民族语言带来了毁灭性的打击，"皇民炼成"造成的精神荒废与心灵创伤，还在梦魇般地缠绕着台湾社会。而"皇民化"时期禁止使用中文，强令推行日语的政策，又导致许多台胞不懂中文，作家也无法用中文写作。先行的知识分子敏感地意识到这个问题的严重性，早在 1945 年 9 月 28 日（台湾"光复"日的前一个月），林萍心就说道：

大多数的台湾同胞受尽了日本奴隶教育，他们中间大部分已成了"机械"的愚民，而小部分已成了极危险的"准日本人"，我们要用怎样的手段和方法，在最短时间中去唤醒去感化这两批的同胞，使他们认识祖国，使他们改掉"大和魂"的思想，成为个个健全的国民，使他们能够走上建设新台湾，建设新中国的大路去。[3]

---

[1]张文环：《关于台湾文学》，台湾：《和平日报》，1946 年 5 月 13 日。
[2]《民报》社论：《中国化的真精神》，见《民报》，1946 年 9 月 11 日。
[3]林萍心：《我们新的任务开始了——给台湾知识阶级》，《前锋》第 1 期（光复纪念号），1945 年 10 月 25 日出版。

为了帮助台湾人民早日摆脱日本奴化教育的遗毒，许寿裳、李何林、台静农、黄荣灿等大陆作家先后去台湾，他们与台湾文化人士一道，把肃清"皇民文化"遗毒，与重建民族文化性格结合起来，体现了知识分子的使命感。台湾省编译馆的成立，国语运动的推广，大陆先进文学的介绍，都直接影响了台湾的社会风尚。

最后，台湾从日本帝国主义的殖民地转变为封建中国的一省，国民党政府在对台湾的统治中，其自身的半封建半殖民地性格逐渐显露，政治腐败、经济衰退、文化限制带来的严重后果，使台湾的社会矛盾不断恶化，"省内外隔阂"日趋严重。这种情形引起了台湾知识分子深深的忧虑，早在1946年8月15日的《新建设》杂志上，杨逵就以《为此一年而哭》为题，来"哭民国不民主，哭言论集会结社的自由未得保障，哭宝贵的一年白费"，以此传达台湾民众情绪由喜到悲的逆转。果不其然，1947年"二二八事件"发生后，政治压迫和白色恐怖立刻降临到台湾人民头上，杨逵也因为一纸"和平宣言"而被判刑12年。国民党当局的专制统治，使得"台省作家虽因台湾光复而获得心灵的解放，惟作品中表现出来的，仍有不安、虚无等色彩"。[1]

第二节 光复初期台湾的文学氛围与《桥》副刊的文艺论争

1947年11月至1949年3月，在《新生报·桥》副刊上，发生了一场关于台湾新文学建设的热烈讨论，这在"二二八"起义惨遭镇压后的高压氛围中出现，不啻一种奇迹，它集中体现了台湾新文学重建的顽强生命力。

台湾《新生报·桥》副刊创办于1947年8月1日，由毕业于上海复旦大学新闻系的文学青年歌雷（史习枚）担任主编。1947年11月，《桥》副刊不顾7家报纸被国民党当局查封，多位报人和知识分子被捕入狱的危险，

---

[1]陈少廷：《台湾新文学运动简史》，台北：联经出版事业公司，1977年5月版，第190页。

以蔑视强权、追求真理的胆识，致力于劫后重生的文学重建运动，勇敢地发起了关于台湾新文学问题的讨论、收获了前后约 27 人的四十多篇理论争鸣文章。从大陆作家歌雷、骆驼英（罗铁鹰）、扬风、雷石榆、钱歌川、孙达人（孙志煜）、何无感（张光直）、陈大禹、萧荻，到台湾省籍作家杨逵、欧阳明（赖明弘）、濑南人（林曙光）、黄得时、叶石涛、朱实、吴浊流、吴瀛涛、吴坤煌、陈百感（邱永汉）、吴阿文（周青）、籁亮（赖义传）等人，他们都以重建台湾新文学的热望与行动见证了两岸作家合作共事的生动例证。这次讨论触及台湾新文学发展的重大问题，是战后台湾文学处于历史转折期的一个主要事件。讨论涉及面之广，参与人数之多，文学价值之重要，远为以往台湾文学论争所不及，它是"光复以后最热烈而有意义的'台湾文学'应走路线的论争"。[1]

　　然而，随着国民党政权对台湾进步人士和思想的大肃清序幕的拉开，《桥》副刊关于台湾新文学重建的讨论也命运坎坷，在劫难逃。1949 年 4 月 6 日，台湾省警备司令部出动大批军警，逮捕台大与师大学生三百多人，造成震惊一时的"四六惨案"。这期间，《桥》副刊被官方查禁，主编歌雷、作者杨逵、孙达人、张光直被捕入狱，林曙光也被迫逃亡；接后，骆驼英、雷石榆、朱实、周青、萧荻等人纷纷逃往大陆，姚隼则被监禁，籁亮遭到刑杀。至此，历时一年多的关于重建台湾新文学的讨论戛然中止，一段被政治力量所挫杀的文学历史也从此尘封。

　　作为光复期台湾文坛重要的文学现象之一，台湾《新生报·桥》副刊有关台湾文学问题的讨论并非偶然，而是有其深刻的社会思想文化背景。就当时情形而言，这场讨论建立在光复初期台湾文艺复苏的基础上，缘起于两岸作家共建台湾新文学的热望；它是光复后台湾回归与重建的历史背景下的特定产物，它的存在无疑构成战后台湾文学重建不可或缺的组成部分。

---

[1]叶石涛：《台湾文学史纲》，高雄：文学界出版社，1987 年版，第 76 页。

1945 年日本帝国主义投降后，不仅爱国爱乡的台湾同胞面临着重建家园的重任，台湾新文学也面临着继承优秀文艺传统、肃清日据时代负面影响、适应语言文字转换的时代变动。两岸作家在这一历史过渡期，不约而同地担负起台湾文化与文学重建的使命。从台湾《新生报·桥》副刊的活动来看，首先，它既是赴台大陆作家支援台湾文学建设的举措，也是两岸作家携手并进的见证。从 30 年代就饮誉大陆文坛的许寿裳、台静农、李霁野、李何林、黎烈文、雷石榆、钱歌川等，到 40 年代的文艺新进何欣、歌雷等，还有寓居大陆多年的台湾省籍作家张我军、洪炎秋、王诗琅、钟理和等，他们于 1946 年前后纷纷赴台，或创建台湾省编译馆，或投身于学界，或活跃于报刊文化阵地；与坚守台岛的杨逵、吴浊流等人一道，为开创战后文学新局面不遗余力。当年活跃于《桥》副刊的一群，诸如歌雷、骆驼英、扬风、孙达人等人，就是光复后来台的大陆文艺青年。他们虽然不是什么大作家，他们的事迹也有待了解，但他们重建台湾新文学的热望与行动，使其"无愧为对文学没有偏见，诚实而狂热的文学信徒，接掌《桥》之后，几乎毫不迟疑地着手推动台湾新文学的重建工作，一丝不苟地在台湾发展以地缘出发的台湾新文学"。[1]《桥》创刊时，日据时代的作家被迫取消中文写作已有十多年的历史。台湾光复后，当时的作家使用中文发生困难，文学创作一时萧条。《桥》在过渡期文坛的出现，为大家带来新的希望。歌雷在创刊号的《刊前序语》中明确宣称："桥象征新旧交替，桥象征从陌生到友谊，桥象征一个新天地，桥象征一个展开的新世纪。"[2] 歌雷还以反映社会现实与人民疾苦的现实主义路线作为办刊方针，多方面鼓励台湾文学创作的有生力量。它不仅在台湾知识分子与大陆知识分子之间架起了友谊之桥，也使战后台湾文学与社会现实生活有了新的接触点。从轮流

---

[1]彭瑞金：《台湾新文学运动 40 年》，高雄：春晖出版社，1997 年 8 月版，第51 页。

[2]歌雷：《刊前序语》，台湾《新生报·桥》副刊创刊号，1947 年 8 月 1 日。

到全省各地举办多场文学茶会，到发起关怀台湾新文学前途的热烈讨论；聚集在《桥》副刊周围的省内外作家，是以平等对话，求同存异，团结奋战的姿态来开展文艺讨论的。这一切，正合着歌雷在他的一首诗中所说的："自由／是最低的要求／友谊／是最高的享受……你愿意／就打开你的心／像一颗太阳。"[1]

其次，《桥》副刊的讨论不仅与光复初期台湾文艺复苏的现实密切相关，而且有着来自祖国大陆的社会革命与文艺运动背景的推动，它所显示的是两岸文学汇流的时代趋向。光复期的台湾文坛，在摆脱了日据时代强制推行的"皇民文化"桎梏后，积极致力于民族文化的回归，报纸杂志纷纷创办，为重建台湾新文学提供了有力的园地。据不完全统计，从 1945 年 8 月到 1949 年 12 月，台湾先后创办发行的报纸、副刊、杂志，有 60 余种；仅 1946 年，就达 28 种之多。[2] 如此惊人的数目，显示的是当时知识分子积极而热切地透过传媒参与社会生活的盛况。不过，由于种种复杂的社会原因，其中真正属于文学的版图并不多。呼唤强有力的文学园地，构成台湾新文学作家队伍的聚集与再出发，就成为一种时代渴求。而《桥》副刊的应运而生，便义不容辞地承担了这种使命，为战后文学的振兴起到了冲锋陷阵的作用。它每三日或隔日出版，持续了 20 个月，共出 223 期，刊登了台湾省籍作家的多篇小说，是同时期水准最高、影响最大的刊物，为当时两岸作家的交流及沟通做出了突出的贡献。

同时，我们必须看到，海峡两岸不可分割的地缘、史缘和血缘关系，使台湾人民往往以整个中国为思想展望格局。光复后的台湾人民，从抗战胜利、回归祖国的狂喜，到渴望国共和解、民主改革建国的憧憬，再至"二二八事件"后对国民党政权的普遍失望与愤懑，他们走过了与大陆人民相同的精神历程。特别是 1947 年至 1949 年期间，随着国民党主动挑起的全

---

[1]歌雷诗，转引自孙达人：《〈桥〉和它的同伴们》，《喑哑的论争》，台北：人间出版社，1999 年 9 月版，第 5 页。

[2]据《光复后台湾地区文坛大事记要》（增订本），台北：文讯杂志社编辑，1995年版。

面内战的爆发，祖国大陆"反饥饿、反迫害、反内战"的爱国学生运动也风起云涌，并直接影响到台湾社会与校园。台湾的知识青年不仅从大陆流入台湾的进步书刊杂志上热切关注祖国形势的发展，还有不少人东渡大陆近距离观察当下中国。"这一个时期，是一个旧社会、旧政权走向无可挽回的崩溃，而一个新生的社会、新生的政权巍然崛起的时候。这惊天动地的历史变革，牵动着包括台湾人民在内的亿万中国人民的憧憬和希望"，这就是《桥》副刊能够发动重建台湾新文学讨论最为深广的时代背景。也是它能够在"二二八"起义惨遭镇压后的社会低迷状态中再出发的精神力量支撑。那一代知识分子先驱，是如此坚定地执着于"一个中国"的构想，对台湾的社会改造与台湾新文学的重建充满热切、峻急的关怀。那个时代大陆先进文艺思想的涌入，与台湾新文学创作优良传统的继承，形成了两岸文学的汇流，并决定了台湾新文学重建的方向。《桥》副刊提出的写实主义路线与自赖和、杨逵以来的台湾新文学创作传统的高度吻合，《桥》副刊重建台湾新文学的讨论与大陆 30 年代左翼文艺思想的惊人一致，即是这种两岸文学影响互动的明证。

最后，从文学副刊历史流变的脉络来看，《桥》副刊关于重建台湾新文学讨论的发生，与在此之前的台湾新生报《文艺》周刊所发挥的前奏作用，也不无联系。1947 年 5 月 4 日，《文艺》周刊创刊，由出身英语系、来自祖国大陆的何欣任主编，共出 13 期。何欣在发刊词《迎文艺节》中，特别强调了《文艺》诞生在台湾的双重责任：其一是"清扫日本思想余毒，吸收祖国的新文化"；其二是"文学不能'闭关自守'"，"介绍世界文学也成为我们重要的责任之一"；并预言"台湾在不久的将来会有一个崭新的文化运动。"[1]

出于创作与翻译同时并重的编辑方针，《文艺》前 3 期大量刊登译稿。这种办刊路线很快引起文艺界质疑，他们希望"《文艺》应该尽一部分'提倡'的责任，造成台湾的'文艺空气'"。[2] 所以，从第 4 期开始，《文

---

[1]何欣：《迎文艺节》，台湾新生报《文艺》周刊第 1 期，1947 年 5 月 1 日出版。
[2]何欣：《编后记》，台湾新生报《文艺》周刊第 4 期，1947 年 5 月 25 日出版。

艺》连续刊登了 5 篇涉及台湾新文学现状与走向的论争文章。沈明的《展开台湾文艺运动》、江默流的《造成文艺空气》等文章，有感于当下台湾文坛的"荒凉"与"沉寂"，希望通过文艺工作者的努力，造成文艺空气；王锦江（王诗琅）的《台湾新文学运动史料》、毓文（廖汉臣）的《打破缄默谈"文运"》，则或以史料的方式回应沈明、江默流对台湾文学的观感，或以大胆的质疑分析台湾文坛寂寞的主客观原因，并特别强调台湾文艺界并非一片未被开垦的处女地。《文艺》周刊在第 12 期的《编者按》中，还继续呼吁省内外文艺工作者能"提供'具体'意见与办法"，短期内能有所成绩。没料想到刊出第 13 期后，《文艺》便于 1947 年 7 月 30 日停刊。这场小小的文艺论争虽然暂告结束，但它所提出的问题却有着潜在的酝酿和发展。果然，1947 年 8 月 1 日创刊的《桥》副刊在三个月后，便发生了一场历时一年多的关于重建台湾新文学的热烈讨论。正是在此意义上，《桥》副刊接续并深化和扩展了《文艺》周刊的论争，并以崭新的办刊姿态，从带着"学院派"风格的《文艺》，大踏步地走上了面向现实生活与人民大众的《桥》。

第三节 台湾新文学重建的讨论及其意义

在左翼文学思潮的影响下，《桥》副刊上发生的这场文艺论争，无论是当时还是今天看起来，都达到了难能可贵的高水平。

就台湾新文学重建的讨论而言，《桥》副刊主要涉及以下问题："1. 台湾过去文学是怎样的？2. 台湾有无特殊性？'台湾文学'这一口号对吗？3. 五四到现在的中国社会变了没有？4. 新现实主义容许浪漫主义否？5. 新现实主义的文艺中有无'个性'？6. 是否可以偏向浪漫主义？7. 台湾应该建立怎样的文艺？8. 如何建立台湾的文艺？"[1] 讨论中，两岸作家平等对话，各抒己见；既有争议，更多共识。诸如对于台湾文学的特殊性中，从问题本身的理解到应对态度，台湾省籍作家与省外作家在讨论中虽有所歧

---

[1] 骆驼英：《关于"台湾文学"诸论争》，《1947—1949 台湾文学问题论议集》，台北：人间出版社，1999 年 9 月版，第 171 页。

异，但讨论的最后落脚点，在于台湾文学的独特性与中国文学统一性的辩证关系上。两岸作家对于肃清"皇民文化"影响，回归民族文化传统，仍然有着共识。

在两岸作家达成共识的诸多问题背后，蕴含着丰富的精神资源和理论背景。如果追根溯源的话，我们会发现，这些精神资源与理论背景不是孤立存在的，它与祖国大陆的五四新文学运动和30年代的左翼文艺思想有着同构性。具体言之，它主要体现于三个方面：其一，关于五四文学传统与中国文学格局的认同问题。在体认台湾新文学的历史地位与两岸文学的关系上，欧阳明等人充分肯定了受五四新文化运动影响而产生的以反帝反封建为宗旨的台湾新文学的历史价值，指出其目标是"继承民族解放革命的传统，完成'五四'新文学运动未竟的主题：'民主与科学'"[1]，而"这目标正与中国革命的历史任务不谋而合地取得一致"。[2] 由此看来，"台湾文学始终是中国文学一个战斗的分支，过去五十年事实来证明是如此，现在、将来也是如此。"[3] 台湾老作家杨逵则明确表示，"台湾是中国的一省，没有对立。台湾文学是中国文学的一环，当然不能对立。"[4] 林曙光也呼吁台湾文学要"做中国文学的一翼而发展。今日的'如何建立台湾新文学'需要放在'如何建立台湾的文学使其成为中国文学'才对"[5]。

上述观点的提出，首先是以尊重历史的态度，基于对台湾新文学运动的源流、性质、形态进行分析和认识的结果。在台湾，新文学的发轫与大陆几乎属同一形态，都是以思想启蒙为宗旨，以提倡白话文、反对文言文

---

[1]欧阳明：《台湾新文学的建设》，《1947—1949台湾新文学问题论议集》，台北：人间出版社，1999年9月版，第38页。

[2]欧阳明：《台湾新文学的建设》，《1947—1949台湾新文学问题论议集》，台北：人间出版社，1999年9月版，第33页。

[3]欧阳明：《台湾新文学的建设》，《1947—1949台湾新文学问题论议集》，台北：人间出版社，1999年9月版，第37页。

[4]杨逵：《"台湾文学"答客问》，《1947—1949台湾新文学问题论议集》，台北：人间出版社，1999年9月版，第142页。

[5]林曙光：《台湾文学的过去，现在与将来》，《1947—1949台湾新文学问题论议集》，台北：人间出版社，1999年9月版，第71页。

的文学革命为开端，以反帝反封建的宗旨而贯穿新文学运动始终。其中，最直接、最主要的条件，是受到五四爱国运动以"科学"和"民主"为旗帜的反帝反封建精神的影响和鼓舞。从根本上说，作为五四新文化运动的产儿，台湾新文学是中国新文学运动不可分割的一部分。五四以来，时代虽然变化了，但对五四文学传统的继承不能改变。应该看到，在 20 世纪的历史发展中，五四精神作为一种巨大的思想力量和人格力量，对于社会改造和民众启蒙所发挥的伟大作用。两岸作家在论争中达到的共识，对于认识台湾新文学的源流，解决台湾文学与祖国文学的认同问题，有着切实的意义。它在廓清台湾新文学某些核心问题的基础上，使两岸作家能够清醒地把台湾新文学纳入中国新文学运动的整体格局中去考察，战后台湾文学重建的方向、目标、任务也由此得以根本的规定，那就是：中国新文学运动的路线，即是作为中国新文学运动的一环的台湾新文学建设的方向，这是已经被历史证明了的时代选择。

　　其二，关于文艺界统一战线的精神资源。1945 年台湾光复之后，社会政治情势并不稳定，除了《桥》副刊以外，当时台湾文学的状况也相当混乱，语言文字转换艰难，某些不健康作品的报刊流行，特别是 40 年代后期政治形势的急速逆转，使文学遭受重压与挫伤，也扩大了海峡两岸的隔阂与误解。在这种情势下，如何消除两岸之间的"澎湖沟"（杨逵语），实现"台省的文学工作者与祖国新文学斗士通力合作"[1]，是摆在战后文学重建道路上的迫切问题。扬风、杨逵、骆驼英、歌雷、欧阳明、萧荻等人对此都有着共同的关注。杨逵多次呼吁："真正的文艺工作者们要结成一个自己的团体"，"消灭省内外的隔阂，共同来再建，为中国新文学运动之一环的台湾新文学"[2]。共同的文学事业追求则使扬风明确提出"文艺统一战线"的主张，它具体表现为："第一，文艺工作者，应该携着手，心贴着心地来

---

　　[1] 杨逵：《"台湾文学"答客问》，《1947—1949 台湾新文学问题论议集》，台北：人间出版社，1999 年 9 月版，第 142 页。

　　[2] 欧阳明：《台湾新文学建设》，《1947—1949 台湾新文学问题论议集》，台北：人间出版社，1999 年 9 月版，第 38 页。

组织和坚强更新文艺运动的统一战线。第二，还要讨论出同台湾新文艺运动统一的路向，这就是要步伐一致"，并"否弃那些落伍的，开倒车的，颓废的文艺思潮，而建立文艺工作者联合坚强的营垒"[1]。如同统一战线是新民主主义革命的胜利法宝一样，文艺统一战线同样是文艺事业发展的必要前提。对文艺界团结问题的特别强调，不仅体现了台湾文艺运动广泛的人民性，也对聚集与调动文艺界力量，实现战后文学重建有着迫切的现实意义。

其三，关于新写实主义与文学大众化的精神资源。在台湾新文学应朝什么方向发展的问题上，歌雷、骆驼英、杨逵、欧阳明、扬风、雷石榆共同强调现实主义的大众文学路线。一贯坚持现实写作的台湾资深作家杨逵首先呼吁："为使文学与人民大众连系在一起，唤起群众兴趣，鼓励群众参加文艺工作及创作，提倡写实的报告文学。"[2] "我希望各位到人民中间去，对现实多一点的思考，与人民多一点的接触"。[3] 杨逵不仅坚持了像《送报夫》这样直面现实人生的创作，还到处奔走呼吁，支持岛内的歌咏、舞蹈、戏剧等文艺活动。杨逵曾经倡议台大麦浪歌咏队举办"文艺为谁服务"的座谈会，并鼓励"银铃会"成员深入工厂农村，了解社会现实。他认为，"为国，为民，为子孙计，我们需要些傻子来当新文学运动再建的头阵"。[4] 作为最有资格对台湾文学发言的作家，杨逵的主张和行动对于廓清战后文学路线有着积极的校正作用。外省作家则着眼于理论建设的意义，进一步阐述了自己的观点。歌雷从台湾光复后的创作现实出发，努力倡扬"新现实主义的文艺道路的新写实主义"。骆驼英解释说："新现实主义是立脚在辩证唯物论和历史唯物论上，且站在与历史发展的方面相一致的阶级

---

[1]扬风：《新时代新课题——台湾新文艺运动应起的路向》，《1947—1949台湾新文学问题论议集》，台北：人间出版社，1999年9月版，第39页。

[2]杨逵：《如何建立台湾新文学》，《1947—1949台湾新文学问题论议集》，台北：人间出版社，1999年9月版，第45页。

[3]杨逵语，见歌雷：《桥的路》，《1947—1949台湾新文学问题论议集》，台北：人间出版社，1999年9月版，第50页。

[4]杨逵：《如何建立台湾新文学》，《1947—1949台湾新文学问题论议集》，台北：人间出版社，1999年9月版，第43页。

立场上的艺术思想和表现方法。"[1] 雷石榆则第一次在台湾文学史上引进马克思主义的新写实主义论，认为这种"从民族与生活现实中掌握典型人物"的创作方法，既表现了客观中的现实，也表现了作者的精神和启发，是"自然主义的客观认识而与浪漫主义的个性，感情的积极面之综合和提高"。[2] 而用扬风的话来说，新现实主义是一种"现实主义的大众文学"。由此，扬风进一步提出"文艺大众化"与"文章下乡"的口号，呼唤作家走出书房，走出都市，到乡间、民众和现实生活中去，写出得到民众共鸣和支持的文学作品来。40 年代后期，《桥》副刊不仅从理论上倡导新现实主义创作路线，还大量刊登了台湾省籍作家充满浓厚批判色彩的写实主义作品，由此成为"新现实主义"的大本营。

新现实主义与文学大众化的理论，源自具有左翼色彩的中国 30 年代文艺思想。以左联为核心的无产阶级文学运动非常重视创作方法的探讨，从引进日本左翼文学理论家藏原惟人提出的"新写实主义"，到推行拉普提出的"唯物辩证法"的创作方法，再到实践苏联倡导的"社会主义现实主义"的口号，无产阶级文学运动对现实主义的理解和把握有过曲折的历程。在后来现实主义文学理论的建设和深化中，鲁迅、瞿秋白、茅盾、周扬、冯雪峰、胡风、李健吾等人都做出了不可磨灭的贡献。与此同时，关于文学与民众结合的问题，成为贯穿 30 年代文学理论建设的一个重要课题。左联从一开始，便成立了文艺大众化研究会，并展开了持续近 10 年的有关文艺大众化问题的讨论。在什么是"大众化"，为什么要"大众化"，怎样才能"大众化"的问题上，讨论都有重要的收获。

歌雷等文艺新进来到台湾，也把中国 30 年代的文艺思想、创作理论和作品传播过来，这使台湾与大陆 30 年代文学之间，有了新的接壤与继承。事实上，《桥》副刊以"新现实主义"创作与文学大众化作为台湾新文学重

---

[1]骆驼英：《论"台湾文学"诸论争》，《1947—1949 台湾新文学问题论议集》，台北：人间出版社，1999 年 9 月版，第 176 页。

[2]雷石榆：《台湾新文学创作方法问题》，《1947—1949 台湾新文学问题论议集》，台北：人间出版社，1999 年 9 月版，第 110 页。

建的理想与方向，不仅有着中国 30 年代文艺思想的理论依据，还有着日据时代台湾左翼文学执着前行的历史背景，同时也不乏光复之后台湾文坛传播祖国大陆文化传统与文学精神的现实土壤。1947 年 1 月，杨逵承台北华东书局之请编印了"中国文艺丛书"，翻译了鲁迅的《阿 Q 正传》、郁达夫的《微雪的早晨》、茅盾的《大鼻子的故事》等，这些中文刊印的作品给予台岛民众以美好的精神滋养。30 年代活跃于大陆文坛的其他作家作品，如雷石榆的新诗、张天翼的小说、丰子恺的散文、许寿裳的论著等，多被列为丛书或单行本在台湾出版。光复初期演剧运动的勃兴，也使得欧阳予倩导演的《郑成功》《桃花扇》，曹禺的名剧《雷雨》《日出》，吴祖光的《文天祥》，陈白尘的《结婚进行曲》，李健吾的《青春》等剧作，分别由大陆剧社和本岛剧社在台湾公演。受到上述文坛氛围的影响与感染，体认着两岸文学发展的息息相关，《桥》副刊对"新现实主义"和"文学大众化"的坚持，就成为一种时代的抉择和文学的自觉，它使台湾新文学运动不可避免地呈现出向祖国文学汇流的历史趋势。

总的看来，1947—1949 年的台湾文坛，尽管有着高压政治留下的痛苦记忆，但《桥》副刊关于台湾文学重建的讨论，却以不畏强权、追求真理、坚持文学独立价值与探索精神的不屈姿态，为政治黯淡年代带来最初的曙光。这场文学讨论，不仅产生了两岸作家结盟文坛的佳话，更以文学理论问题的厘清，成为当年台湾新文学共建的历史见证，并留给人们一份关于台湾文学命运与前途的现实思考。

第四节　"跨越语言"一代作家的创作

"跨越语言"一代的作家，这是个相当辛酸的词语，日本帝国主义占据台湾五十年，最终虽以无条件投降告终，但五十年间给中国文化、文学造成了严重的破坏。日本人在台湾禁用汉语，就给中国的台湾作家的心灵和创作造成了巨大的伤害和难以弥补的损失。台湾光复了，他们欢呼回到了祖国怀抱，但却丧失了使用祖国母语写作的能力。此刻他们大都到了二三十岁左右的年龄。于是他们不得被迫停下笔来，重新学习祖国母语和文学，在掌握了母语之后，再用母语进行创作。这种语言的转换过程，是一个痛苦的磨炼过程，也是对作家创作生命的一种严峻的考验过程。台湾的这一代作家终于战胜了自己，经受了考验，在掌握了汉语之后，重新恢复了自己的创作生命；回到了作家群体，开始了自己第二次的创作生命。这批作家中有小说家，也有诗人。他们中小说家如：叶石涛、王咏雄、扬风、郑重、朴子、谢哲智、黄昆彬等。诗人如：林亨泰、陈千武、吴瀛涛、张彦勋、周伯阳、陈秀喜等。

"跨越语言"一代作家中创作成就最大者为叶石涛（1925—2008），台南市人，1930 年入台南私塾，跟一个老秀才学中文。1932 年入公学校。1942 年，17 岁时应《台湾文学》举办的"小说征文奖"，创作一篇两万字的小说《妈祖祭》，未能成功。接着又以郑成功治台事迹为背景，写了篇《征台谭》再遭失败。1943 年任《台湾文艺》编辑，才在《台湾文艺》上发表两篇小说《林君寄来的信》和《春怨》。1944 年叶石涛回台南任小学教师。1945 年被日本征为陆军二等兵。不久日本投降，叶石涛仍回台南任教师。1946 年之后，叶石涛开始在龙瑛宗主编的《中华日报》日文栏里大量发表小说。他出版的小说集有：《葫芦巷春梦》《罗桑荣和四个女人》《晴天和阴天》《鹦鹉和竖琴》《噶玛兰的柑子》《叶石涛自选集》《采硫记》《卡萨尔斯之琴》《黄水仙》《姻缘》《红鞋子》《西拉雅族的末裔》《馘首》《异族的婚礼》等。到了中老年之后，叶石涛由创作转向文学评论，成为台湾很有影响的文学评论家。

自 1978 年叶石涛发表《乡土文学导论》一文，提出"台湾意识"之后，他的"文学台独"观点逐渐显露，并且成了"文学台独"势力的代表人物。

叶石涛的小说，粗略分类，有这样几种：

1. 婚姻爱情题材。如：《葫芦港春梦》《赚食世家》《决斗》等。

2. 描写社会下层人的生活和命运。如《群鸡之王》《行医记》《黄水仙》等。

3. 反映重大社会时事题材的小说。如:《三月的妈祖》。

4. 历史题材的小说。如:《征台谭》《采硫记》等。比较能代表叶石涛创作成就的,是他那运用讽刺手法,写的那些幽默风趣作品。作为台湾日据时期最后一位小说家和开启台湾战后小说创作的承前启后的作家,叶石涛在台湾新文学史上自有其不可取代的地位。

台湾"跨越语言"一代的诗人,是现代和当代新诗衔接的桥梁。这些诗人有:巫永福、陈秀喜、吴瀛涛、林亨泰、张彦勋、锦连、桓夫(陈千武)、周伯阳、萧翔文、许育诚等。他们都有一段辛酸和无奈,他们都有一段重铸和再生的诗的生命史。

陈秀喜(1921—1991),台湾新竹县人,曾任笠诗社社长,德高望重,被称为"姑妈诗人"。直到 36 岁又重新学习汉语,重返诗坛。1970 年 8 月,日本"早苗书房"出版了她的日文诗集《斗室》。她自己如生子般喜悦,但却遭到儿女们的冷落,原因是子女们对日文不感兴趣。陈秀喜刻苦攻读中文,重新用中文创作,不久便出版了《复叶》《树的哀乐》《灶》和《岭顶静观》等多部中文诗集,成了女诗人中的佼佼者。陈秀喜的诗倾诉了在日本人的奴役下,做亡国奴的压抑、痛苦和悲愤。她曾暗暗保护耳洞和耳环,作为中国人不屈服,不变节,永远热爱祖国和民族的见证。光复之后,陈秀喜将满怀激情,将一腔挚爱倾注于笔端,献给祖国和民族,写下了《我的笔》等热情滚烫的诗篇。她无比自豪地写道:"我是中国人/我是中国人/我们都是中国人。"陈秀喜是老一代台湾诗人的卓越代表。

詹冰,本名詹益川,苗栗县人,1944 年毕业于日本明治医专。早年试写日本短歌和俳句,1942 年与张彦勋等一起发起"银铃会",为其重要成员。台湾光复后开始学习中文。1958 年任中学教员,又开始用中文写诗。他是笠诗社的发起人之一。出版的诗集有:《绿血球》《实验室》和儿童诗集《太阳、蝴蝶、花》等。詹冰是台湾早期的现代派诗人之一。他的诗非常独特,与一般现代派诗人的晦涩虚无不同。他虽然运用超现实手法创作,但他的诗多是日常生活和农村题材。他的诗虽然非常高雅明净,但并无虚无空洞之感。他的诗不但不晦涩难懂,而且非常通俗畅达。如《插秧》《蚂蚁》《水牛》等诗，既运用了现代派诗的艺术，又避免了现代派诗的弊端，传达了普通劳动者的情感。

林亨泰，1924 年生，台中市人，1950 年台湾师范学院毕业，之后任中学教师等。1956 年参加纪弦的"现代派"，为骨干成员。1964 年加入笠诗社，曾任《笠诗刊》主编。他出版的诗集有：日文诗集《灵魂的啼声》，中文诗集《长的咽喉》《林亨泰诗集》《爪痕集》等，还有诗论集《现代诗的基本精神》等。林亨泰的创作跨越半个多世纪的时空，从 40 年代到 21 世纪。他被称为"一位充满神秘魅力的人物，又是一位隐者诗人"。他在诗坛上很少抛头露面，推销自己，但由于他的诗的威力和成就，又使人们不得不刮目相看。林亨泰早年"银铃会"时期的诗，充满浓郁的乡土气息和社会批判意识。像《按摩者》《乡庄》等诗作，都真切地反映了台湾 20 世纪 40 年代人民的苦难处境和乡村风貌。到 50 年代之后，林亨泰的诗作发生变化，成为现代派诗的艺术家。在诗的追求上，林亨泰求奇求新，求自然，求原创。他说："那些标本化、家畜化的风景也许是美好的。但我还是让给那些懂得价值的人去玩赏吧！我宁愿尽力去探求还没有被那些懂得价值的人的足迹踏过的地方，纵然那是有着狰狞的容貌而不能称为风景，或者不过是丑陋的一角而不足以称为风景，可是我以为只有在这里，方才体会到人类居住的环境的真正严肃性。"[1] 林亨泰的代表作《风景》以及图像诗《车祸》等，都体现了他的这一追求。

陈千武（1922—2012），笔名桓夫，南投县人。曾任台中市文化中心主任和博物馆馆长。日据时期曾被日本人抓丁到南洋当炮灰，经受生死磨难。为此他写过回忆性系列小说《台湾特别志愿兵回忆录》，揭露了日本人的罪行。他从 20 世纪 40 年代跻身台湾诗坛，开始用日文写诗，后又用中文写诗，出版有日文诗集《彷徨的草笛》《花的诗》，并与人合著《若樱》。光复后出版中文诗集：《密林诗抄》《不眠的夜》《野鹿》《安全岛》等。他出版的诗评集有《现代诗浅说》。陈千武谈到他写诗的目的是有感而发，批判社会和净化自己。他为自己的小说《输送船》写过一首序诗《信鸽》，诗中

[1]《林亨泰的文学观》，台湾《自立晚报》，1984 年 4 月 23 日。

有这样的句子："我回到祖国/我才想起/我的死，我忘记带了回来/埋在南洋岛屿的那惟一的我的死……"该诗真实地揭露了日本人的战争罪行和处于死亡恐怖下的诗人感受。陈千武强调"诗要究明本质"，他的许多诗，如《神在哪里》，往往穿透现象，而探究出现象背后的神的本质是何物。这种不停留于事物的表面，而深究一步的追求，使诗有了较深的内涵。晚年陈千武转向"台独"，实为可惜。

　　"跨越语言"的一代诗人们，于 1964 年基本上都成了笠诗社的同仁，1990 年前后他们又大都发生观念上的转向，或自愿，或被迫地站在了"文学台独"一边。这种转向与眼前利益相关。不过在异族的迫害下长期积淀的祖国和民族之爱，是不会在他们身上泯灭的。

第三编

近期台湾文学

——从主潮轮换到多元共存

第十一章
20 世纪 50 年代台湾的"反共文学"

第一节 "反共文学"的历史背景与"战斗文艺"的发生过程

　　1949 年 12 月 7 日，国民党统治集团退踞台湾，开始了此后半个世纪以来海峡两岸的严重对峙，也由此带来台湾社会发展的不同形态和台湾当代文学进程的复杂面貌。在 50 年代台湾社会的一片乱局中，首先充斥文坛并居于统治地位的，便是以"反共抗俄"为指向的"战斗文艺"运动的泛滥。而"反共文学"的创作，又构成这项运动的核心内容与重要组成部分。

　　国民党统治集团溃退台湾初期，政治上风雨飘摇，"外交"陷入孤立无援境地，失败主义情绪到处弥漫。而光复后国民党与台湾人民的矛盾，特别是"二二八事件"的阴影，又不断加重这种隐忧显患。战后还未完全恢复的经济创伤，由于 200 多万迁台军民导致的人口急增，给已经相当贫穷的台湾造成巨大压力。面对这种败象与乱局，蒋介石开始反省国民党在大陆失败的教训，其中检讨国民党的文化宣传方针占了很大比重。国民党当局清醒地意识到："今天的反共战争，原是一种思想战，文艺对于人类思想的影响较之任何教育来得有效。"[1] 1952 年 3 月 1 日，在庆祝蒋介石复行视事两周年的台北集会上，蒋介石提出要推行经济、社会、文化、政治四大改造，完成"反共抗俄"的准备。其中，在"反共复国"基本"国策"导引下，修补"反共"思想体系，加强"反共"舆论宣传，重建官方文化的

---

[1]李牧：《新文学运动历程中的关键时代——试探 50 年代自由中国文学创作的思路及其所产生的影响》，《文讯》第 9 期。

权威性格，严密控制社会思想和人民的精神文化生活，就成为"文化改造运动"的宗旨。具体到文艺领域，它集中地表现在"战斗文艺"运动的倡导与风行上。

"战斗文艺"运动能够迅速占据50年代台湾文坛的主潮地位，是当时的政治生态环境与社会心理背景共同作用的结果。就前者而言，政治权力高压与文化政策垄断相结合，造成了官方话语霸权的横行无阻。早在1949年5月，台湾当局就宣布了"台湾地区戒严令"，台湾从此进入长达38年之久的"戒严状态"。"戒严令"在实行所谓"非常时期"军事管制的同时，特别注意控制台湾人民的思想言论自由。以"戒严令"为基础的"反共"政策，还造成了50年代"清肃运动"的白色恐怖。"那是一种彻底的高压统治，完完全全用武力铲除一切可能发生的反对力量，务求在短时期内，建立起绝对的控制权。"[1] 当时，"被逮捕、杀害的不仅是台湾的社会精英，还有许多跟随国民党一起赴台的大陆知识分子，后来也变成政治犯。"[2] 在这种高压氛围与泛政治化的现实环境中，政治戒律与文学禁忌比比皆是。首先，文学创作的自由受到严重威胁。文学作品动辄遭到检查、删改、查禁、没收，作家稍涉严重者，更以叛乱罪起诉。其次，禁书政策"漫天撒网与无边无际"。[3] 国民党当局检讨"戡乱战争"失败的原因，把它归咎于30年代的文艺，以致1949年以前大陆出版的进步现代文学作品和理论书籍几乎被一网打尽。当时的情形是：

> 在撤退到台湾不久，国民党正式下令，凡附匪以及留在沦陷区的学者、文人的著作一概禁绝。这等于宣告，中国现代史上百分之九十九点九的有价值的文学与学术作品一概免读。这种空前绝后的"否决"

---

[1]焦桐：《台湾战后初期的戏剧》，台北：台原出版社，1990年6月版，第53—54页。

[2]焦桐：《台湾战后初期的戏剧》，台北：台原出版社，1990年6月版，第53—54页。

[3]史为鉴：《新伪书通考》，载《禁》，台湾：四季出版事业有限公司，1981年版，第375页。

历史与文化的举动，以最实际、最有力的方式宣告了五四文化在台湾的死亡。[1]

清除现实社会中的政治反对力量，禁绝五四以来的新文化传统，限制文学创作的自由发展等等，这种社会生存环境的泛政治化，以及它所带来的文学生态环境的恶劣化，为"战斗文艺"运动的官方话语霸权姿态的出现，提供了特殊的社会背景。而国民党当局的大力倡导，则作为最根本的政治保障和强势话语背景，不仅使"战斗文艺"运动变成培植"反共抗俄"部队的一种途径，也使"反共文学"创作变成一种铺天盖地的"文宣战争"。在此意义上，"战斗文艺"运动不可避免地成为国民党统治集团退台后"反共政治"体系的组成部分和特定产物，"反共文学"创作也自觉不自觉地充当了当时意识形态领域的御用工具。

就后者来看，战后台湾面临的动荡时局，特别是200多万大陆迁台人员被困孤岛所造成的特定社会心理氛围，使国民党当局深感精神压力。为了迅速地稳定混乱不安的社会局面和安抚大陆去台人员的流放心理，国民党当局急欲制造一种官方的政治神话，来抚慰、调动和激励民众的社会情绪，特别是使大陆去台人员从失败主义的精神低谷中挣脱出来；因而，以"反攻复国"为政治指向的"战斗文艺"运动，以暴露、诅咒、宣泄以及所谓"励志"为主要特点的"反共文学"创作，便应运而生地充当了这种角色，在文学的领域负载起具有历史荒谬感的政治使命来。上述情形，正如白先勇所指出的那样：

> 国民政府退台之始，即提出响当当的"反攻复国"口号，从火车站到酒瓶标纸上随处可见，可谓无所不在。这官方的神话正好代表了流放者的心态：从大陆逃来的人不过以台湾为临时基地，好发他们的美梦，希望有一天回到海峡的彼岸。国民政府统治台湾初期，这种神话在人民的政治心理上根深蒂固，没有人敢怀疑；当时的文学作品自

---

[1] 吕正惠：《现代主义在台湾》，《战后台湾文学经验》，台北：新地文学出版社，1995年7月版，第10页。

然也反映在这方面，不免产生麻醉的作用。[1]

由此可知，"战斗文艺"在当时背景下的出现，既是国民党当局为了稳定人心、欺骗民众、加强"心防"所采取的一种应急措施，也在客观上充当了大陆来台人员抚慰动荡不安心理的麻醉剂。正因如此，人们又称"战斗文艺"运动中大量炮制的"反共文学"作品，是当时的"麻醉文学"和变相的"逃避文学"。

作为一项有组织有计划有步骤的文学运动，"战斗文艺"运动有其自身的发展演变过程。

1. 萌芽阶段：1949 年 11 月至 1950 年初。"战斗文艺"的最初缘起与当时的文人孙陵有关。受"国民党宣传部代部长"兼台北市文化运动委员会主任任卓宣的约请，孙陵写了一首歌词《保卫大台湾歌》，成为"反共文艺的第一声"。孙陵担任《民族报》副刊主编后，在其发刊词《文艺工作者的当前任务——展开战斗，反击敌人》一文中，鼓动文艺并要站在"战斗前列"，"创造士兵文学！创造反共文学！真正认识自由、保卫自由的自由主义文学！"这篇发刊词也由此被认为是台湾"反共文艺运动的第一篇论文"。

1949 年 10 月，台湾《新生报》曾展开过关于"战斗文艺"的讨论。针对读者对"反共八股"的厌恶和冷淡，有人主张"宣传，正面不如侧面，注射不如渗透，论文不如小说，八股不如诗歌，训话不如小品，破口大骂不如幽默地旁敲侧击"。[2] 同年 12 月，冯放民（凤兮）接编《新生报》副刊时，确定了"战斗性第一，趣味性第二"的征稿原则。起而效尤者不少，一时文风丕变。在台湾当局的参与下，《新生报》副刊还通过举办"文艺作家座谈会""副刊编著者联谊会"等一系列活动，使"战斗文艺"逐渐跃入前台。

这一阶段，"战斗文艺"的中心思想已经被强调出来，"战斗文艺"的

---

[1]白先勇：《流浪的中国人——台湾小说的放逐主题》，《白先勇自选集》，广州：花城出版社，1996 年 6 月版，第 407 页。

[2]转引自冯放民（凤兮）：《拿言语》，《新生报》副刊 1949 年 11 月。

初步行动也在酝酿和计划之中；但由于国民党当局处在撤退台湾的紧张过渡之际，面对千头万绪的危乱败局，在短短的两三个月的时间里，还来不及制订出详细的文艺政策实施计划；所以，"战斗文艺"的口号尚不统一，影响层面也有限，还处在酝酿和启动阶段。但毋庸置疑的是，萌芽期的"战斗文艺"端倪，很快给国民党当局组织文艺运动提示了路向，并成为后来喧嚣一时的"战斗文艺"运动的前奏。

2. 泛滥阶段：1950年3月至1956年。随着国民党对"反共文艺"政策的强化，"战斗文艺"运动很快被纳入官方统一的施政体系之中，并通过官方的大力鼓噪，一步步推向高潮，最终泛滥成灾。1950年是国民党推行文艺政策的关键时段。同年发生的几件大事，关涉到文艺方向、文艺策略、文艺组织等重要问题。一是"中央改造委员会"于1950年3月成立，在政纲中正式列入"文艺工作"一项，要求文艺工作全面配合"反攻复国"的战斗任务。二是国民党"中宣部长"张道藩为主任委员的"中华文艺奖金委员会"于1950年3月1日正式成立；由陈纪滢担任主席的"中国文艺协会"于1950年5月4日成立，同时公布了"中华文艺奖金委员"首度"五四"奖金得奖名单。三是蒋经国同年担任"政治部主任"（隶属"国防部"，1969年改称"国防部政治作战部"），翌年即发表《敬告文艺界人士书》，提出"文艺到军中去"的号召。至此，"政策文学的两支主干均于本年确立，蒋经国的'总政治部'系统和张道藩的'文协'系统在初期发展阶段彼此呼应，形成军中文艺界和社会文艺界双管齐下的犄角之势。"[1]

1954年，在国民党当局的授意下，"中国文艺协会"掀起文艺政策的狂潮，通过"文化清洁运动"，把"战斗文艺"主张推向台湾社会各界。在所谓清除"赤色的毒""黄色的害"和"黑色的罪"的运动中，"中国文艺协会"不仅成立了"文化清洁运动促进委员会"，还频频召开座谈会，多次举办"专题广播讲座"，来加大宣传舆论攻势。国民党当局也公布了"战时出版品禁止或限制刊载事项"九项，并给予《中国新闻》等10家杂志以停刊

---

[1]郑明娳：《当代台湾文艺政策的发展、影响和检讨》，《当代台湾政治文学论》，台北：时报文化出版公司，1994年7月版，第24页。

处分。这场由"文协"首先发难的文化整肃运动，实际上是为"战斗文艺"运动鸣锣开道、扫清障碍的一次官方行动预演。

1955年1月，在蒋介石的亲自倡导下，正式揭橥了官方"战斗文艺"运动。当时担任国民党中央委员会第四组主任的陈裕清曾经这样总结泛滥时期的"战斗文艺"运动：

> 此时为了适应反共战争的需要，正式喊出"战斗文艺"的口号，力图在文学、影剧、美术、音乐、舞蹈等文艺领域，发挥文艺的战斗精神，加强战斗文艺的创作与活动。我们的文艺发展，有了统一的目标，有了明确的创作路线，有了切实可行的方案，文艺界由成长到成熟，得到了很大帮助。[1]

随着"战斗文艺"运动的迅速推进，御用的文艺界亦紧锣密鼓，竞相配合。为了给"战斗文艺"寻找理论依据，当时的鼓吹者在"三民主义文艺"与"战斗文艺"之间规划了一条连接路线。而在此之前，国民党文艺政策的始作俑者张道藩再三强调的"三民主义文艺观"，其真实面目则是：

> 以反共抗俄为内容的作品，都是三民主义的文艺作品，不仅可以消除赤色共产主义的毒素，而且导引国民实践三民主义的革命理想。文艺的反共抗俄，是反侵略的，从而发扬我们的民族主义的精神；文艺的反共抗俄，是反极权的，从而发扬我们民权主义的真谛；文艺的反共抗俄，是反斗争、反清算、反屠杀的，从而发扬民生主义的精义。[2]

事实上，50年代的文坛上，无论是"战斗文艺"理论的纷纷出台，诸如频频出版的《三民主义文艺论》（张道藩著，台北：文艺创作出版社，1954年4月）、《三民主义文学论》（王集丛著，台北：帕米尔书店，1952年再版）、《战斗文艺论》（王集丛著，台北：文坛社，1955年10月）、《论中国

---

[1] 转引自尹雪曼：《"国军"新文艺运动的成就》，《中国新文学史论》，台北："中华复兴运动推动委员会"，1983年9月版，第246页。

[2] 张道藩：《论当前文艺创作的三个问题》，《联合报》副刊，1952年5月4日。

文艺》（孙旗著，香港：亚洲出版社，1956 年）、《论战斗文学》（葛贤宁著，台北，"中华文化复兴委员会"，1955 年）等等；还是《台湾新生报》《民族副刊》《文艺创作》《文坛》《军中文艺》等报刊开设的一系列"战斗文艺"笔谈，都不过是围绕"三民主义文艺观"，对国民党文艺政策进行的种种阐释与鼓吹。其实质与目的，无非是打着三民主义的旗号，走着"战斗文艺"的路线，把台湾的文艺运动纳入为"反共政治"服务的轨道上来。

由于国民党当局采取了上述的重要步骤，"战斗文艺"呼声颇为喧嚣，"一些官员便为战斗文艺忙得团团转，连各县市都挂出'战斗文艺委员会'的招牌，委员们天天开会讨论，拟纲领、订方案、汗流浃背，空前紧张。"[1] 到了 1956 年，"战斗文艺"运动已经呈现出"战鼓与军号齐鸣、党旗同标语一色"[2] 的泛滥之势。1956 年 1 月，国民党中央委员会第七届二中全会通过了"展开反共文艺战斗工作实施方案"，"战斗文艺"运动铺天盖地地全面展开。仅在 1950 年至 1952 年这三年，从事"战斗文艺"写作的作家便多达 1500 多人至 2000 人，并出版有长篇小说 10 余种，中篇小说 20 余种，短篇小说近 30 种，诗集约 20 种，漫画与歌曲 10 余种，合计120—130 种之多。[3] 至 1956 年泛滥之际，"有关战斗文艺的理论和创作，蔚成一大风尚。各报副刊和文艺刊物都竞相发表此类文稿"，[4] 当时征集到的作品就达万件。至此，"战斗文艺"运动以官方话语霸权的姿态，完全占据了 50 年代文坛的主流地位。

第二节　"战斗文艺"运动实施的文艺策略

在"战斗文艺"运动从出台到泛滥的过程中，官方话语霸权的实现，主要通过三种文艺策略来推动。其笼罩面甚广，关涉文艺阵地、作家队伍、

---

［1］王蓝：《岁首说真话》，《联合报》副刊，1958 年 1 月 5 日第 6 版。
［2］郭枫：《40 年来台湾文学的环境与生态》，《新地文学》1990 年第 2 期。
［3］见张道藩：《论当前自由中国文艺发展的方向》，《文艺创作》1953 年第 21 期。
［4］尹雪曼：《"中华民国"文艺史》，台北：正中书局，1976 年 7 月第 2 版，第 87 页。

社团组织、创作奖惩、文艺培训等诸多层面，遍及文学、语言、美术、音乐、戏剧等多个领域。这三种文艺策略的具体内容如下：

1. 实施官方奖励与"培训"，大力扶植"战斗文艺"创作。奖金制度下的创作兴盛，是"战斗文艺"运动中的突出现象。早在1950年3月，蒋介石指示张道藩创办的"中华文艺奖金委员会"，成为国民党当局来台后第一个以官方命令设立的关涉文艺的组织。以"反共政治"开道，是"文奖会"成立的宗旨与原则，诸如"奖助富有时代性的文艺创作，以激励民心士气，发挥反共抗俄的精神力量"。[1] 在对"征求文艺创作办法"的拟定上，"本会征求之各类文艺创作，以能应用多方面技巧发扬国家民族意识及蓄有反共抗俄之意义者为原则。"[2] 具体到征文内容，则主要集中于两个方面：一是反映所谓"反共志士"同共产党做斗争的经过；二是表现国民党的军中生活，主题指向则鲜明地标志为"反攻复国"。在"文奖会"上述原则的鼓动与诱惑下，"战斗文艺"创作一开始就埋下了它强化政治色彩、陷入模式化创作的内在危机。

金钱扶植、利诱文坛是"文奖会"的具体操作模式。"文奖会"每年由官方提供60万新台币的经费，通过高额奖金和稿酬，鼓励作家走上御用写作的道路。"文奖会"先是公开征求"反共抗俄"歌曲，继而扩大为征求和奖励包括诗歌、曲谱、小说、戏剧、电影、宣传画、文艺理论、鼓词小调等11项文艺创作。在"文奖会"存在的7年中，共办过17次评奖，投稿者达3000多人，作品近万件，获奖作家有120人，从优得稿酬者在1000人以上。当时从事散文创作兼营文艺评论的司徒卫，曾经这样描述50年代的奖金现象：

在自由中国文艺运动的开展中，奖金制度曾经是主要的鼓励与资助文艺创作的一种力量。在反共文艺运动发端时期，它自有功绩在。数以千计的文艺作家曾获得奖金或稿费的鼓励，作品得到刊载与出版

---

[1]赵友培：《文坛先进张道藩》，台北：重光文艺出版社，1975年版，第193页。
[2]《中华文艺奖金会，征求文艺创作办法》，《文艺创作》，1951年第1期，第161页。

的机会。……自由中国长篇小说的兴盛，是奖金制度影响下的一个显明的例子。[1]

"文奖会"的高额奖金和物质鼓励，虽然使许多人通过"战斗文艺"写作榜上有名，但其作品却以趋时和速朽的命运，很快成为文坛的过眼烟云。1950年"文奖会"首度公布的"五四"奖金得主名单，奖励的是如下类型的作品：

1. 歌词：第一奖赵友培《反共进行曲》，第二奖章甘霖《反共抗俄歌》，第三奖孙陵《保卫我台湾》。

2. 得稿费酬金者：纪弦《怒吼吧！台湾》，乐牧《怀大陆》，张清征《自由生存》，毛燮文《我不再流浪》，杜敬伦《反共抗俄歌》，郭庭钰《为了自由》，刘厚纯《妇女反共歌》，吴波《一仗打得好》，张奋岳《保卫海南》，方声《保卫大中华》，胡尔刚《江河忘》，林洪《反攻大陆回故乡》，何逸夫《革命青年》，万铨《打回大陆去》，小亚《反共进行曲》，宋龙江《反极权反独裁》。[2]

另有获奖曲谱15项，皆为清一色的"反共进行曲"。上述作品所提供的，正是50年代"战斗文艺"创作的一种面貌。然而，随着国民党当局"反攻复国"政治神话的幻灭，当年的这些政治宣教作品无法逃过被历史遗忘的命运。

2. 通过官办"民间"文艺团体，将作家纳入"战斗文艺"的组织网络之中。1954年5月4日，由张道藩、陈纪滢、王平陵发起，"中国文艺协会"首先成立于台北。"文协"作为当时台湾规模最大的组织，它大量吸纳大陆来台的作家，各报副刊、杂志的编辑和作者，以及艺术界、影剧界的名人，"会员人数，也从第一年的一百五十余人，到第二年的四百一十五

---

[1]司徒卫：《泛论自由中国的小说》，《书评续集》，台北：幼狮书店，1960年6月，第56页。

[2]司徒卫：《泛论自由中国的小说》，《书评续集》，台北：幼狮书店，1960年6月，第56页。

人，再到第三年的七百四十七人。而截至一九五四年四月二十日，则为一千人。其成长的迅速，正像该会自己所说：'自由中国的文艺工作者，十九均已参加本（文协）会。'"[1] "文协"下设"小说创作""诗歌创作""散文创作""话剧""文艺评论""文艺教育""民俗文艺"等八个研究委员会，主导文学创作的各个领域，全面配合"战斗文艺"运动。名义上，"文协"是民间社团；而本质上，它曾经在当时充当了执行官方文艺政策的御用机构。正如台湾学者郑明娳所指出的那样："文艺协会形同不具备法定地位的官方组织，完全笼罩在政治的气氛下，继续暴露御用性格，乃至将文艺视为对中国大陆进行心理喊话的工具，和文艺本身品质的发展逐渐脱节。"[2]

50年代的"战斗文艺"运动，正如陈纪滢所言，是以"文奖会"和"文协"两大团体为中枢，在统一领导、严密配合之下顺利进行的。前者以奖金为实质鼓励，后者则动员作家。[3] "文协"特别注重作家的训练和培植，不断扩充了"反共文学"的创作人口。在此前后，1953年成立的"中国青年写作协会"（简称"作协"），经过五年努力，会员已达三千多人，笔友会也高达万余人。[4] 它曾大力开办"战斗文艺营""复兴文艺营"，并由"中央日报"提供版面进行专题报道，借以吸引广大青年参加"战斗文艺"的受训活动。

不仅如此，这些官办"民间"文艺团体，还往往采用宣言的方式，对官方进行效忠、守分的宣示。"民间"社团与统治当局之间的微妙关系，可以从中窥见一斑。

"文协"要求会员做"反共复国"的文艺战士，并公布了《中国文艺协

---

[1]"中国文艺协会"第四届理事会编印：《耕耘四年》，台北："中国文艺协会"1954年5月4日发行，第3页。

[2]郑明娳：《当代台湾文艺政策的发展、影响和检讨》，载《当代台湾政治文学论》，台北：时报文化出版公司，1994年7月版，第29页。

[3]陈纪滢：《十年文艺工作透视》，台北："中央日报"1960年5月4日。

[4]刘心皇编：《当代新文学大系·史料与索引》，台北：天视出版公司，1981年8月版，第53—58页。

会动员公约》。文曰：

> 我们愿意贡献一切力量，争取反共抗俄战争的胜利，并为厉行国家总动员法令，各自努力本位工作，经郑重议定下列公约，保证切实履行，如有违反，愿服从众议，接受严厉的批评和制裁，决无异言。
>
> （1）恪遵政府法令，推动文化动员。
>
> （2）发扬民族精神，致力救国文艺。
>
> （3）团结文艺力量，坚持反共斗争。
>
> （4）实行新速实简，转移社会风气。
>
> （5）严肃写作态度，坚定革命立场。
>
> （6）巩固文艺阵营，注意保密防谍。
>
> （7）加强研究工作，互相砥砺学习。
>
> （8）集会严守时间，力求生活节约。[1]

1953 年 8 月，"中国青年写作协会"成立并宣言：

> 我们不仅以团结国内的文艺工作者为满足，我们还希望并要求海外的华侨青年文艺工作者，和我们站在一起，同心同德，为反共抗俄而写作，为复兴建国而磨砺。

以上公约或宣言充分暴露了 50 年代严峻肃杀的社会氛围。作家团体采取向官方主动表态的模式彼此规约，并对其中重要角色委以重任，让他们担任当时最有影响力的报纸副刊和文艺杂志主编，诸如孙陵之于《民族报》副刊主编，葛贤宁之于《文艺创作》主编等等。而作家与文艺团体一旦被强行纳入文宣战争的一元化轨道，其御用性格和工具效用也就不可避免地日益暴露出来。1954 年 7 月 26 日，陈纪滢刚刚提出"文化清洁运动"的口号；8 月 9 日，就有"中国文艺协会"等 155 个社团同时在各报发表"自由中国为推行文化清洁运动厉行除三害宣言"。"民间"团体对官方文艺思潮

---

[1]转引自郑明娳：《当代台湾文艺政策的发展、影响和检讨》，载《当代台湾政治文学论》，台北：时报文化出版公司，1994 年 7 月版，第 28—29 页。

的一味趋同，构成了 50 年代"战斗文艺"运动的显著特征。

3. 创办文艺刊物，建立"战斗文艺"的发表阵地。当时卷入"反共文艺"思潮的刊物主要有下列数种：

（1）《文艺创作》：1951 年 5 月由"中华文艺奖金会"创办。葛贤宁任主编，张道藩任社长，是 50 年代提倡"战斗文艺"的权威性杂志。（2）《半月文艺》：1950 年 3 月创刊，主编兼社长为程敬扶。其办刊宗旨为"严正地批判赤色思潮，并提出建立民族文学"。（3）《火炬》半月刊：1950 年 12 月创刊，孙陵任主编，是颇具"战斗气息"的一份刊物。（4）《新文艺》：1951 年 3 月创刊，朱西甯任主编，为国民党总政治部主办的刊物。（5）《文坛》月刊：1951 年 6 月创刊，穆中南任发行人兼主编，曾多次发起"战斗文艺"的讨论。（6）《绿洲》半月刊：1952 年 7 月创刊，主编为金文璞。该刊旨趣在于阐扬"反共政策"，推行"战斗文艺"。（7）《中国文艺》：1952 年 12 月创刊，王平陵任主编。（8）《晨光》：1953 年 3 月创刊，吴恺玄任主编。其宗旨为"提高人群警觉和文艺素养，更要坚定军民反共抗俄的信心"。（9）《文艺月报》：1954 年 1 月创刊，主编为虞君质。曾以"战斗文艺"专号，配合"反共文艺"活动。（10）《军中文艺》：1954 年 1 月创刊，由"国防部总政治部"创办，是发展"军中文艺"的据点。（11）《幼狮文艺》：1954 年 3 月创刊，由"中国青年反共救国团"和"中国青年作家协会"主办，冯放民等人为主编。

除了文艺杂志，报纸副刊亦始终成为"战斗文艺"运动推波助澜的主力军。50 年代有影响力的副刊，均有下列数家：

"中央日报"副刊，先后由耿修业（茹茵）、孙陵主编。《新生报》副刊，先后由冯放民（凤兮）、姚朋（彭歌）主编。《民族报》副刊，由孙陵主编。《公论报》副刊，由王聿均主编。《新生报》副刊，先后由欧阳醇、尹雪曼主编。

这些文艺发表园地，有着那个年代时政带给文艺领域的突出特点。首先，50 年代文艺阵地创办人的政治身份与思想倾向，使他们皆致力于"战斗文艺"运动的推广。其次，文艺报刊在寻求官方经费支持的同时，也不同程度地沦为政策文学的工具。再则，众多直接或间接地为 "战斗文艺" 服务的报刊阵地，对当时的文艺发表渠道形成了垄断与操纵的局面，控制了文坛的走向。

上述文艺策略，作为 "战斗文艺" 运动实施的具体保证，体现着官方意志对台湾文艺界的全方位宰制，也宣告了一个为 "反共政治" 服务的非正常文学时代的到来。

第三节　台湾 50 年代的 "反共小说"

在 "战斗文艺" 运动主导台湾文坛的 50 年代，从事 "反共文学" 的作家，主要由大陆赴台的政界作家和军中作家两部分人组成。当一种政治风潮席卷而来的时候，他们以自己在特定政治语境下的文学创作，或自觉、或不自觉、或被迫地充当了配合官方营造政治神话的宣传工具，也为 "战斗文艺" 运动起到了不同程度的推波助澜的作用。事实上，这种情形不是个人的、局部的创作现象，而是官方话语霸权和文化垄断政策统治文坛的结果，它不仅以一个时代的作家才华与文学生命的虚掷浪费，遏制了台湾文学的正常发展，也造成了一段荒谬而沉痛的文学历史。

就政界作家而言，早期成员不仅包括那些被官方委以重任、手握副刊的主编，还有诸多出身情治系统国民党人士加盟。陈纪滢、王蓝、王平陵、于还素、刘心皇、葛贤宁、孙旗这类作家，当年多在国民党的党、政、群等机关服务，同时又从事舞文弄墨活动；其文学创作，则直接服务于仕途政治。从创作心态上看，或由于 "反共抗俄" 的政治倾向与流落孤岛、短期居留的统治者心态，或因为抒发败退台湾，故土难回的乱世愤情，或由于被官方 "战斗文艺" 潮流所裹挟，其中也不排除某些人为高额奖金所利诱。所以，政界作家多以峻急之情投入 "反共文学" 创作，不断虚构出 "反攻大陆回家乡" 的政治神话，借以抚慰人心。一些有着情治系统背景的政界作家，还把文艺运动当作战斗，视不同政见者为敌人，特别强化了文艺界的一种 "战斗心态"，这使他们创作的 "反共" 色彩更为强烈。

　　以军中作家来论，是指那些败退台湾任职于国民党军队，又从事文学创作的人。"军中文艺"的推进和军中作家的培养，是"战斗文艺"运动的重要组成部分，它体现着官方在枪杆子与笔杆子相结合、创立能文能武部队方面的政治文化构想。较之"战斗文艺"风潮，"军中文艺"运动贯穿时间更长。从50年代的"军中文艺"路线，到60年代的"国军新文艺运动"；从1954年设立的"军中文艺奖金"，到1965年之后按年度颁发的"军中文艺金像奖"，军中作家不仅数量多，影响大，文学活动周期也长。除了人称"军中三剑客"的司马中原、朱西甯、段彩华，还有高阳、尼洛、张放、田原、杨念慈、魏子云、吴东权、舒畅、姜穆、呼啸、邓文来、邵僩等人，都是当时活跃于军旅的作家。"军中文艺"创作虽然也是50年代"战斗文艺"思潮中的一支流脉，但它与政界作家的"反共文学"创作有不同程度的区别。由于军中作家多出生于30年代，跟随国民党部队来台湾时许多人还是十六七岁的"少年兵"，相比较而言，他们的"反共情绪"不像政界作家那么激烈、偏执、持久，随着时代的进步和自身的变化，他们其中的一些人也有所反省了自己的政治立场写作。又因为军中作家虽然受到"战斗文艺"口号的制约和影响，写了一些个人的战争经历和与"共军"作战的故事，但以他们对大陆的童年经验和乡土记忆，还是使笔下那种带有政治色彩的"怀乡文学"，具有了并非单一的层面，更何况他们的创作高峰往往出现在六七十年代，一些颇有影响的代表作，如司马中原的《红丝凤》，朱西甯的《破晓时分》《狼》，段彩华的《花雕宴》，以及高阳的历史小说，早已不能以"反共文学"而一言以敬之。

　　具体到"反共文学"的创作实践，它在不同的体裁领域有着各自的表现。充当"战斗文艺"运动急先锋的"战斗诗歌"，首先走在了50年代前列。其创作取向，是要"为劳苦的反共的三军战士而歌，为勤勉的反共的全自由中国广大群众而歌，为国家的种种灾难和民族的衰弱与不幸而歌，更为大陆上沦为铁幕的六亿同胞在死亡与奴役的挣扎而歌"。[1] 一时间，趋

---

[1]葛贤宁、上官予编著：《五十年来的中国诗歌》，台北：中正书局，1965年3月版，第81页。

时之作纷纷登场，它们多以歪曲事实和虚构事实为前提，来发泄仇恨和煽动 "反共情绪"。

由此可知，构成 "战斗诗歌" 基本风貌的不是空洞无物的 "标语诗"，即是违背历史真实的 "丑化诗"，政治层面的宣传与攻击占据主要内容。

电影和戏剧的选材，更集中于 "揭发中共的贫穷、屠杀、无人性，以及心向王师这些教条"，[1] 它以强烈的宣教意义和广泛的传播效应，在 "战斗文艺" 运动中发挥特殊的作用。《恶梦初醒》《春满人间》《奔》《罂粟花》《歧路》《夜尽天明》《碧海同舟》等影片，或以所谓 "暴露中共暴行阴谋为主"，或以间谍斗智加上谈情说爱为模式，或以掩饰台湾社会阴暗面、赞颂国民党当局统治为倾向，走的皆是 "战斗文艺" 的路线。戏剧方面，《海啸》《樊笼》《大别山下》《大巴山之恋》《人兽之间》《愤怒的火焰》《春归何处》《乱离世家》《魔劫》等作品，无论是题材或功能皆为 "反共抗俄" "戡乱" 战斗。

小说创作作为 "战斗文艺" 运动的重镇，作品数量极为庞大，且多为文人式写作。小说的描写，"其内容不外两种：一是写我们的忠贞的反共志士，在大陆沦陷前后，和共匪斗争的经过；一是写军中的生活和战争的事实。"[2] 在那种高喊 "反共"、直奔主题的小说之外，有一类创作发挥的 "战斗作用"，可能更突出。它们往往将国民党时代的 "反共意识" 与小儿女的感情纠葛相交织，把孤悬海外怀旧恋乡的漂泊经验与 "反攻大陆" 的复仇情绪结合起来，加之辅以某种 "艺术性" 的传达，这类作品更具有煽动力和迷惑性。比较典型的作品有：陈纪滢的《荻村传》《赤地》《华夏八年》；姜贵的《旋风》《重阳》；王蓝的《蓝与黑》《长夜》；潘人木的《莲漪表妹》《马兰自传》《如梦令》；潘垒的《红河三部曲》；端木方的《疤勋章》；彭歌的《落月》；司马中原的《荒原》《狼烟》等等。这些作品多描写所谓国民党的 "反共义士"，在大陆 "沦陷" 前后，如何与共产党进行斗

---

[1]焦桐：《台湾战后初期的戏剧》，台北：台原出版社，1990 年 6 月版，第 65 页。

[2]见《飞扬的年代——五十年代文学座谈会》，台北：《联合报》1980 年 5 月 5 日第 8 版。

争的故事，以及大陆"沦陷"后人民的"悲剧性"遭遇。无论其艺术表达有着怎样的迂回曲折，"反共复国"的主题始终不渝，鲜明如初。

从事"反共文学"创作的作家，有的在大陆时期就已经投身文学创作，并且不乏艺术功力；有的是到台湾后开始文学生涯，也具备艺术潜质；但由于那种逆历史潮流而动的立场和来自愤怒与仇恨的情绪，驱使他们在50年代走的是"战斗文艺"的路线，最终导致了文学创作的失真和个人才华的虚掷。50年代的文坛上，最具有代表性的"反共文学"作家有姜贵、陈纪滢、潘人木等。

姜贵（1908—1980），本名王林渡，山东诸城人，出生于一个式微的大地主家庭。中学时代参加国民党，抗战时期任职于国民党军旅，在大陆时曾发表《迷惘》《突围》《江淮之间》三部小说。1948年携家来台后，出版长篇小说19部，中短篇小说集3种。其小说创作，或带有浓郁的自传色彩，或致力于历史题材，或编织婚姻恋爱故事，但真正引起人们关注，是由于其"反共小说"《旋风》（台北，自印，1957年）、《重阳》（台北，自印，1961年）的推出。

在50年代的"反共文学"作家中，姜贵虽然最为卖力，但当时并没有得到人们想象中的官方青睐和奖赏，这是一段非常奇怪的"反共文学"经历。《旋风》1951年写出后，7年之间无法出版。姜贵至少找了10家出版社，都被拒之门外。推到1957年，姜贵找到台南一家出版社，自费出版《旋风》500本，其中200本分赠各方，300本上市，结果多数滞销。这期间，姜贵失业、被讼，生活穷困而不得志。但姜贵一直坚持自己的"反共政治"立场，多年之后回眸《旋风》，他还声称："如此旋风，你也用不着委屈，因为在那个时候，对反共、忠党、爱国这些神圣的使命，你已经尽了你的力。"[1] 姜贵与当年追随国民党当局赴台的诸多人士一样，并没有得到权力机构的完善照顾，生活景况无聊而黯淡，而"回忆过去种种，都如

---

[1]姜贵：《晓梦春心·后记》，《姜贵自选集》，台北：黎明文化事业股份有限公司，1980年3月版，第389页。

一梦"。[1] 政治与生活的双重失意，使得姜贵以一种流亡心态从事创作，虽然服膺于"反共抗俄"的"战斗文艺"方向，但在创作手法上没有完全按照"反共八股"的公式来写"反共小说"；地下情治工作人员的经历，帮助他把小说写得有点像"反共"间谍电影那样曲曲折折的斗智游戏。较之那些粗制滥造、直奔主题的"反共八股"，姜贵的"反共小说"有他貌似"高明"的一面，《旋风》和《重阳》由此被胡适肯定为所有台湾"反共文学"中仅有的"佳作"，但国民党的文宣机器对此却不以为然，姜贵的小说在台湾始终是个冷门。这说明 50 年代的官方文学政治，表面上仿佛一统天下，简单明确，事实上却有其暗潮汹涌的复杂性。

姜贵的《旋风》与《重阳》，是以反历史的复杂怀旧心理和鲜明的"反共"倾向为灵魂的。与那些一味叫嚣"杀尽共匪，反攻大陆，光复祖国河山"的"反共八股"有别，姜贵有着更为自觉的思考。在他看来，"共产党不是从天上掉下来的，我们必须敢于分析它所以产生的那些因素，然后才能希望有办法把它们扑灭……反共需要冷静，也需要智慧。"[2] 因而，他的"反共小说"，都"旨在探究共党何以会在中国兴起。《旋风》重农村，《重阳》重都市，是其不同而已"。[3] 姜贵正是从这一主旨出发，对历史、时代、社会生活做了全面歪曲的描写和解释。

《旋风》又名《今梼杌传》，创作于 1951 年。"梼杌"本是古代传说中的恶兽，为《神异经》所记载。姜贵以此来比喻共产党，可见其政治立场所在。小说以 20 年代至 40 年代山东诸城附近的方镇为背景，通过当地望族方家的兴衰变化与人物命运沉浮，来诋毁共产党革命斗争的历史。小说以所谓"杀人放火""共产共妻""阴险贪婪""勾结日军""残害百姓"等种种人间罪恶，来杜撰和诅咒共产党人的革命历史；以方祥千叔侄从对旧家族的背叛到对共产党的背叛，来揭示姜贵所认定的共产主义的"虚妄性"

---

[1] 姜贵：《旋风·自序》，台北：明华书局，1959 年 6 月版。

[2] 姜贵：《重阳·自序》，台北：皇冠出版社，1973 年 4 月版。

[3] 姜贵：《自传》，《姜贵自选集》，台北：黎明文化事业股份有限公司，1980 年 3 月版，第 4 页。

和共产党的"旋风效应",这便是《旋风》及其姊妹篇《重阳》对"共党何以会在中国兴起"的探究结果。在这种对历史真相扭曲的背后,隐藏的是姜贵面对无可阻挡的历史进步,通过文学手段发泄人生仇恨和挽回政治挫败感的目的。政治立场与阶级偏见对台湾"反共文学"创作的左右与导向,由此得以明证。

陈纪滢(1908—1997),河北安国县(今保定安国市)人。1924年即在《晨报》发表作品,与人创办过《蓓蕾周刊》《大光报》。1938年担任"中华全国文艺界抗敌协会"理事,1948年当上国民党立法委员,1949年8月去台湾。陈纪滢在大陆时期已经身为国民党高级官员,去台之后长期担任台湾"中国文艺协会"的主任委员,他不仅成为多种官方文艺组织的领导者之一,也是官方文艺政策的直接推动者,所以他的文艺活动一直是和政治活动联系在一起的,他可以说是以标准的政界作家形象出现于台湾文坛的。陈纪滢一生著作甚丰,包括小说、理论、传记、游记、散文、剧本等等,各种著作达56种之多。其中有小说占据10种,并以这个领域的创作引人注目。

陈纪滢的"反共小说"代表是《荻村传》(台北:重光文艺出版社,1951年)、《赤地》(台北:重光文艺出版社,1955年)、《华夏八年》(台北:重光文艺出版社,1960年),其中以《荻村传》影响最大。作者创作这类小说的动机很明确,它是要"替失败后的国人记取教训,为抗战胜利后四年的社会悲歌!代大陆'沦陷'前的中国历史作脚注,为反共复国的誓师吹起前进的号角"![1]《荻村传》选择一个具有二流子性格的农民傻常顺儿来做主人公,企图透过人物命运的悲欢离合,来描写近代中国北方农村40年的历史变迁。但作品的基本立场和创作手法没有跳出"反共抗俄"、捏造歪曲的模式。在作者笔下,傻常顺儿被塑造成一个浑浑噩噩、被人利用的愚昧农民形象。义和团时,他参加义和团;日本人来了,他充当皇军班长、欺压妇女,胡作非为;共产党闹革命,他又摇身一变,成为共产党的村长,带着上级"发"给他的大龄妻子兰大娘四处扭秧歌。后来因为处分

---

[1]陈纪滢:《著者自白》,《赤地》,台北:文友出版社,1955年6月版。

公审斗死不少村民，到头来犯下浑身错误。小说开篇写傻常顺儿刚来荻村时，逢人便唱："先杀灭主教啊，后杀洋鬼子！"作者还在篇末煞有介事地发表议论："想来想去，这叫做全套、老百姓倒霉大演出，这台戏从头到尾，老百姓演的是全本武大郎。"与傻常顺儿从生到死的命运相对应的，是所谓的荻村由繁荣到衰落的历史变迁。在作者笔下，经历了义和团起事、清朝消亡、民国成立、抗日战争的荻村，一直"平静如水"；而一旦共产党进入荻村，"村民被杀的被杀，疯死的疯死，白天荻村是兽世界，晚上荻村是鬼天下。"从这些颠倒黑白的攻击性描述中可知，作者诋毁中国革命和人民群众的政治意图清晰自现。事实上，这种把农民的悲剧归罪于共产党一手导演的写法，并不是什么新鲜货色，它不过是"反共文学"流行模式的频频出演而已。

需要注意的是，陈纪滢一再声称他是受到鲁迅先生《阿Q正传》的影响而塑造傻常顺儿这个人物的。从表面上看，傻常顺儿与阿Q不仅有着相似的身世经历，就连外貌特征也如兄如弟，并被定位于"保守、愚蠢、贫苦、狡诈、盲昧、永远是被支配者"的农民形象。而事实上，陈纪滢刻画的傻常顺儿性格，目的在于揭示所谓农民由于善良和愚昧而"被共产党愚弄和虐杀"的悲剧，人物形象是出于"反共政治"与文宣战争的需要所虚构、捏造出来的一个工具，并非生活本身和历史真相的发现。但对于鲁迅先生来说，他创造阿Q形象，"实不以滑稽或哀怜为目的"，[1] 而是要"画出这样沉默的国民的魂灵来"，[2] 摄录下辛亥革命前后乡土中国的人心史和民族苦难史，并由此概括出人类社会一种带有巨大普遍性的心理结构。由此可见，《荻村传》不过是一个拙劣的"仿制品"，它与《阿Q正传》根本无法同日而语。作者既无鲁迅之德，又欠鲁迅之才，更因为它是逆历史潮流而动的创作，这种刻意的模仿并不能掩饰他图解"反共政治"、违背历史真实的致命硬伤。所以，《荻村传》就其内涵而言，它是对鲁迅先生《阿Q正传》的一种反动。

---

[1]鲁迅：《致王乔南》（1930 年 10 月 3 日），收入《鲁迅全集》第 12 卷。
[2]鲁迅：《俄文译本〈阿Q正传〉序》，《鲁迅全集》第 7 卷，第 82 页。

潘人木（1919—2005），辽宁沈阳人，以"风头最健"的女作家形象活跃于 50 年代"战斗文艺"创作中。重庆中央大学毕业后，她曾任职于重庆海关。1949 年去台，任台湾省教育厅儿童文学编纂小组总编辑。她的创作，一方面集中于"反共小说"写作，出版的四种作品中，中篇小说《如梦记》、长篇小说《莲漪表妹》和《马兰自传》，分别获得 1950 年、1951 年—1952 年官方颁布的"中华文艺奖"。另一方面，她醉心于儿童文学写作，出版有《小萤萤》等儿童文学作品 19 种。

基于自己特殊的"反共"心理和经验，潘人木巴不得《莲漪表妹》这样的作品"够资格称为抗战的；反共的小说，也巴不得我有能力再多写几本抗战的反共的小说了"。[1]她的"反共小说"，或描写抗日青年怀着天真浪漫的爱国情感，受到左派的所谓蛊惑宣传，为追求救国之道投奔延安，却"上当受骗，做了共产党的牺牲品"，如《莲漪表妹》；或在男女青年的爱情故事描写中，把动乱时代的根源和人物悲剧的祸因，一起归罪于共产党，如《马兰自传》。潘人木的"反共小说"特点，一是往往在作品中对国民党"小骂大帮忙"，以所谓国共两党的"正反"对比，来证明国民党"好"于共产党。二是透过青年一代政治信仰的罪与罚，婚姻爱情的成与败，来观察政治及意识形态领域的斗争，作者"反共恐共"的政治立场往往贯穿于主人公复杂曲折的人生故事之中。较之那些直白喧嚣式的"反共"作品，潘人木这种爱情加"反共"的小说，也更带有蒙蔽性。其三，出于女作家的文笔，潘人木对女性心理细致入微的揭示，也为其"反共文学"作品增添了某种艺术色彩。总的来看，潘人木这类小说没有脱离"反共文学"的政治架构，仍然诉求于对共产党的所谓"控诉"主题。面对曲折变化的社会现实与人类历史的发展趋向，作者则是以个人因素的过多介入乃至主导创作，始终保持了"反共恐共"、分殊敌我的意识形态动机和对历史旧账耿耿于怀的复仇情绪，由此带来的，往往是用文学清算政治的创作歧路；而其中所丧失的，正是一个作家忠实于生活的良知与使命。

50 年代从事"反共文学"创作的作家，尽管他们的创作动机各有侧重，

---

[1]潘人木：《莲漪表妹·序》，《莲漪表妹》，台北：纯文学出版社，1974 年 11 月版。

发表数量与持续时段也互有差异，但因为它们都孕育于 "战斗文艺" 运动之中，在创作倾向上又有其同构性。概括说来，那就是以歪曲现实生活，颠倒历史是非的虚妄性，形成了反现实主义的创作逆流。"反共文学" 创作要帮助国民党当局遮盖失去大陆的耻辱，掩饰失败的历史真相，转移民众的注意视线，摆脱当时的危困境遇，就需要通过污蔑、歪曲、攻击共产党和大陆人民的手段，虚构出一个 "反共复国" 的政治神话。然而，艺术的真谛在于社会良知，全然背叛生活真实和艺术真实的创作，只能导致文学艺术大踏步地倒退。

第四节　台湾 50 年代的 "反共诗歌"

1949 年跟随国民党残余政权去台湾的诗人有：纪弦、覃子豪、钟鼎文、李莎、王蓝、宋膺、钟雷、杨唤、张秀亚、胡品清、彭邦桢、符节合、杨念慈、田湜、楚卿、张澈、公孙娫、羊令野、上官予、葛贤宁、叶泥、墨人、余光中、郑愁予等。这批诗人中政治倾向比较复杂。有一些是比较清纯的，具有艺术理想和追求的诗人；有的是受到国民党政治宣传，跟着国民党跑了一段弯路的诗人；只有极少数是国民党文艺方面的代表人物。

50 年代，配合国民党政治上的 "反攻复国" 和 "反共抗俄" 的政治目的，所谓的 "战斗文艺" 甚嚣尘上。"反共诗歌" 是 "反共文艺" 的重要一翼。1949 年国民党刚到台湾立足未稳，国民党中央宣传部代部长兼台北市文化运动委员会主任任卓宣，便约请孙陵炮制了《保卫大台湾歌》。这是 "反共文艺的第一声"。该歌词露骨地进行歇斯底里的 "反共抗俄"，叫嚣 "杀尽共产党，打倒苏联，保卫台湾，保卫民族圣地！反攻大陆，光复祖国河山"。50 年代的 "反共诗"，看其一篇就知全部，大体上都是一个调子，一种口号，一个模式。在 "反共" 文人中葛贤宁表现得最为积极，最为彻底。

葛贤宁（1907—1961），上海中国公学校毕业。曾任中学教员，早年出版的诗集有《海》《荒村》。抗战时期，他创作了长诗《额非尔士的青春》，到台湾后，投蒋介石所好迅速进行补充修改，加入了 "反共" 内容，露骨地吹捧歌颂蒋介石，易名为《常住峰的青春》，于 1950 年 6 月在台湾出版，被称为台湾"第一部反共诗集"。作者在诗集中写道：以此史诗献给"蒋中正先生及一切为民族争自由的人们"，诗中极尽吹牛拍马之能事。葛贤宁为吹捧蒋介石使尽了浑身解数。1955 年初，蒋介石一提出"战斗文艺"的口号，葛贤宁便立即心领神会，于同年 5 月就写成《论战斗文艺》一书，7 月出版。

50 年代台湾比较著名的"反共诗歌"作品还有《不凋的老兵——歌麦帅》《豆浆车旁》《祖国在呼唤》《同仇集》《哀祖国》《壮志凌云》《在飞扬的时代》《带怒的歌》《黎明集》《号角》《金门颂》《女学生与大兵哥》等。这些诗大都是泼妇骂街，既无诗味，也缺乏文字修养。如：《饮酒诗》写道："唉唉，这遍地烽火，满眼的狼烟/而那罪恶的五星红旗/庞然的阴影覆盖下/今天的节目是魔鬼跳舞/狗的宴会，傀儡的戏剧/随着王师百万，漂洋过海/乒乓劈拍哒哒哒轰隆隆地打回来。"那时的"战斗文艺"和"反共诗"，大体上重复着这样一些主题，即：（1）仇视共产党，仇视苏联。（2）向往和恢复已经失去的天堂，及在大陆时期的威武和荣耀。（3）叫嚣秣马厉兵，要杀回大陆，完成"反攻复国"的妄想。（4）叫嚣"保卫台湾"，防止"赤化"，要把台湾建成一个"反共抗俄"的基地。这些作者中，有的真是出于对共产党"亡家"的仇恨而咬牙切齿，一心要当"还乡团"。有的只是一种作秀，作为向高层蒋介石献媚邀功的一种表演。由于"反共诗"根本上违背了诗艺原则，丧失了生命力，因而只是一种过眼云烟。

第五节　"反共文学"的没落

50 年代后期至 60 年代中期，"反共文学"创作随着"战斗文艺"运动的不断跌落，最终走向了它的全面没落。

1957 年，"战斗文艺"运动在达到泛滥高潮之际，已经开始出现了日趋衰落的颓势。这一年，"中华文艺奖金委员会"因经费断绝而撤销，国民党当局竭尽全力维持的"战斗文艺"政策，也在具体工作中心上发生了位移，它主要由蒋经国担任"国防部总政治部主任"对军中系统出面贯彻执行，而由张道藩负责的"文协"系统，则成了外围的配合执行部门，两个系统原有的平行发展、互相呼应的文武结合格局有所打破。随着"战斗文艺"政策对军中系统的倾斜和倚重，"国军新文艺运动"在60年代中期应运而生。

"国军新文艺运动"的出现，标志着以军系作家为主导的政策文学形成。虽然以"新文艺"冠称，但它并未提供比"战斗文艺"更新鲜的内容，不过是50年代"军中文艺"的继续。确切地说，它是为走向衰落和沉寂的"战斗文艺"注入的一针强心剂。从1965年第一届"国军文艺大会"的召开，到"国军新文艺运动推行纲要"的制定；再至1967年国民党九届五中全会上"当前文艺政策"的颁布，这实际上是"将国民党的文艺政策正式纳编于国家行政体系之中，形成了党政军三联合的集团文化改造运动，将环绕着'战斗文艺'的各个主题推向高峰"。[1] 60年代国民党文艺政策所强调的"配合中华文艺复兴运动，积极推行三民主义新文艺建设"，"促进文艺与武艺合一，军中与社会一家"，"强化文化的敌情观念，坚持文艺的反共立场"等等，其精神实质，仍旧与50年代"反共文学"，"雪耻复国"的"战斗精神"一脉相承。

60年代，国民党当局对于文艺政策的态度虽然更趋明朗化，以官方意志垄断意识形态的动作也有增无减，但这种对文艺发展的投入并未收到预期的效果。尽管台湾军界逐年召开"国军文艺大会"，不断扩大"军中文艺金像奖"的颁奖范围，驱使"枪部队"兼营"笔部队"的使命和任务，但我们更多看到的是，只见官方的忙碌和鼓噪，却没有"国军新文艺运动"的创作高潮出现。事实上，这个时代从精神生活到经济形势都有了较大的发展，"反攻大陆"政治神话的一再破灭，导致了民众对国民党当局"反共复国"国策的现实质疑。加之自由主义思潮特别是西方现代主义思潮的涌进，冲蚀了官方政策文学的基础。在这种背景下，"战斗文艺"所依赖的政治根据与政策文学基础发生了动摇，"反共文学"创作也就不可避免地走向

---

[1]郑明娳：《当代台湾文艺政策的发展、影响与检讨》，《当代台湾政治文学论》，台北：时报文化出版公司，1994年7月版，第34页。

了衰落。

从"反共文学"自身的创作而言，以逆历史潮流而动的创作姿态，构成一种反历史的怀旧复仇文学面貌；以严重的模式化与公式化创作，形成千篇一律的"反共八股"；以鲜明的政治企图与御用性格，充当了官方政策文学的传声筒；"反共文学"的种种非文学创作弊端，不仅遭到了社会读者的普遍唾弃，也使它自身陷入万劫不复的境地。在"反共文学"的创作过程中，从作品的情节发展，到笔下的人物设计，都落入了公式化的窠臼，形成了一整套"反共小说"的固定模式。诸如：1. 爱情加"反共"的故事，如《蓝与黑》。2. 知识分子误入歧途又噩梦觉醒的命运，如《莲漪表妹》《马兰自传》。3. 共、日、匪合伙制造人间荒原的灾难，如《荒原》。4. 历史悲剧的控诉与怀旧复仇情绪的宣泄，如《旋风》。5. 大陆的"沦陷"与人民的痛苦现实，如《荻村传》。如此庞大的"战斗文艺"队伍，却在重复着如此单调的模式化作品；更何况"作品本身只在字面上充满'战斗美'，在实质上缺乏'文艺美'"。[1] 面对千篇一律的文学格局，基于对"反共文学"品质的维护，连国民党文艺政策的始作俑者张道藩也不无悲哀地承认：

> 一个不容否认的事实摆在我们面前：便是反共的文艺作品一年比一年产生得多了，广大读者对反共文艺作品的欣赏兴趣却一年一年减少了。不仅是少数专家学者认为这些作品，是属于"宣传"一类的东西；便是广大的读者，也把它们当作宣传品看待。反共文艺的效用，在逐渐减削。[2]

如此真实的"战斗文艺"运动总结，无疑是对官方文学思潮最绝妙的嘲讽。随着国民党"反共复国"政治神话的破产，"战斗文艺"运动与"反共文学"创作也成为强弩之末，不可避免地陷入衰落的命运。

---

[1]王蓝：《岁首说真话》，台北：《联合报》1958年1月5日第6版。

[2]张道藩：《论当前自由中国文艺发展的方向》，台北：《文艺创作》第21期，1953年1月。

第十二章
台湾女性文学的勃兴

第一节　台湾女性文学勃兴的概况

中国封建社会的历史悠久，造成了男女地位的极端不平等。女性不仅被剥夺了基本的人权，也被剥夺了接受文化教育的权利，参与社会事务的权利。因而中国的女性文学一直处于似有似无、时有时无的状态，是文学园地中稀有的花朵。在中国文学格局中，台湾的女性文学，出现得更晚。日本占领台湾五十年，实行野蛮的"皇民化"政策，他们禁止学习中文使用中文，妄图彻底摧毁中国文学。虽然中国文学英勇顽强地进行抗争，始终坚持着主流地位，但女性文学却几乎是一片空白。直到1949年，中国形势发生剧变，大陆一部分知识女性随着国民党残余政权来到台湾，与台湾仅有的几个女性作家进行结合，共同开创，台湾的女性文学才开始诞生和勃兴。那时大陆赴台的女作家，如苏雪林、谢冰莹、严友梅、华严、张漱菡、郭良蕙、孟瑶、琦君、张秀亚、胡品清、繁露、潘人木、艾雯、蓉子、钟梅音等。她们与先期从大陆赴台的台湾女性文学的开山人林海音一起，成了台湾女性文学的开创者一代。她们之中以小说家居多，也有散文家和诗人。从作家自身来看，她们中有五四时期出现的苏雪林、谢冰莹，也有30年代开始创作的张秀亚、孟瑶，而更多的作家是赴台后在50年代开始文学创作的。女作家们把大陆的文艺经验带到了台湾，她们的创作，一方面填补了台湾文学中的空白，另一方面又开辟了台湾女性文学的创作道路，开创了台湾女性文学勃兴的崭新局面。50年代女作家名副其实地成了台湾文学的半边天。自 1952 年到 1962 年女作家创作的长篇小说达 60 多部。其中孟瑶一人创作长篇小说 14 部，郭良蕙一人创作长篇小说 13 部。同一时期女作家出版短篇小说集 55 部，其中张淑菡一人出版 8 部。在 50 年代台湾动荡不定的社会生活环境中，这种创作是相当惊人的。这无疑是台湾女性文学勃兴的显著标记。

对于女作家们的兴起与活跃，余光中在《中国现代文学大系》的"总序"中说："女作家在文坛的兴起，也是值得我们高兴的一大现象。蓉子、林冷等在诗坛的美名久已远播，在小说方面，女作家更为活跃，小说入选的一百多位作家之中，女性约占四分之一。可是女作家最活跃的一个部分，仍是散文，散文入选的作者几乎一半是女性。"台湾文坛 50 年代出现的这批女作家，从全国各地来到台湾，战乱时代的经历和个人的生活遭遇，触动和震撼着女性敏感的心灵，她们用小说、散文、诗歌的形式来抒发时代的感触和个人的情感，创造出令人瞩目的成就，1955 年成立的"台湾省妇女写作协会"以后的十年间，会员已超过三百人。许多女作家不仅在创作上成绩突出，而且具有编辑与出版的能力和才干。在台湾"反共"与"怀乡"文学盛行的 50 年代，台湾女性文学创作恰似一阵清新之风，给文坛带来新的生机与活力。

第二节　台湾女性小说的勃兴

50 年代的台湾女性文学创作，以女性小说的成就最为突出。小说中性别意识的体现，向来与文学传统、社会状况和政治环境息息相关。台湾著名文学评论家齐邦媛在《闺怨之外》中评价："这近四十年的台湾，我们活在一个容不下闺怨的时代。光复初期在台湾的女子，刚从'日治'的阴影下出来，必须在语言和艰苦的物质生活中奋斗；而由大陆赴台的女子，在渡海途中，已把闺怨淹没在海涛中了。生离死别的割舍之痛不是文学的字句，而是这一代的亲身经验。由最早出版的女作家作品看来，在台湾创作的中国现代文学是个闺怨以外的文学，自始即有它积极创新的意义。"[1] 女作家们同样历经烽火流离，同样见证沧桑巨变。不同的性别身份，表现出的家国视景迥异。她们的文本主题，有呼应当时主流的"反共"与"怀乡"之作，如潘人木等，也有许多作家以台湾为背景，描写现实生活，涉及性别与省籍的话题，思量在台湾重建家园的困境与方法。叶石涛在《台湾文学史纲》里，认为50年代的台湾女作家作品"社会性观点稀少，以家庭、男女关系、伦理等主题"的写作，是因为"时代空气险恶，动不动就会卷入政治风暴里去"。[2] 女性小说正好迎合了大众的逃避心理而受到人们瞩目。

50年代的女性小说以林海音、郭良蕙、孟瑶、繁露、童真、张漱菡等为代表，坚持女性写实的路线，小说男女恋情，琐记婚姻家庭，审视女性的困境，聚焦两性互动情节。在"反共复国"的"战斗文艺"盛行之时，她们关注的不是家国的重建，而更关注性别身份的重建。女性小说中有影响的长篇小说是林海音的《晓云》、郭良蕙的《心锁》、孟瑶的《心园》、华严的《智慧的灯》等；有影响的短篇小说是张漱菡的《游历了地狱的女人》、童真的《穿过荒野的女人》、繁露的《养女湖》、张秀亚的《寻梦草》等。

值得提出的是，对台湾小说，尤其是对女性小说发展影响最大的是1949年前已成名的大陆作家张爱玲的小说。她的《倾城之恋》《金锁记》《怨女》《传奇》等，曲笔写尽旧上海的女人命运，婚姻爱情。张爱玲的作品一再解构文艺爱情小说中浪漫的生活视景，揭示令人迷惑而又无法抗拒的浪漫幻想的毁灭性，以及对个人感情生活的深刻影响。张爱玲以世故和嘲讽为特色的爱情故事，影响了台湾许多女作家，尤其以年轻的都市男女的爱情与婚姻为题材的小说创作。张爱玲小说在台湾的影响，一直延续到90年代。

林海音的小说多以女性的生活命运为题材，描写封建家庭中不同身份地位的传统女性相同的悲剧命运，也记叙赴台女性坎坷的生活命运。短篇

---

[1]转引自古继堂《台湾小说发展史》，沈阳：辽宁教育出版社、春风文艺出版社，1989年11月版，第127页。

[2]叶石涛：《台湾文学史纲》，高雄：文学界出版社，1987年版，第96页。

小说《殉》《金鲤鱼的百裥裙》表现女性悲苦而无可改变的生活遭遇。长篇小说《晓云》描写赴台女性夏晓云的爱情故事。通过失业失学的夏晓云和有妇之夫梁思敬的爱情悲剧，抨击了陈腐的封建伦理道德，从时代和社会的角度去揭示个人悲剧的原因，显示出林海音的独到之处。在《孟珠的旅程》中，父母双亡的孟珠从高中二年级就承担起养育妹妹的责任，供妹妹读大学。在低贱的歌女生涯中，始终自尊自重，出淤泥而不染，最终找到自己幸福的归宿。

林海音的青少年时代在北平度过，她将北平作为自己的第二故乡。描写北平生活的代表作《城南旧事》具有浓郁的京味儿色彩，小说由五个连续性的短篇小说组成，透过小女孩英子的眼睛，反映出二三十年代动荡的北平生活，在纯真的乡恋中表达对社会不平等现象的关注与思索。

郭良蕙（1926—2013），山东巨野人，毕业于复旦大学外文系。1949年赴台定居。1953年出版第一部短篇小说集《银梦》，之后出版有代表性的短篇小说集《圣女》《贵妇与少女》《记忆的深处》《台北的女人》；中篇有《情种》《错误的抉择》《生活的秘密》《繁华梦》等；长篇小说有《午夜的话》《遥远的路》《心锁》《女大当嫁》《我心，我心》《邻家有女》等。到1999年，郭良蕙共出版短篇、中篇、长篇小说集56部。其中长篇32部，中短篇集24部。作为一位多产作家，郭良蕙的小说多以都市里经济条件较好的中产阶级男女婚姻爱情生活为题材，有一定的贵族气息。受张爱玲小说的影响，通过个人婚恋矛盾和爱情纠葛折射社会生活，写出人间冷暖世态炎凉，表现复杂的人情和人性冲突。

60年代初出版的《心锁》是郭良蕙的代表作，也是当时台湾争议最大的作品。曾因大胆描写婚外恋情而被禁多年，80年代才又获重新出版。小说的女主人公夏丹琪热恋着范林，不料范林移情别恋与富家女江梦萍订婚，夏丹琪出于报复心理也由于母亲的积极撮合而嫁给江梦萍的大哥、古板而忠厚的医生江梦辉。婚后因性格不合毫无爱情可言，夏丹琪在空虚寂寞中与小叔子江梦石发生性关系。小说展示了畸形社会畸形的人际关系，描写出人物复杂多变的心理过程。

郭良蕙小说的线索较为单纯，人物不多却织就错综复杂的纠葛，表现技巧较为娴熟，在情节安排、人物塑造、心理描写方面成就突出，文字清新晓畅。她的小说不仅以量取胜，在艺术创作方面对后来的女性小说也产生了影响。

孟瑶（1919—2000），本名扬宗珍，湖北武昌人。她的童年生活大半是在南京度过的，抗战爆发后，考入国立中央大学文学院历史系。1949年赴台，执教于台中师范学校，后曾任教于新加坡南洋大学。返台后，历任台湾师范大学教授和中兴大学中文系主任兼教授。

孟瑶向台湾《中央日报·妇女周刊》投的第一篇稿是《弱者，你的名字是女人？》，从此开始用"孟瑶"的笔名发表作品。她以中长篇小说创作为主，代表作有《美虹》《心园》《柳暗花明》《几番风雨》《黎明前》《屋顶下》《晓雾》《斜晕》《杜鹃声声》《含羞草》《剪梦记》等，历史小说有《忠烈传——晚明的英雄儿女故事》《杜甫传》《鉴湖女侠秋瑾》等，还有理论著述《中国小说史》《中国戏曲史》等。孟瑶是台湾的高产作家之一，共出版长短篇小说集47部。

孟瑶的小说侧重于人生、婚恋内容的表现。她的《弱者，你的名字是女人？》曾在《妇女周刊》上引起读者对性别议题的热烈讨论。小说细述女性在自我发展与顾全家庭间的挣扎矛盾，甚至写出"'母亲'使女人屈了膝，'妻子'又使女人低了头"的激烈文句，对母职与妻职之于女性自我的杀伤力提出控诉。孟瑶站在女性的立场上，质疑中国传统伦理道德为核心的家庭制度。"家"这个女性的归属，有如一座无形的监牢，用亲情和伦理驯服、禁制女性自我追求的欲望。

中篇小说《心园》刻画外表丑陋而内心美好的女性胡曰涓，选择护士职业为病人奉献爱心。在情感上，她深深自卑，内心的矛盾和痛苦使她不敢去爱也不敢接受别人的爱。《却情记》记叙了中年女人黛青的心路历程。物质富有却情感贫乏的她，在对爱情的渴望与寻觅中，喜欢上两个漂亮的男青年阿林和莫奇，陷入情爱迷途。而两个青年人均利用黛青的感情来达到自己的目的。黛青在痛苦中清醒，挣脱出情感怪圈。小说表达出清醒的意识，体现出孟瑶一贯的情爱观。

孟瑶的小说既写实，又具有浪漫气息，反映社会生活面较广，介于严肃文学和言情小说之间。在五六十年代的台湾文坛，是较有代表性的女作家。

童真《穿过荒野的女人》出版于 1960 年，触及中国女性半个世纪以来横跨两岸的若干重大问题，包括传统的媒妁婚姻、财产权、教育权及工作权到较为当代的女性所关注的议题，如失婚危机、单亲妈妈及母女关系等。女主角在三个"家"的空间迁移：父亲的家、丈夫的家、女性自己的家，提醒人们质疑"家"对女性的意义是什么？女性归属于哪一个空间？这可说是一篇成色十足的女性主义小说。

第三节　台湾女性散文的勃兴

50 年代的台湾女作家，成为台湾散文创作的重要力量，成绩斐然。活跃在散文领域的主要有五四时期的苏雪林、谢冰莹，还有在移居台湾后登上文坛的琦君、张秀亚、徐钟佩、罗兰、林海音、胡品清、钟梅音等，她们以创作的实绩推动台湾散文的起步与发展。

深受我国传统文化和五四新文学浸染的女作家们，渡海赴台后，面对统治当局对"反共文学""战斗文艺"的倡导，她们无形中保持一种对政治的距离感，恪守自我心灵的田园，创作抒发思乡怀旧之情，品味亲情人生的艺术散文，在喧闹一时的政治文学氛围中独具品格。

苏雪林（1897—1999），是一位学者型的作家，功力深厚，才情灵秀，散文有袁枚风格的印记。描写自然之美、家国情思的《黄海游踪》，融自然与文化、历史与现实、身游与神游于一体，令人读文而神往。

谢冰莹（1906—2000），曾戎装为女兵，历经坎坷，她的《从军日记》《一个女兵的自传》在国内外引起强烈反响。到台后创作《爱晚亭》《绿窗寄语》等颇负盛名，作品表现率真诚实，全无闺秀的缠绵，形成朴素直白、晓畅自然的写作风格。

　　琦君、张秀亚、罗兰、徐钟佩等是此时散文创作中成就最为突出的作家。她们出生在五四运动时期，琦君出生在 1917 年，张秀亚、罗兰、徐钟佩都出生于 1919 年。赴台后，琦君、张秀亚做过或兼过学校教师，罗兰与徐钟佩都是新闻工作者。她们的散文创作大多起始于 50 年代初，此后创作不辍。不仅在散文方面成就卓著，还创作小说，获得多种奖项，深受文学界称誉和读者欢迎。

　　琦君被称为 "20 世纪最有中国味的散文家"，得力于作者深厚的中国古典文化修养。她在之江大学读书时曾受业于词学大师夏承焘先生，古典诗词的功底融入散文创作，散文选材大多在童年生活、故土风情、亲人师友间，表现自我经历和经验。深受中国传统道德熏染和佛教、基督教影响，琦君的散文创作突出 "爱" 与 "美" 的主题。《毛衣》《髻》满蕴着对生活的挚爱和对人的真诚、宽容，表现出温柔敦厚的风范。琦君的散文常以小说笔调叙事写人，选择自己经历过、难以忘怀的事件，思索其中凸显的人生奥秘和生命意义。语言表达如行云流水，飘逸自然，古语、口语、对偶、排比、引语交替运用，工整中见变化，散文中有韵文的效果。

　　张秀亚的散文以诗文并茂而为人称道，名扬海内外文坛。她在执笔为文时，企图表现自己精神生活中最深邃的部分，写出灵魂中的声音。多取材于个人经历和与此相关的世态人情，以一颗纯真的心，在极平凡、普通的生活物象中发现蕴含着的美，表现人生的真谛。张秀亚的散文多饱含深情，亦富含哲理，如《风雨中》《父与女》《种花记》等。深厚的古典文学修养使她善于营造诗的意境，《心灵踱步》《杏黄月》等的意境深远而飘逸。张秀亚散文的语言，颇多清词丽句，比喻尤其生动出色，收到 "含不尽之意见于言外" 的艺术效果。

　　罗兰（1919—2015），原名靳佩芬，河北宁河人。毕业于天津女子师范学院，后任音乐教员、广播电台节目制作人、编辑等职。1948 年赴台。罗兰长于散文创作，出版《罗兰小语》《寄给飘落》《早起看人间》《寄给梦想》《夏天组曲》《生命之歌》《寂寞的感觉》《现代天伦》《访美散记》等十余本散文集，也写作小说《飘雪的春天》《西风古道斜阳》《岁月沉沙三部曲》(《蓟运河畔》《苍茫云海》《风雨归舟》)等。

与同时代的女作家一样，罗兰的散文选材于亲身经历的生活琐事、随感杂思。电台节目主持人的工作使她更接近社会现实生活，接近普通大众。她的散文创作充溢着强烈的现实感和大众意味。罗兰以现代都市女性热切关注现实生活的眼光写出一批评论社会、追踪热点的散文，以中国知识女性温柔丰富的情怀写出一批充满诗情画意的散文，表现出知性与感性交融的艺术风貌。

作为一名新闻工作者，罗兰的职业敏感和社会参与意识非常强烈。她的知性散文涉及的社会问题非常广泛：婚姻、家庭、爱情、亲情、修养、读书、娱乐、社会热点、人生价值、伦理道德、生态环境……无所不包又具独到见解。《罗兰小语》中有对奋进者的勉励，对迷惘者的引导，对失意者的抚慰，评点爱情婚姻，歌咏人生意义，指陈社会陋习。虽不是所有的观点都深刻精警，但对正处于人生十字路口，面临学习或工作压力苦恼的青年有引导和启悟作用，具有较强的艺术感染力，风靡了无数读者。

罗兰散文的哲理色彩来自她对人生、历史、文化传统的思考和感悟。《中国诗画中的老人与童子》《无为与不争》《哲理如诗》等文中颇多真知灼见。《顾此失彼的现代女性》写出现代女性在事业与家庭双重压力之下的两难处境，揭示现代社会男女关系和家庭责任观念上的新变化。

罗兰散文中歌咏自然，抒发情怀的内容占相当比例，表达出作者对生命的感悟和浓郁的诗情。《夏天组曲》8篇散文生动地写尽夏季这个阳光最饱满的季节的生命之力和风韵情致，表现作者赞颂生命，热爱生活的情感。罗兰笔下大自然的晨、雨、树、小路、绿草、鲜花、清流、山峦等自然形象的反复显现，《声音的联想》表达出她对繁乱忙碌的现代都市生活的厌倦和对宁静闲适的田园生活的向往。

罗兰散文的语言文字朴实自然，清朗明快，具有成熟之美。评点时事时，议论说理干净洒脱，富有哲理；歌咏自然，追怀往事时，则温婉清丽，情深意切。总之，理性与感情的结合，使罗兰的散文既说理又言情，在矛盾和谐中形成美的创作。

徐钟佩（1917—2016），江苏常熟人。1940 年毕业于中央政治学校新闻系。1945 年由中央日报派驻英国任记者。22 年海外生活的经历，为她提供了丰富的写作题材。她的散文跳出一般女作家的生活和思想局限，更多地贴近社会生活和时代风云，表现出视野的开阔和思考的严肃。主要作品有《英伦归来》《伦敦和我》《英伦闲话》《台北七月谈》《追忆西班牙》等。

习惯以记者的眼光来观察事物，徐钟佩以新闻写实的笔法来创作散文。《浮萍》记叙一批知识分子和公务人员初到台湾时无所事事的闲聊生活。作者丰富的阅历与写实性，使她的散文具有人生风情和社会风俗画般的审美意味，尤以描写异国生活的散文最突出，如《一日几茶》详细介绍了英国人用茶的习俗规矩，从中窥见英国人的传统文化特征。

角度的新颖、思想的深刻和感觉的敏锐，是徐钟佩散文的主要特色。夹叙夹议，是徐钟佩散文常用的手法，用笔从容舒放，语言简洁明快，都为她的散文增添自然流畅的特色。

第四节　台湾女性诗歌的萌发

台湾新诗诞生于 20 世纪 20 年代初，而台湾女性诗大体上直到 50 年代初才破土而出。这是由于战争、苦难、贫穷和女性地位低下，被剥夺了享有与男人同等地位和教育文化权利所致。1949 年，中国的政治局面发生了根本变化，跟随国民党到台湾的一批知识女性，进入了台湾文坛。她们中一部分人写小说，一部分人写散文，少数成了诗人。如蓉子、胡品清、张秀亚、林泠、晶晶、彭捷、陈敏华等，与台湾出生的一批同代女诗人：陈秀喜、杜潘芳格、李政乃等一起，成了台湾女性诗歌的开拓者。她们中多数人是两栖、三栖诗人。尤其是胡品清、张秀亚、蓉子等，既是诗人，又是散文名家。作为台湾女性诗歌开拓者，她们的创作具有双重意义：一是显示了她们作为一个诗人个体的出现；二是显示了一种女性诗歌现象和文类的出现。作为台湾女性诗的开拓群体，它是一种新事物的诞生，它是一个文学品种的出现；它是一种文学园地的开拓，远远超过作为诗人个体出现的意义。这批女性诗人中陈秀喜前面已经叙述。这里我们主要从女性诗开拓的角度叙述一下开创期诗人的概况。

蓉子（1928—2021）是这批女诗人中成就最高者。她本名叫王蓉芷，江苏省人。她自小生长在一个三代基督教徒的家庭里。从金陵女子大学附中毕业后，考取了农学院森林系，只读了一年就去了台湾。她是台湾最早出版诗集的女诗人。她的《青鸟集》于1953年出版。她也是台湾出版诗集最多的女诗人。她出版的诗集有：《七月的南方》、《蓉子诗抄》、《童话城》、《儿童诗集》、《日月集》（与罗门合集）、《维纳丽沙组曲》、《横笛与竖笛的上午》、《天堂鸟》、《蓉子自选集》、《雪是我的童年》等。蓉子是"蓝星诗社"的骨干诗人，蓝星解体后，蓉子与其丈夫罗门长期在自己的灯屋中维系蓝星的生命。蓉子非常喜欢泰戈尔和冰心的诗，被称为"冰心第二"。蓉子的诗还受到宗教的影响，早年她担任基督教唱诗班的手风琴手，阅读了不少希伯来民族的诗歌，尤其是希伯来的雅乐对她的熏陶，几乎成了她的诗孕育的一种方式。直到如今，蓉子诗的孕育和萌发常常是音乐的一种旋律引起。她说："有时为了表达一种心绪的动荡，我心中首先会响起一种应和的旋律，由这旋律发展下去就成了诗。"[1] 由于蓉子的诗常由音乐孕育，因而她诗的音乐性和节奏性极强。也由于音乐的节奏和旋律的一种内在的运动，需要安静的外部环境，蓉子特别喜欢静雅的意象。如《伞》："鸟翅初扑/幅幅相连，以蝙蝠弧形的双翼/连成一个无懈可击的圆"，其中节奏感和旋律感十分清晰。蓉子的诗具有沉郁的中国古典美的韵致。例如《一朵青莲》《古典留我》是极好的例子。蓉子诗的另一个特色是亲切、淡雅、凝练，如《笑》《晚秋的乡愁》。"每逢西风走过/总踩痛我思乡的弦"这样的诗句，像电流一样静默而又剧烈地撞击读者的心。作为一代开拓台湾女性诗歌处女地的诗人，蓉子是功不可没的。

李政乃，1934年生，台湾新竹县人，毕业于台湾女子师范学校、台北师专，曾任小学教师、师专教师。17岁开始写诗，是台湾光复后第一位省籍女诗人。出版有《千羽是诗》等诗集。她是一个不结盟的独来独往的女

---

[1]蓉子：《七月的南方》，后记。

诗人。她的诗语言凝练，篇幅短小，意象鲜明。风格上闲适淡雅，淳朴自然，充满对生命、自然和美的热爱。她的诗多是从日常生活和身边事物取材，从中开掘出诗意，引起人们的共鸣。如《孔雀》一诗写道："看到落日的光辉/我终于失声痛哭了/拥着蔷薇梦的大地啊/怎的渴望长对翅膀呢？"这诗耐人寻味。落日的光辉，仿佛孔雀的一对翅膀，不就可以像孔雀一样起飞了吗？这种壮美的景致，博大而辉煌的意象，在李政乃的诗中是比较少有的，但却是值得赞美的。这样的诗为台湾女性诗歌提供了良好的奠基石。

张秀亚（1919—2001），原籍河北省，辅仁大学西语系毕业。曾任《益世报》副刊主编，抗战胜利后，在辅仁大学任教三年。1949 年去台湾，前后在静宜英专和台湾辅仁大学任教授。她是诗、散文、评论三栖作家。诗文俱佳。她出版各类著作达 60 余种。其中诗集有：《秋池畔》《水上琴声》和《爱的又一日》。张秀亚的诗很美。她的笔是一支能弹时间琴音的弦，在日夜不息的琴弦上，弹奏出一曲曲令人魂魄为之动荡的小夜曲。"夜正年轻/而记忆却非常古老了/我看见/一朵朵苦笑自你唇边消失/有如灯花在落"，时间和生命如灯花剥落，于是"鬓也星星"，"梦也是星星"。但是时间并不能将生命和美全部剥落，它剥落的只是一种枯枝败叶，而那属于永恒的东西是剥落不了的，于是"生命的曲调乃化为永恒"。（《夜正年轻》）张秀亚既不向时间服输，也不向命运低头，她总是充满自信地，快乐地把握住生命中光辉的一瞬。"你是那峰巅回声中的回声/而我，也只是那湖心映影中的映影/万年不过一瞬/我把握住这片刻将你倾听"。是的，那种"人生不满百，常怀千岁忧"的慨叹，还不如牢牢把握住百年中那踏踏实实的一瞬，来体现价值和获取成就，可能对世界，对人类更真实、更有用一些。张秀亚那清新雅洁的诗中，寓入了令人深思的人生哲理。

胡品清（1921—2006），浙江人，浙江大学英文系毕业，法国巴黎大学现代文学研究生。长期担任台湾中国文化大学法语系、所教授，系主任和所长。她是教授型诗人，跨越评论、诗、散文三条文界。她出版的诗集有《胡品清译诗及新诗选》《人造花》《玻璃人》《另一种夏娃》《冷香》《蔷薇田》《最后的爱神木》等。胡品清因婚姻的失败，造成了孤独的心境。她的诗中既有一种拂之不去的幻灭感："哎！那只是一栋魔屋/它已消失，不悉何故/凝它剥落的倾颓/除了叹息，我能何为?"（《魔屋》），也有着强打精神的自负："众木已枯/我是唯一的青松"（《松枝》），更有着无奈和悲凉："无奈地/我残存/一个全然的贫女/吉他是我唯一的财产/唯一的伴侣"（《六弦琴》）。胡品清有一部诗集《冷香》，"这种冷香"大体上传达出了她诗的情致和风格。评论家史紫忱概括她诗的风格时说："有淡泊风的悒郁美，有哲学味的玄理美。"胡品清在谈到她的创作主张时说："一点点的美学，一点点的哲学，一点点的情感……"这大体上可以显示胡品清诗的精神和面目。

第十三章
台湾女性文学的开创人林海音

50 年代的台湾女作家群中，绝大多数是从大陆迁移台湾的，她们把大陆的文艺经验带到了台湾。在五四新文化运动影响下成长的林海音，以她丰富的创作，成为台湾女性文学的开创人。

第一节　林海音的生平和创作概况

林海音（1918—2001），原名林含英，小名英子，原籍台湾省苗栗县，生于日本大阪。1921 年全家从日本返回台湾，因在日本殖民统治下的台湾度日艰难，1923 年又举家迁居北平定居。林海音的父亲林焕文是客家人，是台湾的一位具有爱国思想的知识分子。44 岁那年，林海音的叔父在大连监狱被日本人酷刑打死，林海音的父亲前去收尸，精神受到严重刺激，回到北平后不久即病逝。那时，林海音刚刚 13 岁，和寡母、弟妹在举目无亲的北平非常艰辛地生活，从小就有了艰难人生的体验。林海音曾就读于北平世界新闻专科学校，毕业后进北京《世界日报》当记者，是北京最早的女记者，为她以后的作家生涯积累了丰富的创作素材。

林海音在北平度过了她的童年、少年和青年时代。1948 年，林海音和丈夫何凡（夏承楹）及三个孩子返回台湾，同年任《国语日报》编辑。1951 年起，林海音任《联合日报》副刊主编长达 10 年。1957 年，又担任《文星杂志》的编辑。1967 年 4 月 1 日，林海音创办和主编《纯文学》月刊。5 年后又独立负责纯文学出版社，出版"纯文学丛书"，出版许多有价值的作品和文学研究著作，在台湾的文学界享有很高的声誉。

林海音是台湾省籍最优秀的女作家之一，与生俱来的生命力和想象力使她走上创作之路。她非常喜爱凌叔华、沈从文、苏雪林、郁达夫的作品，俄国的屠格涅夫、陀思妥耶夫斯基，英国的狄更斯、哈代，德国的歌德，法国的莫泊桑、巴尔扎克，以及日本的谷崎润一郎等的作品都给她的创作以营养。在文学创作领域，林海音是一位多面手，创作有散文、小说、儿童文学作品等，而以小说创作成就最为突出。她的主要作品有：长篇小说《晓云》《春风》《孟珠的旅程》；短篇小说集《城南旧事》《绿藻和咸蛋》《烛芯》《婚姻的故事》《林海音自选集》等；散文集有《冬青树》《两地》《作客美国》《芸窗夜谈》《剪影话文坛》等，儿童文学作品有《蔡家老屋》《薇薇周记》等。

林海音对文学事业的贡献主要在她的小说创作、培育新人和兴办刊物与经营出版社方面，她把自己的精力和心血，都奉献给了文学事业。

第二节　林海音小说的"两岸情结"

1966 年 10 月，林海音出版《两地》一书，她在"自序"中说："台湾是我的故乡，北平是我长大的地方，……因此我的文章自然离不开北平。有人说我'比北平人还北平'，我觉得颂扬得体，听了十分舒服。当年我在北平的时候，常常幻想自小远离的台湾是什么样子，回到台湾一十八载，却又时时怀念北平的一切。"

林海音虽生于日本，但在日本只住了三年。她的童年、少年和青年时期都属于北平，由儿童、少女而妇人，北平给了她最初的对现实人生的观察和体验，形成了她的人生态度和价值观。作为作家的林海音在北平的生活和事业中已经孕育成熟了，她把北平作为自己的第二故乡。林海音在小说《城南旧事》等作品中表现出来的浓郁乡愁，是对北平生活的追忆和眷恋，从这个角度说，她是北平人；但是，不可否认，林海音作为台湾籍作家，对台湾这块土地怀有深厚的情感，正如叶石涛所说："林海音到底是个北平化的台湾作家呢？抑或台湾化的北平作家呢？这是颇饶趣味的问题。

事实上，她没有上一代人的困惑和怀疑，她已经没有这地域观念，她的身世和遭遇替她解决了大半的无谓的纷扰，在这一点上而言，她是十分幸运的。"[1] 北平—台湾，台湾—北平，独特的生活经历，使林海音用笔连接起海峡两岸，表达出浓郁的大中国文化观念，她的创作从选材、构思到语言表达，都显现出深厚的"两岸情结"。

林海音写作的两个重点，是描写女性生活命运和"两地"（北京和台湾）的生活。即便是描写女性生活命运的小说，主要取材仍在"两地"。

以少年时阅历的事物为素材，林海音的小说《殉》《烛》《金鲤鱼的百裥裙》描写旧家庭中不同身份地位女性相同的悲惨命运。《殉》中的方大奶奶因"冲喜"而结婚，结婚一个月丈夫就死了，从此过着度日如年的生活；《烛》中描写一个嫉恨丈夫娶妾而又不能公开指责的旧式妇女，躺在床上装病，以希望得到丈夫的怜悯和同情，谁知日久天长，竟真的瘫痪在床，沦入双重的精神折磨中；《金鲤鱼的百裥裙》中 16 岁时被老爷收为小妾的金鲤鱼，一生最大的梦想是盼望在儿子婚礼上，穿上红色百裥裙，以此显示自己与大太太的同等身份而不得，这位在不平等中忍辱一生的女性最后郁闷而死。无论是妻，还是妾，在封建宗法制度和婚姻制度的压制、束缚下，都得不到作为一个人的公正待遇，女性的命运是悲惨的。《婚姻的故事》也是一系列封建婚姻制度下女性的悲剧命运写照。林海音着力表现新旧交替的时代妇女命运转换和艰难、惨烈，表现出封建婚姻两面剑性质，既杀左，也砍右，使女性无处躲避的血淋淋现实，将封建婚姻制度揭露得入木三分。

林海音不仅关注老一代妇女的婚姻悲剧，也关注着赴台女性的生活命运。《晓云》描写失学失业的少女夏晓云和有妇之夫梁思敬的爱情悲剧，抨击了陈腐的封建伦理道德。夏晓云对男友文渊没感情，却被家里认可为未婚夫婿；梁先生因报恩，娶了娘家有财势、大八岁之多的梁太太，两对不称心的婚姻潜伏着危机。文渊出国留学，夏晓云到梁家做家庭教师，洞察梁先生的心灵创伤后，顿生波澜。私奔败露后，夏晓云与梁先生间的一切

---

[1]《叶石涛作家论集》第 84 页，转引自古继堂：《台湾小说发展史》，沈阳：春风文艺出版社，第 137 页。

化为乌有，又陷入新的痛苦之中。同样失去爱情，夏晓云的命运与梁太太的命运同样悲惨。《玫瑰》的女主人公纯洁、聪慧、敢于反抗，但被逼进酒家卖唱，17 岁跳楼自杀。相比之下，《孟珠的旅程》中的主人公孟珠的命运要幸运一些。来到台湾后，父母双亡的孟珠只读到高中二年级就承担起养育妹妹的责任，去歌厅卖唱为生，供妹妹读完大学。在低贱的职业中，却始终能自尊自重，出淤泥而不染，最后找到自己的幸福。《蟹壳黄》中的人物来自广东、山东、北京，如今靠手艺在台湾谋生。在描写台湾生活的作品中，林海音展示人物的生活境遇，从时代和社会的悲剧中去揭示个人悲剧的原因。

林海音对北平生活回忆的代表作是《城南旧事》。小说由《冬阳·童年·骆驼队》《惠安馆》《我们看海去》《兰姨娘》《驴打滚儿》《爸爸的花儿落了》六个短篇构成，具有浓郁的京味儿语言风格，生动、形象、传神。小说通过小女孩英子的眼睛，描写二三十年代动荡的北平生活，古城的风土人情和名胜古迹，表达出对儿时生活的爱恋和乡情，在纯真中透出对社会不平等现象的思索。惠安馆的"疯子"，善良的"小偷"，烟花女子兰姨娘，命运不济的宋妈，以及苍凉、悠远的"长亭外，古道边，芳草碧连天……"的毕业歌，都深深打动读者的心灵，使小说成为当代文学的经典之作。

不仅是小说创作，在林海音的散文创作中，《英子的乡恋》《三盏灯》《秋的气味》等抒写着对北京的怀念；《阳光》《一家之主》等抒写台湾的生活百态，表现出一定的对人生、社会的理性思索，不乏启人之处。林海音的"两岸情结"如一首歌的旋律，始终回旋在她的创作中。

第三节　林海音小说的深远影响

林海音是台湾老一辈女作家中的代表人物，作为台湾女性文学的开创人，她的小说产生的影响是深远的。

首先是自觉地关注女性的生活和命运，表现妇女心灵的桎梏和命运的悲剧。林海音在五四新文化的教育中成长，接受新的观念，表现出女性的自觉，思考着妇女的命运。到台湾后，1950 年的妇女节，林海音即曾于《妇女周刊》发表《台湾的媳妇仔》一文，呼吁解决台湾的妇女问题。她的小说创作从一开始，就注重描写新旧交替时代中国女性的悲剧，写出她们的坎坷遭遇与苦难命运，也表达她们的愚昧和不争。她小说中的人物大都是市民阶层，中心人物是各种各样的女性。林海音将对社会的思考，落实到女性的人生中，其意义往往超过女性自身，而具有深刻的意义。即使是回忆北平生活的《城南旧事》中，女性的悲苦命运也有相当深入的刻画。在台湾 50 年代"反共文学"的主流中，林海音的小说是另一种声音。她记述曾祖母、祖母、母亲这"旧时三女子"的生活图景，她怀念冰心、凌叔华、苏雪林等女作家。她的创作，开创了台湾的女性文学创作，影响着同时代的许多作家。

林海音的小说没有写战争、政治、民族命运的题材，而是选择极平常的题材，采用以小见大的构思方式，从《城南旧事》中窥见时代风云。她的小说在回忆历史和生活场景中，融入自己对社会人生的思考，具有一定的社会意义和认识价值。《兰姨娘》开头枪毙人的血腥场面，引出对北大学生德先叔的担心，小院连接起时代的风云。《殉》中的"冲喜"，《金鲤鱼的百裥裙》表现了封建婚姻制度对女性身心的摧残。这种选材构思的突出特点，在后来的女作家创作中产生影响，得到进一步发扬。

林海音的小说在艺术上成功地运用对比手法和象征手法。《晓云》中对晓云和美惠不同的命运进行对比：一个是狂热不幸的悲剧，一个是相爱幸福的婚姻；《孟珠的旅程》中不同生活态度的对比：孟珠自强自尊，出淤泥而不染与歌女雪子自暴自弃、玩世不恭形成鲜明对比，一个赢得了自己的幸福，一个毁灭了自己的生命。《烛》中，那摇曳不定，忽明忽暗的一点烛光，象征着老妇人的风烛残年和无边的黑暗命运，形象地描写出人物的生存境况。《晓云》中的主人公的名字也具有象征性，晓云：美丽而短暂；《孟珠的旅程》借旅行来象征喻示孟珠的人生里程；《金鲤鱼的百裥裙》中的"百裥裙"是主人公身份命运的象征。这些，都为我们提供了创作的范例。

高阳在《云霞出海曙——读林海音的〈晓云〉》一文里指出："海音的作品的风格，是我们所熟悉的，细致而不伤于纤巧，幽默而不伤于晦涩，委婉而不伤于庸弱，对于气氛的渲染，更有特长。"可说是对林海音创作风格的准确概括。林海音的创作，在海峡两岸，都拥有众多读者，影响着年轻一代作家的创作实践。

第十四章
"反共文学"压制下默默耕耘的现实主义文学

第一节　现实主义小说的创作概况

1949 年，国民党统治集团退踞台湾后，政治上实行高压的白色恐怖，文艺方面大兴文字狱。不过，乌云遮不住蓝天，巨石压不死小草。尽管国民党控制了所有的媒体，以政治力量推行"反共八股"文艺，只准"反共"文艺一种声音独鸣，但是具有民主思想的知识分子和一切有正义感与良知的人们，还是敢在太岁头上动土。那时代表自由民主思想和现实主义文学思潮的有三股势力。一是以胡适、殷海光等为代表的自由民主派，属于这一派别的有雷震的《自由中国》杂志和以李敖为主编的《文星》杂志。他们不时地对国民党的独裁统治进行抨击。柏杨和李敖的杂文也是国民党感到威胁的劲敌。第二股势力是与官方作家对称的"在野派"本省籍作家。他们虽然人数不多，作品不多，创作上刚从日文转为中文。处于重新起步阶段，但他们在创作思想上和道义上却占着优势。他们从日本人的桎梏下摆脱不久，精神上、创作上有一种蓬勃的新生之气，那种由异族统治下重新回到祖国怀抱，向往自由、民主和解放的思想与国民党的独裁统治形成尖锐对立。第三股势力是在不明真相，惊慌之中糊里糊涂跟随国民党跑到台湾的普通知识分子。他们无意跟随国民党"反共"，但也不敢与国民党作对，便在那非政治性题材的文学中徜徉，或以文疗伤或以文自娱。

50 年代的本省籍小说家，主要指由日文转为中文创作的"跨越语言"一代作家和 50 年代新崛起的现实主义小说家。他们中有：林海音、钟肇政、钟理和、叶石涛、吴浊流、文心、张深切、廖清秀、张文环、林钟隆、施翠峰、萧金堆、郑焕、林清文、李乔、郑清文、刘静娟、陈天岚、钟铁民等。他们出版的长篇小说有廖清秀的《恩仇血泪记》《不屈服者》，文心的《命运的征服者》，钟理和的《笠山农场》，张深切的《里程碑》，李荣春的《祖国与同胞》，林海音的《晓云》，施翠峰的《龙虎风云》，吴浊流的《孤帆》《亚细亚的孤儿》，钟肇政的《浊流》《鲁冰花》等。短篇小说集有廖清秀的《冤狱》，施翠峰的《相信我》，林钟隆的《迷雾》《外来的姑娘》，林海音的《绿藻与咸蛋》《烛芯》《婚姻的故事》，萧金堆的《灵魂的脉搏》，文心的《生死恋》等。上述作品大体上表现了这样一些题材和主题。其一，是描写日本帝国主义占领台湾五十年，给台湾人民造成的巨大灾难和痛苦，揭露日本帝国主义的侵略罪行，展示出爱国的、民族主义的思想内涵。如廖清秀的《恩仇血泪记》和钟肇政的《浊流》等。其二，表现两岸同胞是一家的内涵。如林海音的《晓云》描写了一家人的两岸婚姻。赴台企业家爱上了台湾姑娘夏晓云，故事曲折，感情真挚。其三，表现作者早年的台湾生活经历，如钟理和的《笠山农场》，就是表现作者早年在高雄县美浓镇帮助父亲经营笠山农场等生活情景。其四，抨击封建婚姻对妇女的残害。如林海音的《婚姻的故事》等，作者在这部小说当中选取了封建婚姻的许多典型的故事，表现了旧式女性向新式女性的过渡，揭露了封建婚姻的丑恶和凶残。上述作品闪射出强烈的现实主义文学的光芒。现实主义文学虽然处于被压抑的地位，却预示出台湾文学发展的主流性的方向。

台湾的早期乡土小说家中，廖清秀是一个十分勤奋，创作生命力强劲的作家。他在50年代默默耕耘的现实主义文学中占有较重要的地位。廖清秀，笔名青峰、坦诚、村夫等，1927年5月出生，台湾省台北县人。日据时期小学毕业，光复后曾任台湾气象局专员、科长等职。台湾新文学的拓荒之路上，有他流下的汗水。他是台湾"跨越语言"一代的小说家，曾获中华文艺长篇小说奖，盐分地带文艺营"台湾文学特殊贡献奖"。他出版的长篇小说有：《恩仇血泪记》《不屈服者》《反骨》《第一代》（上下册），中短篇小说集有：《冤狱》《金钱的故事》《廖清秀集》《查某鬼的报仇》《林金火与田中爱子》，另有儿童文学作品十一部。廖清秀的小说题材和主题，主要是揭发和抨击日本在台湾犯下的罪行，以及以朴拙的乡土语言和讽刺笔触描写普通人的生活和命运，揭露社会与官场的不平和不公，表达下层人民的心声。

大陆去台的作家，虽然以官方作家为主，分为军中和政界两派，但也有一部分从事自由职业者，如教师、记者、编辑、医生等行业的男性作家，及一大批女性作家。他们多数属于"反共八股"之外的作家。男作家中如：林适存，他是 50 年代台湾小说界十分活跃的作家。从 1954 年到 1960 年，他出版了六部长篇小说：《疯女奇缘》《穷巷》《加色的故事》《巧妇》《春晖》《夜来风雨声》等。徐訏，50 年代出版长篇小说《彼岸》《暗恋》《江湖行》等。涂翔宇，50 年代出版的长篇小说有《梦绕多瑙河》《夕阳红》《卡娜莎姑娘》《隐情》等。毕珍，50 年代出版的长篇小说有《水月》《泪湖梦影》《寒露曲》《新情》《罪城记》《铃当恩仇记》《古树下》《绿意》《贝妃》等。王逢吉，50 年代出版的长篇小说有《三个女性的形象》《菱湖恋人》等。龚升清，1954 年出版长篇小说《日月潭之恋》。李英辉，1954 年出版长篇小说《乡村牧歌》。古红线，1958 年出版长篇小说《杜鹃》。田原，出版长篇小说《这一代》等。

20 世纪 50 年代，大陆去台的一批女作家相当活跃。创作上最为勤奋的有：孟瑶、郭良蕙、谢冰莹、吴崇兰、聂华苓、於梨华、艾雯、繁露、毕璞等。其中出版作品最多的是孟瑶和郭良蕙。她们自 1952 年到 1962 年间出版的长篇小说有十部以上，其中孟瑶十年间出版的长篇小说：《危岩》《美虹》（1953 年），《柳暗花明》《穷巷》（1955 年），《心园》《屋顶下》（1956 年），《黎明前》（1959 年），《小木屋》《荆棘场》（1960 年），《生命的列车》《含羞草》（1961 年），《危楼》（1962 年）。而同一时期郭良蕙出版的长篇小说有：《情种》（1955 年），《错误的决策》《繁华梦》（1956 年），《情感的债》（1958 年），《默恋》（1959 年），《往事》《黑色的爱》（1960 年），《春尽》（1961 年），《女人的事》《遥远的路》《心锁》（1962 年）等。大陆去台作家的作品，其题材和主题主要是，其一，婚恋题材，这类作品约占他们创作总量的百分之六十到七十。有不少作家的作品几乎清一色的男欢女爱。其二，是历史题材，创作这类作品最多的是毕珍。其三，是思亲怀乡题材，这些作家刚从大陆去台湾不久，他们对脚下的土地十分陌生，因而只能在往日的旧生活中寻梦。婚恋题材的作品既可自娱，也可娱人，又是厌恶战乱者灵魂修养的田园。从人身安全角度看，写婚恋题材是最不会惹麻烦的。故事也较容易编创。因而这种题材的兴旺，是必然之事。从表现方法看，从大陆去台的这批作家基本上都是沿用现实主义的艺术方法。因而他们的作品理应归类为现实主义文学，他们理应为现实主义作家群体的一部分。

第二节　钟理和

钟理和，笔名江流、里禾，号铁铮、钟坚。1915 年 12 月出生于台湾省屏东县高树乡广兴村，祖籍广东梅县，1960 年 8 月辞世。早年家庭经济比较富裕，父亲经商，在大陆也有投资，并在高雄县美浓镇买下"笠山农场"。钟理和十岁时由大陆去台老师田廷义教授中文，后来又受到江西中文老师刘公汉的教诲，中文底子比较好。他少年时期就热爱古典文学，曾熟读《杨文广平蛮十八洞》和《红楼梦》等名著，对郁达夫等人的作品也爱不释手。16 岁时曾试写长篇小说《雨夜花》，写了六章而夭折。1938 年，18 岁的钟理和随父亲去高雄县经营"笠山农场"。这段生活既为他唯一的长篇小说《笠山农场》提供了素材，也成了他一生命运的转折点。在农场里钟理和与女工钟平妹产生了爱情，但同姓不准通婚的习俗，却成了他们这对鸳鸯飞不过的障碍。于是双双私奔到大陆，先在沈阳落脚学开汽车，并在那里生下了长子钟铁民，后于 1941 年迁居北平，在南池子做木炭行生意维持家计。钟理和的小说创作，也从这里起步，并且在北平出版了他生前唯一的著作，中短篇小说集《夹竹桃》。台湾光复后，钟理和于 1946 年 2 月率全家返回台湾。但是，虽然时过近十年，同姓不婚的魔影并未消失。钟理和不仅贫病交加，而且在众人的白眼下生活。因钟理和患上了严重的结核病，全家的生活重担落在了钟平妹身上。钟理和虽然重病，开刀拿掉了七根肋骨，但仍然坚持写作不辍，1960 年他在创作中篇小说《雨》时咳血而亡，死在了他放在膝盖上的写作板上，被人称为"倒在血泊里的笔耕者"。钟理和生前虽然创作了许多作品，但被频频退稿，得不到发表。他临终的前一年，由时任《联合报》副刊主编林海音的帮助，在联副上发表了数篇小说，慰藉了一颗对文学失望的心。钟理和是抱着不平离开人世的，临终告诫家人：今后"不得再有从事文学者"。但其子钟铁民却为了给父亲争一口气，又毅然拿起了笔，成了当今台湾文坛一位重要的乡土文学作家。钟理和辞世后，林海音、钟肇政、叶石涛等人发起，在钟理和生前居住和创作的高雄县美浓乡建立"钟理和纪念馆"，展出了钟理和的著作和遗物及世人对钟理和的评价等。其长子钟铁民编辑出版了《钟理和全集》六卷，卷一为小说，卷二、卷三为散文，卷四为长篇小说，卷五为日记，卷六为书简、杂记。钟理和的小说既不是描写重大历史题材，表现中国人在民族敌人面前的视死如归、威武不屈，也不是以漫长的历史画面描绘人物性格在风雨中的成熟和转变，它是围绕着作者的人生足迹伸展的一幅幅生活画图。他的处女作《夹竹桃》，是他 40 年代在北平生活的缩影。中篇小说《门》记录了作者与妻子钟平妹刚从台湾私奔到沈阳的生活画图。其中描绘邻居两位老人，素昧平生却无微不至地照料生孩子的钟平妹，表现出母女般的深情，令人至为感动。作者写道："老太太——老太太呀，祝你平安，——那是我永世不忘的第二母亲——老夫妇俩疼爱我们不亚于自己亲生儿女，尤其老太太对于妻。他们怜悯与体恤我们远离家乡，来到千万里外的异域，举目无亲，孤零零的两口子相依为命。天天过来，甚至时或一天来二次，或三四次，一来便逗留大半日，安慰，或照料我们无微不至……被投落在大千世界里，失掉温暖的庇护和安慰的妻，也对她亲爱、恋慕与缱绻，如孤生在石阴下的弱草之爱慕阳光……瞧瞧天真地投入老太太暖怀中的妻，与抚摸妻如亲生女儿的老太太——瞧瞧人间这至美的一瞬时，常禁不住自己眼睛之热，与鼻之酸……"作者用如此温馨，如诗一样的语言与激情，来歌颂一对共患难的普通老夫妇，并且将那情感升华到阳光之爱弱草之高度，不能不令人想到作者在这形象中寓入原乡和祖国的内涵。从日据下的台湾来到祖国，从异族铁蹄的践踏下来到祖国温暖之怀抱，表现了作家爱祖国，爱原乡的一往深情。这既是一曲母子恋歌，也是一首祖国颂。《贫贱夫妻》《奔逃》《同姓之婚》《钱的故事》是一组婚姻家庭的颂歌，也是批判世俗观念和封建势力的锐利武器。小说以受害者的哀婉低沉和无奈的语调，铸成锋利的刀剑，向加害者和丑恶者反击过去。当人们读到恩爱夫妻却被逼得生活不下去的时候，爱妻无奈对丈夫说："求求你做好事，离开我吧……"夫妻抱头痛哭的时候，社会的谴责锋芒定然如怒火腾起，烧向丑恶势力。

中篇小说《雨》和《竹头庄》《山火》《阿煌叔》《老樵夫》是一幅幅贫穷、苦难而充满乡土风味的风俗画，是对造成农村贫穷和险恶的不公与不平射出的一支支利箭。作品中那些穷山恶壤中发生的一幕幕令人惊诧而又辛酸的故事本身，就具有一种震撼性。如《老樵夫》中邱阿金老人受人之托常为别人埋葬死去的小孩。老人怕被狗扒出吃掉，就将坑挖得很深，土盖得很厚。这种悲苦、凄怆和荒凉的生活画面，就特别具有当时台湾的乡土特色，具有很浓的风俗感，这在别的作家笔下极为少见。这种独特的风俗画面，形成钟理和小说浓郁乡土性的内涵。钟理和以独特的创作成就，奠定了他台湾乡土小说代表作家的地位。

钟理和的小说特别擅于描绘显示民族色彩的风俗人情。《夹竹桃》中描写北京的种种人物和浓郁的人情世故，及中篇小说《雨》中描写台湾老百姓求雨的心情，不仅栩栩如生，而且是地道的中国风味。钟理和的小说特别擅于通过生活细节描绘刻画人物，如《贫贱夫妻》中几句对话，男女之角色善良而无奈的形象便跃然纸上。在钟理和的作品中，民族风俗和乡土情怀水乳交融，互为表里，不可分割。其乡土风味愈浓烈，中国风格就愈鲜明。台湾同胞为纪念钟理和，拍摄了他的生平电影《原乡人》，轰动了海峡两岸，也感动和教育了两岸同胞。他曾经怀着满腔激情地向世人宣告："原乡人的血，必须流返原乡，才能停止沸腾！"这既是作家不渝的誓言，也是对后人的一种忠告。

第三节　李乔、郑清文

李乔，本名李能祺，笔名壹阐提，1934 年生，台湾省苗栗县大湖乡藩仔林人。李乔的父亲是个抗日志士。他自幼家境十分贫困，李乔毕业于新竹师范学校，任中小学教师 20 余年，1981 年退休成为专业作家。他出版的小说集有《飘然旷野》《恋歌》《晚晴》《人的极限》《山女》《故乡故乡》《恍惚的世界》《痛苦的符号》《心酸记》《告密者》《凶手》《强力胶的故事》等。长篇小说有《山园恋》《结义西来庵》《寒夜三部曲》《蓝彩霞的春天》《冤恨惨绝录》《情天无恨》等。还有剧本《罗福星》。李乔的作品基本上是以家乡藩仔林的生活和历史为素材，进行铺展、伸延、开掘。由于李乔亲身经历了苦难的生活，因而他特别擅于描写农村的苦难。他的《藩仔林的故事》系列小说，是描写农村苦难生活的代表作品。小说深入地揭露了日本入侵者将台湾农村搞得民不聊生，饿殍遍野，用腐烂的死猪肉充饥，用"盐巴梗"代盐巴，以自残反抗日本人征兵等挣扎于死亡线上的状况，愤怒地揭露和控诉了日本人掠夺残害台湾同胞的罪行。李乔在小说集《山女》的序言中写道："一掴一掌血，（这些故事）全是我童年生活的真实写照。这里有我生长小山村的一群愚昧可怜而善良百姓的泪痕笑影；有苦难一生的双亲的声咳音容。那是异族统治阴影里的生活面貌的一个个小小的取样。"李乔的短篇小说，除了历史的回声之外，也有对现代生活的描绘，如《火》《刘土生》《老何和老鼠》等作品。作者抓住工商社会中那光怪陆离、五光十色的生活，深挖出那生活给人们造成精神上的迷失，心灵上的扭曲和异化。他的另一些小说《告密者》《小说》《孟婆汤》等，则是揭露和反映台湾社会的政治阴暗和险恶。其中的《孟婆汤》，是揭露 1972 年 4 月 21 日美军鲁兹将台湾酒吧女林维清强暴后杀害，台湾当局包庇其罪行的事件。小说用魔幻的写实手法，将人间和地狱，阴界和阳界进行互换，表现了台湾司法当局的丑态，维护了中国人的尊严。李乔的长篇小说《山园恋》是要人们眷恋家乡，热爱故土，抗拒都市生活诱惑的主题。《蓝彩霞的春天》是台湾首部描述妓女生活的长篇小说，被当局查禁，其实这是一部主题突出，思想十分健康的现实主义佳作。小说通过蓝彩霞姐妹俩，因家境所逼陷入风尘，被妓院老板百般侮辱和残害，在九死一生的情况下，与众姐妹操刀而起，愤而反抗，将残害他们的凶犯杀死的故事。小说通过蓝彩霞的独特遭遇，真实而生动地揭露了台湾妓女行业的无耻和残暴，肮脏和凶狠，及官妓勾结的内幕。李乔的百万字长篇小说《寒夜三部曲》，是他创作成就的高峰。该著分为《寒夜》《荒村》《孤灯》三部，是台湾近半个多世纪风雨交加的血泪史。三部小说分别概括了台湾三个不同的历史时期。第一部《寒夜》描写了汉民族由大陆移居台湾开疆拓土及台湾割让，台湾人民前赴后继武装抗日的历史行程。第二部《荒村》描写了台湾的非武装斗争的情景。如："台湾文化协会""台湾农民组合"等的成立和分化过程等。第三部《孤灯》描写了日本帝国主义妄图吞并亚洲和全世界，征调十万台湾青年投入太平洋战争以及日本人兵败如山倒，无条件投降的情景。《寒夜三部曲》包括的时间虽然只有五十多年的历史，但它虚涵的历史时空却远远地超过了从清末到日本人投降的历史。它涵盖和伸延了中华民族开拓台湾、御外护台，保护中华民族根基，保护中国尊严，保护炎黄子孙血脉的一整部台湾史。第一部《寒夜》以广东梅县人彭阿强拖儿带女，携全家和亲友到苗栗县藩仔林安家落户，开荒拓土并与老垦户矛盾和传宗接代的故事为开端，通过彭阿强坚韧不拔，开拓创业的凶险经历，歌颂了中华民族知难而上，无往不胜，勤劳、勇敢、善良的品质。彭阿强是移民和开拓者的领袖，是力量的象征，经过艰苦卓绝的奋斗，他们终于扎下了根，成了藩仔林的永久居民。该著下半部，从刘阿汉入赘到彭阿强家，作了彭阿强的义女叶灯妹的丈夫之后，便开始了如火如荼的武装抗日时期。刘阿汉是武装抗日的核心人物。通过刘阿汉的抗日活动，作者描写和穿连起了海峡两岸同胞并肩作战，力用在一起，血流在一起，可歌可泣的抗日事迹。如抗法名将刘永福的黑旗军，和孙中山派来的"同盟会"成员罗福星领导的苗栗大起义，以及由余清芳、江定等领导的震撼中外的西来庵大起义，通过一系列战役的描写，塑造了许多感天地泣鬼神的民族英雄。这个长长的英雄序列，除了刘阿汉、刘永福、罗福星、余清芳、吴汤兴、姜绍祖等领袖人物之外，很值得注意的是作者塑造了一些下层神话般的，令日本人闻之丧胆的战士英雄"剁三刀"和来自大陆的亦武亦医、军魂兵胆式的英雄邱梅。第二部《荒村》描写刘阿汉的大湖乡支部书记，由刘鼎铭接替，这是革命的接力棒。刘鼎铭子继父业，在简洁（农民组合的领袖）的领导下开展"二林事件"，即蔗农集体反抗日本人的掠夺。"二林事件"是农民组合成功领导的一次农民抗日运动。刘阿汉为了支持和保护刘鼎铭，英勇地与敌人斗争，成了广大农民的精神支柱。在凶恶的日本人面前，他信心百倍地宣告，他虽然可能看不到日本人灭亡的那一天，但全台湾四五万双眼睛一定能看到那一天。第三部《孤灯》，主要描写日本人由疯狂到灭亡的太平洋战争。刘阿汉之子刘明基和彭阿强之子彭永辉被抓到南洋当炮灰，九死一生，差一点死在菲律宾。这部书深入细致地揭露了日本人用自杀飞机和"人体炸弹特攻队"惨绝人寰的，无耻的最后挣扎。战争末期刘明基逃出火海，他宣誓一定要逃回去，活着回去。这里开始了具有象征意义的寻找"中华鳟鱼"的回归过程。"鳟鱼的故事"放在每一部书前，它象征着作品的总主题，即爱家乡、爱民族、爱祖国、落叶归根的思想。该书序章中有这样一段话："听说到了一万年前，那是第四冰期结束、后冰期的时候，冰层融化，海水陡涨，神州大陆陷入大洪水中。东海面积扩大，把大陆陆栅浸蚀成海棠叶缘。东海中只剩下点点岛屿，像番薯、像马蹄、像串串葡萄、像片片孤云。那条大番薯就是台湾。"序章中写道：中华鳟鱼是"神秘的鱼，乡愁的鱼，悲剧的鱼"。《寒夜三部曲》通过描写台湾的故事，是要寻找根源，寻找原乡，寻找母体。小说中贯穿第一、二、三部全书的人物，来自大陆的叶灯妹是中华母体的象征，展现着大地之母，生命本源，民族之根的重重象征内涵。该作最早书名即《母亲的故事》，再易名《台湾，我的母亲》，最后定名为《寒夜三部曲》。这个定名过程即证实上述分析。李乔出身贫苦，创作勤奋，成果累累，是个令人敬慕的作家。可惜他后来接受"台独"的蛊惑，站在了"文学台独"一边，不过我们相信，沙尘遮不住蓝天。

郑清文（1932—2017），台湾桃园县人。1958年毕业于台湾大学法学院商学系。大学毕业的那年，受到林海音的提携，处女作《寂寞的心》在台湾《联合报》副刊发表。郑清文是台湾战后第二代小说家中的佼佼者之一。他出版的著作有小说集《簸箕谷》《故事》《校园里的椰子树》《现代英雄》《庞大的影子》《最后的绅士》《局外人》《沧桑旧镇》《报马仔》《不良老人》《春雨》等。长篇小说有《峡地》《大火》等。郑清文大学毕业后，长期在银行界工作。郑清文是台湾很有实力的小说家。他的作品面向生活，面向人生，小说人物常常在艰难的环境中表现出刚毅的性格，从冷漠中激发出人性的尊严。如《校园里的椰子树》描写了一位右手畸形的残障知识女性，在择偶的过程中一再受挫，受到严重的精神打击。但她像长在校园里的椰子树一样，从椰子树不怕风雨，不怕挫折的形象中受到启发，坚定了信心和勇气，克服了自我软弱的一面，成了生活中的强者。《苦瓜》中的女主角，克服了丈夫与第三者殉情遇到的生活困境，自力更生，通过自己的努力成了一个独立的、自食其力的人。郑清文的小说中的主人公，许多是从困苦环境中通过自身力量的奋斗而站起，从而歌颂了人的善良、勤劳、勇敢正面的人性美，和人的正义的潜在力量。郑清文的小说从不将人物简单化和单纯化。他也写了不少转化中的人物。如小说《三脚马》和《报马仔》就刻画了较多复杂性格的转化者。《三脚马》中的男主角曾是日本人的汉奸，光复后隐居下来，但他在生活中却常常感到出卖祖国、出卖民族的愧疚和不安，有一种强烈的悔恨感。于是他把这种心情通过雕刻"三脚马"进行悔改和自责。作者通过《三脚马》这部小说主人公的悔恨和自责，再一次提醒人们警惕日本的侵略野心，并告诫仍怀有侵略野心的日本右派，中国的宝岛台湾再不是你圆梦的地方。郑清文小说的风格十分独特，与有些作家的激越浓郁相比，他的风格是含蓄不露，清新淡雅，委婉曲折，娓娓倾诉。这是因为郑清文十分欣赏海明威的"小冰山"创作理论，有意将小说潜于水面下的那一部分内涵不全部暴露，留给读者去思考，去解释。这又造成他的小说粗读易懂，细读难解，深究方获的特点。叶石涛在谈到郑清文小说的风格时说："郑清文把悲剧的头尾藏在他内心深处，不想把它呈现出来，同时描写悲剧的流程时，冷漠而客观，从不予以说明和暗示，因此有时候，许多读者都埋怨郑清文的小说世界既难解又扑朔迷离。其实郑清文的文体简洁明白，并不晦涩，显然他的小说的难解并非来自文字技巧，而是读者没有耐心去分析其小说中人物的思想和行为模式，来了解悲剧发生的前因后果罢了。"

第四节　50 年代台湾的现实主义诗歌创作

50 年代台湾新诗是沿着两个方向和两条道路发展的，一条是以国民党的一批"反共"诗人遵照国民党和蒋介石的"反共政治纲领"，比葫芦画瓢写一些政治口号式的"反共诗"。另一条是处于被压抑，被排斥地位的民间的现实主义诗歌。虽然官方的"反共诗"以势压人，以权逼人，居高临下遏止着民间现实主义诗歌的发展。但是艺术是坚韧而顽强的，它并不需要经过权力的批准，即使在高压下，艺术的幼苗也会顽强曲折地生长。50 年代在"反共诗"的强势压迫下，台湾民间的现实主义诗歌仍然在默默地耕耘，顽强地成长。当时这批现实主义诗人由台湾省籍诗人和刚从大陆赴台的诗人两股力量构成。台湾省籍诗人中默默创作的有：

吴瀛涛，他于 1954 年发表了《垦荒》，1956 年发表了《贝壳幻想曲》。《垦荒》一诗表现了诗人对土地的信任，对未来的希望及坚定的生存信念。诗人写道："有阳光和水，空气和土地/然后始有这一棵树，这一朵花，而始终未改其绿翠紫红/也有其结实的日子。"这首诗暗暗地放射出一种反抗的力量。这力量出自大地和泥土，是对国民党高压统治的一种反弹。

林亨泰，他于 1955 年发表了《拥挤》《春》《秋》《冬》《农舍》。1959年发表了《二倍距离》《风景一》《风景二》《生活》等。林亨泰是一位"跨越语言"一代的诗人，1956 年他又加入了纪弦的"现代派"成为重要成员。他是"跨越语言"一代诗人中恢复写诗最早的诗人。他的诗风有着较明显的变化，同是 50 年代的作品，1955 年写的诗和 1959 年写的诗就大不相同。不过 50 年代从整体上看林亨泰还是延续他"银铃会"传下来的现实主义诗风。请看《拥挤》一诗。"我拥挤/在车上/而心碎了//但/马路上/

更是拥挤的/所以/何处？/有我下车的地方？"这诗比较真实地反映了国民党的大批军政人员进入台湾后，台湾社会的拥挤不堪、嘈杂不安的状况，诗句明白无误，主题一目了然。

50年代台湾省籍诗人中发表作品的还有王咏雄和白萩等。20世纪50年代台湾的媒体全部控制在官方手里，一片"反共"叫喊声，别的题材的作品很难出版和发表，台湾省籍诗人的作品更难发表。在这样严酷的形势下，上述诗人能够坚持创作，默默耕耘，实在是显示了他们非凡的创作勇气和对缪斯的执着。

50年代，台湾现实主义诗歌的另一股力量，是随国民党去台湾的一部分大陆诗人。如：杨唤、方思、钟鼎文、朱沈冬、商略、舒兰、古丁等。这批诗人中以杨唤、钟鼎文、方思影响较大。

杨唤，本名杨森，原籍辽宁省兴城县人，1930年9月出生。1954年3月7日，因去台北市西门町看电影《安徒生传》遇车祸身亡，终年25岁。杨自幼丧母，靠祖母抚养，受尽继母虐待，1947年随二伯父去青岛，曾任《青岛日报》副刊编辑。开始以羊角、白郁、羊牧边、路加等笔名写诗，并出版了处女诗集。1949年去台湾。诗人去世后的作品，由纪弦、覃子豪等组成"杨唤遗作编辑委员会"，编辑出版了三本书：诗集《风景》《杨唤诗集》和《杨唤书简》。杨唤到台湾后，生活环境十分恶劣，住在四面透风，上面漏雨，下面泥泞的房子里，是在身上患着痢疾，不断受到蚊虫叮咬的情况下创作的。杨唤的诗是他切身生活体验的艺术概括。如《乡愁》一诗是他回顾少年时期苦难生活的记录："在从前，我是王，是快乐而富有的/邻家的公主是我美丽的妻。/我们收获高粱的珍珠，玉蜀黍的宝石/还有那挂满在老榆树上的金币。//如今呢？如今我一贫如洗。/流行歌曲和霓虹灯使我的思想贫血/站在神经错乱的街头/我不知该走向哪里。"诗人少年时期虽很穷很苦，但比起在台湾的日子还是富有而快乐的。因为今天的流行歌曲和霓虹灯，使诗人思想贫血，使诗人迷惘。通过对比，对在台湾的生活进行了批判。值得注意的是诗人从美学上将自然的大陆农村和趋向资本主义的台湾城市进行了判别和取舍。诗人处于生活的逆境，引起了他对现实的深入思考，他要咀嚼和辨别，得出错对、是非好坏的结论。《失眠》一诗，既是他思想活动流程的记录，又是判别是非曲直的过程。"在没有灯的屋子里/自己照亮自己，于是/纸烟乃如一支支粉笔/在夜的黑板上/我默默写着/人生的问题与答案/美丽的童话和诗句。"经过痛苦的思索和反复对比，诗人终于有了十分明白的答案。这答案就是《二十四岁》一诗："是啊/小马被饲以有毒的荆棘/树被施以无情的斧斤/果实被毁于昆虫的口器/海燕被射落在泥沼里。"这就是杨唤对自己当前处境的判断。他不仅对所处社会进行了无情的鞭打和批判，诗人还要用死进行抗争，《垂灭的星》一诗中，诗人描写用裁纸刀割血管，让那些仇恨和愤怒咆哮从那血管中流出。杨唤还写了不少人生哲理诗。《喷泉十首》是这方面的代表作，也是台湾50年代诗歌中少有的精致之作。杨唤的诗，文笔清新优美，以非常通达流畅的语言，写出了思想性和艺术性均十分和谐的诗篇。杨唤的这些义正词严，批判力极强的诗，在一片"反共"叫喊白色恐怖的50年代问世，不仅表现了诗人十分敏锐的观察和判断力，而且表现了诗人巨大的勇气和正义感。这样的充满批判锐气的现实主义诗作，在当时并不多见，十分难能可贵。

钟鼎文（1914—2012），安徽舒城人。1932年北京大学毕业后，去日本留学。1936年返国任南京军校教官，次年改任复旦大学教授，之后又任《广西日报》总编辑，国民党军事委员会桂林行营少将设计委员，三青团中央候补干事，国民党中央党部处长等。1949年去台湾，任《自立晚报》总主笔30年，《联合报》总主笔35年。钟鼎文1929年发表处女诗作《塔上》，至今已有70余年诗龄。他出版的诗集有《行吟者》《山河诗抄》《白色的花束》《雨季》《国旗颂》等。另有英、法、葡诸文诗集。1950年刚到台湾，不久便由他促成在《自立晚报》上创办《新诗周刊》。他于1951年出版诗集《行吟者》。1956年出版《山河诗抄》和《白色的花束》等，对台湾诗坛产生一定影响。钟鼎文的漫长和复杂的人生经历，决定了他诗的题材和内涵的丰富和广阔。他的《仰泳者》为代表作之一。诗人以仰泳，人身没于水中，只有头颅和眼睛露出水面和向上的视觉，来观察和思考世间的事物，视角和意象都十分新鲜。他的小诗《人体素描》，以人体的各部位挖掘开去，颇耐人寻味。如《蟹》一诗："夫人，在你玲珑的身上/寄生着光滑的，狡猾的蛇//你的晚礼服不仅让你身上的蛇游出来/而且暗示着乐园的禁果已经成熟……"这诗既含内在批判锋芒，又有某种调侃意味。钟鼎文的诗以不急不缓的节奏，不温不火的内涵，使之呈现一种清淡中不无风骨，朴素中不无雅趣的风格。

方思（1925—2018），湖南长沙人，本名黄时枢，1949年去台湾。1953年出版处女诗集《时间》，1955年出版第二部诗集《夜》，1958年出版第三部诗集《竖琴与长笛》。之后从台湾诗坛消失，去了美国，任美国一个大学图书馆馆长。方思的诗，以笔墨凝练，篇幅短小，富于诗意见长。内涵上多写人生哲理和探求人生奥秘引人关注。如《重量》一诗："啊，美丽明朗的世界/充满了轻笑细语浮光与掠影/向日葵礼拜朝阳/云雀颂赞黎明/虹搭一座桥通向黄金的田野/钟声响彻谷间的每一朵小花//但是，突然/现在成为这样的静/这样的静/像我的心一样/我的心就感觉到，啊，这样的重量。"诗人以明朗轻快的曲调，描绘了一幅美丽而透明鲜活的世界。但是诗人的笔锋陡然一转，他感到这轻快明亮的世界深处和表面并非完全一致，因而他打心中感到了这世界的重量，这种由表到里，由感性到理性的深沉思索，才使诗人感到了人生的沉重分量。与方思同时期写诗的，而且诗的风格也十分相近的还有两个姓方的，那就是方莘和方旗，后人将"三方"称之为"方家诗派"。

第十五章
大河小说家钟肇政

第一节　钟肇政的生平和创作

钟肇政（1925—2020），笔名九龙、钟正、路加等，台湾省桃园县龙潭乡人。钟肇政中学毕业后，曾做过日办学校教员，对日本人推行的奴化教育深有体验。日本投降前，他又被日本人抓为学生兵到铁砧山修筑工事，对日本军队的内幕有一定透视。台湾光复后，钟肇政刻苦学习中文，大量阅读古典文学作品。1948 年，23 岁时他又进入台大中文系深造，奠定了他创作的文化基础。经过刻苦学习和大学训练，他熟练掌握了中文。1974 年他任台湾东吴大学东语系日文教授。1976 年起，他担任《台湾文艺》主编。1978 年任台湾《民报》副刊主编，"吴浊流文学奖"评委会主任。1951 年发表处女作《婚后》，进入创作旺期，他的长篇小说有：《浊流三部曲》（《浊流》《江山万里》《流云》）、《台湾人三部曲》（《沉沦》《沧溟行》《插天山之歌》）、《高山组曲》。其他长篇小说有《鲁冰花》《大坝》《大圳》《马黑坡风云》《绿色大地》《青春行》《八角塔下》《望春风》《姜绍祖传》《马科利弯英雄传》等。此外，还有中篇小说《初恋》《摘茶时节》，短篇小说集有《残照》《轮回》《大肚山风云》《中元的构图》等。钟肇政著作共达 50 余部之多，是台湾文坛的高产作家之一。钟肇政是台湾省籍作家中作品最多，创作量最大，作品涵盖的历史面最为广阔，历史内涵最为丰富的作家。他的作品通过武装斗争、非武装斗争及刀剑和恋歌相交织的画面的描写，较为完整地对台湾人民与异族斗争的血泪史做了全景式的反映。有些作品虽然还不完美，甚至有些绵软，但作者的刻苦和勤奋是值得赞佩的。

第二节　钟肇政的大河小说《浊流三部曲》和《台湾人三部曲》

　　钟肇政的《浊流三部曲》和《台湾人三部曲》，是台湾文学史上规模宏伟、内容丰富、刻画人物众多的带有里程碑式的巨著。《浊流三部曲》是一部具有强烈自传色彩的小说。小说中描写的许多重要故事情节，都有作者自身的经历投射。作为从 20 世纪 20 年代到日本无条件投降，这段台湾历史的参与者和见证人，他以个人的人生历程作为主轴，串联起其中的重大历史事件，便展示出了一幕幕悲壮的历史画卷。作品的主人公陆志龙，是作者的投影。由迷惘、彷徨到觉醒；由朦胧、动摇到反抗；由混沌状态下的日本"皇民"，到觉醒后的中国斗士，这既是陆志龙人生历程和性格发展变化的过程，也是大多数日据时期台湾知识分子走过的人生之路。作者是要通过对主人公陆志龙的人生历程的描写，来反映台湾知识分子艰难曲折的人生之路；就是要反映以知识分子为先导的非武装抗日的那段历史。小说主人公性格变化的三个阶段，也正好是台湾人民斗争的三个时期，同时也是小说三卷的各自内容。第一卷《浊流》描写日本帝国主义疯狂推行"皇民化运动"，陆志龙在那"皇民化"的浊流之中，默默接受"帝国臣民"的头衔，喝了一口又一口的浑浊之水。他迷惘，但却不是坏死；他彷徨，但不投靠；他随波逐流，但不认贼作父。例如他爱上了日本军官的妻子谷清子，两人拥抱接吻，到了失去主宰，将要发生性关系的时刻，突然打住。决不混淆中国人和日本人、侵略者和被侵略者这条根本的界限，因为两者是不可能结合的。第二卷《江山万里》，是《浊流三部曲》的核心部分，是陆志龙觉醒、反抗走向成熟的关键时期。陆志龙从彰化师范毕业后，被日本人征调到大甲山、铁砧山修筑工事。这是 1944 年日本投降前夕做最后疯狂的挣扎，他们把学生和妇女都编入军队充当炮灰。中国人和日本人的矛盾白热化。中国人常在日本兵不备时发动攻击，突然猛地将他们推进深渊。在此情况下，陆志龙在铁砧山发现了郑成功庙，"国姓爷井"和"万里江山"石碑。陆志龙在这里受到了爱国主义的教育和启发，思想意识顿起质变，这样具有民族精神和内涵的东西的发现和思考，就是中国人和日本人决定胜负的分水岭，它具有深刻的思想意义。第三卷《流云》比起第一、第二卷，只能是个尾声。描写光复之后陆志龙重新学习中文，当教员和成为作家的情况。小说塑造了陆志龙在黑暗中为回归民族，回归祖国，进行了不屈不挠的艰苦探索的光辉形象。小说在民族和乡土的追寻上，有两个重大的象征意义的情节。一是在铁砧山上寻到了郑成功庙，"国姓爷井"和"万里江山"石碑，这象征着找到了民族和祖国，找到了饮水思源的源头。二是放弃了日本女人谷清子，最后找到了乡土女人银妹，并在月夜中野合。银妹是台湾的象征，也是中国土地的象征。主人公最后归土回源。小说在艺术上表现得十分完整。

《台湾人三部曲》和《浊流三部曲》有所不同。《浊流三部曲》以个人经历为主轴，并且是描写个人经历的史实，在题材和时限上都受到了较大的限制。而《台湾人三部曲》则是以一个大家族的历史为轴心，取样式地象征整个台湾历史的反映和概括。格局大、跨度长、历史画面更为波澜壮阔。小说选择了最能代表和概括台湾历史进程，生活状况和精神风貌的陆氏大家族作为整个台湾人的缩影进行描绘。第一部《沉沦》描写了陆氏家族从大陆移民到台湾九座寮庄后，开荒拓土，创立基业和发家的过程。正当信海老人庆祝他的七十大寿，举家欢腾的日子里，突然传来了清廷割让台湾的噩耗。于是官降民不降，台湾人民纷纷自发组织起来进行抗日活动。三日一小战，五日一大战，台湾成了一座火山，武装抗日的浪潮此起彼伏。信海老人，这位象征着民族根基和民心士气的长者，宁为玉碎不为瓦全，召集全家组成家族抗日义勇军，由其三子陆仁勇率领奔赴抗日前线。他们在汉家祖宗牌位前集体宣誓："执戟攘夷，誓与存亡……灭彼丑虏，日月重光。"陆仁勇不负众望，不负家庭和民族的托付，英勇善战，成了一名民族斗士。小说战争场面的描写波澜壮阔，有声有色。第二部《沧溟行》以陆氏家族第六代子孙陆维梁为主人公，描写的是台湾非武装抗日的历史。陆维良是一个激进的爱国青年知识分子。他有觉悟，有抱负："清楚地认识了他——祖国，也认识了自己——汉民族。"小说描写陆维良深入到台湾农村赤牛埔等地，发动农民与日本人抗争。二林、竹林、高雄等地农民相继起事。日本人开始镇压，陆维良在赤牛埔起义中被捕。由于革命者营救，很快出狱。为了得到祖国的支援，陆维良离开台湾回到了祖国，开始了浩阔的沧溟之行。第三部《插天山之歌》描写陆家第七代孙陆志良，在东京留学，参加了秘密抗日组织，奉命与李金池、蔡佳雄三人潜回台湾，进行抗日活动，不幸被日本人盯住。他们正要逃脱，突然水雷爆炸，同伴葬身大海，陆志良被救。但他回台湾却一筹莫展，东藏西躲，直到日本人投降。小说最后写到陆志良孩子出生的细节，倒具有很强的日本灭亡，台湾新生的象征意义。《插天山之歌》中的大山，是陆志良赖以生存和活动的根据地，也是人民力量大如山的象征，但可惜的是陆志良鱼在水中未腾跃，鹰获长空未奋飞，人物之弱和背景之强显得不够协调。

第三节 台湾长篇小说艺术的里程碑

长篇小说，尤其是多卷本长篇小说，是文学中的重镇。没有它，波澜壮阔、风谲云诡般的历史画卷就无法展现；没有它，人物众多，故事繁复的全景式的社会生活就很难搬进文学的画廊；没有它，史诗般的文学巨著就会成为一句空话。台湾小说自20世纪20年代初期诞生，经过30多年的发展和积累，到了50年代，是可以和应该出产长篇巨著的时候了。钟肇政是台湾小说家中创作长篇小说最多最集中的作家，他积累了丰富的长篇小说的创作经验，具有极佳的驾驭长篇小说的心态和能力，因而《浊流三部曲》和《台湾人三部曲》两部百万字大河小说出自他的笔下，是很自然之事。而这两部大河小说为台湾长篇小说的发展提供了哪些艺术经验，有什么独特的创造，是值得探讨的。主要有四点：

1. 人物结构法和事件结构法交叉运用。多卷本长篇小说，结构方法处于要害地位。结构方法得当，一荣俱荣，结构方法不当，一损俱损，没有挽回余地。钟肇政根据作品的题材、内涵和时序长短等因素，对《浊流三部曲》和《台湾人三部曲》采用了不同的结构方式。《浊流三部曲》由于是用人物命运串联历史，便用人物结构法，以陆志龙的生活和斗争历程作为主轴，作为经，以历史事件和人物见闻为纬，编织艺术的锦绣。《台湾人三部曲》中作者展示出更宏大更复杂的历史画面，要展现几代人生活和斗争故事，便不能一个人物到底，必须以不同历史时期重大的历史事件进行结构，以一个家族在不同历史时期的不同遭遇进行结构。前者主要是单一的纵线结构法，而后者则是既有历史宽度又有历史纵度的纵横结构法。2. 主线和副线随着作品情节的展开交互进行。规模宏大、结构繁复的长篇小说往往不是单一的线索，而是多主题、多线索缠绕着中心主题、中心线索一起发展。《浊流三部曲》中的主线是通过主人公陆志龙的经历和命运，反对日本入侵，实现民族认同的斗争。除此主线外，还有陆志龙的婚姻恋爱为副线，明写爱情，实写祖国和乡土的眷恋和回归，为中心主题中心线索服务。3. 第三人称全知观点和第一人称半知观点交互使用。作品中人称的选择就是叙述方式的确立。钟肇政在《浊流三部曲》中是采用第一人称半知观点，以主人公陆志龙的经历和见闻进行叙述，而在《台湾人三部曲》中是采用第三人称全知观点进行叙述。第一人称半知观点描写起来真实亲切，但叙事角度受到一定限制，主人公没有经历，接触不到的人和事是无法插入的。而第三人称全知观点，事件和人物不受任何限制。4. 多角度的心理描写。如：从道德裁判的角度进行心理描写，从自我忏悔角度进行心理描写，从反思上进的角度进行心理剖析等。

钟肇政的这两部大河小说尽管不完美，却给台湾长篇小说的发展提供了宝贵的经验。钟肇政是台湾文坛的前辈作家，他在创作中展示出的思想和心理状况一直是比较强健的，但是进入 20 世纪 80 年代之后，在"台独"势力的影响下，他却发生了某种政治转向，附和"台独"的观点和言论，从而导致了其晚年人生的逆向行走，令人非常惋惜。

第十六章
台湾的现代派诗社

第一节　现代派诗社的成立

现代派新诗在中国传播，有其前后传承的脉络。大陆方面，30 年代初期李金发和戴望舒从法国将现代派新诗引进大陆。20 世纪 30 年代围绕施蛰存在上海创办的《现代》杂志活动的现代派诗人群中就有杜衡、刘呐鸥、金克木、陈沙帆、路易士（纪弦）等。之后戴望舒又在上海与杜衡、徐迟、路易士等一起创办了《新诗》月刊。1948 年，纪弦将大陆的现代派余绪带到了台湾。台湾方面，1935 年杨炽昌从日本将现代派新诗引进台湾。成立"风车诗社"，创办《风车诗刊》，这一现代派思潮的余脉也顺着台湾日据时期新诗的脉流，从现代流入了当代。因而 50 年代中期台湾现代派新诗的崛起，是由大陆和台湾两股余脉混合而成。1953 年 2 月，纪弦联合了一批诗人，在《自立晚报》诗专栏"新诗周刊"的基础上创办了《现代诗》诗刊。1956 年 1 月 15 日，以纪弦为首的"现代派诗社"在台北正式成立。加盟者 83 人，后发展到 115 人。主要同仁如：纪弦、郑愁予、羊令野、林泠、方思、梅新、罗英……几乎囊括了台湾整个诗坛。台湾省籍诗人林亨泰、白萩、锦连等，也是重要同仁。1956 年 2 月，《现代诗》诗刊出版"现代派"成立专号，封面上加注："现代派诗人群共同杂志"，刊登了《现代派公告》第一号。纪弦的口号是"领导新诗再革命"和"推动新诗现代化"，并公布了"现代派"的纲领《六大信条》：

（1）我们是有所扬弃并发扬光大地包含了自波特莱尔以降一切新兴诗派之精神与要素的现代派之一群；

（2）我们认为新诗乃横的移植，而非纵的继承。这是一个总的看法。

一个基本的出发点，无论是理论的建立或创作的实践；

（3）诗的新大陆的探险，诗的处女地之开拓，新的内容之表现，新的形式之创造，新的工具之发现，新的手法之发明；

（4）知性之强调；

（5）追求诗的纯粹性；

（6）"爱国反共"，追求自由与民主。

这六大信条，尤其是第一、第二两条，充满了民族虚无主义，因而引起了台湾新诗论争。首先起来批判《六大信条》的是与纪弦并称为台湾诗坛两大领袖之一的"蓝星诗社"的盟主覃子豪。他针对《六大信条》发表了《中国新诗的六条正确原则》，高高地举起了新诗反"西化"，反"移植"的旗帜。由这一论争始，台湾诗坛 20 年战火不断。由于《六大信条》并非"现代派"全体同仁共同的主张，而是带着浓厚的纪弦个人主张的色彩；也由于其成员过于庞杂，创作主张和诗观五花八门，形式上壮观，实质上一盘散沙，没有什么战斗力，因而当《六大信条》遭到批判之后，无人出来助战，只有纪弦孤军奋战。到了 1959 年，纪弦虽然几次变调，且战且退，但也力不从心，难以招架。他将《现代诗》诗刊交给黄荷生主持，自己开始退居幕后。后来他又数度声明解散"现代派"，取消"现代诗"。《现代诗》诗刊办到第 45 期，即 1962 年 2 月，宣布正式停刊。《现代诗》诗刊停刊 20 年之后，于 1982 年，星散各地的罗行、羊令野、商禽、林泠、梅新等重新聚首，商议对策，恢复"现代派诗社"的活动。《现代诗》诗刊重新复刊时，远在美国的纪弦，作了该刊的顾问。1998 年，"现代诗社"的灵魂人物社长梅新在台北去世。至 2001 年该社的老诗人有发行人罗行，社务委员：商禽、郑愁予、林泠、蓝菱。年轻一代的骨干人物有庄裕安、陈克华、杨泽、零雨、鸿鸿等。《现代诗季刊》于 1982 年 6 月复刊后，至 2001 年，已出版了 50 余期，其经济来源主要由在美国的女诗人林泠支持。

第二节　纪弦

纪弦（1913—2013），本名路逾，曾用笔名路易士和青空律。出生于河北省，祖籍陕西。1933 年毕业于苏州美术专科学校，后留学日本。30 年代中期返国，以路易士为笔名发表诗作，与戴望舒、徐迟、杜衡集资创办《新诗》月刊。1948 年去台湾，1949 年进成功中学教书，政治上一直受到压抑。1964 年退休后定居美国旧金山。他出版的诗集有《行过的生命》（1935 年，上海未名书店）、《在飞扬的时代》《摘星少年》《饮者诗抄》（以上为大陆时期作品）；《槟榔树甲集》《槟榔树乙集》《槟榔树丙集》《槟榔树丁集》《槟榔树戊集》（以上为台湾时期作品），《晚景集》（美国时期作品）。此外，纪弦还出版过两部诗选：《纪弦诗选》和《纪弦自选集》等。纪弦非常自负，曾梦想作台湾诗坛"一颗永不落的太阳"。50 年代他也跟随国民党的"反共政治"叫嚣，写了一些"反共诗"。但是不久，他便闻到了气味不对，也由于自身处境不妙，使他的创作倾向发生了演变。他开始用诗笔揭露周边社会的黑暗和以强硬的手段向政敌进行反攻。于是他创作了《现实》《狼之独步》《四十的狂徒》等战斗性和杀伤力极强的诗篇。在《四十的狂徒》中，他将自己变成一个发疯似的狂徒向敌人进攻。他一方面要写诗、办诗刊，另一方面要随时提防政敌飞来的子弹、黑刀、匿名信。为什么不断遭到敌人的攻击，就是因为他"能干、善良和正直"。他一方面反击敌人，一方面赞美自己；一方面揭露敌人的丑恶，卑鄙和无耻，一方面叙自己的谦恭，大度和容忍。他把愤怒和坦然，战歌和颂诗，激越的抒情和哲理的思索凝合在一起，将这首抒情长诗写成了一首闪耀着现实主义光芒的力作。他的《狼之独步》也因极度的自信和威严及压倒一切的嗥叫，如入无人之境，使敌人闻之胆寒，而失去招架之功。纪弦这一类诗，主观战斗精神极强，只要一出手，就不给对方丝毫喘息的机会。他的《现实》一诗，是这类作品思想和艺术的代表：

甚至于伸个懒腰，打个呵欠，

都有要危及四壁与天花板的！

匍伏在这低矮如鸡埘的小屋里，
我的委屈着实大了：
因为我老是梦见直立起来，
如一参天古木。

这首诗构思十分巧妙，整首诗用倒叙的叙事方式，将现实比作鸡埘式的小屋，而将自己比作参天古木，一株参天古木，被囚禁于一个小鸡窝里，该是什么情景。诗人运用两个极端的象征和比喻，将反现实的思想主题鲜明地展示出来。势不两立，不是树折，就是屋毁，二者必居其一。纪弦的乡愁诗也是非常出色的。他用"形随意移"和"意形相彰"的艺术手法，在《二月之窗》中巧妙含蓄而真切地将思乡的情感表达得十分感人。"西去的迟迟的云是忧人的，／载着悲切而悠长的鹰呼，／欸软地，如青青海上的帆。／而每个窈窕多姿的日子，／伤情地，航过我的二月窗。"诗人在台湾看着西去的云，就是飞向大陆方向。而每一个日子仿佛是云海中航过的船，在他的窗外，一个个的空空带着思念而去。该诗优美典雅，思想深沉。纪弦虽然是现代派的领袖，也发表过《六大信条》，但他的诗既不晦涩也不虚无，且有不少是现实主义力作。这说明理论和创作实践有时是不一致的。理论是一种观念和理性的思索，而创作更能反映作者的处境和生活真实，更能体现诗人的意志和情感。

第三节　郑愁予

郑愁予，本名郑文韬，原籍河北省，1933 年出生于山东济南。父亲郑晓岚为台湾三军参谋大学教育长。幼年随父亲走遍大江南北，曾在北平崇德中学读书。1947 年考取北京大学暑期文学班，1949 年去台湾，住在新竹县。新竹中学毕业后考取了中兴大学法商学院，毕业后在基隆港务局工作。这一工作使他对海洋产生了兴趣，写了大量的海洋题材的诗。郑愁予 1968 年赴美，在聂华苓主持的艾奥瓦大学国际写作班研究，获硕士学位，之后任美国耶鲁大学讲师。郑愁予在大陆时期开始诗歌创作，1948 年在北大校刊上发表处女作《矿工》。同年《爬上汉口》一诗发表于《武汉时报》。1952 年在台湾受到纪弦的赏识，加入了"现代派"，正式开始了诗歌创作生涯。他出版的诗集有《梦土上》《衣钵》《窗外的女奴》《郑愁予诗集》《燕人街》《雪的可能》等。郑愁予因写了许多浪子生活和旅游生涯的诗，有人称他为"浪子诗人"，他对此存有异议。他说："因为我从小是在抗战中长大，所以我接触到中国的苦难，人民流浪不安的生活，我把这些写进诗里，有些人便叫我'浪子'。其实影响我童年和青年时代的，更多的是传统的任侠精神。如果提到革命的高度，就变成烈士、刺客的精神。这是我写诗主要的一种内涵，从头贯穿到底，没有变。"[1] 浪子和任侠表面上有相似之处，其实质是有区别的。郑愁予将这种任侠精神融化到诗中，就变成了内容上的正直正义和风格上的豪爽奔放，有时可能直接描写浪子生活，将浪子生活和任侠精神融为一体，如《雾起时》一诗就是描写海上浪子生涯的，浪漫俏皮、豪放不羁。诗人将大海想象成一个神秘的雾中美女，他以恋人的身份对美女进行调侃。于是有了"敲叮叮的耳环在浓密的发丛找航路/用最细最细的嘘息，吹开睫毛引灯塔的光"的诗句。尽管诗人十分浪漫，是一个多情种，但他对待一个有太多神秘，太多奇特，太多珍宝的大海美人，仍然缺乏足够的勇气而无法征服，"使我不敢轻易航近的珊瑚的礁区"。诗人将内在和外在、粗犷和细腻，相爱又陌生等动作和内心感受的美，全都交织融合在一起，激起人们对大海的回想和热爱。郑愁予的诗中有许多名篇和佳作，读之令人如痴如醉。加之郑愁予一表人才，因此他成了台湾许多女孩子心中的白马王子。许多女孩子将他的诗抄在日记本上，夹在书页中，或当作爱情赠品。这些名篇如：《错误》《情妇》《水手刀》等。请看《情妇》：

> 在一青石的小城，住着我的情妇
> 而我什么也不留给她
> 只留一畦金线菊，和一个高高的窗口

---

[1] 彦火：《揭开郑愁予一串谜》，《中报月刊》，1983 年 6 月。

或许，透一点长空的寂寥进来
或许……而金线菊是善等待的
我想，寂寥与等待，对妇人是好的
所以，我去，总穿一袭蓝衫子
我要她感觉，那是季节，或
候鸟的来临
因我不是常常回家的那种人

这首诗的成功并不是感情的高尚，而是因为情感的真实。诗中主人公是个极端自私的爱情霸权主义者。他有妻子，还要再来个情妇。这个人要出门去了，他不放心年轻的情妇，就把她束之高阁，只给她留两样东西：金线菊和高高的窗口。这两样东西都是为我所用的。金线菊是善等待的，叫她永远等待我。窗口是眺望用的，太想我了，可以从窗口远眺。这首诗情感真切，形象鲜明，结构精练完整，是众口传诵的佳作。郑愁予也因此诗获得了一个"穿蓝衫子"诗人的雅号。郑愁予的诗把中国的传统意识和西方现代诗的技巧相结合，将现代的爱情和古典情感表达方式相结合，使他的诗，既是现代的，又是典雅的，既有西方艺术的借鉴，又是非常中国化的诗。从某种方面看，他的诗艺几乎达到了炉火纯青之境。

第十七章
台湾的蓝星诗社

第一节　蓝星诗社的业绩

　　蓝星诗社成立于 1954 年 3 月，社长覃子豪，主要同仁有钟鼎文、余光中、夏菁、蓉子、邓禹平、史徒卫等。后来加入的有罗门、周梦蝶、张健、向明、敻虹、方莘、黄用、吴望晓、阮囊、商略、王宪阳、沉思、楚戈、曹介直、旷中玉、吴宏一、菩提、白浪萍等。80 年代加入的新秀有苦苓、罗智成、方明、天洛、赵卫民等。从 1954 年到 1964 年，是蓝星的十年黄金期。后来由于覃子豪的去世，钟鼎文的退出，余光中、夏菁、吴望晓、黄用等的纷纷出洋，蓝星基本上处于一种瘫痪状态。从 1964 年到 1984 年的 20 年时间里，由罗门、蓉子夫妇在自己的灯屋中维系着蓝星的一线生机。1980 年 8 月，由罗门、蓉子、向明、周梦蝶、敻虹等，在罗门、蓉子夫妇的灯屋中商议，决定恢复蓝星的生命，讨论《蓝星诗刊》由林白出版社赞助复刊。经过酝酿筹备，1982 年初，《蓝星诗刊》在停刊 20 年后重新复刊，由罗门任社长，向明任主编。如今，几经变故，《蓝星诗刊》改刊为《蓝星诗学》由台湾淡江大学中文系、所主办出版。由余光中作发行人，主编由孙维民和唐捐担任。社务委员还是原蓝星的新老同仁。蓝星诗社在台湾诗坛曾产生过重要影响，它的资格最老，刊物最多。最早在《公论报》上出版《蓝星周刊》，继而由覃子豪主编《蓝星季刊》，余光中和夏菁主编《蓝星诗页》。同时还有《文学杂志》上的诗专栏，《文星杂志》上的诗页。有一个时期还远征宜兰，在《宜兰青年》上办卫星诗刊。据 20 世纪 80 年代统计，蓝星诗社出版的评论集约 50 余种，诗集近百种，诗刊、诗页有 350 种左右。

为台湾新诗的发展提供了丰富的产品，做出了很大贡献。蓝星诗社实行
"自由创作路线"，天高任鸟飞，海阔凭鱼跃。诗社没有统一宗旨，对同仁
不做任何约束，同仁之间创作风格和流派并不完全一致。尽管蓝星诗社是
台湾现代派三大诗社中的"温和派"，但它的同仁并非都是现代派诗人。比
如蓉子、夐虹、向明的诗中，则包含着较多的中国传统的成分。覃子豪的
诗创作，早期和中期有着较多的中国传统成分，而到了晚年的《瓶之存在》
诸诗，突然转向了超现实主义。余光中则是早中期追求西化和现代，而近
期的作品又转入了中国诗风的追求。由于蓝星实行自由创作路线，内部又
不甚团结，风雨中很少一致对外。如覃子豪和纪弦关于《六大信条》的论
争和余光中与洛夫之间的《天狼星》论争等，几乎都是单枪匹马孤军奋战。
由于蓝星诗社在诗歌活动中各自为战的状况，形成了蓝星诗人们个人的名
声比诗社的名声显赫；个人的成就大于集体的成就。蓝星诗社中明星级的
人物很多，比如社长覃子豪，及周梦蝶、余光中、罗门、蓉子、向明、苦
苓、夐虹、杨牧等，个个都是台湾诗坛上响当当的人物。但似乎他们个人
的名声和成就与蓝星诗社又没有太密切的关系。因而比起别的诗社来，蓝
星诗社的同仁们，仿佛团队意识较为薄弱。

第二节　覃子豪

覃子豪，四川省广汉县（今为广汉市）人，1912 年 1 月出生，1963 年
在台湾去世，终年 52 岁。他 1931 年毕业于南京私立安徽中学，后进北平中
法大学。1935 年进日本东京中央大学攻读，1938 年毕业返国，任国民党
"第三战区"设计委员等职。1947 年去台湾。1951 年与钟鼎文、纪弦、葛
贤宁等在台湾《自立晚报》上创办了《新诗周刊》，任主编。1954 年与余
光中、钟鼎文、夏菁等成立"蓝星诗社"任社长。先后任《蓝星诗周刊》
主编，《蓝星诗选》主编，《蓝星诗页》主编，《蓝星诗季刊》主编。覃子
豪对台湾诗坛贡献最为显著的是，于 50 年代主持"中华文艺函授学校"的
新诗讲习班，为台湾培养了大批诗人，成为台湾诗坛青年诗人们共同拥戴

的领袖。覃子豪曾担任"中国文艺协会""青年写作协会""中国诗人联谊
会"理事和监事。他既是诗人,也是诗理论家和诗教育家。他出版的诗集
有:《永安劫后》(大陆时期作品,1945 年,南风出版社)、《自由的旗》
《生命的弦》《海洋诗抄》《向日葵》《画廊》《未名集》等。诗论集有:
《诗的解剖》《论现代诗》《诗的创作与欣赏》《诗的表现方法》《世界名诗
欣赏》《诗画》(一、二集)等。另有散文集《东京回忆散记》(大陆时期
作品,1945 年,南风出版社)。覃子豪在台湾孤身一人,没有妻室和孩子。
他病重期间,由学生轮流值班照料,他去世时由学生充作其子披麻戴孝为
他守灵送终,并铸铜像纪念。学生和生前好友组成"覃子豪全集出版委员
会",出版了三巨册《覃子豪全集》。覃子豪主张诗应反映现实,反映人生,
反映民族的气质和精神。主张个人风格的创造应和民族的精神、气质和性格
融为一体。他主张诗应有深厚的哲学思想作基础,不应当故弄玄虚。他认为
从对人生的理解和对现实的体验中去发现新思想、新主题,比玩弄技巧更重
要。覃子豪的诗创作可分为三个时期,即:大陆时期,在台湾的 20 年可分为
50 年代和 60 年代两个时期。早期和中期基本上是秉持上述诗观进行创作和理
论活动,体现了一个传统的中国诗人的风貌,显示了深厚的功力和卓越的创
作技巧。风格上明朗而不浅显,含蓄而不晦涩,雄浑而又深沉,他创作于
1950 年的《追求》,代表这一风格:

> 大海中的落日
>
> 悲壮的像英雄的喟叹
>
> 一颗心追过去
>
> 向遥远的天边
>
>
> 黑夜的海风
>
> 刮起了黄沙
>
> 在苍茫的黑夜
>
> 一个健伟的灵魂
>
> 跨上了时间的快马

这是一首表达诗人理想和愿望的诗。诗人面对落日西沉的大海，展开了想象，那个火红的落日，就是自己壮丽、灿烂、辽阔的理想和追求。虽然黑夜来临，风沙骤起，但那健伟的灵魂不但不灭，而且跨上了时间的快马。诗人如此理解、想象和赞美落日，不仅改变了世俗的日暮途穷的观念，而且有愈挫愈奋，更上一层楼的内涵。诗人创作于1952年6月的《独语》一诗，以广阔而多样的画面，多角度、多层面地向最爱的心上人，倾吐心声，表达思念。他最爱的心上人是谁呢？是海洋，是天空，是森林，是大千世界。通过多个层面一呼一应，将怀念推向高峰，但被思念者仍沉默不语，于是诗人感到最为伤心。诗不厌曲，或许有一个不指明的被怀念者，在遥远的不知之中；或许是没有明确目标，这浓浓的思念是献给大千世界的，都无关紧要，诗是十分成功的。语言明朗，层面清晰，情感充沛，但对象却含而不露。诗人到了晚年，诗风突然一转，创作了一些非常现代和虚无的作品，如：《金色的面具》《黑水仙》和《瓶之存在》，让读者和他的弟子们颇费了一些神思。他的学生之一洛夫在《从〈金色的面具〉到〈瓶之存在〉——论覃子豪诗》一文中写道："他的诗是代表着一种理性的，自觉的，以及均衡的发展。而他生命的季节也极为分明，该开花时他开过花，该成熟时他便结果，他早期的作品具有古典的严谨与精致，有人的批评，也有信念的寄托。但后期的作品，却显示出一种新的转向，不仅是象征表现的执着，且有对现代主义新表现的尝试与实验。他企图在物象的背后搜寻一种似有似无，经验世界中从未出现过的，感官所及的一些存在……"尽管洛夫解释得有点玄乎，也可作为参考。我们认为，覃子豪晚年由实而虚，由显而隐，由明而晦，是由现实主义向现代主义，由现实向虚无的一种转向。覃子豪50年代正在主持"中华文艺函授学校"的新诗讲习班，教授初学诗的学生，并在与纪弦的《六大信条》论争中，他的诗的现代主义一面被隐没了。到了晚年，他思想和理论的甲胄松弛，而实验的兴趣萌动，于是便在脱离信条的情况下创作了一些超现实之作，显示了其诗歌艺术和技巧的另一面。

第三节 余光中

余光中（1928—2017），福建省永春县人，出生于南京。曾在四川、南京读中学，南京青年会中学毕业后，先后考取了北京大学和金陵大学。因北方战火蔓延，他进入金陵大学读外文系。大二转入厦门大学，大三时因战争迫近，转往香港。之后又到台湾，进入台湾大学外文系攻读。23 岁大学毕业，进入军中当了三年的翻译官，退伍后到台湾东吴大学和师大任教。1958 年去美国，在艾奥瓦大学读美国文学及英文写作，获文艺学硕士学位。1964 年二度赴美，在斯坦福大学任教。1971 年返台，在台湾师范大学任教，并任台湾政治大学西语系主任。1974 年到香港中文大学任教，1985 年返台。之后任台湾高雄中山大学文学院院长及外文研究所所长至退休。余光中在台湾诗坛上具有显赫的地位。覃子豪去世和纪弦移居美国之后，余光中成为台湾诗坛老大。他不仅诗龄长，创作时间达 50 多年，而且诗作丰富。他在大陆时期发表过十多首诗，主要发表在厦门的《江声日报》和《晨光报》。到台湾后，于 1952 年开始出版诗集。处女诗集为《舟子的悲歌》。依次为：《蓝色的羽毛》《万圣节》《钟乳石》《莲的联想》《五陵少年》《天国夜市》《敲打乐》《在冷战的年代》《白玉苦瓜》《天狼星》《与永恒拔河》《隔水观音》《余光中诗选》《紫金赋》《梦与地理》《守夜人》《安石榴》《双人床》《余光中诗选》《五行无阻》等。出版的散文集有《左手的缪斯》《逍遥游》《望乡的牧神》《焚鹤人》《听听那冷雨》《余光中散文选》《青青边愁》《记忆像铁轨一样长》《凭一张中国地图》《隔水呼渡》《日不落家》等。评论集有《掌上雨》《分水岭上》《从徐霞客到梵谷》《井然有序》《蓝墨水的下游》等。余光中是一个复杂而多变的诗人。他创作变化的轨迹基本上是随着生活环境的变化而变化，因而他被称为"多妻主义诗人"。余光中在《白玉苦瓜》诗集序中写道："少年时代，笔尖所染，不是希顿克灵的余波，便是泰晤士的河水。所酿也无非 1842 年的葡萄酒。到了中年，忧患伤心，感慨始深，那支笔才懂得伸回去，伸回那块大陆……"先西化后回归，基本上是台湾一般现代派诗人的创作路向，也是台湾诗坛从 60 年代到 80 年代这个时期新诗的整体走向。余光中在西化派的诗人中，是西化得"很不够"的。即使在追求西化时期的作品中，也时常会冒出一些中国传统的东西。比如《天狼星》就是他"因为定力不足而勉强西化的缘故——就像一位文静的女孩，本来无意离家出走，却勉强跟一个狂放的浪子私奔了一程"。[1] 余光中此话虽然不无对洛夫的讥讽，但也亮出了余光中底牌。这部诗集出版后，便立即遭到了洛夫的批判。他认为这是余光中的一部"失败之作"。余光中也认为："它的反叛性不够彻底，现代主义的一些基本条件，它都未能充分符合。它不够晦涩，诗中许多段落反而相当明朗；它也不够虚无，因为它对于社会和文化有点批评的意图。虚无，该是全盘否定，甚至包括自我的尊严。"[2] 因而余光中和他的"蓝星诗社"一样，只能是温和的现代派，也就是不彻底的现代派。遭到洛夫的批评后，余光中也写了文章进行回应和辩解，比如《再见，虚无》一文，就表示要与虚无决裂。但余光中是摇摇摆摆左一脚，右一脚。他从西化中走出西化；从浪子到成为回头浪子，是一个艰难曲折，有着不断反复，反复后又前进的过程。他在《古董店与委托商》一文中写道："西方不是我们的最终目的，我们的最终目的是中国的现代诗，这种诗是中国的，但不是古董。我们志在役古，不在复古；同时它是现代的，我们志在现代化，不在西化。"他在《迎中国的文艺复兴》中写道："去西方的古典传统和现代文艺中受一番洗礼，然后走回中国，继承自己的古典传统而发扬光大之，其结果是建立新的活的传统。"余光中真正认识到不变不行，非变不可，大约是在 20世纪 70 年代，他于 1973 年 7 月发表了《现代诗怎么变?》。他在该文中写道："台湾的现代诗已经到了应该变，必须变，不变就活不下去的关头了。"他说："相对于洋腔洋调，我宁可取土头土脑，此地所谓土，是指中国感，不是秀逸高雅的古典中国感，而是实实在在的纯纯真真甚至带点稚拙的民

---

[1]余光中：《天狼星仍嗥光年外》，《天狼星》，台北：洪范书店有限公司，1976 年 8 月版，第 155—156 页。

[2]余光中：《天狼星仍嗥光年外》，《天狼星》，台北：洪范书店有限公司，1976 年 8 月版，第 155—156 页。

间中国感。回归中国有两条大道。一条是脱化中国的古典传统，以雅为能事，这条路十年前我已试过，目前不想再走。另一条是发掘中国的江湖传统，也就是尝试做一个典型的中国人，带点土头土脑土里土气的味道……不装腔作势，不卖弄技巧，不遁世自高，不滥用典故，不效颦西人和古人，不依赖文学的权威，不怕牛粪和毛毛虫，更不愿用什么诗人的高贵感来镇压一般读者，这些都是土的品质。要土，索性就土到底。拿一把外国尺子来量中国的泥土时代，在我，已经是过去了。"[1]

余光中常常在一首诗中，出现两种相对立的感情，比如《敲打乐》中就既有对中国的诅咒，又有母子的深情。"我的血管是黄河的支流，中国是我，我是中国。"余光中创作上的转变，可以《白玉苦瓜》为标志。《白玉苦瓜》之后，他的创作题材转入中国的浩瀚历史。作者是想从中国的历史中寻求中国的精神，寻求中国的诗风。他的代表作之一《白玉苦瓜》所体现出的中国母性和母性的养育恩情，就特别温馨感人，传达出了中国古文化的敦厚感。从题材分类，乡愁诗是余光中诗作中最为闪亮的珠宝。如：《乡愁》《乡愁四韵》《当我死时》等，都是被人传唱不息的作品。余光中的其他诗作如《唐马》《羿射九日》《湘逝》《夸父》《一枚松果》等，都寄托着、凝含着诗人对民族、对祖国、对母土文化的一份赞美和思念的深情。余光中曾在答复李瑞腾的访问时说道："我体悟出，怀乡不一定要提长江、黄河，从小事物中亦可寄托自己对家乡或母土文化的孺慕，我的近作《夸父》和《一枚松果》即是如此。"从余光中的作品中可以明显地感觉到诗人浓郁的恋祖情结。

第四节　周梦蝶

周梦蝶（1921—2014），本名周起述，河南省淅川县人。他在台湾诗坛上是个非常奇特的诗人。他的名字"梦蝶"是崇拜庄子的表现，信奉老庄

---

[1]余光中：《现代诗怎么变?》，见《龙族评论专号》1973 年 7 月 2 日。

哲学；他性格孤独，出版诗集《孤独国》，被称为"孤独国主"；由于写诗精雕细琢，苦苦吟思，又被称为"苦僧诗人"。周梦蝶从小苦读私塾，古文很好。他从五年级起读小学，只读一年小学毕业，考取安阳初中（因抗战该校移址内乡县赤门镇二郎庙）。之后又进开封师范，1947年入宛西乡村师范，同时，加入国民党青年军，1948年去台湾。1956年从军中退伍，遭遇十分悲惨。退伍后当店员，从1959年开始在台北市武昌街和重庆南路之间摆书摊为生，之后又屡次迁徙。1973年台北发大水，书摊被淹，周梦蝶在街头流浪三天三夜。到了晚年，他体弱多病，两岸开放探亲后，他却无钱返乡探亲，处境极为艰难。周梦蝶为"蓝星诗社"骨干诗人。他出版的诗集有《孤独国》和《还乡草》。由台湾《文讯》杂志编辑的《台湾作家作品目录》，对周梦蝶的诗作了这样的概括："周梦蝶的诗是一个孤独、洁净的灵魂与纷呈人世的深刻对话。他从自我出发，感悟对应现实，当他引禅入诗，小宇宙便有无限大，是现代诗的瑰宝。"[1] 周梦蝶的诗有四大特色：

1. 诗禅合一。周梦蝶自幼养成沉静好思的个性。他对诗、书法、金石、字画都有极浓的兴趣，具备了"道艺兼修"的品格。他1962年开始读经、听经、背经，对《金刚经》《楞严经》《华严经》等都读得很熟，并从中悟出了不少禅哲。他对诗和禅进行了结合，诗中有禅，禅中有诗，使他的诗具有了浓重的禅哲意味。如《四月》和《无题》之一，都弥漫着生死轮回、因果报应的内涵。

2. 大量用典。新诗用典，周梦蝶是一特例。不过他之用典是活典，是变化了的典，是有助于作品的情趣和自然之用典。如他的《逍遥游》《濠上》《天问》《燃灯人》《托钵者》《圆镜》《行到水穷处》等，都取自《庄子》、《楚辞》、佛经和唐诗。以古瓶装今酒，以古形寓今意。不过有的用典带来负面影响，受到唐文标等学者的批评。

3. 突出哲理思想。周梦蝶诗中的哲理和辩证法强化着他诗的主题，深化着他的诗的思想，读之令人们反复思索和玩味。如："人在船上，船在水

---

[1]《台湾作家作品目录》，台湾："行政院文化建设委员会"，1984年6月出品，第999页。

上，水在无尽上/无尽在，无尽在我刹那生灭的悲喜上。"（《摆渡船上》），"有鸟自虹外飞来/有虹自鸟外涌起"（《骈指》），"看你在我，我在你；/看你在上，在前在后在左右，/回眸一笑便足成千古。"（《行到水穷处》），这些哲理的辩证和辩证的哲理，就像闪光的珠宝，串联在周梦蝶的诗中。

4. 诗的现实性。周梦蝶的许多诗脱离现实，受到非议，但周梦蝶也有一部分诗是从自我写起，而对社会现实进行折射之作。如：《山中拾掇》组诗和《守墓者》等诗，便是对社会进行强烈折射而达到批判效果的作品。尤其是《守墓者》一诗，是他 1959 年的一天，生活走投无路，为了延续生命，他带着水壶、面包，孤寂地到六张犁公墓去作守墓人。当他在那坟冢累累、墓碑如林、荒草盖地，令人毛骨悚然，恐怖而又凄绝的墓地守了一夜之后，说啥他也不干了。一个著名诗人沦落成一个守墓人，这事实本身不就是对社会的鞭挞和批判吗？

第五节　罗门

罗门（1928—2017），本名韩存仁，出生于海南岛文昌县，1942 年进入空军幼校，1948 年毕业，进入杭州笕桥空军飞行官校。到台湾后，1950 年因踢足球腿部受伤，停止飞行。1951 年考入台湾民航局工作，1976 年退休。罗门走进诗坛，是由于妻子蓉子点燃了他灵感之火，将他引进诗坛的。那是 1954 年，罗门在民航局工作，与已是著名女诗人的蓉子相爱，"由于她的激励，加上爱情，辉亮出我潜在的灵感，使我写了一首《加力布露斯》。那是一首以整个年轻的心灵去唤醒生命与爱情的诗。这首诗发表以后，曾引起当时诗坛覃子豪与纪弦的重视，更激励了我的创作力量。于是，当我与蓉子在诗神的祝福下，成为夫妇后，我便被一种不可阻挡的狂热带进诗的创作世界中来了——如果那些往日在我年轻心灵中，冲激着的诗与音乐的美感生命，是一条未曾航过的冰河，那么，蓉子的出现，便是那制造奇迹的阳光，使冰河流动了。"[1] 罗门与蓉子于 1955 年结婚，蓉子是罗门心目中的诗神。罗门出版的诗集有：《曙光》《第九日的底流》《日月集》《死亡之塔》《罗门自选集》《隐形的椅子》《旷野》《罗门诗选》《日月的行踪》《整个世界停止呼吸在起跑线上》《有一条永远的路》《太阳与月亮》《谁能买下这条天地线》等。此外，罗门还出版有评论集：《现代人的悲剧精神与现代人》《心灵访问记》《长期受着审判的人》《时空的回声》《诗眼看世界》《罗门论文集》等。罗门曾提出诗人创造"第三自然"的观点。他把原始的自然界，即日月星辰、江河湖泊、森林旷野称之为第一自然；而将人工制造物，如飞机、大炮、机械、工程等称之为第二自然；第三自然指人类的精神产品，如："采菊东篱下，悠然见南山""江流天地外，山色有无中"等。他认为："第三自然是挣脱一切阻挠，获得其极大的自由与无限的包容性。永为完美而存在，使时空形成一透明无限的宇宙。古今中外纳入其中，呈现出一并列相容的呼应性的存在。"[2] 罗门的"第三自然"理论明确地将艺术与原始和人工状态分离，让人们在艺术创造中去追求那种纯净的、出神入化的艺术境界，对艺术创造有一定的鼓励作用。罗门的诗创作特色之一是注重对内宇宙，即心灵世界的挖掘，因而有："心灵大学的校长"之美誉。如《窗》《流浪人》等诗，即是心灵挖掘方面的例子。"猛力一推，双手如流/总是千山万水/总是回不来的眼睛"，诗人写窗并不是写窗子的特征，而写人与窗子的对话，写想象推开窗子之后的情景。"把酒喝成故乡的月色/空酒瓶望成一座荒岛"（《流浪人》）。诗人描写的是主人公醉意中的心灵状态。罗门被称为台湾第一代都市诗人，他写了许多关于资本主义社会生活的诗，揭露都市生活的罪恶和腐朽。如：于 1957 年写的《都市人》。那时台湾还没有进入资本主义社会，罗门已经注意到了都市生活中人们的野心和贪婪：

---

[1]罗门：《罗门访问记》，《罗门自选集》，台北：黎明文化事业股份有限公司，1975 年 12 月版，第 241 页。

[2]罗门：《罗门自选集·代序》，台北：黎明文化事业股份有限公司，1975 年 12 月版，第 9—14 页。

> 他们的脑部是近代最繁华的车站，
>
> 有许多行车路线通入地狱和天堂，
>
> 那闪动的眼睛是车灯，
>
> 随时照见恶魔与天使的脸。
>
> 他们挤在城里，
>
> 如挤在一艘开往珍珠港的船上，
>
> 欲望是未纳税的私货，良心是严正的官员。

这首诗中诗人揭露了城市生活的两极，地狱和天堂。造成这种极端的不公平的是人的两极：恶魔与天使。挤在开往发财之地的船上，将城市的发展方向和特点形象地表现了出来。"欲望是未纳税的私货，良心是严正的官员"是该诗的名句。前半句十分真实而形象，而后半句则表达了诗人的美好愿望。诗中"繁华的车站""珍珠港""车灯"都带有强烈的讽刺意味。罗门是台湾都市诗的先觉。1961年，罗门写了《都市之死》，1972年罗门又写了《都市的旋律》，1983年罗门写了《都市，方形的存在》。都市发展的每一个阶段和每个阶段的每一种病症，几乎都没有逃出罗门的眼睛。在《都市之死》里，罗门用自己敏锐的目光，犀利的分析，宣告了都市的死刑。"人们用纸币选购岁月的容貌/在这里脚步是不载灵魂的/在这里神父以圣经遮目睡去/凡是禁地都成为市集。"罗门非常富于想象，以泼辣尖刻的笔触向城市的罪恶开刀："伊甸园是从不设门的/在尼龙垫上，榻榻米上，文明是那条脱下的花腰带/美丽的兽便野成裸开的荒野/到了明天再回到衣服里去。"在《都市落幕式》中，罗门写道："都市，你一身都是病/气喘在克劳酸里/瘫痪在电疗院里。"罗门用诗，这种最不善揭露的文体，将资本主义都市的自私、无赖、凶残、丑恶揭露得鲜血淋淋；罗门用诗，这种最善于宣判的文体，将罪恶的城市判处死刑。

罗门有一些描写和赞颂生命的诗。如：《第九日的底流》《死亡之塔》《麦坚利堡》等。其中写得最好，让人读了产生强烈的共鸣的是描写第二次世界大战时，在太平洋战争中菲律宾马尼拉市郊战场阵亡的七万名美军将士的《麦坚利堡》。"麦坚利堡"是美军的墓地，1961 年罗门到此凭吊后创作了这首诗。这首长诗以深沉的旋律和质朴的语言，但却是大河涌动般的感情，歌颂了这些埋骨于他乡的英雄们。诗的开篇便一下抓住了读者的心："战争坐在此哭谁/它的笑曾使七万个灵魂陷落在比睡眠还深的地带。"诗中用了一系列冷的意象：太阳冷、星月冷、太平洋冷，来表现墓地的可怕的冷寂。诗中点着英雄的名字一唱三叹，即使有再多的花环，再大的荣耀，英雄们也回不了家了。尤其是诗的结尾句："你们是哪里也去不了/太平洋阴森的海底是没有门的。"让人悲痛的情感也如太平洋之水，汹涌澎湃而没有出口。

第十八章
台湾的创世纪诗社

第一节　创世纪的主张和实绩

创世纪诗社，早期是台湾的军中诗社。最早是由海军军官痖弦、张默、洛夫三人在台湾南部的军港左营发起成立。那是辛亥革命43周年纪念日，即1954年的10月10日。同时发行《创世纪》诗刊。首期发刊词为《创世纪的路向》标明三大主张：（1）确立新诗的民族阵线，掀起新诗的时代思潮。（2）建立钢铁般的诗阵营，切忌相互攻讦制造派系。（3）提携青年诗人，彻底肃清赤色黄色流毒。该刊发行到第6期，又提出了建立"新民族之诗型"的主张，并且发表了《建立新民族诗型的刍议》的社论。阐释"新民族之诗型"的含义是：（1）艺术的，主张形象第一，意境至上。（2）中国风的东方味的，运用中国文学之特异性，以表现出东方民族生活之特有情趣。到了1959年4月，《创世纪》第11期开始，又进行了革新，将32开版，改为20开版。并在主张上提出了四性，即世界性、超现实性、独创性和纯粹性。此时，《创世纪》已变成了台湾新诗西化的大本营，成了批判西化的众矢之的。到了《创世纪》第37期，针对关杰明和唐文标的批判，该刊又发表了《请为中国诗坛保留一分纯净》的社论，提出了"四反"原则。即："反对粗鄙堕落的通俗化；反对离开美学基础的社会化；反对没有民族背景的西化；反对30年代的政治化。"《创世纪》在刚成立时，是台湾现代派三大诗社中的弱者，但是由于他们的同仁比较团结，不断改革调整，编辑部又不断推出新的阵容，因而当"现代"和"蓝星"先后垮台停刊之后，《创世纪》不但没有垮台停刊，而且瞄准机会，招收"现代"和"蓝星"

的旧部，强化自己，反而成了现代派中的强者和老大。60 年代迎来了现代派诗的一个小小的中兴局面。虽然《创世纪》诗刊从 1969 年至 1972 年间也有短暂停刊，但它是三大现代派诗刊中停刊期最短、恢复最快的诗刊。《创世纪》诗刊的编辑班子经过多次变更，到 2001 年 9 月的编辑阵容为发行人：痖弦。顾问：洛夫、辛郁。编辑小组：张默、杨平、李进之。社长：汪启疆。同仁主要有：古月、丁永泉、辛郁、大荒、洛夫、痖弦、张默、季红、白浪萍、沉冬、沙穗、周鼎、管管、季野、连水淼、彩羽、碧果、叶维廉、商禽、张垒、张汉良、罗英、蓝菱、刘延湘等。《创世纪》创作、发表、出版的诗集、诗论集、史料集，是台湾现代派三大诗社中最多的。目前"创世纪诗社"老一代的洛夫、痖弦都移居加拿大，只有张默还在主持编辑工作。其他老诗人，也逐渐力不从心。它和其他现代派诸诗社一样，有后继乏人之忧。

第二节 洛夫

洛夫（1928—2018），本名莫洛夫，出生于湖南衡阳，先后在衡阳小学和成章、岳云中学攻读，1948 年高中毕业，考入湖南大学外文系，1949 年 7 月去台湾。1951 年进政工干校，两年后毕业，进入海军陆战队。1955 年任台湾左营军中电台编辑，之后进军官外语学校，1959 年毕业，到金门任联络官。1965 年 11 月去越南任"顾问团"顾问兼英文秘书，1967 年 11 月返台，又进入淡江文理学院英文系读书，1973 年 46 岁从该校毕业，同年 8 月以"海军中校"军衔退役。1954 年洛夫与痖弦、张默共同发起"创世纪诗社"，成为三驾马车之一。大陆时期洛夫便开始写诗。他出版的诗集有：《灵河》《石室之死亡》《外外集》《无岸之河》《魔歌》《洛夫自选集》《众荷喧哗》《时间之伤》《酿酒的石头》《因为风的缘故》《爱的辩证》《月光房子》《天使的涅槃》《隐题诗》《雪崩》《洛夫小诗选》等。此外他还出版散文集《一朵午荷》《洛夫随笔》《落叶在火中沉思》《洛夫小品选》。评论集有《诗人之镜》《洛夫诗论选集》《诗的探险》《孤寂中的回响》《诗的边缘》。洛夫已定居于加拿大温哥华，虽已年过七旬，但创作力仍十分旺盛，常奔波于加拿大和台湾之间。于 2001 年又发表三千行长诗《漂木》，获佳评。该诗分为四章。第一章：漂木。第二章：鲑，垂死的逼视。第三章：浮瓶中的书札（该章内含四节，每节为一书信体诗，分别致母亲、诗人、时间、诸神）。第四章：向废墟致敬，该章共 70 节，每节两段 6 行。据作者在诗前小序中说："此诗主要在写我对生命观照的形而上思考，以及对大中国稳定现实与文化的反思。"这部长诗是洛夫创作成就的集中展示，表现了诗人对大我、小我、历史、现实、人生哲思和文化源流的总体思索。情感绵长，哲思丰富，思奇虑深，气魄恢宏。洛夫从 15 岁开始写诗，至今已有近 60 年诗龄。洛夫认为，诗是人对生命的感悟，以小我暗示大我，以有限暗示无限。诗人的使命就是透过诗来解除生命悲苦。诗的最高境界是物我合一，即情感和对象，主体和客体达到高度统一。诗人和普通人一样，所不同的是他观察和表达事物的技艺。《石室之死亡》是洛夫早期的代表作，是西化时期的产物。这是一首包括 64 节，每节十行的长诗，内容庞杂，意象繁复密集。暗示、歧义、象征、超现实手法交替运用，给作品蒙上一层晦涩难懂的迷雾。不过透过那层迷雾，我们仍然可以看见诗的内涵，诗人是在写生命，写人生，写人的生与死之搏斗。石室是人生环境，如地狱般肮脏而狭窄，人以死进行抗争，于是一条黑色支流咆哮地横过他的脉管，而壁上的血槽则是反抗者力的显示和现实吃人之罪证。到了第三部诗集《外外集》时期，洛夫开始"调整语言，改变风格"。洛夫在《无岸之河》诗集序中说："《外外集》在精神上仍是《石室之死亡》的余绪，但是风格上已较前开朗而洒脱。"洛夫改变风格之后，作品有了很大变化，明显地由晦涩转为明朗，由混沌转为清新。我们将他诗风转变后的作品概括为这样一些特色：（1）意象变得单纯朴实，风格变得淡雅自适。（2）诗有了一种爆发式的美。（3）自然和人生通过拟人化手法融为一体。（4）诗的形式变得精短凝练。洛夫诗风转变之后，创作了一系列令人一读难忘的、精巧玲珑、清澈透明的好诗。如：《有鸟飞过》《金龙禅寺》《舞者》《随雨声入山而不见雨》《第十二峰》等。现举《随雨声入山而不见雨》一诗，可以清楚地看出与《石室之死亡》时期作品风格的异同。

> 啄木鸟　空空
>
> 回声　洞洞
>
> 一棵树在啄痛中回旋而上
>
> ……
>
> 下山
>
> 仍不见雨
>
> 三粒苦松子
>
> 沿着路标一直滚到我脚前
>
> 伸手抓起
>
> 竟是一把鸟声

这诗清新明朗，活泼生动，而又具有内涵。从三粒松子到抓一把鸟声，中间隐含着许多内容，但又使人能看到事物发展变化的脉络，给人一种爆发式的惊喜。洛夫近期的《漂木》比之中期的作品，清新仍存，但增添了深沉和浑厚。

第三节　痖弦

痖弦，本名王庆麟，河南省南阳县（今为南阳市）人，1932 年出生。9 岁入南阳私立南都中学，17 岁入豫衡联合中学。1949 年 8 月在湖南参军，之后去台湾，进入政工干校，1953 年 3 月毕业，到海军工作。1961 年任晨光广播电台台长，1964 年因在《国父传》中扮演孙中山成功，评为台湾"十大优秀青年"。1966 年 12 月以"少校"军衔退役。1969 年任台湾"中国青年写作协会"总干事。1974 年兼任华欣文化事业中心总编辑及《中华文艺》总编辑。翌年任幼师文化事业公司期刊总编辑。1977 年 10 月起，任《联合报》副刊主编，直到 1999 年退休，现定居于加拿大温哥华。2001 年又担任台湾东华大学中文系驻校作家。痖弦于 1953 年进入覃子豪的"中华

文艺函授学校"新诗讲习班，向覃子豪学诗。1954 年 10 月与洛夫、张默结
伙发起"创世纪诗社"。1955 年《火把·火把约》一诗，获台湾军中诗歌
优胜奖，使痖弦的创作冲动和创作激情受到更大的激发。痖弦是个诗、史
料和诗评兼营的人物。他出版的诗集有：《痖弦诗抄》《深渊》《痖弦自选
集》《痖弦诗集》《如歌的行板》。研究和史料集有《中国新诗研究》。痖弦
将诗人的创作分为两个时期，即"革命期"和"实验期"。"革命期"是破
坏性的扬弃，是从传统中跳出后的一种飞跃。而"实验期"则是对传统的
吸收，从传统中创新。但"革命期"的破坏性扬弃，必须植根于"实验期"
的创造性之内。在对待台湾新诗西化的问题上，他认为，中国人不能盲目
移植西方的东西，应该重视自己的经验。在《有那么一个人》一文中他写
道："中国人不应当像过去那样一边倒，这个阶段应该过去了。过去五十
年，我们向西方热烈拥抱，对现代诗虽然不能说没有好处，但也有走火入
魔的现象。半个世纪后的今天，中国诗坛似乎应作一通盘沉思反省与探
讨。"[1] 痖弦的诗创作量比较少，但有不少精品和佳作。他 1959 年发表的
长篇抒情诗《深渊》，不仅震撼了台湾诗坛，引起了一股模仿热，而且一锤
定音，因这部诗牢牢地稳住了痖弦在台湾诗坛的地位。这首 99 行的长句诗，
以整体象征表达了诗人对时事、对社会的诠释和看法。诗的开头就引用了
沙特的话作为题解："我要生存，除此无他，同时我发现了他的不快。"这
既是题解，也是作品主题的暗示。诗中，诗人描写了为了生存的需要，要
与环境搏斗，在生存的道路上，重重障碍，艰难险阻和深渊横亘在我们的
面前。社会的贪婪和无耻，人性的麻木和堕落，像深渊一样难以逾越，诗
人摄取了众多千奇百怪的意象进行有机组合，构成了一曲阴暗、荒唐的现
实的和非现实的多声部大合唱。这里有狂乱的性，有埋掉私生子吃剩余人
格的女人，有用血洗荆冠的刽子手，有吃遗产，吃妆奁，吃死者呐喊的寄
生虫。这里有人也有鬼；有仙也有魔，这里现实和非现实在一个主题上得
到了统一；人和鬼在统一的构思里获得协调。这首诗意象丰沛，想象奇特，
色彩绚美，诗质浑厚，给人一种荒诞中的真实，讽刺辛辣而又不流于滑稽。

----

[1]《痖弦自选集》，台北：黎明文化事业股份有限公司，1978 年 4 月版，第 258 页。

但诗也存在一些不足，比如不无晦涩艰深之嫌。痖弦的《如歌的行板》也是以人类生存克难为主题展开的，一口气用了 19 个"必要"。总之，就是生存之必要，就是要消灭战争、暗杀、贪婪、堕落等。既然是一条人类生存之河，总得生存下去，世界应有秩序，发展应有规律。表现了诗人对人类的生存充满信心。痖弦以描写人物著称，他描写人物的诗如《乞丐》《上校》《山神》《三色柱下》《坤伶》《妇人》等，常被人们作为例子引用。其中尤以《上校》《坤伶》诸诗反响热烈。痖弦的诗作大都是 70 年代以前的作品，70 年代以后，极少有新作问世。他的几部诗集中，多数作品移来移去。他的创作生命过早枯竭，十分可惜。不过多年没有新作发表的诗人不被人们忘记，可能有两个因素，一是诗质好，二是《联合报》副刊主编的职务对他的名气和地位也不无帮助。

第四节　张默、商禽

张默，本名张德中，1931 年 12 月出生于安徽省无为县，1938 年至 1948 年在家乡读私塾，后入南京成美中学攻读。1949 年 3 月去台湾。1950 年参加海军，在军中服役 22 年后，以"少校"军衔退役。1954 年与洛夫、痖弦发起成立"创世纪诗社"。张默在"创世纪"同仁中对该诗社贡献最大，出力最多。曾为"创世纪"闯邮局，进当铺，跑书摊。经济困难之日，他的手表、自行车曾进进出出多次到当铺中换钱，为"创世纪"解困。几乎可以这样说，没有张默就没有"创世纪"。他作总编辑的时间最长，年过 70 岁的张默，还担任着《创世纪诗刊》总编辑的角色。张默在台湾诗坛上被称为"总管"，诗坛的许多事都离不开他。他是诗歌方面的资料专家，他收集的资料非常丰富，曾编辑出版《台湾现代诗编目》，他主编和参与编辑的台湾诗歌方面的书最多。张默是位十分勤奋的诗人，诗的创作量也相当丰富。他出版的诗集有：《紫的边陲》《上升的风景》《无调之歌》《张默自选集》《陋室赋》《爱诗》《光阴、梯子》《落叶满阶》《远近高低》等。另有诗评集《现代诗的投影》《飞腾的象征》《无尘的镜子》《台湾现代诗概观》《梦从桦树上跌下来》，散文集《雪泥与河灯》《回首故园情》等。张默的诗意象单纯明朗，善于在诗中采色采声，将声色和环境融入一起，造成情景交融，声色互动的画面。他还善于将古典诗的表现手法移植于新诗创作。《紫的边陲》《无调之歌》《鸵鸟》等，被人称道。不过，张默的创作影响远不及他作为一个"总管"的影响之大。

商禽（1930—2010），本名罗燕，笔名罗马、罗砚等，四川省珙县人。1945年参军，1950年从云南去台湾。商禽的生活一直颠沛流离，他当过商贩，卖过牛肉面，跑过单帮，当过私家园丁。商禽在大陆时期就开始了新诗的创作，到台湾后于1953年开始以罗马笔名发表作品，1960年开始以商禽笔名发表作品。商禽曾任《文艺》月刊、《青年战士报》《中华文化复兴》等刊物的编辑，在《时报周刊》副总编辑任上退休。商禽出版的诗集有《梦或者黎明》《梦或者黎明及其它》《用脚印思想》。商禽的创作特点是：创作态度比较严谨，作品量少，但名作甚多；出镜率不高，但影响较大。他以少量的诗作奠定了他台湾超现实主义诗人代表的地位。杨牧声称："假如我会写诗评，我用'泪珠鉴照'做题目评商禽"。李英豪在《批评的视觉》一文中说："商禽诗的价值，非但压缩在个人的平面上，而且是在整个人类的平面上。"许多人将商禽的诗视为现代诗的瑰宝。他的名作《长颈鹿》《应》《鸽子》《涉禽》《火鸡》《逃亡的天空》《风》等，都是被人们反复玩味和赞美的作品。尤其是《长颈鹿》《鸽子》《应》可看作超现实的典范之作。请看《应》：

> 用不着推窗而起
> 向冷冷的黑暗
> 抛出我长长的嘶喊
> 熄去室内的灯
> 应之于方方的暗

这是以超现实之手法写成的现实主义之诗。用不着推开窗向冷冷的、无边的黑暗抛出嘶喊，因为那是没有用的，呐喊即使能抛出，也会被无边的黑暗吞没。熄灭了室内的灯，以方方的黑暗应对于无边的黑暗，以黑暗对抗黑暗，是无声的沉默的抗议。这种抗议将反抗的强度和韧度进一步强化。《长颈鹿》是描写一个犯人被长期关在监狱里，因为渴望光明，渴盼自由，他日日仰望窗户。由于日日仰望，脖颈越拉越长，最终变成了长颈鹿。这是一首十分辛酸，内含批判性很强的作品，也是对社会现实掷出的锋利的投枪和匕首。商禽的诗从创作手法和表达方式看，是典型的超现实主义之作，但商禽却不肯戴上超现实的桂冠，而斩钉截铁地说：“我不是超现实主义者。”[1] 从作品对现实的揭发力度和讽刺打击邪恶的强度看，即使现实主义的诗作也比不上商禽的作品，从这个角度讲，商禽的确是“最最现实主义者”。从商禽的例子可以说明，超现实主义的方法也能写出战斗性、讽刺性极强的作品。

---

[1]《台湾作家作品目录》，台湾：“行政院文化建设委员会”，1999 年版，第 373 页。

第十九章
台湾现代派小说群的崛起

第一节 台湾社会进入转型期

50 年代台湾的经济形态，还是一种封闭型的、传统的、保守落后的小农经济。50 年代初，朝鲜战争爆发，为了把台湾变成侵略朝鲜的基地，美国与台湾签订了"共同防御条约"，接着是大量的"美援""日援"涌入台湾。台湾从 1953 年开始推行"以农业培养工业，以工业发展农业"的经济建设方针，促进了台湾农业的较大发展。进入 60 年代之后，台湾采取了一系列有效措施，实行对外"开放经济"，先后颁发了"奖励投资条例"和"加工出口条例"，改革外贸政策，实行汇率改革，税收优惠、金融扶持措施，促使台湾的外资和侨资投资比例迅猛增长，加工业发展迅速，实现台湾经济的"全面起飞"。1966 年台湾的出口贸易结构发生质变，由出口农产品为主转为出口工业产品居首位，改变了台湾历年来以农产品和农业加工产品为主要出口货物的局面。从此，台湾的对外贸易成为台湾整个经济的支柱和生命线，促使台湾经济由封闭的、保守的内向型经济发展为开放的外向型经济。60 年代中期的台湾社会，已由传统的农业社会转型为开放型的资本主义工商业社会。台湾以加工出口业为轴心的经济，成了世界资本链条上的一个环节。

当时，台湾经济的主要伙伴是美国，其次是日本。台湾实行的经济开放，既开放经济市场，也开放精神文化市场。伴随着经济开放，西方的思想文化、社会风俗、生活方式铺天盖地地涌入台湾，在东西方文化的撞击中，传统的价值观念受到冲击，正统的思想规范失去控制，引起台湾社会的迅速西化，造成经济起飞、精神颓废的局面。处在社会转型时期，面临文化转型十字路口的知识分子，尤其是台湾思想文化界的有识之士，内心充满焦虑的危机意识，渴望在传统的废墟上，重建自己的文化价值堡垒。他们发起批判"西化"运动，构成中西文化在台湾的冲突。在冲突中，西化受到一定程度的抑制，中国文化传统得到了保护。台湾从 60 年代初期开始的新诗批判运动和 70 年代的"乡土文学论战"，都是为抵御西方文化而兴起的民族文化运动。70 年代初，台湾受到以"钓鱼岛事件"为首的包括台湾当局代表被逐出联合国、日台"断交"等一系列国际事件的冲击，全面依赖"美援"的幻梦破灭，进一步唤醒了人们的民族意识和社会意识。对台湾现实及未来命运的关切，使知识分子开始认识台湾殖民经济的弊端，形成要求回归民族，回归乡土的潮流。台湾社会由农业社会转向资本主义社会，经历了一系列思想文化方面的斗争，经历了由西方式的资本主义向东方式的资本主义转换中的一系列思想文化形态的变化。

目前的台湾社会，大体上是经济形态上以西方资本主义生产经营模式为主，而思想形态方面以中国传统的儒家思想为主，形成一种中西结合式的资本主义。

第二节　台湾现代文学社的出现和《现代文学》的创刊

台湾社会的开放，经济的转型，带来了西方的文化和文学思潮的泛滥。在政治思想方面，有宣传西方民主政治和资本主义制度的胡适和雷震的《自由中国》杂志；在文学方面，西方的意识流、象征主义、弗洛伊德学说、立体派等文艺思潮介绍进来。1949 年国民党统治集团退踞台湾后，颁布禁令，将五四以来所有进步的新文学作品，一概封锁，列为禁书，造成民族文化传统的中断。新生的一代从小就失去接触五四新文学的机会，只好转向西方文学去寻求出路，追踪世界文学新潮流。这也是文学自身发展的要求。

台湾现代主义文学思潮的深入发展和创作的成绩，主要体现在以《文学杂志》和《现代文学》为首的现代小说的兴起。

1956 年 9 月，台湾大学外文系教授夏济安先生创办《文学杂志》，广泛介绍西方现代派理论，刊登西方和台湾的现代派作品，产生较大影响。1959 年 7 月，夏济安去了美国。1960 年 8 月，《文学杂志》停刊。

《文学杂志》的一批学生作者，也是夏济安教授的学生，于 50 年代末，在台湾大学外文系成立了一个交友性质的组织"南北社"。一年后，该组织扩大改组，更名为"现代文学社"，推选白先勇为首任社长，成员有陈若曦、欧阳子、王文兴、李欧梵等。"现代文学社"成立不久，1960 年 3 月，他们创刊了《现代文学》杂志，白先勇任主编。

在《现代文学》的发刊词中，他们写道："我们打算有系统地翻译介绍西方近代艺术学派与潮流，批评和思想，并尽可能选译其代表作品，我们如此做并不表示我们对外国艺术的偏爱，仅为依据'他山之石'之进步原则。""我们不想在'想当年'的瘫痪心理下过日子。我们得承认落后，……祖宗丰厚的遗产如不能善用即成进步的阻碍。我们不愿意被视为不肖子孙，我们不愿意呼号曹雪芹之名来增加中国小说的身价，总之，我们得靠自己的努力。""我们感于旧有的艺术形式和风格不足于表现我们作为现代人的艺术情感。所以，我们决定试验，摸索和创造新的艺术形式和风格。我们可能失败，但不要紧，因为继我们而来的文艺工作者可能会因我们失败的教训而成功。胡适先生当初倡导白话文和新诗，可是我们无理由要求胡适先生所写的一定是最好的白话文和最好的新诗。胡先生在中国文化史上灿烂的一笔是他'先驱者'的历史价值。同样，我们希望我们的试验和努力得到历史的承认。""我们尊重传统，但我们不必模仿传统或激烈地废除传统，不过为了需要，我们可以做一些'破坏的建设工作'。"从他们的宣言中可以看出，这是一批朝气蓬勃，志向远大，以创建和实验现代派文学为使命，高擎现代派文学大旗，向台湾文坛开拓前进的破坏者和建设者。

"现代文学社"的成立和《现代文学》杂志的创刊，成为台湾现代派小说崛起的重要标志，成为台湾现代派小说繁荣的开端，并在 60 年代占据台湾文坛的主流地位。

《现代文学》杂志创刊后，取得显著的成绩。然因经济的艰难曾于 1973 年 9 月停刊，到 1977 年 7 月复刊。进入 80 年代中期后，再次停刊。在台湾文学史上，"现代文学社"和《现代文学》杂志的贡献突出：

1. 比较系统地介绍了西方现代主义的理论和作品。第一期是卡夫卡专号，第二期是托马斯·曼专号，之后连续介绍了乔伊斯、劳伦斯、伍尔夫、萨特、波特莱尔、福克纳等的作品，这在台湾是前所未有的，对台湾的现代派文学创作产生极大的影响。

2. 培养和造就了一批作家，发表一批有影响的作品。从创刊到 1973 年停刊之间，《现代文学》共出版 51 期，发表创作小说 206 篇，作家 70 人。在 60 年代崛起的台湾著名小说家们，跟《现代文学》都有过或深或浅的关系。白先勇、王文兴、欧阳子等的作品，是在《现代文学》杂志上问世的；丛甦的《盲猎》、王祯和的《鬼·北风·人》、施叔青的《倒放的天梯》、陈映真的《将军族》、水晶的《爱的凌迟》、朱西甯的《铁浆》都发表在《现代文学》上。欧阳子主编的《现代文学小说选集》上、下册，从一个方面展示了《现代文学》的成就和作用。这些作品，文字技巧风格多样，体现了《现代文学》刊物的办刊宗旨的试验与创新。

《现代文学》杂志在介绍西方文艺理论与创作、培养和造就作家方面有重要贡献，影响了一代台湾作家，也影响了后来的《纯文学》《幼狮文艺》等刊物的发展路向。但是，也存在一些不足与缺点：在介绍西方现代主义思潮和作家作品时，缺乏批判性的分析，有不加选择的倾向；在创作方面，有照搬和生硬模仿的现象。然而，在台湾 60 年代文坛上，现代派文学能成为文坛的主流，能够影响和吸引台湾一代作家，"现代文学社"和《现代文学》刊物功不可没。

第三节　聂华苓、於梨华、陈若曦

台湾的现代派小说创作，呈现出错综复杂的、创作主张与创作倾向并不十分一致的局面。大体上可分为两个倾向：一类是中西结合、现代与传统融合，创作思想偏向于写实，较注意作品的思想性的现代派，如白先勇、於梨华、陈若曦等的创作；另一类是彻底反叛传统、热衷西化的现代派，如欧阳子、王文兴等的创作。

聂华苓、於梨华是台湾文坛较早的现代派作家。她们比台湾"现代文学社"的一代青年作家文龄均长十岁左右。

聂华苓，1925 年 1 月 11 日生，湖北应山县人，1940 年为逃避日祸，随母亲和三个弟妹到四川，后入中央大学外文系读书。1949 年去台湾。80 年代担任雷震主持的《自由中国》杂志编辑，后因受"雷震事件"牵连而失业。之后曾在台湾大学中文系和台湾东海大学中文系任教。1964 年赴美，参加保罗·安格尔主持的美国艾奥瓦大学"国际作家写作室"工作，后来与保罗·安格尔结婚。她的主要作品有短篇小说《翡翠猫》《一朵小白花》《王大年的几件喜事》等；长篇小说《失去的金铃子》《桑青与桃红》《千山外，水长流》等。

聂华苓的短篇小说创作多以国民党控制下的台湾生活为背景，用写实的笔触，塑造出形形色色从大陆流落到台湾的中下层人物形象，较深刻地反映社会的黑暗，人物的落魄、孤寂和凄凉。如《台湾轶事》等。

1960 年创作《失去的金铃子》，是聂华苓的成名之作。小说描写抗日战争时期西南大后方的生活，揭露中国的封建婚姻制度给妇女命运带来的不幸和苦难。主人公苓子在重庆读书，假期回到山村，暗恋上比自己大十几岁的尹之舅舅。而尹之却与新寡的巧姨热恋，于是成三角恋爱之势。苓子恋尹之是中国社会绝不能容忍的乱伦之恋，结果自然可知；新寡的巧巧与无配偶的尹之结合应是天经地义的，却活活被封建卫道士们拆散，致使巧巧自杀，尹之被捕，表现出现实社会黑暗与丑恶的本质。

从台湾到美国后，聂华苓因 1970 年创作长篇《桑青与桃红》而声名大振，也引起一些争议。小说描写女主人公桑青因中国和世界的动乱，由一个天真单纯的少女，变成了疯子，易名为桃红的故事。作者曾在一次答访中道出用心所在：“我不仅是写一个人的分裂，也是写一个人在中国变难之中的分裂，和整个人类的处境：各种的恐惧，各种的逃亡。”作品铺展出历史的纵剖面，表达动乱的时局给人类精神造成的错位。《桑青与桃红》致力于传统的表现方法与西方的表现方法结合，西化的倾向十分明显，主要表现在：一是时空交错的结构方式。一个身体两个灵魂：桑青以日记的形式追忆历史，桃红以信的形式表述现在，时空交错，富有跳跃性；二是大量运用象征手法。如以搁浅的小木船，动乱中的大杂院，避祸中的小阁楼，象征着一个绝望、困顿和混乱的时代，以桑青象征东方的美丽纯洁，以桃红象征西方的荒淫颓废等；三是运用意识流技巧，表现主人公的精神错乱特征，相得益彰。

於梨华（1931—2020），出生于上海，祖籍浙江镇海县。1949 年去台湾，考入台湾大学外文系，有位教授认为她的天资不够，强令她改学历史。1953 年毕业于历史系。1954 年赴美国入洛杉矶加州大学攻读新闻。1956 年获硕士学位，同年和一位物理学博士结婚。1965 年迁居纽约，在纽约州立大学奥尔巴巴分校教授中国文学等课程，并从事创作。小说创作成果颇丰，长篇小说有《梦回青河》《又见棕榈，又见棕榈》《傅家的儿女们》《变》《考验》等；中篇小说有《也是秋天》《三人行》等；短篇小说集有《归》《雪地上的星星》《白驹集》《会场现形记》等。

著名的物理学家杨振宁曾说：“在台港留学生的书架上常常看到於梨华的小说。……我想大家喜欢看她的作品，原因恐怕不尽相同。我自己喜欢她的书，主要有两种原因，一方面我欣赏她对人物性格和心理状况的细致观察。另一方面我很高兴她引入了不少西方文字的语法和句法，大胆地创造出既清畅可读又相当严谨的一种白话文风格。”[1] 这种评价，可以说具有相当的代表性。

於梨华的小说内涵主要有两个内容：一是写尽天下离合悲欢；二是反

---

[1]杨振宁：《於梨华作品集·序》，香港：天地图书馆公司，1980 年版。

映台湾留美学生的生活。女作家的特性使她善于通过家庭、爱情和女性来描写离合悲欢。如《梦回青河》描写敌伪统治时期，一个大家庭里表兄妹的三角恋爱故事，表现没有爱的堕落大家庭中相恋的青年不能结合的悲剧命运。作者笔下人物性格栩栩如生，心理交战入情入理，义与利、善与恶的交织，愚昧与天真、怯懦与狠毒的混杂以及种种错综复杂、时隐时现的下意识都刻画得细致入微。作为留美的台湾作家，於梨华小说的主要成就在于反映旅美留学生生活的作品，描写台湾留学生爱情的烦恼，家庭的矛盾，学业上的困惑，工作上的挫折，以及由于远离祖国而产生的寂寞和乡愁。1966 年创作的《又见棕榈，又见棕榈》是这类作品的代表作，也是於梨华思想性和艺术性最高的一部长篇小说，1967 年获台湾最佳长篇小说奖。由于这部作品真实地描写了台湾留美学生的生活和苦闷矛盾的心理，具有较高的典型性和时代性，於梨华被称为"无根的一代"的代言人。小说以旅美学人牟天磊回台湾省亲为线索结构全篇，形式上类似"游记体"小说，内容上却是"寻根记"。十年前赴美留学，几经周折，终于学成业就的牟天磊，获得了新闻博士的桂冠，找到一份足以维生的工作。远离故土亲人的孤独、寂寞啃噬着他的心灵，回台省亲，本想达到一种文化心理上的回归，却发现不仅在美国没有根，回到台湾仍然没有根。牟天磊的悲剧并非因工作、事业、爱情方面的原因，而是东西方两种文化撞击的必然结果。他所失落的根，与其说是乡土之根，不如说是"民族文化之根"。

於梨华被夏志清先生称为"近年来罕见的最精致的文体家"，具有清新、精致的细腻风格。作者擅长白描手法，人物肖像、景物描写细腻、精致而逼真。她成功地运用意识流手法，作品格调真实自然，朴实无华。有些句子虽长，有些欧化读来却无欧化的感觉，善用嘲讽和比喻，使人感到亲切、自然、明快，引人入胜。

陈若曦，1938 年出生，台湾省台北市人。原名陈秀美，祖父和父亲世代为木匠，10 岁以前在农家长大。1957 年考入台湾大学外文系，1962 年毕业后赴美，进麻省圣像山女子学院，主修英国文学，获硕士学位。1966 年，和获博士学位的丈夫一起，从加拿大取道欧洲回国。时值"文化大革命"，他们在北京闲居两年后，分配到华东水利学院教英文。1973 年去香港，1974 年定居加拿大温哥华，后在美国加州大学一分校任教，并在旧金山柏克莱亚洲研究中心工作。之后又返回台湾从事专业创作。

陈若曦的创作大概可分为四个时期：

1. 大学时代的作品。多描写台湾农村下层劳动者的困苦和台湾农村的风俗人情。如《辛庄》《灰眼黑猫》等。同时也有一些模仿西方文学之作，如《钦之舅舅》《乔琪》等。

2. 离开大陆初期的作品。主要描写"文革"带来的灾难。如短篇小说《尹县长》、长篇小说《归》等，在海外引起激烈的争论。短篇小说《尹县长》是揭露"文革"的第一篇小说，为"伤痕文学"之母，具有开创意义。

3. 发表一系列打倒"四人帮"后的中国阴暗面的作品。如《城里城外》《路口》《客自故乡来》等。

4. 描写海外华人的婚姻与中国情思。如《二胡》《纸婚》等长篇小说。《纸婚》通过一个中国姑娘与艾滋病人的"纸婚"表现了中国人高尚的道德和品质。

陈若曦的童年生活对她的创作写实产生很大影响。她属于台湾现代派的主要作家之列，但她的创作除少数运用意识流等手法外，大都继承我国传统的写实主义手法，文字质朴，感情真挚，善用白描。在她中后期的创作中，很少运用西方文学的技巧，这在同时期的现代派作家中是颇为特殊的。

第四节　欧阳子、王文兴、七等生

在台湾现代派作家中，欧阳子、王文兴、七等生的作品基本上是西化的，彻底反叛中国文化传统，忽视文化的延续性，并始终未改变自己的文学主张。他们的创作都具有自己鲜明的特色，在产生重大影响时也引起很大的争议。

欧阳子，1939 年生，原名洪智惠。台湾南投县人，生于日本广岛，抗战胜利后随父母回台定居。1957 年考入台湾大学外文系，1961 年毕业留校任助教。1962 年赴美留学，入伊利诺伊大学后转入艾奥瓦大学文学创作班，1964 年获硕士学位。后又入伊利诺伊大学进修，1965 年随丈夫移居得克萨斯州。欧阳子从 13 岁起开始写作并发表诗文，就读台大期间，加入"南北社"，又参与《现代文学》的编辑工作。1969 年因眼疾停止创作。主要作品有短篇小说集《那长头发的女孩》《秋叶》，另有评论集《王谢堂前的燕子——〈台北人〉的研析与索隐》和散文集《移植的樱花》，还编有《现代文学小说集》。

欧阳子的小说大量运用西方现代派小说的心理分析方法，运用意识流手法，开掘人的内心世界，注重心理写实，表现人的潜意识，以理性的眼光和冷静的态度刻画人物病态的心理世界。《花瓶》是欧阳子的代表作，奠定了她在台湾文学史上的地位。小说描写的是中产阶级家庭中夫妇的争执场景，作者将男女主人公心理活动的丰富、复杂性表现得细致入微：丈夫石治川因爱妻子，所以妒忌和猜疑妻子，更有甚者竟然产生扼死妻子的念头；妻子冯琳在忍无可忍的情况下揭穿丈夫的阴暗心理，丈夫又恼羞成怒。作品中具象征意味的花瓶被丈夫摔下而最终未碎的场景，又给作品染上一丝喜剧意味。《近黄昏时》是一个特别的"恋母情结"文本：儿子吉威迷恋生母，为此竟怂恿好友余彬作为自己的替身去与母亲发生性关系；《魔女》中倩如母亲无可救药的痴迷畸恋。欧阳子小说中对于现代社会中产阶级女性的变态性心理的发掘显得集中而深入，也正因此，引起台湾评论界的不同评价。白先勇认为："欧阳子是个扎实的心理写实者，她突破了文化及社会的禁忌，把人类潜意识的心理活动，忠实地暴露出来。她的小说中，有母子的乱伦之爱，有师生的同性之爱，但也有普通男女间爱情心理种种微妙的描述。"[1] 而批评的观点则指出：欧阳子是一个专门揭露人性"丑恶"的"心理外科医生"，是"不道德的"。还有人认为欧阳子和王文兴是将西方病态的艺术观移植到中国人身上。欧阳子认为，不能用社会道德观或社

---

[1] 白先勇：《崎岖的心路——〈秋叶〉序》，隐地编：《白先勇书话》，北京：文化艺术出版社，2009 年 8 月版，第 87 页。

会功利观来评论文学作品，她自我辩护说："我总是在揭露他们自己都不敢面对的内心的罪，以及他们被迫面对真相以后的心灵创伤。"欧阳子的小说是怀着悲悯之心去表现人的心理世界的，且具有一定的反讽意味。

欧阳子的小说创作把中国现代心理小说的创作推进了一步，她的探索和尝试在台湾文学史上留下一些可供借鉴的经验教训。

王文兴（1939—2023），福建福州人。1958年考入台湾大学外文系，在大学时即从事文学创作。1960年3月与白先勇、欧阳子等人创办《现代文学》杂志。1962年大学毕业后赴美，在美国艾奥瓦大学"作家工作室"从事创作研究。1963年获艺术硕士学位，回台湾大学外文系任教。已出版的作品有短篇小说集《玩具手枪》《龙天楼》，长篇小说《家变》《背海的人》等。

在台湾现代派作家中，王文兴是一个毁誉参半的作家。他热衷于对作品主题、题材、表现技巧的探索：《玩具手枪》《日历》等是写青年的烦恼与苦闷的，明显受西方文学影响；《海滨圣母节》《大风》是对乡土题材与主题的尝试；《两个妇人》表现西方现代主义的常见主题——妇女的嫉妒心和自私心；《龙天楼》表现的是老一代国民党人的命运。从表现方法看，《最快乐的事》是"微型小说"的实验；《母亲》是采用意识流、内心独白的尝试；《黑衣》追求的是象征和暗示；《草原盛夏》是没有故事情节的抒情散文式小说。

1972年，王文兴发表《家变》，标志着他创作的成熟。《家变》的题目含义有二：一是指父亲离家出走事件；二是指传统家庭观念的激变。小说描写一个大陆去台的下层职员家庭的生活场景与父子冲突，通过范晔小时候对父亲的骨肉亲情到长大后对父亲的厌恶和虐待，致使老父弃家出走的故事，反映出西方资产阶级的文化、思想和道德观念对中国传统伦理观念的冲击，使家庭破裂、人性受到腐蚀和扭曲。作品具有深刻的时代感和现实感。

《家变》的艺术成就，首先在于成功地塑造了范晔这个人物形象，表现出在资本主义思想道德影响下，一个纯洁可爱的青少年如何逐渐变成一个刻毒、自私狂傲的知识分子。作者选择采取心理角度，细腻真实地描写了范晔的心理、思想和性格的发展变化。作者把对人物的褒贬渗透到整个艺术形象和作品中，用漫画的夸张手法，借人物自己的言行来暴露他思想和灵魂的丑恶：从儿时的爱家到长大后的诅咒家，对父母的感情从孺慕之情变为憎恨厌恶，生动地塑造出从一个天真纯洁、充满亲情的少年变成一个丧失人性和充满铜臭味儿的范晔。这个人物形象有深刻而丰富的内涵。范晔对家的挑战，并不具备任何反封建的性质，只是在经济窘迫的阴影下，在西化之风影响下，在家庭地位变化后，他的伦理观、道德观发生变化而导致的家变，并不具备革命性。范晔的形象在台湾社会中具有较典型的意义，在一定程度上反映出台湾生活某个侧面的本质。

其次，《家变》成功地进行了结构上的尝试和突破。小说采取意识流手法，分"现在"和"过去"两条线索同时进行，形成时空交错的结构方式。"现在"：以英文字母分段（A，B，C，……O），叙述老父离家出走，范晔的寻父经过，寻父无着、复归平静；"过去"：以阿拉伯数字编排（1，2，3，……157），叙述范晔的心智成长过程，小时候的父子情深和长大后的父子冲突。这种结构方式使文体省净，匀称而又富于变化。在小说的"过去"部分，作者用无数的生活细节与意识流手法结合，组成"生活流"来表现，构成自然生动的画面。《家变》在结构艺术上的尝试是成功的，显示出王文兴在小说创作方面的特色和突破。

再次，追求独具风格的语言，在文字上标新立异。王文兴视文艺如神明，不断尝试文字技巧。《家变》的文字精省，密度大。同时，大胆运用方言、俗语，生动形象，带有浓郁的新鲜生活气息。他匠心独具地发挥中国文字以象形为主的特征，又将白话、文言，自造词语，倒装语词等掺杂，用欧化句式联结，别出心裁地创造出许多奇特的句子，如："于七月末秋季新伊的夜央，从枕上常可听得远处黑风一道道渡来空其空气的铁路机车车轮轮响，时响时遥，宛似秋风吹来一张一张的乐谱"王文兴在语言文字上有些尝试是勇敢的，也有许多佶屈聱牙，谈不上形象与美感。其效果见仁见智，因而曾引起激烈争论。

《家变》的发表在台湾文艺界引起轩然大波。有人说《家变》是五四以来"最伟大的小说之一";有人嘲笑《家变》是"台湾一大奇书"。争论的焦点在于:对作品思想内容道德的评价;对作品怪异文字的褒贬毁誉,至今争论不休。

我们说,以《家变》为代表的王文兴的小说创作,坚持吸收西方现代主义技巧,在艺术上取得了一定的成绩。但是他忽视了文化上的延续性,彻底反叛中国文化传统,对民族文化采取虚无主义态度,是错误的。

七等生,1939 年生,原名刘武雄,台湾苗栗县通霄镇人。七等生是他的笔名。1959 年从台湾师范艺术科毕业后,当过小学教员、公司职员等。自 1962 年起发表作品,1966 年与陈映真等创办《文学季刊》,后因意见不合而退出。七等生的作品,主要有中短篇小说集《放生鼠》《僵局》《我爱黑眼珠》《来到小镇的亚兹别》《沙河悲歌》《隐遁者》,长篇小说《城之迷》《白马》和《情与思》等,还有诗集《五年集》。

七等生受西方作家卡夫卡、福克纳、海明威、陀思妥耶夫斯基等影响较重,多描写现代人的孤独、寂寞、绝望和怪异。1967 年发表的短篇小说《我爱黑眼珠》是他的代表作。主人公李龙弟是个靠妻子晴子打工维持家庭生计的失业者,他爱有着一双美丽黑眼珠的妻子,但又因依赖妻子丧失独立人格而沮丧。一个雨天,他去接妻子晴子,突然滂沱大雨自天而降,顷刻间洪水泛滥。李龙弟救助了一个落水的妓女,感到找回了自己的独立人格。当对岸屋顶的妻子呼叫他时,他却无动于衷。后来,妻子泅水过河时被洪水卷走。这是一篇寓言味儿很浓的小说,故事场景也有明显的荒诞性。小说中李龙弟的形象可说是存在主义哲学观的具象化,引起文坛的争议较多。作品对于现代派小说技巧,心理分析和意识流手法的运用是娴熟的。

七等生的中篇小说《隐遁者》描写主人公鲁道夫,看透并厌倦现实社会的虚伪和阴险黑暗,返回故乡,隐居沙河对岸的森林中生活。作品运用人物内心独白形式,多层次地揭示出人物的思想意识;借用影视技巧,把那些既具文化内涵又有象征意义的自然或人文场景予以反复的"慢镜头"或"特写画面"式的处理,拓展了表现的空间,显示出七等生在现代派小说创作中的追求和创新。

第五节 张系国、丛甦、赵淑侠

张系国、丛甦、赵淑侠都是旅外作家。

张系国，1944 年生，江西南昌人，生于重庆。笔名有域外人、白丁。童年时随父到台湾新竹。1962 年进入台湾大学电机系就读，1966 年至 1969 年在美国柏克莱加州大学读电脑科学，获博士学位。曾任美国康奈尔大学、芝加哥伊利诺伊大学教授。早在大学时代，就创作长篇小说《皮牧师正传》。留美之后，出版有长篇小说《昨日之怒》《黄河之水》《棋王》；短篇小说集《地》《香蕉船》《沙猪传奇》《游子魂组曲》等；科幻小说《星云组曲》《五玉碟》《龙城飞将》等；散文集有《快活林》《让未来等一等吧》《男人的手帕》等。

张系国既是科学家，又是文学家。在年轻一代台湾作家中，是富有才华且著作颇丰的作家。张系国提倡文学应该反映社会现实，关心人生，表现理想。他在创作中实践着自己的主张。在《香蕉船》后记中，他说："对我而言，没有生活，没有人的挣扎，就没有小说。……我不为艺术而创作，我只为人而创作。"[1]

张系国的小说创作主要选取三种题材：

1. 表现台湾社会的现实生活。通过台湾社会世态人心的描写，透视时代与社会的变迁，揭示社会病态和人性的弱点。《皮牧师正传》以 50 年代台湾社会为背景，揭露教会和神职人员的虚伪和欺骗。张系国最满意的代表作《棋王》，通过一个会下五子棋能预测未来的神童的出现、显灵，失踪、失灵的寓言故事，透视出信仰空虚、物欲横流的环境中知识分子放弃理想操守的人生图景，表现出 70 年代的台湾教育、文艺现状和人的商品化及拜金主义泛滥的现实。张系国将寓言与写实结合，准确地描写出 70 年代台湾的社会现实与社会心理的变异。

2. 描写留学生生活。1967 年发表的短篇小说《地》，反映留美学生与

---

[1] 张系国：《香蕉船·后记》，台北：洪范书店，1976 年版。

海外华人的个人生存遭遇的一系列问题。在 70 年代台湾的"多事之秋"，急剧变幻的国际时局和异国社会的环境中，张系国审视自身，关心民族和国家，写于 1979 年的长篇小说《昨日之怒》，不再囿于留学生个人的切身问题，而是真实地描写 1971 年发生的海外华人保卫钓鱼岛的群众运动，充满民族的情感。虽然作品中的积极分子从团结战斗到分化瓦解，葛日新的形象塑造却成为"觉醒一代"的命运见证。张系国的创作表现出留学生文学的新面貌，被白先勇称为是第三代留美作家的中坚。

3. 创作科幻小说，反省人类生存状况。70 年代中期以后张系国致力于科幻小说的创作。他在反映未来科学和世界时，也在反映现实世界，弥补写实主义的偏失。他的《星云组曲》奠定了台湾科幻小说发展的基石，而且以"精致的文采、灵闪的思想、惊奇的意象常常丰富了他短篇科幻的生命"[1]。《望子成龙》通过二十三世纪改良品种公司欲塑造优秀男婴却适得其反的故事，讽刺某些中国人传宗接代、重男轻女的思想。《铜像城》《青春泉》等则是通过对未来科学的描写，展示给人们一个奇幻的未来世界。

张系国的小说情节单纯，线索清晰，艺术构思新颖而多变，表现手法丰富多样，语言质朴明快流畅而不乏讽刺幽默。正如余光中评论，张系国"是一个宽厚，笔锋略带谐趣的讽刺作家"。

丛甦，1939 年生，原名丛掖滋，山东文登县人。1949 年随家人迁台。台湾大学外文系毕业后赴美留学，获美国华盛顿大学文学硕士，哥伦比亚大学图书馆硕士，任职于美国洛克菲勒图书馆。她的主要作品有小说集《白色的网》《秋雾》《想飞》《中国人》等，杂文集有《君王与跳蚤》《生气吧，中国人》等。

丛甦早期的作品具有浓郁的现代主义色彩，赴美留学后主要从事留学生文学的写作，擅长表现人性的焦灼和欲望的倾轧，展现海外华人的内心世界与生命挣扎。《盲猎》是丛甦早期留学生文学的代表作。小说运用寓言

---

[1]林燿德：《台湾当代科幻文学》，见《台湾香港澳门暨海外华文文学论文选》，福州：海峡文艺出版社，1993 年 3 月版。

象征的手法，讲述一个生命过程的寓言。五个狩猎者在一座阴森恐怖的大森林中狩猎，茫茫的黑夜里找不到路标，看不清方向，也得不到帮助，每个人都陷入孤立无援、独自挣扎的困境，感到无限的焦急与困惑。作品在充满梦魇荒诞的氛围中，折射现代人的生活，抒发海外留学生焦灼、恐惧和绝望的人生心态。小说题名《盲猎》，象征人类对于自身存在目的和意义的盲目探索，深深印有存在主义的烙印。

在丛甦笔下，留美学生的生存不仅如盲猎般的迷惘，也有现实绝望后的解脱。《想飞》中的沈聪，求学受挫，只好去餐馆打工，挣扎在生活的底层，他对现实深深地绝望，从 65 层的摩天大楼上"飞"下，以死亡诉求生命的解脱。在丛甦笔下"死亡"的主题反复出现，表现作家对生命意义的哲学思考。留美学生的自杀悲剧，是以拒绝生存的姿态来获得心中最自由的生命意义的理解。70 年代创作的《自由人》《野宴》《中国人》等作品，标志着丛甦留学生文学的深化，表达对自己民族和土地的认同感和归属感，传达出留学生的期望心声："在我们自己的土地上书写我们的向往和梦。"

丛甦的小说创作，写实主义和象征主义手法交互运用，既有对现实生活真切细腻的捕捉，又透过幻觉、梦境、内心独白等意识流手法，创造出超越现实的象征艺术境界。

赵淑侠，1931 年生，黑龙江肇东人，生于北京。1949 年随父母到台湾，1959 年赴法留学。毕业于瑞士应用美术学院。曾任播音员、编辑、美术设计师，现旅居瑞士，专事写作。17 岁时即有作品发表，1972 年返台探亲后，重新执笔为文，创作取得丰硕成果，她的小说代表了欧洲留学生文学的成就。著有长篇小说《我们的歌》《春江》《塞纳河畔》《赛金花》；短篇小说集《西窗一夜雨》《当我们年轻时》《湖畔梦痕》《人的故事》《游子吟》《梦痕》《翡翠戒指》；散文集有《紫枫园随笔》《异乡情怀》《海内存知己》《故土与家园》《翡翠色的梦》《文学女人的情关》等。

赵淑侠的留学生文学创作，源于海外游子对祖国、故土和亲人的深切思念。赵淑侠感慨道："长期羁留海外，令我颇生寄人篱下之感，加上对故国种种情况的忧虑和割舍不下的怀恋，乡愁和民族意识便成了写不完的题材." 身负中华文化承传的游子在欧洲生活的苦乐与奋斗历程，他们的情感漂泊与精神怀乡，成为赵淑侠小说和散文创作的主要题材。在她的作品中，反复回响着的是对祖国、对中华民族根深蒂固的爱，"故国—文化—根"，表现出作者深挚的"中国情结"。

赵淑侠的散文作品题材丰富，情感充沛。或思念故土家园，或抒发异乡情怀，尤其是以"文学女人"为话题的系列散文，《文学女人的情关》《文学女人的困境》等，在海内外文坛引起巨大的反响。她以深刻的女性生命体验为独特的切入角度，洞察"文学女人"这一特殊人群的心态、情态与生命境遇，唤起文坛许多女作家的共鸣。

赵淑侠的创作，与早期留学生文学，伤感、绝望的悲情不同，开阔的视野与胸襟为她的作品注入了向上的阳刚之气。小说多运用现实主义手法，着力于人物形象的塑造，鲜活生动的细节描写，曲折动人情节结构，语言表达流畅自然，以浪漫写实的特征取胜，吸引了无数的读者。

第六节　现代派小说批判

五六十年代台湾社会的转型，传统价值观念的危机，使不少人感到"迷失"，精神崩溃。西方哲学和文化思潮的涌入，与失落和苦闷的文学青年一拍即合。存在主义不断地寻求自我，顽强地表现自我，无忧无虑地面对死亡的观念成了台湾现代派文学表现的主题；弗洛伊德对人类潜意识的发现，正好适应人们逃避现实，回归自我和运用意识流开掘人们思想底蕴的需要；弗洛伊德的泛性心理学又冲破儒家文化为中国人构筑的几千年的封建思想牢笼，使他们热衷于解剖心灵、解析梦境和表现潜意识。存在主义和弗洛伊德迷醉了年轻的一代。然而，台湾现代派文学出现后，就不断地受到台湾文艺界主要是乡土派的激烈批评。陈映真、尉天骢等曾著文强烈批评现代主义特别是现代派小说，被批评最多的是王文兴和欧阳子。

作为一个文学思潮，台湾现代派文学呈现错综复杂的状况，现代派小说也是如此。既有全盘西化之作，也有从"西化"回复传统，力图将传统融于现代之作。总的说来，台湾现代派小说创作在台湾文学史上有它的历史地位和贡献。

首先，一定程度上曲折反映了现代人的生活，具有一定认识价值。白先勇的《台北人》描写了国民党由盛至衰的命运，反映了"最后的贵族"的生活图景，在强烈的今昔对比中表现出历史的沧桑感和人生的无常感。夏志清说《台北人》"可以说是部民国史"，评价非常中肯。於梨华的《又见棕榈，又见棕榈》，描写留美学生的生活及其矛盾复杂的心理，表现"无根的一代"的痛苦彷徨、孤寂而无奈的命运遭遇。王文兴的《家变》，表现了现代资本主义的思想文化道德侵袭下，台湾社会传统伦理道德和家庭的瓦解及人性的扭曲。台湾现代派小说描写传统与现代的冲突，一定程度上反映了社会现实生活，是将传统融于现代的艺术概括。

其次，注重人的内心世界开掘，走向心理写实。台湾 60 年代的现代派小说，注意揭示人物的内心世界与外部世界之间无法调和的矛盾冲突，表现现代人与台湾社会的矛盾冲突。丛甦的《盲猎》表现人在冷漠隔膜，孤独无助的现代社会中的不安与焦灼感；七等生的《我爱黑眼珠》描写现代人在异化了的社会中寻找"自我"的过程。还有许多小说探讨人类生存的基本困境。

再次，运用西方现代主义技巧，表现手法刻意求新。现代派小说恢复了台湾文学的艺术价值，改变了"反共文学"独尊一时的现象。台湾现代派小说创作加入世界性的文学思潮，对西方的新小说派、象征主义、超现实主义、表现主义技巧顶礼膜拜，在模仿、借鉴中追求创新。七等生的小说《放生鼠》总体构架运用象征；於梨华《又见棕榈，又见棕榈》纯熟的意识流技巧；王文兴《家变》运用时空交错手法。作家还尝试多角度的叙述，富于通感的语言表现，追求艺术形式和语言上的创新，丰富了现代小说创作的艺术表现。

当然，台湾现代派小说在内容和艺术上，也存在明显的不足。如不少作家缺少宏阔的历史和现实视野而造成题材的狭窄；不少小说显现出逃避现实的倾向；有些作家在艺术手法与作品选材方面，都是欧美现代派的台湾版，缺乏独创性；还有一些小说语言过分标新立异，有晦涩难懂之嫌。台湾现代派小说促进了台湾文学的发展，功绩是不可否认的。但终因缺少坚实的文化基础和社会基础，脱离现实土壤和民族文化传统的倾向，因一些作品的消极颓废、晦涩难懂而走向衰微，没有构建起现代的、民族的新文学格局。

第二十章
现代派作家白先勇

白先勇被称为"台湾现代派小说的旗手",在 60 年代的台湾现代派小说创作中成绩卓著并产生深远影响。

第一节　白先勇的生平与创作

白先勇,1937 年生,广西桂林人,回族。父亲白崇禧是前国民党高级将领。抗日战争时期先后在重庆、上海、南京居住过。1948 年到香港,后赴台湾。1956 年高中毕业后保送入成功大学水利系,一年后考入台湾大学外文系,1961 年毕业。1963 年到美国艾奥瓦大学"作家工作室"从事创作研究,1965 年获硕士学位,后在美国加州大学圣塔芭芭拉分校任教,讲授中国语言文学课程。

白先勇是被夏志清称为"想为当今文坛留下几篇值得后世诵读的作品"的重要作家。自 1958 年发表处女作《金大奶奶》开始,白先勇走过了一条崎岖坎坷的创作道路。著有短篇小说集《寂寞的十七岁》《谪仙记》《纽约客》《台北人》《游园惊梦》《孤恋花》《骨灰》《白先勇自选集》,长篇小说《孽子》以及散文集《蓦然回首》等。

生活为白先勇提供了热爱文学、走上创作道路的契机。在《蓦然回首》中,白先勇谈到影响自己走上文学道路的三位老师,即童年时家中的厨子老央,中学语文老师李雅韵和台大外文系教授夏济安。

厨子老央有桂林人能说会道的口才,他讲的《薛仁贵征东》成为五六岁时白先勇的文学启蒙,更是七八岁时患"童子痨"被隔离达四年之久的白先勇生活中的最大安慰，引发他对中国通俗文学和民间文学的兴趣，使敏感内向、孤独忧郁的他找到自己的小说世界，为以后的创作奠定了基础。

"文采甚丰""诲人不倦"的李雅韵老师，唐诗宋词修养极佳，为白先勇开启中国古典文学之门，并将他的一篇习作推荐给《野风》杂志发表，激发了白先勇的"作家梦"和创作欲望。

台湾大学外文系夏济安先生主编的《文学杂志》，使想当水利专家的白先勇重考大学，进台大外文系，成为夏先生的学生。当白先勇忐忑不安地将习作《金大奶奶》送夏先生审阅时，他喜出望外地得到了褒奖："你的文字很老辣，这篇小说我们要用，登到《文学杂志》上去。"夏济安先生的奖掖和栽培，对白先勇决心走上文学道路起了关键的作用。

白先勇的创作以 1964 年在美国创作的《芝加哥之死》为界，分为前期和后期。前期创作受西方现代主义文学影响较重，有浓重的个人色彩和主观幻想成分，人物多是畸形的、病态的，并热衷于表现性爱冲突和同性恋，艺术上有模仿的痕迹，不够成熟。代表作为《金大奶奶》和《玉卿嫂》。1964 年，白先勇从《芝加哥之死》开始了《纽约客》的创作，真实地描写到美国去寻求前程和幸福的台湾留学生，在中西文化冲突中的认同危机，表现出"无根的一代"远离祖国又看不到出路的孤独、寂寞和悲伤。几乎同期开始的《台北人》创作，标志着白先勇创作的一个高峰。作者将大陆去台人员的命运变化与中国现代史结合起来，具有强烈的历史感和现实主义深度，成功地塑造出"最后的贵族"形象，将西方现代艺术技巧和中国文学传统紧密结合，形成鲜明独特的艺术风格，奠定了白先勇在中国当代文坛的地位。

长篇小说《孽子》，描写的是岛内罕见的同性恋题材，具有一定的认识价值和社会意义，表现出作者对同性恋问题的关注和博大的人道主义思想，但也流露出虚无主义和宿命论的色彩。

白先勇的创作是从中国传统文学起步，"西化"又回复传统、融传统于现代的历程。

第二节　白先勇小说的创作成就

白先勇非常推崇中国古典小说《红楼梦》的人物塑造、对话描写以及佛道思想，西方的福克纳、陀思妥耶夫斯基作品中悲天悯人的精神，也对他的创作产生深刻的影响。白先勇是台湾现代派作家中最具现实主义精神的作家，他的小说创作取得了突出的成就。

白先勇的小说表现丰富复杂的思想内涵，传达出历史的沧桑感和人生无常感。《纽约客》中的作品多表现海外华人在中西文化冲突下产生的认同危机。《芝加哥之死》中的留学生吴汉魂，离群索居，苦读六年，终获博士学位。然而，女朋友已作他人妇，唯一的亲人母亲也已去世。台湾不愿回，美国的文化环境又使他无法适应。主人公精神空虚，心灵失落，在人与环境的矛盾冲突中无路可走而投湖自尽。《谪仙记》中的李彤，是一位任性、骄纵的贵族小姐，表面上已完全美国化，内心深处却始终是一个中国人；表面上生活得很热闹、快乐，内心深处却是孤独寂寞、痛苦和绝望，最终自杀以求解脱。李彤的悲剧不仅是性格的悲剧，也是社会的悲剧。

《台北人》提供了一部由盛而衰的民国史。白先勇没有从正面描写，而是从侧面表现了辛亥革命（《梁父吟》）、五四运动（《冬夜》）、北伐战争（《梁父吟》）、抗日战争（《岁除》）、国共战争（《一把青》《国葬》）。白先勇笔下的"台北人"，实际上是流落台北的大陆人，高官、显宦、贵妇、教授、交际花、名妓、士兵等。作者真切地描写这些人物落魄、凄凉的生活和绝望、伤感的情绪，在强烈的今昔对比中，奏出一曲"最后贵族"的挽歌，饱含历史的兴衰感和沧桑感。《永远的尹雪艳》通过昔日上海百乐门高级舞女尹雪艳的生活史，为人们描绘了一幅台湾上层社会腐化堕落的生活图景，同时对昔日达官贵人们今日的耽于幻想、缺少行动的勇气，给以嘲讽，成为一篇现实主义的杰作。《游园惊梦》的主题复杂而深刻。从社会现实的角度来看，它反映了台湾社会转折时期上层社会关系的变化，旧贵族官僚的没落与新兴资产阶级新贵的兴起；从人性的角度来看，小说通过钱夫人的命运和爱情悲剧，表现了人性和理性的冲突，揭露了封建观念和金钱物质对人性和爱情的扼杀；从小说内容传达出的哲学思想来说，昔日的将军夫人今日的落魄凄凉，昔日地位低下的桂枝香，今日的华贵、风光，又潜隐着佛家"人生无常""浮生若梦"的哲学思想。白先勇小说的可贵之处，在于他绝对地忠于历史，忠于现实，他不因身世和情感的关系，而将国民党的丧礼和挽歌变形变调。

白先勇的小说成功地塑造出人物形象，尤其是"最后的贵族"的人物形象，丰富了当代文学的人物画廊，填补了空白。白先勇继承《红楼梦》的人物塑造艺术，又恰当地运用西方文学中的意识流、象征等手法来塑造人物形象。尹雪艳的肖像描写表达出人物冷艳逼人的个性特征；《游园惊梦》中的四个贵妇人的肖像描写，恰切地描写了她们的身份、地位、个性与性格特征：穿珠灰色旗袍，带了一身玉器，显得高傲和庄重的司令官夫人赖夫人；打扮得雍容华贵、踌躇满志的新贵窦夫人；一身火红缎子旗袍，装腔作势、轻佻放荡的蒋碧月；穿着颜色发乌、式样过时的过膝旗袍的钱夫人，显出人物的落魄、凄凉，人物的性格和命运变化鲜明生动地展现出来。《谪仙记》中的李彤在父母遇难前，是一位心性高傲的贵族小姐，一位光彩照人的女留学生。遭遇父母遇难的变故后，巨大的精神刺激使她万念俱灰，性格发生变化，用游戏人生的外衣包裹一颗悲观厌世的灵魂，最后自杀身死异国他乡。《一把青》中的朱青的性格变化也非常突出。朱青原是个腼腆怯生的女学生，衣着半旧的直筒蓝布长衫，脚穿带绊的黑皮鞋，结婚后因飞行员丈夫郭轸失事的打击痛不欲生。赴台湾后变成一个摩登妖艳的交际花，穿着透明洒金片的旗袍，一双高跟鞋，足有三寸高，从一往情深的少妇变成一位玩世不恭的女人。白先勇非常重视人物语言的个性化，通过人物的语言塑造人物性格。《金大班的最后一夜》中的金兆丽是一位久经风尘而又良心未泯的舞女大班。性格粗俗放纵，满口风月女人的行话术语，开朗厉害而又鄙夷自怜，语言的个性化程度高且具喜剧色彩，真实地刻画出金大班在告别舞女生涯时的心理状态，塑造出一位集美丑于一身的具有较高美学价值的人物形象。

融传统于现代，这是白先勇小说创作的艺术特色。白先勇的小说创作虽大量借鉴西方现代派的技巧，但从根本上说，他作品中流淌的仍是中国文学的血脉，融中国古典小说与西洋小说的艺术技巧于一炉，博采众长而形成细腻、含蓄、深沉而优雅的艺术风格。从《芝加哥之死》开始，白先勇的创作蜕去模仿的痕迹，现代手法运用得自然娴熟。《芝加哥之死》的现代特色，主要体现在小说表达美国的快节奏生活和环境氛围，更为突出的是真实细致地刻画了吴汉魂久遭压抑以致扭曲畸形了的性心理。性发泄带给吴汉魂的不是解脱和快乐，而是耻辱感和罪恶感，巨大的生存压力使他的精神濒于分裂，最终跳湖自杀。小说利用现代艺术手段，淋漓尽致地剖示了一颗痛苦、绝望的灵魂。《谪仙记》中运用意识流手法来刻画人物心理，用象征手法暗示人物命运，渐趋向传统，有较浓郁的民族风格。完美体现白先勇的传统与现代融合特色的是《台北人》的创作。《游园惊梦》从总体构思到具体描写受《红楼梦》《牡丹亭》等古典名著的影响，在技巧运用方面突出了现代技巧。钱夫人出席窦公馆的晚宴上触景生情，五次回忆起昔日"钱公馆"的豪华和气派的意识流动，今昔对比中突出了主人公今日的凄凉、落魄的生活处境和细致复杂的感情世界。既有现代小说的抓取瞬间，又有传统小说对社会、人物命运的表现，采取正面叙述与西方小说的时空交错结合的方法，小中见大，增强小说的现实感和历史感。《金大班的最后一夜》金兆丽离开"夜巴黎"前对自己一生经历流水般的回忆，用意识流手法揭示人物此时感慨万千的复杂内心世界，具有强烈的艺术感染力。由于家庭和个人经历的关系，白先勇的小说多描写他熟悉的上层社会生活，在题材选择上，善于描写没落贵族的日常生活，来表现人物的性格心理、人情世态和社会变迁。《国葬》通过国民党一级上将李浩然的葬礼，反映出国民党政权的日薄西山，体现出历史的沧桑感。《思旧赋》借鉴西方小说中观点的运用，采用两个老仆的观点，来表现李宅的今昔：昔日的豪华气派，今日的残破失修。小说中描写的意象都是衰败、老迈、痴呆和死亡的，没有希望，也没有未来。作品从老仆的眼光来叙述比作者自己叙述有效得多，深得《红楼梦》的技巧神韵，起到了深化主题的作用。在《游园惊梦》和《金大班的最后一夜》中还运用观点的转换。当叙述钱夫人、金大班的身世来历时，很明显使用的是全知观点，但当进入人物的心理层次时，白先勇运用意识流手法或直接借助人物的自述时，自然又转成自知观点，更细腻地表现人物的内心世界。

白先勇的小说创作善于创造诗的意境。《纽约客》引陈子昂《登幽州台歌》："前不见古人，后不见来者。念天地之悠悠，独怆然而涕下。"诗句的意境与小说中"无根的一代"远离祖国而又看不到出路的孤独、寂寞和悲凉的情感相吻合；《台北人》录刘禹锡《乌衣巷》作为主题诗，"昔日王谢堂前燕，飞入寻常百姓家"恰切地再现昔日显赫的贵族今日衰败没落的境况，传达出中国文学传统中的兴衰感和历史感。白先勇还借用古诗词入文，《思旧赋》《梁父吟》《谪仙记》等从标题到文中的古诗词，《游园惊梦》中引用《牡丹亭》的唱词等，都增添了小说的传统韵味，具有深刻的艺术感染力。

白先勇的小说语言一方面受中国传统文学的熏陶，一方面来自方言，创造出一种明快、优雅、流利的语言风格，颜元叔称之为"糅合文言与白话或化文言为白话"。小说的语言潜隐着作家独特的个性气质、经历和美学情趣。白先勇一生经历丰富，随父母到过重庆、上海、南京、台湾。动荡年代的生活经历在他的个性气质和审美情趣方面打下了烙印，创作时便化为笔下的"言语"。描写旧上海十里洋场的灯红酒绿，人们听到"侬""辰光""白相""赤佬""烂污瘪三"的沪腔；回忆抗战时的山城重庆，四川军人的抗战业绩是"娃仔""要得""龟儿子"的川味；而"姐妹淘""生意浪""小查某""乱有情调""美丽多多"的台湾方言，传达出作者对台湾民风民俗的回味。方言的介入使小说避免沉闷单调，具有生动明快、丰富多彩的品质。

白先勇的小说对古典词汇的融会贯通，得力于他良好的古典文学修养，尤其是《红楼梦》的语言被他视为至境的楷模；也与他多取材于台湾社会上层人物有关，人物本身就有较浓重的怀旧和伤感情绪，独特的出身与经历又使他对历史剧变有更多的感慨，这些因素使小说语言有一种古朴、典雅且具有沧桑感的艺术个性。白先勇固执地把"相干""作怪""妥当""标致""体面""难为""横竖""回头""莫过……不成"等古典小说的语言融入自己的创作，而又协调自然。他的小说语言还具有鲜明的节奏感，讲究语言表达气势的把握和调控：段落、语句的回环往复、相同句型、相同字数句的不断连用以及语调的变化，构成小说语言的独特节奏。如《游园惊梦》中钱夫人的意识流动，充满鲜明的节奏感，洋溢着生动的韵律；《芝加哥之死》中吴汉魂在美国求学生活节奏的快速而单调，刻画出留学生活的紧张与孤寂。

白先勇倾心于"含不尽之意，见于言外"的情感表现，注重语言的凝练、含蓄。学习西方现代小说的理论和创作，形成他小说的情感内敛化的特点，表现在作品中呈情感内涵与语言的情感色彩不同甚至相反的特征。《冬夜》的结尾，就是一个成功的范例。年轻时曾参加过五四运动，火烧赵家楼的余钦磊教授，历经磨难，在现实生活的巨大压力下，消磨掉当年的豪情气概和理想追求，人变得庸俗甚至猥琐起来。作者在小说中用一种超脱平和的语言来描述，语言和情感表达形成反差，使情感更为凝练、沉郁，在不动声色中，汹涌着对人生、历史沧桑的喟叹，产生震撼人心的效果。

白先勇的小说还具有浓郁的感伤情绪和悲剧色彩。通过笔下人物的命运遭遇表达世事无常，人生如梦，命运的神秘与不可知，明显受佛家思想和中国文学传统的影响，表现历史兴亡感和人世沧桑感。

第三节　白先勇小说的影响

白先勇是台湾现代派文学的代表，又是现代派作家中现实性最强的一位作家。他的小说创作成功地将传统与现代融合，作品具有深广的社会内容和较高的艺术成就。

主张广收博采，融汇中西，在传统基础上锐意创新，这是白先勇创作思想的核心。他在回顾大学时代创办《现代文学》杂志的同仁所走过的崎岖道路时说："我们没有'五四'打倒传统的狂热，因为中国传统文化的阻力到了我们那个时代早已荡然。我们……初经欧风美雨的洗礼，再受'现代主义'的冲击，最后绕了一大圈终于回归传统。……将传统融入现代，以现代检视传统。"[1] 在台湾现代派作家中，诗人余光中走过先西化后复归传统的道路，白先勇的小说创作从传统文学起步——西化——回归传统，融传统于现代。在小说集《纽约客》和《台北人》的创作中，在人物心理刻画、叙事角度的转换方面，见出作者现代主义艺术手法的娴熟运用；然在题材选择、主题表现、人物形象塑造、细节提炼处理方面，见出现实主义手法的特长。白先勇成功地以现代主义技巧表现现实主义题旨，加强了创作的历史感和现实感。白先勇的小说证明了只有把传统与现代结合，将传统融入现代，传统才不会成为历史的惰力，现代才不会成为无根的浮萍，也才能创作出不朽的佳作。他的小说创作无论对台湾的现代派作家，还是现实主义作家，都具有艺术创新的启示意义，产生深远的影响。

白先勇的小说创作在台湾和海外，都受到广泛的注意和评价。台湾著名文艺批评家颜元叔先生说，白先勇是一位时空观念极强的作家。又说："白先勇是一位社会意识极强的作家。其次，白先勇是一位嘲讽家，他所擅长的是众生相的嘲讽；它的冷酷分析多于热情的拥抱。"[2] 评价可谓中肯而独到。白先勇与影剧艺术家配合，将自己的小说《游园惊梦》《金大班的最后一夜》《玉卿嫂》《谪仙记》等改编成电影或戏剧，使小说中的人物形象从纸上走上银幕和舞台，具有强烈的艺术感染力，拥有更多的读者和观众，产生更为广泛的影响。

还有，白先勇1960年与"南北社"成员共同创办的《现代文学》杂志，较广泛地介绍了西方的现代作家、作品及文学流派。同时，培养和造就了一批作家，促进了台湾现代派小说的发展壮大，创作出一批思想内容丰富、形式风格多样的现代小说，使之成为60年代台湾文坛的主潮。白先勇以自己的文学创作和文学活动，在台湾文学中占有重要的地位。

[1] 白先勇：《〈现代文学〉创立的时代背景及其精神风貌》，《白先勇自选集》，广州：花城出版社，1996年6月版，第352页。
[2]《颜元叔自选集·白先勇的语言》，台北：黎明文化事业有限公司，1975年12月版。

第二十一章
台湾散文创作的繁荣

台湾散文创作的繁荣，艺术水准不亚于台湾的小说与新诗。特殊的政治局势、地理背景和文化环境使台湾的散文独具特色。教育水准的提高造就了广大的读者群，报刊业的兴盛提供了广阔的创作园地。台湾散文家们对欧美现代美学理论的摄取，对中国古典散文具有现代意义之精华的开掘，提升了台湾散文的创作水平，对中国当代散文的振兴亦有独辟新境之功。

第一节　台湾散文创作的走向

台湾散文是在特殊的社会背景中发展起来的。50 年代，怀乡忆旧成为散文梦魂萦绕的主旋律，远离故土，痛别亲朋，流落孤岛，对故国家园和骨肉同胞的强烈"乡愁"，执着地表现在作家笔下。六七十年代，随着经济的起飞，西方文化的渗透，留学潮的兴起，抒情、叙事、记游成了散文新的选择：或描写海外见闻，或记叙现实生活，或抒写个人性灵，细腻、真实、多样化是其特点。八九十年代以来，"党禁""文禁"的开放，促使散文进一步发展，不仅有抒情、叙事散文的多层次发展，而且有杂文对传统文化、社会世态的激烈批判，一扫传统散文的温柔敦厚而引起广大读者的兴趣与共鸣。这个时期的散文创作，表现出对现实生活更多的关注与介入，呈现出深厚的文化底蕴，更广阔的创作视野，新颖的体验感觉和知性的启示，形成风格更多样化的散文创作景观。

台湾的散文创作生生不息，散文家的族谱大致可分为四代。第一代如梁实秋、林语堂、吴鲁芹等，以家常闲话的形式，智慧幽默的语言，纵谈社会人生。第二代有琦君、张秀亚、胡品清、林海音等，承继五四散文传统，描写温馨的回忆，琐记亲人故友，语言讲究精粹沉潜。第三代是台湾散文创作的中坚，声名远播的有余光中、王鼎钧、张晓风、张拓芜、颜元叔、许达然、三毛等，多接受现代艺术的洗礼，在语言表达、题材选择、境界创造方面，显示出多样化的成就。第四代散文家成长于台湾工业化、都市化的过程中。他们心灵更加开放，文笔汪洋恣肆，对社会、自然、人生有更为深刻的观察与剖析，代表人物有林清玄、罗智成、简媜、方娥真、林燿德等，形成不同的艺术风格。

从作家的生活经历、文化背景与社会角色来划分，从作品的题材、手法及总体风格着眼，台湾当代散文可粗分为三大流派：以细腻委婉见长的女作家群，以平实苍劲为特色的乡土派作家群和丰富广博、雍容大度的学府派作家群。这三大散文作家群都有自己的代表作家和读者群体，在台湾散文界形成三足鼎立之势，蔚为大观。

第二节　梁实秋、柏杨、李敖

台湾的小品、杂文创作，以梁实秋、柏杨和李敖为代表。

梁实秋（1903—1987），原名梁治华，北平人，祖籍浙江杭州，1923 年清华大学毕业后去美国留学，进科罗拉多大学英语系，后入哈佛大学研究所，获文学硕士学位。回国后历任东南大学、复旦大学、暨南大学、北京大学、北平师范大学、中山大学教授。期间曾主编上海《时事新报·青光》副刊，后与徐志摩组织新月派，主编《新月》月刊。1949 年到台湾，任台湾师范大学英语研究所主任，台湾大学教授，台湾编译馆馆长。一生主要精力在英国文学研究方面，散文创作也成绩卓著。一生出版散文集《雅舍小品》《雅舍杂文》《文学因缘》《雅舍小品续集》《槐园梦忆》《看云集》《关于鲁迅》《白猫王子及其它》等约 30 种，还有文学评论集，译有《莎士比亚全集》等。

梁实秋以他的《雅舍小品》奠定了他在中国散文史上的重要地位。《雅舍小品》《雅舍小品续集》等是步入中年之后的梁实秋在历经了各种风风雨雨和战争灾难之后，淡薄了曾有过的"兼济天下"的入世热情与政治理想，将自己的人生经验、人情洞察、艺术情趣、智慧学问融为一体，在恬淡闲适中捕捉艺术的人生情趣，形成了幽默闲适的散文风格。他的散文，或取材于人们的生活琐事：《喝茶》《饮酒》《理发》《洗澡》等；或记叙人们的礼俗爱好：《廉》《懒》《吃相》《听戏》《放风筝》等；或着眼于各具差异的心理禀性：《女人》《男人》《孩子》《代沟》等；或摹写社会变化中的人生世相：《暴发户》《广告》《退休》等；或抒发思乡怀旧之情：《故都风情》《清华八年》《骆驼》《谈徐志摩》等；或记录域外风情、比较中西文化：《西雅图杂记》《圆桌与筷子》等。

梁实秋的散文文体多样，小品、杂文、游记、评论等，其中以小品散文居多。深厚的中外文学修养，使他从容地谈天说地，观古论今，往往在简约朴素中充满玄机巧慧，情趣与理趣兼具。梁实秋散文的构思漂亮缜密，遣词简洁典雅，吸取古文的雅净简练与口语的生动活泼，形成文白圆融无间的文字风格。

梁实秋以其幽默闲适的学者散文在台湾文坛卓然成家，成为散文界的一代宗师。

柏杨（1920—2008），河南省辉县人。原名郭立邦，后改名为郭衣洞，东北大学毕业。1949 年赴台湾。1968 年因激烈地揭露台湾社会黑暗、批判官场腐化堕落和"侮辱元首"被捕入狱，复又变成"匪谍"罪名以死刑起诉。之后阴差阳错，坐牢 9 年。柏杨创作丰富，著作等身。小说有《蝗虫东南飞》《挣扎》《莎罗冷》《云游记》等；杂文——1960 年至 1968 年入狱前有《倚梦闲话》10 集、《西窗随笔》10 集，出狱后有《柏杨专栏》5 集、《丑陋的中国人》《中国人，你受了什么诅咒》等 30 多种杂文集；史学著作有《中国人史纲》《柏杨版资治通鉴》72 册等。

柏杨以小说创作登上文坛，以杂文创作著称于世。在小说创作中已显示出他的批判风格，杂文创作进一步发扬光大了这种批判精神。

柏杨深受中国传统文化的熏陶和五四新文化运动的影响，一生崇拜鲁迅，他继承鲁迅精神，以杂文为武器，向中国几千年的"酱缸文化"扫荡。柏杨杂文的代表作《丑陋的中国人》，在海内外引起强烈的震动，也遭到许多人的批评。柏杨在国际化的视野中，深刻反思中国传统文化。他的"酱缸文化"说和"丑陋的中国人"说，不是在一般意义上否定中国传统文化，否定中华民族的优良品性，而是在历史与现实之间思考，分析民族生存的艰难处境，剖析中国人的人性，目的在于唤醒麻木的中国人，改造国民精神，从而改变中国的命运。柏杨列举国民性有许多可怕的特征：特权思想、缺乏自尊、自傲与自卑、不合作、嫉妒成性等，指出中国人的狭隘、保守和缺乏开放性、独立性、宽容性，正好利于专制统治的施行。

柏杨的人生历经苦难，使他抛弃风花雪月，选择社会政治题材。他的杂文风格幽默生动，通俗而深刻。古继堂先生的《柏杨传》中评价柏杨的杂文是智慧、学问和勇气结合的产物，具有战斗性、深刻性和实践性，可谓是言简意赅的概括总结。

柏杨是台湾第一位因杂文创作而产生巨大社会影响的作家。他的杂文创作建立起自己的批判系统，具有哲学和史学的价值，在文学史上的地位更是不容忽视。

李敖（1935—2018），祖籍山东，生于哈尔滨市。1948 年随父迁台。1954 年考入台湾大学法律专修科，次年自动休学，重考台大历史系，1959年毕业。1961 年考入台大历史研究所，开始主编《文星》杂志，在台湾最早提出"全盘西化"的口号，后以自由文人身份从事写作。曾因著文得罪当局，两度入狱，作品不断被禁，然著书不辍，著作总数已逾 200 册。主要杂文创作有：《传统下的独白》、《为中国思想趋向求答案》、《李敖告别文坛十书》、《李敖全集》（8 卷）、《李敖文存》、《李敖千秋评论丛书》（100册）、《万岁评论丛书》、《李敖的情诗》、《李敖的情书》、《李敖的情话》、《世论新语》、《李敖祸台五十年庆祝十书》等，还有《李敖自传与回忆》及续集、《李敖回忆录》《李敖快意恩仇录》等，传记作品有《胡适评传》等，历史小说《北京法源寺》。

1961 年，李敖发表《老年人与棒子》，抨击台湾统治者，呼吁社会的年轻化，引起一场交锋。1962 年，台湾爆发中西文化论战，李敖的《给谈中西文化的人看看病》，再次成为论战的中心，李敖从此声名大振。几十年来，李敖在台湾文坛一再挑起论战。他个性卓异，博闻强识，以他狂放恣肆、百无禁忌、玩世不恭、谈古论今，嬉笑怒骂，皆成文章。在世纪交替之际，李敖旗帜鲜明地反对"台独"，批判李登辉，表现出他的民族大义和凛然正气，为他的人生写下了灿烂的一页。

李敖杂文的内容可分为两类：其一是文化论战，其二是政治评论。李敖充分关注文化问题，他不仅作《传统下的独白》《独白下的传统》，也作《中国性研究》《中国命研究》。李敖将历史、思想、法律、道德、教育、政治与人物聚焦于文化，揭示其中的文化内涵、文化性质与文化品位。他《给谈中西文化的人看看病》，指陈他们死守传统，夜郎自大的儒者病症：义和团病、中胜于西病、古已有之病……计十一种，给以辛辣的嘲讽和无情的抨击。李敖对传统文化的批判和"全盘西化"的主张，在台湾激起轩然大波。李敖因"莫须有"罪名下狱十年，成就了他研究政党、研究政治的《孙中山研究》《蒋介石研究》《国民党研究》《民进党研究》等。他的政治评论直率无畏地揭露台湾社会弊病，锋芒直指蒋氏政权，猛揭国民党老底，矢志不移地追求民主与自由，文章痛快淋漓，深得读者信任与青睐。

李敖的杂文形式多样，随笔、书信、日记等兼而有之。他的杂文旁征博引历史文献资料，分析研究现实社会人们的思想，既深刻厚重，又有生动活泼的生命力。李敖杂文的文字表达率真痛快，语言口语化、情绪化，喜用俗语俗字，具有独特的创作个性。依据主题及表达的需要，杂文风格多变，时而辛辣锐利，时而幽默诙谐，时而诚恳真挚，但也因惊世骇俗的偏激之语而毁誉参半。

李敖的历史小说《北京法源寺》，用杂文政论笔法来写历史小说，以中国千年历史文化为背景，挖掘"戊戌变法"在思想文化层次上的悲剧意义。

第三节　琦君、张秀亚、胡品清

琦君、张秀亚、胡品清是女性散文创作中成就突出的作家。

琦君（1917—2006），原名潘希真，浙江省永嘉县人。1941 年杭州之江大学国文系毕业。1949 年赴台，在高检处任职，并在学校兼课和从事写作。1969 年退休，任教于中央大学和中兴大学中文系。1977 年定居美国。1954 年，琦君出版第一部小说、散文合集《琴心》，此后出版小说集有《百合羹》《买牛记》和长篇小说《橘子红了》等，散文集《溪边琐语》《烟愁》《红纱灯》《三更有梦书当枕》《留与他年说梦痕》《细雨灯花落》《灯景旧情怀》《千里怀人月在峰》等，出版著作 30 余种。琦君的创作以散文成就卓著，曾获台湾"文艺协会散文奖""中山学术基金会文艺创作散文奖"等多项荣誉，被称为"20 世纪最有中国味的散文家"。

琦君散文的中国味儿，来自她深厚的中国古典文学修养。夏承焘先生的两句词"留与他年说梦痕，一草一木耐温存"，前者成为她散文集的题名，后者是她最常取的选材视角。琦君散文抒情怀旧多在童年生活，故土风情，亲人师友间，在自我经历和经验的方寸田园中精心耕耘。散文《金盒子》《我的童年时代》《衣不如故》《外公的白胡须》《压岁钱》等，一个个生动有趣的生活片段，重温了琦君童年生活的快乐以及故乡浙东农村特有的风俗民情。琦君笔端的亲人师友有父亲、母亲、外公、姨娘、堂叔、小姑、老师等。琦君饱含深情、刻画最多的是母亲，《母亲新婚时》《母亲那个时代》《母亲的偏方》《毛衣》《髻》等散文系列，塑造出勤劳善良、宽厚节俭、关爱儿女、善待穷人、忠实于丈夫却遭冷落的旧时代母亲形象。

深受中国传统道德熏染和佛教、基督教影响的琦君，认定"世界上只有一个真理，就是'爱'"。（《圣诞夜》）在散文创作中，她突出"爱"与"美"的主题，满蕴着对生活的挚爱和对人的真诚、宽容，表达出温柔敦厚的风范。

琦君的散文以小说笔调叙事记人，择取一些经历过的、难以忘怀的事件和人物，思索探寻人生的奥秘和生命的意义。在叙述语言和描写语言方面，以明白的口语和单纯的白描见长，寥寥数笔勾勒出人物。语言文字表达形态丰富，古语、口语并用，对偶、排比、引语等交替运用，造成工整中有变化，散文中有韵文的效果，如行云流水，飘逸自然。

张秀亚（1919—2001），祖籍河北省沧县（今黄骅市）。先入辅仁大学国文系，后转读西洋语言文学系，1942年大学毕业，考入辅大研究所史学组任编译员。1948年赴台，1958年应聘在台中市静宜英专讲授翻译课程，1965年起任辅仁大学教授。1953年以来结集出版的散文集有《三色堇》《牧羊女》《丹妮的手册》《怀念》《湖上》《两个圣诞节》《北窗下》《寄心何如》《人生小景》《少女的书》《曼陀罗》《书房一角》《海棠树下》等，小说集有《寻梦草》《感情的花朵》《七弦琴》等，著译达70余种。张秀亚以散文创作名扬海内外文坛。

张秀亚写作有两个原则，一是写自己内心深受感动的印象，一是写自己深刻知道的事情。在执笔为文时，她企图表现精神生活中最深邃的部分，也就是写灵魂中的声音。张秀亚始终以一颗纯真而深情的心，去努力感受生活中蕴含着的美，在极平凡普通的生活物象中，发现人生的真谛。《风雨中》将暴风雨来临之前大自然细微而强烈的变化聚焦到园中的树木和一株蔷薇花上，表现出作家对大自然生命力的细腻感受和独特发现，从生命与生命力的对抗和毁灭中，传达出对生命悲剧美的诗意感悟。《父与女》记述作家年轻时与父亲间一次终生难忘的相见，一条围巾流转着动人的父女亲情，升华为人生历程中永难忘怀的刹那。张秀亚的散文不仅饱含深情，而且富于哲理。《种花记》描写"我"在院子空漠不毛之地种花以寻觅生命活力的平常而曲折的经历，比喻象征着自然与人类生命百折不挠地成长、发展的哲理，留给读者深深的回味与思考。

张秀亚的散文诗文并茂，善于创造诗的意境。《心灵蹀步》记叙一位女性重返14年前住过的小城旧宅的一次短暂而孤寂的旅行。阴天、浮云、萋萋茅草；古朴的小城，破旧的三轮车，古色古香的图书馆；夕阳、旧宅、锈锁……推移构成一幅寂静淡寞的图景，表达出女主人公心灵踱步的心理情态，形成情景交融的意境。《杏黄月》描写夜月，月在天上，夜凉如水，箫声低咽，幽远萦绕。户外人声由嘈杂到沉寂，户内一女子孤独而凄清。深远而飘逸的优美意境深得李白《玉阶怨》的神韵。

张秀亚散文的语言，不乏清词丽句，是诗化的语言。文中常有出色的比喻，生动而形象传神。写竹子，"一片片的竹叶，像是一只只绿色的鸟，是宋人词句中的翠禽，小小尖尖的喙上，衔着的是永恒的春天"（《竹》）；写暮色，"玻璃走廊外徐徐飞来了暮色，温柔、无声，如一只美丽的灰鸽"（《孩子与鸟儿》）。新奇且诗意流转，文采斐然。

胡品清（1921—2006），原籍浙江绍兴。抗战爆发后，考入西南地区的浙江大学英文系。毕业后做过教师、编辑和翻译。巴黎大学现代文学博士班结业。1962年回台，现任文化大学法文研究所所长及法文系主任。出版散文集《梦幻组曲》《晚开的欧薄荷》《最后一曲圆午》《芒花球》《仙人掌》《水仙的独白》《芭琪的雕像》等，诗集《人造花》《梦的船》等，小说《秋之奏鸣曲》、文学论著《现代文学散论》《法国文学简史》《西洋文学研究》《李清照评传》，还有译著。胡品清用中、英、法三种语言创作及译述，出版著译60余种，被称为才女型作家。

胡品清散文具有明显的自传色彩，抒发中国知识女性在中西方文化冲突中特有的心绪和情感历程。她的作品中经常变换着出现的名字和人称，如"芭琪""林坦""妮娜""你""她"都可以说是作者自我心灵的化身，而文中的"我"，有时却是作家人格分裂的产物。如《芭琪的雕像》中的"我"，是芭琪心灵激情的旁观者和评判者，似乎是作家人格分裂出来的偏于现实和理智的一种。她真实地表达有灵性和个性的自我，记下求学时代和执教南开的生活、法国式的恋爱婚姻、外交官太太们的日常活动与外交应酬，婚姻的隔膜与破裂……记录下一个特殊的中国知识分子在一个特定时代环境中的生活经历和精神心理，也不乏耐人思索寻味之处。

爱情，是胡品清散文中反复出现的主题。她属于中国五四以后那种自由恋爱、独立自强的新女性，在文学中抒写爱情的憧憬和理想，失落与痛苦，理想的爱情与现实婚姻的争执冲突，悲欢纠葛的心灵悸动。《不朽的书简》中，胡品清坦诚剖示处于婚姻约束、家庭义务和爱情渴望之间知识女性的复杂心理：避开丈夫阅读情人的书简，对她来说是"享受一份强烈的、令人沉醉的，但是很抽象的幸福"，"然而她渴望的便是那种心灵的沉醉"。《那个很波希米亚的日子》则是对失去了婚姻、家庭后情感寂寞的心灵抒写。作者还编织了许多爱情幻梦：短暂像一阵风似的初恋《夕阳下的红帆》；富于技巧撩人心魄而又从未谋面的精神之恋《香槟泉》……大多是起始充满诗情，最终陷入痛苦无望或归于平静，表现出作者对人生、爱情缺憾的审美取向。

胡品清的散文，是一种诗化的创作。细腻、精致，隽永、缠绵，淡淡的哀愁和忧郁，形成她散文的美学品貌，和李清照的婉约缠绵清凄幽怨十分接近。对中外文学的熟悉和修养，使她行文中恰到好处地嵌入一些名诗名句和典故。如《阿多数的男友》中用希腊神话西绪福斯的典故幽默地嘲讽大学生进出图书馆的不便。《我藏书的小楼》描写一座诗情画意的小楼时，一连用了十二首中国古诗名句，恰切地表现小楼的文化意蕴和意境，既具节奏韵律的变化，又拓展了散文的意蕴。在散文的构思布局上，胡品清喜欢用欧·亨利的笔法，造成意外奇妙的艺术效果。

胡品清散文的天地虽不宏阔，但她为文为人的坦诚纯真，丰富而复杂的心灵，文学修养和艺术功力的深厚，仍然值得我们品读。

琦君散文的温柔敦厚，张秀亚散文的敏感细腻，胡品清散文的坦诚纯真，她们的创作诉说着中国女性苦难和艰辛中的心路历程，显示出女性作家的创作风貌。

第四节　余光中、王鼎钧、张拓芜

学府派散文作家，有较高的中国古典文学和西方文学的修养。在他们的心灵中，有着中西文化撞击产生的火花，笔下有古国的神韵和异域的新颖，以知性提升感情，散文境界更为雍容典雅，雄浑阔大，精警不俗。学府派散文又可分为学者散文和诗质散文，前者以梁实秋为代表，后者以余光中为代表。

余光中是台湾久负盛名的诗人、散文家、学者和翻译家。著有散文集《左手的缪思》《逍遥游》《望乡的牧神》《焚鹤人》《青青边愁》《记忆像铁轨一样长》《凭一张地图》等。

余光中的散文创作和批评对台湾现代散文的发展起了不可低估的作用。早在60年代初期，余光中就认为现代散文要想超越五四散文，就必须改变原有的模式，输入新的艺术信息。他提出要"剪掉散文的辫子"，倡导散文创作的弹性、密度和质料说。70年代发表的《论朱自清的散文》，更为具体缜密地表明了余光中富有现代气息的散文观念和反感伤、反滥情的美学观，推崇具有厚重严肃品质、精湛沉潜境界和智慧风貌的知性散文。

余光中是台湾学府派散文中诗质散文的代表作家。作为现代诗大家，他的散文创作具有浓郁的诗情与意境。他的散文选材突破田园模式，把旧大陆、新大陆和台湾岛三个空间交织于过去、现在、未来的时间流里，获得阔大厚重的品质。他的抒情散文中，有对亲情的描写：《我的四个假想敌》《塔阿尔湖》《鬼雨》；有对友情的细说：《朋友四型》《思台北、念台北》；更多的散文是对乡情的表现：《地图》《万里长城》《蒲公英的岁月》等。浓烈欲燃的乡国之情，对祖国的刻骨思念，去国怀乡的漂泊无依感，充满了字里行间。余光中笔下的"乡愁"超越了个人的情感，提升为民族的情感，是一种跨越地域空间的"文化乡愁"。深厚的中西文化修养，使余光中不断发现并追寻中国文化传统的发扬光大。

余光中的散文运用现代艺术手法和技巧，传达现代人的新体验、新感觉，他的散文富于诗的感觉性，更符合现代人的审美需求。如写蒲公英飞扬于空中的流浪感，写江湖行逍遥游的倜傥潇洒等。《听听那冷雨》在创造散文的感觉性上堪称绝响。运用汉字的色彩、音节，重重叠叠的字句，参差有致的韵语段落，描写视觉、听觉、嗅觉、味觉并形成通感，雨景、雨声、雨味、雨腥，创造一种浑然一体的心象，唤起读者感官的审美体验，声色光影中表现丰富而深广的意蕴。

余光中散文具有时空交错、纵横开阔而又缜密严谨的结构布局，语言表达以现代人的口语为基础，也吸收欧化句式，大胆使用文言句法，相映生辉。余光中散文的词汇多选用那些音调高、幅度宽、气势猛的阳性词，喜爱描写海潮、山风、大漠、巨石等；绘景状物时多采用俯视的角度，表现阔大的场景，造成一种更为广阔与深远的美感；行文注重气势，雄直劲丽是他散文的基本风格，实现了他的散文创作主张。

王鼎钧与张拓芜是台湾乡土派散文的代表作家。抗战的烽火使他们少年辍学，流离异乡，较早地体验人生的坎坷，世事的沧桑。他们用笔将动荡时代的人生侧影，现代社会中的人生感悟移到纸上。

王鼎钧，1925 年生，山东省临沂人，笔名有方以直等。抗战后期中学尚未毕业时，辍学从军。赴台后曾在中国广播公司任职多年，1963 年至1966 年，担任《联合报·人间副刊》主编。后寓居美国。著有散文集《开放的人生》《人生试金石》《我们现代人》（合称为“人生三书”）、《人生观察》《世事与棋》《海水·天涯·中国人》《左心房漩涡》《看不透的城市》等。短篇小说集有《单身汉的温度》《透视》等，还有评论集多种。曾获中山文艺奖。

台湾乡土散文有它特殊的美学价值。王鼎钧的笔下写出许多怀念大陆乡土，表现深藏于心的怀乡爱国情怀的散文。《左心房漩涡》把自己对大陆故乡故人故事的怀念喻为“左心房漩涡”，可见思乡之情深；《脚印》以传说引出对故乡的深切思念；《山里山外》《海水·天涯·中国人》更是集中表现了爱国怀乡的情感。王鼎钧的散文还表现对台湾社会生活的关注：《那树》通过老树的荣枯描写资本主义经济入侵造成的自然环境的破坏，工业文明发展的脚步与人们的恋旧情绪构成内在的冲突。王鼎钧还有相当数量的散文表现对自然、社会、人生的思索。如《中年》《拾谚》等善于捕捉生活中的现象，对不同民族的心理进行深入分析，开掘出独特的寓意，给人以启迪。

王鼎钧散文善用隐喻象征的手法，从平凡普通的生活碎片中提炼出深长的意蕴。吸收小说、戏剧、诗歌的表现手法，扩大了散文的艺术表现力。在《最美的和最丑的》中，"看娘娘去"和"看太监去"两个故事的叙述将小说手法引入散文。他的寓言体小品散文将写意和写实手法交融在一起，拓展了散文的表现空间。

台湾批评家隐地评价王鼎钧说："他擅用活泼的形式，浅近的语言，表达深远的寄托，字里行间既富有理想色彩，也密切注视现实，王鼎钧是这一代中国人的眼睛，他为我们记录了一个时代，一个动乱、和平又混淆的时代！"评价概括而又中肯。

张拓芜（1928—2018），安徽泾县人。小学肄业，私塾两年。16岁参军，1947年赴台。从军多年，1973年退役。50年代初即对文学发生兴趣，曾发表新诗。1975年出版散文集《代马输卒手记》，后又出版续集，合称"《代马输卒》五书"，还有《左残闲话》《坎坷岁月》《坐对一山愁》等，曾获中山文艺奖。

"只手著文章"的老兵张拓芜，70年代中期因中风半身不遂，生活困窘，住在一间破旧的仓库里，一字一泪写出了《代马输卒手记》，连续写出六本高质量的散文集，好评如潮，并多次获奖。张拓芜也因此名列台湾十大散文家之中。

所谓的"代马输卒"，是一种以人力代替牲口以弥补运力不足的运输兵，也被讥为吃草料的。张拓芜当的就是这种兵。张拓芜的散文写得不长，短的三五百，长的不过两千多。他的散文真实写出战乱时代士兵的艰苦生活境况：草鞋怎样打，死人血水的滋味，怎样开小差，怎样抓逃兵，怎样挨板子……张拓芜平静而略带自嘲地写出自己，写出无数小人物平凡悲凉而又庄重坚韧的一个个生活片段，任旁人看得落泪，他却唱小调似的一路唱下去，没有怨恨，没有偏激，没有风花雪月，只是淡淡地道出大时代中小人物的遭遇，表现那在苦难中维系不坠的中国传统的为人之道和生活信念。

张拓芜的散文作品扩大了散文词汇的范围，士兵朴素而生动的语言同样具有艺术的表现力。

第五节　张晓风、杨牧、林清玄

张晓风，1941 年生，江苏铜山人，生于浙江金华。台湾东吴大学中文系毕业，现任教于东吴大学、阳明医学院。著有散文集《地毯的那一端》获中山文艺散文奖，《步下红毯之后》《愁乡石》《黑纱》《你还没有爱过》《再生缘》《三弦》（合著）、《我在》《非非集》《晓风吹起》《花之笔记》《玉想》《你的侧影好美》等二十多部散文集，还有小说、戏剧、诗歌创作，在当代台湾享有盛誉。

张晓风的散文表现了女性丰富的人生情感体验。她的第一本散文集《地毯的那一端》，即是在婚礼前展望一生幸福的心声。《步下红毯之后》，开首就是"爱情篇"，歌颂一种平等基础上平实而深远的爱情："如果相爱的结果是使我们平凡，让我们平凡。"她将男女情侣比作共守一条河的两岸："只因我们之间恒流着一条莽莽苍苍的河，我们太爱那条河，太爱太爱，以致竟然把自己变成了岸……岁岁年年相向而绿，任地老天荒，我们合力撑住一条河，死命地呵护那千里烟波。"[1] 这里没有传统文学中的哀婉闺怨，有的是一腔豪气的爱情诉说，从平淡的家居生活中体验爱情的丰富与深远，两性的和谐。《一个女人的爱情观》《我们》描写夫妻间的生活趣事。《也是水湄》则真实地抒发一个已婚女性对于自己被挤压在大都市里一个小家庭中的烦乱心绪，但终以包容的爱心化解种种不快。张晓风笔下，

---

[1]张晓风：《爱情篇·代序》，收入《步下红毯之后》，台北：九歌出版社，1979年 7 月版。

将爱情典雅化诗意化，与她不避丑恶，直指人生荒诞与空虚的戏剧作品形成鲜明对照。

张晓风还写下对亲情、友情、乡情、师生情等美好情感的描绘。儿时的布娃娃，征文比赛得的小毛巾，父亲的旧马鞭……都能唤起她美好的情感与记忆。《愁乡石》《十月的阳光》《河出图》等表达张晓风爱国热情和思乡情感。代表作《愁乡石》中"愁"代表了一种情绪，"乡"是情绪的指向，"石"象征着情感的程度，是她爱国思乡情绪的形象而深刻的写照。

张晓风描写大自然的山川景物、花草树木，表现出对生命的礼赞与讴歌。《雨之调》中，她赞美雨荷，在雨中唯我忘我完美自足，没有阳光时，它自己就是阳光；没有欢乐时，它自己就是欢乐。《一钵金》中，她向往明月清风，闲云野鹤，山野泉流，赞美"乡居的日子是一钵闪烁的黄金"。《常常，我想起那座山》绘景融情中，她进入万念俱无的一种空灵境界，顿悟"山水的圣谕"和"奥秘"。

寻找生活中的哲理，是张晓风散文短章的闪光点。散文《一》由四篇独立的百字短文组成，《一捆柴》《一柄伞》《一条西裤》《一个声音》都是通过一个故事，一个戏剧化的场面，或一段对话构成，揭示人生刹那间的感悟和深刻的哲理。《玉想》从玉中体味出生命中完善和瑕疵是并存的，象征暗喻生命的平凡与高贵实是密不可分的。

张晓风的散文创作题材广泛，视野开阔，形式多样，个性鲜明。既有传统文化的熏陶，又具现代文学的风貌，摆脱了浅吟低唱的古典闺阁气，能把小我拓展到大我，表达现代女性的豪迈洒脱又不失柔婉细腻，风格多样，被余光中赞为"亦秀亦豪的健笔"。

杨牧（1940—2020），原名王靖献，台湾花莲人。1972年前用叶珊为笔名。东海大学外文系毕业，获美国艾奥瓦大学艺术硕士、柏克莱加州大学文学博士，曾任西雅图华盛顿大学教授。1983年回台湾，任台湾东华大学教授。早在中学时期杨牧就开始写诗，在美国留学期间已自成一格。诗集有《水之湄》《花季》《灯船》等。散文集有《叶珊散文集》《探索者》

《文流道》《飞过山火》《巉神》《星图》《柏克莱精神》《年轮》《一首诗的完成》《山风海雨》《方向归零》等十余部。还有评论与译著。

在台湾文坛上，系统地介绍五四散文是在 70 年代末 80 年代初。杨牧首先将中国现代散文精品归纳，划分为七大类别：一曰小品，周作人奠定基础，受其笔风影响的有丰子恺、梁实秋；二曰记述，以夏丏尊为先驱，朱自清承其余绪；三曰寓言，许地山最为淋漓尽致，沈从文近其旨趣，梁遇春、李广田、陆蠡诸家都可归于此派；四曰抒情，徐志摩为代表，影响见于何其芳、余光中、张晓风；五曰议论，林语堂、吴鲁芹建立了此种格式；六曰说理，七曰杂文，胡适与鲁迅各具典型。[1] 虽然划分未必精当，但杨牧的首创功不可没。杨牧写《周作人与古典希腊》《周作人论》，推崇周作人杂学旁通，下笔闲散余味无穷，博大谦和、精深敦厚。

经受西方现代主义文学思潮的洗礼，杨牧对中西文学史和创作相当熟悉。他的散文批评时出精当之论透辟之语："现代散文并不是松弛闲散的游戏，它不是信手即可拈来的。最成功的散文必须在结构组合上颠扑不破，于文字的锻炼洗亮深沉，而且，必须具有一个令读者会心的主题……"[2] 概括精当准确。

杨牧 1968 年出版第一部散文集《叶珊散文集》，呈现一种自我观照与自我剖析的心境。《昨夜的星光》抒写无论在萧然的斗室或空寂的夜街上，作者都在摹写内心的憧憬。

在 70 年代兴起的乡土文学思潮的推动下，杨牧从耽于完美的自我吟咏中走出，开始写自己的花莲，花莲的自己。先是淡笔描摹，写了《山谷记载》《归航》等，之后推出富有史诗气魄的《山风海雨》与《方向归零》两部散文集。《山风海雨》是当代台湾散文中不可多得的一部力作。杨牧以史家风范诗人笔调在散文中描绘台湾先民的历史，从太平洋战争时期的故乡花莲细细诉说到"二二八事件"，描写自然山林，民俗风情，奇异梦幻，

---

[1] 杨牧：《中国近代散文选·序》，台北：洪范书店，1981 年版。

[2] 杨牧：《记忆的图腾群》，见《文学的源流》，台北：洪范书店，1983 年版，第75 页。

多难的乡土与神秘的荒野海岸，表达出台湾散文家寻找精神家园的心灵乐章。

林清玄（1953—2019），台湾高雄人，毕业于台湾世界新闻专科学校。曾任《中国时报》海外版记者，时报杂志主编等。1973 年开始散文创作，著有散文集《莲花开落》《蝴蝶无须》《温一壶月光下酒》《迷路的云》《鸳鸯香炉》《紫色菩提》《传灯》《文化阵痛》《雪中之火》《大悲与大爱》《凤眼菩提》《星月菩提》《玫瑰海岸》《城市笔记》《如意菩提》《指花菩提》《清凉菩提》《红尘菩提》《有情菩提》《活眼金睛》《莲花香片》等数十部，还创作有报告文学、小说、评论等。1979 年起连续 6 次获台湾《中国时报》文学奖散文优等奖，1983 年获台湾报纸副刊专栏金鼎奖。

林清玄倾心于表达文化的内涵，在《〈在暗夜中迎曦〉自序》中说："所有的艺术文化都应该和生活结合才有真正的意义——于公，我期待我们的社会能有好的文化艺术环境让大家沉潜浸润，进而提高整个社会的品质；于私，我自觉到每个人都应该自我创造一个更适于生活的文化环境，自小格小局里走到开朗壮阔的天地。"

林清玄是一位居士，他的许多散文常以佛家的某一教义作为依托或从中引申而成，又有着传统中国文化的儒学色彩。他的散文有鲜明的人间指向。如《迷路的云》《白雪少年》《蝴蝶无须》集中的父爱；《玫瑰海岸》《鸳鸯香炉》集中持久不渝的恋情，都写得深刻感人，并以一种佛学的淡泊与宁静去化解一切。林清玄许多散文集都以菩提命名，"菩提"本为梵文，意为彻悟后所得的智慧。作者以此为题，一是标明此文是黄昏散步有所悟而作，二是因为他在文中所赞颂的菩提树是一种净化了的人性象征。林清玄的散文在佛儒相融中形成了他的创作特色，宁静致远以释解人生层层障碍，借淡泊明净荡涤尘世滚滚红尘。《人骨念珠》面对着 110 位喇嘛高僧的眉轮骨所串成的念珠，他既诠释高僧个人修持的极致，又传递众僧德行绵延不绝的意义，再陈述个人的感悟：只要努力修持人人都可以立地成佛，表现随遇自适，超尘脱俗的气质，用文学观照人生，探寻生活的智慧。

林清玄的散文文笔流畅清新，表现出情感的蕴藉，心境的宁静，在平易流畅的语言中有着艺术的魅力。从 1986 年的《紫色菩提》到 1992 年的《有情菩提》10 集 "菩提" 系列散文，成为台湾有史以来最为畅销的图书之一。这些作品 "企图用文学的语言，表达一些开启时空智慧的概念，以及表达一个人应该如何舍弃和实践，才能走上智慧的道路。"[1] 林清玄将属于中国文化传统一部分的 "禅" 与现代人的生活相连接，表现出现代人能够接受和乐于采纳的生活智慧、行为准则，成为一个佛经禅理的文学阐释者，以独特的艺术风格，深受广大读者欢迎。

---

[1]林清玄:《紫色菩提·自序》，台北：九歌出版社，1986 年版。

第二十二章
台湾的新文学理论批评

第一节　台湾新文学理论批评概况

台湾的新文学理论批评自张我军在 20 世纪 20 年代奠基之后，经过了新旧文学的论争和中国方向的再确立，思想上已经走向成熟。台湾新文学理论批评从 40 年代末和 50 年代初，由现代进入当代之后，迈入了大繁荣、大发展时期。其理论批评队伍大大发展，理论素质大大提高，理论视野也不可同日而语。1949 年之后，台湾的新文学和政治结合得相当紧密，随着台湾政治思潮变化的轨迹，从 50 年代至 80 年代，基本上是呈现出十年一个时期，十年一个时期的"竹节式"变化和发展的状况。50 年代为"反共八股期"。这个时期文艺理论批评，基本上是政治化的"反共"文艺理论批评一家独唱。以"立法院长"张道藩控制下的"中国文艺协会"下设的"文艺评论委员会"为主导。其成员有：朱辰冬、赵友培、王聿均、王集丛、王梦鸥、杜呈祥、许君武、何铁华、藩重规、罗敦伟、黄公伟、石叔明、王伟侠、何容、葛贤宁等。这些人是从大陆跟随国民党去台湾的文学理论批评家。其中除少数是国民党的御用理论工具之外，其他人或是迫于形势，或是国民党要利用他们的名声。但是不可讳言，那时出版的文艺理论批评著作基本上都是附庸于国民党的"反共政治"的。如：《论战斗的文学》（葛贤宁），《中国赤色内幕》（马存坤），《三民主义文学论》《三民主义与文学》《论战斗文艺》《民族文艺与战斗精神》（王集丛），《中共文艺总批判》《评中共文艺代表作》《中共工农兵文艺》《中共统战戏剧》（丁森），《郭沫若批判》（史剑），《三民主义文艺内容》（简宗梧），《三民主义的文艺观》（张肇祺），《三民主义的社会使命》（周学斌），《三民主义的思想》（宋叔萍），《三民主义文艺的道德》（宋瑞），《三民主义文艺的创作原理》（王更生），《三民主义文艺创作论》（赵友培），《三民主义运动》（王志健）等。只要一看书名，便一目了然能看出这些著作与政治的关系。他们众口一词地反复念着"反攻""复国""三民主义统一中国"的政治经文。

60 年代，台湾进入了西化期。随着经济、文化的西化，存在主义哲学，现代派文学，弗洛伊德的泛性主义，如洪水般冲进台湾。50 年代中期崛起的台湾现代派的三大诗社，经过五年左右的实践，又有了新的变化和组合，以"创世纪诗社"为代表有个小小的中兴期。而诗歌理论批评方面，由新诗论争展开和逐步深入，显得异常活跃。小说方面，1960 年前后以白先勇为代表的台大外文系一批学生：陈若曦、李欧梵、王文兴、欧阳子等组成的"现代派"，发行的《现代文学》成了台湾现代派的代表。围绕着夏济安主办的《文学杂志》、白先勇的《现代文学》以及《文汇》月刊、《创世纪》《现代》《蓝星》《纯文学》《文季》《文星》等刊物，诗歌理论批评和小说理论批评家纷纷崛起。那时最活跃的人物如：夏济安、夏志清、梁实秋、周弃子、尉天骢、何欣、刘绍铭、周伯乃、魏子云、余光中、陈文涌、思果、朱立民、陈世骧、林以亮、林文月、郑树森、周英雄、袁鹤翔、叶维廉、张汉良、杨牧、颜元叔、周兆祥、李达三、古添洪、陈鹏翔等。这个时期，西方的各种文学流派的理论被引进台湾。如：颜元叔引进新批评理论；郑树森、周英雄、袁鹤翔、古添洪、陈鹏翔等引进比较文学批评理论；叶维廉、张汉良、郑树森、高友工、蒲安迪、梅祖麟等引进结构主义理论。古添洪著有《记号诗学》一书；廖炳惠著有《解构批评论》一书。此外，神话原型批评方面有颜元叔的《薛仁贵与薛丁山——中国的伊底帕斯冲突》、乐蘅军的《从荒谬到超越——论古典小说中神话情节的基本含意》、董挽华的《聊斋志异的冤狱世界和米斯基型及现实揭示》、黄美序的《红楼梦的世界性神话》、侯健的《野叟曝言的变态心理》及张汉良的《杨林系列故事结构》等。新批评方面的著作有颜元叔的《新批评学派的理论与手法》《就文学论文学》等。比较文学批评方面的著作更多。如：张心沧的《介绍比较文学》、王李盈的《谈比较文学》、陈世骧的《中西文学的互相影响》、袁鹤翔的《中西比较文学定义的探讨》、赖山舫的《比较文学与中国文学》、叶维廉的《比较诗学》、古添洪的《比较文学·现代诗》、陈鹏翔和古添洪的《从比较神话到文学》等。60 年代是西方文学理论批评引入台湾的一个高潮期。西方有的台湾就有。

　　台湾的文学理论批评进入 70 年代，是乡土文学的崛起期。尤其是乡土文学论战，使乡土文学理论在战斗中显出了灿烂的光辉。主要文学理论批评家有：尉天骢、陈映真、王拓、胡秋原、何欣、唐文标、文晓村、侯立朝、高準、关杰明、叶石涛、蒋勋、王晓波、陈鼓应、徐复观、李庆荣、赵光汉等。这批文学理论批评家，不少是围绕着胡秋原的《中华杂志》成长起来的，是乡土文学论战和乡土文学理论批评的中坚和骨干队伍。在乡土文学论战中和乡土文学论战前，他们发表了许多战斗性极强，闪耀着现实主义理论光芒的文章。如：陈映真的《建立民族文学的风格》《文学来自社会反映社会》，尉天骢的《什么人唱什么歌》《欲开壅蔽达人情·先向诗歌求讽刺》，王拓的《拥抱健康的大地》，高準的《中国现代文学的主潮》等。这些文章基本上都收入由尉天骢主编的《乡土文学讨论集》。

　　台湾的文学理论批评进入 80 年代之后，基本上进入了一个多元化时期。这个时期的特点是各种思想异常活跃，多种理论并存。尤为令人注目的是后现代文艺思潮和"台独"文艺思潮的出现和抬头。两岸开放探亲和交流之后，两岸文学理论交流频繁和逐步地显示出走向融合的趋势。后现代文学理论批评方面，是一些较有实力的青年人，比如孟樊、廖咸浩、林燿德、蔡源煌等，他们都有著作问世。"台独"文学理论批评方面比较突出的是叶石涛、陈芳明和彭瑞金。不过由于他们走的是一条分裂主义路线，主观和客观背反、历史和现实错位，要想凭空建立起一套荒谬的理论，相当的渺茫和艰辛。《台湾文学的过去现在将来》（叶石涛、彭瑞金、陈芳明等著），《台湾新文学运动四十年》《台湾文学探索》（彭瑞金），《台湾新文学史》（陈芳明）等著，挖空心思，搜刮说词，用尽诡辩都仍然难以织成一张理论的破网。台湾的新文学理论批评，是在五四新文学的直接指导和影响下，由张我军发难的。它是张我军从北京引进的文学新军的主力军之一。之后在 70 年的发展历史中与祖国的新文学理论批评亦步亦趋,紧密地联系在一起,它是中国新文学理论批评的一部分。这个事实是不能也无法改变的。

第二节　王梦鸥

王梦鸥(1907—2002),福建省长乐县人,毕业于日本早稻田大学,之后曾在日本广岛大学、福建厦门大学、福建师范学院任教。1946 年曾任中央研究院总干事。1949 年到台湾后,长期任台湾政治大学中文系教授,并曾任中央大学文学院院长,台湾"中央研究院"研究员,并参与台湾中央电影公司工作,任编剧委员。王梦鸥是台湾著名的文艺理论家。出版的论著有:《文艺技巧论》《文学概论》《文艺美学》《古典文学论探索》《文艺论谈》《传统文学论衡》《中国文学理论与实践》(《文学概论》修订本易名)、《初唐诗考述》《唐人小说研究》(1—4 集)、《李益的生平及其作品》等。此外还有传记文学《文天祥》,剧本《生命之花》《红心草》《燕市风沙录》《乌夜啼》等。

王梦鸥的文学理论集中地表现在他 1964 年出版的《文学概论》和 1971 年出版的《文艺美学》两部著作中。《文学概论》中作者提出了语言艺术、记号作用、语言界线、韵律形式和可变性,以及其变的限制,提出了文学中的意象和意象表现层次等。在《文艺美学》一书中,王梦鸥发展了《文学概论》中的观点,提出了文学理论的三大原理,即:"适性论——合目的性原理""意境论——假象原理""神游论——移感与距离原理"。在《文学概论》中,王梦鸥对"文学"的含义和定义进行了解说。他认为:"从历史上来看,文学一词是代表着当时人对于'文学'的整个观念,他们的观念,各时期不尽相同。因此,文学一词的含意也随着时代有所嬗变。而从现代的观点看,文学又接近语言艺术,而现代的所谓语言艺术,一面是说心意的活动,一面是说言词的活动;言词固是记号,而心意之现形,其实也是记号。然而构成文学原理,实际只是记号(文义的)构造的原理了。

语言是一种心意外现的符号，是人类内在心意的表达工具。无论是口号的声音记号或书写的图式记号都只不过是个人心意的记号或符号而已。而文学作品的主要工具，就是依赖于文字语言来表现的。"在王梦鸥看来，文学是一种语言艺术，而语言是人们的心灵活动外化的一种符号。这种符号有两种形式即口头形式和书面形式。文学就是用这两种形式的符号记载和表达人们的心理活动的。这里讲的实际上是文学的形式和内容的关系，语言外壳和心灵内涵的关系。如果说王梦鸥在《文学概论》中主要是从符号学的角度破译文学，为文学下定义，到了《文艺美学》一书中，王梦鸥对文学的看法就有了深化。这里他把审美看作是文学的主要内涵。他写道："所谓文学也，不过是服务于特定的审美目的下之文字系统或文字的构成物而已。它之不同于其他艺术，在于所用的符号不同，但它所以成为艺术品之一，则因同是服务于审美目的。是故，以文学所具有的特质而言，重要的即在这审美目的。"[1] 王梦鸥的《文艺美学》发展了《文学概论》中的语言为中心议题，探讨语言和心灵、形式和内容的关系，把论题引向了对主客体在审美中的互相关系和如何实现审美过程的论述。王梦鸥的《文艺美学》分上下两篇，上篇七题、下篇四题。上篇像论文、下篇像专著。该著的重心在下篇。下篇四题为：一、美的认识。二、适性论——合目性的原理。三、意境论——假象原理。四、神游论——移感与距离原理。这三大原理中，"意境论——假象原理"，处于三大原理的中间锁链环节，也是文学创作，体现审美价值的中心环节。"意境论——假象原理"实际上讲的是作家创作活动的孕育和物化的两个阶段。作家在构思孕育阶段，是心象活动的阶段，就是作者在《文学概论》中所说的在语言外化之前的"心意活动"。这个阶段虽然是创作全过程的组成部分，但它只是作者个人的一种意识的内在活动，它还不是作品，它还没有实现文学的审美价值。而进入创作的第二阶段，即作品已经孕育成熟，要通过一定的物质外壳——语言进行表现，这才进入物化阶段，也就是王梦鸥在《文学概论》中说的"口头的声音记号或书写的图式记号"阶段。王梦鸥的"意境论——假象原理"，把从意象到

---

[1]王梦鸥：《文艺美学》，香港：新风出版社，1971年3月版，第131页。

物象，即从精神活动到物质活动的过程分为两个阶段。第一阶段，即意象
酝酿和显形阶段。王梦鸥认为当外物刺激人们的感官系统后，在心灵中留
下的只是一些有意义的符号，这符号有时是具体的，可感的形象，有时只
是一些空洞的概念。这种形象和概念称为"意"，这是意象的初级阶段。而
这种称为"意"的东西，是进一步物化的基础，作家在这个基础上进一步
思索深化，用语言形式表现出来，就成了作品。而且读者的鉴赏则以原有
的意象为前提，与新接受的物象（作品）互相交流、印证和补充，便形成
了一种存留于想象之中的意境，便实现了文学审美的创造过程。第二阶段，
是由意象阶段向物象阶段的转化和过渡。这种物化过程包括文字学、语义
学、修辞学诸方面的塑造、修饰和练意功夫。王梦鸥认为，文学创作中重
要的在于意境的创造，而意境是人们的主观和客观相结合的产物。他写道：
"文学创作，重要的在于意境，没有意境的符号，至多是一个未与主观目的
性发生关系的客观物，它只是主观感觉的形式或材料，不算是完全的发现。
这感觉的材料与形式，是包括景物与感情而言。前者直是外界现象的记录，
后者直是心理状态的记录，前者是无感情的形象，后者是无形象的感
情……意境者，是由客观物依其自身法则，呈现为合目的性的结果，与主
观的目的性相配合而后成立的东西。"[1] "适性论——合目的性原理"，讲
的是主观和客观的统一，是主观之"固有"与"外在"现象相吻合而构成
的联合现象。也就是作家在意象阶段所孕育和构思之腹胎，在转化为物质
外壳的文学时，达到的和谐性。换句话说，就是作者的主观构思适应了客
观情况。这种"合目的性原理"，也就是"和谐论"。王梦鸥说："发生于主
客观关系上之合目的问题。可分为两方面，一面是'客观的合目的性'，另
一面是'主观的合目的性'。所以我们对于外美的省察，虽以主观之称心合
意为主体，但亦不能不包括客观自身的合目的性在内。换言之，凡审美之
'美'，并非专恃主观方面的任意构成，而是依从相对之间的相应法则来构
成的。说得粗浅一点，客观之美与不美，固然依靠我们个人的'看法'，但

---

[1]王梦鸥：《文艺美学》，香港：新风出版社，1971年3月版，第186页。

这看法之'法'本身即已含有客观物所具之相应性质在内。"[1]王梦鸥认为："客观物自身的合目的性，是属于哲学上的目的论和本体论范畴。客观的外在目的性，就是事物呈现出来或授予我们的意义和价值，也就是人们对事物的经济目的。而客观内在的目的性，就是事物的本质特征。那么文学作品给了我们一些什么呢？第一眼是文字符号印象，接着是符号意义的表象，再接着是经我们思考，由一些有意义的符号不断补充加强，而构成了符号的完满意义。而这完满的符号意义，是主观固有和外在相应而构成的联合表象，也就是主观想象的形象来转化外在文字使其成为我们所领略的意义。自然的合目的性原理和文学的合目的性原理之区别，在于中间挡着一个文字语言符号，打通这个符号的所在，就是要使我们大脑中储存的符号意义与文学作品呈现的意义相统一。以主观想象的形象来融解作品呈现的形象意义，从而发现文学形象中所能含蕴的更为深广的内容。"王梦鸥的"神游论——移情原理"，讲的是对象的精神内容与我的价值感情融为一体。王梦鸥说："我们常说，艺术作品贵在'传神'，实则艺术品本身，何神之有？必待作者变其生命精神于艺术品中而后乃见其——神。此种'神会'或'神游'作用，19世纪以来有数种学说。"[2]作者赋予作品的情感和主题，引起读者情感和思想的强烈共鸣，产生的快感和情感移位，有时会达到天人合一，物我两忘之境。王梦鸥的文学发生学理论在台湾文艺理论界有相当广泛的影响和相当高的地位。

第三节　颜元叔

颜元叔（1933—2012），湖南省茶陵县人，出生于南京。台湾大学外文系毕业，美国马克大学英美文学硕士，威斯康星大学英美文学博士，曾任美国密歇根大学、台湾大学外文系教授和系主任，创办《中外文学》《淡江评论》《英文报章杂志助读月刊》，并曾任《中外文学》月刊社长兼总编辑。

---

[1]王梦鸥：《文艺美学》，香港：新风出版社，1971年3月版，第151页。
[2]王梦鸥：《文艺美学》，香港：新风出版社，1971年3月版，第221页。

颜元叔是台湾文学理论批评界的大家，他的成就比较广泛。除文学理论外，还创作散文和小说。他出版的著作有：论著方面：《文学的玄思》《文学批评散论》《文学经验》《谈民族文学》《翻译与创作》《何谓文学》《文学的史与评》《社会写实文学及其它》《英国文学》等。散文有：《乌呼风》《颜元叔自选集》《人间烟火》《玉生烟》《颜元叔散文精选》《离台百日》《笑与啸》《草木深》《平庸的梦》《时神漠漠》《走入那一片翁郁》《飘失的翠羽》《善用一点情》《愤慨的梅花》《知无不言》《五十回首》《台北狂想曲》等。小说集：《夏树是鸟的庄园》。

颜元叔文学理论批评方面的主要内容是：

1. 文学必须是民族的。颜元叔认为："大抵言之。任何文学皆是民族文学。文学之创作必定是某个人的产物，这个人必属于某民族，尤其是与其他民族相比较更能显示出其民族的特性。"[1] 他的这一理论包含了以下一些内容：（1）民族文学的职责在于发掘民族意识，塑造民族意识。民族意识是一个文化名词，它的内涵由各种文化来表现。诸多因素中文化是中坚，文化中又以文学为中坚。所以民族意识是民族文学之源。（2）民族文学不仅是一个价值名词，它包括民族成员创作的一切文学，无论优劣好坏。（3）民族文学与民族意识的关系是互相依存，互相吸收和补充。你中有我，我中有你。（4）民族文学与文化的关系。一个没有文学的民族它就没有文化，它就没有历史，没有自我。民族文化、文学、历史和民族本身的公式为：民族文学—民族文化—民族历史—民族自身。民族文学作品和民族文化的关系是"读者群愈大的文学作品，其形成文化格式的力量愈大。读者群愈小的文学作品，其形成文化格式的力量愈小"。[2] 由于外国入侵，中国的民族性已受到损伤，当今的中国作家必须积极地去发掘和追求中国的民族意识。

2. 文学必须反映时代和人生。凡是积极的，进步的文学理论，都必须推动历史和时代前进，都必定是关怀和反映现实人生的。颜元叔说："文学有许多功用，其中之一应当是帮助读者了解周围。习而不见是人类的通病，

---

[1] 颜元叔：《谈民族文学》，台北：学生书局，1973年6月版，第2页。
[2] 颜元叔：《谈民族文学》，台北：学生书局，1973年6月版，第2页。

缺乏透视与反省，使人们浑噩漂浮于时流之上。社会文学就是一块磨刀石，它磨砺读者的感受与观察，加深他们对周围世界的了解。社会意识文学是一架显微镜，帮助读者观察到微末而重要的东西。文学应当引领读者注视社会现象，并且透过社会现象做深沉的观察。"[1] 他认为："文学有一个使命，便是反映与批评人生。"

3. 文学的主题论。颜元叔认为，文学必有其主题，人的灵感是长期培养的结果。"想建造一艘文学的海轮，先敷设一条主题的龙骨似乎是必要的。我以为一篇作品的伟大与渺小，与主题的深广成正比——注重形式的新批评家一定不会同意我的观点。我以为技巧是附带的，是为主题服务的。"[2]

4. 社会写实论。颜元叔在《社会写实文学及其他》一书中指出："社会写实文学，就是要反映社会人生真相。而社会写实的含意有三，其一，描写的人生应当具有社会性；其二，社会写实文学描写的人生应当有代表性；其三，社会人生意味着个人和群体之间的关系。"颜元叔倡导的社会写实文学有这样的一些内容：（1）人本主义为思想基础。即以人为中心。（2）作家的思想和人格分为两个区域。即：创作区和意识区。创作区是作家个人的人生经验层面，这是一个有限的，作家能够自由运用的生活时空。但这是狭小的层面的生活时空。而"创作区"是扩展和扩张了的大时空，这就是"意识区"。以"创作区"为点，以"意识区"为面，点面结合，才能既有深度又有广度。（3）社会写实文学应有广博的知识作基础。（4）社会写实文学止于"只说不做"之境。也就是说作家只能提出问题，不能去解决问题取代革命家的任务。

5. 新批评。新批评是由颜元叔于20世纪60年代由美国引进台湾的。新批评曾在台湾文艺界轰动一时，颜元叔作为代表人物，他撰写了《新批评学派的理论与手法》和《就文学论文学》等专文，对新批评的起源、内涵、功能进行了介绍和论证。他认为："新批评的第一原则便是就文学论文学。何谓就文学论文学呢？第一，承认一篇文学作品有独立自主的生命。

[1] 颜元叔：《谈民族文学》，台北：学生书局，1973年6月版，第14页。
[2] 颜元叔：《谈民族文学》，台北：学生书局，1973年6月版，第30页。

第二，文学作品是艺术品，它有自己的完整性和统一性。第三，所以一件文学作品可以被视为独立存在，让我们专注地考查其中的结构与字质等。因此，新批评所强调的缜密细致地分析文学作品的本身，考察一篇作品优良或伟大的因子何在，而这些因子都存在于作品的结构与字质中。"[1] 这种新批评主张只是就作品论作品，剔除作品以外的因素和作品文字以外的象征、引申意义。这种理论虽然有其优越的一面，可以排除干扰，集中对文本进行分析解剖，但它却大大地局限了作品的内涵。而且对于那种以象征、暗示、虚拟为手段的作品，便无用武之地。它为自己设置了太多的限制。

第四节　姚一苇

姚一苇（1922—1997），原名姚公伟，江西省南昌人。毕业于厦门大学。1949 年去台湾。曾任台湾银行职员，台湾中国文化大学、艺术学院教授，戏剧系主任及教务长。他长期致力于美学和戏剧理论研究，并进行剧本创作和演出。他曾参与《笔汇》《现代文学》《文季》等刊物的编务。姚一苇出版的论著有：《诗学笺注》《艺术的奥秘》《戏剧论集》《文学论集》《美的范畴论》《欣赏与批评》《戏剧与文学》《戏剧原理》《戏剧与人生》等。另有两部散文集：《姚一苇文集》《说人生》。姚一苇最有影响的论著是1968 年出版的《艺术的奥秘》。该著分为十二章：论鉴赏、论想象、论严肃、论意念、论模拟、论象征、论对比、论完整、论和谐、论风格、论境界、论批评。姚一苇作为一个从文学实践中摸索出来的美学家和文艺理论家，他的美学和文学理论特别注意它的可操作性，及理论和实践结合和转化原则。他把学问和知识寓于表现方法和形式之中。姚一苇说："理论与实用相结合，目的在除可供阅读和研究外，亦可供应用，不仅对从事理论或批评的工作者可用，对从事创作者亦可应用。"[2]

由于姚一苇的论著很多，涉及戏剧、美学、文艺理论和批评诸多领域，

---

[1]颜元叔：《谈民族文学》，台北：学生书局，1973 年 6 月版，第 48 页。
[2]姚一苇：《艺术的奥秘·序》，台北：开明书店，1968 年 2 月版，第 3 页。

这里不想面面俱到，蜻蜓点水，作多样性配餐。我们只就他的核心和代表论著《艺术的奥秘》这一美学专著探讨一些问题。

1. 艺术是艺术家人格的体现。姚一苇认为，艺术就是表现，艺术就是艺术家自身的表现，是通过艺术品显露出艺术家的人格。所以只有一个真诚的艺术家，才能体现出他的人格来。他说："当一个艺术家的目的只求表现，把自身的生命与外界融合，他所产生的艺术品非仅与他自身血肉关系，而且形成他生命中的一部分，这便是艺术家的真诚。艺术品的真诚性与严肃性可以看成是同义词。反之，一些形式的炫耀，一种游戏的态度，一种为名利的目的，除了表现少些的聪明，廉价的感情，流俗性的倾向之外，最多只能作为商品，而非艺术品。因为其中缺乏一个艺术家的人格，它是不真诚的，不严肃的。"[1]

2. 艺术是创造性的表现。所谓创造是要在作品中创造一种秩序，一种生命。因而，"如何走出前人的规模，推陈出新，建立一个完整的，可以传达的全新秩序，系作为一个艺术家的基本条件。"

3. 形式和内容的关系。姚一苇认为，艺术的内容和形式是一个完美的整体，血肉相连，不可分割。他说："所谓形式，即艺术品所具现的人类的行为模式或完整动作；所谓内容，即艺术家的人格、艺术家自己的性格、思想、情感、意志、爱欲和偏见。二者属血肉不可分割的关系，形成一个问题的两个方面。"[2]

4. 艺术创造和真实性。艺术创造和真实性是相辅相成的，不可分割的。但艺术创造必须以真实性为基础。而创造性是从真实性上升华出的艺术。姚一苇说："创造性不能脱离开真实性而存在，当创造性脱离真实性时，一切的邪门歪道跟踪而至。反之，真实性亦不能脱离创造性而存在，当真实性脱离创造性时，最多只能产生朴素的艺术……是故，艺术品的创造性与真实性为一个问题的两个方面，形成艺术家的个性和人格。"[3]

---

[1] 姚一苇：《艺术的奥秘》，台北：开明书店，1968 年 2 月版，第 62 页。

[2] 姚一苇：《艺术的奥秘》，台北：开明书店，1968 年 2 月版，第 323 页。

[3] 姚一苇：《艺术的奥秘》，台北：开明书店，1968 年 2 月版，第 329 页。

5. 艺术家的品格和胸怀，是决定艺术品质的重要因素。决定艺术价值的基准是：创造性、真实性、普遍性和丰富性四种因素。凡创造性高，真实性亦高；凡普遍性越大，丰富性亦大；凡境界越高，价值就越大。任何艺术都脱离不开这个原则。姚一苇美学理论的可贵之处，是采用唯物辩证的方法，将艺术家的人格和品质，视为艺术创造的首位，也是打开艺术奥秘通道的首要因素。若只会云天雾地地胡侃，而人格和品质与艺术是不一致的，分裂的，那便是一种伪艺术，是骗人之术。作家的最低，也是最高职能是作两个真实的转化工作。即将生活真实转化为艺术真实，将生活之美转化为艺术之美。转化能力愈强，转化纯度愈大，就愈是最伟大的作家。作家的头衔和地位，是由他为人类转化的艺术品质和数量来决定的。姚一苇的文学理论之所以扎实，能够与当前的社会实践紧密结合，是因为他将现代艺术和中国的传统艺术进行了结合和融汇。他的论著中引用了大量的西方现代文学理论，但他又同时吸收了中国古代的理论成果。他在论"境界"和"风格"中，便以中国的传统理论为基石。例如《艺术的奥秘》一书的"论风格"一章中，就引用了刘勰《文心雕龙》的"八体"。"境界论"一章中又以王国维《人间词话》之"境界六说"为纲进行阐述发挥。姚一苇擅于从广引博采之中，去粗取精，建立自己的美学体系。唯感不足之处，是联系台湾文坛实践较少。

第五节　尉天骢

尉天骢（1935—2019），原籍江苏省砀山县人，1949 年随着流亡学生去台湾。台湾政治大学中文系毕业。曾任《笔汇》月刊、《文学季刊》《文季》《中国论坛》主编，后任政治大学中文系教授。尉天骢是中国现实主义文学理论批评家，在 1977 年至 1978 年的乡土文学论战中，高举乡土文学的大旗，与国民党的御用文人们进行了坚决的斗争，成了这次震撼海内外的乡土文学大论战的主要理论斗士之一。他出版的著作有：论著《文学札记》《路不是一个人走出来的》《民族与乡土》《理想的追寻》《荆棘中的探索》。散文集《天窗集》《众神》。小说集《到梵林墩去的人》等。同时，还主编出版了《乡土文学讨论集》。

陈映真在《民族与乡土》一书为尉天骢写的序言中，对他做过这样的评价："《笔汇》到今天，是一段漫长的岁月。以私人说，固然经历了一些事物，就台湾的中国新文学说，也是一段发展和成长的时期。在这个时期中，以及以后可遇见的时日中，尉天骢这个名字，代表着团结，代表着热情，也代表着进步。"出于对同志和战友敬仰、评价和鼓励，陈映真将自己用过的一句格言赠送给尉天骢："那杀身体不能杀灵魂的，不要怕它……是的，不要怕它，并且轻蔑之以最冷、最深的轻蔑。"[1] 尉天骢的文学理论，不是书斋中的摆设，不是有闲阶级的玩意，不是某些名士们的吹鼓手，而是充满批判和战斗精神的武器。乡土文学论战中，尉天骢是彭歌点名攻击的三位乡土文学作家（陈映真、尉天骢、王拓）之一。彭歌的《不谈人性，何有文学》的第五部分是送给尉天骢的礼物。他攻击尉天骢说：为了突出小知识分子作家的先天性注定要遭到挫败的命运，尉先生对《红楼梦》与《儒林外史》大张挞伐。他攻击尉天骢：企图从唐诗描写灯红酒绿的妓女生活中，去寻找唐朝覆灭的原因等。对彭歌的攻击，尉天骢在《乡土文学余话》中一一进行驳斥。尉天骢写道："不顾农民辛苦而剥削如此严重，焉能不演出大崩溃？在这种情况下那些唐诗传奇之妓女生活背后是什么？不是稍知中国历史与文学的人都明白的吗？何以被称为'读书人的读书人'彭歌竟然如此无知，不令人咄咄称奇了吗？"[2] 在回答彭歌攻击尉天骢对海明威的评论时写道："这些最起码的对海明威的认识，彭歌竟然不知（不知他连最基本的一本《海明威创作论》——何欣著——读过没有？）真不能不令人咄咄称奇！所以，如果彭歌还到处宣扬，'尉天骢连西班牙都弄不清楚！'以显示他的胜利，让他继续在那种伪造的英雄之梦里自我陶醉吧。"[3] 尉天骢对彭歌的《不谈人性，何有文学》一文中的"人性"提出了质疑。他怀疑彭歌的所谓"人性"是不伦不类的东西。尉天骢指出："台湾的所谓大众

[1]尉天骢：《民族与乡土》，台中：慧龙文化有限公司，1979年1月版，第4页。
[2]尉天骢：《民族与乡土》，台中：慧龙文化有限公司，1979年1月版，第10页。
[3]尉天骢：《民族与乡土》，台中：慧龙文化有限公司，1979年1月版，第12页。

传播并不是代表大众的，谁有地盘谁就有权力去污蔑别人；而为了既得的利益，朋友有时会变得比敌人更可怕。"尉天骢在《乡土文学讨论集》出版说明中说："透过一些文学的争辩，使人看到一些可怕的现象，那就是，有些人借批评乡土文学而扩大苟安逃避心态，有些人借批评乡土文学来反对民族主义，并企图在与自己的民族历史文化断根后，又一次推展全盘西化运动；更有些人透过批评乡土文学把三民主义解释为垄断资本和买办资本辩护的工具，并污辱那些终日操劳的农人、工人、渔民和战士对经济的成长没有多大贡献……这才是货真价实的分裂主义和卖国主义。"[1] 在整个乡土文学论战中，尉天骢一直站在斗争的前列，表现了一个现实主义文学理论家的勇敢、正直，据理力争、无怨无悔的理论品格。

尉天骢的现实主义文学理论的基本内涵和卓越贡献，归纳起有这样几点：

1. 坚持文学的革命性和人民性的高度统一。他认为评价一部文学作品，不仅要看其名称，而且要看其实质；不仅要看其形式，还要看其内容。尉天骢说："我们要关心我们的现实，写我们的现实，这就是乡土文学。它最主要的一点，便是反买办、反崇洋媚外，反逃避、反分裂的地方主义。"

2. 坚持文学的民族性。他说："一个作家如果要自己的作品成为大众的声音，便不能不在自己的民族形式中建立个人的风格。""今天，文学（台湾）之必须回归自己的民族，是无法否认的趋势。要文学与民族的生命结合，就必须用民族的语言，这不是关在书房里或躲在咖啡室所能办到的。它必须真正深入大多数人的生活中，才能从那些生活中认识到动人的画面，学习到真挚的语言，而乡土文学不过刚开始而已。"[2]

3. 生活是文学的源泉。尉天骢说："我们在生活中对人、对物、对这个世界所持的态度如何，就是决定我们感情和气度的根本原因了；也就是说，一个人的人生观和世界观是决定一个人生活境界高低的因素。而生活境界

［1］尉天骢主编：《乡土文学讨论集》，台北：远景出版事业公司，1980 年 10 月版，第 2 页。

［2］尉天骢：《民族与乡土》，台中：慧龙文化有限公司，1979 年 1 月版，第 140—147 页。

的高低，又是造成他的作品境界高低的因素。一个人生活上关怀万物，也就必然会'登山则情满于山，观海则意满于海'。"[1]

4. 朴素的唯物论和阶级观。尉天骢在他的论著中有一个基本的立场和观念，那就是不管看什么问题，解决什么问题都是从国家、民族和人民的观念出发，以他们的利益为前提。他在评论《红楼梦》时说，林妹妹的《葬花词》与林妹妹具有相同生活层次和地位的姑娘一定感到很美，但刘姥姥就不会有那种美的感觉。除非把刘姥姥的生活和地位也提高到林妹妹的层次。在《谈境界》一文中尉天骢说："就反映现实来说，同样是一盘蔬菜，肉吃得多的人和满脸菜色的人就不会有同样的感觉。就建造理想来说，住久了高楼大厦的人，向往竹篱茅舍，屋漏常逢连阴雨的人，则希望有一天住进高楼大厦之中。"[2] 一个人的思想和立场，决定他看问题的观点和方法。尉天骢的基本理论是建立在国家、民族、人民利益的基础上的。

第六节　陈少廷的《台湾新文学运动简史》和叶石涛的《台湾文学史纲》

陈少廷，台湾省人，台湾大学毕业，曾任台湾大学《大学杂志》社长。是70年代"保钓运动"和民族主义运动的中坚人物。他于1977年5月出版的《台湾新文学运动简史》，曾是台湾文学史研究中的一枝独秀。爱祖国、爱民族、爱乡土的思想和情感，民族主义、爱国主义的主题和信念，是这部书的指导思想，也是这部书通过文学史的研究，要达到的目的。陈少廷在这部书的序言中写道："台湾新文学运动，直至台湾光复的前一年，因受日帝统治者的压迫，不得不宣告终止，历经二十五年。在这期间，优秀的作家辈出，他们的作品，无论在量和质方面，都是相当可观的。这些创作，充分反映了在日帝统治下，台湾同胞所受的迫害和痛楚，显示了台湾同胞，

---

[1]尉天骢：《民族与乡土》，台中：慧龙文化有限公司，1979年1月版，第112—113页。

[2]尉天骢：《民族与乡土》，台中：慧龙文化有限公司，1979年1月版，第49页。

为了维护人性的尊严、自由与幸福，所经历的坚韧的奋斗过程；所以，这些作品，也可以说是一部台湾同胞的自由奋斗史。尤其在异民族的殖民统治下，这些知识分子所表现的热爱乡土故国的民族精神，特别令人敬佩！他们以无比的热情和毅力，借着一支笔，伸张民族的正义，表露了同胞的手足之爱。这段光辉的历史，是值得大书特书的。"[1] 陈少廷的文学史观是十分明确的。日据时期台湾作家的作品，既体现了台湾人民自由奋斗史，也是伸张民族正义，维护祖国和民族尊严的光辉战斗史。台湾人民的利益和祖国民族的利益在台湾文学史中是不可分割的。陈少廷有了这样的文学史观，又用这样的观点去给台湾文学进行定位。他写道："台湾新文学运动，在台湾的文化启蒙运动和抗日民族运动史上，均有重要的意义和贡献。同时我们还应该了解的是：台湾的抗日民族运动，不仅是台湾同胞反抗日本帝国主义殖民统治运动，也是认同祖国的民族主义运动。所以从大处着眼，台湾新文学运动可以说是我国五四运动的一环，也是五四以后文学革命的一个支流。"陈少廷的《台湾新文学运动简史》共分七章，第一章是叙述台湾新文学运动产生的历史背景。第二章是台湾新文学运动的萌芽。第三章是《台湾民报》时期。第四章是台湾新文学运动的成长，主要叙述台湾文学话文之争。第五章是台湾新文学运动的高潮。第六章是战争时期的台湾文学，即日本人极力推行"皇民文学"，台湾文学处于低潮。第七章为台湾文学的历史意义。七条意义中的第一、二、三条，为台湾新文学运动和祖国的血肉联系。如第一条写道："台湾新文学运动是直接受到祖国五四新文化运动的影响而发生的，它始终追求五四以后的新文学之倾向，可以说是发源于中国新文学运动的支流。首倡新文学运动的黄朝琴、黄呈聪、张我军都是在中国新文学运动后到过祖国的本省青年。"[2] 陈少廷的这部《台湾新文学运动简史》，是首部台湾文学史，是台湾文学史研究的开拓性

[1]陈少廷：《台湾新文学运动简史·自序》，台北：联经出版公司，1977年5月版，第1—2页。

[2]陈少廷：《台湾新文学运动简史》，台北：联经出版公司，1977年5月版，第162页。

著作。据说作者曾受到日据时期老作家、老学者黄得时的指导和帮助。这部书史观正确，论述清晰，资料扎实。它在茫茫无绪的台湾文学原野上，开出了第一条航道，驶出了第一艘文学史的航船。为以后的台湾文学研究打下了基础，做出了范例，提供了史料。作为首部台湾新文学史，从某种意义上来讲，它是一部母性著作，立下首要的功劳。日据时期老作家黄得时在为该书写的序中，对该著评价道："这本简史总字数虽然只有八万多字，但是能够提纲挈领，把光复前的新文学情形做一次鸟瞰，叙述得扼要而清楚。令人一读对于该时的文学运动，可以得到明确的轮廓。"[1]

叶石涛（1925—2008），台南市人，早年曾任日本人西川满主编的《文艺台湾》编辑，长期教小学，是台湾日据时期最后一位小说家。后来由创作转向文学评论，成为省籍评论家中的元老。

自20世纪70年代来以来，他从主张台湾文学"自主"，发展到"本土化"，到90年代公开了其"台独"主张。叶石涛被称为"南派"的领袖，代表"台独意识"；陈映真被称为"北派"的领袖，代表"中国意识"。他们曾进行了多次论争。由于台湾岛内政治形势的演变，民进党执政，"文学台独"之卵受到政治的孵化，"文学台独"剧烈膨胀。叶石涛亦成了"文学台独"们的大佬。叶石涛出版的文学评论集有：《叶石涛评论集》《台湾乡土作家论集》《作家的条件》《文学回忆录》《小说笔记》《没有土地哪有文学》《台湾文学史纲》《台湾文学的悲情》《走向台湾文学》《台湾文学的困境》《展望台湾文学》《台湾文学入门》等。叶石涛评论方面的代表作，是1985年由《文学界》杂志社出版的《台湾文学史纲》。这部著作共分七章，由第一章：传统旧文学的移植，到最后一章：80年代的台湾文学。除第二章是台湾新文学运动的展开，依次从第三章到第六章，是从40年代到80年代，每十年一章。从章节的安排看，结构是比较匀称的。叶石涛在每一章中都有副标题，是为每章10年的文学性质作大体上的定位。40年代是："流泪撒种的，必欢呼收割"；50年代是："理想主义的挫折和颓废"；60年

---

[1]陈少廷：《台湾新文学运动简史·自序》，台北：联经出版公司，1977年5月版，第3—4页。

代是"无根的放逐";70 年代是"乡土乎？人性乎？"80 年代为："迈向更自由、宽容、多元化的途径。"从这种大致上的定性中可以看出，叶石涛对台湾文学发展的概括，基本上还是实事求是的。从第一章作为台湾文学发展基础和创始之源的"传统旧文学的移植"的背景和史实叙述及地缘、血缘、史缘上与大陆关系的描述，尤其是对沈光文、郁永河台湾文学开创者肯定，具有重要意义。这部《台湾文学史纲》大体上能够反映出台湾文学发展演变的轮廓和面貌，不失为台湾文学史著研究方面的重要成果之一。但作为一部文学史，它也存在着一些不足。其一，它的确是一部史纲、多数作家作品，只有目录没有分析和判断，无法从中看到那些成果的价值和意义。且有的资料零落不全。其二，其叙述过程中有时不自觉地露出了作者意识中深藏的部分，如强调台湾文学与大陆文学的区别和"自主"。这种潜在的忽明忽暗的东西，在土壤适合后就变成了"本土化""文学台独"之蛹。1997 年 6 月，由高雄春晖出版社出版的《台湾文学入门》一书的序中，叶石涛谈到《台湾文学史纲》一书时写道："台湾文学史纲写成于'戒严'时代，顾虑恶劣的政治环境，不得不谨慎下笔，因此，台湾文学史上曾经产生的强烈自主意愿以及左翼作家的思想动向就无法阐释清楚。……各种不利因素导致《台湾文学史纲》只聊略一格。"这表明叶石涛的"台湾意识"早已在大脑中酝酿成熟，只是由于"恶劣的政治环境"才使其久压胸中，难见天日。在此序中叶石涛还写道："从青年时代就有一个梦想，那就是完成一部台湾文学史，来记录台湾这块土地几百年来的台湾人的文学活动，以证明台湾人这弱小民族不屈不挠的追求自由和民主的精神如何地凝聚而结晶在文学上。"叶石涛是一个饱经沧桑，有影响、有地位的作家和学者，在他以往的大量著作中都反复强调他是中国和中华民族的一员。但此处却提出什么"台湾民族"，令人不可思议。一个人今天说东，明天说西，一方面这么说，另一方面又那么说，不是认识上的糊涂就是别有埋伏。我们希望叶石涛能坚持和维护《台湾文学史纲》中的正确观点，摒弃错误主张，维护学者的自身尊严，让自己少一点自我矛盾和碰撞。

第二十三章
在商品经济大潮中冲浪的台湾通俗文学及戏剧创作概况

第一节　台湾通俗文学创作概况

通俗文学一直在台湾当代文坛占据着重要一席。自二十世纪二三十年代从大陆流入并畅销于台湾岛的武侠、言情小说至现今已达八十余年之久，起起伏伏却始终充溢着旺盛的生命力。

一种文学现象的设立，当与其所处的社会背景和文化氛围有着密不可分的客观联系，当然，也由其自身特性所决定。尤其通俗文学在台湾 60 年代那场社会经济结构变迁下的商品潮的冲击中，作为精神产品的文学骤然卷入商品经济的巨浪中。文学作品的精神目的要受"市场规律"所制约，物质生活决定精神文化也是一种文化消费的需求，一种寻求精神刺激、化解内心苦闷、填补心灵空虚、猎取奇特梦幻等为打发时间的消遣文学的应运而生，必然带来强大的市场经济效益。如以爱情婚姻为描写题材的言情小说，因大多出自女性作家之手，凭借女性独有的文化心理与气质，着力构筑虚幻缥缈的爱的世界，用缕缕忧伤的丝线编织着缠绵悱恻的感情梦幻，不仅打动了青春期的少男少女，也让具备高学历却赋闲于家的富家太太们掩卷不舍；再如武侠小说，那高超武功、儿女情长、非常男女、呼风唤雨的义士等人物的刻画，无疑获得了多层次、多群体读者的青睐——松弛心理，企求得到精神上刺激或情感上愉悦的公职人员；填补内心的空虚，追寻奇特而迷人的梦幻的城镇小市民；处在青春的跃动时期，倾心英雄与美人并得到生理与心理上满足的青少年。总之，通俗文学所具备的大众文化品格与大众文化消费心理的一致性为通俗文学提供了滋长的苗床，所以它的出现与流行是大众文化的必然产物。

追究台湾的现实环境与文坛的实际情况，由于50年代，国民党当局造成的"反攻"局面，使整个社会的思想、教育与文化都笼罩在泛政治主义的氛围，这种不安定因素给一般民众造成巨大的心理压力，他们往往从害怕政治到希望远离政治。而在当时，充斥文坛的那些"战斗文学"，让渴求安逸、平静的民众心悸，于是那些不涉及政治，便于阅读，容易理解的消遣性作品便被文化市场所接受。60年代中期之后，随着经济的开放，台湾当局对普通民众的政治控制虽然有所松动，但政治重压的阴影依然存在。这就使得自50年代以来在民众之中滋生的逃避政治现实的心态不但持续下来，而且进一步蔓延。通俗文学以它流行的伤感、梦幻、煽情、轻松的格调很快适合了社会上的一大部分读者的口味：年轻女性面对处于社会转型期的两性关系分化而未有新道德规范的约束的无奈和茫然之中，急于寻求一种世外桃源般的生存；大多知识层次较低的民众因无法从随着经济大潮涌来的西方现代主义文学里获得精神给养，仍然对产生于本土的通俗文学情有独钟。这种对文学的嗜求，就是当时台湾社会所存在的逃避与满足的对抗，所谓的"琼瑶热""古龙武侠"就是这种对抗中的"赢家"。70年代，台湾社会面临着的一系列重大政治事件，"保钓运动"、尼克松访华、台湾当局代表被驱逐出联合国等，又一次给刚趋于稳定的社会以冲撞。自然，社会动荡之不安因素使广大民众不得不从"桃花源"走到关注现实的精神世界。因而，此时的通俗文学被反映社会嬗变的作品所替代。80年代后，由于台湾的政治、经济、社会结构又发生了巨大变动，从以往现实环境低谷里走出的普通民众又迈入唯美与梦幻的感情世界，市场经济的需求，加快了文学商品化的进程，通俗文学开始"梅开二度"。从台湾图书市场的出版发行量来看，通俗文学的发行销售总列畅销书榜首，如高阳历史小说的频频再版；琼瑶言情小说走红影视；古龙、温瑞安的新武侠小说迷醉了一代武侠迷；三毛情趣盎然的散文、席慕蓉如梦如画的诗集等，都造成了轰动效应。随着台湾后工业社会的来临和两岸文化的沟通，通俗文学发展势头将会更加旺盛，因为"在以科学技术和信息为基础的后工业社会中，文化和工业生产和商品已经是紧紧地结合在一起，文化已经完全大众化了，高雅文化和通俗文化、纯文学和通俗文学的距离正在消失，商品化的形式和逻辑将更深入地渗透到文艺领域之中"[1] 台湾的通俗文学大体上可以包含这样一些作家和作品。其一，以琼瑶的爱情小说为代表。其他作家，如：玄小佛、沈明华、白慈飘、杨小云、胡台丽、姬小苔、光泰等。其二，武侠小说，以古龙为代表，还有朱羽、东方玉、温瑞安、萩宣、新宋礼等。其三，通俗历史小说，以高阳为代表，包括南宫博、毕珍、林佩芬、朴月、杨涛等。其四，通俗散文，以三毛为代表，包括林清玄、刘墉及一些专栏小品等。上述作家作品，大体可归入这一范畴。通俗文学，以其大众化、平民化、通俗化，赢得了广泛青睐，占有了广大读者群，获得最快、最好的市场效益。因而它实在不应该受到贬抑和排斥。通俗文学不应当与粗俗和杂劣相等同。它是有品位的通俗化，有格调的大众化。

综上所述，通俗文学持续不断的走红于当代文坛，一是能够以其特殊的精神与品格满足普通民众的文化消费心理；二是台湾特定的现实环境与文学背景又成为它流行的土壤。现将其创作特点归纳如下：

1. 模式化的构思，简约离奇。通俗文学之所以能广泛流行，关键一点在于抓住读者，巧妙构思。就单部作品而言，从情节构筑上来看，通俗文学着重于事件的描述，尤其讲究内容的故事性，往往抓住主要矛盾，一波未平，一波又起，在不断激化矛盾过程中推进情节，并兼制造悬念，埋下伏笔，使情节曲折生动，引人入胜。在人物安排上，时常使人物在偶然中巧遇，在交往时误会，侧重人物外部形象的描绘，细腻的心理刻画，使人物形象具体鲜明，可感性强。从总体上看，通俗文学模式化倾向较重。无论同一作家的不同作品，还是不同作家之手的创作，大同小异不足为奇。

2. 通俗易懂，缺乏深度的内涵。鉴于广泛流行之特色，必得通俗易懂。无论是"阳春白雪"读者还是"下里巴人"读者，茶余饭后的消遣时，都

---

[1]［美］杰姆逊：《后现代主义与文化理论》，唐小兵译，西安：陕西人民出版社，1987 年 8 月版。

需要并喜爱的阅读，就要求其内容不能佶屈艰深，令人费解，应该较浅显、较贴近日常生活。撷取生活表层现象，用不着刻意地捕捉而没有加以审美的过滤与选择，缺乏一种较深层次的理性认识与升华。这就使得作品内涵相对比较肤浅，缺乏应有的力度与深度。

3. 语言生动流畅，但缺乏锤炼。以语言为手段去吸引读者的通俗文学，自然尤为注意语言的生动性与趣味性，乃至于不根据表达需要而堆砌形容词。因而有信手写来不加推敲的痕迹，有不重视遣词造句的准确性和语言的创新与变化，也有不讲究修辞的运用与不注意语法的规范，甚至，无年龄段的语言使用，矫揉造作。前边我们已提，台湾的通俗文学以其形式大众化、情节曲折、内涵浅显、语言生动流畅而深受各层读者的喜爱。鉴于此，研评通俗文学，不能简单地把通俗文学作品统统归入"拳头加枕头"的地摊文学，排拒于文学的殿堂之外。其实，较好的通俗文学都具有一定的认识价值与审美价值，都能陶冶人们的美好感情，启发人们的正义感和是非感，鼓舞人们的侠义精神和爱国主义情操，乃至传播历史知识和民族文化信息，都能使读者展卷得益，获得精神享受和休息。当然，通俗文学中也有一些低级庸俗之作，不仅思想内容不好，艺术技巧也十分粗劣，其对广大的读者，尤其对涉世未深的青少年读者来说，无疑有害无益。

第二节　高阳的历史小说

在台湾文坛上，有一位善于创作历史演义小说且拥有相当广泛读者、常常名列畅销书排行榜上的作家，这就是高阳。

高阳，原名许晏骈，字雁冰，另有笔名郡望等。浙江杭州人，1922 年 3 月生，1992 年 5 月 6 日去世。出身于名门的高阳，自幼喜读家中藏书，少年时，尤为对鸳鸯蝴蝶派小说爱不释手。因战乱，大学未毕业就入国民党空军官校服务，后随军去台湾。1960 年转入新闻界，曾担任《中华日报》主笔、总主笔，"中央日报"特约主笔。同时开始了小说创作生涯，写了一些以抗日战争为背景的小说。后来，高阳认为，其最大的乐趣在于研究历史，于是，从研究历史到得心应手地开拓历史题材的小说，高阳经历过多次的失败，在从失败到成功是以长篇历史小说《李娃传》的问世而稳固地奠定了自己历史小说的创作地位。他的历史小说享有"有村镇处有高阳"之誉，在台湾、大陆、香港及其他华语地区都拥有众多读者。香港学者李明曾高度赞许高阳的写作奇才，说他最多曾同时进行五部历史小说的创作，五种空间、五种时间、泾渭分明，各不混淆。由此可看到，一方面高阳对史料烂熟于心，另一方面，证实了高阳创作思路清晰，精力极盛。他曾总结二十余年的创作出版书籍连自己都不甚了解，约略而计，出书在60部以上，计字则日均三千，年得百万，保守估计，至少亦有两千五百万字。70年代末以前，高阳在台湾报刊上连载或出版的主要作品有：《李娃传》《风尘三侠》《荆轲》《少年游》《百洲》《大将曹彬》《慈禧前传》《玉座珠帘》《清宫外史》《母子君臣》《胭脂井》《瀛台落日》《正德外传》《红顶商人》《胡雪岩》《小凤仙》《汉宫春晓》《乾隆韵事》《小白菜》《徐老虎与白寡妇》《印心石》及《红楼梦断》第一部《秣陵春》等，另改写了《水浒》的《林冲夜奔》《野猪林》《乌龙院》《翠屏山》。出版的作品有《红楼梦断》第二部《茂陵秋》、第三部《五陵游》、第四部《延陵剑》，《灯火楼台》《刘三秀》《八大胡同》《清末四公子》等。另外，除写历史小说外，高阳还撰写学术著作，出版了《高阳说曹雪芹》《高阳说红楼梦》《高阳说诗》等。其中《高阳说诗》获得1984年台湾中山文艺奖金委员会"文艺论著奖"。

高阳历史小说题材内容主要有以下特色：其一，着重刻画历史人物，生动再现当时社会风貌与统治集团的内部矛盾和斗争。以《慈禧全传》展开来看，整部著作是由《慈禧前传》《玉座珠帘》《清宫外史》《母子君臣》《胭脂井》《瀛台落日》六卷组成。将所描绘的清朝宫廷内部发生的事件放在清末丧权辱国的空前危难时代这个大的背景中：统治者的挥金如土，民众的英勇反抗，帝国主义列强的侵略，老百姓的深重灾难等。高阳在创作中探索时代与社会的关系，因此，时代的大背景下，贯穿着一幅幅清末历史图。第三卷《清宫外史》中俄《伊犁条约》的签订、主战派与主降派的矛盾斗争；第四卷《母子君臣》中花钱办海军修铁路，还是修建三海和清漪园的纷争，以及挥霍筹建海军学堂的巨款，乃至于国家丧失海防能力；第五卷的《胭脂井》里的变法维新、八国联军入侵北京、签订丧权辱国的《辛丑条约》；第六卷《瀛台落日》里的袁世凯阴谋篡权、割据中国东北领土、签订不平等的《中日新约》、慈禧太后去世，标志着中国清王朝这个苦难时代的结束。在这个大背景下，高阳重笔刻画了统治中国40多年的慈禧太后的形象，在展示人物性格发展的过程中，颇具深度与广度地描绘了从"辛酉政变"至《辛丑条约》后的清朝宫廷政治内幕。第一卷《慈禧前传》中的尔虞我诈、削除异己；第二卷《玉座珠帘》里的"辛酉政变"后清宫廷内部新的分化斗争——既有肃顺等"顾命大臣"与慈禧的矛盾、慈禧与恭亲王的矛盾，又有慈禧与慈安的矛盾，还有慈禧与皇帝的矛盾。这些矛盾的不同线相互交缠、撕碎，重新编织起统治者千丝万缕的权力关系网。如此繁复错综的权势争斗，将清朝封建统治者的本质活生生地呈现给读者——如此"大清统治者"，国何将不亡？《慈禧全传》获得了认识清代社会的价值，有利于读者在作品所展示的清朝社会生活中，从宏观的角度对近代中国衰落的诸因素做深入的思考。

其二，以历史上影响较大的民间传说和野史为创作素材，加以想象铺张，描绘更为动人的故事。民间流传已广的《小白菜》《汉宫春晓》《红叶之恋》《小凤仙》《胡雪岩》《印心石》等故事，原版情节简单，经过高阳的艺术创造，成为情节跌宕起伏、人物栩栩如生的历史小说。如民间曾流传极广的"昭君出塞"的传说素材，被高阳扩展开来写就了一部歌颂深明大义的宫女王昭君不愿阿谀行贿，"舍身为民，慷慨出塞"，揭露宫廷内部层层索贿、处处陷阱，太后霸道、皇帝好色、群臣钩心斗角，画工贪婪的长篇历史小说。为了使内容更加丰富多彩，还虚构了一些可读性较强的人物形象和故事的情节，内容丰富，主题突出，人物鲜明，既沿用民间传说的梗概和模型，又不拘泥于原本，为再创造拓开了道路，从而赢得了读者的普遍喜爱。

其三，从历史文学名著和古典诗词作品中寻取创作题材。如古典文学名著《红楼梦》，高阳通过它提供的有关素材和史料，创作出长篇历史小说

《红楼梦断》。它们从历史的角度表现了《红楼梦》作者曹雪芹的感情生活和曹、李两家盛衰的过程。又如，高阳根据北宋著名诗人周邦彦留下许多不朽的诗词中所展现的历史背景和情感脉络，入微地体验诗人的思想和性格，而后在这基础上想象出周邦彦的言行以及与他有关的一系列情节，创作出长篇历史小说《少年游》，通过诗人周邦彦这个感人形象的塑造，再现了北宋的社会、政治、经济、文化等历史景观。

其四，从记忆中挖掘历史素材。如以商人与官场结合密切的小说《胡雪岩》，其素材就是取自于高阳童年时耳闻于熟的同乡胡雪岩的事迹。这本小说后来成为外国商人作为打开中国市场的研究"珍本"，可见，高阳的"记忆"成为一代商贾的研究对象。

总之，高阳历史小说的题材非常广泛，各个历史年代，尤其是清代社会的画卷在他笔下有大量的反映。各种重要历史人物，无论是最高统治者，还是社会上名流，都在作品中被勾勒得活灵活现，这除了高阳具有渊博扎实的历史知识外，还得力于他独到的文学功底。他的历史小说的艺术成就主要有以下方面：

第一，历史真实与艺术真实的有机融合。历史小说的创作既要求作家尊重基本的历史真实，又要根据小说的审美需要进行合理的虚构。因此，高阳在创作中努力做到历史真实与艺术真实的有机统一。例如在《慈禧全传》《乾隆韵事》《大将曹彬》《荆轲》《汉宫春晓》等许多历史小说中，他注重历史背景和历史事件的客观描绘，又按照小说的创作特点对其中某些人物和次要事件作艺术的加工创造，使之兼有历史之实与小说之虚，让小说成为人们认识历史社会的镜子，满足人们对艺术的审美追求。

第二，赋予历史人物生动鲜明的艺术形象。高阳历史小说中的人物形象最显著的特征是具有鲜明的历史印记。如在塑造《少年游》中的主人公周邦彦时，把北宋的社会政治、经济、文化特点与人物的生平交织在一起，具有较强氛围的北宋时代感。又如在描写《汉宫春晓》中的王昭君的言行举止时，巧妙地将其放在所营造的特定的汉代社会氛围中，尽显其坎坷的命运，再现典型环境中的典型人物。

第三，重绘历史画卷的细节。细节的真实与否，关系到作品的成败。高阳在描写细节时采用了两种手法，一是捕捉典型镜头，从中窥视时代的本质。如光绪为防偷听，心神不宁，六君子刑场遇害等描写，将日趋没落的清王朝尽显无遗。二是透过生活细节展现特定社会景观。如清朝的文物典章、君臣议政的礼仪、皇子典学的制度、太医诊脉的规矩、宫廷设施的布置等，读后有身临其境之感。另外，紫禁城内外的种种世态风俗，也通过市井布衣的生活细节得到生动反映。总之，大量富含历史特点和生活气息的细节描写在高阳历史小说中频繁出现，使作品展示的历史画卷充实而不空泛，形象而不枯燥。

第三节 林佩芬的历史小说

林佩芬，满族后裔，原籍浙江省鄞县。1956 年 4 月出生于台湾省基隆市。曾在台湾东吴大学中文系攻读。她自幼狂热地追求文学，随着爱好走上了文学创作之路。她出版的著作达 20 余部，其中长篇历史小说有：《声声慢》《洞仙歌》《燕双飞》《天女散花》《帝女幽魂》《努尔哈赤》《辽宫春秋》《两朝天子》《天问——明末春秋》《桃花扇》《西迁之歌》等。《天问——明末春秋》曾获"中兴文艺"奖。林佩芬的历史小说中，《天问——明末春秋》《两朝天子》《努尔哈赤》三部是百万字多卷本长篇巨著，代表了她历史小说的创作成就。

《天问——明末春秋》，描写的是明朝末年，严重的旱灾和朝廷的欺压迫害，重税盘剥，造成了中国全境饿殍遍野，赤地千里，民不聊生，官逼民反的极端乱局。人民啼饥号寒逃荒迁徙，农民起义造反，此起彼伏。李自成、张献忠等农民起义军从中国的西南部揭竿而起。尤其是李自成的起义军，在"迎闯王不纳粮"的口号下，迅雷不及掩耳般地自南向北逼近。而在北方，以清朝的第二代盟主皇太极率领的清军，在与蒙古族联姻结盟的成功策略下，自北向南，兵临北京城下。明朝的崇祯皇帝在危局中手忙脚乱疑心重重，以致信谗言、杀忠良，自毁长城，终于将明朝政权葬送。

林佩芬以宏伟的构思和丰富的历史知识，在既不违背主要历史事实，又适当虚构故事情节的原则下，将这段历史描绘得惊心动魄，有声有色。成功地刻画了一大批多类型的人物形象。崇祯皇帝亡国之君的惶惶不可终日、多疑、贪婪和残忍。李自成农民领袖廉洁自律、多谋善断和顺乎潮流的一呼百应，但也不无农民狭隘和自私的遗迹。皇太极新兴帝王的清醒机智和满族能骑善战勇猛剽悍，及作为统帅大谋远虑都刻画得栩栩如生跃然纸上。值得特别注意的是，林佩芬十分成功地塑造了孙承忠、卢象昇、袁崇焕这些既有雄才大略，又无比忠诚强悍，却有致命忠君思想的复杂的汉民族的英雄将领群像。林佩芬忠于历史，忠于事实，小说对明、清、顺三方均有不少英雄人物和英雄业绩的正面描绘，在三方敌对的状态下，又没有偏袒失衡。相比之下，作者在描写明朝的英雄和悍将方面，着墨更多。明朝的灭亡，不是亡于兵将的无能，而是亡于最高领导的腐败和堕落。这是小说要告诉人们的历史教训。作者在这部作品表现方法上，三股军事政治势力齐头并进的故事结构和章与章之间的勾连结构，以及内涵上的内层结构和表现方式上的外层结构的分别运用，都显示了作者的艺术独创性。

《两朝天子》一书，是描写明朝中期、明英宗朱祁镇两次登基，两改年号的故事。明朝正统十四年（1449）的秋天，皇帝朱祁镇在太监王振的胁迫下御驾亲征，结果遭到"土木之变"，全军覆没，当了蒙古族瓦剌部首领也先的俘虏。后又被明朝弄回，但却成了无权无势的南宫中的闲人。而其弟朱祁钰继承皇位后昏庸无比，弄得国势日衰，岌岌可危。被废皇帝朱祁镇摆脱了俘虏生活的阴影后，日日梦想复辟。经过密谋策划，朱祁镇复辟之梦终于成为现实。他由前朝的正统朝皇帝改号为天顺朝皇帝，这是中国历史上唯一的两次登基的"两朝天子"。林佩芬以这一历史事件为背景，描写了朱祁镇由"土木之变"，到身陷囹圄；由南宫闲人，到新朝君主这一破天荒的故事。作者描写"土木之变"战争之残酷和朱祁镇成为俘虏，以及在囚车中长途奔跑的苦状等，都非常生动而真实。尤其描写朱祁镇的复辟过程，夜抢乾清宫，要赶在早朝之前，谁先坐在金銮殿上，谁就是当朝皇帝的那种凶险，紧张而又有点儿戏般的场景，令读者有一种非常复杂的感受，既紧张刺激又痛快淋漓。这部作品中的人物形象，虽不及《天问——明末春秋》类型众多、内涵丰富、落差鲜明，但对主要人物朱祁镇形象巨变的内涵表现，也是令人震撼不已的。

《努尔哈赤》是作者的精雕细刻之作，也是"镇宅之作"，不仅创作时间长达 18 年之久，而且在台湾出版了第一版后，第二版又全部再改写一遍。一部百余万字、八卷本（台湾版）的书，要重新改写，对任何一个作者都是严峻考验。一是要付出巨大精力和时间，二是要否定和超越自己，但林佩芬都做到了。这部书以非凡的笔触描写了清王朝的创业者、奠基者努尔哈赤长达三十多年，奋起思索、拼杀、格斗，克服内外矛盾，剪除派系，消灭强敌，终于统一了女真族，并为统一中国的清王朝打下了稳固的基石。努尔哈赤虽然是清王朝没有登基中央政权的皇帝，但他却是清王朝政权之母，是中国当时政治格局的决定者。小说通过漫长复杂而又宏大历史场面的描写，令人信服地塑造了一个具有大理想、大气派，既是规划者，又是实施者的王朝创业者的形象。通过这一形象的塑造和历史事实的描写，深刻地揭示了清朝统一中国之历史必然性。

林佩芬的历史小说，比较注意历史的真实性。她是在大量调查，阅读，熟悉史料的基础上进行创作和合理历史虚构的。不仅如此，她的历史小说中，有的有大量的历史资料注释，如《努尔哈赤》《天问——明末春秋》。有的每章后面附有史料说明。这种历史小说比之历史演义和戏说更贴近和符合历史真实，更能取信读者。这是一种真正意义上的历史小说。历史小说，虽然是小说，而不是历史，但主要龙骨，必须以历史事实为依据，而不能胡编乱造。

第四节　古龙与新武侠小说

古龙是台湾文坛极负盛名的武侠小说家。在台湾的通俗文学中，武侠小说是仅次于言情文学的一大类目。早在三四十年代，占据中国武侠文坛的"北派五大家"（即还珠楼主、白羽、郑澄因、王度庐、朱贞木）的部分作品在台湾已颇为流行，这些作家的作品大多继承中国传统武侠创作的写作技法，被称为旧派武侠小说。50 年代至今，台湾当代文坛相继涌出一批武侠小说作家，虽然有些作家仍沿袭旧派武侠小说的创作套路，但更多的是力求摆脱"旧派"的若干束缚，在审美意识与文学观念上都做了某些"改弦更张"的尝试，作品的思想内容、表现形式和文体等方面也都不同程度呈现出新的文学风貌，因此被称为新派武侠小说。其中，最具代表性的是古龙的创作。

古龙本名熊耀华，1936 年生于香港，1985 年 9 月去世。祖籍江西赣州。从小因身世飘零，性格孤僻，几度陷入生活困境。从淡江大学文理学院外文系毕业后，就以写小说为生，过着隐居生活。由当初写文艺小说改为写武侠小说后，便一发不可收，在其后的 25 年间，写了 80 多部小说，约2000 万字，被改编成 200 多部武侠影视。主要作品有：《孤星传》《楚留香》《萧十一郎》《流星·蝴蝶·剑》《陆小凤》《武林外史》《绝代双骄》《圆月弯刀》《多情剑客无情剑》《天涯·明月·刀》等。古龙的知名度随着其小说数量的递增和销售之广，超过了众多武侠小说名家。

古龙把自己的小说创作划分为：束缚于传统武侠小说的"闯荡期"；打破传统，赋予新意的"探索期"；风格独特，意境深远的"创新期"三个阶段。显而易见，古龙中后期小说的创造，明显地把握住武侠小说的创作思路，力图开拓全新的主题。作为新武侠小说的代表人物，古龙最大的创新就是将强烈的现代意识融入创作之中。其一，将现代人、情、事融入历史事件的背景中，以感情冲突制造情节高潮和动作。作品中呈现新的伦理准则、道德观念、心理特征，乃至某种偏嗜或忌讳，尤其对于男女爱情的描写，更带有时尚的现代做派。古龙笔下的女性不仅突破男女授受不亲的礼教大防，不少人还抛弃从一而终的传统条规，建立了新的贞操观。例如《绝代双骄》中，胡药师与白夫人、又与铁萍姑的三角爱情纠葛，最后以胡药师与铁萍姑的患难爱情的归宿作为终结。另外，古龙对爱情的描写有时还向两极延展，比如，黑蜘蛛对慕容九无条件的爱、沈璧君个性的觉醒，挣脱了传统礼教的樊笼等。其二，在聚集着古代武林侠士的环境中制造大量的现代侦探推理情节。他笔下的武林高手，不仅多谋善断，而且具有洞察幽微的分析推理能力。如足智多谋的楚留香（《楚留香》）从鉴定海上浮尸入手推理出潜伏在武林的阴谋；精明有致的江小鱼（《绝代双骄》）在对慕容姐妹闺房摆设的精密观察后做出判断，以讹诈讹地让奸诈阴险的江玉郎上当受骗；细心敏捷的沈浪（《武林外史》）从微小的破绽中发现王怜花棺材店的秘密。这类有现代科学数据的分析推理，不仅使作品情节跌宕起伏，而且使之呈现出鲜明的现代品格。其三，将现代社会普遍存在的孤绝、深沉感投注到作品人物的内心世界中去。例如孤独寂寞的萧十一郎（《萧十一郎》）存在主义的影子始终伴随着他，虚伪的围困，过多的伤害，使他觉得这世上没有值得信任的人，终日郁郁寡欢。当然，古龙笔下的萧十一郎与现代存在主义作家塑造的多数人物毕竟不同，在他那似乎冷酷的外表之下，还深藏着一颗炽热的心。萧十一郎的外冷内热的品性正说明其仍生活在现实世界之中。

固然，在古龙小说中具有鲜明的现代品格，但传统的武侠风格仍然存在。描写武功技击的招式和扶弱济危的豪侠精神不乏在他作品中流露。因而，在表现形式上，还保留着中国古典小说的许多特点。首先，按时空顺序结构篇章，强调情节的故事性，追求篇章完整。其次，注意人物外部形象描写。如对萧十一郎等豪侠赋予"野兽般的活力""野性的吸引力"的外表，赋予南宫燕、慕容姐妹的花容月貌，给读者留下深刻的印象。其三，短小精悍的语言，洒脱多变，文言词汇的跳跃使用，更能增强小说的时代感。

总之，武侠小说是一种广吸博收、兼容混杂的特殊文体，具备大量文化资料拼凑的特殊的文化价值，古龙与金庸的武侠小说里均有这种"文化价值"。不同的是，金庸小说中侧重于对中国历史与传统文化的描绘与诠释，而古龙则偏重于对现代社会文化现象的鉴照与折射。

第五节　独具神韵的三毛游记散文

　　二十世纪的八九十年代，有一位以其作品充满异国风情，文笔清丽浪漫、卓尔不凡的台湾女作家，她就是三毛。三毛，原名陈平，1943 年 2 月 21 日出生于重庆的一个律师家庭，祖籍浙江宁波。三毛虽然出生于战乱时代，但充满书香与温情的家带给她不可拟代的关爱。童年、少年时期的三毛，性格敏感、内向且又孤独，酷爱文学，广览古今中外文学名著，因喜爱张乐平的《三毛流浪记》，便取三毛作为自己的笔名。19 岁时，三毛的处女作《惑》登在白先勇主编的《现代文学》上，以后，创作的"诱惑"改变了三毛的一生。在陈若曦的建议下，三毛走入台湾文化学院读书。大学毕业后，三毛转赴西班牙马德里大学进修文学，后入德国歌德学院学德语。之后，又飞往美国，在芝加哥伊利诺伊大学主修陶瓷。这期间，为求学，三毛拼命苦读，过着异常艰苦的生活。为读书，以每日 16 小时的苦读，三个月成为班里的最优生，9 个月后就取得德文教师资格；为看世界，三毛除了想方设法赚取生活费用，还以业余作导游、商店模特儿、图书管理员等挣钱旅游。在漂泊为读书的人生流浪阶段，三毛从东西方文化的碰撞中，从形形色色人生百世相的体验中，认识了生活，拥有了自己的天空。西班牙的留学，给三毛带来了一生不曾忘怀的爱。如果说与西班牙青年荷西的恋爱、结婚让她找到了生活的暂时归宿，那么，多年的飘落他乡，也让她萌发出对平沙万里的撒哈拉大沙漠的厚爱。她一脚踩进了撒哈拉，在那里度过了她一生中既平凡又辉煌的"大漠侠女"的时期。再往后，爱夫荷西的意外死亡，让三毛痛不欲生、悲魂不定，她一次一次穿行于五大洲之间，依然一个万水千山都踏遍的天涯游子。因而三毛自称是一个"走世界的人"，无尽的远方乡愁牵引着她漂泊在路上。三毛认为，快乐最深的时光是从读书与旅行中来。在"读万卷书，行万里路"的同时，一篇篇文情并茂、生机盎然的文章从三毛笔端展开，显示了一个风尘仆仆走世界的奇女子形象。

　　三毛一生走过 59 个国家，可谓人间阅历丰富。不能不说，旅行为她的生活注入了新的内容的同时，也给她的生命带来了新的冲击。青少年时的自闭症，在历经过大喜大悲后，终于在三毛感到失重的疲倦时发作了。1991年1月4日凌晨，三毛以勇敢潇洒的生之意志和告别红尘的死之归宿而自杀身亡，留给世人无解的谜底。

三毛的创作，从《惑》的起步，到电影文学剧本《滚滚红尘》的创作终结，三毛笔耕整整31年，共出书23种，作品被译成15国文字，获得西班牙塞万提斯奖。三毛的作品在台湾长久保持着畅销不衰的势头，《撒哈拉的故事》至今再版近40版，《倾城》被列为1985年台湾十大畅销书榜首。不仅在台湾风靡，而且在大陆、东南亚一带形成了三毛作品冲击波，有上千万痴迷三毛的读者。

三毛创作以散文为主，主要代表作有散文集《撒哈拉的故事》《雨季不再来》《稻草人手记》《哭泣的骆驼》《温柔的夜》《万水千山走遍》《送你一匹马》《倾城》《我的宝贝》等，另有译作两部：《娃娃看天下》《兰屿之歌》（与荷西合译）。

三毛是以她富于异国情调的散文作品步入台湾文坛的。她的散文向人们展示了神奇的异国风光和人情习俗，由衷地赞美瑰丽、浩瀚的大自然，文中涌动着蓬勃生机，表现了对生命的热爱。下面我们从三毛游记散文中寻觅其主要特点：首先，在东西方文化碰撞中，从西方社会的人生世相中凸显东方民族的人格精神。以流浪的东方人的眼睛看西方，不同的文化背景、道德风尚、做人的准则势必发生碰撞，民族的自尊心与东方的人格精神都将受到新的考验。三毛心中的理想世界被旅途中转机受阻被投入监牢的遭遇（《赴欧旅途见闻》）、西方学校欺善怕恶的怪事（《西风不识相》）、西方老板对公司职员的压迫与掠夺（《五月花》）等所击溃，虽然失落，但也由闯世界闯出了中国人的铮铮铁骨。

其次，描绘了异国他乡的民情、景观，活泼风趣。三毛是一个具有反叛精神的时代女性，她那豪放不羁的气质，勇于探奇历险的精神，赋予她的散文一种洒脱、浪漫的情调和绚丽斑斓的色彩。她的异国纪行之作，具有宽泛的主题内容，个性十足。一则，她善于从社会底层、民间百姓中发现当地独有的世态人情，感受不同民族的生存境遇和文化背景，如墨西哥的饮食文化和服饰文化的一瞥（《街头巷尾》），令人心仪的拉哥美拉岛奇妙的口哨语言（《逍遥七岛游》），还有与印第安人的朝夕相处、马德拉岛居民的返朴归真的情趣共鸣等，都给读者提供了新鲜、独特的人生经验。二则以“文化人”的眼光来审视异族文化，慧眼独具，旅途中到处具有独特意义的文化现象。如宗教图腾造就的小自杀神（《街头巷尾》），玛雅文化的结晶（《青鸟不到的地方》），印第安情节的触动（《银湖之滨》）等，与异质文化产生某种心灵感应，正显示三毛作品中那宽广的文化胸怀。三则，三毛异国纪行之作特别注重以美与丑、文明与愚昧、善与恶角度来把握异族风情和人物。如描述印第安人的敬业重诺的人格精神的《夜戏》，反映贫穷讨钱的苦孩子的《一个不按理出牌的地方》等散文中，可看到三毛作品提供给读者的是闪烁着作者个性色彩的人生之旅。

其三，对自身婚姻风貌的真实展示，构成爱情的生命体验。三毛现实婚姻的足迹在《撒哈拉的故事》《温柔的夜》《哭泣的骆驼》《稻草人手记》等集子里展露无遗。结婚与成家是三毛爱情篇章中的神来之笔。没有玫瑰、没有婚纱，虽在极贫乏环境中，却感到精神的富有，爱情的甘甜；做了充满“田园风味”、徒步走来结婚的新娘（《结婚记》），令人耳目一新；以爱心营造爱巢的《白手起家》打动了无数位读者；读出夫妻感情深度的《警告逃妻》，既幽默又情意绵绵；而用梦幻来延续那个破碎了的现实世界的《不死鸟》《梦里梦外》等一篇篇的心灵述说，更达到了一种情感的极致，使爱的心灵走向了净化与永恒。

三毛无拘无束的人生追求影响了她的创作面貌，由此构成了返朴归真的艺术风格。主要有：一是自然美构成作品独特的生命姿态。三毛重笔之下大书特书杨枝编的小菜篮、几间农舍、几畦菜园，在《马德拉游记》中郑重宣称：“这个地方，天人早已不分，人就是自然的一部分。”三毛这种渴望回归家园，向往全然释放的生活，亦是现代人精神流向的反映。二是以自然本色的文字作生活的见证。三毛的风光小记，洋溢着自然本色的风格。朴素纯净，无一人工着色，却又赏心悦目；三毛的人物素描，寥寥几笔，平平淡淡，却栩栩如生，在不动声色中征服读者。三是语言幽默诙谐、趣味横生，无论是描写故事情节抑或是活跃在人物对话中，总能让人忍俊不禁，回味无穷。

第六节　集言情小说大成者——琼瑶

开辟台湾文坛言情小说先河的作家当数琼瑶了。琼瑶，本名陈喆，祖籍湖南衡阳。1938 年出生，1949 年随家人到台湾。出身于书香门第的琼瑶，由于家里姊妹多，兼之父母重男轻女，童年和少年时缺乏家庭温暖，渴望获得感情的爱抚，因而，在其高中时，发生了一场虽无结局但促使她走上文坛，改变一生的"师生恋"。就是这段经历，"重新创造"了琼瑶，1963 年创作出她的第一部长篇小说即成名作《窗外》。这部小说文字优美，情节动人，深得皇冠出版社社长平鑫涛赏识。此后，她便与皇冠签订合同，从事专业写作。先后出版了《窗外》《几度夕阳红》《幸运草》《烟雨濛濛》《月满西楼》《庭院深深》《彩云飞》《在水一方》《我是一片云》《六个梦》《月朦胧鸟朦胧》《还珠格格》等 40 多部中长篇小说，可谓是台湾的高产作家之一了。她的作品在大陆、台湾、香港及新加坡、马来西亚等地都拥有众多的读者，并被改编成多部影视剧。

通观琼瑶的作品，爱情这个永恒的主题贯穿在她的整个创作之中。琼瑶笔下的爱情，绝非一味花前月下无病呻吟般的滥爱，而是能从其深沉的思想内涵中呈现出缕缕柔媚的情感。下面，单就琼瑶作品的爱的主题来看其主要特色：

第一，以美的情感追求爱的真谛，构筑理想的爱情。琼瑶笔下那些美如梦幻的爱情故事是一种大众情感的追求，其审美价值主要体现在给予读者精神上的满足与情感上的愉悦，因而带有理想主义的色彩。对此，琼瑶坦言："现实生活中某些脏、乱、狡诈、恶毒……经常令我无法忍受，我相信有很多人的情形和我相同，我并不是这个世界上唯一的唯美派，只不过我将自己对'美'的看法和感受表达在我的作品中。"的确，小说中往往通过褒扬生活中真情流畅的爱、忠贞不渝的爱、有道德教养的爱来诠释男女之间情感。如《几度夕阳红》里的李梦竹，在台北邂逅18年前的恋人何慕天，虽然怨解冰消，又曾爱得如此深，但珍惜现实的家庭，并未因何慕天的出现而影响对丈夫的感情。同样江雁容（《窗外》）纯真的爱、殷采琴与乔书培的青梅竹马（《彩霞满天》）等，这种不带任何世俗色彩和附加条件的爱情是纯朴、真挚和强烈的。当然，这些人物的爱情并非一帆风顺，也会成为悲剧的结局，但大多是由于情感纠葛造成，并非外部客观因素造成。由此而言，琼瑶正是以这种美的理念去讲述一个个近乎完美的爱情故事，去刻写一个个真诚可爱的人物，去营造一个个如歌如梦的意境。

第二，以多元化的人物关系营造曲折蜿蜒、生动离奇的情节模式。琼瑶小说之所以引人入胜，关键在于她调动了人们的情感，将一方天地中的几个人物间发生的故事讲述得扑朔迷离，娓娓动听并由此展示出形态迥异的爱情景观，让读者在现实中无法实现的梦幻理想得以履行。建构此种情节模式，既吸取中国传统小说和戏剧特色，又借用外国文学悬念设置之手法，造成环环相扣、跌宕有致，使小说具有传奇色彩。如《庭院深深》《雁儿在林梢》中，都讲述了一个复仇故事，方丝萦和陶丹枫为了一个"痴情"而起意报复，含烟缘起生活给予她的情感重创，丹枫则由于姐姐之死的误会，但是，一旦爱平复了旧日的伤痕，误会的谜底得到破解，使得充当戏剧化替身人物的主人公自己命运也发生了强大的戏剧性变化，爱与恨的情感陡然逆转。

第三，以细腻的笔触探向初恋中的少男少女，着力刻画其内心世界，揭示心灵的奥秘。琼瑶特别善于把握两性关系中心理的细微变化，从多角度、多侧面将兴奋、迷惘、神秘、彷徨的初恋心情一一拨开，如《一颗红豆》中热情活泼的少女夏初蕾被梁家兄弟同时喜欢，但初蕾却分不清友谊与爱情，在与潇洒、任性的弟弟谈恋爱时，就像一条鲸鱼在沙漠里游泳，得不到感情的海洋。初蕾忽略了对自己一往情深的哥哥，直到哥哥为救初蕾致残时才顿然觉悟，小说把初蕾痛心疾首自己的迟钝与迷失的悔恨描绘得淋漓尽致。细细读来，回味无穷。

琼瑶的小说在艺术表现上无不飘逸着浸透于作者身心的中国古典审美情趣的气息，具有以下几个特点：

首先，将传统诗歌创造意境的手法融入小说中。琼瑶动用自己良好的古代文学功底，引入古诗辞赋构成意境来衬托两性之间的关系，及其离愁别绪的情愫，或设为标题，如作书名的《一帘幽梦》《几度夕阳红》《聚散两依依》等，寓意深长，韵味十足。

其次，语言优美生动，轻松流畅，一读到底。这固然与琼瑶营造的吸引力极强的故事情节分不开，但也由此看到琼瑶熟练规范的文学语言的娴熟应用的结果。

然而，琼瑶小说在艺术上也有不足之处，如题材的狭窄、模式化；有的作品情节背离常理，可信度较弱。作为言情小说，此不足，亦在情理之中。

第七节　20 世纪 50 年代以后的台湾戏剧创作

20 世纪 50 年代之后，台湾的戏剧创作进入了一个全新的境界。一大批大陆的戏剧家来到台湾，从根本上改变了台湾原来的戏剧组织结构。1950 年由张道藩发起成立的"中国文艺协会"下设的 19 个专业委员会中有"戏剧委员会"。此外，还有"中华民国电影戏剧协会"，出版《影剧艺术月刊》。时任理事长明骥，总干事董心铭。另有"中华民国编剧协会"，时任理事长吴若，总干事饶晓铭。理事有：翟君石、张永祥、饶晓铭、赵琦彬、邓绥宁、吴若、美龙、丁衣、王方曙。上述影剧组织均为半官方、半民间团体，负责台湾的影剧创作工作。这些协会拥有一大批剧作家，他们是一批具有相当创作实力的人物。

50 年代两岸剧作家汇流而成的台湾影剧创作，也随着影剧事业的扩大和发展，由原来比较单一的剧种，发展成了多剧种，如：电影、话剧、歌剧、广播剧、电视剧等。剧本形式上分为：多幕剧、独幕剧、电视连续剧等。从题材上分，有历史剧、现代剧、有战争题材、有和平生活题材，有描写帝王将相才子佳人者，也有描写平民百姓者。到了七八十年代，台湾兴起了一阵小剧场热。这些小剧场，人员精干，形式活泼，在戏剧形式上进行了多种实验。他们集正剧与荒诞，传统戏与西洋戏于一炉，一时颇受观众青睐。台湾的戏剧在历史的发展进程中，涌现了一大批才华出众，产量惊人的剧作家。

姚一苇，他既是著名的文学理论批评家，也是戏剧家。他曾在台湾中国文化大学艺术学院任教，并参与艺术学院的开创工作，任该院戏剧系系主任和戏剧研究所所长。他创作的剧本有《来自凤凰镇的人》《红鼻子》《孙飞虎抢亲》《碾玉观音》《姚一苇戏剧六种》《我们一同走走看——姚一苇戏剧五种》《傅青主》等。剧作家黄美序在评论他的剧本时指出："以深厚的中国文学及西方戏剧知识和修养的基础，姚一苇的剧本可读可演，他在情节的发展及人物的塑造方面，一直非常注意。"姚一苇的戏剧理论和创作实践结合得比较紧密，他将中国的戏剧艺术和西方的戏剧理论进行了交接和融合，获得较好的效果。他的《红鼻子》于20世纪70年代就在大陆上演，并引起强烈反响。

林清文（1919—1987），台湾省台南县人，台湾盐分地带人士。1938年在诗人郭水潭的影响下开始文学创作。他在台湾各大剧团当过演员、导演、编剧。曾涉猎莎士比亚、易卜生等的剧作，并以森场人等笔名创作了大量的剧本。如：《阳光小镇》《风雨米约小花》《白兰之歌》《我要活下去》《西施》《爱的十字路》《白马黑》《洞房楼烛夜》《第二个吻》《毒花记》《母爱》《忠孝图》《廖添丁》《青春悲喜曲》。其中《太阳的都市》《结婚问答》《母爱的力量》受到广大观众的好评。林清文是台湾跨越语言一代的戏剧家，是从戏剧发展实践中锻炼出来的，其剧作的实践性和乡土性较强，比较贴近台湾民众的生活。

李曼瑰（1907—1975），女，广东台山县人，北平燕京大学毕业。美国密歇根大学英文硕士，耶鲁大学戏剧研究所毕业。曾任南京剧专教授，台湾中国文化大学戏剧系主任，戏剧电影研究所所长，曾获多项戏剧奖。1975年去世后，台湾戏剧界一致通过，尊其为"中国戏剧导师"荣誉头衔。她出版的独幕剧和多幕剧有 17 部。其中独幕剧有《慈母恨》《沦陷三家》。多幕剧有《冤家路窄》《戏中戏》《天问》《时代插曲》《皇天后土》《王莽篡汉》《光武中兴两部曲》《女画家》《维新桥》《汉宫春秋》《大汉复学曲》《尽瘁留芳》《楚汉风云》《国父传》《淡水河畔》。李曼瑰的戏剧创作跨越大陆和台湾两个时期，是属于中国戏剧拓荒期的人物。她去台湾后，为发展台湾的戏剧不遗余力，尤其是对台湾小剧场运动的推动举足轻重。她将西方的戏剧理论引进台湾，推动了东西戏剧艺术的结合。

张永祥（1929—2021），山东烟台市人。曾任政战学校影剧系系主任，长期任电影界的编导工作。他的电影剧本《养鸭人家》《家在台北》《香花与毒草》均获亚洲影展最佳编剧奖。他的剧作曾多次获得台湾的金马奖、中山文艺奖、金钟奖等。他和导演李行等配合默契，六七十年代台湾有影响的电影剧本，几乎都是出自张永祥之手。他创作的电影剧本约有百部以上。其中影响最大，引起各方震撼的是《秋决》。该剧描写一个罪犯，在秋天处决前，要求最后吸一口母奶。他趁吸母奶之机，猛地一下将母亲的奶头咬掉，怨恨母亲太娇爱他了，使他堕落到了今日断头的地步。该剧构思独具匠心，像重重的一锤敲在了所有溺爱孩子的父母心上，久久不能平复。张永祥是台湾，也是全中国最有才华的剧作家之一。他的剧作为台湾电影迎来了春天。

丁衣，1925 年出生，是军中戏剧界出身。曾主编《康乐月刊》，任台湾中国文艺协会和编剧学会理事。他创作的话剧剧本有 30 余部，电影剧本 10 余部，电视连续剧 400 集，为台湾戏剧界的高产作家。他的喜剧艺术独具一格。

古军，广东人。1918 年出生，曾任编剧、导演、社长、节目制作人等。《重庆》剧本获 70 年度金马奖发扬民族精神特别奖。他创作的舞台剧和电影剧本共 28 部，以塑造历史人物为主，传达中国传统文化中的忠孝节义精神。

赵琦彬（1929—1992），山东蓬莱市人。台湾政战学校戏剧系毕业，曾在美国夏威夷大学戏剧系从事研究。以编剧为主，曾获台湾最佳编剧奖。

他既写广播剧、舞台剧，也写电影剧本，出版的各类剧本共 31 部。他去世后，台湾戏剧界为了纪念他，创作了《剧人赵琦彬》，彰显他的数十年戏剧生涯，赞颂他为戏剧的贡献。

钟雷（1920—1998），河南孟县人。他是一位诗人，也是戏剧家，曾任台湾中国文艺协会理事长，新诗学会、编剧学会常务理事，是台湾戏剧界的重要人物。他出版的舞台剧、电影剧本、电视剧本共达 36 部。其题材以历史剧为主。

台湾老一代的编剧家还有王静芝，1916 年生，沈阳人，曾任台湾辅仁大学中文系主任。他创作的舞台剧和电影剧本达 37 部，并多次获奖。此外，贡敏、杨涛、费啸天、徐天荣等，在台湾编剧界也都各有成就。

台湾较年轻一代的剧作家有白先勇。他的《玉卿嫂》《游园惊梦》《金大班的最后一夜》搬上舞台和银幕后，颇受好评。尤其是他的《游园惊梦》具有在舞台上实验意识流的作用，其舞台的实验意义大于剧本的自身意义。马森的独幕剧合集，于 1978 年 2 月由台湾联经出版社出版后，颇具反响。马森的剧作特色是将现代派的表现艺术与戏剧的舞台展示进行结合。在台湾编剧界女散文家张晓风及陈玉慧和王安祈值得一提。张晓风在创作散文之余创作了 7 部舞台剧本：《画爱》《第五墙》《武陵人》《和氏璧》《晓风戏剧集》《血笛》《戏剧故事》。有人对张晓风的戏剧评价道："作者从《第五墙》《武陵人》《自烹》和《和氏璧》，利用实用的事和物作象征，贯穿全剧，并偏爱用京剧式的象征动作，点破主题，达到高度的戏剧效果。"另一位年轻的女剧作家陈玉慧，1957 年生，曾去法国、西班牙、美国学习戏剧，做导演和编剧，后任《联合报》欧洲特派员。她出版的剧本有七种：《谢微笑》《山河岁月》《谁在吹口琴》《那年没有夏天》《戏蚂蚁》《祝你幸福》《离华沙不远，真的》。台湾另一位值得注意的年轻女编剧家是王安祈，1955 年生，浙江吴兴县人。台湾大学硕士，台湾清华大学教授。曾三次获最佳编剧和十大杰出女青年奖。她戏剧理论研究和剧本创作双管齐下。理论方面的论著有：《李玄玉剧曲十三种研究》《元人散曲选详注》《明代传奇之剧场及其艺术》《中国美学论集》《戏剧欣赏》（合著）、《国剧之艺术与欣赏》《明代戏曲五论》《传统戏曲的现代表现》《剧本研读》《戏里乾坤大》。她出版的剧本有 13 种：《刘兰芝与焦仲卿》《陆文龙》《再生缘》《淝水之战》《通济桥》《孔雀胆》《红绫恨》《红楼梦》《王子复仇记》《袁崇焕》《问天》《潇湘夜雨》《国剧新编——王安祈剧集》。王安祈是目前台湾戏剧界最具活力的年轻戏剧理论家和剧作家。她的视野比较开阔，选材范围较广，知识基础比较雄厚。她既在传统戏领域经营，又在现代戏阵地上钻研，并且与"雅音小集"和"当代传统剧场"进行合作展开实验。她正努力以"京剧蜕变转型为新剧种"为目标开创活动。"其剧作充分反映了现阶段台湾国剧界在传统和创新两方面努力的成绩。"[1]

台湾的戏剧虽然也受到了西方现代艺术的严重冲击，但从业者也在顽强地革新前进。王安祈就是一位突出的代表。

---

[1]《"中华民国"作家作品目录》，"行政院文化建设委员会"，1999 年 6 月。

第二十四章
台湾乡土文学的崛起

第一节 乡土文学论争

60 年代中期，台湾文坛上兴起了一个以本省籍作家为主要创作成员，强调文学创作的民族性，并以现实主义为主要创作方法，被称为"乡土文学"的文学思潮。乡土文学是其时台湾社会的政治、经济转型期的新兴文化产物，是与稳定的政治、发展的经济、相对放松的文化政策和逐步活跃的民主思潮有着不可分割的关联，另外，乡土文学的兴起还取决于台湾本省籍作家的创作素质及日渐增长的创作才干。1964 年 3 月，吴浊流等二十七位本省作家创办了《台湾文艺》。6 月，由吴瀛涛、赵天仪、白荻、王宪阳、詹冰、林亨泰、黄荷生、杜国清、古贝等人发起成立笠诗社并出版发行《笠》诗刊。带有强烈乡土意识的社团和刊物的出现，立刻成为作家集结和思潮拓展的园地。两年后，1966 年 10 月 10 日以战后第二代省籍作家陈映真、黄春明、王祯和、七等生和尉天骢等为主创办的《文学季刊》诞生了，该刊的主张是：要面向生活，拥抱世界，反映时代，描写人生。由于其成员创作上大都受过现代主义思潮的影响，皆从对现代主义批判和反思中深入到社会现实中来，因而被叶石涛称作"综合'现代'与'乡土'而另起炉灶的尝试"。1973 年，《文学季刊》改刊为《文季》后，愈加执着追求台湾文学的使命感和思想性，从而构成了 70 年代乡土文学思潮的重要一翼，对繁荣乡土文学创作和形成 70 年代乡土文学思潮有着举足轻重的作用。

70 年代初始，一连串的政治浪潮猛烈地冲击着台湾社会：1970 年 11

月，保钓运动的揭起，抗议日本侵占钓鱼岛的留学生在美国掀起了声势浩大的抗议示威，乃至波及台湾岛，大大激发了广大民众的民族意识。1971年10月25日联合国通过决议恢复中华人民共和国合法席位，台湾被逐出联合国。美国看到大势已去，便改变了对华政策，1972年尼克松访华，《上海公报》的发表，引来了日本与台湾的"断交"。由于外交突变和国际形势的发展，加之60年代后期以来，土地废耕、农村劳动力流失、环境污染、生态平衡破坏等一系列严重的社会危害问题，使原本遭挫的台湾社会和民心受到了生存危机的震撼。这种时代、社会背景为乡土文学的论争拉开了帷幕。

乡土文学论争，是台湾现实主义文学运动的一翼，它是继50年代中期崛起的志在反对新诗虚无、晦涩、西化的新诗论争后，又一次中国文学的复归运动。两者在精神上都是反对西化，反对崇洋媚外，反对横的移植，主张振兴中国文学的运动。因而乡土文学论战是新诗论争的发展和继续，其锋芒都是指向现代派的。

1972年，一场纪念现代派诞生二十周年的活动由现代派诗人领衔开展。当年，余光中等主编的《现代文学大系》诗歌部分出版；《现代文学》杂志出版了《现代诗回顾专号》。然而，还没等纪念活动达到高潮，关杰明的一篇《现代诗的困惑》的论文犹如一桶凉水泼向了庆典的火把。无独有偶，台湾大学教授唐文标又在《文学季刊》上发表了《诗的没落——台湾新诗的历史批判》的长文。此文的发表，乃正式宣告乡土文学论争正式开战！1973年8月，乡土派理论家、作家尉天骢、陈映真等主办的《文季》组织了对现代派女作家欧阳子小说的批判和对台湾现代派的《文学杂志》《现代文学》等的西化倾向的集中批判。一时间，各派报刊都卷入了这场论争。尉天骢的《幔幕掩饰不了污垢》，着重批判了现代派小说的空洞、虚无而荒谬；唐文标的《欧阳子创作的背景》，则以较激烈的言辞批判了台湾文坛上西化倾向，鼓吹西化的弊端；何欣在《欧阳子说了些什么》中客观冷静地认为，欧阳子笔下的人物和他们生活的环境是虚无的，都是从西方文学作品中移植来的。除了《文季》组织批判欧阳子，后来的《中外文学》《书评书目》又针对现代派的主要作家王文兴的长篇小说《家变》开了战，先是《中外文学》组织座谈会，发表评论，充溢褒奖之词，然后是《书评书目》连续发表文章对《家变》进行针锋相对的批评。此时，由《家变》引发的文字大战可谓队伍之勇和声势之壮，直把王文兴批得招架不住地喊道："批评界对《家变》的'关怀'，又使我甚感吃惊。什么不道德了，背弃传统了，文字不通了——尤其席斯了——各展其才，壮思逸兴，真好像是在举办征文比赛。继而，许多读者说：《家变》应该撇开文字不谈，只要看……"[1] 尽管如此，对现代派作家的批评，"尤其是对现代派为艺术而艺术、空洞虚无、脱离生活、脱离台湾现实、脱离台湾广大读者的批评，形成了一股相当强大的潮流，有力地推动着台湾文坛舆论和小说创作倾向的变化。"[2] 处于这种状态下的文学创作，一种新的创作概念应运而生——"社会写实小说"。正式提出这个概念的当推颜元叔，他率先在《中华文化复兴月刊》第十卷第九期发表了《我国当前的社会写实主义小说》一文，以陈映真、陈若曦等几位作家的作品来论证"社会写实主义小说"的概念。可以看到，此时的"社会写实主义"并非"乡土文学"，只不过是贴近了"乡土"的边缘而已，而"乡土文学"，用台湾乡土文学作家王拓的话来说，"它包括了乡村，同时又不排斥城市。而这种意义上的'乡土'所生长起来的乡土文学，就是植根在台湾这个现实社会的土地上，来反映社会现实，反映人们生活的和心理愿望的文学……也就是说，凡是生自这个社会的任何一种人，任何一种事物，任何一种现象，都是这种文学所要反映和描写，都是这种文学所要了解和关心的。这样的文学我认为应称之为现实主义的文学而不是乡土文学。"[3] 可见，王拓所突出强调的这种文学使命和功能与颜元叔所说的"写实主义文学"有本质上的区别。其时，文学创作已逐渐

[1]古继堂：《台湾小说发展史》，沈阳：春风文艺出版社，1989年版，第326、329、332页。

[2]古继堂：《台湾小说发展史》，沈阳：春风文艺出版社，1989年版，第326、329、332页。

[3]古继堂：《台湾小说发展史》，沈阳：春风文艺出版社，1989年版，第326、329、332页。

由虚向实发展，写实主义文学强调写实，而乡土文学则要突出地反映生活在这一片土地上的人们，特别是农民和工人的心理和愿望。此后的若干年的文坛风云，"乡土文学"为台湾社会所认同，为民众所喜爱。如果说，70年代初的这场文学论争仅仅是表现在文学的主张和认同上的两类大相径庭派别的纯创作之论争，那么几年后发生在1977年至1978年之间的乡土文学论战，就被涂上了一层政治色彩，亦是两种意识、两种文化心理乃至两种文学主张等的较量。从1976年10月至1977年下半年，由于乡土文学作家把描写"受屈辱的一群"转向大胆暴露社会弊端、冷静描写炎凉世态，日趋丰富的表现手法和日渐扩大的影响终于引起了台湾当局的不满和干涉。1977年8月，台湾"中央日报"总主笔、"反共"作家彭歌在台湾《联合报》上发表了《不谈人性，何有文学》一文，把矛头直接对准了乡土文学的代表作家和理论家王拓、陈映真、尉天骢，打响了围剿乡土文学的第一炮，高叫"我不赞成文学沦为政治的工具，我更反对文学沦为敌人的工具"，"如果不辨善恶，只讲阶级，不承认普遍的人性，哪里还有文学!"[1]把原本在文学领域的争论扯到了政治领域，由争鸣到了争斗。现代派诗人余光中以《狼来了》一文表明了对乡土文学的理论家和作家们的不满："北京未有三民主义文学，台北街头却可见工农兵文艺，台湾的文艺界真够大方，说不定有一天工农兵文艺还会在台北得奖呢?""说真话的时候已经来到，不见狼而叫'狼来了'是自扰，见狼而不叫'狼来了'是胆怯。问题不在帽子，在头。如果帽子合头，就不叫'戴帽子'叫'抓头'。在大嚷'戴帽子'之前，那些工农兵文艺工作者，还是先检查检查自己的头吧!"[2]随后尹雪曼、王文兴等迎合助阵，一时间文坛内外飞沙走石向乡土派作家打来。而乡土派作家们，迎刃而上，以一篇篇铿锵有力的论文奋起反击，陈映真的《建立民族文学的风格》、王拓的《拥抱健康的大地》、杨

---

[1]古继堂：《台湾小说发展史》，沈阳：春风文艺出版社，1989年版，第326、329、332页。

[2]古继堂：《台湾小说发展史》，沈阳：春风文艺出版社，1989年版，第326、329、332页。

青蘫的《什么是健康文学》、何欣的《叶石涛文学观》、侯立朝的《七十年代乡土文学的新理解》、尉天骢的《欲开壅蔽达人情，先向诗歌求讽刺》等，既驳斥了荒谬的责难、污蔑，又对乡土文学的理论从多角度进行了开拓性、创建性的探讨和论述，确立了乡土文学理论体系即文学是社会生活的反映。众口一声地认为，只有脚踏实地地反映社会现实，以描写生活在社会最底层的"小人物"的喜怒哀乐并调动其为改变悲惨处境而斗争为创作的主要内容，才能使"文学成为一种社会运动的一部分"，这才是每一个有良心的作家应具备的创作使命。显而易见，乡土文学作家创作中展现的民族风格，亦是台湾文学发展中的又一可贵的突破，是时代的需要。因此，代表着新生、蓬勃向上且体现着社会和文学发展本质力量的乡土文学人气甚旺，所有正义者均站在他们一边，这里面包括有台湾文坛的老前辈，海外的大多作家、学者，此次的文学论争以乡土文学的胜利而告结束。诚然，乡土文学论战是在文学流派的相互争议的掩饰下而进行的政治斗争；是官导民演的文坛戏剧的演战。这一点，可从 1977 年 8 月 29 日在台北召开的"第二次文艺会谈"中得到了印证。当时出席会谈者为二百七十余人，会上由"总统"严家淦致辞，强调文艺要"配合国策，跟反共救国的大前提取同一步骤，服膺三民主义，配合中华文化复兴运动"，"消灭奴役的、唯物论的阶级文学"，"乡土文学不可作为某一个特定的阶层为描写的主要对象，不可在唯物史观的意识形态下写作"。可见，这次会议就是一次不折不扣地对乡土文学施加政治围剿的会议。然而，其效果却与"总统"的期望大相径庭。随着时间的推移，倾向于乡土文学派的支持者越来越多，乡土文学派的阵容越来越大。不得已，台湾当权者采取了安抚协调的手段进行"招安"。1978 年 1 月 18 日召开的"国军文艺大会"的宗旨就是为安慰乡土文学派弹起的"优美"的曲调，会议要求文艺界"每个人都要平心静气，求真求实地化戾气为祥和，共同发扬中华民族文艺而奋勇前进"。进而"国防部政战部主任"王升在会上息事宁人地安慰乡土文学说："纯正的乡土文学没有什么不对。我们基本上就应该团结乡土。爱乡土是人类自然的感情，乡土之爱扩大了就是国家之爱，民族之爱，这是高贵的感情不应该反对。"

但他所说的"纯正"的乡土文学，正是"招安"到"反共救国"文学阵地之中的乡土文学，并可以用清除"不纯正"为借口堂而皇之地再度围剿。至此，乡土文学的论争似乎已见端倪，不论"官方"如何介入，以现实主义为本质的乡土文学在论争中得到复兴和发展，并一跃为台湾文坛的主力军。

乡土文学论争对台湾文学产生了深远的影响。论战的结果是让参战的大多数人分析总结了台湾新文学发展的经验和教训，从而展开了台湾新文学史上一场规模空前的回归运动，最终让现代派寻找"民族魂"回归东方，乡土派博采众长提高自身艺术水准。应该说，这场论争，起始令人担忧，终端让人欣慰，其最大意义在于它成了台湾文化、台湾文学全面回归民族、回归乡土的总标志，使在反西化中兴起的民族意识、爱国情感赢得前所未有的声誉。

乡土文学作家与现代派作家们不同之处有两点：一是作家出身背景不同。乡土派作家大多是土生土长的本岛人，很多人出身贫苦，对下层的台湾劳动人民饱受外来殖民者和资本家剥削压迫生活有较深刻的体会；而现代派作家有的留洋归来，有的生活在官宦人家，没有艰难困苦的生活经历，就像鲁迅所说的"煤油大王怎知道北京捡煤渣的老婆子的艰辛"。二是创作理论不同。乡土派文学理论是源于实践而又在实践中逐步诞生和完善起来的创作结晶。其一，作品中的民族主义和爱国主义思想鲜明突出；其二，具有现实主义的创作观，文学作品源于生活又高于生活，社会意义较深刻；其三，观点鲜明，爱憎分明；其四，作品中荡漾着浓厚的乡土气息，真挚朴实。而现代派作品一味脱离现实，脱离台湾社会。乡土派与现代派针锋相对，它要"描写民族受压迫，屈辱的惨苦面，谋求民族地位及个人地位的改善。""要反映我们社会问题，反映帝国主义经济侵略所带给民众的痛苦，反映当前的经济现象，指出某些不合理的制度，消灭剥削，以趋向更美好的社会。"

台湾乡土文学论战过去13年后的1991年元月，台湾《中国时报》又组织了一次《走过70年代的文学标杆——回顾乡土文学论战专辑》。该专辑的执笔者有叶石涛、陈映真、黄春明、蔡源煌、张大春、应凤凰。其中只有陈映真是当年论战的主角，张大春和蔡源煌未涉足论战。论战在他们两人眼里，变成了无是非的吵架活动。如蔡源煌说："加入论战的人愈多，意见愈杂，双方都说了些有道理和无道理的话。"1988 年，台湾统"独"两派都举行了乡土文学论战 20 年研讨会。统派自筹经费撰写论文，总结论战的经验教训，"独派"由官方拨给经费支持，大张旗鼓纪念，为论战染上分离主义色彩，歪曲乡土文学论战的性质。80 年代以来"独派"不断篡改乡土文学的名称和内涵，什么"自主化""本土化""土中国化"。他们步步蚕食、进逼、篡夺中国文学的主权，妄图实现"文学台独"的阴谋。他们妄图改变乡土文学论战的反对西化、复归中国精神，回归中国文学之路的战斗内涵，篡改和淡化其革命精神。我们在重温乡土文学论战时，既要理清那种无是非、各打五十大板的观点，更要坚决反对"台独"分子的"文学台独"阴谋，使历史永远保持其本来面目。

第二节　王祯和

台湾当代文坛最具创造力的作家群中王祯和（1940—1990）当列其首。王祯和诞生于台湾花莲县的一座偏僻村子里，在本县读完小学和中学后，一举考取了台湾大学外文系，其时为 1959 年。念大学一年级时，王祯和就在文学上崭露头角，处女作《鬼·北风·人》在白先勇主编的《现代文学》第七期上发表后，立刻受到文学界的关注和好评，从此便一发不可收了。1963 年，王祯和大学毕业，按台湾当局的规定，到军队例行服一年兵役。1965 年返乡后在中学任英语教师，两年后又应聘作了航空公司的职员、电视台的编辑。七十年代初，他曾赴美到艾奥瓦"国际写作计划中心"学习，回来后继续他的编辑工作。然而，生活对他是不公平甚至是残忍的，疾病使他左耳失聪，不幸又患了喉癌做了大手术，身体状况极为糟糕，度日如年。若不是所钟爱的文学创作的支撑，他也许早已被病魔打倒了。这一时期，他的短篇小说《老鼠捧茶请人客》，长篇小说《美人图》《玫瑰玫瑰我爱你》，译作《英格丽褒曼：我的故事》等的问世，显示了他的创作才干和坚忍不拔的精神。尽管王祯和的文学创作是从《现代文学》起步的，尽管其时正值西方现代派文学思潮在台湾兴起之时，也尽管深受白先勇和欧阳子等现代派作家的影响，但他仍坚持以反映小人物不幸命运、揭露不合理的社会现实为己任，坚持自己的创作动机和创作目的。作为创作态度严谨的作家，王祯和并不追求创作的数量，但在他近二十篇短篇小说中，几乎每一篇都是精品，都得到读者的好评。这些量不多且质高的作品，奠定了王祯和在台湾文学史上的地位。他的小说集有《嫁妆一牛车》（1969）、《三春记》（1975）、《寂寞红》（1970）、《香格里拉》（1980）、《人生歌王》（1987）；长篇小说有《美人图》（1982）、《玫瑰玫瑰我爱你》（1984）、《两地相思》（1998）等；电影评论集有《从简爱出发》。

王祯和的大部分小说题材均来自六十年代转型期的台湾底层社会生活。王祯和以自己的家乡花莲为背景，从多角度对在社会最底层苦苦挣扎的老百姓困苦而又不幸的生活进行了重笔描绘，他坦言"……他们对我而言是那么亲切！他们的乐，就是我的乐；他们的辛酸，也是我的辛酸；他们的感受，也是我的感受。他们是我自己，我的亲人，我的朋友，我的街邻。"[1] 如果说以王祯和小说中人物的生存环境和性格生成的背景来探讨其作品的思想内涵，即发现他在转型期间的小说的创作，格调低沉，色调昏暗。其作品中的人物在厄运笼罩下挣扎奋斗。作者站在旁观者的立场，在平静淡然地叙述他们生活中的种种悲剧中，亦露出些许无奈。然而，他清醒地掌握自己的创作航向，明确创作动机和目的，竭力反映小人物不幸命运，揭露不合理的社会现实。

王祯和七十年代的小说，已将笔锋转向开掘民族主义题材，全力抨击那些因为西化而给台湾社会带来的崇洋媚外、民族精神沦丧等严重病症。其小说色彩渐趋明朗，表达风格亦由冷漠转入热情，常把自己的喜怒哀乐转换到所塑造的人物形象中去，笔下蕴藉着积极向上的情怀。《小林赴台北》《素兰要出嫁》《香格里拉》等是这一时期的代表作——以淳朴农村青

---

[1]胡为美：《〈嫁妆一牛车〉序》，参见白少帆等主编：《现代台湾文学史》，沈阳：辽宁大学出版社，1987年版。

年小林的眼睛来观社会，以小小的航空公司为整个社会的缩影，对崇洋媚外的社会风尚进行了狠狠的抨击；在刻画被不合理的教育制度逼疯的素兰，为其家引来了一连串祸端的情节中，揭示了造成不幸遭遇的社会背景，诸如石油涨价、经济萎缩、货币贬值等；而贫穷、困苦在灾祸中挣扎的寡妇阿缎正是台湾城市资本主义吞噬偏远农村而产生畸形土壤的受害者和牺牲品。尤其力作《玫瑰玫瑰我爱你》更是将那些见利忘义、不惜拿自己同胞姐妹的身体向以台湾岛为度假基地的侵越美军来换取硬通货，而一夜成为暴发户的败类推向了民族审判台。并且，小说采用嬉笑怒骂的强烈讽刺手法将作者鲜明的民族立场和民族情感溢于纸上，不能不使读者深省。

　　"用喜剧的方式来写悲剧，用喜笑的角度来面对命运的刻薄"，乃是王祯和身处社会最底层的平民生活中确立的人生态度，及在长期创作实践中练就的艺术本领。因而，他小说艺术最突出的特色：一、用喜剧色彩刻画悲剧人物形象，将包含辛酸的悲剧内容用嬉笑怒骂的嘲讽手法展现给读者，蕴意深长。王祯和的作品中刻画了形形色色的人物形象，这些人物并无分明的褒贬，而"大部分是中间人……有对也有错，对对错错，错错对对的中间人"。[1] 这些"中间人"的生活状态、性格特点乃至身材相貌都是大相径庭，且万花筒似的转来转去；性格懦弱的残疾人万发曾是一贫如洗，但为了一辆牛车却甘愿戴上一顶"绿帽子"（《嫁妆一牛车》）；所谓的"知识分子"董斯文，却患着崇美金的"软骨病"，虽名为"斯文"，行为并非斯文——甚爱放屁，无处不放，无屁不响，真是极为形象的讽刺，是含着泪的嘲笑。二、采用戏剧表现手法利用明快的场景转换来展现人物的心理状态和人物行动，以推动情节悬念的产生。公务员小林急于到台北车站接从乡下来的老爸，可铺天盖地的公务让小林无法脱身，小林火烧火燎，读者也在为他焦心；场景转换到车站，老人正举目无亲地在车站靠背椅上痴候，读者此时在为迟迟未到的小林焦虑，亦为苦苦等待的林父担忧，紧接着，作者所创建的悬疑随着事态的发展接踵而至，吊着读者的口味追逐着悬疑前进。王祯和娴熟地将电影中的蒙太奇手法借鉴到小说之中，如《香

---

[1]台湾《中国时报："永恒的寻求"》，1983年8月20日。

格里拉》中恰到好处地把人物心理状态的描绘与人物所置身的场景结合起来，来解释人物丰富的内心世界，无疑更具有拓取性。三、多种富有浓厚地方特色的语言运用，生动活泼，极富想象力。如长篇小说《美人图》中以那谐音写就的怪里怪气的、带有嘲弄意味的人名、地名及公司名，极富讽刺性。将民间语言的精华吸收到作品的人物对话中，使读者产生亲和力，扩大其阅读面。四、追求适度的陌生和隔阻效应，更好地表现作者语言创新的风格特色。五、大胆使用各类语调并融入作品人物语言中去，善于启用谐音、歇后语、谚语和俚语，因而获得意想不到的效果。

第三节　王拓与杨青矗

在乡土文学论战中，有一位出身于贫苦"讨海人"家庭、经历艰难坎坷人生的人，这就是王拓。王拓原名王纮久，1944 年出生于台湾省基隆市郊的八斗子小渔村一个祖祖辈辈以捕鱼为生的贫苦家庭。幼时的王拓就以超乎同龄人的眼光看这不平等的社会，他小小年纪便对人生有了深刻的看法。他曾将人分为不同类族——最有钱的、次有钱的、没有钱的，这种自然萌生的朦胧阶级意识在这位"讨海人"的后代心中打下了深深的烙印。不久，父亲去世，王拓靠母亲卖杂货帮佣读完中学，并以优异的成绩考入当时免收学杂费的台湾师范大学中文系。他一边读大学，一边做家教来接济母亲。几年的大学生活，使王拓对文学产生了不可遏制的兴趣。大学毕业后，他又一鼓作气求学于台湾政治大学中国文学研究所，后获硕士学位。1970 年 9 月，在《纯文学》第 24 期发表处女作《吊人树》。1973 年他走向社会，曾在中学教书，当过药厂工人，后在台湾政治大学做讲师。1975 年，他结束教师生涯，开始走向商界。在 1977 年的那场震撼台湾文坛的乡土文学大论战中，他与陈映真、尉天聪成为首当其冲的被攻击对象。然而，作为一个斗士，在这一有关台湾文学命运的论战中，他的台湾乡土文学主张则对台湾文学的全面发展起到了一定的促进作用。

1979 年 12 月，因受台湾"高雄事件"的牵连，王拓被当局拘捕，在龟山监狱他被关了将近五年，直到 1984 年 9 月才获准假释出狱，曾任《文季》杂志社总编辑。

王拓的创作生涯开始于七十年代初。与同时代的乡土作家一样，贫寒的出身、老百姓的苦难，以及所处资本主义经济和西方文化思想风行的台湾社会转型期的现状，与他油然生出的强烈现实意识是作品的重要基点。

现实生活中小人物的困惑、资本主义对人们心灵的毒害，使他深刻感到贫穷人的苦难，提醒他也是一个贫穷的人，使他对贫穷的人产生更强烈的认同，帮助他找到人生奋斗的目标与方向。现实主义文学观的形成和他"文学发展必须与当时的社会发展相一致，文学才能更有效地发挥它改良社会的热情和功能"的论点决定了他的小说创作具有强烈的现实意识与鲜明的政治观念。作为从贫困的八斗子渔村走出来的作家，他始终是"讨海人"的代言人。他要将广大民众的哀乐、爱恨、辛酸、期望、奋斗、挣扎通过小说反映出来，并且带着进步的历史眼光来看待所有的人和事，为整个民族更幸福更美好的未来而奉献最大的心力。

王拓不仅是一位创作颇丰，文笔引人的作家，而且热衷于政治社会活动。因此在其创作主张中，带有相当浓厚的政治色彩，并体现在他的小说作品的字里行间。除去我们前边提到的那篇处女作《吊人树》外，从步入专业创作阶段的《炸》到确立自己写作风格的《金水婶》，无一不表达了作者对人性社会现状的洞察和关怀。基于为劳苦大众说话这一观念，坚持把事实告诉大家而写就的作品，至今已编辑成中短篇小说集的有《金水婶》（1976）、《望君早归》（1977），在狱中他完成的长篇小说《牛肚港的故事》与《台北、台北》于1985年相继出版。为了祖国的统一和民族的团结，王拓以自己锐利的笔锋撰写了一些文艺评论和政治文章，积极主张文学创作要沿着民族的、乡土的、现实主义道路走下去，使之成为整个社会运动的一部分。评论集《街巷鼓声》《张爱玲与宋江》及政治文集《民众的眼睛》等相继问世。

作为台湾第二代乡土作家，王拓那鲜明的现实主义创作主张与其他几位乡土作家相比，受西方现代文学的影响较少。他从创作伊始，就坚持沿用传统的现实主义路线，以冷静的写实笔锋触向台湾的现实生活，其作品风格朴实，不做作，尤为善于刻画人物的性格特征，挖掘人物的内心世界。

统观王拓的文学创作，可以其入狱为界分为前后两个时期：1970年处女作《吊人树》的发表至1979年因"高雄事件"被捕时发表的小说为王拓前期的创作。这一时期的小说创作素材，几乎都来自那让他抹不掉、忘不了的祖祖辈辈浸泡在苦海里的"讨海人"的苦难回忆。他实实在在地记录了父辈们的艰辛和社会急速、剧烈的发展变化。对此，陈映真曾评价说他的文字像渔村中一张满是风霜的脸庞，给予你某种索然而强烈的现实主义的魄力。此期的作品有如下特色：

首先，紧跟时代步伐让作品成为时代的传声筒。文学创作源于生活又是社会和时代的反映。当欧风美雨吹进台湾这扇洞开的门户时，资本主义便悄然侵入社会各个角落，台湾由农业社会转向工商社会。从社会发展史来看，这不能不说是一个进步，王拓清醒认识到这一点。但资本主义给社会带来的糟粕和对人们心灵的毒害，却又是每一个中国人有目共睹的。追逐物质享受、拜金主义重利薄情等资产阶级的道德观念和人与人之间的冷漠关系，无一不触动这位具有良知的作家的心弦。他毫不留情地将资本主义飓风侵蚀下的台湾社会现状进行剖析，刻画了这一畸形社会中的众生相。《吊人树》《海葬》《炸》《望君早归》《春牛图》《一个年轻的乡下医生》《金水婶》就是此时的代表作。作为台湾渔民的代言人，王拓小说中的主要内容是描写故乡八斗子渔村生活和社会变迁的。不论《海葬》中重蹈其父旧辙而生活所迫葬身海滩的水旺，还是《望君早归》中望穿海水、痛苦无望的遇难船员家属秋兰，王拓都是通过对他们不幸遭遇的生动刻画真实反映了台湾渔村的落后面貌，再现了渔民的悲惨命运。王拓的代表作《金水婶》，正是通过一个渔村小商贩家庭两代人的生活及其矛盾冲突而再现了台湾社会在资本主义温情脉脉面纱笼罩下的黑暗现实，揭露鞭笞了拜金主义重利薄情、忘恩负义的丑恶行径。无疑，作者正是要借《金水婶》这篇小说来控诉杀人不见血的商业社会的腐朽没落，希望传统的价值观念和道德观念复苏。

其次，将改革社会的理想融化到正面人物塑造中。树立正面人物的形象，讴歌劳动人民的斗争，是王拓一贯的创作主张。《奖金 2000 元》中那个坚持正义、敢于斗争的热血青年陈汉德就是作者作为向剥削阶级讨还正义和道德力量的代表人物来歌颂的；《望君早归》中为众多渔民拥戴的邱永富身上也寄托了作者对社会改革的理想和希望，小说展示了劳工斗争的光明前景，这正是王拓与其他乡土文学作家在塑造正面人物形象上的不同之处。

其三，运用白描手法来渲染乡土地方特色。读王拓的小说，宛如在欣赏一幅重笔浓墨的中国画，色彩鲜明、栩栩如生，将台湾风光和节日气氛勾画得淋漓尽致。人物的心理素质、伦理道德、行为特征、习惯及其心态在精细的白描中跃然纸上，恰似一幅台湾社会风俗画。如《金水婶》中那漆黑开了个小天窗的破茅屋，覆盖在金水婶身上那条露着棉絮的破被子；《妹妹你在哪里》的灯光幽幽暗暗的色情卖淫风化区、日光炎炎冒着蒸人热气的小路，正映衬出阿郎寻找被拐卖的妹妹而无望时的焦虑心境；《吊人树》中惟妙惟肖的圣母妈祖生日的舞狮场面、那令人狂醉的节日气氛渲染，则如一幅活生生的台湾渔村的风景图，让人如临其境。

1979 年"高雄事件"被捕入狱后至今为王拓后期创作。在极端艰难的牢狱中，王拓并未扔下这支替被剥削、被凌辱的人说话的笔。八十年代初，《牛肚港的故事》《台北、台北》等直接触及台湾政局时弊的政治文学作品，在牢狱中问世，这标志着王拓的创作登上一个新的制高点。从对贫苦具有反抗意识的人物形象的刻画，而跃入更广阔的政治背景描写台湾当代社会激荡、表现民族呼声、解剖人性的善恶、揭露诸多社会问题的更高层次，这正是作者经历过坎坷生涯，世界观及创作观更新后的体现。这两部小说的意义在于具有鲜明政治倾向和强烈的现实意识，以凝集了王拓多年来对台湾社会的体验、观察与思索。这一时期作品的特色较之前期更为丰满、老辣。如在他的第一部长篇小说《牛肚港的故事》中采用明暗线交替设置悬念的手法来展开故事情节，一波三折，引人入胜，既表现了王拓宏阔的艺术视觉，又表现了王拓精细的艺术构思。小说中"钓鱼岛事件"的描写，显示了王拓的民族义愤。然而到八十年代，王拓逐渐地转向了"台独"观点，背弃了民族信义，这是令人痛心的。

杨青矗，台湾省著名的工人作家，原名杨和雄。1940 年生于台湾省台南县七股乡后港村。他祖籍福建，是明末清初郑成功收复台湾时迁来的。杨青矗祖辈一直务农，后来进了城，自少年时他就开始做工，又开过服装店，可以说，工农学商全接触过，并有一定的了解，这就为他以后的创作打下了坚实的基础。六十年代初期，广泛的社会阅历使他从生活领域的许多方面深切体验到潜藏于社会表层深处的人生真谛，他开始登上文坛，为民众说话。1979 年，"高雄事件"发生，他被捕入狱，四年后被假释出狱。1985 年应邀加入美国艾奥瓦大学"国际写作计划中心"。

杨青矗深有感触地说："这是一个变迁的时代，我从一个'草地团仔'变成都市人。二十多年来，时时看到草地人变成都市人的各种过程，看到农村的衰微。"对于描写来自农村的工人，他自称这是他的使命感："我每次回乡，看到那些荷锄的阿伯阿婶，五十出头，脸皮就皱得可以夹死苍蝇。我觉得我每餐所喝的是他们的血汗，吃的是他们的骨肉，有一种使命感要我写下这些，为他们说话。"为此，杨青矗写作的使命就是要让民众听到最下层的劳苦大众的呼声，为这些贫穷的小人物的苦难鸣不平。当然这些贫穷的小人物既包括乡下的农民，也包括流入城市进入工厂的"草地团仔"。[1] 杨青矗所说的变迁时代，正值外国资产的入侵给台湾社会带来的动荡和潜在的危机：大量农民流入城市，产业工人队伍扩大，贫穷两极对抗日趋严重，外国资本企业控制了经济脉络，台湾同胞正承受着殖民者的残酷剥削。面对这样严酷的现实，杨青矗改变了以往在创作上的美学追求，他原来希望的那种歌舞升平、和谐安乐的生活已无法进入创作，小说倘若只能歌颂而不反映现实社会，那么就丧失了一个文学家起码的道德，因而作为一个中国作家，以医治社会的心灵疾病为准笔，消除邪恶的毒瘤，使社会早日康健。为下等人请命，为工人伸张正义，《工厂人》系列小说就此

---

[1] 参看古继堂：《台湾小说发展史》，沈阳：春风文艺出版社，1989 年版，第385 页。

诞生了。

　　杨青矗自处女作《在室女》发表后，便一发不可收。由于勤奋，作品接连不断，至今他已出版的小说集有：《在室男》（1971）、《妻与妻》（1972）、《心癌》（1974）、《工厂人》（1975）、《工厂女儿圈》（1977）、《厂烟下》（1978）；长篇小说有：《心标》、《连云梦》（1987）；散文集有：《工者有其厂》（1977）；杂谈集有：《笔声的回响》（1978）等。

　　纵观杨青矗的小说创作，题材较广泛，并体现了他的创作理想。其中，有描写农村贫困劳动力流失的作品如《绿园的黄昏》等；有反映受西方思想文化和道德观念影响而产生嬗变的作品如《麻雀飞上凤凰枝》《成龙之后》《天国别难》等；还有以台湾工商经济发展为背景，描写第一代企业家艰苦创业的历程以及工商社会中人们爱情观、人生观蜕变的《心标》《连云梦》等。总之，“工厂人”系列小说是杨青矗的重要代表作。所收作品近三十篇，通过各类工人形象从几个方面描写了台湾工人充满辛酸血泪的生活遭遇，深刻控诉了造成这种人间苦难的社会根源。号称“工人笔侠”的杨青矗冷眼相观这些不平等的社会现实。正是通过描写生活在社会底层的这批工人在人生、待遇、婚姻等方面面临的困境，从不同侧面揭示了台湾劳工制度的不合理性，作品的现实意义可谓深远。

　　从“工厂人”系列小说中，我们可看到栩栩如生的几类不同的工人形象：

　　艰难处境之下的台湾下等正式工人。在台湾，工分十二等级，是实行工作评价的管理制度，按年资深浅技术高低来评定。然而在实际执行时却被少数评委所操纵。送礼，拉关系，讲人情，亦成了评定中不是条件的条件，因此不公平合理的现象充满着台湾工薪社会。如短篇小说《工等五等》，就深刻揭露了这一不合理的制度。同工不同酬，使陆敏成这样技高能干的五等工生活极为贫困，而那些技术水平低，终日懒散却因是评价主任的亲戚而当上领班评上高等；《囿》中的主人公史坚松也是一个才艺高强的下等工，由于不满主管的压制，起来带头反抗不合理的工等制度，而以闹事制造混乱之名义被拘捕入狱。作者站在最底层的工人群中，以同情的态

度为此呼吁，并通过对这类下等工形象的刻画，揭露台湾当局通过施行
"工作评价"制度，对资本占有者及社会集团效益的保护，而且还使用合法
化去压榨底层劳动者，这就是在所谓自由平等的口号下的虚伪性和欺骗性
的流露。

受侮辱、受歧视的台湾女工。那些孤苦伶仃，用青春赌明天的女工生
活是最为当今社会所关注的。生活在最底层的女工们，她们备受欺凌，地
位最低，工资也最少，男女同工不同酬在台湾是个明显的社会问题。由于
妇女的生理原因，年轻的女工是老板和厂方招募的对象，一旦结婚生了孩
子，便会被无情地推出厂外，厂里可以名正言顺地再招募新女工。因而台
湾女工的比例一年多过一年，她们的工作待遇最低，与临时工和下等工一
样受着老板、工头及地痞的欺负。如《工厂女儿圈》中集中反映了牵动许
多父母和丈夫心弦的特殊社会问题。像《昭玉的青春》中的黎昭玉、从17
岁起做临时工，为了能升为短雇工，她耗费了二十多年的青春，以付出全
部却获得微小而令人酸楚的满足。这就是底层女工命运的体现。《秋霞的病
假》《龟爬壁与水崩山》因劳累过度停发工资或因工负伤后被解雇的女工大
有人在。这些都深刻揭示了台湾劳工问题的严重性。除去对女工工作上的
刁难外，有些年轻貌美的女工还成为老板、领工们追逐的对象，受到百般
欺凌。杨青矗作品中流露出的正义、人道与尊严，是与资本家卑劣无耻行
径相对抗的。

挣扎在生命边缘的临时工人的悲惨境遇。台湾许多工厂都雇用了大批
临时工，这些临时工同正式工干同样的工作，有的比正式工干得还要辛苦，
但所受待遇却最低。没有生活保障，没有劳保福利，工资极低，而且很难
有转正的机会。有的临时工干到老，只有被老板解雇，而再无生路，晚境
尤为凄惨。《低等人》中的主人公董粗树就是一个以自己的死亡为代价来换
取老父生存的悲剧人物，这正是台湾所有临时工惨痛遭遇的一个典型概括。
而《升》中的主人公林天明，同样是一个有着与董粗树相同命运的临时工，
但他好容易熬到了转正却因心力交瘁晕死在地。在台湾资本家眼中，找临
时工比买一条狗还容易。人道、博爱只不过是资本家用来迷惑老百姓的一

块遮羞布，在这块遮羞布里面是何等的龌龊、肮脏和丑陋。通过这类形象的塑造，杨青矗向台湾的劳工制度提出了愤怒的控诉。

"工厂人"系列小说对诸题材做了深刻的挖掘，不仅唤起对工人的社会同情，更激发了社会改革者们的正义感和责任感。在相距七八年的时间内，对这三类不同经历却有着共同遭遇的工人形象的塑造，印下了杨青矗创作思想变化历程的足迹，显示出作者对资本主义制度下的人间苦难与不平的同情与义愤。

七十年代后，作者的认识更为成熟，他从感性认识上升为理性分析，他的大部分作品对资本家进行了本质上深刻的揭露和批判。如在《龟爬壁与水崩山》中，青年知识分子黄嘉就一针见血地说道："我的老板常夸口，他钱赚钱像水崩山，我们拿他薪水的人赚钱如乌龟爬壁。""钱赚钱"，实质上是资本的增值，速度之惊人如"水崩山"，而工人挣钱，其实便是出卖廉价劳动力，代价微薄，自然如龟爬壁。这实质的根源在于资本家的剥削。资本主义制度是不平等的社会形成的根源，因而，觉醒了的工人便具有了反抗精神，像《升迁道上》的侯丽姗，在识透了老板的淫恶、虚伪、奸诈后，认为不能把一切希望寄托在老板的恩惠上，要起来反抗斗争。那位与侯丽姗在一起的女工蓝瑞梅更为刚烈，她团结工友，敢于为大家讲话，她能带动女工与资本家斗争，在这一点上，她的反抗已超越了个人抗争的范围。透过这批觉醒的女工们的反抗精神，可以窥视到杨青矗此时的创作，已从为工人言不平而逐步迈入唤起民众觉醒的新历程，这正是做一名"工人笔侠"的精神所在。

在艺术表现形式上，杨青矗的小说有着自己鲜明的个性。首先，其创作的某些观念和写作技巧因受西方现代小说中意识流手法的影响，来展现人物内心的想象以及梦幻的世界。在表达方式上善于用比较、映衬的方法揭示社会的贫富不均和人与人地位的贵贱悬殊，并且为达到渲染气氛的艺术效果，在刻画人物时，注重使用生动细节；其次，其小说的结构较独特。无论是谋篇布局抑或是人物设计、情节安排等都利用强烈的对比去揭示主题，如在对照中控诉人间的不平、反映尖锐对立的两种事物，如资本家与工人即所谓的上等人与下等人；其三，在语言表达上，坚持以普通话为主，使用少量的方言来点缀，既生动又朴实，具有表现力。

第四节　季季与洪醒夫

在台湾乡土派的作家群中，有一位被称为"海洋中一块永不屈服的岩石"，早熟且又富于传奇色彩的女作家，这就是季季。

季季，原名李瑞月，1945年元月生于台湾云林县的一户农家，作为长女，自然深得父母的喜爱。然而由于五个弟妹的相继出世，她很小便帮父母做家务，照顾弱小的弟妹。自然，艰辛的生活也造就了她一副不善屈服的性格。还在她上小学时，便酷爱上文学，十三岁时，以笔名"姬姬"在《台湾新闻》"学校生活"专栏发表了一篇小说：《小双辫》，自此她在文学创作上走上了一条平坦的路，她所投的稿子从未被退回过。1964年3月，又在台湾"中央日报"副刊发表了小说《假日与苹果》，显露出创作才华，引起文坛注目。此时，她感到写作才是适合于自己的事情，她的勤奋使她几乎每礼拜都有一篇作品被发表，不多时，便与台湾有名的皇冠出版社签订了创作合约，成为职业作家。然而，接踵而来的婚姻却远不如创作小说那么顺利，甜酸苦辣让季季心疲力瘁。季季冷眼相观这大千世界给予男女不平等的各类待遇；成功的男人背后是有女人在无私地支持，而成功的女人却是从荆棘中挣扎出来的。家庭生活的坎坷，在某种程度上，直接影响到她的文学创作。她小说中描写的爱情大多是忧郁、冷漠与不幸。由于需要顾及家庭生活，时间紧迫无法为已写出的作品反复推敲润色，使一些作品缺乏应有的色泽。

六七十年代的台湾文坛，正值台湾社会的转型期。西方现代派文艺思潮和存在主义哲学风靡台湾文坛，季季早期的创作中，或多或少地染上现代派的尘埃。如她的《属于十七岁的》《没有感觉是什么感觉》《褐色念珠》《拥抱我们的草原》等作品中都有现代派的投影。面对着当时台湾社会中的低谷和荒芜，她的批判意识仍显得那么无力和苍白，她的笔漫无边际地在其边缘游离，宛如一只受惊的蝴蝶，时时落不到盛开的花蕊中。《在拥抱我们的草原》中，季季怀着孩童般惊异的心境，如数家珍般地将自己对辽阔的祖国大地的渴念做了一番描绘："我强烈地在念故乡的旋律里怀念起喜马拉雅山、塞外、江南、长白山、黑龙江畔、边疆盆地、桂林山水以及西湖、天坛。我们在渴盼我们早点拥抱那些无垠的草原。"虽然如此，却令人觉得其文章中情节的紊乱无章，内容的荒诞无稽，给人带来一种天地不分、虚无缥缈之感。早期这类受存在主义哲学和现代派文艺思潮影响的作品，着实让季季扪心反思。她总结了其时自己的创作理念，认为台湾六七十年代的存在主义文艺思潮，给人带来一种浪漫且又无可奈何的空间，受影响是不可避免的，自然的，但无意去模仿，因而在弥漫着此类浊气的空间，自然表达的就是此种氛围的东西了。由此可见，创作正是随着她的人生阅历的不断加深而逐渐走上了成熟。

尽管生活中遇到太多的磨难，季季却如海洋中的一块永不屈服的岩石，惊涛拍岸，傲岸屹立。在台湾诸多女作家中，她可谓是多产者之一，虽然曾搁笔数年，至今作品数量斐然可观。她出版的短篇小说集有：《属于十七岁的》《谁是最后的玫瑰》《泥人与狗儿》《异乡之死》《月亮的背面》《季季小说选》《拾玉镯》《蝶舞》《谁开生命的玩笑》《寂寞之冬》《涩果》等；长篇小说有：《我不要哭》《我的故事》；散文集《夜歌》等。

读季季的小说，宛如听她在讲故事，款款叙来，娓娓动听，其文学风格质朴细腻。在情节的安排上，她多以时空为顺序，极少出现突破时空的跳跃。季季注重对人物的刻画，如坚强机智的江秀桃(《菱镜久悬》)、幼稚可怜的芬芬(《初夏》)、贪婪市侩的堂姐(《拾玉镯》)、思乡心切的崔老师(《异乡之死》)等等。对此，季季认为一个作家要写的是"人"和人所构成的社会，他该关切和了解的也是他们的生存，以及因生存而产生的诸多问题：贫穷、痛苦、爱的幻灭、从农村走入都市后的迷失、新文明对旧社会的冲击……更彻底地说，所有这些问题的核心，乃是为了探讨人的生存价值，道德和罪恶的价值，现实和精神的价值，希望和绝望的价值，以及真实与虚伪、妥协和反抗、爱与恨、大我和小我……而要探讨这些价值的最佳方式，无非是不断从各种不同角度，写出不同阶层人的经验，可以看出他们是以何种方式寻求他们自认为最适合自己的价值，或者为何毁坏那些价值。的确，季季正是沿着这样的创作目标而不断奋斗的，直到更满意的下一篇为止。

季季的小说创作经历了从虚幻到现实的历程，由于其创作的丰盈，题材也呈多样化。但因受西方现代主义文学的影响，多数的作品是描写爱情的，显露了早熟少女的心理阴影，且弥漫着漂泊气氛，带有虚无和幻想的色彩。然而精致的构思和娴熟的技巧，不能不说是她创作才能的根本展现。她在1973 年创作的小说《拾玉镯》中，通过对某家族后代乘为已逝曾祖母拾骨重葬之机，争夺葬物的生活闹剧的描绘，反映了在资本主义入侵之后当代台湾社会价值观与道德观的演变，具有较深刻的社会意义。乡愁题材与揭露题材乃是季季作品的主流，下面我们将围绕这两类题材的作品做一简析。

1. 满怀同情之心描绘了"异乡人"在台湾的忧愁与寂寞。作为本省女作家，能站在旁观者的立场设身处地去描写大陆人在台湾生活的辛酸，实属难得。由于历史所造成的客观原因，一大批外省人流落到这美丽岛上。初时，他们还抱有返乡团聚之希望，然而随着时间的推移，回归家园像泡沫一样逐渐消失，异乡的生活习惯使他们无论如何也产生不了如本省人根深蒂固的生活态度。困顿的生活，不和谐的婚姻，令他们痛苦难熬。在《异乡之死》中，作者抱着同情，深刻地将学校里那一个个漂泊他乡寂寞无奈的老教师思乡的情感以及爱情婚姻的不幸推到读者面前。"伤感""疲倦""沉默""孤寂""好脾气"是他们共同的特点。教语文的吴老师，当讲到杜甫的诗句"国破山河在，城春草木深"时，泪流满面，触诗生情。而东北籍教理化的老师，则吃不惯台湾的大米，找不到称心的妻子，只能"形影相自怜"。主人公崔永平老师是作者刻画的重点，从他所教的第一课起，就情不自禁地向学生讲起了自己的家乡山东，讲起了自己的儿女们"都留在老家等着我回去，说不定，我这辈子再也见不到他们了"的时候，不禁黯然失色，泣不成语。他将回忆家乡的美好作为一种"令人快慰的事情"，通过"我"的回忆来表现老师的和蔼可亲和悲凉的处境，将一位思乡的老人在异乡死去的情景放在一片悼念哀伤沉寂的环境氛围中来叙写，情感深切，催人泪下。正如台湾著名评论家叶石涛所说的："以一个本地人的立场来写大陆人生活的辛酸面，含有这么强烈同情心的作品除去陈映真之小说之外，真是难得一见。"[1]

2. 以愤怒之情揭露社会的黑暗，描述弱者被践踏之不幸。六七十年代的台湾，正遭受西方资本主义经济大潮的冲击，台湾转型期的社会弊端处处显露出来。病态社会，混乱不堪，尔虞我诈，重利薄情，此时，季季将笔触向社会深处，意在揭露其阴暗可鄙之处。

首先，揭露和抨击了资本主义的拜金和物欲主义对人们灵魂的腐蚀。主要作品有《刀子的故事儿》《鬼屋里的女人》《喜宴》《拾玉镯》等。

发表于1974年的《拾玉镯》是一部自传体小说，具有深刻现实意义，更富乡土风味。作品从大家族的人际关系入手而窥见整个台湾社会的人情世态。故事发生在台湾南部已经解体又破败的大家族里，描写家族中一群已在城市成家立业的子孙回故乡参加曾祖母拾骨重葬祭拜的情景。台湾商业社会的金钱观念、市侩习俗使人们的精神堕落，这个大家族的子孙是"已经摒弃了理想，只追求瞬间的生存快乐和金钱的木偶"，名为尽孝，实为谋财，这正是资本主义拜金物欲腐蚀下的真实写照。

其次，在不合理的婚姻爱情中揭露女性消极反抗的意识。在台湾资本主义的所谓民主自由平等的口号声中，广大贫民妇女仍处于社会歧视和大男子主义等双重压迫之下，她们仅能用自身微弱的力量来保护自己，漠然、矜持、躲避，以挫伤大男子主义的高傲自尊，来维护自己的生存权利。这是大多数较弱的女子所采用的一种自我保护的手段。如《塑胶葫芦》中的少女阿洋，生长在一个畸形而沉闷的家庭，其父暴虐无常，先是阿洋生母死于他的拳下，而后其继母也未逃脱悲惨的下场。阿洋恨死了父亲，但又无能力与其抗争，为表示对父亲的不肖和嘲弄之意，在继母死去的那天，特意穿上一身红衣去赴男朋友的约，以此来抗争残暴的父亲。由于对男人

---

[1] 叶石涛：《台湾乡土作家论集——季季论》，台北：远景出版事业公司，1979年版，第298页。

产生如此抗拒和厌恶的心理，自然对自己的男友，阿洋心里也有一种非常的抵抗情绪，她竟以气球作为快乐的中心而忽视男友的存在，让男友气愤不已。由此看来，这类以淡漠清高的抗争来替代激烈方式的反抗亦是作者一贯的主张。

再次，为不幸被践踏的弱者争取合法的生存地位。在季季的多样化题材作品中，具有较大震撼力的当推这类以"未婚妈妈"为题材的作品。由于西方性解放思潮的冲击，困苦生活的逼迫以及社会暴力犯罪等诸多原因，在当代台湾，少女"未婚而孕"的现象已成为十分突出的社会问题。未成年少女的惨遭践踏，雏妓的增多，初中生乃至小学生被强奸怀孕，这种种系列的未婚妈妈的形成暴露了其社会阴暗龌龊的一面。这些被侮辱被损害的弱女子，常常被家庭、学校、社会所抛弃，成为无家可归的游民。这一令人瞩目的现象，使怀有使命感的季季受到很大的触动。为了真实反映这一严重的社会问题，她走家串户，深入到家庭、学校、社会机构访问，系列小说《涩果》便伴着她的汗水、泪水应运而生。季季着重抒写少女所遭受的巨大心灵创伤，毫不留情地谴责了那些不负责任的男人及恶棍、流氓。《热夏》中被强暴后生了一子又发奋考上大学的如玉，《初夏》中仅有十三岁就成了未婚妈妈的芬芬，真令人可悲、可叹，且又可恨。倘若城市少女多以骗诱而落入火坑，那么乡村的少女情景更为悲惨，贫困无奈的生活迫使她们走向深渊。《秋割》中纯朴、健壮、善良、温柔的水月，为了救治患癌症的未婚夫不惜成为有钱人家生孩子的"机器"。做"替人生孩子的机器"这一撼人心弦的悲剧，早在二十年代的旧中国就被著名作家柔石激愤地描述过了。水月与《为奴隶的母亲》中的春宝娘是何等的相似，所不同的是水月的卖身背景竟发生在半个世纪后充斥着"杀人、抢劫、走私、车祸、水灾、色情案之类的坏事"的台湾当代社会，作者着笔点在于揭露社会的严重问题。在"文明"掩盖之下的道德败坏给妇女带来了重重困难，城市里的阔太太文明有教养，原因在于她有钱，和没钱苦难的水月形成了鲜明的对比。水月家的贫穷与阔太的豪华也有着鲜明的对照。这种强烈的对比度，增加了作品中的悲剧气氛，发人深思。无疑季季并未热衷于对无辜少女失足或被践踏过程的具体铺叙，而是在着重书写她的巨大的心灵创伤中，将她那颗滚烫的爱心"献给所有跌倒爬起勇敢前行的同胞姐妹们"，同时，亦在显露出季季创作上的成熟，她"迈入了洞悉艰辛人生的深层心理世界"。

洪醒夫，20世纪80年代初，台湾文坛不幸失去了一位才华横溢的青年作家，这就是洪醒夫，原名洪妈从，笔名司徒门，1949年12月出生于台湾彰化县二林镇的一户中等农家。洪醒夫从小就目睹了那些祖祖辈辈与泥土打交道的农民和与其具有密切关系的人们的痛苦和悲哀、坚韧和顽强，在他尚未成熟的心灵中刻下了深深的烙印，以至于在后来"一不小心就这样走上了文学路"时，创作了大量的反映台湾农民生活和品质的小说佳作。洪醒夫1976年毕业于台中师范专科学校，后在神冈乡社口小学任教直至去世。走上文坛，正如洪醒夫自述，纯属偶然。那是在他上师专时，寒假在家无聊，突然萌发了欲吐小学所受的恶气之感，于是执笔戴书痛痛快快地下笔两万五千字有余。这篇处女作得以在《台湾日报》上发表，也得到了编辑们的赞赏。自此，台湾文坛上又升起了一颗闪亮的新星。然而，这颗新星的亮点还在于其不是单纯地为创作而创作，而是有感而发，为抒发心中不平而写，可见，洪醒夫后来的小说主题的界定如此鲜明突出，并能沿着此风格的发展即缘于这根深蒂固的"感慨"。对此，洪醒夫坚持认为："作家，是一项非常痛苦的行业，他必须有与生俱来的禀赋，这个禀赋包括你在文学艺术上的技巧，以及你的心——同情心。还必须用尽心血，远离世界上的所有美好的事物的诱惑。他必须有坚强的生命力，有说真话的勇气。当一个写作的人，往往在漫漫长夜之中，受尽煎熬折磨，永远跟贫穷为伍。"[1] 由此看来，洪醒夫不愧为既有使命感责任感，又有献身精神；既朝气蓬勃充满活力，又脚踏实地坚韧不拔；既有敏锐的眼光，又有说真话胆魄的乡土文学勇士。

迈上文坛以后，洪醒夫的小说在台湾文坛上颇受瞩目，荣获了几个大奖，如《散戏》获得1978年《联合报》小说奖，《扛》获得1975年"吴浊流"文学奖，《跛脚天助和他的牛》获得吴浊流文学奖。期间，小说集《黑

---

[1]《关爱土地与同胞——洪醒夫谈小说创作》，台湾《自立晚报》，1983年7月29日。

面庆仔》《市井传奇》《田庄人》相继问世。在他不幸遇难后，为了深寓怀念之情，由他的好友王世勋、利锦祥整理编辑并出版了他的另一部小说集《怀念那声锣》。

凭着对农民执着的爱和深刻的认识与了解，洪醒夫的小说创作以反映台湾农民生活和品质为着眼点，以农村生活环境为背景而展现了台湾农村发展历史舞台上的一场光怪陆离、悲喜交加的剧情。

首先，赞颂了农民内心蕴藏着的善良品质与人道精神的迸发和升华。

《黑面庆仔》就是着力刻画农民黑面庆仔极其复杂情感和人性光辉的作品。失去妻子，养活着一对又傻又疯儿女的老农庆仔，善良、憨厚，具有浓厚的道德观念。然而，不幸总是光顾他苦难的家：智力低下的傻儿子只知道吃吃睡睡，终日昏昏庸庸；而相貌出众的疯女儿遭到歹人强暴怀了孕产下一婴，却只会"文文地笑"，说不出歹人是谁。面对无辜婴儿，老庆仔"愤怒、忧伤、悲叹"的感情异常复杂，当屈辱、悲痛的火焰即将把他烧化时，他决心下手掐死婴儿，而后嫁祸于无法辩白、指明而又无法律责任的疯女儿。然而，当他靠近那对"纯粹与世无争的安然自若""纯粹洁白无瑕的了无遗憾"的母子时，他浑身抖个不停，巨大的人道力量让他良心遭到谴责，使他在千钧一发之际感到了"那是罪恶！"，他终于放弃了杀掉婴儿的企图和行为，"掉头就走，走到门外，看到一片无涯际的翠绿田野在艳阳下亮丽的舒展开来"。罪恶在关键时刻得到了遏止，那是人道精神美的力量，婴儿的幸运乃象征着罪恶死亡线的崩溃。表现农民品格优秀的画面，在爱土地如命的《吾土》和爱牛如命的《跛脚天助和他的牛》里都有较深的表现。无疑，善与恶、美与丑的鲜明对比明示了"卑贱者"的心灵乃是高尚的、可爱的。

其次，揭示了在"西化"与现代艺术大潮冲击下的旧传统文化的没落实质。

主题深沉且又运用时空交错表现手法的小说《散戏》，就是通过台湾歌仔戏的衰落景况来说明西化风潮涌起是历史的自然发展的推动。涌现新事物，淘汰旧事物，是天经地义的，是不可阻挡的，是历史发展的必然规律。

小说中的"玉山歌仔剧团"原是乡间一个颇受欢迎的剧团，可当与布袋戏和具有现代时尚的康乐队同台演出时，却让十来个穿暴露的服装、跳热烈的舞、唱难听的歌的康乐队的女孩子和不伦不类"穿短裙热裤唱歌跳舞的货真价实的女人"的"布袋戏"们挤下了台。而"这两个班子却把所有的观众吸引过去"，玉山歌剧团的演出只落得观众的以背部相向，最后只得散伙，或靠玩"蜘蛛美人"来骗钱维持生计。歌仔戏的没落恰是旧传统文化没落的象征，因而坦然地去面对淘汰，迎接新生，洪醒夫正是以其优越和超脱的世界观、历史观和艺术观，通过《散戏》表现了这样一种对待历史发展的科学的态度。

其三，真挚感人的乡愁主题，抒发了"异乡人"的归心似箭情怀。

由于特殊的历史原因，乡愁主题乃是台湾小说中的特有的产物。同大多数乡愁小说相同，洪醒夫亦力求通过作品中的故事情节的展现，来反映一个时代的特点。然而，他并非一味地去描写异乡人的"缘愁似个长"，而从大我的角度异常感人地表现异乡人的乡愁：广东籍的国民党退伍兵老广，以开个狗肉小店为主，久在异乡为异客，时刻思念大陆的老家，乡愁如魔鬼般地折磨、摧残着他。老广的要求并不高，只要"这辈子能回老家看上一眼……就死也瞑目了！"孤独、寂寞、无望的思乡，使他发狂，甚至他愿意"只要有一个人，不管他生成什么样子，不管他对我如何，只要可以让我去关心他……"这种处于逆境中渴盼真爱与友情的思想恰是赴台老兵们的共鸣，窥一斑而见全豹，洪醒夫笔下的异乡下，正是台湾几十万异乡人中的"这一个"，把他们处在乡愁折磨下的心灵与外表都写活了。

洪醒夫小说的艺术特色即是其内容和形式的相互协调、统一，通过对人物行为细节的刻画来揭示人物内心世界，把人物在矛盾中推向顶端，然后才入情入理地使矛盾得到解决，主人公便徐徐地从矛盾的巅峰上降落。在结构层次上，有些作品呈现出套层方式，如《散戏》；有些采用意识流的跳跃式，如《黑面庆仔》等等。综观洪醒夫的创作，不能不为其才华横溢却又如此短暂的生命而痛惜，好一颗熠熠闪亮的新星。

第二十五章
乡土小说的旗帜陈映真

第一节　陈映真的生平

在台湾文坛上，有一位被称为"海峡两岸第一人"的奇特作家。这里指的"第一人"当然是文学方面的，然而"奇特"却指的是曾为自己的思想坐过八年监牢的历史，他就是在小说创作中具有理智与探索精神的陈映真。

陈映真（1937—2016），原名为陈永善，籍贯台北，生于台湾苗栗。在他两岁时过继给他的三叔。七岁时，因躲避空袭，养父家与生父家一同搬到台北县莺歌镇，此时与他孪生哥哥相聚。九岁时，小哥哥重病身亡，这给他一次身心上的沉重打击。直至很久很久以后，感伤的情绪还笼罩着他的心灵。他回忆道："数十年来，依稀总是觉得他的死遽而使失落了一个对等的相似的自我，同时又仿佛觉得，因我的形貌，心灵的酷肖，那失落的一切，早在小哥病死的一刻与我重叠为一。"为了怀念死去的小哥，便在发表处女作《面摊》时用了他的名字"映真"为笔名，除此之外，还寓意为反映生活的真实。1957 年，陈映真考入台湾淡江文理学院外文系读书。大学二年级时，《面摊》的问世使他从此跻身于台湾文坛。陈映真善写小说，又做评论。发表小说时的笔名为陈映真，而发表评论文章时的笔名则是许南村。台湾著名学者、评论家吕正惠教授曾将陈映真的创作分为四个阶段——自传时期、现代主义时期、反省时期及政治小说时期。统观陈映真的创作历史，每一个时期都留下了他的创作足迹。1959 年至 1961 年是他的自传时期。这时期他的作品基调是"伤感、忧郁、苍白而且苦闷"，他在自剖式的《试论陈映真》一文中写道："1958 年，他的养父去世，家道剧而中落。这个中落的悲哀，在他易感的青少年时代留下了很深的烙印。这种由沦落而来的灰暗的记忆，以及因之而来的挫折、败北和困辱的情绪，是他早期作品中那种苍白惨绿色调的一个主要根源。"[1] 正如他自己所剖析的那样，破败的家乡市镇、贫困的哀愁、苦闷的情绪，以及远离故乡这样愁思，无一不在《面摊》《我的弟弟康雄》《乡村的教师》《死者》《故乡》《祖父和伞》等小说中找到影子。这一时期，陈映真还在现代派超现实主义的圈子里盘旋、惶惑、迷茫、充满凄苦和无奈。他作品中人物的命运也大多在失败中走上自杀的道路。如《我的弟弟康雄》中的那个充满乌托邦式空想社会主义思想的康雄、《乡村的教师》里在幻灭中发狂自杀的吴锦翔、《故乡》中的那个终于堕落的哥哥、《加略人犹大的故事》中的犹大等等，都是市镇小知识分子。他们都怀着极旺盛的理想，但都缺乏将理想付诸实施的勇气和力量。他们只看到理想的美好，却不愿为实现理想而付出代价；他们只想走平坦而有鲜花的大道，却畏惧崎岖长满荆藜的小路。这种用生命赌明天的、有着浓重感伤情绪的城镇知识分子形象的再造，正是此时期由于养父去世、家道中落的悲剧使陈映真处于人生彷徨阶段的真实写照。这些作品，无疑打上了自传体的烙印。

　　1961 年至 1968 年是陈映真的创作由超现实向现实主义过渡时期。此时，他的作品涉足于实实在在的生活之中，揭露、讽喻现实取代了原本的无奈和逃避，两岸关系成为他作品中的主题：描写台湾姑娘与大陆老兵演绎爱情悲剧的《将军族》，既突出了人物自愧的心灵美，也突出了对现实的控诉，残酷的现实生活摧毁了有情人终成眷属的希望。《将军族》的问世，将陈映真的创作从幻想拉回到现实，落脚在坚实的土地上。而在他另一部小说《唐倩的喜剧》中，又可感受到他的思想有了飞跃性的变化，从现代派文学的灵魂——存在主义的阴影中挣扎出来，走向灿烂、多姿的现实：

----

[1] 参看古继堂《台湾小说发展史》，沈阳：春风文艺出版社，1989 年版，第346 页。

女主人公的四次换偶轮转与存在主义信徒的试婚，到信奉存在主义且又挣脱，正显示出作者冲出现代派的樊笼迈入新的创作行列。

1968年是陈映真生命史上最不能忘怀的一年，也就是从这一年起，他开始陷入了八年的"牢狱抗战"。因莫须有的罪名被台湾当局关进了监狱，一关就是漫长的八年。监狱生活并未使陈映真退缩、沉沦，反而变得更成熟、更坚强、更敏锐了。监牢里造就的力量为陈映真的创作开辟了一个新的"战场"。在这个战场上，他愈战愈勇，《永恒的大地》《某一个日午》等小说就这样诞生于牢狱之中。此时可谓陈映真创作人生的辉煌时期，他彻底摒弃了以往创作中的感伤、悲怆情调，并将健康向上、豁达欢快和讽喻的风格融入作品之中，思想的觉醒带来了再创作的高潮，世界级作家的桂冠戴到他的头上。出狱后更一发不可收，《永恒的大地》《某一个日午》《贺大哥》《夜行货车》《华盛顿大楼》等系列小说，以及中篇小说《上班族的一日》《云》《万商帝君》等相继问世，是他在乡土文学论战中所提出的"建立民族文学"思想的立体印证。期间，他的《夜行货车》和《山路》分别获1978年吴浊流文学小说奖和1982年台湾《中国时报》文学奖小说推荐奖。

1983年陈映真开始涉足于敏感的政治小说区域，目的是要把他认为的"历史真相"告之于众，发表了影响颇大的《铃珰花》《山路》等力作。1985年他又创办了大型报道纪实杂志《人间》，着力于思想文化阵线的战斗。尤其是九十年代以来，站在"中国人"立场上清理台湾社会历史，反思文学现状，直面现实，与"文化台独"和"文学台独"论者展开了不屈不挠的斗争。从1999年开始，陈映真的文学创作再掀高潮，为文坛奉献了《归乡》《夜雾》《忠孝公园》等作品。无疑，陈映真创作的震撼力再次迸发，"像一个文学领域的探险家，从不满足于脚下的获得，不断地踩着坎坷的路前行，不断地有所发现、有所创造。"

陈映真的中短篇小说集有：《将军族》《第一件差事》《陈映真选集》《夜行货车》《华盛顿大楼》《山路》《忠孝公园》等；评论集有：《知识人的偏执》《孤儿的历史，历史的孤儿》等。

第二节　陈映真的文学理论与其小说的思想成就

台湾乡土文学的开拓者、奠基者中有陈映真，七十年代台湾乡土文学论战众多骁将中有陈映真。可以说，陈映真的文学理论不仅在乡土文学论战中取得了胜利、为乡土文学的发展开拓了航道，而且其思想影响力在读者中也产生了较大的社会反响。国内的评论家曾将陈映真的乡土文学理论内容归纳为以下几点："文学源泉来自生活；文学必须启迪人生；文学有自身的规律，不能凭借暴力来左右或消灭；文学应建立自己民族的风格，首要是民族的灵魂；台湾文学是中国文学的一部分，台湾文学要向中国文学和第三世界文学认同等。"[1]

陈映真不仅是著名的小说家，也是鼎鼎盛名的文艺理论家。尤其自乡土文学论战以来，他有大量的文艺理论著作问世，其形式多样、理论范围宽广，在台湾文坛亦是屈指可数的。

前边我们简单介绍了陈映真小说创作发展的四个时期，应该说，陈映真的理论思想应该是他出狱后所确认的。并且，他出狱后所写出的小说作品亦是在他文学理论指导下创作的。应该讲，早期即自传时期、现代主义时期的作品所缺乏的理智与探索精神在他后期的创作中得以发挥。尤其是1977年后所创作发表的作品，如《永恒的大地》《某一个日午》《贺大哥》《夜行货车》《云》《万商帝君》《铃珰花》《山路》《忠孝公园》等，展现了他创作产生的新飞跃。

七十年代，台湾经济复苏，呈现一派繁荣气象。作为美国跨国公司驻台湾分公司职员的陈映真，对整个世界商战极为熟悉。作为一个有骨气的中国知识分子，他不愿再看到台湾中国文学如经济一样被外国的文学和经济所支配，要树立鲜明的、自强自立的民族主义旗帜，才能维护自己庄严的民族信心和民族意识。此后，陈映真便将笔锋转入揭露和批判帝国主义进行经济文化掠夺的民族性题材。《夜行货车》的发表，正体现了陈映真这

---

[1] 古继堂：《台湾小说发展史》，沈阳：春风文艺出版社，1989年11月版，第349页。

一段的创作水准。作品深邃的主题，使陈映真的探索之路又前进一步。小说中通过三位在美国跨国公司做白领职员的中国人的故事，展现了三种不同的思想性格。年轻漂亮的女职员刘小玲，曾将爱情轻易献给了深得美国老板赏识的该公司财务部经理林荣平。林荣平是个有妇之夫，为了自己的切身利益，他根本不打算舍弃地位、家产与自己那位女强人太太离婚而娶刘小玲。他对刘仅仅是玩玩而已。刘小玲对他们之间的这种见不得人的爱情非常不满，当她识破林荣平所玩弄的花招时，便又爱上了出身贫寒却又"粗鲁、傲慢""愤世嫉俗"担任工会组长的中国职员詹奕宏。詹奕宏从内心爱着刘小玲，但却对刘小玲以前的暧昧关系耿耿于怀。因而他对刘小玲的爱时而像头绵羊，情意绵绵；时而像头野兽，威风凛凛。他甚至对刘小玲说："不要想赖上我，我可不是垃圾箱，别人丢下的我来捡。"刘小玲虽然在爱情上几次失足，但她对詹的爱情是真挚的。但当爱情与自尊发生矛盾时，她宁愿要自尊，而不要爱情。当刘小玲赌气移民到美国时，公司开了欢送宴会，詹与刘的感情又开始了转机。美国老板对中国女职员的非礼，对中国台湾的侮辱，激起富有民族气节的詹奕宏的强烈愤慨，并当场向美国老板提出抗议。然而崇洋媚外的林荣平却摆出一副奴性，与詹形成了鲜明的民族主义与洋奴的对比。这使富有民族气节的刘小玲幡然觉醒，毅然站在爱国的行列，体现了民族主义、爱国主义的胜利。回归乡土、回归民族，正是作者在作品中所要体现的中心思想。而在另一系列中篇小说《华盛顿大楼》中，作者进一步集中揭露了帝国主义对第三世界进行经济入侵和掠夺。小说《上班族一日》和《云》，同样包含了深沉的爱国主义和民族主义内涵。前一篇通过一位跨国公司的白领职员寻求自己生存位置的境遇，而揭露了资本主义社会的冷酷和资本家的无情，跨国公司犹如一架吞咽人们灵魂、吞咽人们道德的机器。后一篇则是由劳资双方和美国公司内革新派和顽固派之间的矛盾来展示小说主题的。不论是《上班族一日》里那位能干到连纽约派来的查账公司也无从查起他"合情合理转掉的账"、对公司、对老板忠心耿耿奋力拼搏，只想得到一次升迁，然而，在尔虞我诈的社会却被欺骗，把"有希望抓到手的副经理位置"落到别人手中的黄静雄；

还是曾被美国老板重用的中方行政主任、企业革新者、带领工人以成立自己工会来推翻官方工会的张维杰，最后的结局都是失败。在帝国主义跨国公司的压榨下，无论是个人的辞职，还是集体的罢工运动，都从一个侧面反映了中国工人和知识人士对帝国主义本质的深刻认识和反抗。有人将这两篇小说比作一支愤怒的投枪直刺这架追逐利润的贪婪的机器，并将不利于商品行销的本土文化意识和价值观念进行改造、破坏和消灭。

创作政治小说则是他后期创作中的更深的一次探索。八年的监狱生活，使陈映真的创作理智较早期创作更发达更宽阔。他不把自己限制在极小的范围内，兢兢业业地去开垦自己所熟悉的土地，而是"弃其所能"的行径，追寻更高的思想境界，拓宽自己的艺术才思。所幸的是，他所创作的政治小说《铃珰花》《山路》，由于台湾的政治禁忌逐渐放松，这两篇小说无论从题材上还是艺术表现形式上都得到一个较大的突破，在台湾文坛上发生较大影响。

《铃珰花》的主人公是一位曾被日本人从台湾征到大陆去打仗的青年人。可到了大陆"却投到中国那边去做事了"，回到台湾后，做了教师，领导学生同不合理的教育制度做斗争。他领导学生们勤工俭学，使学生获得实践知识，使"升学班"的学生对"放牛班"的学生欣羡不已。他告诉学生："分班教育是教育上的歧视，说穷人种粮食却要饿肚子，说穷人盖房子却没有房子住……"终于这位青年从事革命活动被当局发现，追捕，最后被杀害。小说讴歌了这位坚强的革命者，而在另一篇曲折动人的杰出的政治小说《山路》中，作者又毫无掩饰地赞美了一位舍己帮助革命者家庭的女青年蔡千惠。作品以倒叙的手法，将蔡千惠如何莫名其妙地一病不起，而又拒绝就医的奇怪状况进行铺述。原因揭开，真相大白，一位仰慕革命者的青年姑娘千惠，由于未婚夫与战友李国坤被自己的哥哥所出卖，一位被杀一位被长期监禁。蔡千惠怀着负罪感冒充李国坤在外的妻子来到李家千辛万苦照料老人和小叔子。后来小叔子长大成人娶妻，便把千惠当母亲一样奉养。然而当千惠偶然从报上看到未婚夫出狱的消息，心中的激动加之矛盾便一病不起，却又查不出病因。死后，才从她遗留给未婚夫的一封信中得知真相。一位身心美好且又伟大的圣母般的妇女形象正是作者竭力歌颂的。无论是从思想上还是艺术形式上,这篇作品不失为完美统一。2001年出版的小说集《忠孝公园》,是陈映真创作的又一高峰。这是他在艰难的社会环境中,勇敢无畏地反对"文学台独"的光辉成果。中篇小说《忠孝公园》以最敏锐的嗅觉描写了在民进党掌握了台湾政权,国民党变为在野党后,过去依附于国民党的人的震惊、愤怒和不安及搞"台独"者在"忠孝公园"中的不肖子孙。小说寓意深刻,表现了陈映真政治家兼艺术家的眼光和魄力。在三十年来的台湾新文坛上,很少有作家像陈映真一样随时用他的敏锐的现实感捕捉台湾历史的"真实"。从他前后期的创作风格和思想内容来看,独特的使命感成为他创作的精神支柱。

第三节　陈映真小说的艺术成就

现实主义深沉的揭露和批判精神与现代派的象征、暗示、时空交错等灵活多样的表达艺术相融合,是陈映真小说中所显现的独特艺术。其既有深邃的思想,也有高度的艺术;既有现实的内涵,又有梦幻色彩。概括地讲,陈映真的小说艺术特色主要表现为以下几点:

首先,在表现技巧上,陈映真大胆采用梦幻和现实相交织的超现实主义手法,使小说的艺术和心理空间得到延伸,象征的寓意引导着读者去联想意会生活的真谛。在陈映真早期的小说《我的弟弟康雄》《兀自照耀着的太阳》《永恒的大地》等中,都可看到一道浓郁的超现实的梦幻色彩。《兀自照耀着的太阳》作者用太阳来作象征,把太阳和死亡两个截然相反的意象并列在一起,在不和谐情节中产生出梦幻式的和谐,颇具童话情愫。《永恒的大地》是歌颂踏踏实实的大地的永恒的,却大胆地将妓女出身的妻子赋予大地的象征,在与其丈夫之间充斥着亦真亦幻的情感,在没有乡愁、没有爱情中只是"贪婪地在伊的那么卑陋而又肥沃的大地上,耕耘着他的病的欲情",使那永恒的大地长出"全新的生命"。不确定的时空,不确定的社会背景却又和真切的大地、深沉的主题连在一起,以产生寓言效果。

现实和梦幻，眼前和永恒，互相交织，造成一种扑朔迷离的艺术气氛。

其次，在结构艺术上，陈映真别出心裁地构筑层次结构，设置多重主题。陈映真的中篇小说很少是单结构和独主题的。比如《云》，就从两条线索突出主题，一条线索是描写中国工人与帝国主义跨国公司的矛盾，另一条线索是表现新旧工会之间的矛盾。作品既揭露了帝国主义掠夺手段的多样性，又表现了帝国主义"企业的安全和利益重于人权"的掠夺的根本原则。《云》则采用三层结构法，第一层结构从张维杰与朱丽娟开设小公司起头，第二层结构以张维杰的回忆为开端，第三层结构是装配工文秀英的日记内容，三层结构分层叙述，融合在统一的主题下，作品既恢宏又统一，既壮观又清晰。另外，多种体裁形式的叙述方式，丰富了叙事小说的传统样式，交替使用的不同人称如《山路》《最后的夏日》等使作品具有立体感和真切感。

最后，在刻画人物形象上，陈映真将民族特色与欧美风格相结合去探索人物的内心世界。在他前期作品中，较多的是采用意识流的表现手法描绘人物形象；在中后期作品中，吸取中国传统的刻画人物的方法，借助富于个性的人物语言和行为来展示人物独特的个性。调动多种手法使同一类型人物的形象大相径庭，如《云》中的艾森斯坦与《夜行货车》中的摩根同为洋经理，但前者表面道貌岸然，实际内心虚伪狡诈，后者既粗俗不堪，又骄横粗野。又如，近期发表的小说《夜雾》中对国民党特工李清皓的描写，就通过刻画其内心裂变来突出其性格及命运发展，鲜明真实，栩栩如生。在语言表达上，陈映真不仅流畅自如地运用书面汉语普通话来塑造人物，还可根据内容和人物身份的需要，引用外语和欧化句式甚至台湾山地语来描绘，具有浓厚的当代生活气息。

第二十六章
杰出的现实主义小说家黄春明

第一节 黄春明的生平

1939年初春，黄春明诞生在台湾宜兰县一户并不富裕的家庭，因为是头生子，故让父母、祖父母欢喜一通，奶名叫"阿大"。八岁那年，母亲不幸去世，撇下了黄春明与下面的几个弟妹，这一副生活重担就压在年衰且又缠过足的祖母肩上。生活的困窘使得黄春明养就了一副不屈不挠的倔强性格，为此他挨过家人、伙伴们甚至学校老师的无数次打骂。曾有过的一次"番茄树"事件足见黄春明的性格特点：小学读书时，一次国画课，他画了一幅题为《屋顶上的番茄树》的画，屋子小小的，番茄树却比屋子还大，老师不满意，质问黄春明，黄春明坚持自己的意见，粗暴的老师竟狠狠揎了他几耳光，而黄春明仍然执着不改。后来，黄春明又写了一篇自传体散文，题目便是《屋顶上的番茄树》。黄春明的这种性格使得他在读中学时期，三年换过五个学校，四次退学。其中有一次他考试不及格，怕贴在布告栏里让人耻笑，就干脆连布告栏都给砸碎。还有一次和同学打架被学校除名，只好到一家电器行当学徒。由于打架的经验相当丰富，便为以后创作打架的题材小说《男人与小刀》积累了诸多素材。黄春明终于在屏东师范毕业了，在他自己的要求下分到山地教书。由于他与山地高山族同胞的频频接触，结交了不少高山族朋友，为他后来创作的《黑莲花》等作品打下生活基础。黄春明当学徒、当兵、当教师、当工人、做电台编辑、拍电影等的经历，固然为此后的创作生涯做了准备，但他也并不是一帆风顺打开文学殿堂大门的，也曾经摸索尝试了许久，最后才得以入门。对诗、童话都尝试过了以后，他决定写小说，最后是前辈林海音将他引入了小说殿堂。黄春明的处女作《城仔落车》便是刊登在由林海音主编的《联合报》副刊上。这篇以细腻的笔法、充满真情的言语刻画的一对孤苦无望、弱病缠身的祖孙二人寒夜搭车所遭受的灾难，具有写实意义。而对黄春明的另一篇受现代派影响具有超现实意味的小说《把瓶子升上去》，是发表还是退稿，曾让林海音大伤脑筋。为此，她对这篇"让人喜欢而又操心的小说"，读了又读，改了又改，发下去，抽回来，终于也"以自暴自弃的心情发了下去。晚上睡在床上又嘀咕了好一阵子"。当黄春明在与乡土人物有了感情，进入"乡土题材"的大堂，才算是真正找到了自我。

1962 年至 1966 年是黄春明自认为"苍白而又孤绝"的创作早期，这时期的作品大多刊登在《联合报》副刊上。共八篇小说：《城仔落车》《两万年历史》《玩火》《北门桥》《借个火》《把瓶子升上去》《胖姑娘》《男人与小刀》等。

1967 年到 1973 年是黄春明创作的鼎盛期，也是他小说的成熟期，这时候的小说奠定了他"世界级"小说家的基础。他的小说大多刊登在《文学季刊》上，故自称"文学季刊是我的摇篮"。这些小说主要有《鱼》《锣》《癣》《甘庚伯的黄昏》《溺死一只老猫》《青番公的故事》等等，多半刻画了现时社会中的一些底层人物遭遇、性格与心声，表现了资本主义侵入台湾后，农村经济和传统思想的崩溃。他笔下出现了各式各样的悲剧人物，并触及前人所未注意的领域，可以说是台湾乡土文学的开创者。尽管创作如此丰硕，但此时黄春明的小说并未引起文坛上大的轰动，也还未拥有太多的读者。

1974 年，是他创作的又一个高峰期。由于生活环境的变迁，他的小说创作领域有了新的开拓。两本自选集《莎哟娜啦·再见》《锣》的出版引起众多评论家的关注。小说背景由农村转入城市。受台湾"保钓运动"所掀起的民族运动和文学中反西化思潮的感染，他的创作由乡土题材转入到对民族题材的开掘上。他主要描写城市生活，揭露殖民经济给台湾人民带来的灾难，反映工人在城市中所处的困境。这时期的小说有《莎哟娜啦·再见》《我爱玛莉》《苹果的滋味》《两个油漆工》等。这些小说斥责了崇洋媚外，揭露了美帝国主义对台湾的掠夺和蹂躏。

八十年代末期，台湾社会转型后，由于受到政治、经济的挤压，农村正面临着老未能养的社会现象。如何赡养老人、人老了怎么办等一系列问题就成为黄春明笔下的焦点，随后，他的老人系列小说问世。其作品有：《最后一只凤鸟》《打苍蝇》《呷鬼的来了》《死去活来》《银须上的春天》等。二十一世纪之初，还出版了短篇小说集《放生》，以精辟理论对老人生存观念作了深刻的阐述。

在文学创作这条路上，黄春明坚韧不拔，辛勤耕耘，他谦虚地把自己的创作成就说成是"善意的误会"，并动情地将自己比作文学史这株大树上的一片叶子，"落下来，参加作为肥料的行列"，然而诸人普遍认为，这片树叶却应该是满树中特别丰厚的那一片。

第二节　黄春明小说的创作成就

作为有着十分强烈使命感的作家，黄春明时刻关注着这个社会的发展，关注着社会中最下层民众的地位和处境。在他的小说中，小人物占着重要地位，他戏言自己是："小人物的代言人"。

黄春明笔下的小人物大多是不与现实妥协的、坚强的、自信的小人物，他们有着一种极为旺盛的生命力，有着一股很强的要平等和自由的情绪。因此，以揭露控诉社会的黑暗，替小人物伸张正义是黄春明小说题材中的首要主题。让我们分期对黄春明小说的这一主题做一剖析。

一、在黄春明早期与中期的小说中，他常情不自禁地将自己的情感与性格融进小说中去。尽管某些人物、情节如他自己所说的"要多苍白有多苍白"，但对于被用心所描述的一群常遭人遗忘的小人物群组成的作品，却也一样震撼着读者的心，久久回味。让我们看看前边所提到的那篇处女作

《城仔落车》的情节：一位年迈体衰的老妪，家境贫寒，生活不下去了。百般无奈之下，带着患严重佝偻病的外孙去城里找做妓女的女儿，也就是外孙的母亲，寻求一线生路。然而，当他们用仅有的一点钱买了车票上了车，原以为会平安到达，却不知祸从天降。由于售票员的粗心，报错了站，使祖孙俩坐过了站。祖母拉着外孙在阴风凄凄的寒夜里往回赶。待过桥时，富有同情心的守桥卫兵为祖孙俩拦了一辆货车，这才将他们带到了目的地。偶尔的疏忽带来意想不到的困难，刻画了一位老祖母朴实坚韧的形象。要知道，黄春明兄妹五人自母亲过早去世，便是由祖母所带大的，其中的艰难辛酸早已在不言之中，不能不说，在下错车的祖孙俩身上，有着黄春明与其祖母的影子。这大约就是黄春明的小说中常有的真情所在。

如果说在黄春明早期作品中是倾注了自己朴实的情感于小人物之身，而他作为"开创乡土文学新纪元"的成熟时期的作品，却触探了前人所未注意的领域。无论是思想上、内容上、题材上，抑或是艺术水准上都有了新的突破。他开始在作品上一反以往仅仅是怜悯，而为其大声疾呼改变这些小人物的地位和处境。如《看海的日子》里的白梅，作为妓女是社会最底层的，最让人瞧不起的人物。但她不甘沉沦，热切地希望能有自己的骨肉，而享受做女人的权利。她怀孕以后，就离开妓院回到家中。为了替哥哥治病，她花掉了所有的积蓄，热心地为村里的人办好事。待她生产时，全村的人都打着火把送她到医院。一个被侮辱、被损害的人，通过自己的努力，提高了做人的尊严。然而让人读了以后徒然增添了几分深沉的，当数《儿子的大玩偶》。小镇上的穷人坤树由于生活所迫找了一份为医药公司做活广告的工作。他常常将自己的脸熏得面目全非，前边挂着百草茶，后面背着蛔虫药广告，每天不停地沿街叫喊。他的亲属不赞成他的这份工作，说他是"人不像人，鬼不像鬼"。为了能让老婆孩子有口饭吃，不干这份又脏又累的工作又能如何？连妓女都瞧不起他这份职业。单单描写坤树如何苦，如何累，绝不是黄春明的手笔，他深入社会最深处，从小处着眼，到大处着手，社会的黑暗使坤树由人变成鬼去为人所冷眼所嘲笑。又是这个社会的不平让坤树失去做人的地位和权力，连躲在自己家里都无法使鬼变人。因为他的不懂事的幼儿只认得鬼脸爸爸，对于换了人脸的爸爸却感到恐怖，坤树只好在孩子的大哭声中重新用粉墨装扮，来哄孩子。这种令人气结而又凄惨的景况不正是因为穷才造成的吗？社会制度的不平造成了两极分化。然而，又由于历史不断地前进，社会必然要发展，在这进一步的过程之中，小人物又是如何表现自己、适应这个社会呢？我们且看在《溺死一只老猫》中，黄春明给我们的答案。当资本主义经济浪潮席卷台湾的乡村小镇，纷至沓来的新事物、新思想甚至新景观逐渐为乡村小镇所吸收时，姑娘们的迷你裙，小伙子的迪斯科，老年人的早觉会等等逐渐取代了传统的风俗习惯。方圆百里享有盛名的清泉村便建了一座具有疗养、娱乐功用的游泳池。有伤大雅的泳装必然冲犯了村里持有封建卫道士思想的遗老遗少们。上告请愿，激昂的言辞，人为的破坏，仍阻挡不了游泳池的建立。然而村民们在警察局的干涉下，不再支持以阿盛伯为首的反对派了，阿盛伯为了清泉村的名誉和子弟们的"纯洁"，以死来继续抵抗。可他的死不过引起一阵小小的风波，丝毫也没能阻止得了游泳池"那份愉快如银铃的笑声"，清泉村的后代已成为游泳池的主人。对此，我们不禁想起了半个多世纪以前鲁迅先生笔下的九斤老太、鲁四老爷们来，这是多么相像细节的凝聚。鲁迅先生的笔嘲讽了封建卫道士们，黄春明步步紧随。显然，黄春明对他笔下的违反社会进步的阿盛伯们并非同情、维护，而是猛烈抨击，坚决斗争，甚至连小说的标题都带有极大的鄙视。

二、20世纪70年代中后期，台湾进入资本主义，世界经济的浪潮席卷了台湾，一些跨国公司相继扑入台湾市场。崇洋媚外，向往西方，成了社会上一些人的通病。黄春明仍从描写人物入手，一反往常的同情怜悯，用辛辣的笔锋将丧失民族自尊甘当洋奴的小人嘴脸展示给读者，揭示出了台湾现实社会潜伏的危机。在一阵轻喜剧般的嘲讽后，会感到隐隐作痛般的沉思，《我爱玛莉》便是这一时期的佳作。在美国跨国公司的台湾机构里工作的台湾人陈顺德，是一个不折不扣的洋奴，单从他改名为"大卫·陈"便可窥视其崇洋媚外到了极点。为此他极得洋老板的赏识，并不是为其能力，而是从其身上得到多面性的利用价值。当洋老板回国休假，为了表示对洋人的忠心，大卫·陈千方百计将老板豢养的一条名叫"玛莉"的杂种狼狗接来饲养，像爱自己的情人一样爱狗。自己妻子对狗稍有不周，便遭之打骂。大卫·陈扬言爱狗甚于妻，把矛盾推向了尖端。崇拜洋人连及其狗，连点起码的民族情感与民族自尊都丧失了，人性与人情在他身上荡然全无。这种细致入微而又寓意深刻的描绘，不禁让人痛快淋漓。由此可见，对大卫·陈崇洋媚外的批判目的，是维护民族主义的生存。而在黄春明的另一篇《苹果的滋味》小说中便对虚假的外援进行了揭示：建筑工人阿发被一美军上校开车撞伤了双腿，住进了从来未进过的大医院就诊，还换来了一笔数目不小的赡养费，并且哑巴女儿也可送到美国去念书。这种因祸而得的"福"使阿发一家感恩戴德。上校派人送来了苹果和面包，可吃到嘴里却没有想象中的那样香甜。"泡泡的，假假的感受"，这句富有象征性的文字，不正寓意美国人给了台湾人民"甜头"，其滋味酸酸涩涩、虚虚假假的么？暗示台湾依赖外国人不可靠性，洋奴哲学的奉行，必将会引起民族主义的愤慨。黄春明一面在批判洋奴性，一面在歌颂民族气节。《莎哟娜啦·再见》的发表，在台湾引起猛烈的反响，"激起读者激动的掌声，因为在这篇小说中，作者把所有人胸中的闷气一股脑儿像火山爆发般喷了出来，激荡起高度爱国情绪，于是黄春明的声誉，就超越他的同伴了。"小说通过对一个小职员内心感受的真实描写，深刻反映了当时台湾社会屈辱的现实。黄君是台湾一家外企旅游公司导游，尊老板指令要带一批当年曾入侵过中国的日本帝国主义分子而今摇身一变为商人——日本"千人斩"俱乐部的成员在台观光旅游。军国主义思想仍残留在这入侵者身上，赴台湾是为了用另一种方式从精神和肉体上摧毁中国台湾人民。作者运用历史与现实对照的方法，把这种屈辱表现得更强烈。当黄君被迫带这批人来到台湾旅游地礁溪去玩中国姑娘，在忍无可忍的愤慨下，他想尽法儿同日本帝国主义分子斗争。他利用日本人环境不熟、语言不通的有利条件，想方设法整治：将他们变作小丑状供其他游人嘲弄；又用闽南话咒骂日本人；提高台湾姑娘的陪宿费以增加收入。在遇到一些媚外的台湾人时，黄君便利用自己身份，随时揭露日本人侵华罪行，以示教育洋奴。从黄君身上，我们看到了强烈的民族正义感和爱国主义情怀。这正是黄春明的置身于作品中对读者的形象说教。不能否认，这种民族主义感情的交流，使作品产生强大的社会影响力，起到不可估量的艺术作用。这就是黄春明之所以成为优秀乡土文学作家的实证。

"小人物"是黄春明笔下的重点，也是他创作的起点。以小来表现大的思想主题，亦可看出黄春明的思想中蕴藏的极深的内涵。作为"小人物的代言人"和标准的乡土文学作家，在黄春明的作品中总弥漫着一层淡淡的哀愁，这就是被评论界所称道的"乡愁"。当黄春明在这充满乡愁的自然环境下，展示他每一位小人物的不幸结局的命运时，作品便时时郁结着一个悲剧性的主题。通过对原始的未经污染的自然的怀恋，来映衬一个社会历史的悲剧，这就是黄春明小说作品中所追求的。即使他从"乡土"来到"城市"也不过是以乡土文学作家眼光来看城市生活罢了。因而人们仍将他视为热爱乡土和人民的作家是恰如其分的。

第三节　黄春明小说的艺术特色

黄春明当之无愧为台湾文坛上创造性最强的作家之一，他不仅在小说创作题材上努力开拓新的领域，而且在小说的艺术表现手法上大胆地创新与突破。由于他对生活在底层社会的弱小民众寄予深切的同情，因而着力表现对人性尊严的维护和对人的价值的思考。我们就从以下几方面来分析黄春明小说的艺术特色：

第一，以现实主义的手法刻画人物形象。在黄春明的小说中，其栩栩如生、惟妙惟肖的人物都具有鲜明迥异的性格特色：风烛残年、身弱体衰却铮铮铁骨、倔强执着的青番公、阿盛伯、甘庚伯们，他们都是世代生长于台湾本土的老翁，年龄相仿，经历相似，地位相当，但个性不尽相同。如对社会发展和历史前进不相适应、恋旧、护旧，甚而不惜做旧秩序殉葬品的阿盛伯却有着一种为信念而献身的英雄气概；爱土地如命、有着高超的农耕技艺却又怀着迷信心理的青番公。在描绘人物时，黄春明将肖像描绘和心理刻画、职业特点和生活经历、语言行动和思想智慧结合起来，使人物鲜活而有趣，丰盈而饱满。例如《锣》中那个遭人捉弄且又妄自充大，具有当代"精神胜利者"姿态的主角憨钦仔，黄春明并非"怒其不争"，而是对其寄予更多的对社会的批判。

第二，以辛辣的讽刺技巧来抨击和揭露社会的腐败。善用嘲讽亦是黄春明小说的一大特色，并且是根据所描绘的对象来加以区别的，有的是善意的同情和淡淡的悲哀，有的则毫不留情地夸张、讽刺。乡土派理论家尉天骢曾写过《欲开壅蔽达人情，先向诗歌求讽刺》的文章。他认为："古今中外，无论经济学家、政治学家，乃至文学家、艺术家，只要他还对人类具有爱心，便没有一个不是透过自己的工作努力去为人们争取平等的生活的，在他们的努力中，即使不能立刻有所进展，也会继续为这理想而奋斗……"[1] 在尉天骢看来，讽刺不仅是一种手法，而且是一种实质。它的基本内涵应该是对社会的不公和腐败现象进行揭露和抨击。而黄春明在他的小说中，将内容和手法两者结合起来，把滑稽可笑的讽刺艺术转换为庄严肃穆的教诲，让读者含泪而笑，掩卷自思。比如在《我爱玛莉》中，那位奴颜媚骨丧失民族气节的大卫·陈在其妻的质问"爱我还是爱狗"时的回答："爱狗"，此时，读者的愤怒代替了笑声。

第三，以平易质朴的语言透出浓郁的地方风情。作为乡土小说的代表作家，其最大的成功在于对各类乡土人物的语言把握到位。鲜明、生动、凝练的语言出自不同人物的口中，各具特色，实在是典型的"这一个"。例如，"其中先有一两个扑哧地笑了一声，但眼看臭头和一些人的脸孔都板起来以后，后头跟着来的笑声也都给闷死了。"这句话中一个"闷"字写得十分传神，把用好多词才能表达清楚的意思一词说清。又如，憨钦仔肚子饿得咕咕叫去偷木瓜，冒着风险，费了九牛二虎之力用长竿打下一个木瓜，却掉进了干了一层壳的粪池中。作者这样写道："眼看就到手的大木瓜，扑刺地一声闷响，掉落在干了一层壳的粪坑里，木瓜稳稳地往坑底，一点一

---

[1] 古继堂：《台湾小说发展史》，沈阳：春风文艺出版社，1989 年 11 月版，第364 页。

点地下沉，憨钦仔像与情人惜别，痴痴地目送着将沉没的瓜，咽了几口口水，慰藉此刻饥肠的绞痛。"一个"与情人惜别"，一个"慰藉此刻饥肠的绞痛"，把憨钦仔的处境和神态写得栩栩如生。再如，作者写憨钦仔住在防空洞里，早晨从竹床上坐起时写道："他凝望的片刻间，感到自己就要化羽，从那阳光中飞走似的。"黄春明写乡土人物却不用闽南语，他不用闽南语却能把乡土人物写得活灵活现，表现了黄春明语言上的很强的功力。

第二十七章
台湾新诗的回归民族回归乡土浪潮

第一节　台湾新诗回归的历史背景

20世纪70年代初期，台湾出现了以一部分先进知识分子为先导的民族意识的大觉醒运动。由于美台"断交"，美国计划将中国的钓鱼岛作为"礼物"送给日本，这一错误行径引发了覆盖西半球的爱国保钓运动。这些对台湾起了极大的震撼作用。于是台湾岛内的民族主义，爱国主义激情大大高涨。以陈鼓应和王晓波师生为代表在台大发起的民族主义座谈会，和台湾大学学生郭誉孚在台大校门前持刀刎颈，血写"和平、统一、救中国"的大字，使台湾群情激奋，民怨沸腾。这种民族主义、爱国主义的激情，像电光石火般照耀了文学，照亮了缪斯，使文学中的民族意识和爱国情感像煤炭遇到了火焰，熊熊燃起。台湾文学内部自50年代中期开始的新诗论争进行的反"西化"运动，已经持续了十多年。人们不仅看清了台湾新诗西化的弊端和谬误，而且迫切地感到了台湾文学和新诗回归民族、回归乡土才是唯一的救赎之道。台湾文评家何欣撰写《文季同仁六大原则的说明》中写道："今天我们所需要的文学，不是全盘西化、模仿的，它必须是由中国传统中，生长与发展的，创新的，不是躲在象牙之塔里做无病呻吟的，必须是正视现实和健康的，不是单纯抒发个人情怀的低吟，必须是属于多数人的高歌"。文艺批评家《龙族诗刊》的灵魂人物高信疆说："投入到生活的原野，与我们周围的人群同哭同笑，接受我们作为一个中国诗人的历史背景与现实意义，接受那风风雨雨的磨炼……用自己的笔，传达出我们这个时代的悲欢爱恨，用自己的笔推动大伙儿，一步步向前。"[1] 当时的内外因素都迫使着台湾新诗由西化向民族，向乡土的方向回归。于是台湾便出现了一个巨大的、持续的新诗回归运动。这个回归运动的前奏是葡萄园诗社、海鸥诗社、新象诗社、喷泉诗社和笠诗社等的出现。这些诗社、诗刊，或自觉或不自觉地与现代派诗的西化相反，实行着现实主义的诗创作路线，继承着中国新诗的传统，创造着中国风格和中国气质的新诗。不管它们是一支火把，一堆篝火，或是一个萤火虫，它们都曾发过光，发过热，都曾撑起过台湾诗坛的一片蓝天。其中的笠诗社和葡萄园诗社贡献最为显著。

葡萄园诗社，成立于 1962 年 7 月，由文晓村和王在军发起。主要同仁有：李荣川、陈敏华、蓝俊、李佩征、古丁、司马青山、宋后颖、温素惠、金筑、闵垠等。发行《葡萄园诗刊》，第一任主编为文晓村。后任社长为金筑，主编台客。现任社长庄云惠，发行人兼总编为赖益成。《葡萄园诗刊》创刊至今已发行 200 多期，从未间断过，是台湾极少数不曾间断的诗刊之一。"葡萄"之名，象征着透明、圆满、成熟、清新和明朗。该诗社是在反对现代派诗之西化和晦涩的大潮中诞生的。它一出世便由主编提出了与现代派诗相抗衡的"明朗、健康、中国诗的路线"，该刊第八、九两期连续发表《论晦涩与明朗》《论诗与明朗》的社论。第 31 期又发表了《建设中国风格的诗》的社论。对诗的真实性、民族化、中国化、普及化进行了阐论。该刊写道："所有忠于中国的诗人，应该将凝视欧美诗坛的目光，转回到中国自己的土地上……让我们的新诗在中国的土地扎下不可动摇的深根，来表现我们中国传统文化熏陶之下的现代思想与现代生活的特质，以建设中国的新诗。"该刊明白地在大声疾呼台湾的诗人和诗应迅速回归到中国诗的方向上来。文晓村长期任葡萄园诗社的社长和主编，他 1928 年出生，原籍河南省偃师县人，台湾师范大学毕业。他是"明朗、健康、中国诗路线"的提出者和实行人。他曾为此反复论证、大声疾呼、积极推广。他在《水碧山

---

[1]《龙族评论专号》序，《龙族诗刊》，1973 年 7 月 7 日。

青》诗集的自序中写道："多年来我一直坚持，现代诗应走健康、明朗、中国诗的道路，在西洋诗诡谲多变的阴影中，希望能保持中国诗人自我的清醒。"而他在自己的诗创作中，始终在坚持实行自己的这一主张。

第二节　笠诗社

笠诗社于 1964 年 6 月 15 日在台湾成立，发起人有：赵天仪、黄荷生、林亨泰、陈千武等。这是一个由清一色台湾省籍诗人组成的诗社。往前追溯，它是连接和继承了日据时的"银铃会"的某些传统。该诗社成员分为老、中、青三个梯级。属于"跨越语言的一代"的老诗人有巫永福、陈秀喜、陈千武（桓夫）、林亨泰、吴瀛涛、詹冰、锦连、张彦勋、罗浪、周伯阳、黄腾辉、林外、叶笛、黄灵芝、李笃恭、何瑞雄等。第二代诗人有：白萩、黄何生、赵天仪、李魁贤、岩上、非马、许达然、杜国清、林清泉、静修、蔡其津等。第三代诗人有郑炯明、陈明台、李敏勇、拾虹、陈鸿森、郭成义、赵迺定、陈坤仑、莫渝等。笠诗社发行《笠》诗刊，是台湾很少不脱期的诗刊之一。目前《笠》诗刊已经发行到 300 多期。笠诗社冠以"笠"的桂冠，一方面标示着它的农业社会的乡土内涵；另一方面可以看出日本文化对诗社发起者的某种影响，该社创作上奉行"新即物主义"路线。内容上大体包括三个层面：一是乡土精神的维护；二是新即物主义的探求；三是对现实和人生的表现和批判。笠诗社同仁创作风格上并非属于一个流派。有的诗人具有较浓的台湾乡土气息，有的崇尚现代主义，有的奉行超现实，有的受到日本和歌与俳句的明显影响。笠诗社自成立以来，政治倾向上发生了很大变化。20 世纪 80 年代之前，他们是"中国论"者，他们所追求的是"中国风格"和"中国方向"。如该诗社的创办人和灵魂诗人之一赵天仪在谈到"笠"的方向时写道："我以为中国现代诗的方向，正是'笠'所追求的方向。而笠开拓的脚印，正是竖立了中国现代诗的里程碑。我以为现代诗的创造，在方法上，是以中国现代语言为表现的工具，以清新而确切的语言，表现诗的感情、音响、意象及意义。而在精神论上，则以乡土情怀、民族精神与现实意识为融会的表现。以这种方法论和精神并重的基础，来探索我们共同未来的命运。笠同仁在这十六年来的一百期中，正是朝着这种现代诗的主流，开拓了一条踏实的创作的途径。"[1] 1980 年，当笠诗社的全体同仁在欢欣鼓舞地庆祝《笠》诗刊创刊一百期的时候，他们还放声高唱着中国之歌，还坚定地宣告："笠的方向，就是中国的方向。"在他们庆祝笠诗社成立十五周年时出版的同仁诗选的序言中还写道："以台湾历史的，地理与现实的背景出发的，同时也表现了台湾重返祖国三十多年以来历尽沧桑的心路历程。"那时，他们的作品和文章中无处不表现出他们作为中华民族一员的骄傲心情，作为炎黄子孙一分子的光荣感。但是也正是从 20 世纪 80 年代中期，笠诗社开始悄悄地变化，某种分离主义倾向渐渐抬头。1983 年 5 月出版的《台湾文艺》发表赵天仪的《光复以后二十年新诗的发展》一文中，他把台湾新诗诞生和演变的因素，归纳成了四条。其一是：台湾新诗是中国古典诗传统演变的产品。其二是：台湾新诗的倡导，有一部分是因为受了中国五四运动时期新诗运动的影响，从而发展出来的作品。其三是："也受了日本新诗运动的影响"。其四是："曾经透过日本语文的教养，接受世界文学，尤其是西方欧美文学"。该文与前文《现代诗的创造》相差仅三年时间，但对台湾新诗的本质看法已有区别。人们不难看出分离主义和"去中国化"的倾向已经悄悄出现。到了 80 年代末期和 90 年代初期，笠诗社的分离主义倾向逐步明朗，其主导倾向已变成了台湾"文学台独"势力的一部分。但是笠诗社并非铁板一块，我们不将笠诗社同仁都看作是"文学台独"分子，事实也并非如此。由于血缘、亲缘、地缘关系，死心塌地的"台独"分子只是少数，多数人或是被迫，或是因某种利益驱使，或是一时糊涂，误入了歧途。他们必有猛醒和转变的一天，我们期待他们的转变。祖国也期待他们的转变。祖国和民族永远是每个炎黄子孙的家。不怕迷途，而贵在知返。

白萩，本名何锦荣，台中市人，1937 年生，1956 年毕业于台中商职高级部。1953 年开始在《蓝星周刊》发表诗作。曾是"现代""蓝星"的同

---

[1]《现代诗的创造》，台湾《民众日报》，1980 年 12 月 13 日。

仁和《创世纪》诗刊的编委。1964 年为"笠"的发起人之一，曾多次获诗奖。他出版的诗集有：《蛾之死》《风的蔷薇》《天空象征》《白萩诗选》《香颂》《诗广场》《风吹才感到树的存在》《自爱》《观察意象》等。诗论集有《现代诗散论》。白萩是诗歌道路上的一个勇敢的追求者和探索者。他的追求表现在他对生活的不断开掘，诗的社会意识和批判意识的不断增进和强化，以及艺术形式的创新和表现手法的丰富。他说："我们需要以各种方法去扭曲、锤打、拉长、挤压、碾碎我们的语言。对于我们所赖以思考表达的语言，能承受何种程度。重要的是精神，而不是感觉。……我们要求每一个形象都能负载我们的思想，否则，不惜予以丢弃，甚至从诗中驱逐一切形容词，而以赤裸裸的面目逼视你。我还要去流浪，在诗中流浪我的一生，我决不在一个定点安置自己。我的历程就是我的目的。在地平线外空无一物，我还是要向它走去。"[1]　白萩在这里不仅表现了他是艺术的不断追求者和创新者，而且是一个非常注意诗的思想主题表达的诗人。他要使每一个形象都负载诗人的思想，决不让诗中的任何一个形象游手好闲。因而，白萩的流浪就是追求，就是探索。他决不在一个定点上安置自己，他要不停地探索一生。白萩有一首诗《流浪者》就是用图像诗的方式，表现他永不止息地追求前进的脚步。白萩还有一首诗《雁》，也是描写大雁朝天边，朝着不断扩展放大的理想追求前进的主题。追求、探索和创新是一种非常艰苦、非常坚定、执着的事业。它让理想长幼芽，它让执着长生命，它让无畏结硕果。这种勃勃向前的精神和朝气，往往使许多不可能变为可能；往往能将物质和精神的互相转化的效果达到佳点。白萩笔下的许多小动物、植物，如小草、雁、金鱼、飞蛾、沙粒、鹭鸶等，都能在这种无畏的追求中产生出神奇的效果。白萩的诗的创新不仅是在诗的排列方式上和旋律节奏上，而是他把诗作为一种语言艺术。语言又是负载思想的工具。因而他关于诗语言的创新的前提，又是有内涵有思想的语言，绝不是那浮华的，哗众取宠的，生活中小丑式的博人一快和一笑。例如在《天空》一诗中，他创造了这样的句子："天空已不是老爹，天空已不是老

---

[1]台湾《自立晚报》，1984 年 9 月 15 日。

爹"。在《雁》一诗中有"鼓在风上"的字句,这些诗句粗看似乎莫名其妙,但深思却奥妙无穷。前者表现一个饱受旱灾折磨,盼望呼喊老天下雨,天上不但不下雨,反而出现了炮花、战斗机这些讨厌而又可恶的东西。"天空已不是老爹"表现了农民语无伦次地对天空诅咒。"鼓在风上"表现了大雁在天空飞行的骄傲姿态。这种创新远远超出了语言的范畴,而是一种意象上的创新和内涵上新的概括。白萩在台湾诗坛上是一个创新者的形象。

李魁贤,1937 年生,台北市人。台北工专毕业,美国世纪大学肄业。台湾笠诗社的中坚诗人之一,20 世纪 50 年代开始写诗。出版的诗集有:《灵骨塔及其他》《枇杷树》《南港诗抄》《赤裸的蔷薇》《李魁贤诗选》《水晶的形成》《输血》《永久的版图》《祈祷》《黄昏的意象》《秋与死之忆》。文学评论集有:《心灵的侧影》《德国文学散论》《弄斧集》《台湾诗人作品论》《浮名与实务》《诗的反抗》《台湾文化千秋》《诗的见证》《诗的挑战》等。此外还有散文集《欧洲之旅》《诗的纪念册》等。李魁贤认为:"诗的存在要以不阿谀社会,不取宠权贵,不讨好报纸副刊及杂志编辑,才能显示起码的意义。"他认为:"诗毕竟不是润滑油,也不是广告招贴,而是时代齿轮间的砂粒,是良心的追缉令。"李魁贤十分注意诗的平民性、独创性和现实性,十分注意诗品和人品的结合。他的《鹦鹉》一诗,借用鹦鹉只会学舌,而不会创造的特点,辛辣地讽刺了那些沽名钓誉之徒和表面一套背后一套的两面派,行为上的卑鄙和人格上的分裂。诗人抓住社会上的依附和攀爬之风,在《盆景》一诗中以锦藤和棕榈两者的依附和被依附关系,对那种丑恶的社会现象进行了尖锐的批评。李魁贤的诗充满着现实批判精神和平民意识。李魁贤在"台独"意识抬头的二十世纪八九十年代交替之间,思想意识也发生了变化,错误地站在了"台独"势力一边。例如,他在 1978 年发表的《我们的国土》和《光复钓鱼台》等诗中,还充满热爱中国、热爱中华民族的思想。他写道:"爸爸,台湾光复表示/台湾从此不再是殖民地/已回到了祖国怀抱/可是为什么/我们的钓鱼台又被占?"(《光复钓鱼台》)。但是当"台独"势力鼓噪的时候,他却又加入了"建国党"，站到了民族和祖国的对立面，这是人生最大的悲剧。民族和祖国是我们的母亲，她生养了我们，是不能亵渎和背叛的。

赵天仪，1935 年生，台中市人，是诗人，翻译家和美学理论家。台大哲学研究所硕士，曾任台大教授，现任台湾静怡大学系主任。他出版的诗集有：《果园的造访》《大安溪畔》《牯岭街》《赵天仪诗集》《林间的水乡》《脚步的声音》。出版的论著有：《美学引论》《美学与语言》《美学与批评》《裸体的王国》《诗意的与美感的》《现代美学及其他》《笔耕在春天》《台湾现代诗鉴赏》《儿童文学及美感教育》等。赵天仪少年时代，是在日本军国主义的残酷压迫和奴役下呻吟过来的。他对日本人在台湾犯下的滔天罪行有过亲身的体验，他曾为抗日的胜利、日本帝国主义无条件投降的巨大胜利欢欣鼓舞。这些在他的创作中曾有过反复的描绘。日本军国主义者为了军用蓖麻油，为了军用罐头，强迫还是小学生的赵天仪和同伴去种植和生产这些东西："在我们课余劳动的菜园里／移植一棵棵的蓖麻""为军用罐头而移植的蜗牛"。赵天仪用亲身经历揭露日本人的罪行。他亲耳收听日本天皇宣布无条件投降的喜讯："日本天皇在播音机上／正以忏悔／而激动的泣音／广播着投降的消息"。赵天仪诗中的另一个重要题材和主题，是揭露和批判社会弊端的写实之作，及对台湾农村生活的真实描写。《大安溪畔》和《菜园的造访》《压岁钱》等诗集中有充分的表现。赵天仪是笠诗社的灵魂诗人之一，当笠诗社由民族和乡土向"台独"倾向转变时，赵天仪也是其中一员。不过他并不是那种激昂和叫喊型的人物，他是那种善于思索和学者型的人物，我们期待着他能从思索中醒悟。

非马，本名马为义。1936 年 9 月出生于台中市，原籍广东省朝阳县。一度与全家从台湾迁回老家，1948 年又与父亲一起去台湾定居。他毕业于台北工专，1961 年赴美留学，获威斯康星大学博士学位，后从美国阿冈国家研究所退休。他是笠诗社的重要诗人，也是笠诗社中不多的拒绝"台独"，主张大中华的诗人之一。他出版的诗集有：《在风城》《裴外的诗》《非马诗选》《白马集》《非马集》《四人集》（合著）、《笃笃有声的马蹄》《路》《非马短诗精选》《飞吧、精灵》《非马自选集》《微雕世界》《非马的诗》等。非马是位核电科学家，他的思考模式和语言习惯，成了他科学研究和诗之间的桥梁和通道。科学家的智慧、深思、果断和幽默，通过艺术创造凝结成了诗的硕果。因而非马的诗成了世界华人诗中的一种独特现象，即：短诗的奇葩。他的诗短小、凝练、含蓄、幽默而富于哲理。他的诗被广为传诵的名作很多。如：《黄河》《电视》《醉汉》《鸟笼》等，几乎成了华人知识圈中人人皆知的作品。这些作品被人传颂，是因为它们是艺术精品，是因为它的内容和形式的高度结合而深深地打动了读者；是由于诗中涵容的东西十分丰富，而让各方面的读者均产生共鸣的关系。如：《醉汉》一诗，表面上是写醉酒后的醉汉，但实则是写乡愁，写久离故土，久离母亲，思念故乡和亲人如痴如醉。第一节写"醉汉""把短短的巷子/走成一条/曲折/回荡的/万里愁肠"，到了第二节，诗顿时作了暗中转换"左一脚/十年/右一脚/十年/母亲啊/我正努力/向您/走/来"。醉汉不可能右一脚十年，左一脚十年，醉汉不可能去思念母亲和故土，因而显然是乡愁之醉。这是非马的代表作之一。构思精巧、内涵深沉，喻体和寓意，既含蓄又明朗，是不可多得的好诗。

笠诗社中还有许多大将，如：许达然、杜国清，以及较年轻的郑炯明、郭成义、李敏勇、陈鸿森等。但是由于篇幅限制，不能展开，实为遗憾。

第三节　台湾新诗的回归大潮

台湾新诗论争自 50 年代中期开始，到了 70 年代，已进行了十余年的反复交锋。此刻谁是谁非，谁优谁劣，已经真相大白。在论战火力摧毁的废墟上，已该有新苗生长；在论争迷途知返的人们中，已该有转变和新的出发。总之，该是由精神向物质转化，由理论论证向新的实践转化了。这种转化就表现为，自 1970 年前后开始，持续了十年的大规模的台湾新诗回归浪潮。这个回归的浪潮表现为：中国性、民族性和乡土性。这个浪潮先后有数十个青年诗社和数百名青年诗人从台湾的土地上崛起。这个新诗回归浪潮可分为三个时期，即初期、中期和后期。初期崛起的青年诗社有：

1. 龙族诗社。1971 年元月 1 日，一条代表中华民族诗的巨龙，在台湾反西化的大地上跃起。他们发行《龙族诗刊》，该刊封面上写着醒目的、代表着全新诗观的文字："敲我们自己的锣，打我们自己的鼓，舞我们自己的龙！"他们真诚地宣告："第一，龙族同仁能够肯定地把握住此时此地的中国风格；第二，诚诚恳恳地运用中国文字表达自己的思想；第三，诗固然要批判这个社会，但是，也要敞开胸怀让这个社会来批判我们的诗。"[1] 龙族诗社代表着一种崭新的、中国的、中华民族的、乡土的诗歌理论和诗的创作实践。其主要成员有：辛牧、施善继、林焕彰、林佛儿、陈芳明、高尚秦、乔林、苏绍连、黄荣村、萧萧等。后来该诗社的个别人，如陈芳明，转向了"文学台独"。

2. 主流诗社。1971 年 6 月成立，创办《主流诗刊》。主要同仁有：黄劲莲、羊子乔、林南、吴德亮、庄金国、龚显宗等。他们以"主流"自许，要"缔造一代中国诗的复兴。"后来这个诗社的部分同仁转入了笠诗社。

3. 大地诗社。1971 年 6 月成立，发行《大地诗刊》。主要同仁有：古添洪、李弦、王浩、王润华、余中生、林峰雄、林锡嘉、秦岳、淡莹、陈慧华、陈黎、张锚、钟义明等。据说，"龙族"代表着水浒精神，而"大地"代表着儒林之风。它的成员均为各大学的知识分子，多半有博士学位，故又称"博士诗社"。他们希望："现代诗在重新重视中国传统文化以及现实生活中获得必要的滋润和再生。"这个时期崛起的，还有成立于 1972 年 9 月的《诗人季刊》和成立于 1971 年的《水星》诗刊，它们都拥有一批青年诗人同仁。

台湾的新诗回归运动大约到了 1975 年，已发展到了中期。这个时期的特点是与 1977 年的乡土文学论战，与诗和小说发生呼应。新诗回归初期提出的回归中国、回归民族、回归乡土的口号和主张，正逐渐地明确和系统，由急性的主张逐渐变成了稳定的理论论述。这个时期崛起的重要青年诗社有：

1.《秋水诗刊》。创刊于 1974 年元旦。主要创办人有：古丁、绿蒂、

---

[1]《龙族诗选·序》，台北：林白出版社，1973 年 6 月版。

涂静怡等。发表的诗大都为短小、凝练、清新、活泼、含蓄而又明朗之作。他们的"秋水"之名是取自庄子的《秋水》篇名:"诗艺术之无限,正如北海之无涯"。沿着中国传统文化的经脉发展精美的诗艺。该诗刊的灵魂诗人是女诗人涂静怡,她一面创作、一面办刊,几十年如一日,积极奉献,默默耕耘,将诗当职业,把诗刊当生命,克服一切困难和阻挠,将诗刊越办越好,使它成为台湾诗界的诗文奇葩,在走马灯般生生灭灭的诗刊中,它是极少数不脱期,不断档的诗刊之一。

2. 绿地诗社。成立于 1975 年 12 月 25 日,发行《绿地诗刊》。这是以高雄青年诗人为主的诗社。主要同仁如:艾灵、陌上尘、雪柔、乔洪、庄渝、叶隐、履疆、陈煌、蔡忠修、王廷俊、谢武彰、灵歌等。

3. 草根诗社。1975 年 5 月 4 日在台北成立,发行《草根诗月刊》。主要同仁有:罗青、张香华、詹澈、邱丰松、李男等。他们特别强调诗的"草根性"。该刊自 1975 年创刊,1979 年 6 月发行到 41 期停刊。1985 年元月又推出《复刊号》,但已变成一份综合性文艺刊物。

台湾新诗回归运动到 1977 年,以"诗潮诗社"的成立,《诗潮诗刊》的创刊为标志,进入成熟期。1977 年 5 月 1 日的《诗潮诗刊》,创刊号上刊登着《诗潮的方向》,全文共分五条:"一、要发扬民族精神,创造为广大同胞所喜闻乐见的民族风格与民族形式;二、要把握抒情本质,以求真求善求美的决心,燃起真诚热烈的新生命;三、要建立民主心态,在以普及为原则的基础上去提高,以提高为目标的方向上去普及;四、要关心社会民主,以积极的浪漫主义与批判的现实主义,意气风发地写出民众的呼声;五、也要注意表达的技巧,须知一件没有艺术性的作品,思想性再高也是没有用的。"[1]《诗潮诗刊》的这五条比较完整系统地体现中国新诗方向和民族诗风的理论主张,是台湾新诗回归运动中所有诗刊诗社的主张和理论中最全面,也最能反映回归目标和实质的叙述。所以它标志着新诗回归运

---

[1]《诗潮的方向》,台湾《诗潮诗刊》第一集,1977 年 5 月 1 日。

动的成熟。这五条虽然是《诗潮诗刊》的宗旨，但它却是整个新诗回归运动的成果。《诗潮诗刊》由高準创办，主要同仁有：丁颖、王津平、吴宏一、李利国、亚微、高準、高尚秦、郭枫等。《诗潮诗刊》所列栏目有"歌颂祖国""工人之歌""稻穗之歌""乡土旋律"诸专栏。可以看出它是爱国者和工人、农民等劳动者的园地。和《诗潮诗刊》前后创办的还有 1978年元月成立的"掌门诗社"，1979 年 12 月成立的"阳光小集诗社"。"阳光小集诗社"的成立，又表现了台湾新诗创作多元化倾向的出现。这是一个由多地域、多诗社、多流派的青年诗人结社。它既是一个团体，但又强调不立主义、不立门派。它像一个由一块布包着的多向度钻头，没有多久那包着的布就被钻头戳破。由于内部意见纷争，矛盾重重，该诗社组合不到五年，于 1984 年 6 月便宣告停刊。该诗社同仁主要有：向阳、苦苓、李昌宪、林广、林野、陈宁贵、张雪映、刘克襄等。

在十年的新诗回归运动中，青年诗人是主角，是主力；既是潮头，又是洪流；既是波涛，又是浪花。涌现了大批有思想，有才华，有抱负的青年诗人。我们只能简略地叙述几位。在当年的新诗回归运动中，他们个个都是朝气蓬勃，生龙活虎，表现出经天纬地之才，填江移海之志。

吴晟，本名吴胜雄，1944 年 9 月出生，台湾省彰化县溪州乡人。屏东农专毕业，长期在溪州乡中学任教。出版的诗集有：《泥土》《向孩子说》《飘摇里》《吾乡印象》《吴晟诗选》。出版的散文集有：《农妇》《店仔头》《无悔》《不如相忘》。吴晟自农专毕业回到溪州中学教书起，几十年如一日，亦教亦农。农忙与母亲一起下田，农闲回校教书。与农民关系非常密切。因而他的诗基本上是描写农村生活和刻画农民形象的。他将泥土视为母亲，将母亲视为泥土，以生殖和养育的伟大奉献将两者联系在一起，互为象征，描写出极为深厚而博大的形象，从中悟出许多劳动者的哲理。如："母亲的双手，一摊开/便展现一页一页最美丽的文字/那是读不完的情思/那是解不开的哲理"（《手》）。吴晟的诗以深厚的乡土情怀和深刻的田园哲理成为台湾新诗中的一朵鲜花。

罗青，本名罗青哲，原籍湖南湘潭，1948 年 9 月出生于山东青岛，台湾辅仁大学英语系毕业，获华盛顿大学硕士学位，长期任教于台湾师范大学。他诗画兼营，表现出很高才华。他出版的诗集有：《吃西瓜的方法》《神州豪侠传》《捉贼记》《隐形艺术家》《水稻之歌》《不明飞行物来了》《萤火虫》《录影诗学》《兰屿颂》《少年阿田恩仇录》。散文集有：《罗青散文集》《七叶树》《水墨之美》。论著有：《从徐志摩到余光中》《诗人之灯》《诗人之桥》《什么是后现代主义》《诗的照明弹》《诗的风向球》《罗青看电影》《画外笛声扬》《纸上飘清香——绝妙好画二》等。罗青是最敏感的诗人诗评家，他几乎总是站在台湾新诗浪潮的潮头上。现代派、新诗回归、后现代派、录影诗，几乎新诗的每一个潮流中都有他的身影，尤其是录影诗和后现代派诗，他是潮头人物。在老一代诗人和年轻一代诗人之间，他又被称为"新生代的起点"和"新生代诗人中的翘楚"。罗青的诗风格上善于变化，从《神州豪侠传》中传达出一种豪放不羁的浪漫古典之风，《吃西瓜的方法》《隐形艺术家》中又有浓郁的后现代意味，《水稻之歌》中似乎又带有他在主编《草根诗刊》时的草根的清香。不管哪一种风格，罗青诗中有几点特征是贯穿诗的始终的。那就是诗的音乐性、画面感和奇思妙想，不落他人俗套，不断有所变化和创新，成了他的诗不衰的生命。

向阳，本名林淇瀁，台湾省南投县人，1955 年 5 月出生。1977 年毕业于台湾中国文化大学日语系。长期任《自立晚报》副刊主编，《自立早报》总编辑。出版的诗集有《银杏的仰望》《种子》《十行诗》《岁月》《土地的歌》《四季》《心事》《向阳诗选》等。散文集有《流浪树》《在雨中航行》《台湾民俗图绘》《世界静寂下来的时候》《一个年轻爸爸的心事》等。儿童文学集有《中国神话故事》《中国寓言故事》等。向阳的诗有着鲜明的个性，独特的形式，广泛的题材，以及乡土语言运用的明显优势。向阳在台湾独家试验"十行"诗，每一首诗固定为 10 行。结构上的起、承、转、合，内涵上的一正一反尽在其中。这如同是做好笼子，提着笼子去捉鸟，必须不大不小能装进笼子才行。他的《十行诗集》为 72 首"十行"诗的结集。这种实验必须是具有相当深厚的功力和经验的诗人，才能获得成功，因为形式上限制太大。而向阳的实验是成功的。他的许多十行体诗，如

《种籽》《立场》等皆为成功之作，且成为名品。向阳的诗不仅描写客观存在之物，而且描写看不见形体上的东西。比如立场，就很难写，但向阳却写得十分成功，向阳诗中乡土语言的采用，强化了他诗之乡土性。向阳是个很有才华的诗人，但令人惋惜的是他也受到"台独"分子们的蛊惑，而发生转向。一个诗人首先必须热爱和认同自己的民族和祖国，否则诗将失去价值。我们希望向阳能迷途知返。

苏绍连，台中县人，1949 年生，台中美专毕业，长期任小学教师。20世纪 60 年代开始写诗，他是"龙族诗社"的同仁。他出版的诗集有：《茫茫集》《童话游行》《惊心散文诗》《河悲》《隐形或者变形》（散文诗）、《我牵着一匹白马》。另有童诗《双胞胎月亮》《穿过老树林》等。苏绍连是一个充满创造意识和创新精神的诗人。他根据自己作品的内涵不停地创造着新的表达形式，因而他的诗一直处在和谐、适应、统一的状态中。苏绍连是一个祖国意识很强的诗人，在《三代》一诗中，他要超越时间和地域的限制走向中国。他写道："一个中国的孩子，善良的孩子/强壮的孩子……我要走出/向东方的天幕敲门/中国，为什么曙光不露出来？/我一直敲门/一直敲"。在《中国的围巾》一诗中，诗人表达了同样地要克服一切阻挠，奔向祖国怀抱。虽然障碍重重，阻力很多，甚至有点迷惘。"可是，这一切已经太迟/我走不到我想要到的地方/中国，我走不到了"。但毕竟诗人仍然在艰苦地向祖国跋涉着。苏绍连是一个胸有大器，却不爱作秀、不爱张扬的诗人。他的诗多数是表现出大题材、大气度、大主题的作品。《脸》一诗是揭露日本军国主义不要脸的丑行。《雨中的庙》一诗通过一个建庙宇的故事，反映台湾向中国古文化的回归。《父亲与我》通过一个荒诞的故事，寓入对西化批判的思想。苏绍连的《童话游行》诗集共有九首长篇抒情诗，诗中表达了诗人对台湾过去、现在和未来的构图。苏绍连是散文诗的高手，其中的名篇《七尺布》颇获好评。

詹澈与施善继是台湾新诗回归运动中崛起的两颗诗的新星。詹澈，1954年生，曾在台东县农会工作。著有《西瓜寮诗辑》等多部，他是台湾农民诗人的代表，占有农村诗的舞台。他的诗中农业诗的内涵和农民的形象不断丰富和扩大，出现了土地——人民之母，山河——生命之源，这种博大精深的意象，将农业题材的诗提升到了一个新的高度。施善继是台湾现代派诗向现实主义诗转变中最具代表性的诗人，为台湾工人和贫苦市民的代言人。詹澈和施善继以农工在台湾诗坛出现，标志着诗和劳动者的结合。

第二十八章
台湾女性文学高潮的出现

第一节　女性文学高潮出现的时代背景

20 世纪 60 年代，台湾社会文化几乎全盘西化，西方的现代主义文学思潮、存在主义哲学和弗洛伊德的泛性主义像洪水一样涌入台湾，严重地冲击了中国旧有的价值观和伦理道德，席卷了以现实主义为主流的文学园地，现代派迅速取而代之成为台湾文坛的盟主，以台大"现代文学社"为依托，一批现代派女作家崛起于台湾文坛。如：欧阳子、陈若曦、施叔青、丛甦、曹又方等。加之稍早崛起的聂华苓、於梨华等，构成了台湾现代派女性作家群。她们向中国的传统文学进行了挑战。

进入七八十年代后，台湾现代妇女运动打出了"新女性主义"的旗帜。在这面旗帜下，一列台湾女作家队伍——新女性主义文学诞生了。可以说，特定的社会条件是迅猛发展女性文学的丰腴土壤。这正是台湾女性文学发展进程中一次不可忽略的飞跃。西方经济大潮的涌入，使处于封闭状态下的台湾社会的文化结构受到强烈的冲击。随着台湾女性经济地位和精神面貌的更新——新的价值观念和新的感情，对抑制女性做"人"的权利和尊严的传统观念的批判，对歧视女性的社会偏见的抨击，建立男女平等、两性和谐的理想社会，强调塑造自我完善而由此产生的"新女性主义"，给女性作家以猛烈召唤。一批受西方文化教育的新生代女性步入作家行列：曾心仪、李昂、萧飒、廖辉英、朱秀娟、袁琼琼、施寄青、萧丽红、苏伟贞、曹又方、林佩芬、荻宜等，她们相继以别具特色的风姿跨入文坛，突破"主妇文学""闺怨文学"之框框，深入探讨现代女性命运、前途。新女性文学创作逐渐增强的时代气息，塑造出了一批不屈不挠的、具有坚韧意志的中国妇女形象，她们笔下的女性早已不是当年那般唯唯诺诺的小媳妇，而是具有自尊、自信、自强的独立人格思想并敢与社会抗争的妇女形象。这类被称作女强人形象的作品，融汇了作家本人的思想，向世界显示了自己的力量，既有可读性又有思想性，在社会上产生了一定的影响力。尤其在八十年代的台湾各项文学奖中，女作家独占鳌头，如萧丽红的长篇小说《千山有水千江月》获奖后至今已印几十版。苏伟贞连中《联合报》中篇小说、短篇小说、极短篇小说和散文奖多项，尤其是获奖中篇小说《红颜已老》在文坛反响极大。萧飒亦有多部中长篇小说《我儿汉生》《霞飞之家》《死了一个国中女生之后》等获得两大报之奖。袁琼琼的《自己的天空》获《联合报》小说奖，并以褒扬自强不息的女性而产生了强大的社会效应。廖辉英、蒋晓云、姬小苔、朱天心、朱天文等都曾夺得各类文学奖，成为台湾新生派女性创作主力。

在台湾的女性文学中，比较大众化的、通俗的婚恋小说曾吸引了一代青年的注意力，几乎形成了一股席卷台湾大、中学校学生的精神风暴，其代表作家有琼瑶、玄小佛等。这股风暴随着海峡的解冻又吹到了大陆。她们的作品虽然反复念诵着婚恋之经，题材较为狭窄，主题浮浅、单薄了些，但也有少数的震撼之作。作为一种曾震撼过、吸引过千百万青年心灵的文学现象，是不能忽略的。

在着力推出当今台湾女性的新意识、新观点的同时，新生代女性作家兼以锐利的笔触向描写了难以突破工作与家庭矛盾困境的白领女性、备受有权有钱老板玩弄与歧视的打工妹。这些中下层普通妇女的命运往往是坎坷多难的，在她们对独立自主精神的追求之中，尚要付出血和泪的代价。在作品的描写中，不乏现代色彩的两性情爱关系，既有严肃的人生与社会的剖析，又有描写有闲阶级的男欢女爱的场景。新女性主义文学以直面人生的现实精神，从女性感同身受的婚姻结构、家庭模式、爱情观念、事业前程等问题切入，描写出台湾经济转型期社会价值观念急剧变革情况下台湾妇女由传统女性到现代女性之间角色转换的艰辛。作品中从原来从属地位逐渐移位于主体地位的女性形象，也为追求独立付出了巨大的代价。

新女性文学不仅小说突破传统女性创作模式，诗歌、散文的题材亦打破了禁锢性爱与情爱的樊笼。钟玲、利玉芳、曾淑美、夏宇等都力争突破爱欲题材。如钟玲的诗集《芬芳的海》里就在性爱上进行了着力的描写，尤其是其诗《卓文君》里把琴挑与性爱的挑逗叠合在一起，意象更为生动鲜明；利玉芳《给我醉醉的夜》则直抒对性爱的追求；夏宇在诗集《备忘录》中更为大胆冷静地描写女性的生理及感觉。不难看出，女诗人放弃以往的含蓄和收敛，对女性的自然存在毫不避讳地认同与赞颂，对男权社会中某些不成文规范的反抗。

从对中国传统女性文学的继承和发展，到新生代女性文学的突起，均显示了台湾女性文学发展的实力。尤为突出的是，女性文学发展到今天，无论是在艺术形式上，抑或是表现技巧上，当属不拘一格，百花竞开。既继承发展了乡土派创作意识中的写实艺术，又运用了现代派意识流、象征的表现手法。女性作品中那种新颖独特的思考方式和表现技法，在台湾文坛上得到很大的反响，颇有"盛气凌人"之势。当然，与特别关注女性生活和命运并结合其坎坷生活道路对不公的社会发出强烈呐喊的男性作家相比，女作家那细腻情感和敏锐的观察力，特别"善于掌握现代男女两性情境"，善于探索女性心灵世界。但是，由于地理和环境的局限，女性作家的视野往往不甚开阔，尤其缺乏应有的生活经历。在对社会中下层妇女生活的描写上，仅仅限于个人的经历和家庭生活，题材范围较窄，未能全面深刻反映出社会与时代的变迁。

统观历经40多年创作道路的台湾女性文学，其主旨不仅仅是停留在对妇女生活命运相关的社会现象的直观描写，而着重于对表现妇女人生的社会生活的内在诠释，让多重结构的人物性格因素替代了单纯化的人物性格因素。从"闺怨"写实文学到新"女性主义"创新文学，女性的生存始终是众位女性作家所关注的焦点。正是透过女性生存这一空间，来窥视变动之中的社会和文化，也正由于从其社会文化的反映，才将女性的种种面目廓清。因而，台湾女性文学创作主题便是以塑造众多形貌不一的女性人物形象来透视出其畸形社会。

第二节　廖辉英、朱秀娟

以现代女强人之雅号崛起于台湾当代文坛上的女作家，当数曾获得"最善于掌握现代男女两性情境的作家"的廖辉英了。

1949 年，廖辉英出生于台湾省台中县一户知识分子家庭。作为廖家的长女曾给父母带来了欣喜和安慰，而接踵而生的几个弟妹使家中人口骤然增多，开销颇紧，懂事的小辉英便过早地将家中许多事担当起来。尽管身处那样困苦的家庭环境，有着做不完的家务事，却丝毫未能影响辉英的学习成绩。她六岁就进入乌日国民小学读书，成绩一直名列全班的前茅。升中学时，又一举考上了第一志愿重点中学——台北一女中。这所学校可称为台湾女作家的摇篮，欧阳子、陈若曦、琼瑶等著名女作家就是从这里"摇"出去的。或许命运之神的安排，曾在初中时就开始投稿的廖辉英从台北一女中又升入台湾大学中文系。几年后，她戴着一顶学士方帽选择了能解脱家庭困扰的挣得优厚薪水的一家广告公司工作。尽管当时，她所从事的工作和文学创作风马牛不相及，但对于曾系统地接受了中国语言文学知识的廖辉英来讲，正是一次广泛接触、观察台湾社会、研究了解各种人的极好机会。在她后来涉足文坛而创作的各类小说中，不难看到当时这段商贸生活经历的影子。后来她又尝试做过《妇女世界》杂志主编、凯英·龙霖建设公司企划部经理、《高雄一周》杂志主编等等，因为她知道，在自己的一生中，不能光期待别人的陪伴和芳香的鲜花，要靠自己、靠自己去开拓广阔的世界。可以说与诸多从小便显露文采的女作家相比，廖辉英跻身于文坛着实够晚的。然而，一篇自传体的小说《油麻菜籽》获得《中国时报》第五届文学奖短篇小说首奖，使她的名声大振。不鸣则已，一鸣惊人，廖辉英那年已 35 岁。紧接着，1983 年发表的中篇小说《不归路》又获得

《联合报》第八届特别小说奖。"最善于掌握现代男女两性情境的作家"的雅号便是在此时获得的。随后，她的这两篇获奖小说均被拍成电影，受到社会广泛赞誉，上座率极高。从她跻身文坛以来，创作硕果累累，出版了中短篇小说集《油麻菜籽》《不归路》《焚烧的蝶》，长篇小说《盲点》《今夜微雨》《绝唱》《落尘》《蓝色第五季》《朝颜》《都市候鸟》《木棉花与满山红》《爱与寂寞散步》《外遇的理由》《在春天道别》《你是我的回忆》《辗转红莲》等。散文小品《照亮自己》《自己的舞台》《心灵旷野》《咫尺到天涯》《淡品人生》《两性拔河》《女性出头一片天》《与温柔相约》等。对此，廖辉英曾感叹道："走过生命的大喜大悲，在人生的步骤上，某些部分虽或比一般晚些，但也依序进行，在内省和成长方面，于最近的五年，可喜地发现自己的长进。在枝丫错综的种种情绪之中，更发现自己可以一种更单纯的，更有力的方式生活，……我知道自己要去哪里，我清楚自己曾走过何处，沃野千里，我感谢自己昨日的努力，更珍惜今天的汗水结晶。"（廖辉英《情意人生·代序》）。

在80年代崛起的众位台湾女作家中，廖辉英可称得上纯粹的女性文学作家。她笔下的焦点集中于婚恋和家庭，她时刻关注着女性的生活，女性的命运。她的笔触伸向她们的悲欢苦乐，奋斗挣扎的生活之中。从她的成名作《油麻菜籽》到《木棉花与满山红》，众多形貌迥异的女性人物从她笔下站了出来，扶持、安抚弱女子，激励、赞赏女强人。畸形扭曲的社会、复杂多格的家庭，组成了一篇篇情节变幻的故事，感人至深，发人自省。廖辉英的小说虽则涉及的是家庭、婚恋，及婆媳与男女之间复杂关系，但由于她如前所述的特殊的工作环境，从某种意义上来讲，她的小说并未带有女性作家常不自觉流露出来的些许脂粉气、闺阁腔。同样是描写女性的生活，她作品中社会性时代感较强。她所描写的每一个小家庭亦是社会和时代的一个窗口，人们将会透过这个小小的窗口去探索社会的大千世界。下面我们透过廖辉英笔下所展示的魑魅社会来直观几种不同女性人物命运。

第一，向被封建伦理观念所扭曲的女性自身价值观挑战，借描写封建枷锁下挣扎过来的旧式妇女的命运来抨击传统女性意识，推出新女性主义。

奠定廖辉英文坛地位的获奖小说《油麻菜籽》，可以说是一篇向中国几千年来男尊女卑封建传统观念挑战的檄文。小说中的那位出身于名门世家千金小姐的母亲，是一个地地道道的从封建枷锁中挣扎过来的台湾社会转型期的最后一代妇女。她饱尝了封建婚姻强加给自己的不幸，虽与浪荡公子式的丈夫没有一丝的爱情，却仍心甘情愿侍奉他，为他生儿育女，辛苦操劳，并将自己的嫁妆变卖掉来维持一家老小的生活。因为她认命，认为女人就像一颗油麻菜籽，落到哪里，就长到哪里。男尊女卑的旧观念，不仅让她自己吃尽苦头，而且祸及后一代，对呆板木讷的儿子视若命根，对聪明乖巧的女儿视为油麻菜籽。因为她认为："没嫁的查某囡仔，命好不算好……你阿兄将来要传李家的香烟，你跟他计较什么？将来你还不知姓什么呢？"正是从这种扭曲变形的女性价值观中可感受到，封建伦理规范及传统文化心理对女性的压制和束缚得有多么沉重。然而，背负着这种沉重负担的女儿阿惠，丝毫未被压垮。她受良好的大学教育和台湾社会转型期的新观念新风尚熏陶，显露出新女性主义的亮色，走上了与母亲那代人不同的生活道路。她获得良好的职业，担负着重要的工作，挑起家庭的重担，经济得到独立，甚至在婚姻恋爱上，也决不踩着母亲的脚印走，她冲破阻力，与自己所爱的人成了亲。将母女两代的不同生活道路、不同的命运摆入特定的生活环境中来描写，正体现了新旧社会意识和婚姻观念相互撞击所产生的强烈效应。如果说阿惠母亲是从封建枷锁挣扎过来的旧式妇女，且背着沉重的传统意识之负担，那么封碧嫦（《焚烧的蝶》）则是台湾社会转型期被西化风吹走这样的所谓新的婚恋观下的牺牲品。当她得知丈夫有了外遇时，"她岂能不恨他？他造成一顶'她是下等动物'的帽子紧紧扣在她头上，他使所有的人——包括她们同遭所有熟人和她自己——都相信她是无可救药的讨厌女人。一身不经挑选的衣装裹着毫无线条之感且臃肿的身体，呆板平实的肥厚的脸，见了丈夫便嫉妒的气不打一处来，动辄拿儿女出气"。这些便如一张看不到的网，将她紧紧裹在里面，让她的自信心、生活乐趣、青春以及尊严一点一滴在悄悄蚀掉。碧嫦的悲剧在于她没有意识到自身价值的存在。嫁夫随夫，甘愿做家庭奴隶曾压得阿惠妈们一辈子喘不过气来，然而同样的悲剧却又在新一代的女性壁嫦身上重演，这乃是社会的悲哀。令人可慰的是，碧嫦终于摆脱了传统女性意识的沉重负担，"被丈夫和婚姻毁掉的自信逐渐在各方面努力的挣持下，又恢复了昔日的自爱，甚至因为曾经置之于死地，这会儿反倒比清残如水的少女时代更别具一种从容和笃定"。社会与时代为封碧嫦铺了一条不同于阿惠妈的道路，虽然碧嫦是以儿女之死和家庭之变的沉重代价换来了新生，但毕竟她冲出了这条黑暗的死胡同，比起残缺终生的阿惠妈们则是幸运的。

第二，以悲悯的情感批评了作茧自缚、自暴自弃的女性人物，强调独立的女性意识，树立自尊、自爱、自强的坚定信念，才能获得真正的爱情和幸福。廖辉英的笔描绘了在畸形现实社会中挣扎的形形色色的女性——为替家庭还债而沦落的风尘女子、不堪忍受不幸婚姻折磨的弃妇、插足于他人家庭且苦不堪言的"不归女"等，一一揭示了社会转型期家庭和婚姻形态急剧变化中的家庭婚姻不稳固状态，以及给女性带来的不幸和痛苦，告诉她们如何自处社会，怎样开拓自己的世界。在经济获得发展的当今台湾社会，男人有了钱，便使得一些（相当多）女人落入痛苦深渊。在长期的精神压抑下，她们的心灵造成严重创伤。如性情柔弱，相貌可人的少女任可文（《木棉花与满山红》），带着一个被扭曲的灵魂和思想上的斑斑伤痕及身体的玷污，却幻想着"只要还清债，再存点钱，……过正常的家庭生活"。然而，时间的流水能抚平她的创伤吗？如果说任可文的沦落主要由于自身的无奈，那么，《不归路》中的李芸儿则是其缺乏人格独立和自身意志的薄弱而葬送了近十年的青春和名誉。怯弱、自卑，想找个合适的男人做靠山，这是从专科毕业，年过24岁还未谈过恋爱并感寂寞的李芸儿的生活哲理。因而，在她成为有家室的中年男子方武男的情妇后，便走上了一条充满屈辱的不归之路。她无法摆脱传统教规，挣脱道德压力，又需要情爱的慰藉，于是就做了新旧时代夹缝间的牺牲品，注定她的结局是悲哀的。如李芸儿这种执迷不悟于"不归之路"的女性，在当今台湾社会不乏其人。与有妇之夫私通，且又被玩弄后而走向绝路自缢的齐子沉（《盲点》），在无望中等待幸福降临的朱庭月（《窗口的女人》）等，这些在"不归路"上徘徊的女人是不会得到真正的爱情和幸福。她们的结局不外两种：一种是怀着痛悔到另一个世界去寻求幸福，另一种是带着耻辱的烙伤苟且偷生。

第三，刻画了挣脱不幸婚姻和爱情的羁绊，事业有成，且大起大落于社会的女强人形象。在经济转型期的台湾现实社会，女性的生存道路并未像男人那样宽阔。女人活着艰难，有知识有才干的女强人活得更为艰难。为能求得自身的生存价值，她们像男人一样亦是社会的弄潮儿。她们一方面潜心于对事业的求成，寻求自己在社会上的完整地位，与男人在事业上争高低；另一方面却还遭受着来自男性的侵扰，忍受着社会强加于女人头上的种种不平等的待遇。廖辉英笔下这类"与男人一争长短"的女强人，才貌出众，事业有成，经济条件优越，不乏为女性的佼佼者。然而，她们大部分遭遇到或面临着爱情和婚姻的挫折。如中篇小说《红尘劫》中的黎欣欣，身为处长，她尽心敬业；作为女人，她渴望美好的爱情。她信奉爱情可遇不可求，却一再跌入男人的感情圈套，一样逃脱不了流言蜚语的打击，终以辞职来结束如日中天的事业。还有杜佳洛（《今夜微雨》）、李衣黎（《玫瑰之泪》）虽然有过瞬间的家庭生活，享受过短暂的所谓的爱情，可一旦与男性产生了切身利益的冲突后，这种幸福便如昙花一现。无论是黎欣欣、杜佳洛，还是李衣黎，她们面对着破裂的爱情和家庭，束手无策，只能以泪洗面，日渐消沉。可见在她们似强实弱的性格深处还受着根深蒂固男尊女卑的封建思想余毒的侵蚀。较之于她们三位，《盲点》中的丁素素显然是个更为丰满的新女性形象。在规模大，立意新，描写人际关系更为复杂的这部小说中，很明显地蕴含着更为强烈的新女性意识，在跌入婚姻低谷却聪明地把握女性利益的丁素素毫不动摇对自己事业的热爱之心，离婚后，将全部身心投入到创业中去，充分发挥自己的才能。事业的成功肯定了她自己的价值并由此获得新生。最终，在她赢得事业成功的同时，婚姻也出现了新的转机。作者将自己表现新女性敢于冲破重重困境，成功开拓创业以及要求重建平等、和谐互爱的新家庭的理想，注入丁素素这一形象之中，使之更为丰满、完美。

朱秀娟，在台湾文坛上，她可称得上是一个全才。她爱文，习商；写小说、开办贸易公司，样样都来。社会的磨炼，商海的沉浮，让她在多技能、多侧面、多行业，在广阔的生活和事业基础上，形成了她的文坛女强人形象。1936 年，朱秀娟出生在江苏盐城，日据时期在家乡读小学，1946年随家人去台湾。台北强恕高中毕业后，考取了铭传商业专科学校读会计统计系。1960 年前后赴美留学，1963 年返台投身商业界。朱秀娟姊弟五人，她是老大，在家里除了父母外，她是说一不二的，弟妹们都要看她的脸色说话办事。在学校里，她是班长，是全班公推的班头，可见朱秀娟从小就是一个女强人胚子。上中学时酷爱文学，念高中时就利用寒暑假尝试写短篇小说，但写好后不敢拿出去，而是悄悄藏起来，直到有一次邂逅一位著名的女作家，受到鼓励才拿出勇气开始投稿。在台湾文坛上，朱秀娟虽然出道较晚，但她却是一个以创作长篇小说为主的高产作家。截至 2002 年，朱秀娟出版了三十多部作品，如短篇小说《桥下》《朱秀娟自选集》，散文集《纽约见闻》以及二十多部长篇小说。1996 年，人民文学出版社着重推出了她的八部长篇小说：《女强人》《晚霜》《万里心航》《花落春不在》《雨荷》《再春》《别有情怀》和《握不住的情》，并在北京举办了朱秀娟作品研讨会。在台湾文坛上，她是个虽然不很轰动，却实力强悍的女作家。

朱秀娟在《我的创作生涯》一文中曾经讲到她要弃商从文，决心从事小说创作的动机："我的创作生涯开始得很晚，学校毕业后，就在社会上做事，深感世事无常，自己所拥有的实在是太少太少，再加上我酷爱阅读，顿然希望如能把自己的思想用文字留下来的话，当可足慰平生了。"朱秀娟的创作目的，就是要用文字留下自己思想的足迹。不过，朱秀娟的创作成就，早已大大地超越了她当年的纯主观意识，尤其是她对于在商海中往来游刃的女性有着深刻的了解与感受，着力运用文学形式来反映女性在工商业社会中的挣扎和奋斗，具有极强的财经意识。她作品的社会作用和在读者中产生的反响，已把她推上了历史见证人和妇女代言人的地位。

作为擅长创作长篇小说的作家，朱秀娟最善于在曲折但不离奇的故事中去展现女主角的生活和命运。她的第一部长篇小说《雨荷》是描写她自身的婚姻故事，来忏悔对一段纯真感情的漠视，那种幼稚与骄傲，使自己的婚姻到三十出头才开始。《破落户的春天》里的那一对留学生的婚姻故事，也或多或少带有浓郁的自传体色彩："我的婚姻就是在美国那破落户似的小城中完成的。那里的人与事至今仍鲜明地活在我心底。"《归雁》和《万里心航》也是描写留学生生活的；《晚霜》则是探讨家庭的不快和婚姻中的"外遇"，表现了他们不平衡的物质生活和精神生活。自迈入文坛以来，朱秀娟的作品多次获得各项文学奖，如"中山学术文学奖""年度中国文艺奖""金钟奖""海峡情小说一等奖"等。但真正奠定朱秀娟文坛地位的当数获得1984年"中山学术文学奖"的长篇小说《女强人》了，就是这部小说，让朱秀娟成为台湾家喻户晓的人物，接受众人投来的钦佩的目光。

作为朱秀娟的代表作的《女强人》，以一位聪慧坚韧且吃苦耐劳的女性的奋斗历程，展现了新时代现代女性独立自主的思想意识。而在她的其他小说中如《万里心航》《丹霞飘》等中都刻画了现代"女强人"的形象。由此可见，作为女性作家更为关注女性生存的空间。通观朱秀娟的长篇小说的创作，其每部小说都呈现不同的题材构思，在主题的勾勒、结构的设置乃至表现风格上，均有着不同的文学风采。同样是描写"女强人"的创业心路，《女强人》中叙述了大学联考落榜的高中女生林欣华所选择的人生之路——不畏挫折，摒弃以文凭论能力的传统观念，先从打字员做起，经过发奋自学，努力进取，终于以自己的聪明才干、吃苦耐劳和勇于开拓的精神拥有了灿烂的天空，坐上了一家赫赫有名的贸易公司总经理的交椅，并带领这家公司在竞争激烈的国际贸易战场上战果辉煌，赢得了海内外同行的赞誉和信任，同时也获得了美满幸福的爱情和婚姻。如果说《女强人》是从正面表现未受挫折而取得成功的女性的奋斗经历，那么《万里心航》中张芝芬的成功，却是从异国他乡经过多次磨难后在痛苦不堪中挣扎出来的。作为台湾早期留学生的陪读妻子，女主人公张芝芬携儿带女远涉重洋来到美国，艰难困苦的生活不得不让她挑起了全家生活的重担。经过二十年的风雨，好不容易筑起的家庭小巢被一连串的不幸所击毁：丈夫提出的离婚，小女儿的不治之症，大女儿与儿子不顺的婚姻。对此，张芝芬并没有退缩，而是将悲愤与坚忍默默地埋入心底仍锲而不舍地追求事业的成功。拿林欣华锋芒毕露、立志进取的气质与张芝芬的不堪重负、默默求成的内涵相对照，不难读懂作者匠心独具的创作招数。与这两位艰难地挣脱羁绊，在事业上勇于拼搏的开放型女性相比，朱秀娟的《丹霞飘》中的女主人公尹桂珊生活背景既在台湾又在美国，其个性则既无林欣华的风火泼辣，又无张芝芬那般内向负重，而在投身事业时，亦并无林张两人那般坎坷。可以说，在立志于事业有成的女性中，尹桂珊可谓是上帝的宠儿。她有呵护、支持、帮助自己的家人，有顺利难逢的机遇，有一帆风顺的婚姻，有如日中天的事业，真是爱情事业两得意。与林欣华和张芝芬那充满风雨与泥泞的道路大相径庭，尹桂珊的道路则布满了阳光和鲜花。尽管不同的生活道路和不同的奋斗方式，但在朱秀娟笔下的这类女强人都有一个共同的特点，即柔中有刚，刚中有柔。虽自强自立、勇于竞争，有超男子一般的才干，但又温良贤淑、忍辱坚韧，并非不食人间烟火的铁娘子。这就是作者鼎力塑造鲜明、生动的新时代女性的实质所在。

在艺术表达形式上，朱秀娟绝无以教条口号式来力图表明自己的观点，而是以平实可信、娓娓道来的情节引人入胜，从典型的环境、典型的事件中突出典型的人物，找准"这一个"。由此可诠释为以下几点：

第一，从平实单一的情节发展中体会波澜起伏的故事内涵。朱秀娟的长篇小说采用单线推进的结构方式，让小说的基本情节紧紧围绕着这条单一的主线向前延伸，无论故事情节如何变幻多端、曲折蜿蜒，九九归一，最终仍回到线端，令人读来晓畅明理。如《女强人》中林欣华的奋斗历程：落榜、就业、创业、成功，线索单一，然而情节曲折、完整，尽显故事内涵。

第二，营造特定生活环境，重塑鲜明生动的人物形象。大凡一部小说，特别是长篇小说，最能震慑读者的除了故事情节外当数其中的人物形象了。因而，如何使作品中的人物达到典型化的高度，抑或使读者久久不能忘记的"这一个"，亦是作家苦苦探索的中心课题。显而易见，朱秀娟在此也做了不懈的努力，并取得可喜的效果。在现实生活中，不同环境可造就不同的人物性格。朱秀娟善于根据不同的人物情况从不同的角度选择特定的生活场景，在形形色色的矛盾冲突中尽显人物形象。如泼辣有余且又不失温柔的林欣华，经历了从打字员到总经理的奋斗过程；忍辱负重不乏坚韧刚强的张芝芬，力挽并恢复了曾将破碎的家庭；聪慧敏锐的尹桂珊不负众望，在异国商场的竞争中脱颖而出。

第三，个性化的语言表达方式。没有刻板的说教，没有咬文嚼字的卖弄。朱秀娟精选生活中的语言花絮，镶嵌于笔下每一位人物之口，真实可信，栩栩如生，和谐一体。

第三节　萧飒、施叔青、李昂

在台湾文坛上，有位将笔墨挥洒在最易掀起风暴的、最易激发家庭矛盾的外遇婚变题材上，集中在这个感情旋涡中去暴露主人公内在心灵世界的女作家，这就是萧飒。

萧飒，本名萧庆余，1953 年出生于台湾省台北市，祖籍江苏南京市。萧飒自幼爱好文学，在她还不到入学年龄时，就常常从广播里收听连播的爱情、历史、推理小说。初中时，偶发涂鸦的一篇爱情小说让她不由自主地闯入了文坛。考入台北师专后，她几乎对文学创作产生了不可遏止的欲望。当时，白先勇等台大学生创作的《现代文学》、尉天骢的《文季》和较早发行的《笔汇》等文学月刊让萧飒爱不释手。同样，从这些刊物中，她接触了大量的台湾当代文学作家与作品，就像一个贪婪的婴儿，吮吸着母亲香甜的乳汁。其时，萧飒十分看重并受之影响的外国作品当推日本作家的作品。正在求学的萧飒，寻遍了当时台北全部书店中的日本翻译小说，如芥川龙之介、川端康成、三岛由纪夫、夏目漱石、横光利一等著名作家的书都不放过。因为大量地阅读了日本作家的作品，在以后她的小说创作中，常洋溢着日本文学中那种简练的叙述、清新的格调之气氛。然而在整个创作手法上，萧飒自始至终未受某位作家之影响，抑或一味去模仿某人的创作风格。萧飒仍是萧飒，她的创作是学习和综合各种文学作品所取得的成就，并未与其他名家有何种曾相似之处。

可以说，萧飒在众多台湾中青年女作家中是最早跻身于文坛，且又创作颇丰的作家之一。从花季年华创作出版的第一部小说集《长堤》始至今，出版了长、中、短篇小说二十余部，获奖作品《我儿汉生》《死了一个国中女生之后》《霞飞之家》等在台湾文坛颇有影响。萧飒的作品多次入选台湾年度小说选，得到众多评论家的好评。评论家隐地曾说："萧飒虽然年纪轻轻，可是一派大家风范，她曾以《我儿汉生》超越了年龄限制，又以《小叶》超越性别限制，在小说的世界里，她已能控制全局，加上文字的能力也在水平之上，只要她此生写小说的心态不改，萧飒实在是我国文坛上十分重要的一位作家。"[1] 在台湾女作家中，萧飒的创作题材较为广阔，她将笔触向社会各阶层之中去探索各类形形色色的人物形象，不论是高阶层的"白领"还是低阶层的"蓝领"，抑或是那些在社会最底层挣扎的被侮辱被损害者，她意在挖掘他们内心最深处，塑造他们独特的个性。对这些不同层次、不同身份人物的刻画、描绘，不仅展示了一幅台湾现代社会生动鲜明的生活画卷，同时也揭示了随着时代、社会的变迁，人们的价值与道德观念的嬗变。

在她由短篇小说创作转向以长篇小说创作为主以来，她把更多的注意力集中在了台湾社会转型期，家庭形态变化中较为经常和普遍发生的、对妇女儿童损害最大的"外遇"问题上。萧飒的许多作品都是反映这类问题的。如《爱情的季节》《明天，又是一个星期天》《叶落》《如梦令》《小镇医生的爱情》及《唯良的爱》等。由于萧飒也是"外遇"的受害者，差点被前夫的外遇事件夺去生命，因而她决心要从多方面揭发"外遇"的丑恶和危害，以便唤醒那些迷途的灵魂，并尽可能为患者开出药方。近年来，萧飒仍有一些新的作品被推出，同样，她的创作已趋向成熟，尤其是她的长篇小说《小镇医生的爱情》标志着她的小说创作达到了一个新的高峰。《小镇医生的爱情》也是她描写"外遇"题材方面的代表作。

在现当代台湾及海外华人女作家的小说创作中，婚恋题材最为突出。张爱玲的一篇《倾城之恋》令人回肠荡气，而李昂的《杀夫》不能不让人

---

[1]《死了一个国中女生之后》，附录隐地《评介〈小叶〉之一》。

扬眉吐气。当然，与张爱玲的婚恋小说不同的是，李昂自觉地将婚恋故事置入时代潮流之中，挖掘其丰富而深邃的社会内涵，无疑这种鲜明的时代色彩具有积极进取的社会意义。萧飒的婚变小说与李昂相同的是透过婚姻恋爱去解剖社会，从小小的一个家庭中窥视到时代脉搏中流通的血液。萧飒以她细腻、含蓄、温情的笔墨在爱情之角度挥洒出她略含忧郁、苦闷的故事来。以悲天悯人的胸怀细细地去刻画现代都市中形形色色的人物。然而，在她潇洒流利的文字下却透露出对锋利的社会观察与对敏锐的问题的探讨。正像隐地所说："没有悲悯的胸怀，老实说，根本就无法写出小叶、莉莉这样的人物，也根本不会在都市的垃圾里产生这样一篇化腐朽为神奇鲜活的作品。"

萧飒的创作题材是广泛的，尤其是她描写大都市错综复杂的男女关系的婚恋小说，在她的创作中比重较大。下面我们从以下几个方面分别进行阐述。

1. 刻画了大都市"日光夜景"下的畸形社会景观。萧飒怀着"哀其不幸，怒其不争"的心境，将一个个价值虚无、理想空白、缺乏生活目标的风尘女子推了出来。这些生活在社会底层里被侮辱被损害的可怜且又可悲的人物的生活，如同掏空了灵魂的躯壳，在五彩的霓虹灯下，是那么木然丑陋。《小叶》中女主人公小叶的不幸遭遇，为我们展开了一幅活生生的妓女受难图：忧郁的、苦闷的、无望的小叶是那么柔弱、温顺，像一只受惊吓的小羊，逆来顺受。因而在小叶这个风尘女的身上，有着听天由命，争取好的人生的无奈的宿命论的典型。这正是对资本主义那变异的日光夜景社会的深沉难言的控诉和揭露。

2. 描写了受西方思潮侵袭处于社会转型期中的台湾社会家庭婚变所带来的种种忧患。因外遇而引起家庭婚变乃是台湾当今社会日益严重的社会问题。这一问题直接对妇女儿童有着不可弥补的损害与打击。外遇的结局往往导致婚姻破裂，家庭毁灭，下一代堕落。台湾资本主义危机四伏的复杂婚恋，往往是以金钱为纽带的婚恋数目超出感情当家的婚姻，因而，从某些方面来讲，婚变亦是对社会的惩罚，是一种超常规的反击。萧飒以高度敏锐的感情冷静地观察这一畸形的社会现状，将笔触向数个大相径庭的婚变家庭之中，萧飒带着批判和谴责的目光看待因外遇而引起婚变的形形色色的不幸家庭，从两个侧面反映了婚变家庭的不幸，塑造了两种截然不同的女性：第一，关注在婚变中自毁的软弱女性的命运。如小说《明天，又是一个星期天》中的小学教师谢淑清在遭遇第三者插足的婚变后，并未一蹶不起，她不要支离破碎的感情，也不要那样绝情的丈夫，虽然丧失了爱情，还有可依赖的事业。与坚毅、自尊自强的淑清相比，《小镇医生的爱情》中被60岁内科大夫王利一所抛弃的结婚30年的妻子和《唯良的爱》中被女朋友的妹妹夺去丈夫的爱的唯良，那种以死抗争的消极行为就显得那样软弱无能。第二，塑造了当代台湾社会知识女性的形象。萧飒在塑造女性悲剧形象时，也扬眉吐气地刻画了另外一类截然不同的女性：虽被有了外遇的男人所抛弃，却不甘自弱，奋力拼搏。如范安萍（《唯良的爱》）、苋天（《如何摆脱丈夫的方法》)等女强人，她们并未把自己的一生押在破碎的婚姻上，而是在不断地追求事业和财富，掌握自己生活的命运。由她们造成的一种婚变从某一个角度来看，乃是社会进步的有力体现，也从另一个侧面透露了当代台湾女性新的人生观和价值观。

3. 从不同视角来透视台湾诸多社会问题，发人深思，具有普遍的反省意义。除了前述的两方面问题外，台湾的青少年教育问题，亦是萧飒创作的又一题材。台湾70年代后期，社会弊端日渐显露。萧飒将创作视野转向最为引人关注的青少年教育之中。《我儿汉生》，亦是她创作上的一个突破，是作者第一次试图描述成长中的年轻一代的苦闷。小说以一个母亲娓娓道家常的口吻，叙述汉生曲折而又充满困惑的成长历程。"汉生"的故事，正表达了台湾青年一代生活学业上的苦闷、无望，年长一代在教育子女问题上的徘徊、惶惑，说明了爱护和理解是青少年健康成长的一个重要因素。

灵活多变、写实，是萧飒小说创作的一个重要特点。首先善于运用各类不同人称的叙述方式。如《我儿汉生》，运用第一人称来叙述情节，读来亲切感人，如临其境。运用多变的第三人称从不同性别、年龄、角度来叙述事件发生、发展。其口吻客观精练明了，如《明天，又是星期天》《叶落》等。其二，从对形形色色人物，人物心灵深处不同心理的并存、对比和冲突的描写，来展示人物复杂多变的世界。如《叶落》中以精确、细腻的笔描绘了一对早年的恋人，在分别数年后的同学聚会中相见时，各自心中难以抑制的感情和迸发的欲望。对于有过一次离异婚姻，却又渴求男性爱抚的培芳心理的描绘，则是十分真实而又微妙的。

施叔青，1945 年出生于台湾西部靠海的古城鹿港。在充满书香氛围的家庭中，施叔青的文学修养渐渐增强。在她就读于彰化女子中学时，由于对小说与现代诗的迷恋，便开始尝试文学创作。高二那年，她的第一篇作品《壁虎》问世。当著名乡土文学作家陈映真读到这篇出自 17 岁少女之手的习作时，大加赞赏，随即将其发表在《现代文学》杂志上。初获成功的喜悦让施叔青勤写不辍，自此走上了写作之路，《现代文学》《文学季刊》成了她写作的园地。她从淡江文理学院法文系毕业那年，第一本短篇小说集《约伯的末裔》出版了，台湾作家白先勇为此书作序。不久，她入纽约市立大学杭特学院攻读戏剧，两年后获得了戏剧硕士学位，先后在台湾政治大学西语系、淡江文理学院外文系和世界新闻专科学校教授西洋戏剧、剧本写作等课程，并获得中山文化学术基金研究费，开始致力于对京戏花旦角色、台湾歌仔戏和南管音乐、梨园戏的整理与研究。论文《歌仔戏的扮仙》《南管音乐与梨园戏初探》相继发表在香港《中国人》杂志上。1978年举家寓居到香港，她受聘于香港艺术中心，任亚洲表演艺术策划主任。

作为在台湾文坛上成名较早的女作家，施叔青有着变化多端的创作风格。但无论创作风格如何变幻，死亡、性和癫狂则是她小说循环不息的主题。白先勇曾评价施叔青早期小说世界，是透过她自己特有的折射所投射出来的一个扭曲、怪异、梦魇似的世界。光天白日下的社会伦理、道德、理性在她的世界中是不存在的。那是一个不正常、狭窄的、患了分裂症的世界，但是它的不正常性，如同鹿港海外在不正常天气时那些台风、海啸一般，有其可怕的真实性。确实如此，在施叔青早期的创作中，常用奇异怪状丑陋的生物来增强其作品的修辞感，形象地表现这些主题。无疑中西文化的冲突同样在她身上有着潜移默化的作用，因而被称为中西文化摆荡边缘之人。施叔青以她锐利和勤奋之笔，创作了大量的作品：短篇小说集《约伯的末裔》《拾掇那些日子》《常满姨的一日》《夹缝之间》《愫细怨》《台上台下》《那些不毛的日子》《情探》《韭菜命的人》《完美的丈夫》；系列小说《香港的故事》《香港三部曲》（《她名叫蝴蝶》《遍山洋紫荆》《寂寞云园》）；戏剧论文集《西方人看中国戏剧》；传记文学《甘地传》《杜立德医生》等。

施叔青小说的创作，以她人生经历的自然流程，与其小说创作描写的对象的不同，可划分为三个时期：早、中、近时期。台湾是作者生长的故园，在坚实的家乡土地上，骨子里荡漾着对家乡亲情般的爱恋，不免用一种超乎现实的少女般的青涩迷惘的感触来探向社会。美国是作者寄居的客土，她目睹着异国斑驳陆离的社会现实，意识到先前的梦幻，便由空中回落到坚实的地面，对人生的坎坷有了理性的认识。从异国之土定居到香港，面对这座被殖民者占据了一百多年的祖国领土，施叔青不由得将以往对女性意识的关注落眼于华洋混杂琳琅满目的奇异区域，极端的美与丑从她笔下汩汩流出。大相径庭的创作风格，正反映了施叔青多角的人生阅历。下面我们将施叔青创作的三个时期分别给予阐释：

1. 早期创作对隐秘幽暗心灵纠葛的挖掘，体现了作者不谙人世的少女虚幻朦胧般的幻想。在施叔青的观点中，美好的、光明的事物是可望而不可即的，什么伦理道德、理性，在这个世界是不存在的，所有的只能如一种超现实主义的画。事实上，施叔青的早期小说世界，如此令人惊骇，可以说是由于乡土文化的经验世界与西方现代主义的观念世界的撞击，而迸发出的一个渗透着现代病态感的传统乡俗世界。首先，她题材中这个传统的乡俗世界，与其他乡土文学作家的创作世界，有着极其不同的一面。她一反大多数乡土文学作家在揭露社会黑暗的同时，善良地嘲讽那些具有人性尊严和高尚心灵的、身份卑微小人物的那种理智色彩和深刻意义的创作，她笔下的小市民世界，却是圣俗不分，异教相安，虔信与亵渎并存，情欲公然向戒律挑战的颓废和昏庸，仿佛只是透口气活着而已，甚而连活都不甚明了。如那可怜而昏庸的木匠江荣（《约伯的末裔》），对陌生的生活充满疑惧，只能待在木桶里干活，"仿佛它是世界上惟一觉得安全的所在"；而那位因害乱伦之恋的望门少女，竟持刀刺向夺取已爱的嫂子。其次，作为女性作家，在描写那个"病态的世俗世界"时大胆地将男性文学作为模仿对象，内容主题大多集中在小市民的成长历史和现实处境及文化认同、乡土归属上。如《池鱼》《约伯的末裔》《倒放的天梯》等，在人物的安插上，极少采取女性叙述的第一人称的内心独白方式，特别是作者在她有意运用象征手法去表现超现实的世界和畸形心理时，男性的第三人称的叙事观点便占于支配地位，很少有采用女性第三人称。其三，在施叔青病态的乡俗世界中，可看出诸多被称为保存着浓郁中原文化的鹿港镇的影子。作为她的小说"根"的鹿港，委实如她小说中所描绘的那一片"荒原"。只有荒原才能不受文明力量的左右，"死亡"和"性"才能得以散发其威力，才能走出一个孤绝的畸人荒谬英雄潘地霖（《倒放的天梯》）、失落孤绝的现代人李元琴（《安崎坑》）、任人宰割的小男人江荣和老吉（《约伯的末裔》）等等，这全然是作者所借用西方现代派的表现手法，为我们剥开台湾某些人的心理以及他们的社会处境。

2. 在中期创作中，施叔青丢弃了以往少女对人世间的变幻与惊诧，娴熟冷静地将笔锋转向对妇女婚姻爱情悲剧的探索。貌似完美、实质上的破败无望的婚姻，恰恰是束缚扼杀了女性的精神枷锁。施叔青对这个已在无数文人笔下产生的婚姻悲剧题材的刻画时，却将重心转向在社会背景的压迫下，对人物性格裂变的把握上。她一改早期乡俗文学中对超自然虚幻世界的刻画，而脚踏实地进入现实生活的领域，以女性细腻的笔触向以破碎的婚姻、残缺的爱情作为导火线而爆发出旅居海外的华人女性的不幸遭遇：勤俭持家、辛勤劳作、健康结实却遭受性饥渴而变态的劳动妇女常满姨（《常满姨的一日》），唯有恶劣的生活环境，才能将一个有理智的劳动妇女逼得如此疯狂。同样《后街》中则是重笔对人的被压抑欲望进行了心理描写。此外，作者在《完美的丈夫》中刻画一位不堪忍受无爱的婚姻、不愿再成为丈夫笼中的小兽靠着施舍的诱饵活下去的倔强的女性李悰时，指给了她一条新的生活道路。虽然尚无结局，但已看到自强自立新女性的影子，李愫之类叛逆女性的出现，正是作者创作进入一个新阶段的鲜明标志。

　　3. 近期创作，是施叔青定居香港后所写的一系列"香港的故事"。在小说《回归前的香港》中，她仍在继续探讨女性世界，所不同的是已跳出原先的自我，沉着冷静面对人生，所表现的层面越来越大，不再以悲伤忧郁的心境去描写爱情的悲剧与逝去的年华；而是以锐利的笔锋刻画人物中多面的复杂性格，不乏对人物存有同情、了解和宽容之心。《香港的故事》将华洋杂处的香港上流社会及半上流社会的芸芸众生所经历的两种文化的冲撞和特殊社会人文环境下的精神困顿状态重新推了出来。其一，细腻刻画了被金钱物质力量所控制着的香港社会人际关系下被扭曲与被损害的女性心态与感情。如《愫细怨》中的知识女性李愫细，毅然离开变了心的丈夫幻想寻求独立自由的生活时，浓厚的殖民地色彩的畸形社会形态使她抵抗不了屈辱命运的捉弄。社会的寄生性，决定了女性不得不依附男性，作为有职业有教养的半上流社会的女性，依然牺牲自己的人格自尊而委曲求全。施叔青通过愫细这一不合性格逻辑的悲剧结局，而艺术性地完成了对这个摧残人性的畸形社会的揭露和批判。其二，揭示了香港上流社会的人物在充盈的物质享受下的情感迷惘和精神困扰。施叔青的创作，并未简单展示人物的心灵世界，而是善于透过人物这种特定的环境中的迷惘和困扰，寄寓深厚的社会、历史和人性的内涵。不仅是李愫细的心灵世界，有一身京剧硬功夫的丁葵芳（《票房》）、有着不俗精神追求的商人庄水法（《情探》）、出身贫寒的雷贝嘉《一夜游》等，都逃脱不掉精神上的困顿。其三，勾绘出一幅深沉的历史沧桑感的画卷。施叔青笔下那些从大陆逃到小岛来的遗老遗少和他们的后代们，尽管在新环境中取得自身经济地位并有着乐观发展前景，但仍掩饰不了其漂泊无根的苦楚。总之，作品的审美认识空间，在作者的精心刻画和写心造意下极大拓展开来，从中无疑有着深刻的认识价值和美学价值，体现了施叔青新的现实感触和新的艺术视野。

　　李昂，1952 年 4 月 7 日，在堪称中国文化标本的台湾彰化县鹿港镇的书香门第施家，又诞生了一位千金，这就是若干年后与其两位姐姐一同享誉台湾文坛的著名作家李昂，本名施叔端。由于从小受到中国传统文化的熏陶，李昂姊妹三个都是台湾当代文坛著名的女文人。大姐施淑女是文学评论家，二姐施叔青是著名的小说家，因而她生活在十分优越的文化环境中。还是在中学读书时她就开始了写作，高中一年级发表了处女作短篇小说《花季》。李昂在本乡读完高中考入台湾文化学院哲学系，毕业后到加拿大和美国留学，1977 年获美国俄勒冈州立大学戏剧硕士学位，后返回台湾在文化学院戏剧系任教。李昂读大学时，发表了以古朴的鹿港风情为背景，以鹿港人的命运为主线，反映鹿港古镇六七十年代的社会变迁和人世沧桑的系列小说，使她在台湾文坛初露锋芒。其中揭露台湾教育制度弊端，为青年鸣不平的《人间世》获台湾《中国时报》短篇小说奖，受到了台湾各界的广泛瞩目，李昂之名从此不胫而走，蜚声台湾文坛。已出版的主要作品有：《鹿城故事》《混声合唱》《人间世》《爱情试验》《杀夫》《她们的眼泪》《甜美生活》《暗夜》《北港香炉人人插》《禁色的暗夜》《看得见的鬼》等。长篇小说《迷园》《自传的小说》《花间迷情》等。

李昂在 80 年代新女性文学勃兴中是女性现代意识和批判性最强的作家，她的作品题材多以表现两性关系为主，具有以女性为中心来反映社会生活的共同特点。在众多女作家向封建传统观念和不合理的社会现实发动猛烈攻击时，她率先赋予的是极大的勇气和创新的精神。因而，她的获奖作品除《人间世》外，还有《爱情试验》和《杀夫》等。

李昂的创作分为三个时期。早期的创作被称为"孤芳自赏"，那时尚未完成《人间世》和《鹿港故事》两个短篇系列，比较注意作品形式的追求，而较忽视主题思想的呈现。那时李昂所描写的女人和性，大都是一种思想贫困，缺乏筋骨的性游戏和陶醉于对自我胴体的玩味和自赏中。李昂的中期创作，是在她萌发了"试图回到人间管管是非"之后，逐渐赋予了性描写以积极深沉的社会主题，使自己的创作骤然地升华了一大步，至此，才真正在自我追寻中找到了自己的位置。对于"人间是非"这个极为复杂而庞大的命题，李昂是怎样自觉地在这个题目下去寻求答案的呢？

首先，大胆无情地揭露和痛击封建势力对女性的摧残。不管是大陆，还是台湾，尽管社会形态不同，但封建主义的枷锁和镣铐，仍然禁锢着广大妇女的肢体和精神，还在残酷地吞噬着她们的生命，威胁着她们的生存，在文学作品中所歌唱的反封建主题，直到二十世纪末，仍然重演。尤其婚姻悲剧的题材是直接关系千百万人，尤其是妇女的命运，因而常写常新，广泛受到关注。李昂是个十分敏锐的作家，她紧紧地抓住这种题材，对封建主义的无耻和残暴进行了无情的揭露和抨击。中篇小说《杀夫》，就从两条线索和两代人的命运对残忍的封建势力进行揭露的：以描写林市年轻一代的命运和遭遇为主要线索，另一条线索是以林市母亲老一代被侮辱被损害者之死作为铺垫式的描写。作者先描写了林市母亲在被家族势力夺走财产、赶出家门、遭人强奸后，又被代表封建势力的道貌岸然、禽兽不如的小叔子陷害投河致死，作者愤怒抨击了林市叔叔的凶恶残暴，也揭露了他鲜有的无耻，为另一条主线设下伏笔。女主人公林市被叔叔为换得可长期吃肉不要钱的肉票嫁给了凶暴残虐的屠夫陈江水。陈江水对林市进行百般的肉体折磨和精神凌辱以及惨无人道的性折磨。在一次粗暴凌辱后，神色恍惚的林市操刀将陈宰了，当然在劫难逃，五花大绑被游街示众后，处以死刑。林市的悲剧再一次透视出男权统治下的中国妇女命运的悲哀，以弱杀强，是妇女对封建压迫的反抗，是被迫采取的自卫行动，林市的反抗正是在封建宗法制度禁锢下女性自我意识的觉醒。

其次，深刻揭露和抨击了资本主义的虚伪、荒淫和贪婪。标志着李昂创作新高度的《暗夜》比起《杀夫》，不管思想还是艺术，都有新的突破，尤其是主题思想的表达，呈现出更为深邃的特点。《暗夜》描写台湾进入资本主义社会之后，人们物质富裕，精神空虚，富裕的物质成了人们灵魂的腐蚀剂、销魂散，将资产阶级道德极其虚伪的本质揭露得淋漓尽致。作者在《暗夜》中以惊人的观察力和组织力，绘制了一个以金钱和性为网络，里面装满着丑恶、奸诈、荒淫、无耻的台湾资产阶级社会的关系图。在这个图中有血的吸吮，有性的交易，有争夺的疯狂，有报复的凶狠，有嫉妒的烈火，有贪馋的涎滴。利用获得的经济情报大发横财、吃喝嫖赌的小报记者叶原，表面道貌岸然实际是伪道德家的陈天瑞，还有所谓的实业家黄承德、留美博士孙新亚等，他们既没有思想，也没有灵魂，一个个都患着严重的精神贫血症，作者对他们的揭露入木三分。

其三，揭露、批判了台湾教育制度。小说《人间世》的内容和主旨，就是要告诉读者，台湾教育制度的弊端和失败。作为教育机构，一方面担任着塑造人的灵魂的神圣使命，却不事先注意对学生品行和生理知识方面的教育，而当学生出事后，又把责任全部推给学生，不教而诛，将学生开除了事。这无疑是把问题推给社会，给社会埋下隐患。教育机构不但不能为社会分担忧愁，消除和减轻社会的不安定因素，反而给社会增加隐患，这就是教育无能的表现。另一方面教师未能承担教育帮助学生的职责，违背了为人师表的天职，也造成了信任危机，严重亵渎了教师的形象。

自 20 世纪 80 年代至 21 世纪初，李昂文学创作颇丰，除了小说，她还涉足散文、报导文学、儿童文学等领域。李昂先后出版饮食小说《鸳鸯春膳》《七世姻缘之台湾/中国情人》，散文集《猫咪与情人》《爱吃鬼的华丽冒险》等。李昂曾获时报文学奖（1983）、第十一届赖和文学奖（2002）、法国艺术及文学骑士勋章（2004）、吴三连文学类小说奖（2012）。与此同时，她的创作因所涉政治性议题的尖锐和描写女性欲望与道德问题的敏感笔触，又不时引发文坛与社会的争议讨论。

第四节　袁琼琼、萧丽红、苏伟贞

袁琼琼，曾用笔名朱陵。1950 年 11 月 25 日出生于台湾省新竹县，祖籍四川眉山，毕业于台南商业职业学校，曾任《创作月刊》编辑。80 年代初，短篇小说《自己的天空》的发表，使她拥有了大量的读者，并获得了《联合报》小说奖。不久，袁琼琼赴美国艾奥瓦大学作家班深造。1984 年以《沧桑》一文获得"时报文学奖"小说首奖。1985 年，因一偶然机会闯入台湾影视圈，此后，曾创作了长长短短的电视剧 20 多部。迄今，著有小说集《春水船》《两个人的故事》《自己的天空》《沧桑》《又凉又暖的季节》《袁琼琼极短篇》《今生缘》等。另有散文集《红尘心事》《随意》等。影视剧《大城小调》《红男绿女》《家和万事兴》等。

袁琼琼是 70 年代末萌生、80 年代突起的新女性主义文学代表作家之一。她和曾心仪、朱秀娟、廖辉英、苏伟贞、杨小云等人的创作，共同形成了新女性主义文学的潮流。袁琼琼的小说以平实的笔调、不乏的细节，描绘了女性独立的自强意识，反映在男权主义社会阴影下女性自强奋斗的身影，她笔下的女性不是生活中的悲剧角色，而是敢于挑战男权、挑战社会的强者。

第一，挣脱枷锁，拥得自己的天空。

袁琼琼短篇小说《自己的天空》是女性主义文学的起步代表作。小说从独特的角度深刻揭示了随着台湾社会经济的变化、生活方式的改变，家庭、婚姻观念也产生一系列潜移默化的变迁。以动态方式勾勒出当今台湾女性奋力挣脱精神枷锁、确立主体思想的过程。女主人公静敏，老实本分，性格内向，结婚后，放弃自己的学业，甘愿在家相夫教子，以丈夫作为其生活的全部内容，力求做一位贤妻良母。然而，丈夫另有了新欢，无情地遗弃了她。这突如其来的沉重打击，没有击溃她，相反，却激发了她自强自立的意识，决然放弃了已无实质意义的婚姻，走上自我奋斗的历程。几年中，她拉保险、做生意，直到在企业里做了主任，逐渐成了一个"自主、有把握的女人"，遨游在"自己的天空"，充满自信。小说主人公的奋斗史无疑对现实生活中的许多女性有借鉴意义。

第二，展示现代社会中心理失衡和扭曲变态的人性。

摒弃侵犯女性人权的陈腐道德观念，是新女性文学的共同表现特征。在短篇集《沧桑》中，主人公多为心理变态者：《谈话》《颜振》中的男主人公，儿时都曾遭遇了母亲自杀事件，从而对婚姻恐惧不已，视男女间的一切美满为龌龊的梦幻。性格怪异，举止荒诞，特别突出的例子是在小说《家劫》中：方老太太守寡多年，却收养了两个女孩以供其白痴儿子发泄性欲。当其中一位养女拒绝怀孕为其繁衍后代时，丧失理智的方老太太竟怒而将其棒杀。这不近人情的行为，显然是其长期压抑变态的结果。小说《烧》中的女主人公，更是一个患了占有狂的怪胎，将爱丈夫演变为霸占丈夫，限制其自由，甚至当丈夫患了病，她也怕丈夫在医院跑掉，坚决不送医院而自行买药医治，最后导致丈夫误诊死亡。小说暗示了女性自我封闭而造成的心理扭曲。

第三，着力刻画社会众生相中的小人物。

袁琼琼的小说具有一个最为读者所关注的特点，即平民色彩和人文精神。长篇小说《今生缘》描写了众多人物关系，将"人心的真相"圈在了一幅社会风俗的大框架中以重笔描写。小说分为三部：第一部反映50年代初，人们初抵台岛时的生存境遇；第二部反映50年代末，复杂化了的人际关系，父子不睦、夫妻有隙、婆媳口舌等家庭矛盾和妓女卖春等社会丑象，人们的精神状态发生了畸变；第三部则表现60年代的台湾经济转型期人们的挣扎、谋生、竞争生活。虽经济复苏生活条件好转，但人际关系更趋复杂，小说道出了大时代中"小男女"们的生活与心态，写出了他们的人情世故、处世哲学以及内心的隐秘，并从中挖掘出深厚的文化历史内涵。小说告诉人们，泱泱大国与中华民族，正是由这无数充满人性弱点和鲜活生命力的小人物构成，几千年来的中国人就是这样真实地活过来的。

萧丽红，1950年出生于台湾省一个典型的中国传统文化的标本、且具有强烈抗拒力和封闭性的小镇——嘉义县布袋镇。与其他经历过从幼年少年创作期的作家不同的是，萧丽红的创作知名度好像是一夜之间骤然地从文学的大海上跃出的，那是1975年，她的第一部长篇小说《桂花巷》在台湾《联合报》连载，便引起人们注目。接着，1980年，她的第二部长篇小说《千江有水千江月》又获台湾《联合报》长篇小说奖，成为台湾持续不衰的最畅销的长篇小说之一。评者、论者蜂拥而起，使萧丽红的名字一下超过那些久负盛名的女作家，成为台湾文坛最著名的人物之一。虽说萧丽红的出生地布袋镇与前面我们提及的文坛施家三姐妹的出生、成长的鹿港镇在传统文化遗传性上有点相似，但却并未像鹿港镇那样容易被西化风席卷，因而如施家姐妹早期作品中那种传统和现代观念在演变过程中并存的情景，在萧丽红的小说中却看不到。萧丽红为其作品选择的背景和为其人物确定的成长环境，无疑是萧丽红自身生长，而且非常熟悉的环境。从这个角度说，抗拒力与封闭性极强的故乡小镇无疑对她的创作产生了巨大影响，这种影响甚至超过了台湾乡土派作家。如此推论，从创作风格来讲，萧丽红当为典型的台湾乡土派作家了。更为准确地说，其作品中表现的并不是小乡土，而是以特定的历史和社会背景表现出了中国的大乡土，可谓中国的大乡土作家。究其作品，有以下特色：

其一，扬中国传统文化，抑西化之风。萧丽红的几部长篇小说，几乎表现了从十九世纪末到二十世纪六七十年代差不多一个世纪的台湾妇女生活的坎坷历程。出生在晚清，成长于被腐败的清政府割让给日本的台湾岛历史背景下的剔红（《桂花巷》的女主人公），她的生命史与日本帝国主义霸占台湾的历史一样长。而贞观（《千江有水千江月》中的女主人公）却是生长在五十年代至八十年代。可以说，以故事发生的时间论，这两部小说描绘了两个时代，若论其作品中的人物，绝不能单考虑时间因素而区别新旧，更不能以她们生活的年代来判断她们的意识所代表的时代本质。作者是根据她的创作意图和主题需要来塑造人物的。两人是不同时代的女性——剔红生长于清末至二十世纪四十年代中国封建和半封建半殖民地社会，典型的封建社会妇女的举动，如缠足、进香等恪守妇道的行为均是剔红所为。但剔红思想深处却具有现代女性开放意识：生长在贫苦家庭，过惯了穷困生活；为了逃避苦难，剔红敢于以身挑战社会束缚，弃贫穷丈夫改嫁富家少爷；曾有过风流的"外遇"而怀了私生子，感受到"外遇"的温情等。对此，贞观自叹不如，生长在资本主义西化期的贞观和大信是那样保守，循规蹈矩地恋爱，不敢越雷池一步。不仅是贞观，《千江有水千江月》中的其他女人，均都是保守型的，即使长期守寡的女人。生活在资本主义社会的女性还不如生活在封建社会的女性开放，这似乎不可理喻。然而，这正是作者意图所在，即要以中国的传统文化来抵抗西方文化的入侵，要在中国传统文化日益危机的情况下，让它放射出更强的光辉，以此来拯救它的危亡，以此来战胜凶猛的西化之风。

其二，描绘一幅出淤泥而不染且牵出人们无限遐想的风情民俗图画。萧丽红不惜泼墨重笔再现一个纯然的中国传统文化的世界，那里风俗典雅古朴，空气新鲜清纯，人心一片真诚无私。以此与资本主义西化城市的环境脏乱、空气污浊、人心难测，凶杀、拐骗、抢劫、遗弃、掠夺、强奸等事件不断发生比较起来，人们自然留恋和追怀《千江有水千江月》中布袋镇的世界。这样的世界不仅是反西化之风的人们所向往，而且也是在灯红酒绿中翻滚得厌倦了的人们的安歇处。

其三，高唱民族颂歌，弘扬民族精神。就因为通过对作品具体情节和人物的刻画来突出中国传统文化的优越，高唱民族颂歌，《千江有水千江月》才会成为台湾第一畅销小说。从创作动机看，作者也是深怀着民族的骄傲和自豪感来创作的。其目的就是要把《千山有水千江月》写成一部民族的颂歌。作品的这种格调和主题，正吻合了当时台湾正在兴起的文化和文学诸领域民族的、乡土的回归运动。正当台湾岛狂刮欧风美雨的恶劣气候下，萧丽红勇敢地拿起笔歌颂中国优秀的传统文化，表现中国人的心灵美，唤醒中国人的意识，提醒人们做一个中国人的自豪，可谓慧眼金睛，有胆有识，以她卓越的才华回应了时代的这一需要。

在台湾新女性主义文学大军中，有位以咄咄逼人的气势连连夺魁于各项文学大奖的女作家，她就是以获奖中篇小说《红颜已老》在文坛引起特大反响的苏伟贞。

苏伟贞祖籍广东番禺，1954 年生于台湾。政战学校影视剧系毕业，曾在军队服役，现任《联合报》副刊编辑。苏伟贞致力于文学创作，出版的作品二十余部：长篇小说《有缘千里》《离开同方》《陌路》《过站不停》《沉默之岛》《梦书》；小说集《红颜已老》《陪他一段》《世间女子》《旧爱》《离家出走》《流离》《我们之间》《热的绝灭》《封闭的岛屿》等；散文集《岁月的声音》《来不及长大》《预知旅行记事》等。

在文学创作上自觉起步过晚的苏伟贞，当她的处女作《陪他一段》发表，得奖、震撼文坛时，不过刚满二十五岁。待第二篇小说《红颜已老》榜上有名，其已享誉文坛，就这样，一支笔写到今。苏伟贞被许多人称为"小说天才"。对此，苏伟贞不以为然，认为世界上哪里有天才？只不过凭着直觉学习罢了，并直截了当地道白："不是刻意选择文字，是别的事我没办法做。"真诚坦言是她一贯所持，不仅本身如此，对于他人的真诚，更是尊重有加。小说均是她的呕心之作，她是这样看待自己的小说世界："每个读小说者都可以在小说人物的生活中找到令自己满足的角度，也可以找到自己的需要。我写小说，无意去解释什么，小说没有解释的责任，也和我真实的生活不相同，起码在价值观的认定上不相同，相同的，或是要追求一个完整吧！"[1] 与台湾其他新女性主义作家一样，苏伟贞亦把笔触向女性生存的空间，亲情、友情、爱情甚至性都是其作品涉猎的主题，似乎每部作品的主人公均为女性，女性形象是当然的主体。以女性作家细腻的手笔来解读两情、如临其境，如见其人。同为表现两性关系，苏伟贞似在有意无意之间表现了强烈的社会性和现实性，无激烈的语言，更无惨不忍睹的画面。如果说李昂以惊心动魄的故事情节传达忍辱负重的女性走上抗争之路，那么，苏伟贞则是以爱情故事的形式所做的关于人的情欲的探索。

写作出版于九十年代中期的长篇小说《沉默之岛》，可谓是苏伟贞在表现两性关系方面所做的探索性创作了，也就是这部小说，获得了第一届台湾"时报文学百万小说奖"推荐得奖作品。

《沉默之岛》在表现手法上相当独特。首先，采取一分为二设置主角的方式。名字，及其有关人物的名字均雷同，然而两个都名为"晨勉"的女主角各自的情节线不同，好像一条并轨的铁路，一同向前延伸，最终都掉入悲剧的峡谷。作者好像在极力表明一个人的可视之点并不重要，重要的是人之为人的共通性。其次，极力表现被压抑的"性"的解脱。两个女主人公及其他人物的工作、生活都几笔带过，而人物自身的需要、目标、与外界的沟通渠道等等都离不开"性"。而"性"的流溢并非于某人的意图或鲜明的意志活动，一切均顺其自然。可见，除了性压抑的解脱还存在着对"性权利"的挑战。其三，强调非意志控制身体，着力探讨自身身体的自主性。作为社会学上的重要论题，作者大胆地试图为读者揭开某种女性身体的秘密。但是，两位女主人公的结局，也只能是一座"沉默之岛"，将女性身体秘密寓意于此，也不失为极具特色的表现手法。

---

[1]爱亚：《沉默之岛，专访苏伟贞，不肯沉默的心》，成都：四川文艺出版社，1999年版，第253页。

第二十九章
台湾文学的多元化倾向

第一节　台湾文学走向多元化的历史背景

　　台湾社会结束国民党的独裁和白色恐怖，是历史的进步，也是世界大潮流发展的必然趋势。1970年8月12日，美国欲将中国的钓鱼岛送给日本，引发了世界性的"保钓运动"。1971年12月25日，中国恢复联合国席位，台湾当局代表被逐出联合国。1972年2月21日，美国总统尼克松访问中国。2月28日，中美《上海公报》发表。1978年12月16日，中美正式建交。在这种国际形势的推动下，台湾岛的形势也迅速发生变化。首先是爱国知识分子的大觉醒，掀起规模巨大的反独裁、争自由的民主运动。1972年12月4日，由陈鼓应、王晓波师生在台大举行"民族主义座谈会"，宣传统一中国的主张，在台湾掀起了爱国的民族主义浪潮。1973年2月17日，台湾当局拘捕陈鼓应、王晓波，酿成严重的"民族主义事件"，激起了更大规模的抗议运动。2月18日，台大学生郭誉孚在台大校门前持刀刎颈，并血书"和平，统一，救中国"的标语。从此，台湾的爱国民主运动此起彼伏，一浪高过一浪。随着这种非常纯洁的爱国民族主义运动的兴起，潜伏着的对国民党不满的各种政治势力也开始发难。其中有遭国民党无辜迫害者，有偏狭的地方主义者，也有少数心怀不轨的"台独"分子。初期，由于反国民党独裁的大方向一致，便都成了民主潮流中的一员。但是随着运动的深入发展，不同的利益、目标和主张便逐渐地暴露了出来，并产生了新的矛盾。于是政治倾向上便出现了多元化。不过就其本质来看，实际上就有"两化"，那就是爱祖国、爱民族的"中国化"和反中国、反民族的

"台独化"。其中有相当一部分是中间派。从情感和理念上，他们是炎黄子孙，是中国人，是中华民族的一员，但由于受到国民党的残酷迫害，又坚决地反对和排斥国民党政权。这一部分人在"台独"分子将国民党和中国画上等号的蛊惑中，因为要反对国民党，便中了"台独"分子的奸计。而真正的爱祖国、爱民族的"中国化"者，因面临两条战线：一方面要反对国民党独裁；另一方面又要反对"台独"分子分裂祖国的阴谋。他们将"反台独"放在首位，于是在客观上与国民党的"一个中国主张"，又自然吻合。"台独"分子将两者分成"左统"和"右统"。无形中又使爱国反蒋的真正左派处于两难之境，失去了相当多的中间状态的朋友。"台独"势力便借机得到发展。"台独"势力的发展有几个比较关键性的事件，其一是1979年12月10日发生在高雄市的"美丽岛事件"。《美丽岛》杂志社在高雄组织两万余人进行火炬游行，国民党进行武装镇压，受伤者200余人。黄信介等160余人被捕，并查封了《美丽岛》《春风》《八十年代》等党外刊物。其中被捕和判刑的人中有作家王拓、杨青矗等。国民党的镇压严重激化了矛盾，"台独"势力借此大肆宣传，大做文章，从此"台独"势力打着反国民党的旗号，拉拢了大批群众，逐渐成了气候。1980年底"中央民代"选举，"美丽岛事件"受害者受到同情和支持，受刑者家属高票当选。1986年9月28日，由"立法委员"费希平和"监察委员"尤清等，提议"建党"。由费希平、尤清、谢长廷、张俊雄等成立建党小组，当场135人签名支持，并于当天下午做出决定，成立"民主进步党"。从此，"台独"势力在"民进党"的旗号下聚集，并将"建立台湾共和国"的阴谋公开写进了他们的党章。1987年7月15日，台湾当局宣布解除实行了38年的"戒严令"，从此解开了"党禁""言禁""报禁""海禁"。台湾人民获得了自由与民主，但事情都是两面性的，"解禁"使民进党合法化，"台独"势力更为嚣张，他们可以公开地、毫无顾忌地推行他们的"台独"主张。1988年1月13日，蒋经国去世，李登辉当上"总统"，从此开始了李登辉时期，结束了真正的国民党时代。李登辉是个危险的阴谋家，他将"台独"野心藏得很深，极力以无所作为、没有野心打扮自己，骗取了蒋经国的信任。蒋经国一去世，大权到手，他便公开亮出"台独"面目，抛出"两国论"背弃国民党，支持民进党，直到 2000 年将陈水扁推上"总统"宝座。在台湾的问题上，国民党犯了两个致命的错误，那就是迫害台湾人民于前，选错李登辉这个接班人于后。前者将大批的台湾老百姓逼向了"台独"势力一边；后者让"台独"里应外合使台湾政权顺利地落到了"台独"势力手里。

第二节　现实主义文学思潮的再崛起

台湾文学进入 20 世纪 80 年代之后，出现了思潮和创作多元化的局面。在这种多元化的局面中，绍继 70 年代乡土文学论战中现实主义文学精神的青年作家群崛起于台湾文坛。诗歌方面有：

1. 汉广诗社。其成员多为台湾北部各大学的学生。主要负责人为青年诗人路寒袖。由路寒袖执笔撰写的《汉广诗刊》发刊词中写道："本社名'汉广'，乃取自《诗经·周南·汉广》，该篇所叙之事本只是一名男子追求不到汉水边女孩的咏叹，多少有点浪漫情怀。本社之所以取用于它，乃就其字面之意而言，'汉'是中华民族，'广'是广博，合起来就是'抒中华民族之情，广大包容各种风格'，这是我们不变的宗旨，不是现在既有的成绩。'汉广诗社'同仁都极为年轻，我们对未来新诗的发展要抱着乐观的态度，更拥有无比的忠诚。"

2. 《春风诗刊》，主编杨渡。他们宣称："内容上秉承优秀的现实主义传统，及其抗争精神，勇敢前行。"

3. 以林正芳为代表的"华冈诗社"发行《传说诗刊》。他们认为："只有挖掘了时代特点，表现了民族特质，并且能唤起心灵共鸣的诗，才是不朽之作。"他们继承了台湾新诗回归运动中以"龙族诗社"为代表的"龙"的精神。诗歌方面比较有代表性的诗人，如：杨渡、路寒袖、詹澈、林华洲、林正芳、陈嘉农、渡也、杨焰农、钟乔、蒋勋、李疾、苦苓等。这批诗人在后来的时日中，因受政治形势的影响，有的人的观念有所变化。

在小说和报告文学方面，以描写台湾农村生活和刻画被遗弃的无奈角色人物方面当数袁琼琼和朱天心、朱天文姐妹；在表现中国传统侠义和武林生活，描写江湖好汉和盗贼出没等粗犷、豪放之士方面，八九十年代冒出的郭筝夺得头筹。而在表现金门战地状况，刻画金门人民特殊环境下生活方面，来自金门的青年作家黄克全，可能是最独特的一个。青年女作家成英妹以强烈讽刺性的黑色幽默，来展示对现实的抗争精神。报告文学方面，杨渡专写台湾发生的重大事件，从中暴露出官方的冷漠和人民的灾难。而青年作家蓝博州则以刻苦细致的调查专访和精心的描绘与刻画，去唤起被历史尘埃深埋的冤魂，表现他们爱祖国爱民族的革命情操。以他们历史性的革命贡献，来揭穿"台独"歪曲台湾历史的谎言。散文方面，涌现了一大批具有鲜明批判精神的作家。如：龙应台、阿盛、白灵、陈莘蕙、喻丽清、简媜、简宛、杨丽玲、颜艾琳等的散文中充满批判的现实主义精神。20世纪90年代在"散文热"中红遍海峡两岸的散文家林清玄、刘墉、简媜等，虽然他们各有独特的风格，但林清玄对禅哲的开掘也是以关注现实生活和民众疾苦为基础的，而刘墉的散文表现幽默，锋利和尖刻，更是以现实生活为生成土壤的。简媜散文的优美、真挚和富有生活哲理性，对女性心理的刻画，均是对人生解剖的结晶。杨丽玲、颜艾琳散文的淋漓、泼辣和适度的调侃，更折射出特定环境中的社会面相，表现出作家蓬勃的青春活力。

第三节　由乡愁文学向探亲文学转化

1987年，台湾开放部分人员赴大陆探亲，从此，冰封了38年的海峡开始解冻。两岸交流范围日益扩大，交流频率日益高涨，从人员探亲访问，到文化、文学交流；从民间交流，到官方交流；从一般访问，到经济互动和投资。这种大规模的、全方位的、频繁的互动和交流，引起了许多深层次的变化。其中最显著的领域之一就是文学。两岸文学的交流，从20世纪70年代便开始了，初期是通过香港、美国等第三地区间接地进行交流，后来变成了暗地里接触，再发展到公开直接的交流。因而在两岸的交流中文学是先行者，起到了心灵纽带的作用。文学的交流由冰封到解冻，由互相吸引到互相研究，由人员交流到互相发表和出版作品，直至台湾的许多刊物开设大陆作品专栏，为大陆作者评奖等活动的开展，引发了文学内在世界的变化。首先是文学题材变化。由于台湾作家大批频繁地到大陆探亲访问，从大陆源源不断地获得了新的创作题材，促使了台湾文学创作题材的扩大和丰富。尤其是诗和散文方面，有许多诗人散文家都出版了大陆访问作品专集，如诗人汪洋萍 1995 年出版了《万里江山故国情》；小说家张放 1995 年 6 月出版中篇小说《走过泉城》，1996 年出版中篇小说《情系江家峪》；诗人洛夫 2000 年出版长诗《漂木》；小说家程国强 1993 年 4 月出版《祖国、祖国》等。由于新题材的介入，台湾文学的整体风貌有了很大变化，推动了两岸文学的融合。在台湾兴盛了 40 年而成为台湾文学大宗的乡愁文学，便逐渐地缩小乃至将有失去生存空间的可能。乡愁文学必须具备两个要素：（1）时间要素，即分离的时间距离。（2）空间要素，即分离的空间距离。时间和空间距离愈长愈久，引发的思念和激发的愁苦便更多更深，在这样的心灵和情感基础上创作的乡愁文学作品，就会更动人。乡愁文学是情感的苦果酿出的美酒，它是以牺牲乡情、亲情为代价的。因而一旦失去了空间距离和时间距离两个要素，乡愁文学便失去了生存条件。海峡两岸冰封 38 年，可以说是创造了我们民族同胞整体性隔离的历史纪录，被隔离同胞的乡愁纯化到了很高的境界。这批同胞中又有许多文学高手，他们创作了大量的、品质极高的乡愁诗，乡愁小说，乡愁散文。但是自 1987 年海峡解冻开始，阻隔变成了团聚；分别变成了相逢；离散变成了拥握。即使亲人已经辞世，那漫长的等待也变成了眼前的悲痛。于是乡愁文学大大地被压缩和失去了生存的空间，无可选择地向着探亲文学转化。和乡愁文学相比，探亲文学的发生是眼前即景，亲眼所见，亲身所历，亲自所感。这里以台湾诗人秦岳的乡愁诗《望月之一》和探亲诗《夜宿郑州》为例。《望月之一》写道："曾经山过/曾经水过/曾经风景过/曾经嚼着月饼温馨的团圆过。"这五个"曾经"中都包含着漫长的时间和空间距离。而探亲诗《夜宿郑州》则写道："直到晨曦升起/照着我一无睡意的醉眼/才惊讶地发现/那魂牵梦绕了四十年的故乡/突然猛力一把拥我入怀。"乡愁文学向探亲文学转化，有几个明显的不同：一是观察事物的方法和角度不同；二是由客观事物激发出来的情感不同；三是判断问题的方法不同；四是作品呈现的思想主题不同。假如，翻阅一下诗人们 1987 年开放探亲之前和开放探亲之后的关于描写故乡的作品，就会十分鲜明地看到上述差别。这种由乡愁文学向探亲文学的转化，从社会和政治角度来看，是一种发展和进步；对民族和同胞来说，是一种回归和团聚；对文学自身说，是一种文学题材向另一种文学题材的转化。它也是实现民族文学融合和祖国走向统一的一个步骤。不过，虽然台湾的乡愁文学已逐渐地向探亲文学转化，但乡愁文学并未完全失去生存的条件，文学的题材和样态还将随着两岸关系的变化而变化。

第四节　后现代派文学的登场

后现代派文学是一种西方的舶来品。台湾后现代诗的倡导者罗青，于 1989 年 10 月出版了《什么是后现代主义》一书。该书将后现代主义的发生、崛起、东进及在文学诸领域的表现进行了叙述。罗青解释后现代主义时这样写道："后现代主义也不过是一种，配合时代发展的诠释方法与态度而已。正如同工业社会发展到了现代主义的看法，后工业社会自然也就顺理成章地发展出属于自己的诠释观点。因为旧有的那一套实在无法应付各种层出不穷的新情况了。"[1] 后现代主义在台湾文坛出现以后，许多批评家对它们作了严厉的诠释和评价。后现代批评家、诗人孟樊这样写道："总结上面的讨论，台湾后现代诗大致有如下特色：寓言、移心、解构、延异、开放形式、复数文本、众声喧哗、崇高滑落、精神分裂、雌雄同体、同性恋、高贵感丧失、魔幻写实、文类融合、后设语言、博议、拼贴、意符游戏、意指失踪、中心消失、图像诗、打油诗、非利士汀气质、即兴演出、谐拟、征引、形式与内容分离、黑色幽默、冰冷之感、消遣与无聊、会话……这样一张诊断书，自然无法完全涵盖所有有关台湾后现代的一切特征，但相信是

---

[1]罗青：《什么是后现代主义》，台北：五四书店，1989 年 10 月版，第 14 页。

'虽不中，亦不远矣'。"[1] 罗青关于后现代主义含义的描述，孟樊关于台湾后现代诗的特征的概括，基本上已将后现代主义在各类文学体裁中的表现概括无遗。孟樊的概括只是过于烦琐，简而言之，后现代主义就是调侃、解构和否定一切人类的成就和意义。它像一个吃腻了，活厌了，对一切都无兴趣，看不惯，要走向死亡和毁灭的败家子。他们满口胡说八道，却是口是心非，一方面诅咒人类的文明，另一方面又享受人类文明。一些玩家只不过是借它来表现才气而已。台湾的后现代主义从 20 世纪 80 年代中期开始登场，一般以 1985 年后现代主义的代表诗人夏宇，自费出版的诗集《备忘录》为起点。后现代主义分为理论、诗歌、小说、戏剧诸领域。理论方面的代表人物为：罗青、蔡源煌、王德威、孟樊、林燿德、廖咸浩等。诗歌方面的代表人物为：林燿德、田运良、黄智溶、欧团圆、夏宇、陈黎、古添洪、罗青、罗任玲、陈克华、林群盛、鸿鸿、万胥亭、许悔之、丘缓等。小说方面前期为：黄凡、蔡源煌、张大春、李永平、平路等。后来，后现代主义小说发展到了新世代，新人类、新新人类。他们的代表人物有：陈裕盛、骆以军、杨丽玲、邱妙津、纪大伟、洪凌等。后现代主义小说的主要特征是无思想、无主题和后设语的运用，作者常常公开跳出来在作品中发言，有的作品将形体活动和心灵活动，形而上世界和形而下世界分割开来。心灵活动和形而上世界，常常在括弧内进行表达。后现代主义，是文学发展中的一种暂时现象。因为它不适应历史潮流的发展，所以既不可能长久，也不可能成为文学的正宗和主流。不过它所体现的艺术方法，却并非都是无用之物。因而它创造的有用的表现方法，将被人类艺术所继承。

第五节　少数民族文学创作

少数民族文学，即通常称之为的高山族文学。高山族是我国的一个少数民族，人数约二三十万人，大都住在台湾比较偏僻落后的地区。由于他

---

[1]林燿德、孟樊编：《世纪末的偏航》，台北：时报文化出版公司，1990 年 12 月版，第 202 页。

们长期受到种族歧视，经济、文化比较落后，生存条件比较恶劣。他们长期没有文字，没有书面文学。自 20 世纪 80 年代之后，他们的生存条件逐步得到较快改善。许多人开始掌握了文化知识。一部分知识分子开始拿起文学这个武器，向强权和不平进行抗争，并通过文学创作寻找和表现自己民族的文化血脉，歌颂伟大的祖国。进入 80 年代之后，高山族出现的诗人和小说家有：排湾诗人莫那能，汉名曾舜旺；布农小说家田雅各，本名拓拔斯·塔玛匹玛；布农小说家霍斯陆曼·伐伐，汉名王新民；雅美诗人，小说家施努来，原名夏曼·蓝波安；泰雅散文家诗人吴俊杰，本名瓦历斯·诺干等。高山族文学突出表现三个方面的主题，一是抗争精神；二是强烈的变革愿望；三是民族文化的寻根和升华。

排湾诗人莫那能，台东市人，1956 年生，因家庭生活极贫，曾打工、卖苦力，妹妹被拐卖进妓院，他千方百计将妹妹救出火坑。他双目失明，凭着坚强的毅力学知识、学文化，后成了按摩师和诗人。1989 年出版诗集《美丽的稻穗》。他是高山族作家中最具反抗精神的人物。他在《恢复我们的姓名》一诗中宣告："如果有一天/我们拒绝在历史里流浪/请记下我们的神话与传统/如果有一天/我们停止在自己的土地上流浪/请先恢复我们的姓名与尊严。"莫那能的反抗不是个人的反抗，而是代表一个族群的觉醒和抗议。

布农小说家田雅各，1960 年出生于南投县，高雄医学院毕业，曾参加该校的阿米巴诗社。1987 年出版小说集《最后的猎人》，1992 年出版第二部小说集《情人与妓女》。田雅各的小说，着力描写高山族劳动者的贫瘠生活，作品表现出很浓的高山族风情，刻画了众多高山族人勤劳、朴实、诚恳、聪慧的形象，体现出特有文化氛围和生活体验。他 1983 年发表的处女作《拓拔斯·塔玛匹玛》，将小说的场景安排在一辆行进的汽车上，通过族人的议论和交谈，表现出了他们所面临的生活困境和生存危机，以及他们在现代文明的洗礼中的独特感受。

泰雅作家瓦历斯·诺干，汉名吴俊杰，笔名柳翱，1961 年 8 月出生于台中县和平乡泰雅人部落。台中师范毕业，现任小学教师。曾创办《猎人文化》杂志，成立"台湾原住民人文研究中心"。他先写诗，后写散文，出版的散文集有《永远的部落》《荒野的呼唤》《番刀出鞘》《泰雅孩子》《想念族人》《山是一座学校》《戴墨镜的飞鼠》等。瓦历斯·诺干接触文学是从诗开始，读师专时曾参加"慧星诗社"（原后浪诗社），从阅读余光中、洛夫、周梦蝶的诗起步，写现代派的诗。后来他接触到乡土诗人吴晟，才改变诗风进入现实主义诗歌行列，成了现代派的反叛者。瓦历斯·诺干不仅是个文人，而且是个社会活动家。他由相信文化变革族群地位，到领悟变革社会才能改变族群处境，为了达到变革社会的目的，他便成立研究中心，开展原住民的人文社会研究。他的"两个转变"即文学方面由现代派转入现实主义诉求；变革方面，由文化变革转入社会变革，是因为1987 年他结识了"台共"朋友，大量阅读《夏潮》《人间》受到教育启发的结果。瓦历斯·诺干的散文，风格潇洒、自然、亲切，多用拟人化的手法将客观事物主观化，从中道出人生的信念和哲理。例如作者从树自身体现出两种价值观。一种是将树砍掉卖钱发财，而另一种是绿化，让飞鸟栖息的生命价值。他选择后一种价值。在他的散文中，大量的是描写人和自然和谐相处，互相受益的辩证关系。他有些散文则表现了人和人之间的亲睦和友善，而排拒那尔虞我诈、争权夺利恶行。他的散文是一个有作为、有理想、光明、正直、善良而又具有变革勇气和决心的现代青年形象写照。

第六节　台湾年轻一代的文学理论批评

台湾年轻一代的文学理论批评家，大都崛起于二十世纪八九十年代，他们已经在文学理论批评方面有了较为卓越的建树，显出了自己的素养和风格。这些人中有的是理论、批评双管齐下，有的着重于诗歌评论，有的着重于小说评论，有的着重于散文评论，也有跨诗歌、小说、散文全方位进攻的批评家。他们中如：王德威、李瑞腾、龚鹏程、郑明娳、孟樊、龙应台、曹淑娟、张惠娟、林耀德、古添洪、罗青、简政珍、陈信元、高天生、詹宏志、林慧峰、廖咸浩、王浩威、廖炳惠、萧萧等。台湾年轻一代的文学理论批评中有几个热点：

其一是在两岸文学交流与融合中，出现的大陆文学研究热。他们开始在这种热潮中建构两岸文学理论批评的桥梁。此领域中比较突出的是陈信元。陈信元（1953—2016），台湾台中县人。台湾中国文化大学中文系毕业，曾任南华大学编译出版中心主任。陈信元在台湾年轻一代文学批评家中不是突出的角色，但可贵的是在两岸文学汇流中他首先关注并投入向台湾读者推荐大陆文学作品，并沉静下来研究评价这些作品。虽然他的有些观点还值得商榷，但他能为此投入和付出，就应该得到鼓励。陈信元关注大陆文学研究，出版了《从台湾看大陆当代文学》《中国现代散文初探》《大陆新时期散文概述》《大陆新时期报告文学概述》等专著。

其二是后现代文学理论批评热。后现代文学理论批评中，诗歌方面以孟樊为代表。孟樊，本名陈俊荣，台湾嘉义县人，1959年9月出生。台湾政治大学政治研究所硕士，台大法学博士，现在南华大学任教。出版的著作有：《后现代并发症》《台湾世纪末观察》《台湾文学轻批评》《当代台湾新诗理论》《台湾出版文化读本》等。孟樊对台湾后现代诗的研究，有一种知根知底，而又不护短的精神。因而能从后现代的生成、传播、特征及其致命弱点全面地进行论述。由于他自身是后现代诗人的一员，颇有从内部杀出的反叛意味。上面我们引述的孟樊对台湾后现代诗特征的一长串概括，便是孟樊对后现代诗研究的精髓。后现代小说批评方面，要数蔡源煌与张惠娟了。蔡源煌，台湾省嘉义县人，1948年4月出生，台大外文系毕业，美国纽约州立大学博士，现任台大外文系教授。出版的著作有：《寂寞的结》《文学的信念》《当代文学论集》《从浪漫主义到后现代主义》《海峡两岸小说的风貌》《解严前后的人文观察》《当代文化理论与实践》。吕正惠认为："从80年代中期到90年代初，主要透过他的三本评论《当代文学论集》（1987年）、《海峡两岸小说的风貌》（1989年）、《当代文化理论与实际》（1991年），他成为当时台湾后现代小说主要发言人。"蔡源煌几乎是与黄凡、张大春一起在后现代文学舞台亮相的。所不同的是蔡源煌以理论探索为主，又跨越小说创作。在 1987 年由痖弦主编的展示台湾后现代派风貌的书《如何测量水沟的宽度》中，黄凡、张大春、蔡源煌一起作为后现代派的主角出场。蔡源煌的后现代派小说《错误》引人关注，被称为台湾第一篇后现代小说的佳作。作者以郑愁予的名诗《错误》进行演化，不时自述，不时调侃，不时作者跳出进行评价。该作就是关于蔡源煌后设小说理论的活样板。蔡源煌把写小说看作是游戏，是作者随心所欲，可以随时自由地从故事中进进出出的过程。不是作品主人公和故事情节左右作品，而是作者决定和评价一切。攻读比较文学的女批评家、台大外文系教授张惠娟在《反乌托邦文学的谐拟特质》和《台湾后设小说试论》等文中，对后设小说进行了论述。她认为后设小说从下列一些方面向传统小说进行了挑战：对于"质疑"的赞颂；自觉凸显读者的角色；力邀读者介入作品与作者同玩文字游戏；括弧暗语的大量使用；摒斥完整构架，打断叙述，延缓阅读速度；刻意离题，谐拟手法和"置框"与"破框"等的运用。

其三，郑明娳的散文研究独树一帜。郑明娳，湖北汉阳人，1950 年出生于台湾。1972 年台湾师大毕业，1981 年获博士学位。后任教于师大，现定居加拿大。她出版的著作有：《儒林外史研究》《现代散文欣赏》《西游记探源》《现代散文纵横论》《现代散文类型论》《现代散文构成论》等。郑明娳的散文研究是从历史的角度，审视现代散文成长的轨迹，为散文作家定位，企图建构散文理论体系。她从散文的发生、构成、类型及其美学品质，对散文进行了纵横论述，深刻解剖和概括，使这个一向缺乏理论的文学王国有了规矩和统辖。郑明娳的散文理论系统、开阔、丰沛，在中国的散文理论中具有开创意义。

其四，边缘文学理论的呈现。1987 年台湾"解严"后，随着中心的弱化和消失，边缘力量和边缘理论逐渐崛起。边缘是针对中心而言的，社会文化的多元化过程，就是边缘的一种进攻和兴起的过程。1991 年 4 月，《联合文学》首先推出《地下、边缘》专栏。1995 年 12 月后现代派诗人陈黎出版《岛屿边缘》诗集，接着王浩威创办《岛屿边缘》杂志。他们在台湾兴起了一股边缘颠覆中心的文学理论，并将这种理论炒得很热。其代表人物为王浩威。王浩威，台湾南投县人，1960 年 3 月出生。高雄医学院毕业，曾任慈济医院精神科主任。极力提倡"边缘"理论，现任心灵工作室主任。出版的著作有《一场论述的狂欢宴》《台湾文化的边缘战斗》《献给雨季的歌》。王浩威倡导的"边缘"理论，是后现代派理论的一个分支。这种文化边缘学，反对和解构一切中心主体和主题。例如：就地域来说，花莲处于台湾的边缘，要否定的是台北中心论；就族群来说，少数民族处于边缘；要支持的是少数民族边缘，在"西化"时期的文化来说，西方文化成为中心，即反对西方文化中心论。社会人群中，反对男性中心，倡导女权主义；婚姻领域，支持同性恋边缘。在纪大伟和陈雪建构的"酷儿"系列中，大胆而赤裸地以文字和照片叙述表达性爱，用以解构传统的婚恋观念。他们提倡、调集、汇聚一切边缘力量向中心进攻。他们认为："没有这些妖言杂音，便不能改变、颠覆、摧毁、重组父权异性恋社会的阳具中心色情深层结构。"这种无视本质的边缘理论，是一种可怕的理论，有时可能是一种革新风暴，有时又可能成为摧毁一切的台风。

第七节　"文学台独"的出现

"政治台独"原是由美国、日本的右派势力孵化和豢养的反对中国的海外别动队。20 世纪 80 年代，随着台湾政治气候的变化，他们打着民主运动的旗号，偷偷进入岛内，与岛内暗藏的"台独"势力相勾结，逐渐地又公开化。他们借着国民党统治政策的失败，激起的巨大民怨浪潮而兴风作浪，终于成为气候，掌握了台湾的军政大权。

"文学台独"是"政治台独"的附庸和走卒。他们以文学为幌子，行政治之实，大肆反对中国、中华民族和其文学；贩卖极其荒唐的"文学台独"理论，颠倒台湾文学的历史；歪曲台湾的社会性质；篡改台湾爱国作家的作品和文学史实，妄图将台湾文学从中国文学中分裂出去。他们不仅勾结日本右派势力为日本军国主义招魂，而且为"皇民文学"翻案。这批人中年长者为叶石涛，他于 20 世纪 70 年代便提出了所谓"台湾意识"，以此与

"中国意识"对抗。之后"台湾意识"便成了"台独"的理论基础。"文学台独"中比较活跃的作家如：林双不、宋泽莱、陈芳明、彭瑞金、李乔、杨照等。"文学台独"在文学理论批评方面，陈芳明和彭瑞金喧嚣之声最高。他们于80年代初便提出了台湾文学的"自主性"和"本土化"，将乡土文学内涵进行调换。之后又从"本土化""自主性"发展到"独立的台湾文学"，在这种"独立的台湾文学"称谓下，他们将日据时期针对日本占领者的一系列文学史实，如："自治""孤儿意识""提倡使用台湾话"等均扭曲成针对中国的最早的"台独"主张。于是将本来向往、热恋中国的爱国作家，移到了与中国对立面去了；将歌颂中华民族反抗精神的抗日文学作品，歪曲成了"台湾民族"精神的表现。他们无中生有地杜撰出什么"台湾民族"来对抗中华民族；他们将中国的合法政府称为"外来殖民政权"；他们极其荒谬地提出"中华民族压迫""中华沙文主义"等莫须有的东西。他们鼓动台湾民众将对国民党的仇恨转嫁到大陆头上。在李登辉和陈水扁的政治支持和庇护下，他们已堕落成了祖国和民族的罪人。

"文学台独"一露头，以陈映真为代表的台湾人间学派的作家们，便与他们进行了针锋相对的斗争。陈映真、曾健民、吕正惠、黄春明、刘孝春、蓝博洲等，都撰写了一系列很有说服力的文章，对"文学台独"进行了有力的批驳。两者斗争的主要焦点是：（1）台湾自古就是中国的一部分，台湾文学是中国文学的一部分还是其他；（2）中国政府从日本入侵者手中夺回台湾政权，是合法行政，还是外来殖民政权；（3）日本帝国主义在台湾推行的"皇民化文学"，是帝国主义的侵略文学，还是日本文学的海外伸延？"皇民文学作家"是汉奸，还是"功臣"？（4）台湾新文学是中国五四新文学运动的产物，还是多种外来文化影响的产物？（5）台湾汉人是汉民族的一部分，还是什么所谓"新兴的台湾民族"？"台湾意识"是中国意识的一部分，还是一种独立于中国意识之外的意识？（6）闽南语是中国方言的一部分，还是独立的所谓"台语"？（7）日据时期台湾文学中的"孤儿意识"是一种渴盼回归祖国的思想，还是一种"分离意识"？这些问题在论争中基本上得到了澄清。尤其是陈映真对陈芳明《台湾新文学史》建构及其谬论的批判，如马克思主义的白矾澄浑水，辨清了一系列社会的、经济的、文学的重大理论是非。

　　反对"台独"和反对"文学台独"的任务还相当繁重，它不仅是国家的事，政府的事，更是全民族的事。大家都应重视和参与。我们批判"台独"，对因蒙蔽而迷途者是一种呼唤，对死心塌地者是一种痛击，我们认为随着祖国统一大业的深入发展，中国一定要统一，中国海峡两岸文学的裂痕，一定会重新弥合和融合。

后　记

这部《简明台湾文学史》，经历了酝酿、研讨和写作诸阶段的紧张工作，基本上达到了预期目标，较为圆满地完成了写作任务。虽然它像一个刚出世的婴儿，还要在实践中经受考验，但是我们相信，我们的心血将会变成收获。在这次合作中，我们的分工是：

古继堂撰写：（1）前言；（2）绪论；（3）第一章、第二章；（4）第十四章至第十八章；（5）第二十二章、第二十七章和第二十九章；（6）第二十三章的第三节；（7）全书的诗歌和文艺理论部分；

樊洛平撰写：第三章至第十一章；

王敏撰写：（1）第十二章至第十三章；（2）第十九章至第二十一章；

彭燕彬撰写：（1）第二十三章至第二十六章；（2）第二十八章。

全书由古继堂进行统稿，并对少数章、节做了修改。本书是在十分融洽和友好的气氛中完成的。我们创造的优良合作范例，将与我们的成果共存。

作　者

2002 年 3 月 31 日于北京

再版后记

　　每当拿起这部书便想我的好友陈映真，在他的大力支持下，此书才有台湾版的，愿他的名字与此书共长久。

古继堂

2022 年 5 月 9 日